SCHIPPACHVERLAG
FRANKFURT

Wolfgang Mondorf

KOPFSTÄNDE

Roman

SCHIPPACHVERLAG

FRANKFURT

Alle Personen und Personennamen in diesem Roman sind frei erfunden. Ähnlichkeiten mit lebenden oder verstorbenen Personen wären rein zufällig.

Layout: Troyca – Visual Solutions GmbH
Druck: Anrop Ltd., Israel
ISBN: 978-3-00-047578-8

www.schippach-verlag.de

Für Christina, vielen Dank ...

„Il ne faut pas attendre d'être parfait
pour commencer quelque chose de bien."
Abbé Pierre (1912-2007)

Prolog

„Wasserstoffhoffnung. Nach Forschungserfolg: Politik sieht Zugang zu neuer Energiequelle ...", schreibt die „Frankfurter Allgemeine Sonntagszeitung" auf ihrer Titelseite in der Ausgabe vom 25. August 2013. Forschern des Berliner Helmholtz-Zentrums und der Universität Delft sei es gelungen, Solarzellen aus Silicium mit einem preisgünstigen Metalloxid zu beschichten, um damit einfacher als bisher Wasser in seine Bestandteile Wasserstoff und Sauerstoff zu spalten. Wasserstoff könne so als zukünftiger Energiespeicher für Brennstoffzellen nutzbar gemacht werden.

Rom, Mai 2010

Al saß in der hintersten Ecke der Pizzeria Da Pasquale an einem Tisch für zwei Personen in unmittelbarer Nähe eines für die kleine Gaststätte überdimensionierten Kühlschranks. In regelmäßigen Abständen sprang der Kompressor an und gab ein sonores, nagelndes Geräusch von sich, das zusammen mit dem klirrenden Vibrieren der sich darin befindlichen Getränkedosen die monotone Hintergrundmusik italienischer Popkultur der 70er-Jahre nahezu übertönte. Grelles Neonlicht flackerte durch die mit Fettschlieren überzogene Glastür des Kühlschranks und ließ Al, sonst für seinen südländisch dunklen Teint bekannt, auffallend blass erscheinen. Im kühlen Licht schimmerten seine vollen, pechschwarzen, zu einem geraden Seitenscheitel gekämmten Haare bläulich, und man hätte ihn ohne Weiteres für einen jungen Italiener aus der Nachbarschaft halten können.

Nach einem Getränk gefragt, antwortete er nur mit „Cola", um seine deutsche Herkunft nicht preiszugeben, was mit jedem weiteren Wort seiner geringen Italienischkenntnisse und seines deutschen Akzents sofort der Fall gewesen wäre. Er hatte zwar kein Problem damit, als Deutscher erkannt zu werden, obgleich er deutsche Touristen in einheimischen Restaurants oft als peinlich empfand. Aber er wollte inkognito bleiben, das hatte er Jule versprochen, auf die er schon seit etwa einer Stunde wartete. Al blickte besorgt auf seine Armbanduhr. Verabredet waren sie für halb fünf und jetzt war es bereits nach halb sechs. Er wusste, dass Jule gerne pünktlich war – was seine Nervosität noch verstärkte.

Unwillkürlich zuckte er zusammen, als der Kompressor des Kühlschranks erneut ansprang. Dann blickte er zur Tür und stellte besorgt fest, dass es zu regnen angefangen hatte. Er wusste, dass Jule mit einer geliehenen Vespa kommen wollte. Genau wie das letzte Mal, als sie sich anlässlich einer wissenschaftlichen Tagung in Rom trafen. Damals, als die Katastrophe ihren Anfang nahm.

Al war erleichtert, als er Jule erblickte, die erst zögerlich, dann aber zügig durch die Tür trat. Als sie ihn in der hinteren Ecke der Gaststätte entdeckte, lächelte sie mit diesem Ausdruck schüchterner Verlegenheit; dieses Lächeln, das Al nur bei ihr kannte und es so sympathisch fand. Es erinnerte ihn an den ungewöhnlichen Umstand, unter dem sie sich vor etwas mehr als neun Jahren zum ersten Mal begegnet waren. Jule war damals fünfzehn und damit knapp zwei Jahre jünger als er. Seitdem verband sie eine eher geschwisterliche Beziehung, was ihn jedoch nie davon abhielt, auf eine gemeinsame Zukunft zu hoffen. Die Freundschaft und Liebe zu ihr war ihm bislang zu kostbar, um sie mit einer leichtfertigen und möglicherweise plump wirkenden Anmache aufs Spiel zu setzen. Trotz seines guten Aussehens war Al, der eigentlich Albert hieß, alles andere als ein Gigolo. In Gesellschaft wirkte er zunächst interessiert, war redselig und offen, wurde aber rasch zurückhaltend und in der Gegenwart gleichaltriger Mädchen oder junger Frauen geradezu schüchtern. An Jule schätzte er die Nähe einerseits, aber auch die förmliche, intellektuelle Distanz, die in zahlreichen Gesprächen mit ihr über Gott und die Welt auf Außenstehende geradezu platonisch wirken mussten. Er konnte diesen Treffen jedoch eine Romantik abgewinnen, die ihn an seine kindliche Adventszeit erinnerte, in der man Weihnachten sehnlichst herbeiwünschte, aber auch den Moment fürchtete, an dem alles vorbei sein würde. Bis auf den für gute Freunde üblichen Begrüßungskuss auf beide Wangen gab es zwischen Al und Jule keine weiteren Körperkontakte, von der Ausnahmesituation bei ihrem ersten Treffen in Rom mal abgesehen. Allerdings hätte er sich dies bei verschiedenen Gelegenheiten durchaus vorstellen können.

Er war der Romantiker, während Jule aufgrund ihrer Erscheinung eher rational und burschikos wirkte. Dies wurde durch ihren

Pagenschnitt noch betont. Der an eine frisch aufgesprungene Kastanie erinnernde, rötliche Braunton ihrer Haare kontrastierte perfekt mit ihrem zarten, blassen Teint. Ihre hellblauen, neugierigen Augen versteckte sie gelegentlich, vor allem bei offiziellen Anlässen, hinter einer runden Nickelbrille. Doch wenn es darum ging, ihre Meinung zu vertreten, schienen Jules Augen Funken zu sprühen. Auf Al wirkte das besonders anziehend; er kannte niemanden, dem er lieber in die Augen schaute. Von Mal zu Mal wurde ihm klarer, dass er sie nie mehr missen wollte, und irgendwann würde er ihr seine Liebe gestehen. Doch noch hatte er Angst, damit etwas zu zerstören.

Jule setzte sich gegenüber auf den kleinen Holzstuhl, rutschte dann aber an seine linke Seite. Wortlos und mit gespannter Körperhaltung blickte sie umher, als fühle sie sich verfolgt und sei jederzeit bereit, fluchtartig den Raum zu verlassen.

„Ich bin froh, dass du meine Nachricht bekommen hast, Al", sagte sie leise. Ihre Stimme klang weich und zart und stand im Gegensatz zu ihrer tatkräftigen Erscheinung.

Al verlor sich in ihren Augen und suchte nach den richtigen Worten. „Jule, ich ... ich mach mir Sorgen. Das mit der Nachricht ... das wäre beinah schiefgegangen. Die Hausdame war schon damit beschäftigt, dein Hotelzimmer zu säubern."

Der Kompressor des Kühlschranks sprang wieder an und Jule griff erschrocken nach seiner Hand.

„Jule, was ist los? Was passiert hier? Ich ..." Er zuckte mit den Schultern. „Ich will dir helfen."

„Ich weiß nicht, wie ich dir das erzählen soll, Al. Ich fürchte, ich ziehe dich mit jedem Wort tiefer in den ganzen Schlamassel." Sie legte ihren Kopf an seine Schulter und schob behutsam ihre leicht zitternde Hand auf seinen Unterarm. Von dieser plötzlichen Zärtlichkeit überrascht, legte Al seinen Arm um ihre Schulter und drückte sie sanft an sich, als wolle er sie beschützen vor dem, was ohne Zweifel unheilvoll in der Luft lag. Beide schwiegen. Sie genossen den Moment der Ruhe und die bis dahin ungewohnte Zärtlichkeit. Für Al hätte die Welt so stehen bleiben können. Doch im nächsten Moment löste Jule sich aus der Umarmung und blickte ihn sorgenvoll an. Als Tränen aus ihren Augen rollten, wollte sie sich abwenden. Al kam ihr aber zuvor, legte seine Hand auf ihre feuchte Wange und küsste sie sanft auf die Lippen. Für einen Moment verschwanden für beide die grell-kühle Umgebung, das Rattern des Kühlschranks und jede unheilvolle Vorahnung in einem bislang verborgenen Verlangen nach Wärme und Zärtlichkeit. Er versuchte krampfhaft, die grausame Möglichkeit, dass mit dieser Umarmung, mit diesem zärtlichen Kuss alles vorbei sein könnte, zu verdrängen. „Wir dürfen uns nie mehr trennen", flüsterte er unbeholfen. Im Reden war er noch nie gut gewesen. Er bemerkte jedoch erleichtert Jules verlegenes Lächeln, das ihm so lieb geworden war, und nun war sie es, die Al sanft auf die Lippen küsste, als wolle auch sie diesen Moment für immer festhalten.

Ein kühler Windstoß erfüllte den Raum, als ein mit dunklem Trenchcoat gekleideter Mann in der Tür stand. Jule schaute Al eindringlich an und flüsterte: „Wir werden uns bald wiedersehen, ich liebe dich." Sie erhob sich erst langsam, rannte dann aber blitzartig zu der nur angelehnten Hintertür, verschwand im dahinter gelegenen Zimmer und zog krachend die Tür hinter sich zu. Diesen Fluchtweg hatte sie sich offenbar schon vorher ausgesucht. Das laute Klacken des Türriegels war zu vernehmen und hinderte die heranstürmende dunkle Gestalt, die von zwei weiteren, ebenso düster wirkenden Männern begleitet wurde, ihr zu folgen. Ohne auch nur zu ahnen, was die Männer im Schilde führten, sprang Al auf und stellte sich ihnen in die Quere, Jule war auf der Flucht vor ihnen, das war klar, und er musste unter allen Umständen versuchen, ihr Zeit zu verschaffen. Der erste der Männer zögerte nicht lange, zog eine Pistole aus der Innentasche seines schwarzen Mantels und zielte auf Als Kopf. Die Pistolenmündung starrte ihn bedrohlich an. Doch dann drehte sich der Mann ruckartig zur Hintertür des kleinen Restaurants, zielte kurz und schoss. Die doppelt gesicherte Tür öffnete sich erst, nachdem die anderen beiden Männer wiederholt dagegen getreten hatten. Der erste der Männer, offenbar der Anführer, drehte sich wieder zu Al um und rief mit tiefer, rauer Stimme: „Halt dich da raus!" Al lief es kalt den Rücken runter. Diesen kurzen Satz würde er nicht vergessen, insbesondere nicht den Akzent. Der Mann hatte zwar Deutsch gesprochen, seine Muttersprache aber war eindeutig russisch oder polnisch. Vor dem Lokal ertönte ein quietschendes Motorengeräusch und Al wusste, dass Jule mit ihrer Vespa durch den Regen davon raste. Kurz danach quietschten erneut Reifen und mit Schreck wurde ihm klar, dass Jule mit dem angedeuteten Schlamassel weit untertrieben hatte. Er eilte auf die Straße, doch die Vespa und das Fahrzeug der Verfolger waren bereits verschwunden.

Österreich, August 2001

Wie jedes Jahr verbrachte Al seine Sommerferien mit seinen Eltern und seiner Schwester Karin in Österreich auf einer Insel inmitten eines idyllisch gelegenen Bergsees. Die Insel gehörte einem Kärntner Millionär, dessen Vater die Insel einschließlich der darauf stehenden Villa aus der Gründerzeit nach dem zweiten Weltkrieg zugesprochen wurde. Die ursprünglichen Besitzer waren ein reiches Ehepaar aus einer jüdischen Familie aus Frankfurt am Main, die das Haus gegen Ende des 19. Jahrhunderts als Feriendomizil bauen ließen. Das Inselhaus wurde damals zu einem beliebten Treffpunkt der ganzen Familie. Man pflegte gute

Kontakte zu den ortsansässigen, höheren Gesellschaftskreisen. Unternehmerfamilien aus Wien, Frankfurt, München und anderen größeren Städten waren regelmäßig zu Besuch. Man ging davon aus, dass dort um die Jahrhundertwende mehr wirtschaftliche und politische Strippen gezogen wurden, als zu jedweden offiziellen Anlässen.

Als die Nazis in Deutschland zunehmend die Herrschaft übernahmen und Österreich sich dem Nationalsozialismus in weiten Teilen der Gesellschaft mehr als opportun anschloss, emigrierte der größte Teil der Familie in die Schweiz oder in die USA. Das inzwischen ältere Ehepaar konnte sich als Gründer und Erbauer des Hauses, das für sie nicht nur Heimat, sondern Symbol einer unbeschwerten und glücklichen Zeit war, nicht von dem Anwesen trennen und blieb trotz aller Mahnungen zurück. Mit dem offiziellen Anschluss Österreichs wurden beide in einer Nacht-und-Nebel-Aktion von den Dorfältesten der benachbarten Gemeinden verschleppt. Was genau mit ihnen geschah, wollte nach dem Krieg niemand gewusst haben oder zu Protokoll geben. Die Leichen wurden viel später entdeckt und durch DNS-Analysen eindeutig identifiziert. Zeichen von Misshandlungen waren unverkennbar. Die neuen Besitzstandverhältnisse wurden unmittelbar nach dem Krieg im Grundbuch des zuständigen Gerichtes eingetragen, als hätte es nie zuvor eine jüdische Großfamilie auf der Insel gegeben.

In den frühen 60er-Jahren wechselte die Insel samt Villa, die inzwischen aus Geldmangel marode und heruntergekommen war, erneut ihren Besitzer. Der neue Eigentümer, ein ungeliebter Spross einer großen Hoteldynastie, ließ das Anwesen in ein Hotel für gehobene Ansprüche umbauen. Die Renovierung erfolgte jedoch so behutsam, dass sämtliche Räume nach wie vor die überladene Eleganz vergangener Tage ausströmten. Das große, prunkvolle Foyer wurde in einen Empfangsbereich und einen dahinterliegenden Festsaal geteilt. Der Empfangsbereich wurde dominiert von einer reich verzierten Rezeption. Die gegenüberliegenden schweren Sofas, die mit Brokatstoffen bezogen waren, konnten einen Besucher ohne Weiteres in das fast hundert Jahre zurückliegende, gründerzeitliche Ambiente versetzen. Durch eine doppelflügelige Pendeltür gelangte man in den Festsaal, der durch seine Spiegel deutlich größer wirkte, als er in Wirklichkeit war. Er diente seither meist als Speisesaal. Mehrere große und kleine Tische füllten den Raum praktisch aus, ließen aber noch genug Platz, um von einem zum anderen Tisch zu kommen, ohne die bereits Platz genommenen Gäste zu stören. An der Decke hingen Kristalllüster, die den Saal abends in festlich glänzendes Licht tauchten.

Rückblick

Josef Steinhoff und Anna, geborene Kleinschmidt, die Eltern von Al, kannten sich bereits seit ihrer Schulzeit in Münster Westfalen, hegten zu der Zeit jedoch kein besonderes Interesse füreinander. Josef Steinhoff entstammte einer wohlhabenden und sehr traditionellen Apothekerfamilie. Annas Eltern waren beide Lehrer und wohnten in einem der neu gebauten Reihenhaussiedlungen etwas außerhalb von Münster. Beide studierten Pharmazie und kämpften sich gemeinsam durch Praktika und Prüfungen. Josef Steinhoffs Eltern war es gar nicht recht, als er verkündete, mit seiner Kommilitonin Anna eine kleine Wohnung in Münster zu beziehen. Es sei der Anfang einer studentischen WG, hatte er sein Vorhaben damals begründet, der Kern einer Art intensiven Lerngruppe. Den Eltern missfiel das. Er habe doch sein großes Zimmer und brauche sich um nichts zu kümmern, versuchten sie ihn gebetsmühlenartig von seinen Plänen abzubringen. Für

Josef, der sich zu dem Zeitpunkt über die genaue Beziehung zu Anna noch gar nicht im Klaren war, war dies zum ersten Mal eine Gelegenheit, aus der gutbürgerlichen Gesellschaft auszubrechen. Eine Gesellschaft, die ihn zwar finanziell unterstützte und ihm sicher mehr Luxus bescherte als vielen seiner Kommilitonen, die ihn aber auch wie an einem Anker nach unten zu ziehen schien. Er hatte das beklemmende Gefühl, das Leben im elterlichen Haus raubte ihm mehr und mehr die Luft für seinen Drang nach Freiheit und Unabhängigkeit.
Anna hingegen erkannte die Gelegenheit, sich jemanden an Land zu ziehen, der wohlhabend, sympathisch und als potenzieller Vater ihrer zukünftigen Kinder in Betracht kam. Der Gedanke an Sicherheit und geordnete Verhältnisse war ihr wichtiger als eine verwegene Liebschaft, die über kurz oder lang vermutlich scheitern würde. Ihren Eltern gegenüber behauptete sie, eine WG nach sozialistischem Vorbild gründen zu wollen, was diese mit gewissem Stolz erfüllte. Es waren die Ideen und Überzeugungen der 68er-Bewegung, die sie immer noch vehement vertraten, und von denen sie glaubten, sie erfolgreich an ihre Tochter vermittelt zu haben. Die Einnahme der Antibabypille setzten sie voraus. Annas wahre Beweggründe, nämlich mit Josef zusammenzuziehen, teilte sie ihnen natürlich nicht mit.
Dass die sogenannte WG dauerhaft nur aus zwei Mitgliedern bestand, war für beide Elternpaare mehr als irritierend. Für Annas Eltern entpuppte sich die WG als spießiger Zweipersonenhaushalt und für Josefs Eltern als voreheliche Lasterhöhle – fernab jeglicher studentischer Lernziele. Hinzu kam, dass Josefs Eltern geradezu erbost waren, als sie von dem Beschluss erfuhren, sich verloben zu wollen, ohne davor bei den Eltern die Erlaubnis eingeholt zu haben. Für Annas Eltern bedeutete dieser Entschluss letztendlich Verrat an den Idealen ihrer aufgeklärten Welt.

Mit den Jahren glätteten sich die Wogen, obwohl sich Josef und Anna zwischen ihren Eltern hin- und hergetrieben sahen. Ihre gegenseitige Zuneigung und das Gefühl, miteinander durch dick und dünn zu gehen, verstärkte sich dadurch allerdings. Gerade wenn die Fronten bei so manchem Familienfest unbarmherzig aufeinanderprallten, sahen sich beide in einer Art Neufassung von Romeo und Julia, allerdings mit Happy End.
Josef und Anna heirateten gegen Ende ihres Studiums, und es bestand allseits kein Zweifel, dass Josef den elterlichen Apothekenbetrieb übernehmen würde. Sicher hätte er gerne auch etwas Eigenes aufgebaut. Die Entscheidung, entweder bei null anzufangen oder einen etablierten Betrieb übernehmen zu können, war im Grunde getroffen, zumindest bei vernünftiger Betrachtung. Anna hingegen entschied sich für eine Stelle in der Industrie, was bei Josefs Eltern wieder auf Unverständnis stieß. Sie könne doch in den elterlichen Betrieb einsteigen und bräuchte sich so keine Zukunftssorgen zu machen. Anna blieb jedoch bei ihrer Entscheidung, was bei Josefs Eltern nicht zum ersten Mal Zweifel aufkommen ließ, ob Anna für Josef wirklich die Richtige sei. Unverblümt teilten sie ihrem Sohn mit, dass die Schwiegertochter ihren Pflichten nicht gerecht würde, wenn sie Josef nicht im elterlichen Betrieb unterstützen wollte. Nur das wäre vernünftig. Josefs Vater leitete zudem den eigenen Apothekenbetrieb zunächst weiter, obwohl eine baldige Übergabe an den Sohn von Anfang an vereinbart war. Josef sollte die Chance haben, sich in aller Ruhe auf eine leitende Position einstellen zu können.
Es dauerte eine Weile, bis sich Josef und Anna darüber einig waren, dass die Vernunft, zumindest so, wie es die Eltern definierten, nicht Maßstab aller Dinge war. Anna wechselte betriebsintern nach Paris. Sie wollte schon immer mal die französische Hauptstadt kennenlernen. Josef kündigte im elterlichen Betrieb, ohne dies vorher mit seinem Vater diskutiert zu haben, was in

seinen Augen nichts geändert und lediglich zu einem verheerenden Streit geführt hätte, und zog zu Anna in die kleine Pariser Wohnung. Der Bruch mit den Eltern führte dazu, dass sie sich nur bei gelegentlichen Familienfeiern trafen und dann auch nur einen eher kühlen und kurzen Austausch pflegten. Josefs Vater erlitt knapp zwei Jahre später ein Schlaganfall und verkaufte die Apotheke bald danach an einen seit ewigen Zeiten verfeindeten Konkurrenten. Ähnlich wie Anna wechselte Josef zur pharmazeutischen Industrie. Aufgrund betriebsinterner Umstrukturierungen zogen Anna und Josef in den folgenden Jahren von einer Stadt zur nächsten, in der Hoffnung, dass jeder Stellenwechsel mit einer beruflichen Verbesserung verbunden wäre. Da jede betriebsinterne Umstrukturierung eine Folge angeblich wirtschaftlicher Anspannungen war, wuchsen lediglich die Arbeitsbelastungen und die frustrierende Erkenntnis, erneut Marionetten „vernünftiger" Entscheidungen, diesmal nicht der Eltern, sondern der Industrie, zu sein.

Einige Jahre später traf Josef auf einen ehemaligen Kollegen seines Vaters, der im Begriff war, in einem Münsteraner Vorort seine Apotheke zu verkaufen. Obgleich veraltet und heruntergewirtschaftet, zögerten Josef und Anna keinen Moment. Die Apotheke stand kurz vor der Pleite, sodass es für beide ausgesprochen schwierig war, sich gegenüber der etablierten Konkurrenz, zu deren Erfolg absurderweise Josefs Vater mit dem Verkauf seiner Apotheke maßgeblich beigetragen hatte, behaupten zu können. Jahrelang gönnten sie sich keinen Urlaub, allenfalls ein verlängertes Wochenende mit Zelt in Südfrankreich. Als die Kinder Albert und zwei Jahre später Karin zur Welt kamen – Josef und Anna waren damals bereits Ende dreißig – war das Apothekengeschäft soweit etabliert, dass sie sich zweimal im Jahr einen kostspieligen Urlaub in südländischen Urlaubsklubs leisten konnten. Als Albert dann zur Schule ging und sie sich an die Ferienzeiten halten mussten, wurde ihnen der Massentourismus jedoch zu viel, ganz zu schweigen von den überteuerten Hauptsaisonpreisen. So fanden sie ihr neues und bis auf die weiteren Jahre konstantes Urlaubsziel auf der beschaulichen Insel eines idyllisch gelegenen Kärntner Sees. Nicht zuletzt die zahlreichen Urlaubsbekanntschaften, Familien mit gleichaltrigen Kindern, brachten sie dazu, in den folgenden Jahren immer wieder denselben Urlaubsort aufzusuchen.

Einer gewissen Gesetzmäßigkeit folgend, fanden sie nolens volens wieder zurück in die vernünftige kleinbürgerliche Welt ihrer Eltern, einer Welt zwischen Apothekenstress und gesetzter Erholung, aus der sie vor Jahren so sehnlichst ausbrechen wollten. Ob ihnen das bewusst war oder sie sich dessen nicht bewusst werden wollten, wurde zwischen Josef und Anna nie thematisiert. Vielleicht war es einfach dem inneren Seelenfrieden geschuldet, die Situation einfach hinzunehmen – wie damals ihre Eltern.

Für Al und seine Schwester Karin gab es damit zwei Welten. Die eine bestand aus einer Ansammlung mittelgroßer, geerbter oder stolz erarbeiteter Einfamilienhäuser in einem spießbürgerlichen Münsteraner Vorort und die andere in Form einer Kärntner Insel. Diese Insel war zwar auch nicht größer als ein Straßenzug in Münster, erlaubte jedoch ein gewisses Maß an Freiheit und Unbekümmertheit, ohne ständig gegen Regeln in der Nachbarschaft zu verstoßen. Natürliche Grenze der Insel war das Wasser, der See mit seinem weit entfernten Festland. Die Eltern konnten ihren Kindern freien Lauf lassen, ohne Angst haben zu müssen, dass sie sich verliefen oder in fremde Hände gerieten. Diese Sicherheit war von unschätzbarem Erholungswert. Hinzukam, dass die meisten Kinder etwa im selben Alter waren und die Eltern ähnliche Interessen und gesellschaftspolitische Anschauungen teilten. Der Umgang mit Gleichgesinnten war von größter Bedeutung und zog sich durch alle Lebensbereiche. Angefangen beim sozialen Status, der am besten durch Haus und Auto zum Ausdruck kam, bis hin zur Einbindung der Kinder in die vorschulische Spracherziehung, in Sportvereine, Gymnasien, Klavier- und Geigenunterricht. Dabei sollte den Kindern möglichst wenig Raum für eigene und potenziell unvernünftige Aktivitäten bleiben. Ob dies wirklich ein Streben und Suchen nach gleicher Gesinnung oder eher Ausdruck eines ständigen Konkurrenzdenkens war, wurde nicht offen diskutiert. Im Grunde war es Ausdruck einer eitlen Selbstdarstellung, gepaart mit dem nicht unerheblichen Argwohn, man selbst oder seine Kinder könnten anderen gegenüber als minderwertig dastehen. In der Grundüberzeugung waren sich jedoch alle einig, dass die ureigene Erziehung am besten zum Wohlgedeihen der Zöglinge beitragen würde. So gesehen unterschieden sich die Gespräche auf der Insel kaum vom nachbarschaftlichen Geplänkel in Münster.

Trotzdem war auf der Insel vieles anders, am Ende des Tages auch entspannter. Das ultimative Statussymbol, das Auto, verblieb auf dem Festland. Die häuslichen Errungenschaften wurden, bis auf den beruflichen Status, nur selten thematisiert. Getränke und Essen waren „all-inclusive" und die Kleiderordnung ungezwungen, sodass Wohlstandsunterschiede weitgehend ausgeblendet wurden. Lediglich Accessoires oder einschlägig bekannte Labels auf Koffer und Badehose verrieten den Wohlhabenden, den Reichen oder den, der als solcher erscheinen wollte. Hier auf der Insel konnte man, zumindest dem äußeren Schein nach, von den gesellschaftlichen Zwängen des täglichen Lebens mehr oder weniger abschalten.

Was die Kinder betraf, änderte sich das Bild von Jahr zu Jahr. Während der Säuglingszeit konnten sich viele Eltern den Inselluxus noch nicht leisten, deshalb fing alles erst mit einer Schar von Kindern im Kindergartenalter an. Der Bewegungsradius einer kreischenden Horde laufender Meter reichte anfänglich kaum über die Grenzen des hoteleigenen Strands hinaus. Mit den Jahren wuchs der Bewegungsdrang der heranwachsenden Kinder gleichsam mit deren Neugier, den vollen Umfang der Insel zu erkunden. In regelmäßigen Abständen endete das übliche Versteckspiel jedoch mit lautem Gejohle am Hotelstrand, was die Eltern einerseits beruhigte, weil niemand vom Baum gefallen oder auf der gegenüberliegenden Inselseite ertrunken war, andererseits in ihrem Bedürfnis nach Ruhe und Erholung zunehmend störte. Dieses Problem löste sich später jedoch beinah von selbst.

Unter den inzwischen Zwölf- bis Fünfzehnjährigen trat eigentümliche Stille ein. Kinderspiele waren plötzlich nicht mehr interessant. Stattdessen traf man sich auf den Zimmern, um Musik und Neuigkeiten aus bekannten Jugendzeitschriften auszutauschen, oder um Gleichgesinnte im Stellungskampf zwischen der eigenen Pubertät und dem Starrsinn der Eltern zu finden. Plötzlich waren da nicht mehr die üblichen kindlichen Rollenspiele, die Guten und die Bösen, der Räuber und der Gendarm, sondern war man Junge oder Mädchen. Die einen früher, die anderen später. Bei den meisten führte das zu Verunsicherung und sie zogen sich lieber zurück, als sich in der neuen Rolle zu präsentieren. Manche saßen zwischen den Stühlen. Zwar als Mädchen geboren, waren sie lieber ein Junge und würden sich infolgedessen vorzugsweise mit Jungs abgeben. Dies wurde von den Erwachsenen eher akzeptiert, als Jungs, die sich als Mädchen fühlten, was jedoch seltener vorkam. „Du bist doch kein Mädchen, oder?“, galt für den pubertierenden Jungen als schlimme Beleidigung, während das rüpelhaft burschikose Mädchen auf positiv-romantische Weise der Kinderromanwelt einer Pipi Langstrumpf oder Roten Zora entsprach. Auch untereinander kamen viele Jungs mit ihrer neuen Rolle nicht klar, und der Gedanke, man könnte sie mädchenhaft finden, war ihnen peinlich.

Al hatte gerade seinen fünfzehnten Geburtstag hinter sich und kam unbeschwert aus den Sommerferien zurück. Bereits am ersten Schultag sah er sich genötigt, seine noch kaum entwickelte Männlichkeit präsentieren zu müssen, was ihn wie eine Lawine überrollte. Zu seiner Erleichterung bot der Schulunterricht genügend Persönlichkeitsdeckung. Die Pausen erschienen jedoch zunehmend bedrohlich, sodass er sich in der Freizeit konsequent mit zwei Klassenkameraden traf, die in ähnlicher Weise als Langweiler verschrien waren. Dieses Dreiergespann gab ihm einen gewissen Halt. Zumindest war er kein Einzelgänger mehr, was in den Augen der Klassenlieblinge und deren Fangemeinde eine Stufe schlimmer gewesen wäre. Einzelgänger waren nicht nur seltsam, sondern galten als nicht ganz richtig im Kopf, und waren Ziel jeder Mobbing-Kampagne, was ihre traurige Sonderstellung unerträglich machte. Der Klassenverband war unbarmherzig und alle steckten in einer Schublade, aus der sie sich gar nicht oder nur durch auffällige Aktionen befreien konnten. So blieben Einzelgänger oft auf der Strecke, verschwanden im Laufe der Schulzeit fast unbemerkt und wurden damit frühzeitig aus der Gesellschaft herausgefiltert. In einer Kleingruppe hatte man bessere Chancen, dem Druck zu widerstehen.
Klassenfahrten wurden für Sonderlinge oft zur Qual, da sie nicht nur in der Schule, sondern Tag und Nacht gehänselt werden konnten. Gemeinsame Spiele oder Aktivitäten, oft vom Lehrpersonal organisiert, blieben im späteren Leben unvergessen, für die einen als witzige Anekdote, für die anderen als Albtraum.
Al versuchte, so gut wie möglich mit zu schwimmen. Als auf einer Klassenfahrt die Lehrer auf die Idee kamen, Flaschendrehen zu spielen, wollte er sich zunächst verdrücken. Andererseits fand er die Idee, sich mit Mädchen in einen Kreis zu setzen und zu kommunizieren, auch ganz interessant. Obwohl er schüchtern war, schaute er sich einige Mädchen in seiner Klasse genauer an und

konnte sich ein Näherkommen durchaus vorstellen. Allerdings waren die für ihn interessanten Mädchen genau diejenigen, die offenbar nichts mit ihm anfangen konnten. Umgekehrt gab es einige „dumme Ziegen“, die sich nach ihm umschauten, was in ihm, wenn es zu offensichtlich wurde, ein Gefühl der Übelkeit erzeugte.

Im Kreise sitzend wurde die Flasche gedreht und die Person, auf die die Flasche schließlich zeigte, musste eine zuvor vereinbarte Tätigkeit verrichten. Das war die einfache und unverfänglich erscheinende Regel. So waren die Aufgaben zunächst harmlos – und nicht nur das. Al spürte sogar eine gewisse Anerkennung, wenn es darum ging, Gedichte aufzusagen, einen Handstand zu machen oder irgendeinen Unsinn aus dem Fenster zu brüllen. Aber mit jedem Mal wurden die Aufgaben für ihn peinlicher. Spätestens jetzt hätte er sich zurückziehen sollen. Er blieb aber sitzen in der Hoffnung, die Flasche würde sich an ihm vorbeidrehen und er könnte den Anschein wahren, über den Dingen zu stehen. Die nächste Aufgabe bestand darin, preiszugeben, in wen man verliebt war. Ein Kuss sollte die Bestätigung sein. Die Flasche blieb genau bei Al stehen. Er merkte, wie ihm die Röte ins Gesicht schoss, und wusste sofort, dass er sich rasch etwas ausdenken musste, wollte er nicht endgültig als „Loser“ dastehen. Gegenüber saß Betty, die im letzten Jahr mit ihren amerikanischen Eltern von Denver/USA nach Deutschland gezogen war und in kürzester Zeit zum Schwarm aller pubertierenden Jungen wurde. Sie sah nicht nur gut aus, sondern war auch ausgesprochen intelligent. Viel zu schade für die Angeber der Klasse, die ihr unverfroren und mit erstaunlichem Erfolg den Hof machten. Obwohl Al sie immer wieder bewundernd anschaute, beachtete sie ihn kaum, was nicht weiter schlimm war. Immerhin war es besser, gar nicht, als schlecht wahrgenommen zu werden.

Plötzlich packte ihn der Mut oder besser der Übermut, sich langsam zu erheben, um den Kreis herumzulaufen und genau hinter Betty stehen zu bleiben. Zum Glück musste er nicht in ihr erstarrtes „Das-kann-doch-wohl-jetzt-nicht-wahr-sein"-Gesicht schauen, sonst wäre er vermutlich in Panik davongelaufen. So kniete er sich nieder, beugte sich knapp an Betty vorbei, schloss die Augen und gab ihr den Spielregeln entsprechend einen Kuss auf die Wange. Als er sich anschließend wieder hinter ihr aufrichtete, war die plötzliche Stille nahezu erdrückend. Bis dahin lief im Grunde alles unproblematisch, hätte Betty nicht süffisant gelächelt und die Wortlosigkeit mit einem einfachen aber vernichtenden „süß" unterbrochen, was zu schallendem Gelächter der Klassenkameraden führte. Wenn Al vorher rot im Gesicht war, so war er jetzt purpurfarben. Er spürte einen Schmerz in der Magengegend, was ihn veranlasste, aufzustehen und fluchtartig nach draußen zu laufen. Diese Peinlichkeit war nicht mehr zu übertreffen und er irrte ziel- und kopflos durch die Gegend. Verzweifelt dachte er nach, wie er den Mitschülern, diesem johlenden, gemeinen Mopp, und erst recht Betty in Zukunft unter die Augen treten sollte. Die Konfrontation war nicht abzuwenden, das wusste er. Er atmete die kühle Abendluft ein und spürte plötzlich einen seltsamen Stolz, das mit Betty so durchgezogen zu haben. Sollten die anderen doch denken, was sie wollten. Sollten sie doch erst mal den Mut aufbringen, genauso zu handeln, dachte er trotzig. Sicherlich war das der Grund, warum dieses kleine Ereignis nicht mehr erwähnt wurde. Vielleicht betrachtete man ihn seit diesem Moment mit anderen Augen. Als einen, den man unterschätzt hatte. Oder es war nur Wunschdenken. Egal, sein Selbstbewusstsein hatte einen Sprung nach oben getan und er meinte sogar, dass Betty ihn immer wieder aus den Augenwinkeln anschaute, obgleich das „süß" ein arger Schlag unter die Gürtellinie gewesen war, der ihn noch lange beschäftigen sollte.

Rom, Mai 2010

Al stand bewegungslos im Regen, unfähig einen klaren Gedanken zu fassen. Der durch den Regen rasenden Jule und ihren Verfolgern hinterherzulaufen, war zwecklos. Welche Richtung sollte er auch einschlagen? Das Verfolgungsgespann in irgendeiner Weise einholen zu können, erschien vollkommen unmöglich. Ein Taxi war nicht in der Nähe und welche Richtung hätte er dem Taxifahrer auch nennen sollen? Die Ereignisse der letzten Sekunden erschienen ihm wie aus einem mittelmäßigen Fernsehkrimi, nur dass hier alles real war. In ihm stieg das brennende Verlangen hoch, zu handeln. Jule war in Gefahr, und er musste ihr helfen. Der Regen war inzwischen so stark, dass er bis auf die Knochen durchnässt in die Pizzeria zurückstolperte und sich an einem freien Tisch auf einen klapprigen Stuhl fallen ließ. Es war derselbe Tisch, an dem sie noch vor wenigen Minuten zusammengesessen hatten und er im Begriff gewesen war, ihr sein Herz auszuschütten. Er spürte seinen Puls rasen. Er musste schnellstens Jule finden. Die anderen Gäste der Pizzeria, die ihn wie versteinert anglotzten, nahm er kaum wahr. Ehe er noch einen weiteren Gedanken fassen konnte, hörte er die durchdringenden Polizeisirenen. Zwei Beamte stürmten mit gezogener Waffe in die Pizzeria und brüllten etwas, das mit dem bekannten und faszinierend flüssigen Italienisch kaum etwas gemein hatte. Er verstand zwar keinen Ton, aber es musste so etwas gewesen sein wie: „Polizei, keiner bewegt sich." Es klang wie die Fortsetzung des vor wenigen Minuten begonnenen schlechten Films. Der Wirt musste unmittelbar nach den Schüssen die Carabinieri alarmiert haben. Diese hatten sich dann offenbar sofort auf den Weg gemacht. Eigentlich war ja schon alles vorbei. Die Verfolgte war verschwunden, die Verfolger ebenso, das Auftreten der Carabinieri in der Art amerikanischer Serienkrimis war vollkommen nutzlos.

Der Wirt deutete auf Al, der blass vor Schreck und Kälte in der Ecke saß. Die Carabinieri bauten sich drohend vor ihm auf und redeten auf ihn ein. Da er kaum Italienisch sprach und die Carabinieri weder Deutsch noch Englisch, ergriffen sie ihn unsanft an den Oberarmen, als wäre er der gesuchte Verbrecher, und schleppten ihn ohne Kommentare zum Polizeiauto. Sie stießen ihn auf den Rücksitz eines dunkelblauen Alfa Romeo. Wortlos setzten sich die Carabinieri auf die Vordersitze, ließen, noch bevor sie den Wagen zündeten, die Sirene aufheulen und rasten dann durch die engen Gassen Roms. Al schaute angestrengt durch das verregnete Seitenfenster, in der Hoffnung, irgendeine Spur von Jule oder deren Verfolger erkennen zu können. Nach etwa zehn Minuten Fahrt stellten die Carabinieri die Sirene ab. Über Funk entspannte sich eine heftige Diskussion zwischen dem Beifahrer und der Kommandozentrale, von der Al kein Wort verstand. Fast kam es ihm vor, als hätten sie ihn im Auto vergessen und wären überstürzt unterwegs zu einem neuen Einsatz. Al wurde übel, was ihn an seine Kindheit erinnerte. Nicht nur einmal hatte er sich im Auto übergeben müssen, gelegentlich noch, bevor man einen passenden Platz zum Anhalten gefunden hatte. Bei seinen Eltern und erst recht bei seiner jüngeren Schwester hatte das jedes Mal zu einer hysterischen Schreierei geführt. Zum Leidwesen seiner Schwester hatte er anschließend meist vorne sitzen dürfen, während der Gestank des Erbrochenen auf dem Rücksitz unerträglich wurde.

Al beugte sich nach vorne, um dem Straßenverlauf besser folgen zu können. Das sollte angeblich, so damals der verzweifelte Rat der Eltern, die Übelkeit bessern. Ein vollgekotzter Polizeiwagen war das Letzte, was er jetzt brauchen konnte. Noch bevor es zum Äußersten kam, bog das Polizeiauto durch einen Torbogen und kam auf einem von dunklen Häusern umgrenzten Hinterhof abrupt zum Stehen. So unsanft, wie man ihn in das

Fahrzeug hineingestoßen hatte, zerrte man ihn nun wieder heraus. Die kühle Luft und der dichte Regen ließen Al aufatmen. Die Übelkeit war wie weggeblasen. Es erinnerte ihn an seinen letzten Urlaub an der südfranzösischen Riviera, als ihn Freunde dazu überredet hatten, mit dem Schlauchboot zu einer vom Lande unzugänglichen Steilküste zum Schnorcheln zu fahren. Trotz mäßiger Dünung überkam ihn die Seekrankheit rasend schnell, war aber in dem Moment augenblicklich verschwunden, als er sich nahezu ohnmächtig ins Wasser fallen ließ. Auch jetzt fühlte er sich wie benommen und genoss für einen Augenblick den kühlen Regen im Gesicht. Die Carabinieri zogen ihn jedoch durch eine Hausöffnung in das gleißende Neonlicht einer römischen Amtsstube. Der Raum war spärlich möbliert. An den Seitenwänden standen Regale mit grauen Aktenordnern und in der Mitte ein massiver Schreibtisch. Ein Polizeibeamter gab ihm unmissverständlich zu verstehen, sich auf dem davor befindlichen, schmalen Stuhl niederzulassen. Hinter dem Schreibtisch saß ein etwa sechzigjähriger, unfreundlich wirkender Mann in Polizeiuniform, der wild gestikulierend auf sein Handy einredete. Als er Al erblickte, riss er die Augenbrauen nach oben, drehte sich in seinem abgewetzten Chefsessel abrupt zur Wand um und beendete das Telefonat. Für einen kurzen Moment entstand wohltuende Ruhe. Langsam drehte sich der dicke Beamte zu Al um und lächelte ihn mit gespielter Freundlichkeit an.

„Ich gehe davon aus, dass Sie kein Italienisch sprechen, aber wir können uns, wie Sie sehen, auf Deutsch unterhalten." Zur Überraschung von Al sprach der Beamte fließend Deutsch mit kaum vernehmbarem italienischen Akzent. Er beugte sich nach vorne und schaute Al durchdringend an. „Name?"

„Stein ..." Al spürte, wie sich seine Kehle zusammenzog. „Steinhoff, Albert Steinhoff."

Sein Gegenüber nickte, als wäre ihm die Antwort bereits bekannt.
„Was wissen Sie ... Steinhoff?“ Seine Mimik war schroff, sein linkes Augenlid zuckte nervös. Al wusste zunächst nicht, was er antworten sollte, atmete tief durch und nahm sich vor, die Ereignisse so gut wie möglich wiederzugeben. Erst bekam er keinen Ton heraus, räusperte sich dann ein paar Mal und begann mit klobiger Stimme zu sprechen. Dabei umklammerte er krampfhaft die Armlehnen des Stuhls, als sei es der letzte Halt vor seinem todbringenden Absturz.
„Ich saß einige Minuten in der Pizzeria Da Pasquale und hatte gerade eine Cola bestellt, als ...“, Al zuckte mit den Schultern, als könne er noch immer nicht begreifen, was geschehen war, „als drei Männer zur Tür reinkamen und auf meinen Tisch zugingen.“ Seine Kehle schnürte sich zusammen und irgendwie sagte ihm sein Instinkt, besser Jule nicht zu erwähnen. Der Beamte fixierte ihn, als wolle er seine Gedanken lesen.
„Kannten Sie die Männer?“
Al zögerte einen Moment und stammelte: „Ich, äh ... nein, nein, ich habe diese Männer noch nie zuvor gesehen.“
„Vielleicht kamen die Männer ja nicht wegen Ihnen, sondern wegen Ihrer Freundin?“
Al zuckte zusammen.
„Sie waren doch in Damenbegleitung?“
Ein süffisantes Lächeln huschte über das Gesicht des Beamten. Al überlegte einen Moment. Woher wussten sie von Jule? Als die Carabinieri die Pizzeria gestürmt hatten, war sie längst verschwunden, allenfalls der Wirt konnte von ihr erzählt haben.
„Weshalb meinen Sie, dass ich in Damenbegleitung war“?
„Nun“, der Beamte vor ihm räusperte sich, „wie uns der Wirt sagte, ist Ihre Begleitung über den Hinterausgang geflohen und mit einer Vespa davon gerast.“

Al spürte erneut Übelkeit aufkommen. Die Ereignisse schossen ihm durch den Kopf und er fragte sich, wie er Jule helfen konnte, statt sich diesem sinnlosen Verhör zu stellen. Dass sie in Schwierigkeiten steckte, war offensichtlich und diese Beamten waren sicher keine Hilfe. Plötzlich packte ihn die Panik. Er sprang vom Stuhl auf, stützte sich mit der einen Hand auf den Schreibtisch und zeigte unmissverständlich mit dem Zeigefinger der anderen dem Beamten direkt ins Gesicht.

„Hören Sie, ich habe den Eindruck, man wollte Jule entführen, vielleicht sogar umbringen!" Die hinter ihm stehenden Beamten ergriffen Al an den Schultern und zogen ihn unsanft zurück. Der Mann am Schreibtisch beschwichtigte seine Kollegen und sagte mit gestellt ruhigem Ton: „Schon gut, schon gut ... beruhigen Sie sich. Also Jule heißt sie?" Al spürte wieder diese Enge in der Halsgegend. Das Atmen fiel ihm schwer und er konnte nicht verhindern, dass sich seine Augen mit Tränen füllten. Es war ihm nicht klar, ob vor Wut auf diesen Beamtenzirkus, anders konnte man die Ereignisse der letzten halben Stunde kaum bezeichnen, oder aufgrund der zunehmenden Sorge um Jule.

Nach einem kurzen Moment der Stille, Al hatte sich langsam wieder auf seinen Stuhl niedergesetzt, schaute ihn der Beamte erneut mit aufgesetzt freundlichem Lächeln ins Gesicht. „Ich kann mir gut vorstellen, dass Sie sich um Jule Sorgen machen. Aber glauben Sie mir, Herr Steinhoff ... wir werden sie finden." Der Beamte lehnte sich zurück, schaute zur Deckenlampe und sagte mit ruhiger Stimme: „Eine letzte Frage hätte ich noch ..." Er räusperte sich. „Können Sie sich eine Verbindung zwischen Ihrer Freundin und diesen drei Männern vorstellen?" Al schaute zu Boden, vor seinem geistigen Auge sah er die Pistolenmündung, die auf ihn gerichtet war, sodass er den dahinterstehenden Mann kaum wahrgenommen hatte. Nur das tiefe, sonore „Halt dich da raus!" klang noch immer in seinen Ohren.

„Finden Sie diese Schweine", brachte Al noch mit erstickter Stimme heraus, bevor er seinem Schluchzen und den Tränen freien Lauf ließ. Der Mann hinter dem Schreibtisch nickte tonlos und gab seinen Kollegen zu verstehen, Al zum Polizeiwagen zu bringen. Mit gebeugtem Kopf erhob Al sich und schlurfte in Richtung Ausgang. Ein Beamter hielt ihm tonlos die Hintertür des Polizeiwagens auf. Diesmal waren sie weniger grob mit ihm und ließen ihn langsam einsteigen. Kurze Zeit später schoss der Wagen wieder mit erhöhter Geschwindigkeit zunächst durch den Torbogen und bog nach rechts in eine schmale Gasse ein. Eine grell-blaue Neonreklame leuchtete auf der linken Straßenecke. „Salon Antonio" konnte Al durch das verregnete Seitenfenster gerade noch erkennen, bevor das Polizeiauto auf eine breite, stark befahrene Straße abbog. Er versuchte, irgendetwas Bekanntes zu entdecken, etwa eine der bekannten Touristenattraktionen, was jedoch durch die vom Regen verschmierten Seitenscheiben kaum möglich war. Den Beamten hatte er während der Fahrt kurz den Namen seines Hotels mitgeteilt, damit sie ihn dort oder wenigstens in der Nähe rauslassen konnten.
Nach einer Weile erkannte er das Kolosseum und wusste, dass er nicht mehr weit von seinem Hotel entfernt war. Das Polizeiauto hielt direkt davor. Ankommende oder abreisende Hotelgäste gafften in seine Richtung, was ihm für einen kurzen Moment peinlich war. Die Erleichterung, wieder in bekannter Umgebung zu sein, war jedoch spürbar größer, zumal die Carabinieri, kaum dass er ausgestiegen war und die Wagentür ins Schloss fiel, gleich davonbrausten.
Eine Kirchenglocke läutete und es hatte fast aufgehört zu regnen. Die Gedanken kreisten durch seinen Kopf und er war sich sicher, dass er jetzt kein Auge zumachen konnte. Obwohl die Kleidung durchnässt war und er leicht fror, lief er die regennasse Straße in Richtung Kolosseum entlang, in der Hoffnung, auf ein Lebens-

zeichen von Jule zu stoßen. Er blickte auf sein Handy – keine SMS und kein entgangener Anruf. Verzweiflung machte sich in seinen wild durcheinanderwirbelnden Gedanken breit. Sollte er Jules Eltern anrufen? Besser nicht, die konnten im Moment auch nichts ausrichten.
Nachdem er eine Weile umhergelaufen war, erblickte er das Kolosseum. Architektonisch ein wunderbarer Bau, hinter dessen Fassade jedoch Tausende von Menschen gequält und ermordet wurden. Der Gedanke daran war alles andere als beruhigend und wieder sah er die drei dunklen Gestalten im Geiste vor sich, die Jule offenbar sofort erkannt hatten und vor denen sie Knall auf Fall geflohen war. Al ließ sich auf einer Bank nieder und blickte wie gebannt zum Kolosseum hinüber. Die an den Hosenbeinen aufsteigende Nässe bemerkte er nicht. Er musste vielmehr an die grausame Christenverfolgung denken, an die vielen Menschen, die hinter diesen Mauern für ihre Überzeugung, für ihren Glauben grausam zu Tode gekommen waren, an den Pöbel, der dieses entsetzliche Theater auch noch als „Brot und Spiele" bezeichnet hatte. Obwohl fast 2000 Jahre dazwischen lagen, spürte er in diesem Moment, dass die damaligen Ereignisse noch seltsam lebendig waren. Als wollte er den Schmerz mit diesen gequälten Menschen teilen, fühlte er sich mit ihnen solidarisch. Das Römische Reich ging sehr bald nach diesen Ereignissen unter, dachte er, das Christentum lebt bis heute weiter. Das war ein beruhigender Gedanke und auch ein schwacher Trost.
Al stand wieder auf und spürte einen Funken Hoffnung aufkeimen. „Wir sehen uns wieder", hatte Jule ihm noch zugeflüstert, bevor sie die Flucht ergriffen hatte. „Genau das werde ich dir versprechen", rief er tonlos in Richtung des Kolosseums und machte sich einigermaßen zuversichtlich auf den Weg zurück zum Hotel.
In seinem Zimmer angekommen, entledigte er sich erst mal der nassen Klamotten und stellte sich unter die heiße Dusche. Er

versuchte sich vorzustellen, die Ereignisse des Tages wie unangenehm stinkenden Schweiß wegspülen zu können. Entgegen seiner Gewohnheit, sich nie aus der Minibar des Hotels zu bedienen, nahm er nun eine kleine Flasche Jack Daniels und trank den Inhalt mit zwei kräftigen Zügen aus. Vielleicht konnte er damit etwas Schlaf finden. Er blickte noch einmal auf sein Handy. Nach wie vor keine Nachrichten von Jule. Mit noch immer dröhnendem und jetzt auch leicht benommenem Kopf kroch er unter die Bettdecke und fiel augenblicklich in einen unruhigen Schlaf.

Österreich, August 2001

Seit seinem fünfzehnten Geburtstag hatte Al immer weniger Lust, mit seinen Eltern auf die Kärntner Insel zu fahren. Er befürchtete, schüchtern und zurückhaltend, wie er war, auch hier als Langweiler geoutet zu werden. Es kam jedoch ganz anders. Es war deutlich ruhiger als sonst auf der Insel. Nicht etwa, weil die von früher bekannten Gleichaltrigen sich ebenfalls in ihre Zimmer verkrochen hatten, sondern weil schlicht und ergreifend kaum Gleichaltrige da waren. Die Eltern kamen ohne ihre Kinder auf die Insel. „Mit sechzehn oder siebzehn Jahren fahren die Kinder nicht mehr mit den Eltern in Urlaub", ließen sie gleich bei ihrer Ankunft verlauten. Damit gingen sie jeder Nachfrage aus dem Weg und machten aus der sprichwörtlichen Not eine Tugend. Spätestens mit dem Kommentar: „Na ja, dann haben wir wenigstens unsere Ruhe", war klar, dass die Eltern angesichts einer unsäglichen Diskussion mit ihren Kindern kapituliert hatten. Um nicht den Anschein mangelnder Erziehung oder Autorität aufkommen zu lassen, wurden die Kinder zu Sprachkursen nach England oder Frankreich geschickt. Das wäre ein Tribut an die unmenschlichen schulischen Leistungen, die ihren Zöglingen heute abverlangt würden. Man wollte im Hin-

blick auf das bevorstehende Abitur und die zukünftigen beruflichen Weichenstellungen ihrer Nachkommenschaft nichts auf der Strecke lassen. Ein Urlaub mit den Eltern war da natürlich nicht mehr drin, weil man die Zeit zum Lernen bräuchte.
Al verplemperte nach wie vor Zeit mit seinen Eltern auf der Insel in Kärnten. Was für ihn kurz nach seinem 16. Geburtstag zur öden Langeweile wurde, war für seine jüngere Schwester Karin ein noch größeres Ärgernis. Das sei das letzte Mal, dass sie auf diese dämliche Insel fahre, hatte sie im Vorfeld mehrfach lautstark verkündet, deshalb bekam man sie auf der Insel auch kaum zu Gesicht. Wenigstens konnte sie ihren Laptop und ihr Handy mitnehmen, um mit ihren Freundinnen kommunizieren zu können. Den geregelten Mahlzeiten, das hatten die Eltern schließlich noch abverlangen können, folgte sie zwar wortlos, aber mit einem mürrischen „Wie-ätzend"-Gesicht. Obwohl es Al nicht viel besser ging, brachte er wenigstens gelegentlich ein Anstandslächeln hervor, sobald die Eltern die Stimmung mit bekannten „Wisst-ihr-noch-damals"-Anekdoten aufzuhellen versuchten. Drei Wochen sollten sie bleiben. Drei Wochen waren Al in früheren Jahren immer viel zu schnell vorbei gegangen, heute kamen sie ihm unendlich lang vor. Für Karin war es wie eine Gefängnisstrafe. Es war schon seltsam, dass Eltern und Großeltern regelmäßig bei jeder Familienfeier feststellten, dass, je älter man würde, die Zeit umso schneller verfliege. Für Al und Karin war es der Beweis des Gegenteils.
Eine endlose Woche war vorbei und es bestand die Hoffnung, dass am heutigen Samstag, dem üblichen An- und Abreisetag, neue Gäste kamen, ein paar bekannte Kumpel, mit denen man etwas anstellen konnte. Al saß gedankenversunken am Strand. Die drückende Hitze und absolute Windstille, die für diese Gegend im Hochsommer eher selten der Fall war, legten sich wie eine schwere Decke über den See und ließen die Konturen der Berge miteinander verschwimmen.

Das hoteleigene Transportboot nähert sich. Ein altes Holzboot aus Mahagoni, eine Art maritimes Taxi, wie man es in Venedig nutzte. Das sonore Tuckern war schon von Weitem auszumachen. Es war das einzige Geräusch an diesem drückenden Morgen. Der Bootsführer stand mit einer albern wirkenden Kapitänsmütze hinter dem Lenkrad, als wolle er jeden Moment Gas geben, um mit spritzender Gischt die bewundernden Blicke der am Strand dösenden Hotelgäste auf sich zu ziehen. Das Boot knatterte jedoch mit seinen knapp 25 PS gemächlich zum hoteleigenen Anlegesteg, um dort in aller Ruhe mit zwei Leinen an Bug und Heck des Schiffes festgemacht zu werden. Lediglich drei Personen stiegen aus dem Boot. Das war wohl der traurige Zuwachs für diese Woche, dachte Al.

Offenbar handelte es sich um eine Familie mit ihrem Sohn, dessen Alter auf die Entfernung kaum einzuschätzen war. Die Eltern stiegen beide mühsam aus dem Boot und wirkten älteren Jahrgangs. Der Junge war zuvor auf den Steg gesprungen, um den Eltern beim Übergang vom Boot auf den Steg behilflich zu sein. Er hatte eine Jeans an, eine etwas längere, altmodisch wirkende Jacke, die für die Temperaturen viel zu heiß sein musste. Zu allem Überfluss trug er noch eine Baseball-Kappe, aus der hinten ein Bündel dunkler Haare auf den Nacken fiel.

Al hatte die neuen Gäste noch nie zuvor gesehen. Der Junge wirkte sehr zuvorkommend, was in Als Augen den Eindruck eines Muttersöhnchens machte. Al selbst war alles andere als ein Draufgänger, aber so ein Gespann versprach bestimmt keine Abwechslung. Andererseits war die Geste den Eltern gegenüber so fürsorglich, dass Al sich ärgerte, Ressentiments gegen ihn zu hegen.

Die kleine Gruppe ging in Richtung Hotel, der Kapitän des Hotelbootes erhobenen Hauptes vorneweg, als sei er der Chef des Hotels. Dass er die Koffer trug, verriet jedoch seine eigentliche

Position. Alle nannten in Georg, er war weder Senior- noch Juniorchef, sondern Mädchen für alles. Als ehemaliger Grundschullehrer, diesen Job hatte er wegen eines Burnouts aufgeben müssen, hatte er hier offenbar seine Traumstelle gefunden.
Nach dem Mittagessen, die neuen Gäste waren hierzu nicht erschienen, wurde Al jedoch zunehmend neugierig, um wen es sich bei diesen handelte. Zu Georg hatte er einen guten Draht. Er plauderte oft redselig aus, was man vielleicht besser für sich behalten sollte. Dennoch schien er auf gewisse Weise vertrauenswürdig zu sein.
Al schlich sich wie beiläufig an Georg heran und fragte ihn mit betont gleichgültiger Mine, wer die neuen Gäste seien und vor allem, wer dieses Muttersöhnchen sei. Zu seinem Erstaunen wusste Georg nicht viel zu sagen. Es sei eine Familie Camus aus einem Vorort von Straßburg. Sie kämen zum ersten Mal auf die Insel. Obwohl sie gut Deutsch könnten, hätten sie auf der Überfahrt kaum ein Wort gesprochen und sich auch nicht nach den Gepflogenheiten des Inselhotels erkundigt, wie das neue Gäste sonst meist täten. Mehr könne er nicht sagen.
Auch zum Abendessen ließ sich Familie Camus nicht blicken und von Georg war zu erfahren, dass es Herrn Camus gesundheitlich nicht gut ginge. Sie hatten vorgezogen, sich das Abendessen auf dem Zimmer servieren zu lassen. Gegen Abend lungerte Al an der Rezeption herum und fläzte sich in die breiten Sofas gegenüber, was er sonst eigentlich nie tat. Aus irgendeinem Grund war er inzwischen neugierig geworden, mehr über Familie Camus zu erfahren. Die Dame an der Rezeption zu befragen, erschien ihm zu aufdringlich und so ging er später auf sein Zimmer, das er mit seiner Schwester teilte. Als er ins Zimmer kam, nahm Karin kaum Notiz von ihm und war in ein Buch vertieft, das ihre volle Aufmerksamkeit in Anspruch nahm. Zumindest hatte sie ihren geliebten Laptop beiseitegelegt, der nicht selten bis spät in die

Nacht eingeschaltet war. Ohne Flatrate im Ausland, die Karins Eltern vorsorglich und wohlweislich noch eingerichtet hatten, wäre der Urlaub sicher wegen Karins ständiger Internetpräsenz um ein Vielfaches teurer geworden. Welches Buch an diesem Abend dem Internet Konkurrenz machte, wollte Karin nicht preisgeben und verhüllte den Umschlag mit einer undurchsichtigen Folie. Ein gelegentliches Schniefen verriet jedoch, dass es sich um eine Lektüre handeln musste, für die sich Al nicht interessierte. Zumindest blieben ihm in dieser Nacht das ständige Klicken und blass-grelle Flackern des Laptops erspart.

Wie immer gegen acht Uhr morgens begleiteten Al und Karin ihre Eltern in den Frühstücksraum. Es war jedes Mal erstaunlich, wie unterschiedlich der Raum je nach Tageszeit wirkte. Morgens durch den Lichteinfall der Sonne oder abends durch das Schimmern der Kronleuchter. Das Frühstück sei um diese Uhrzeit am besten, es hätte noch nicht alles so lange rumgestanden, war die Meinung der Eltern, und sie ließen sich in diesem Punkt zu keinen Kompromissen hinreißen. Al war jedes Mal verärgert, wenn der Vater zur Unzeit gegen die Tür klopfte. Im nächsten Jahr würde er, da bestand für ihn kein Zweifel, ebenso wie die anderen eine Sprachreise nach England oder Frankreich der Kärntner Insel vorziehen.

An diesem Morgen war er sehr gespannt. Endlich würde er Familie Camus aus der Nähe sehen. Wie bei den vorhergehenden Mahlzeiten war die unbekannte Familie aber nicht anwesend, was seine Hoffnung auf einen brauchbaren Kumpel endgültig zunichtemachte.

Nach dem Frühstück ging Al in sein Zimmer, tauschte die Frühstücksklamotten gegen seine Badeshorts und legte sich mit einem Buch an den Strand. „Unterm Rad" von Hermann Hesse hatte er dabei. Er musste es bereits im Deutschunterricht lesen, hielt es aber damals für extrem langweilig. Und doch blieb etwas

Seltsames zurück, ein undefinierbares Gefühl. Ein Kribbeln im Bauch, das er mit dem Protagonisten des Buches auf unheilvolle Weise teilte und dem er auf den Grund gehen wollte. Bereits nach den ersten Seiten packte ihn wieder dieses aufwühlende Gefühl, diese Mischung aus Aufbegehren wollen und es nicht können. Es war diese wunderschöne, lustvolle Romantik, die letztlich an der Realität kläglich scheiterte. Lautstark erzählte er immer wieder seinen Eltern, seiner Schwester und Freunden von dem Genius Hesse. Vielleicht wollte er sich auch nur gewissermaßen als Kenner dieses Schriftstellers darstellen, in dessen Rolle er sich irgendwie gefiel. Sein Umfeld durchschaute seine Absichten rasch und kommentierten sie allenfalls mit müdem Lächeln. Ergebnis war jedoch, dass er als scheinbarer Hesse-Fan die gesammelten Werke als Weihnachtsgeschenk in Empfang nehmen durfte. Spätestens nach den ersten Seiten des für ihn vollkommen undurchsichtigen Romans „Das Glasperlenspiel" ebbte das gerade erblühte Interesse für Hesse wieder ab. Jetzt war es eine gute Gelegenheit, den Sammelband noch mal hervorzuholen, um den roten Faden, vielleicht auch den des seltsamen Glasperlenspiels, erneut aufzugreifen. Natürlich hoffte er auch, damit der Langeweile der Kärntner Insel wenigstens zeitweise entkommen zu können.
Der Strand füllte sich. Jeder der Gäste nahm dabei seinen seit Jahren angestammten Liegeplatz ein und markierte ihn mit unterschiedlichsten persönlichen Utensilien, um bei neuen Gästen von vornherein keine Missverständnisse bezüglich der Liegeplatzordnung aufkommen zu lassen. Einige wenige Plätze wurden jedoch bewusst frei gehalten, um die Neuen auf geradezu magische Weise dorthin zu kanalisieren. Ebenso ging es Familie Camus, die langsamen Schrittes zum Strand kam, um einen Liegeplatz für jährlich wechselnde Gäste und vorübergehende Liegestuhlinhaber anzusteuern. Von Als Liege aus gesehen, lag dieser Platz etwa fünf Meter weiter vor ihm in Richtung Seeufer,

sodass er bequem und ohne Aufmerksamkeit auf sich zu lenken die Familie beobachten konnte. Alle drei hatten lange, weiße Bademäntel an und breiteten diese sorgfältig auf den hölzernen Liegen aus. Die Eltern schienen auch jetzt deutlich älter zu sein, als er angenommen hatte. Der vermeintliche Sohn jedoch entpuppte sich zu seiner Überraschung als Mädchen seines Alters. Die junge Frau wirkte burschikos, mit Pagenschnitt, der, als sie die Baseballkappe abnahm und den Schopf mit weiblicher Geste aufschüttelte, in der Sonne samtig schimmerte und an eine braun-rötlich schimmernde, frisch aufgeplatzte Kastanie erinnerte. Ihre sportliche, im Schulterbereich sogar muskulöse Figur ließ die Verwechslung mit einem Jungen, zumindest von hinten betrachtet, durchaus zu. Sie hatte einen dunkelblauen Bikini an, der, als sie sich nach rechts zur Liege drehte, an ihren weiblichen Formen allerdings keinen Zweifel ließ. Ihre Haut wirkte insbesondere um die schmalen Hüften herum blass und weiß, als wäre dies das erste Mal, dass sie von der Sonne beschienen würde. Al erinnerte sich an seine letzte Klassenfahrt nach Paris, als er einen freien Nachmittag dazu nutzte, das zuvor besichtigte Musée d'Orsey erneut aufzusuchen. Die aus makellos weißem Carrara-Marmor gefertigten nackten, jungen Frauen übten auf ihn eine nachhaltige erotische Ausstrahlung aus. Das braungebrannte Ideal heutiger Schönheitsmagazine war seitdem für ihn nicht mehr nachvollziehbar. Diese blass-zarten Erscheinungen wirkten auf ihn magisch anziehend, was ihm beim Anblick von Familie Camus' Tochter wie ein reizvolles Déjà-vu-Erlebnis vorkam.

Er wollte sich seine träumerische Fantasie auf keinen Fall anmerken lassen und hielt sein Buch in der Weise schräg vor sein Gesicht, dass man hätte denken können, er sei in seine Lektüre vertieft. Und doch konnte er seinen Blick von ihr nicht abwenden und musterte sie neugierig – jede ihrer Bewegungen, jede ihrer

weiblichen Körperformen. Sie hatte eine zierliche, leicht nach oben zeigende Nase, was für ihn auf einen wissbegierigen, vielleicht sogar aufmüpfigen Charakter hindeutete. Ihr ausgeprägtes Kinn, die steile Stirn und der rundliche Hinterkopf ließen den Kopf insgesamt etwas größer erscheinen, als dass es zu einer schmalen Person von etwa 165 cm Größe gepasst hätte, was für ihn auf ein hohes Maß an Intelligenz hindeutete. Dabei wirkte sie auffallend gepflegt, sauber, duftend. Teilweise lag das auch an dem dunklen in der Sonne schimmernden Haarschopf, der bei jeder Bewegung mal rötlich, mal dunkelbraun glänzte.
Plötzlich drehte sie sich um und sah ihn für einen Moment aufmerksam an. Offenbar hatte sie bemerkt, dass sein Buch nur als Alibi diente und er sie interessiert beobachtete. Anstatt sich abzuwenden, schaute Al wie hypnotisiert zurück. Wie gebannt blickte er in ihre auffallend hellblauen Augen, die sich von ihrem hellen Teint und dem dunkel schimmernden Haar kontrastreich abhoben. Spätestens jetzt hätte er den spöttischen und hochnäsigen Blick pubertierender Mädchen erwartet. Doch sie lächelte kaum merklich, drehte sich dann in Richtung See um und spurtete ins Wasser. Mit einem flachen, eleganten Sprung hechtete sie in die bis dahin reglosen Fluten des Sees. Ohne zu zögern oder von der Kälte des Wassers überrascht zu sein, kraulte sie wie eine professionelle Schwimmerin auf den See hinaus. Al schaute ihr verwirrt hinterher. Nach kurzer Zeit erreichte sie die etwa dreißig Meter entfernte Boje. Wie konnte er sie nur für ein Jungen gehalten haben? Gerade diese burschikose Erscheinung und gleichzeitig diese zarte, mädchenhafte Figur hatten auf ihn eine unglaubliche Wirkung. Und dieser Blick, der nicht wie sonst bei ähnlich attraktiven Mädchen in vergleichbarer Situation in ein Desaster mündete, rief bei ihm eine seltsame Vertrautheit hervor, als ob sie sich schon seit Jahren kannten. Wollte sie ihm irgendetwas sagen, einen wichtigen Gedanken zuwerfen? Al kräuselte die Stirn

und schüttelte den Kopf, als wollte er diesen Anflug einer romantischen Schwärmerei sofort vertreiben. Er lächelte verlegen über sich selbst und nahm sich fest vor, sobald sie wieder aus dem Wasser kam, sich nichts anmerken zu lassen.

Das Buch legte er beiseite und nahm sich stattdessen die Tageszeitung vor, die er vom Frühstücksraum mitgenommen hatte, und tat so, als würde er sich in einen Artikel vertiefen. In Wirklichkeit versuchte er die Umgebungsgeräusche auszublenden, um ein paar Worte auffangen zu können, die Herr und Frau Camus miteinander wechselten. Leider verstand er kein Wort, da sie sich auf Französisch unterhielten. Wie gebannt beobachtete Al, dass Tochter Camus, im kräftigen Kraulstil von der Boje kommend, wieder in Richtung Ufer schwamm. Noch bevor sie es erreichte, beschlossen Herr und Frau Camus kurzerhand, zum Hotel zurückzukehren. Frau Camus drehte sich um und rief der aus dem Wasser laufenden Tochter entgegen: „Jule, wir gehen schon mal vor, es ist uns zu heiß, wir sehen uns später."

Jule, das war also ihr Name. Ein ungewöhnlicher Name, mit einem stimmhaft klingenden „Ü" in der Mitte, wie es nur die französische Sprache hervorbrachte, möglicherweise von Julia oder Juliette kommend, aber irgendwie passend, dachte Al. Ohne sich abzutrocknen, legte sie sich anschließend auf die Liege unter dem Sonnenschirm. Sie mochte also keine unmittelbare Sonne und das war vermutlich der Grund, warum sie so eine blasse Haut hatte. Bereits damals im Museum drängte es Al, die nymphenhaften Schönheiten anzufassen, seine Hand über die weißen Schenkel und Brüste gleiten zu lassen. Es blieb jedoch bei dem Traum, so auch jetzt – beim Anblick von Jules noch immer feucht schimmernder Haut.

Al schaute diesmal etwas vorsichtiger an seiner Zeitung vorbei, die ihn nicht interessierte, sondern ihm, wie zuvor sein Roman, nur als Alibi diente, um Jule weiter möglichst unauffällig zu beobachten. Allerdings konnte er jetzt kaum von ihr ertappt werden, da sie den Blick auf den See hinaus gewandt hatte. An ihren Schultern erkannte er, dass sie noch leicht außer Atem war, sah, wie sich das rasche Auf und Ab ihres Brustkorbes und ihrer Brüste, die sich im Liegen kaum abzeichneten, langsam beruhigte. Al stellte sich vor, dass sie auch an ihn dachte und geneigt war, sich umzudrehen, zu ihm zu gehen, ein Gespräch mit ihm zu beginnen. Er wünschte sich, dass sie ihn noch mal so geheimnisvoll anlächeln würde.

Es dauerte nicht lange, bis Jule sich aufsetzte, ihre Sachen in die Strandtasche packte und in Richtung Hotel schlenderte. Sie blickte ihn nicht an, offenbar war sie mit den Gedanken woanders, oder sie traute sich nicht, ihn anzusprechen, genauso wenig wie er selbst. Diese kleine Romanze war so unbeschreiblich, so zerbrechlich, dass Al sie jetzt nicht zerstören, sondern im Herzen behalten wollte. Als etwas, was ihm nicht genommen werden konnte und an die er sich immer schwärmerisch erinnern würde. Und trotzdem überlegte er, ob er ihr nicht folgen, sie nach ihrem Namen fragen oder sie in eine Unterhaltung verwickeln sollte. Doch bevor er den Gedanken zu Ende spinnen konnte, war sie schon beim Hotel angekommen. Ihr jetzt noch hinterherzulaufen, wäre zu albern gewesen. Jemand hatte zu ihm mal vor vielen Jahren gesagt, Frauen seien wie Schatten. Wenn man ihnen hinterherliefe, liefen sie einem weg, und wenn man von ihnen wegliefe, liefen sie einem hinterher. Das klang zwar irgendwie logisch oder vielleicht sogar weise, so richtig überzeugt war er von diesem altklugen Spruch aber nie gewesen. Richtige Freundschaft ist doch eigentlich eher, wenn man aufeinander zugeht, anstatt voreinander wegzulaufen. Aber woher sollte man wissen, ob der andere, ob Jule das in diesem Moment genauso sehen würde. Na ja, schlimmstenfalls bekam man eine Abfuhr, nach dem Motto „süß", das kannte er ja schon. Irgendwie steckten die Ereignisse der damaligen Klassenfahrt, diese herablassende Abfuhr, dieses schallende Gelächter seiner Kameraden, ihm tiefer in den Knochen, als er selber zugeben wollte.

Die nächsten zwei Tage vergingen ähnlich. Entweder war Jule mit ihren Eltern unterwegs oder sie verschwand so schnell aus seinem Blickfeld, dass er keine rechte Gelegenheit fand, sie anzusprechen. Am dritten Tag, es war so gegen zwei Uhr, lümmelte er gelangweilt in den schweren Sesseln gegenüber der Rezeption, in der stillen Hoffnung, dass sich Jule hierher verirren würde und man, rein zufällig natürlich, ein paar Worte miteinander wechseln könnte. Aber Jule ließ sich auch hier nicht blicken. Bestimmt hatte er sie am Strand zu aufdringlich angestarrt und sie mied ihn seither. Er musste sich eingestehen, dass das Interesse an Jule mit jedem Tag, an dem er auf ein Gespräch mit ihr hoffte, zunahm. Ob das für einen Sechzehnjährigen normal war oder nicht, war ihm im Moment egal. Was auch immer bei der ersten Begegnung mit Jule am Strand passiert war, dieser kurze Moment, an dem sich ihre Blicke trafen, hatte eine unwiderrufliche Kettenreaktion in ihm ausgelöst. Männer sind triebgesteuert, hatte er mal gelesen. Wohl nicht ganz falsch, und doch war es mehr, was ihn an Jule interessierte. Möglicherweise war es eine gemeinsame Wellenlänge, der Wunsch, Gedanken auszutauschen, nichts vorspielen zu müssen, sein zu dürfen, wie man ist, mit allen Schwächen. Al wusste, dass er mehr positive Attribute in Jule hineininterpretierte, als er durch die zufälligen Momente tatsächlich erfahren hatte. Ihm war klar, dass er damit oft auf die Schnauze gefallen war. Aber diesmal, dachte er hoffnungsvoll, könnte alles anders sein.

Die Stille und die Schwüle waren unerträglich. Die kühle Brise, die sonst nachmittags von den Bergen kam, blieb seit Tagen aus. Der großzügige Raum vor der Rezeption war nicht klimatisiert, dennoch war es innerhalb der dicken Mauern dieses herrschaftlichen Hauses besser auszuhalten als draußen am Strand. In einem Bücherregal standen abgegriffene Bücher, und Al nahm sich ein Taschenbuch mit auffallend rotem Einband, der Titel war kaum noch zu erkennen. Er fläzte sich auf einen der breiten Sessel und ließ seine Füße über die üppige Armlehne baumeln. Lustlos blätterte er durch den Roman und las hier und da ein paar Textfetzen. Aber schon nach wenigen Seiten war ihm klar, dass es sich um erotische Literatur handelte, die seine jugendlichen Triebe gleich zu fesseln verstand. Auf einigen Seiten waren eindeutige Zeichnungen aus dem Orient abgebildet. Frauen und Männer, die in allen nur erdenklichen Körperhaltungen miteinander kopulierten. Die Gesichter wirkten gelassen, ja fast gelangweilt. Der Maler hatte aber großen Wert darauf gelegt, dass vor allem die Geschlechtsteile und der Kopulationsvorgang in aller Deutlichkeit dargestellt wurden. Auf jeder Abbildung war der in einer Vagina steckende steife Penis zu sehen, was eher einer sachlichen anatomischen Abhandlung glich als einer erotischen Darstellung. Die Zeichnungen erinnerten fast an die Aufklärungslektüre der fünften Klasse. Der damalige schulische Versuch einer eindeutigen Aufklärung hatte das Ziel, den Vorgang des Geschlechtsverkehrs möglichst detailgetreu darzustellen, ohne Fragen offen zu lassen. Es folgten endlose, zum Teil heftige Diskussionen in der Elternschaft. Einige sahen darin eine Art Degradierung des Liebesaktes zu einem quasi mechanischen, emotionslosen Vorgang. Andere waren der Meinung, es handele sich um rein pornografische Abbildungen, die für Fünftklässler alles andere als geeignet wären. Zur letzten Gruppe gehörten auch Als Eltern. Mit Ausnahme von Aktdarstellungen innerhalb von Kunstbildbänden waren erotische Darstellungen im Hause Steinhoff nicht anzutreffen, abgesehen von den Playboy-Ausgaben, die gelegentlich unter dem elterlichen Doppelbett lagen, das von Al, wenn er alleine zu Hause war, regelmäßig inspiziert wurde.

Al blätterte zügig von einer Seite zur nächsten, was ihm zunehmend ein mulmiges Gefühl bereitete. Er befürchtete, mit dieser eindeutigen Lektüre gegenüber zufällig Vorbeikommenden in Erklärungsnot zu geraten. Jetzt auf Jule zu treffen, wäre ihm besonders peinlich gewesen und sicher kein guter Start in ein unverfängliches Gespräch. Trotzdem legte er das Buch nicht beiseite. In der nachmittäglichen Hitze fühlte er sich davon magisch angezogen. Im Gegensatz zu seiner damaligen Aufklärungslektüre waren bei näherer Betrachtung dieser Bilder mehr und mehr erotische Details zu erkennen. Die dazugehörigen Texte enthielten genaueste Beschreibungen von Liebestechniken und -praktiken. Die Ekstase steigerte sich von Seite zu Seite, bis hin zu einem glorifizierten mystischen Höhepunkt, der geradezu spürbar war. Die Sprache war poetisch schwer, wie ein orientalisches Parfum, das Al geradezu riechen und schmecken konnte und genussvoll einsaugte. Es erinnerte ihn an einen seltsamen Besuch bei seinen Eltern vor zwei Jahren. Damals kündigte sein Vater bereits Tage zuvor einen Geschäftskunden aus Marokko an, der einer alt-ehrwürdigen königlichen und geheimnisumwobenen Familie entstammte. Auffällig war weniger der Geschäftspartner selbst, als vielmehr ein Tross von Frauen, mehr oder weniger verschleiert, die zunächst sehr zurückhaltend, dann umso neugieriger die Wohnungseinrichtung und vor allem Al und Karin inspizierten. Von einer kleinen zierlichen jungen Frau, die als jüngste Tochter vorgestellt wurde, waren nur die auffallend hellgrünen Augen zu sehen, die ihn damals durchdringend anschauten. Das Wohnzimmer war danach noch tagelang erfüllt von einem schweren orientalischen Geruch, der wie ein unsichtbarer Nebel durch die Zimmer waberte, und an den er sich jetzt erinnerte. Obwohl seine Mutter immer wieder die Fenster öffnete, schien der Geruch aus den Ecken und Winkeln des Wohnzimmers hervorzukriechen, was ihn noch Jahre lang von der geheimnisvollen Schönheit träumen ließ.

Die erotischen Bilder und Texte sowie die Gedanken an seine früheren Fantasien im Zusammenhang mit der orientalischen Familie und der nun wieder aufkommende orientalische süßliche Duft, der Al mehr und mehr zu betäuben schien und ihn sinnlich in der Nase kitzelte, ließen in ihm den Drang nach mehr erotischen Fantasien, nach mehr Erregung, unwiderstehlich anschwellen. Allerdings war das Foyer hierfür ein denkbar schlechter Ort, nicht zuletzt, da er, nur mit T-Shirt und Boxershorts bekleidet, seine Erregung kaum noch verbergen konnte.
Al legte das Buch zu Seite, wartete einen Moment der Entspannung ab, und verließ das Foyer zügig, um sich nach einem ungestörten Plätzchen umzuschauen, an dem er seinen Fantasien freien Lauf lassen konnte. Er erinnerte sich an ein altes Bootshaus am anderen Ufer der Insel. Früher ging das Gerücht herum, hier hause der böse Geist der Insel, der einen packen und in sein Todesreich hinabziehen würde, sobald man sich ihm näherte. In den nächsten Jahren galt es als Mutprobe, möglichst bei Dämmerung zum Bootshaus zu gehen, gegen die alte verwitterte Tür zu klopfen, um sich dann rasch wieder in Sicherheit zu bringen. Später diente das alte Bootshaus als Versteck für Räuber- und Gendarm-Spiele, bis es in Zeiten der aufkommenden Pubertät fast ganz in Vergessenheit geriet.
Al bahnte sich mühsam einen Weg durch das zum Teil mit Brombeerdornen durchwachsene Dickicht. Der damals bekannte Pfad war kaum noch zu erkennen. Das Bootshaus lag vor ihm. Eine Kletterrose hatte von dessen maroder Fassade Besitz ergriffen und verstärkte den geheimnisvollen Anblick. Fast wie bei Dornröschen, dachte Al. Die Tür zum Bootshaus ließ sich kaum öffnen, gab dann jedoch nach einem kräftigen Tritt ächzend nach. Drinnen herrschte Stille. Sonnenstrahlen fielen durch kaputte Dachziegel in das dunkle Innere des Bootshauses und waren durch den aufgewirbelten Staub geradezu gespenstig greifbar.

Dort, wo sie den Boden trafen, leuchteten helle, unregelmäßig geformte und gleißend helle Flecke und gaben Boden und Wänden ein bizarres, fast schon impressionistisches Aussehen. Das Bootshaus war auf Stelzen in das flach abfallende Ufer gebaut. Dadurch entstanden zwei Wassergaragen, die durch einen knapp ein Meter breiten Steg getrennt waren. Das Tor zum See war verschlossen und ließ zwischen dem Holz und der Wasseroberfläche nur einen kleinen hellen Spalt übrig. Wenn überhaupt, konnte man nur liegend auf den See schauen. Die Garagenplätze waren leer und dienten vermutlich nur im Winter als Abstellplätze für das hoteleigene Wassertaxi. Zu beiden Seiten der Garagenplätze waren Stege, um ein Boot von zwei Seiten besteigen zu können. Zum Land hin diente die Uferböschung als Rampe. Auf einer Seite war ein Boot aufs Trockene gezogen worden und wurde von mehreren weißen Leinentüchern bedeckt. Die sich darauf reflektierenden Sonnenstrahlen waren so hell, dass Al die Augen zusammenkneifen musste.
Al zog die Leinentücher zur Seite und erkannte das frühere Hoteltaxi, das für den luxusverwöhnten Lebensstil der Hotelgäste offenbar nicht mehr standesgemäß war. Das mahagonifarbene Holz schimmerte warm und satt. Der Boden des Schiffes war mit glatten glänzenden Paneelen belegt, Sitzbänke befanden sich nur am Bug und Heck des Bootes, der mittlere Teil des Bootes bildete eine etwa zwei Meter lange Kuhle. Von den hohen Bordwänden begrenzt, lud das Boot geradezu ein, sich wie in eine überdimensionierte Badewanne hineinzulegen. Obgleich es nicht mehr in Betrieb war, wurde das Boot offenbar sorgsam gepflegt. Messing-Applikationen an Bug und Heck des Bootes glänzten wie neu. Die Holzflächen waren sorgfältig bedeckt von frischem Bootslack, und da, wo keiner aufgetragen war, verströmte das warme Holz zusammen mit dem süßlichen Duft hochwertiger Öle ein angenehm edles Ambiente.

Al kletterte in das Boot und streckte sich der Länge nach aus, wobei er weder mit den Füßen noch mit dem Kopf an der zum Heck oder Bug hin gelegenen Bank anstieß. Er zog sein T-Shirt aus, faltete es zu einem kleinen Kissen und schob es unter seinen Kopf. Verträumt blickte er zur Decke und versuchte seine angefangene Gedankenwelt erneut zu beleben. Die Schindeln, die sich in seinem Blickfeld befanden, mussten zweifelsfrei ersetzt werden. Mit einem leisen Unbehagen überlegte er, ob eine der Schindeln auf ihn herabfallen könnte. „Nackter junger Mann beim Lesen einer Erotiklektüre von Schindel erschlagen", das wäre eine tolle Schlagzeile im lokalen Tagesblättchen, dachte er amüsiert. Geblendet von der Sonne, sein Kopf lag genau in der Mitte eines von der Sonne beschienen Flecks, konnte er die Konturen kaum erkennen, ebenso wenig die Seitenwände des Bootshauses, die auf der linken Seite fensterlos bis zum Dachstuhl aufragten. Rechts über ihm wurde der Raum von einer bis zur Mitte des Bootshauses reichenden Zwischendecke unterbrochen. Diese war nur vom Hintereingang des Bootshauses über eine Treppe zu erreichen, die so morsch war, dass man bereits vor Jahren ein Verbotsschild angebracht hatte: „Betreten verboten, Eltern haften für ihre Kinder." Damals hielt das keines der Kinder davon ab, das Auskundschaften der Zwischendecke als neue Mutprobe in das Abenteuerprogramm aufzunehmen. Als dann später ein jüngeres Kind durch die morschen Balken einbrach, ins Wasser stürzte und fast ertrunken wäre, versprachen alle Kinder reumütig, den Zwischenboden nie wieder zu betreten.
Al hatte die erotische Lektüre, in einem kleinen Handtuch sorgfältig verpackt, mitgenommen und nun alle Zeit der Welt, sich den aufreizenden Bildern und Texten erneut zu widmen. Mehr noch als im Foyer konnte er sich seinen Gedanken hingeben und in die Vorstellungen orientalischer Liebeskünste und Liebesstellungen eintauchen. Er setzte sich auf und prüfte noch mal sorg-

fältig, ob er nicht beobachtet wurde. Aber er konnte niemanden erblicken, und bis auf das sanfte Plätschern des Wassers und das lebhafte Vogelgezwitscher über ihm war es totenstill. Das Zwischendeck war inzwischen vermutlich so morsch, dass sich dorthin bestimmt niemand verirrt hatte. Bei dem Versuch, von einer Planke zur nächsten zu balancieren, hätte jede noch so zierliche Person ein verdächtiges Knarren verursacht. Al war sich sicher, allein im Bootshaus zu sein. So konnte er es wagen, sich auch seiner zunehmend angespannten Boxershorts zu entledigen. Er behielt diese jedoch griffbereit in seiner linken Hand für den Fall, dass plötzlich doch ungebetene Gäste auftauchen sollten. Entspannt aber innerlich zunehmend erregt, streckte er sich nackt auf dem Boden des Bootes aus, um seinen im Foyer des Hotels aufgekommenen Gedanken weiter freien Lauf zu lassen. Das Gefühl der sexuellen Erregung kannte er von früher, als er immer mal wieder Lust verspürte, sich zu Hause in seinem Zimmer unter der Bettdecke dem lustvollen Gefühl, sich selbst zu stimulieren, hingab. Das bekannte Gefühl war jetzt allerdings erheblich stärker. Ohne schützende Bettdecke und Sichtschutz verstärkte nun jede kleine Luftbrise das Gefühl der Erregung, als streichle ihn jemand zärtlich am ganzen Körper. Er ertappte sich bei dem Gedanken, dass ihn doch jemand heimlich beobachten würde. Was ihm vor wenigen Minuten im Foyer des Hotels noch peinlich gewesen war, ließ nun sein Herz schneller und stärker schlagen. Er spürte das Blut in seinem Kopf pochen, als wollte es wie eine Fontäne aus Augen und Ohren heraussprudeln. Noch nie hatte er eine Erregung so stark und intensiv empfunden. Ein brennendes Verlangen, als würde jeden Moment eine Bombe platzen, wie eine Sektflasche, die, vom Draht befreit, sich jeden Moment ihrer inneren Spannung durch einen lauten Knall, durch das Wegschleudern des Korkens und durch das befreiende Herausquellen des Schaums entlasten wollte. Seine gesamte Hautoberfläche fühlte sich seltsam nackt und berührungsempfindlich an. Seine Erektion war in der daran auf- und abgleitenden rechten Hand stark, fast schmerzhaft gespannt, was durch einen glitschigen Film aus Schweiß und Resten von Sonnencreme verstärkt wurde. Das Buch hatte er längst zur Seite gelegt und die Augen geschlossen. Er schwebte zwischen eigenen Erinnerungen und gerade noch aufflackernden Bildern orientalischer Lustorgien, flog über die Insel, leicht wie ein Dunstschleier, befand sich wieder auf der Liege am Hotelstrand, nackt und doch unsichtbar wie ein Geist. Plötzlich sah er Jule vor sich stehen in ihrem weißen Bademantel. Sie drehte sich zu ihm um. Im Gegensatz zu den anderen Hotelgästen konnte sie ihn offenbar sehen. Jule blickte ihn an, sah seinen nackten Körper. Dann schaute sie ihm in die Augen mit ihrem sanften, so unnachahmlichen und schüchtern-verlegenen Lächeln. In dem Moment spürte Al, wie sich sein Bauch, seine Brustmuskulatur zusammenzog, sein Körper sich aufbäumte. Unwillkürlich hielt er den Atem an, als sich ein seltsam kribbelndes Gefühl, unterhalb des Bauchnabels beginnend, wie eine warme Welle, auf seinen ganzen Körper ausbreitete, ihn erfasste und erbarmungslos mitriss, wie eine Lawine, wie der Schwall aus einem gebrochenen Damm, eine Explosion, ein Feuerwerk der Gefühle.

Erschöpft sank er zurück auf die warmen Planken des Bootes. Sein Herz raste und obwohl sich sein Atem langsam beruhigte, hatte er das seltsame Gefühl, nie mehr atmen zu müssen. Für einen Moment hatte er wohl sein Bewusstsein verloren und erwachte wie aus einem tiefen, von wilden Träumen durchsetzten Schlaf. Wie lange er so da gelegen hatte, wusste er nicht. Das letzte, woran er sich erinnerte, war, dass er von seiner Liege emporgeschleudert wurde, über die Insel flog und sich schließlich in einem Spinnennetz verhedderte. Die Spinne hatte ihn gefangen und mit einer nach dem fahlen Geruch von Kastanienblüten riechenden und Fäden ziehenden, klebrigen Masse beschossen. Der lustvolle Schleier hatte sich unbarmherzig gehoben und hinterließ einen Albtraum, aus dem er erschrocken aufwachte. Wie in Panik bäumte er sich auf und schaute sich mit wild schlagendem Herz hektisch um. Es war still. Nach wie vor waren nur das Plätschern des Wassers am Steg und die Vögel über ihm zu vernehmen, so, als sei nichts gewesen. Nur die seltsam riechende, klebrige Schmiere auf Brust und Bauch zeugten davon, dass nicht alles ein Traum gewesen war. Ein beunruhigendes Gefühl beschlich ihn. Während noch vor wenigen Minuten der Gedanke, von jemandem und insbesondere sogar von einem Mädchen wie Jule beobachtet zu werden, das höchste Gefühl der Erregung ausgelöst hatte, erfüllte ihn das nun mit aufkommender Besorgnis. Was war Realität, was war Fantasie? Welches Fünkchen Realität hatte seine Sehnsüchte so lebhaft beflügelt? Hatte er sich das alles wirklich nur eingebildet?

Plötzlich vernahm er ein leises Knarren von der Zwischendecke und hielt den Atem an. Dann rieselte langsam Staub auf ihn herab, erst ganz wenig, dann immer mehr. Eilig ergriff er seine Boxershorts, ein lautes Krachen über ihm ertönte. Er zuckte zusammen in der Erwartung, die ganze Zwischendecke würde auf ihn herabstürzen. Panisch blickte er nach oben, versuchte etwas im Dunkel des Bootshauses zwischen den vom aufgewirbelten Staub wie feurige Schwerter herabstechenden Sonnenstrahlen zu erkennen. Ein Schatten huschte über die morschen Bretter des Zwischengeschosses, flink wie eine Katze, tastete sich zügig die brüchigen Stufen hinab zum Hinterausgang, stieß die Tür auf und verschwand in der von draußen hineinströmenden, gleißenden Helligkeit. Al sprang auf, immer noch nackt, aber das war ihm jetzt egal. Es hatte ihn jemand beobachtet, und er musste wissen, wer es war. Unbeholfen hüpfte er über die Bootswand, von der er dachte, dass sie ihm perfekte Deckung gegeben hatte, stolperte über den Kies, über herumliegende Bretter und verrostete Nägel zum Ausgang. Durch einen Spalt sah er eine zierliche Gestalt, ein junges Mädchen, nur mit einem blauen Bikini bekleidet, in Richtung Hotel davoneilen. Noch bevor sie die ersten Büsche erreicht hatte, blieb sie stehen, blickte zurück zum Bootshaus, als habe sie dort etwas Wichtiges zurückgelassen oder, als wollte sie sich vergewissern, was sie gerade gesehen hatte. Dann rannte sie davon. Al stolperte rückwärts ins Bootshaus zurück und sank wie vom Blitz getroffen in die Knie. Die Gestalt, die ihn vom Zwischendeck aus beobachtet hatte, war Jule.

Rom, Mai 2010

Von wirren Träumen gequält, die sich zum Glück schnell im Nebel des Vergessens auflösten, wachte Al in seinem Hotelzimmer auf und setzte sich auf den Bettrand. Verstört blickte er durch das schmale Fenster, das sich von der Decke bis zum Boden erstreckte. Die schmucklosen Vorhänge hatte er nicht zugezogen. Ein dunkel-türkiser Schimmer kündigte über den Dächern der gegenüberliegenden Häuserfassaden den Morgen an. Er versuchte einen klaren Gedanken zu fassen, die letzten Tage noch mal zu rekapitulieren.

Rückblick, Frankfurt, Mai 2010

Jule hatte aus Argentinien geschrieben, dass sie ihn am 25. Mai 2010 in Rom treffen wolle, im Hotel Via Accademia. Schon damals hatte er ein ungutes Gefühl, nicht zuletzt wegen des Hotelnamens. Der Name Via Accademia hatte etwas Beunruhigendes, zu sachlich, nichts, was auf eine erste Liebesnacht mit Jule deuten würde. Sie hatte geschrieben, er müsse an der Rezeption nur seinen Namen sagen, dann wüsste man Bescheid und würde ihm den Zimmerschlüssel aushändigen. Sollte sie nicht da sein, würde sie eine Nachricht in ihrem Zimmer hinterlassen. Alles klang mysteriös. Eine Überraschung sollte es sein, mehr verriet sie nicht. Sie erwähnte auch einen gewissen Dr. Alighieri, der für ihre weitere Arbeit sehr hilfreich sein könnte, vielleicht sogar unverzichtbar. Das klang erst mal sehr hoffnungsvoll, wenn es allein um den Zugang zu teuren wissenschaftlichen Analysegeräten ging. Aber zwischen den Zeilen las er etwas anderes. Angefangen hatte alles mit dieser Entdeckung in Argentinien. Sie erzählte von kleinen blauen Kugeln, die Wasser in seine Bestandteile, Wasserstoff und Sauerstoff zerlegen könnten. Damit wäre das Energieproblem auf der Erde ein für allemal gelöst. Das hörte sich viel zu fantastisch an. Allerdings, wenn das alles stimmen sollte, wäre diese Entdeckung für Jule sicher nicht ungefährlich und sie könnte eine Menge Ärger bekommen. Ölkonzerne, russische Gasoligarchen, die Atomlobby und viele mehr wären an einer solchen Lösung ganz und gar nicht interessiert. Jule glaubte ihm nicht. Die Wissenschaft ließe sich nicht aufhalten. Sie war felsenfest davon überzeugt, dass ihre Ergebnisse dringend veröffentlicht werden müssten. Alle Warnungen, auch die ihres Vaters, hörte sie nicht oder wollte sie nicht wahrhaben. Irgendwie hatte Al schon damals eine dunkle Ahnung, konnte es aber trotzdem nicht abwarten, Jule in Rom zu treffen. Wissenschaft hin oder her, wichtiger für ihn war das Wiedersehen mit ihr. Die letzten Briefe waren eindeutig: Das Treffen in Rom würde der Beginn einer ganz neuen Freundschaft, der Beginn eines Lebens zu zweit, der Beginn einer Liebe sein.

Nach seinem letzten Staatsexamen für Medizin hatte sein Doktorvater ihn als Assistenzarzt übernommen. Was für die einen

ein Traum war, entpuppte sich für ihn als Problem, weil er Jule am 25. Mai in Rom treffen wollten. Al hatte versucht, seinem Doktorvater klarzumachen, dass er erst mal eine Auszeit benötigte. Die übereilte Anstellung verfolgte primär das Ziel, die mit der Doktorarbeit begonnene wissenschaftliche Arbeit kontinuierlich fortzusetzen. Zwar hatte Al noch im Eiltempo das Manuskript für einen Kongress zu Ende schreiben können, aber sein Doktorvater ließ nicht locker. So schob er die Ankündigung, dass er Ende Mai für einige Tage verreisen müsste, immer weiter hinaus, bis er seinem Chef schließlich nur wenige Tage vorher beichtete, dringend Urlaub zu benötigen. Viel zu spät, wie sich Al eingestand. Aber es ist eine bekannte Tatsache, dass man sich um gewisse unangenehme Mitteilungen so lange herumdrücken kann, bis es zu spät und damit noch wesentlich unangenehmer sein würde. Auch rutschte ihm bei seiner Beichte der Kommentar über die Lippen, nicht abwarten zu könnte, Jule wiederzusehen. Er biss sich auf die Lippen. Sein Gegenüber blinzelte ihn mit süffisantem Lächeln an. „Das muss ja die große Liebe sein." Genüsslich, vielleicht auch etwas neidisch, zögerte er die Unterschrift auf dem Urlaubsantrag hinaus.
Am Vormittag des 23. Mai musste er dann nolens volens noch arbeiten. Als es dann schließlich später Nachmittag wurde, entschied Al, nicht mehr zu fahren, sondern ganz früh am Folgetag, um wenigstens früher in Rom zu sein. Er wollte Jule überraschen. Lange Autofahrten machten ihn immer müde, trotz Kaffee oder Cola, und hinter dem Steuer einzuschlafen, wäre für alle keine gute Lösung gewesen. Ganz früh am nächsten Morgen packte er ein paar Sachen in eine kleine Reisetasche und schwang sich in seinen klapprigen VW-Golf Diesel, den er von seinen Eltern zum Studium bekommen hatte. So alt und laut, wie die inzwischen rostige Karre auch war, sie verbrauchte fast mehr Öl als Diesel, so zuverlässig rollte sie den ganzen Tag in Richtung Süden. Da keine

Urlaubssaison war und das Wetter erstaunlich mild, konnte er Rom ohne Stau und früher als erwartet erreichen. In der Höhe von Mailand gönnte er sich eine Pause zum Tanken und genoss den ersten Espresso. Da der Wetterdienst strömenden Regen vorhergesagt hatte, setzte er seine Autofahrt bald fort und erreichte gegen sechs Uhr abends die ersten Vororte von Rom. Das Verkehrschaos steigerte sich von Straße zu Straße, bis er schließlich nur noch mitschwamm, ohne Rücksicht auf Vorfahrtsregeln oder rote Ampeln. Erstaunlich war für ihn immer wieder, wie der Verkehr dort trotz Chaos funktionierte. In Deutschland hätten andere Autofahrer schon mehr als einmal auf ihre Vorfahrt bestanden und dabei einen kompletten Verkehrsstillstand verursacht.

Inzwischen war es dunkel geworden, so dunkel, wie es in einer Großstadt wie Rom gerade werden konnte. „Hotel Via Accademia" Ein freundlich warmes Licht leuchtete auf die kleine Seitenstraße, in der sich das Hotel befand. Ein Parkplatz war jedoch nicht zu sehen, sodass Al eine halbe Stunde um die Ecken kurvte, bis er schließlich seinen Golf vor einer augenscheinlich nicht benutzen Einfahrt parkte. Zurück im Hotel ging er zur Rezeption, wo eine ältere Dame mit gepflegter Erscheinung, leicht überschminkt, in einer Zeitschrift blätterte. Freundlich blickte sie mit einem kurzem „Prego" zu ihm auf. Al nannte seinen Namen.

„Ah, Sie sind Herr Steinhoff", erwiderte die Dame, die mit einem sympathischen italienischen Akzent erstaunlich gut Deutsch sprach. Al war erleichtert, dass er sich in seiner Muttersprache verständlich machen konnte, und wollte sogleich nach Jule fragen, als ihm die Dame zuvorkam: „Frau Karin Steinhoff, ich gehe davon aus, sie ist Ihre Gemahlin, musste leider vor wenigen Stunden abreisen."

Al zuckte erschrocken zusammen.

„Frau Karin Steinhoff, ja, aber ..."

„Sie wurde von drei Männern abgeholt." Die Dame zog ihre Schultern hoch, als wollte sie sich dafür entschuldigen.
„Hat Frau Cam ... äh ... Frau Steinhoff eine Nachricht für mich hinterlassen?"
„Nun, als sie gestern eincheckte, wollte sie unbedingt die Hochzeitssuite haben, also ... das war zwar so nicht ausgemacht, aber so ein hübsches Mädchen und erst kurz verheiratet ..." Die Dame lächelte Al leicht errötend an, bevor sie fortfuhr. „Natürlich haben wir ihr die Suite zum Doppelzimmerpreis überlassen." Sie blickte zur Decke, als wollte sie ihre eigenen jugendlichen Liebesabenteuer genüsslich Revue passieren lassen. Dann beugte sie sich zu Al und zwinkerte ihm zu. „Sie sagte, es soll eine Überraschung sein." Also, das ist die Überraschung, dachte Al mit einem warmen Gefühl im Bauch, das sich augenblicklich in einen zerrenden Krampf verwandelte, da die Frau erneut von Jules Abreise berichtete. Al seufzte, beugte sich zu der Frau und wiederholte seine Frage mit leiser Stimme, damit niemand sonst ihn hören konnte. „Hat Frau Steinhoff eine Nachricht hinterlassen?" Sie blickten sich konspirativ in die Augen.
„Schade, dass Sie erst heute kommen, Herr Steinhoff. Aber lassen Sie mich überlegen ... eine Nachricht?" Sie überlegte angestrengt. „Nein, eine Nachricht hat sie nicht hinterlassen, tut mir leid." Sie machte ein betretenes Gesicht, als hätte sie ihm gerne eine andere Antwort gegeben.
„Vielen Dank, Signora, vielen Dank." Al seufzte kurz, drehte sich um und trat vor die Tür des Hotels. Genau genommen war er ja sogar einen Tag früher da als geplant, und jetzt war Jule schon abgereist. Er verstand das alles nicht.
Dem Hoteleingang gegenüber befand sich eine Bar, die nur aus einer großen langen Theke bestand und deren Türen weit offen standen, als wäre es bereits Hochsommer. Al ging hinüber und setzte sich an den Tresen. Er bestellte eine Cola, um in Ruhe seine

weiteren Gedanken und Pläne sortieren zu können. Wieso hatte Jule sich als Karin Steinhoff eingecheckt? Vielleicht war das für die Buchung der Hochzeitssuite so notwendig? Schließlich befanden sie sich ja hier nicht weit von der Hochburg des Katholizismus entfernt. Vielleicht war es auch gerade die Überraschung, die Jule in ihrem Brief erwähnt hatte. Herr und Frau Steinhoff in der Hochzeitssuite? Noch eindeutiger würde es kaum gehen. Aber warum war sie dann heute Nachmittag wieder abgereist und vor allem, was waren das für drei Männer, die sie abgeholt hatten? Das machte alles keinen Sinn. Hoffentlich war Jule nichts zugestoßen. Schließlich nahm er sein Handy und wählte die Nummer seiner Schwester Karin, die auch gleich am Telefon war. Wenn etwas verlässlich an Karin war, dann das, dass man sie stets am Handy erreichen konnte. „Hallo Karin, sag mal, weißt du, wo Jule Camus steckt?"

„Al, wo in Gottes Namen bist du, doch nicht etwa schon in Rom?" Das war die nächste Überraschung für Al.

„Woher weißt du denn das schon wieder?"

„Das ist ja wieder mal typisch für meinen hinterwäldlerischen Trottelbruder. Wann kapierst du eigentlich, dass Jule in dich verknallt ist? Jetzt wollte sie dich in Rom überraschen. Mann oh Mann, wach doch endlich mal auf!" Al räusperte sich, als wäre ihm diese Nachricht gänzlich neu.

„Ja, okay, hab's verstanden, hast ja wieder Mal recht. Wenn man verknallt ist, ist das vielleicht so. Aber du musst auch nicht gleich immer so gemein zu mir sein, lebe halt ein bisschen hinterm Mond, weißt du ja." Nach einer kurzen Pause fuhr Al besorgt fort „Du ... äh ... wie soll ich das sagen ... sie hat sich als ..."

„Ja, ich weiß, sie hat sich als Karin Steinhoff angemeldet. Ich hab ihr meinen Reisepass geliehen."

„Du hast was? Du hast ihr deinen Pass geliehen? Bist du verrückt ... ja, aber ... warum denn? Sie hat doch ihren eigenen Pass."

„Sie steckt offenbar ganz schön in der Scheiße. Genaues weiß ich auch nicht. Jule hat irgendwas entdeckt oder in der Erde gefunden, auf das so ein paar Idioten total abfahren. Sie sagte, damit könnten einige Öl- und Gas-Fuzzis aus dem Osten und andere Multikonzerne ganz schön ins Wanken geraten. Das klang alles irgendwie abgefahren."
„Ja ... ja und dann?" Al suchte verzweifelt nach Worten, nach Antworten.
„Ich sagte ihr, sie sollte dringend mit dir sprechen, sonst würde mein lieber Bruder nämlich gar nichts mitbekommen."
„Vielen Dank, du stellst mich ja wie einen Volltrottel dar."
„Na ja, in der Beziehung bist du das doch auch, was dich wiederum auch sympathisch macht. Jule fährt auf jeden Fall ganz schön auf dich ab, das kannst du mir ruhig glauben. Also keine Panik, Brüderlein." Nach einer kurzen Pause fuhr Karin fort: „Es ist wohl so, dass nicht nur irgendwelche Gasbonzen hinter ihr her sind. Auch ein paar Beamtentypen aus der Regierung sollen darin verstrickt sein, wahrscheinlich so ein paar geschmierte Arschlöscher. Mit ihrem Namen wäre sie an der Grenze wahrscheinlich aufgehalten worden und dann tat sie mir leid und ..."
„Und dann hast du ihr einfach deinen Pass geliehen, na bravo!"
„Ja, Mensch, denk doch mal nach, Jule im Knast oder sonst wo, das wäre doch scheiße, oder? Nun könnt ihr mal so tun, als wärt ihr schon verheiratet. Ist doch cool, oder etwa nicht?"
„Das wäre wirklich cool, wenn Jule nicht vor ein paar Stunden von drei dunklen Typen abgeholt worden wäre. Ich weiß überhaupt nicht, wo sie ist. Dabei wollten wir uns eigentlich erst morgen treffen." Al hörte Karin am anderen Ende tief atmen.
„Was hast du jetzt vor Bruderherz?" Karins Stimme klang besorgt.
„Tja, wenn ich das wüsste. Hätte sie doch nur eine Nachricht hinterlassen."

„Vielleicht hat sie das. Überleg doch mal." Karin machte eine kurze Pause, dann fuhr sie fort. „Vermutlich hat jemand von der Rezeption aus bei ihr im Zimmer angerufen, dass irgendeiner unten auf sie wartet. Dann hat sie sicher nachgefragt, wer das sei. Blöd ist sie ja nicht. Auf jeden Fall hat sie gleich geschnallt, dass nicht du es bist, der an der Rezeption auf sie wartet. Und so hat sie dir vielleicht eine Nachricht im Zimmer hinterlassen. Unten hätten die Typen die Message sicher gleich abgefangen."
In dem Moment fiel Al ein, dass Jule in ihrem letzten Brief selbst mitgeteilt hatte, dass sie eine Nachricht im Hotelzimmer hinterlassen würde, wenn er sie im Hotel nicht gleich antreffen sollte.
„Da kannst du recht haben, Karin. Am besten mogle ich mich in die Hochzeitssuite und schaue mich dort genau um."
„In die Hochzeitssuite ... also, wenn das mal nicht ne klare Ansage ist ... wow, wie romantisch."
„Mensch zu blöd aber auch, warum bin ich nicht gleich gestern Abend losgefahren?" Al brummelte vor sich hin, als habe er die Anspielung seiner Schwester nicht mitbekommen. „Du hast recht, ein Versuch ist's Wert. Ich geh noch mal rüber und versuch die Dame an der Rezeption zu überreden, dass sie mich in die Suite lässt. Ich ruf später noch mal an ... und übrigens, danke für alles, bist schon ne prima Schwester."
Ohne eine Antwort abzuwarten, beendete Al das Gespräch. Für die Cola legte er ein paar Euro auf die Theke und hastete wieder zur Rezeption. Die Dame saß noch immer dort und blätterte in ihrer Zeitschrift. Al versuchte entspannt zu wirken, um seine Bitte, die gegen jede Hotelregel verstieß, als vollkommen normal erscheinen zu lassen.
Die Dame zog kopfschüttelnd die Augenbrauen hoch „Das geht leider nicht, die Hausdame ist bereits beim Saubermachen." Al lächelte sie flehend an, ohne ein Wort zu sagen. Sie lächelte verschmitzt zurück und flüsterte ihm über die Theke zu. „Na ja, gut,

aber verraten Sie mich nicht bei meinem Chef ... dritter Stock, das letzte Zimmer im Gang, aber beeilen Sie sich." Als er die Treppen hoch raste, kam ihm die Hausdame entgegen. Mist, dachte er, vermutlich bin ich zu spät. Die Hausdame war keine Italienerin, vermutlich stammte sie irgendwo aus Afrika. Einer Eingebung folgend sprach er sie auf Französisch an.

„Im ersten Stock wird dringend Hilfe benötigt." Er suchte den letzten Rest Schulfranzösisch zusammen und setzte ein besorgtes Gesicht auf. Das war ein Volltreffer. Ihre Muttersprache war offenbar wirklich Französisch. Geschmeichelt und aufgeregt zugleich riss sie die Augen auf, ließ augenblicklich ihren mit Müll und gebrauchter Wäsche beladenen Wagen stehen und eilte in den ersten Stock. Al machte sich gleich daran, den Müll auf dem Gang auszuleeren und zu durchwühlen. Er brauchte nicht lange und stieß auf einen abgerissenen Notizblockzettel. Darauf stand hastig geschrieben: „Lieber Al, Pizzeria Da Pasquale in der Nähe des Trevi-Brunnen am 25. Mai um 17.00 Uhr, Ich hoffe, es geht alles gut, deine Jule." Al durchfuhr es heiß, allerdings weniger wegen der Hausdame, die inzwischen hinter ihm stand und die Hände wütend in die Hüften gestemmt hatte, als wegen des Zusatzes „ich hoffe, es geht alles gut". Er sprang auf und war trotzdem froh über die Nachricht von Jule. Er drückte der Hausdame einen Kuss auf die Wange und eilte kommentarlos zum Treppenhaus. Verdattert und mit einem verlegenen Lächeln auf dem Gesicht, blieb die Hausdame im Gang stehen. Er stürzte die Stufen zur Rezeption hinunter. Jetzt musste er sich bis morgen Nachmittag gedulden, 25. Mai, 17.00 Uhr, das waren noch knapp zwanzig Stunden. Hoffentlich kommt Jule, dachte er besorgt, da sie ja bereits heute aus dem Hotel ausgecheckt hatte, und weder der Hinweis auf die drei Männer noch die überstürzte Nachricht auf dem Notizzettel Gutes verhießen. An der Rezeption verkündete er, dass er die Hochzeitsuite doch noch für einen weiteren Tag reservieren wolle. Die Dame schaute ihn überrascht an, konnte ihm jedoch nur ein kleines Zimmer im obersten Stock anbieten. Die Hochzeitssuite wäre sehr beliebt, sagte sie verlegen. Falls Frau Steinhoff jedoch noch kommen würde, dann gäbe es sicherlich noch eine andere Option. Dabei blickte sie Al mit einem süffisanten Zwinkern an.

Es war bereits kurz vor Mitternacht, als Al sein kleines Zimmer bezog. Bis dahin hatte er keine weitere Nachricht von Jule erhalten. Trotz einer Flasche Chianti schlief er sehr unruhig, zu seiner Erleichterung jedoch bis nach zehn Uhr morgens. Bis zum Treffen würde es nicht mehr lange dauern. Den Rest des Tages schlich er in Rom umher, weniger an den Baudenkmälern interessiert, als daran, an irgendeiner Ecke eine Spur von Jule zu finden. Die Fontana di Trevi war nur ein paar Straßen entfernt vom Hotel Via Accademia und dort müsste auch die Pizzeria da Pasquale sein. Sein Auto würde er in der Einfahrt stehen lassen. Zumindest klemmte er seine Handynummer unter den Scheibenwischer, damit sich der Besitzer der Einfahrt melden konnte. Das Garagentor war extrem verrostet, deshalb erwartete er nicht, angerufen oder gar abgeschleppt zu werden. Kurz vor fünf Uhr hastete er aus dem Hotel und folgte der Straße in Richtung Trevi-Brunnen. Ab fünf Uhr saß er dann ungeduldig in der hintersten Ecke des Restaurants. Nichts passierte. Erst eine Stunde später kam Jule und von da an ging alles rasend schnell. Das kurze Treffen mit Jule, die Pistolenmänner und dann das Verhör. Später war er wieder allein, allein mit sich und den Ängsten um Jule. Die zweite Nacht im Hotel Via Accademia, die zweite Nacht ohne Jule, dabei hatte alles so vielversprechend geklungen. Die große Überraschung war geplatzt. Offenbar sollte es der Anfang ihres gemeinsamen Lebens sein, der Beginn einer Liebe, die schon immer mitschwang. Bis dahin hatte sich keiner getraut, die drei Worte „Ich liebe dich" auszusprechen. Das waren Jules letzte Worte gewesen, dabei hatte er ihr noch so viel sagen wollen. Al saß traurig und besorgt auf der Bettkante in dem kleinen Zimmer des Hotels Via Accademia, als das Telefon klingelte und ihn aus seinen Tagträumen riss.

Österreich, August 2001

Unfähig, einen klaren Gedanken zu fassen, saß Al auf einer Holzbohle, die im Herbst als Rampe zum Trockenlegen des Hausbootes diente und an Stellen, wo sie von der Sonne getroffen wurde, glatt geschliffen glänzte. Die Ellbogen auf die Knie gestützt, den Kopf zwischen den Händen, versuchte er zu überlegen, was er tun sollte. Als sein Verstand langsam anfing wieder zu arbeiten, wurde ihm bewusst, dass er immer noch nackt war. Um nicht noch einen Affront zu provozieren, schlich er vorsichtig zum Boot hinüber. Einen Nagel oder Splitter im Fuß konnte er jetzt nicht gebrauchen. Al ergriff seine Boxershorts und zog sie hastig an. Immer noch hatte er diesen klebrigen, muffigen Geruch am Leib, der jetzt fast wie eingetrockneter Klebstoff an seiner spärlichen Brustbehaarung hing. Er wollte rasch weg von diesem Ort, zurück zum Hotel. Was wäre, wenn er Jule über den Weg liefe? Ob sie bereits mit ihren Eltern oder anderen Menschen über das Geschehene gesprochen hatte? Außerdem hatte er das Gefühl, sich säubern zu müssen, auch von seinen aufwühlenden Gedanken. Er hatte plötzlich das seltsame Bedürfnis, sich nicht nur des vielleicht für andere längst bekannten und damit möglicherweise entlarvenden neuen Körpergeruchs zu entledigen, sondern sich so gut wie möglich von Gedanken zu säubern, die ihm jetzt gar nicht mehr verlockend, geschweige denn erregend vorkamen. Al wollte ein Alibi auf die Frage haben, wo er denn so lange geblieben sei, ohne gleich zu erröten oder irgendwie verdächtig aufzufallen. Schon als Kind konnte er nicht gut lügen, und wenn er es tat, hatte seine Mutter die Lage schnell durchschaut. Sicher würde er niemanden etwas beichten, nach dem Motto: „Ach, nichts Besonderes, ich war gerade im Bootshaus, habe in einem mit erotischen Bildern illustrierten Buch geblättert und mir dabei einen runtergeholt." So oder ähnlich hätte das von einem seiner großmäuligen Macho-Klassenkameraden geklungen, auch wenn es nicht wahr gewesen wäre. Al wollte das alles loswerden, stülpte sich sein T-Shirt über und watete mit langsamen Schritten ins Wasser der Bootsgarage. Vorsichtig tastete er sich weiter ins Tiefe und hielt sich dabei seitlich am Steg fest. Der Untergrund war nach wenigen Metern schlammig, und bevor er noch weiter mit den Knöcheln darin versank, streckte er sich nach vorne, um mit ein paar Schwimmzügen das verschlossene Bootshaustor zu erreichen. Er tauchte kurz entschlossen darunter hinweg und schwamm auf den See hinaus. Die Sonne stach ihm ins Gesicht und er fühlte sich erst mal befreit. Das kühle Wasser am Körper hatte tatsächlich eine Art reinigenden Effekt und er verspürte neue Kraft aufkommen, um ein gutes Stück schwimmen zu können, am Strand vorbei. Natürlich wollte er jetzt keinem der Hotelgäste, erst recht nicht seinen Eltern und am wenigsten Jule, über den Weg laufen. Er schwamm zügig bis zum Anlegesteg, tauchte darunter hindurch und zog sich an der vom Strand abgewandten Seite im Schutz des Hotelbootes hoch auf den Steg. Einen Moment wartete er, bis er sich sicher war, dass niemand über den Steg gelaufen kam oder ihm auf dem Weg zurück zum Hotel begegnen würde. Zügig ging er dann am Hotel vorbei zu den Nebengebäuden, wo er und seine Schwester ihr Zimmer hatten.

Es war später Nachmittag, fast fünf Uhr, und er erschrak, als er ins Zimmer eintrat und seine Schwester auf ihrem Bett sitzen sah. Sie blickte von ihrem Laptop auf, schaute ihn an und grinste spöttisch. „Du siehst aus, als wärst du gerade vom Blitz getroffen worden, ganz schön anstrengend die Langeweile hier, was?" Al stand immer noch an der Tür, als Karin nachsetzte. „Jetzt glotz doch nicht so doof, haste mich noch nie telefonieren gesehen?" Karin drehte sich offenbar genervt zur Seite, um ihr belangloses Gespräch mit einer zu Hause gebliebenen Freundin fortzusetzen. Ein Stück weit Normalität stellt sich wieder ein, dachte Al erleichtert und streckte sich mit einem tiefen Seufzer auf seinem Bett aus. Gut, dass Karin nicht Gedanken lesen konnte, sonst müsste er gleich abfahren.

Die Ereignisse der vergangenen Stunden wirbelten ihm immer noch durch den Kopf. Was hat Jule wohl mitbekommen von dem, was er im Boot getrieben hatte? Bei genauer Betrachtung muss sie schon vor seiner Ankunft im Bootshaus auf dem Zwischenboden gewesen sein, sonst hätte er ihr Erscheinen sicher bemerkt. Zu blöd aber auch, dass er dort oben nicht doch nachgeschaut hatte, dachte er und spürte einen heftig stechenden Schmerz hinter dem Brustbein. Er kannte diesen Schmerz bereits von früher, wenn er irgendetwas angestellt hatte, was er später nicht mehr rückgängig machen konnte und unangenehme Konsequenzen nach sich zog. Also hoffte er in einem verzweifelten Versuch, wenigstens einen klaren rationalen Gedanken fassen zu können, Jule hatte alles gesehen und war zurückgelaufen. Soweit so gut, oder besser: schlecht. Fragte sich nur, was dann passierte. Möglicherweise erzählte sie alles gleich ihren Eltern. Schließlich hatte sie sich ja nicht angeschlichen, sondern saß vermutlich unbedarft auf diesem Zwischengeschoss, bis er, Albert Steinhoff, hinzukam und direkt unter ihr die große Nummer abzog. Die Eltern waren angesichts der Berichte ihrer Tochter sicherlich entsetzt, sind dann zu Rezeption gelaufen, um sich über einen bestimmten Gast, Albert Steinhoff, zu beschweren, der als Exhibitionist über die Insel lief, um unschuldige Mädchen zu erschrecken. „Erregung öffentlichen Ärgernisses" heißt das und ist vermutlich auch in Österreich strafbar. Dann würde es zum Prozess kommen. Die Presse würde sich einschalten, da diese sensationelle Story die Auflage des lokalen Nachrichtenblättchens angesichts der sonst eher öden Vorkommnisse sicher rasch in die Höhe schießen ließe. Sein Konterfei, Albert Steinhoff, auf der Titelseite, halb bedeckt durch eine Kapuze, nach vorne gebeugt in Handschellen, so, wie man das aus dem Fernsehen kannte. Dann der Dorftratsch: „Das arme Mädchen, aber Gott sei Dank hat man das Schwein gefasst." Seine Zukunft wäre ruiniert, ganz zu schweigen vom Ruf seiner Eltern, ihn nicht anständig erzogen zu haben.

Al geriet bei diesen Gedanken zunehmend in Panik und schnaufte verzweifelt ein und aus. Das veranlasste Karin, sich erneut mit einem unmissverständlichen Kommentar in Richtung Al umzudrehen.

„Hör mal, dein Gestöhne geht mir echt auf die Nerven. Vielleicht kannst du dich mit deinen anzüglichen Gedanken anderswohin verziehen, alles klar?" Karin hatte recht, er machte sich komplett verrückt. Wahrscheinlich hatte Jule gar nichts weitergetratscht, und überhaupt, wer würde ihr denn Glauben schenken. So eine verrückte Geschichte. Wahrscheinlich würde man annehmen, ihr sei bei der Hitze die Fantasie durchgegangen, so, wie eben gerade auch seiner Schwester. Warum säße sie auch heimlich da rum, um andere zu begaffen, zu blöde aber auch.

Obwohl Al großen Hunger hatte, was sicher an dem für ihn ungewohnt großen Schwimmpensum lag, bat er seine Schwester, ihn bei Tisch bei seinen Eltern zu entschuldigen. Sie sollte ihnen sagen, es ginge ihm nicht gut, leichte Übelkeit, vermutlich zu viel Sonne abbekommen. Mit knurrendem Magen drehte er sich um und versuchte etwas Schlaf zu finden. Gegen Mitternacht erwachte er aus einem tiefen, traumlosen Schlaf. Umso mehr kreisten die Gedanken jetzt erneut in seinem Kopf, schwangen wie ein riesiges Pendel von einem Extrem, der Dorf-Mob würde sich auf ihn stürzen, zum anderen, dass alles im Sande verlaufen würde.

Ein greller Lichtschein zuckte vom Fenster her durch das Zimmer, unmittelbar gefolgt von einem ohrenbetäubenden Donnern. Die schwüle Witterung entlud sich in einem krachenden Gewitter. Regen prasselte auf das Dach des Gebäudes und ließ seine wilden Gedanken und Befürchtungen weiter auflodern, wie ein aus Glut neu entfachtes Feuer, in das man kräftig hineinblies. Hinzu kam, dass sein Magen nun langsam knurrte. Im spärlichen Licht, das von einer Parklampe herüber in sein Zimmer schien, suchte er schon leicht unterzuckert nach etwas Essbarem. Karin hatte am Vortag eine große Tafel Schokolade gekauft, an der nur wenige Stücke fehlten. Auch wenn es am nächsten Morgen Ärger mit Karin geben würde, machte er sich daran, die Schokolade Stück für Stück zu verspeisen. Langsam beruhigte sich das Gewitter. Nur noch ein monotones, leises Trommeln des einsetzenden Landregens war zu vernehmen. Die restliche Nacht schlief er unruhig, immer wieder von seltsamen Träumen geschüttelt, die glücklicherweise mit jeder zwischendurch wachen Minute wie Schnee in der Sonne verschwanden, als wären sie niemals da gewesen.

Obwohl das Wetter tatsächlich umgeschlagen war, es unentwegt nieselte, und der Regen das sonst so imposante farbenprächtige Bergpanorama trist und grau verschleierte, waren die Steinhoffs die Ersten am Frühstückstisch. Al, noch benebelt vom Schlaf, hatte sich wie üblich seine Frühstücksklamotten angezogen und war der extrem schlecht gelaunten Schwester in Richtung Hotel gefolgt. Im Foyer angekommen, schoss es ihm durch den Kopf, dass er ja hier und jetzt mit dem Übelsten konfrontiert werden könnte. Die Dame an der Rezeption grüßte jedoch freundlich, wie sie das bei jedem Gast tat. Georg kam ihnen leise pfeifend entgegen und grinste Al vielsagend an. Wusste er vielleicht etwas? Al legte ein betont schläfriges Gesicht auf, müde von der Langeweile der vergangenen Tage und in mieser Stimmung aufgrund des Wetters. Als sie den Speisesaal betraten, stellte er zu seiner Erleichterung fest, dass sie tatsächlich die Einzigen waren, die das schlechte Wetter nicht zum Anlass nahmen, länger zu schlafen oder mit einem Buch den Vormittag im Bett zu verbringen. Al setzte sich an den runden Stammtisch der Familie Steinhoff mit Blick zur Fensterfront, damit er nicht gleich zur Tür schauen musste, wenn ein neuer Gast den Raum betrat. Er zuckte dennoch zusammen, wenn er die Türklinke hörte, gefolgt von einem leichten kühlen Windstoß und dem anschließenden Scheppern, wenn die große Flügeltür wieder ins Schloss fiel. Erleichtert stellte er fest, dass bisher jeder der eintrat, zügig seinen Frühstücksplatz aufsuchte, ohne von ihm Notiz zu nehmen, oder gar sich umherzuschauen, ob der mutmaßliche Lustmolch die Dreistigkeit besaß, am Frühstück teilzunehmen, als ob nichts geschehen wäre. Al hielt es trotzdem nicht länger aus und teilte seinen Eltern mit, er würde sich heute überwiegend im Zimmer aufhalten, um für die Schule zu lernen. In der Tat hatte ihm sein Geschichtslehrer aufgetragen, in den Sommerferien den Stoff nachzuholen, sonst würde er das bis zum Abitur kaum hinbekommen. Die für Lehrer typischen Drohfloskeln, dachte Al damals und hatte nicht geplant, der Aufforderung nachzukommen. Nun aber kam ihm die Strafarbeit gerade recht. Moralische Wiedergutmachung, sinnierte er mit dem Wunsch nach innerer Läuterung seines schlechten Gewissens. Überzeugend fand er das nicht. Auf jeden Fall könnte er sich damit auf ehrenvolle Weise von den Blicken der Gäste fernhalten. Auch Jule wollte er nach wie vor nicht sehen. Sicher wäre er rot angelaufen und davongerannt, was die peinliche Situation noch verstärkt hätte. Dagegen war das damalige Flaschendrehen und das peinliche „süß", gefolgt vom Gelächter der Klassenkameraden, ein Spaziergang.

Das Wetter blieb grau und verregnet, was Al zur Verwunderung seiner Schwester tatsächlich zum Anlass nahm, über die Geschichte der Renaissance nachzulesen. Sein Geschichtsbuch

war reich bebildert mit Abbildungen fülliger und meist nackter Frauen, die von Fabelwesen verschleppt oder entführt wurden. Eigentlich ganz schön freizügig dafür, dass die Bilder vor knapp fünfhundert Jahren gemalt wurden. Was hatte sich seither eigentlich geändert? Er erinnerte sich an eine Situation vor einigen Jahren, wo er als Zehnjähriger anfing, alles abzumalen, was in den vielen Kunstbänden seiner Eltern sein Interesse fand. Damals war ihm eines dieser Bilder in die Hände gefallen und er begann, die darauf abgebildeten, vollkommen nackten Frauen so gut, wie er konnte, auf seinen Malblock zu kopieren. Die üppigen Rundungen um Hüfte und Bauch, dazu die eher kleinen Brüste fand er damals schon auffallend, so ganz anders als die Abbildungen am Zeitungsstand oder in der Lektüre unter dem Ehebett der Eltern. Zufrieden darüber, die wohl aus der Mode gekommenen Proportionen gut kopiert zu haben, zeigte er das Ergebnis stolz seinem Großvater. Dieser hatte ihm oft Malstifte und Zeichenpapier geschenkt, weil er der Meinung war, Al würde ein großer Künstler werden. Als er das Aktbild sah, verfinsterte sich sein Blick, wie es Al selten bei seinem Großvater erlebt hatte. Er zuckte zusammen, als ihm sein Großvater offenbar verärgert, das Bild mit den Worten aus der Hand riss, es sei unanständig, es zusammenknautschte und in den Papierkorb warf. „Nackt ist also unanständig?", fragte Al damals mit Unschuldsmine. „Demnach tun alle, die nackte Menschen malen oder nackte Figuren aus Marmor und Bronze herstellen, etwas Unanständiges?"
„Das ist etwas anderes", meinte der Großvater. Genau erklären konnte er es jedoch nicht. Er blieb bei seiner Meinung. Damals fürchtete Al, dass der Großvater die Zeichnung seinen Eltern oder sonst wem zeigen würde, holte die zerknautschte Zeichnung aus dem Papierkorb und zerriss sie in tausend Schnipsel, damit noch nicht mal seine Schwester, als begabte Puzzle-Expertin, das Bild wieder zusammensetzen konnte. Lange Zeit blieb Al das Wort

„unanständig“ im Zusammenhang mit nackt irgendwie unklar. Sicher war für ihn, dass sich selber nackt zeigen oder andere nackt beobachten, unanständig war, doch lag darin ein reizvoller Gedanke, der ihn insbesondere zu Beginn der Pubertät immer wieder beschäftigte. Ein steifes Glied war früher als Kind etwas ganz Normales, sicher nichts Unanständiges, und sein Cousin und er machten sich oft einen Spaß daraus, so zu tun, als säße man in einem Rennauto, um das eigene erigierte Glied als Gangschaltung zu benutzen. Als die Mutter mal dazukam, schaute sie etwas verlegen und kommentierte dies dann ähnlich wie der Großvater als unanständig. Ein oder zwei Jahre später kam ein Gefühl hinzu, was dann mehr und mehr als Erregung definiert werden konnte. Die Berührung des eigenen steifen Glieds wurde begleitet von Gedanken an seine eigene Zeichnung, die der Großvater damals als unanständig bezeichnete. Nicht die nackte Frau oder das Bild waren unanständig, offenbar und vielmehr die Gedanken, die möglichen sexuellen Erregungen, die damit verbunden waren. Thematisiert wurde das in der Familie nicht, obwohl Al gerne mit jemandem darüber gesprochen hätte. Was war in diesem Zusammenhang eigentlich normal, was nicht? Eine Antwort darauf konnte er sich nicht zusammenreimen. Einmal den Vater darauf angesprochen, sagte dieser nur verlegen und ausweichend, wie damals die Mutter auch, das würde er, Albert, schon noch mitbekommen. Dass dies etwas mit Kinderkriegen zu tun haben könnte, diesen Zusammenhang stellte Al lange nicht her. Wie sollte es auch möglich sein, dass Kinderkriegen mit etwas Unanständigem zu tun haben könnte. Das konnte auf keinen Fall möglich sein, sonst wäre die Menschheit ja schon längst ausgestorben, war damals seine feste Überzeugung.

Sexualität und Erregung, diese Worte trafen oft zusammen, zumindest in der reich bebilderten Lektüre, die die Eltern seltsamerweise nicht im Bücherregal, sondern stets unter dem Bett aufbewahrten. Al ließ damals nicht locker und bestand darauf, dass der Vater ihm doch mal erklären sollte, wie denn das so ginge mit dem Kinderkriegen. An den feierlichen Moment der Aufklärung konnte sich Al noch gut erinnern. Der Großvater saß irgendwie seltsam lächelnd in der Nähe, als der Vater damit begann, dass ein Spermium des Mannes mit der Eizelle der Frau verschmelze und im Unterleib der Frau zu einem kleinen Kind heranwachse, das dann nach etwa neun Monaten geboren würde. Diese Auskunft fand Al ausgesprochen interessant und er fühlte sich darin bestärkt, dass das mit dem Kinderkriegen tatsächlich nichts Unanständiges war, über das man in aller Öffentlichkeit reden konnte. Im Übrigen könnte der Vater ihm ruhig öfter mal so komplizierte Vorgänge aus der Natur erklären, als Apotheker hatte er bestimmt viele solche Dinge gelernt. Wie das Spermium in den Leib der Mutter kam, wurde damals allerdings nicht erklärt. Al dachte, die Dinger sind so klein, irgendwie passiert das halt, wenn Mann und Frau verheiratet sind.

Dann quälte ihn doch noch eine letzte Frage, nämlich wie und wo das Baby denn aus dem dicken Bauch der Mutter herauskäme. Er hatte schon öfter Menschen mit dicken Bäuchen wahrgenommen, die kurz davor standen, das darin befindliche Kind zu gebären. Dass es sich dabei nur um Frauen handelte, war ihm zunächst nicht aufgefallen. Der Vater räusperte sich verlegen, und erklärte, dass seitlich davon, wo Männer ihr „Pipi" hätten, bei den Frauen ein Loch wäre und dort käme das Kind zum gegebenen Zeitpunkt heraus. Später in der Badewanne untersuchte Al die Gegend um seinen Pipi, wie die Eltern seinen kleinen Penis stets nannten, drückte rechts und links, darunter und darüber, ob dort vielleicht irgendein Loch sei, das er bislang noch nicht wahrgenommen hatte. Dann fiel ihm ein, dass der Vater sagte, das sei nur bei den Frauen so. Erleichtert darüber, dass er sich damit wohl nicht mehr befassen müsse, legte sich Al in der Wanne zurück. Komisch war es dennoch, dass da bei Frauen ein solches Loch vorhanden sei, so groß, dass ein Kind durchpassen könnte. Als seine Schwester mal mit ihm zusammen in die Badewanne gesetzt wurde und die Mutter nicht in der Nähe war, forderte er seine Schwester unmissverständlich auf, ihm dieses Loch zu zeigen. Mädchen haben ja noch nicht mal ein Pipi und dann sogar noch ein Loch. Er war damals erneut sehr erleichtert, kein Mädchen zu sein. Die Schwester dreht sich jedoch weg, das ginge ihn nichts an und wollte nach der Mutter rufen. Al wurde ärgerlich und drohte der Schwester mit Prügel, wenn sie das täte. So blieb das mit dem Loch, aus dem die Kinder rauskommen, für Al noch lange ein Rätsel. Seltsam, warum ausgerechnet zwischen den Beinen, wäre das am Bauchnabel oder an anderer Stelle nicht einfacher gewesen? Zum Glück war er ja ein Junge und hatte daher mit dem Kinderkriegen nichts zu tun, Gott sei Dank!

Nachdem es zwei Tage Bindfäden geregnet hatte, strahlte morgens wieder die Sonne. Es war Samstag und seine Befürchtungen, die Geschichte im Bootshaus wäre längst in aller Munde, hatten sich mehr und mehr verflüchtigt. Allerdings war er Jule oder ihren Eltern seitdem nicht über den Weg gelaufen. Sie saßen im Frühstücksraum, als unerwartet Familie Camus hereinkam. Al achtete nicht darauf, als plötzlich Herr und Frau Camus am Tisch der Familie Steinhoff stehen blieben.

„Guten Morgen, wie geht es Ihnen? Zum Glück kommt wieder die Sonne zum Vorschein, nicht wahr?", ließ Frau Camus mit einem freundlichen Lächeln gegenüber seinen Eltern vernehmen. Al ging es durch Mark und Bein und er hatte das Gefühl, dass Herr Camus ihn musterte.

„Vielleicht eine gute Gelegenheit, dass sich unsere Kinder auch mal kennenlernen. Jule hat bereits viel von Ihrem Sohn berichtet." Frau Camus lächelte Al dabei von der Seite an. Al wusste

nicht, ob er rot anlief oder bleich wie der Mond wurde. Er räusperte sich und kämpfte verbissen gegen aufkommende Übelkeit an. Nur krächzend brachte Al ein paar Worte hervor:
„Jaja, das äh ... das wäre sicher nett." In diesem Moment kam Jule in den Frühstücksraum und Frau Camus drehte sich zu ihrer Tochter um.
„Das ist doch der junge Mann, von dem du mir erzählt hast, Jule?" Karin brachte ein ersticktes Lachen hervor, wahrscheinlich das erste in diesem Urlaub. Jule hingegen blickte ihre Mutter streng an und fragte, um die für sie unangenehme Situation zu entspannen: „Kaffee oder Tee, Mutter?" Dann raunzte sie ihrer Mutter noch etwas auf Französisch zu, was Al jedoch nicht verstand und ging zügig zu ihrem Tisch, ohne Al weiter zu beachten. Jule hatte ihren Eltern offenbar von ihm erzählt. Von den Ereignissen im Bootshaus hatte sie augenscheinlich nichts erwähnt, sonst wären Herr und Frau Camus nicht so fröhlich an den Tisch der Familie Steinhoff herangetreten, dachte er erleichtert. Den Äußerungen Jules Eltern nach zu urteilen, hatte Jule sogar positiv über ihn berichtet.
Vorerst war die Situation also unter Kontrolle. Während des Frühstücks schaute Jule für einen kurzen Augenblick zu Al herüber und ihre Blicke trafen sich für einen Moment, so, als wollte Jule ihm etwas mitteilen. Beide schauten jedoch schnell wieder zur Seite. Alles in allem war Al erleichtert und konnte später in Ruhe zum Strand gehen. Diesmal frühstückte er lange, die Sorge eines Eklats schien gebannt und sicher würde rasch Gras über alles wachsen. Wie töricht von mir, dachte er, alles so hoch zu stilisieren: Polizei, Presse, Dorf-Mob, was hatte er sich alles ausgemalt, so ein Blödsinn! Er lächelte vor sich hin und genehmigte sich noch ein Schälchen Müsli von dem Frühstücksbuffet. Selbst seine Eltern wunderten sich über den wieder erwachten Appetit ihres Sohnes.

Al schlenderte gelassen zurück zum Zimmer, schaute fröhlich in die Gegend, als würde er die wunderbare Anlage, das herrschaftliche Hotelgebäude und die imposante Bergkulisse zum ersten Mal wirklich wahrnehmen. Georg kam ihm entgegen, den Al lautstark grüßte und sich danach erkundigte, ob wieder neue Gäste eintreffen würden. Georg winkte nur amüsiert über seine Neugier ab. Im Zimmer wechselte er wie gewohnt die Frühstücksklamotten gegen neue Boxershorts. Die alte, die er vor drei Tagen an beziehungsweise zwischendurch auch ausgezogen hatte, war bereits sorgfältig verpackt, um jegliche Erinnerungen an diesen Tag möglichst auszuschalten.
Mit seinem Hesse-Buch begab er sich zum Strand, nahm seine gewohnte Liege ein und begann zu lesen. Familie Camus war bereits da. Das lag daran, dass er sich mit dem Frühstück und dem anschließenden Umkleiden sehr viel Zeit gelassen hatte. Erst später entdeckte er Jule. Mit sportlicher Eleganz kraulte sie von der Boje kommend in Richtung Strand zurück. Als sie langsamen Schrittes aus dem Wasser stieg, spähte er sichtlich gebannt, wie am allerersten Tag, an seinem Buch vorbei in ihre Richtung. Bisher ging alles gut. Das wollte er jetzt nicht leichtfertig aufs Spiel setzen. Er musste jedoch gestehen, dass ihn auch jetzt ihre anmutige und zarte Erscheinung im Bikini faszinierte. Es war wie beim ersten Mal. Die dunklen, in der Sonne kräftig schimmernden, kastanienbraunen Haare umrahmten ihr hübsches Gesicht, die blasse, zart wirkende Haut über Stirn und Wangen, die Stupsnase mit dem darunter liegenden angedeuteten Schmollmund waren wie ein reizendes Kunstwerk geformt.
Scheinbar hatte er sie zu lange angeschaut. Sie ging an ihrer Liege vorbei geradewegs auf ihn zu und blieb etwa zwei Meter vor ihm stehen. Dabei schaute sie ihm unverblümt in die Augen. Al spürte sein Herz bis zum Hals klopfen. Er wusste nicht, was er tun sollte, konnte sich aber auch von ihren wunderschönen Augen, die

neugierig aber auch ein wenig ernst auf ihn herab blickten, nicht lösen. Wortlos huschte ein Lächeln über Jules Gesicht, bevor sie sich zur Seite drehte und langsam an seiner Liege vorbei schritt. Al kam sich wie versteinert vor. Kein Eklat, kein Vorwurf, stattdessen ein etwas schüchtern-verlegen wirkendes Lächeln, wie er es noch nie zuvor bei einem Mädchen gesehen hatte, und das ihn vermutlich zeitlebens begleiten sollte. Da Jule in Richtung Wald ging, drehte er sich etwas verwirrt nach ihr um. Auch sie blickte kurz zurück, bevor sie in den engen Waldweg eintauchte. Al überlegte fieberhaft. War das eine Geste, ihr zu folgen? Wollte sie sich vielleicht in aller Ruhe mit ihm aussprechen, ihm etwas Nettes sagen oder vielleicht doch die Ohren lang ziehen? Vielleicht war es besser, nicht zu viel über Jule nachzudenken und das Ganze auf sich beruhen zu lassen, sie einfach zu ignorieren.
Wegen dieses Lächelns war Al der festen Überzeugung, mit Jule offen reden zu können. Er musste sich für sein unsittliches Benehmen entschuldigen, ihr zeigen, wie er wirklich war. Wenn er gewusst hätte, dass sie oben auf der Zwischenetage lag und sie ihn von Anfang an sehen konnte, wäre ihm das nicht passiert. Er wollte ihr versichern, dass er kein verschrobener Lustmolch sei, der wie ein Tier nur seinen Trieben hinterherläuft, sondern dass es ihn einfach so überkommen habe. Schließlich war er ja auch nur ein Mensch – ein Mann. Jule würde ihn verstehen.
Ohne weiter nachzudenken, fasste er sich ein Herz, sprang von seiner Liege auf und folgte Jule auf dem schmalen Pfad in den Wald. Er konnte sie allerdings nicht mehr sehen, konnte nur ahnen, welchen Weg sie eingeschlagen hatte. Schon kamen ihm Zweifel auf, ob seine geplante Beichte wirklich so eine gute Idee war, als er plötzlich vor dem Bootshaus stand. Die Vordertür war leicht geöffnet. Nervös blickte er durch den Türspalt in die undurchdringliche Dunkelheit. Erneut packte ihn der Zweifel an seinem Vorhaben, alles irgendwie zu erklären, und wollte sich

in letzter Minute schnell wieder aus dem Staub machen. Doch seine Neugier war größer. Er ahnte, dass Jule im Bootshaus war, und schlich darum herum. Die Tür des Hintereingangs war auch nur angelehnt und er schaute durch den Türspalt in das Innere, konnte aber in der Dunkelheit wieder nichts erkennen. Das Schild „Betreten verboten, Eltern haften für ihre Kinder" hing halb verwittert noch an einem Nagel. Jemand hatte mit einem Filzstift über das Wort „Eltern" das Wort „Kinder" und über „Kinder" das Wort „Eltern" gekritzelt, sodass Al ein kleines Lächeln entwich. Langsam ging er hinein und stieg mit klopfendem Herzen die steile Treppe empor. Offenbar wurden hier vor ein paar Jahren Reparaturarbeiten vorgenommen. Das Verbotsschild hatte man vorsichtshalber belassen. Die Stufen knarrten und etwas Staub flog auf. Ein paar gleißende Sonnenstrahlen, die wie vor drei Tagen durch einige zerbrochene Dachschindel hindurch stachen, standen plötzlich wie greifbar vor ihm, als wollten sie ihm den weiteren Weg versperren. Wenn jemand im Bootshaus war, musste er ihn gehört haben. Wenn es Jule war, würde sie im Dunkeln lauern, um ihm bei erster Gelegenheit eine Planke über den Kopf zu ziehen. Zumindest konnte er sich diesem Gedanken nicht entziehen und zog unwillkürlich den Kopf ein. Es kam jedoch ganz anders. Auf dem Zwischendeck angekommen, versicherte er sich, dass niemand oben war, und ließ seinen Blick durch das mit hellen Lichtpunkten gepflasterte, sonst aber sehr dunkel und modrig wirkende Bootshaus schweifen. Jeder Schritt war mit einem leisen, aber in der sonstigen Stille laut vernehmbaren Knarren verbunden. Al blieb am Rand des Zwischendecks stehen und schaute durch einige größere Ritzen auf das unter ihm befindliche Boot, in dem er sich noch vor Kurzem genüsslich gerekelt hatte. Vorsichtig setzte er sich auf die Planken des Zwischendecks, beugte sich etwas nach vorne und starrte wie hypnotisiert auf das, was er unter sich erblickte.

Die Leinenabdeckung war zur Seite gezogen. Im Boot lag Jule, neben ihr ein Buch. Er musste schlucken, als er erkannte, dass es dasselbe Buch war, das ihm vor kurzem lustvolle Momente beschert hatte. Er hatte es im Boot liegen gelassen. Jule lag mit leicht zurückgebeugtem Kopf auf den braun schimmernden Bootsplanken. Ein Sonnenfleck beleuchtete gerade noch ihre Nase, ihr Kinn und ihren Oberkörper, der nackt in der gleißenden Sonne wie aus Marmor geformt leuchtete. Mit der linken Hand bedeckte sie ihre rechte Brust, während ihr Mittelfinger langsam um ihre Brustwarze kreiste. Al traute sich kaum, zu atmen. Trotzdem schienen die morschen Planken, auf denen er saß, mit jedem Atemzug ein leises Knarren von sich zu geben. Jule wirkte entspannt und doch irgendwie leicht bebend. Ihre weißen Brüste hoben sich kaum von ihrem Oberkörper ab, während die nach oben gerichteten Brustwarzen in der Sonne rosa leuchteten und ihn an angelutschte Himbeerbonbons vom Weihnachtsmarkt erinnerten. Jules Bauch und Beine lagen im Dunkeln. Al konnte gerade so erkennen, dass ihr linkes Bein leicht angewinkelt war. Ihre rechte Hand lag entspannt zwischen ihren Beinen und bewegte sich kaum merklich auf und ab, was offenbar dazu führte, dass sie sich in regelmäßigen Abständen etwas aufbäumte, als ob sie sich aufzurichten versuchte, um gleich danach wieder entspannt nach hinten zu sinken. Al war sich nicht sicher, ob er gehen sollte. Aber das, was er sah, ließ ihn nicht los, ließ ihn gebannt auf seiner Zwischenetage verharren. Er hörte deutlich ihr tiefes Ein- und Ausatmen, dessen Abstände immer kürzer wurden. Immer schneller, immer intensiver atmete sie und gab dabei wiederholt ein stimmloses Stöhnen von sich. Dann trat nach einem tiefen Seufzer Stille ein. Al war fast geneigt, aus seinem Versteck hervorzuspringen, um wiederbelebende Maßnahmen einzuleiten. Die Stille dauerte einige quälende Sekunden lang, in denen auch er seinen Atem anhielt. Plötzlich kniff Jule die Augen zusammen und öffnete weit ihren Mund, als wollte sie im nächsten Moment laut aufschreien. Ihr ganzer Körper schien zu zittern, wie ein gespannter Bogen vor dem Abschuss eines Pfeils. Kleine Schweißperlen glitzerten auf ihrer leicht geröteten Brust, wie kleine Diamantsplitter, wie das Funkeln frisch gefallenen Pulverschnees in der Sonne. Ihrem aufgerissenen Mund entwich ein anhaltendes Stöhnen, bevor ihr aufgebäumter Körper entspannt in sich zurücksank. Ihre Gesichtszüge verflossen zu einem sanften, glücklichen Lächeln. Sie ließ die Arme locker zur Seite gleiten und holte zur Erleichterung von Al wieder tief Luft. Auch er traute sich, wieder zu atmen und spürte, wie sein Blut gegen die Schläfen hämmerte. Statt das Weite zu suchen, hatte er sich immer weiter über die Brüstung hinausgelehnt. Plötzlich öffnete Jule die bis dahin geschlossenen Augen und schaute in seine Richtung. Wie damals Jule sprang er auf, hastete die Treppen hinunter, um durch den halb mit Dornen zugewachsenen Weg davonzulaufen. Bevor er im Gestrüpp verschwand, blickte er sich noch mal um, verwirrt von dem, was er in den letzten Minuten gesehen hatte. Die Tür des Bootshauses bewegte sich langsam wie von Geisterhand und er meinte, eine zierliche Person im Dunkeln zu erkennen. Er zuckte zusammen und flüchtete.

Außer Atem erreichte er sein Zimmer. Diesmal war Karin nicht da. Sicher hätte sie beim Anblick seines blassen Gesichts, seiner durch das Gestrüpp zerzausten Haare, wieder irgendwelche unsachlichen Kommentare von sich gegeben, die er im Moment wirklich nicht gebrauchen konnte. Er wollte bis zum Abendessen in seinem Zimmer bleiben und hatte sich fest vorgenommen, nach dem Abendessen Jule endlich anzusprechen. Schließlich hatten ihre Eltern das bereits vorgeschlagen. Die letzten Ereignisse würde er nicht erwähnen, aber er war sich sicher, dass sie sich gut verstehen würden, die gleiche Wellenlänge hätten und sich auch in Zukunft einige Geheimnisse anvertrauen könnten, die er sonst mit niemandem teilen konnte. Seltsam, wie konnte er sich da so sicher sein? Aber er spürte keinen Zweifel. Al fühlte sich wie neu angekommen. Wo genau, wusste er allerdings noch nicht, aber es war ein gutes Gefühl.

Als Karin ins Zimmer kam, grüßte er sie betont freundlich und sie erwiderte schroff: „Sag mal, tickst du nicht richtig oder willst du irgendeinen Gefallen von mir?“

„Nichts dergleichen ... alles okay“, antwortete Al. Karin verdrehte die Augen, nahm ihr brummendes Handy und murmelte verächtlich: „Sag mal, bist du verliebt?“

Er antwortete nicht.

Beim Abendessen tauchte Familie Camus im Speisesaal nicht auf. Vermutlich würde sie etwas später kommen, hoffte er, aber der Tisch blieb leer. Später machte er es sich gegenüber der Rezeption bequem. Diesmal musste er Jule antreffen. Er wollte mit ihr reden, am besten am Strand, in der Dämmerung, dort, wo man die Gesichtszüge seines Gegenübers nur erahnen konnte. Es kamen zwar viele Menschen vorbei, aber Jule nicht. Er ging schließlich zur Rezeption, um sich nach Familie Camus zu erkundigen. Wieder mit einem möglichst gleichgültig wirkenden Gesichtsausdruck.

„Familie Camus? Die Herrschaften sind heute Nachmittag abgereist. Sie hatten nur eine Woche gebucht.“ Die Dame hinter dem Tresen grinste süffisant.

Rom, Mai 2010

Für einen Moment zögerte Al, den Telefonhörer abzunehmen. Wäre es Jule, hätte sie ihn bestimmt auf dem Handy angerufen. Jeder Klingelton hämmerte unbarmherzig gegen seinen Kopf, der vor Schmerzen zu platzen drohte. Das altmodische Telefon

grinste ihm böse entgegen und verbreitete eine unheilvolle Vorahnung. Zitternd nahm er den Hörer ab. „Hallo?“ Mehr brachte er nicht hervor und wollte dem unbekannten Anrufer auch nicht gleich seine Identität preisgeben.
„Herr Albert Steinhoff, hier ist Signore Belucci. Sie waren gestern Abend bei uns auf der Polizeiwache, bestimmt erinnern Sie sich.“
Al erkannte die krächzende Stimme des unfreundlichen Beamten. An den Namen konnte er sich jedoch nicht erinnern. Der Tonfall versprach nichts Gutes. „Ich stehe in der Rezeption Ihres Hotels, bitte kommen Sie sofort herunter.“
Wie ein Stich bohrten sich die Worte des Polizisten in seine Brust. Sein Hals zog sich zusammen und er konnte gerade noch ein „Jaja, Moment, ich komme.“ herauspressen. Hastig sprang er aus dem Bett. Er hatte in der Unterwäsche geschlafen. Strümpfe, Hose und Hemd lagen verstreut zwischen Bett und Bad auf dem Fußboden. Mit zittrigen Händen knüpfte er das zerknitterte Hemd zu. Nervosität und Eile sind eine schlechte Kombination, schoss es ihm durch den Kopf. Aber er konnte weder das eine noch das andere abstellen. Mit beiden Händen schaufelte er noch kaltes Wasser über sein Gesicht und kämmte sich hastig die Haare.
Signore Belucci stand an der Rezeption, einen Arm auf dem Tresen, eine Hand in der Hosentasche. Wortlos bedeutete er Al, in einem der Sessel gegenüber der Rezeption Platz zu nehmen.
Belucci schaute Al mit zusammengezogenen Augenbrauen an und setzte sich ihm dicht gegenüber. Eine quälende Pause entstand. Belucci räusperte sich und sprach mit tiefer, langsamer Stimme: „Ihre gestrige Begleitung wurde heute früh gegen fünf Uhr morgens tot aufgefunden. Allem Anschein nach ein Verkehrsunfall.“ Al zuckte zusammen, wie von einem Pfeil direkt ins Herz getroffen. So musste sich ein Herzinfarkt anfühlen: ein vernichtender Brustschmerz, die Unfähigkeit, zu atmen, aufkommende Panik, das Bewusstsein zu verlieren, um im nächsten

Moment nur noch helles Licht zu sehen, als Ankündigung des unmittelbar bevorstehenden Todes. Al vergrub sein Gesicht in beide Handflächen und musste plötzlich tief einatmen, wie jemand, der kurz vor dem Ertrinken war, um in letzter Minute, vom Lebenswillen gepackt, doch noch die Wasseroberfläche zu erreichen.

„Woher ... woher wissen Sie, dass es Jule ist? Sie kennen sie doch gar nicht."

„Das stimmt. Allerdings passt sie auf die Beschreibung, die uns der Wirt gegeben hat. Außerdem konnte die Vespa identifiziert werden, die völlig demoliert ein paar Meter weit entfernt lag."

Das waren erdrückende Hinweise. Tränen füllten seine Augen und er wusste nicht, ob er einfach nur erstarrt dasitzen oder laut schreien sollte. Ihm war, als müsste er weglaufen, in der Hoffnung, das sei alles nur ein Traum, ein Albtraum, aus dem er nur erwachen müsste. „Die Tote hatte offenbar falsche Papiere bei sich. Ich bitte Sie, mitzukommen, um sie zu identifizieren."

Vielleicht war es doch nicht Jule, dachte Al in einem Anflug von stiller Hoffnung. Mit zittriger Stimme presste er ein paar Worte hervor. „Ich ... weiß nicht, ob ich dazu in der Lage bin. Bitte ... geben Sie mir ein paar Minuten Zeit." Eine quälende Stille trat ein. Langsam erhob Belucci sich und legte für einen Moment seine Hand auf Als zitternde Schulter.

„Herr Steinhoff ... wir erwarten Sie vor dem Hotel."

Vor dem Hotel standen die beiden vom Vortag bekannten Carabinieri, die ihn diesmal allerdings nicht unsanft in den Alfa Romeo stießen, sondern ihm schweigend den Weg zum Fahrzeug wiesen. Irgendeine Gefühlsregung oder gar Mitleid ließen sie nicht erkennen und hielten ihm mit starrer Miene die Rücksitztür des Polizeiwagens auf. Belucci setzte sich auf die Rückbank neben ihn. Diesmal ohne Sirene, jedoch nicht minder riskant, raste der Alfa Romeo durch die schmalen Gassen von Rom.

„Wo fahren wir hin?“ Mit erstickter Stimme starrte Al aus dem Seitenfenster. Die Nachrichten der letzten paar Minuten ließen ihn wie in einer betäubenden Starre verharren. Seine Hände und Füße waren kalt und leblos.
„In das Krankenhaus St. Antonio. Dort hat man sie hingebracht, um die genaue Todesursache festzustellen.“ Das Fahrzeug hielt vor einem dreistöckigen Gebäude, das von außen weniger wie ein Krankenhaus als wie ein ehemaliges Internat aussah. Al folgte Belucci durch das große Portal des Gebäudes. Die Rezeption bestand aus einem steinernen Tresen, über dem sich durchgehend bis zur Decke eine in mehreren Facetten gegliederte Fensterfront erhob. Ein kleines, ovales Fenster diente der Kommunikation zwischen drinnen und draußen. Belucci beugte sich nach vorne, steckte seinen Kopf halb durch das ovale Fenster, als wolle er im nächsten Moment gänzlich hindurch klettern. Nach einem kurzen Wortwechsel kam er wieder zum Vorschein und drehte sich zu Al um. „Wir werden abgeholt.“ Seine Stimme klang trocken und kehlig und lange nicht so selbstsicher wie während des Verhörs am Vortag. „Dr. Alighieri bringt uns zur ...“, eine kurze Pause entstand, in der sich Belucci erneut räusperte, „ ... zur Leichenhalle. Er ... ich meine Dr. Alighieri, er spricht übrigens deutsch, hat in Deutschland studiert.“ Es klang wie ein letzter Versuch, den üblen Nachklang des Wortes „Leichenhalle“ zu tilgen.
Es dauerte nicht lange, bis in dem endlosen Gang mit glatt spiegelnden Marmorböden eine Gestalt in weißem Kittel auftauchte. Die Fußtritte hallten von den Wänden. Es klang wie der Tod persönlich, der unaufhaltsamen Schrittes immer näherkam.
„Dr. Alighieri, das ist Herr Steinhoff, er hat die Frau möglicherweise zum letzten Mal gesehen.“
Al blickte auf ein glänzendes Namensschild aus Messing. Dr. Alighieri ... war das vielleicht der Dr. Alighieri, von dem Jule geschrieben hatte, und der sich nun mit keinem Ton vorstellte? Er

zeigte keine emotionale Rührung. Vielleicht war es ein anderer Alighieri, dachte er. „Kommen Sie bitte mit." Seine Stimme klang kalt. Wortlos folgten Al und Belucci dem Arzt. Die Carabinieri blieben am Eingang zurück. Erneut fielen ihm Dr. Alighieris Tritte auf, laut hallend wie beim Militär. Die glänzenden, mit einer Messingschnalle versehenen Lederschuhe schienen nicht zu dem Bild eines Arztes zu passen, der von morgens bis abends damit beschäftigt war, seinem Heilauftrag gerecht zu werden. Dr. Alighieri war etwa Mitte fünfzig, für einen Südländer auffallend blass, und hatte pechschwarze, glatt nach hinten gekämmte Haare. Eine rot-weiß-gestreifte Krawatte leuchtete zwischen dem Revers seines makellos weißen Kittels. Eine auffallend große, mit glitzernden Diamanten besetzte Rolex hing lässig an seinem linken Handgelenk. Zu schön, zu modisch für einen Arzt, dachte Al. Aber hier in Italien gehorchte die Etikette eines Arztes wohl anderen Regeln. Ärzte schauten mehr auf ihr Äußeres. Der neureiche Habitus wurde vermutlich von den Patienten erwartet, als Zeichen für Erfolg und Kompetenz, selbst in diesem drittklassigen Krankenhaus. Al wunderte sich über die Stille, die hier herrschte, wie auf einem Friedhof. Nur die Geräusche ihrer Schritte waren zu hören. War dies überhaupt ein Krankenhaus? Seine grauen Zellen hämmerten schmerzhaft gegen die Schädeldecke.

Nach etwa zwanzig Metern bogen sie nach links durch eine Tür ab. Ähnlich wie die Anmeldung teilte eine kunstvoll geschmiedete Tür- und Fensterfront den Gang vom Treppenhaus. Eine breite, geschwungene Treppe führte in den Keller des Gebäudes, der noch düsterer und bedrohlicher wirkte als das Erdgeschoss. Erneut erstreckte sich ein langer Gang in beide Richtungen. Flackernde Neonlampen tauchten den Gang, der rechts und links nur von weißlich-vergilbten Türen gesäumt war, in ein fahles, beängstigendes Licht. Keine Schilder, keine Bilder an der Wand oder sonst irgendeine Dekoration verrieten Sinn und Zweck des

Gebäudes oder wiesen darauf hin, was sich hinter diesen tristen Türen befand. Unvermittelt öffnete Dr. Alighieri mit einem großen Schlüssel, der neben zahlreichen anderen an einem ebenso großen Schlüsselbund hing, eine schwere Tür und bedeutete Al und Belucci mit einer knappen Handbewegung, ihm zu folgen. In einem großen, dunklen Vorraum standen zwei Stühle. Auf einem davon ließ sich Belucci mit einem Seufzer nieder. „Ich warte hier. Dr. Alighieri wird Ihnen behilflich sein." Er vermied es, Al in die Augen zu sehen. Al spürte sein Herz bis zum Hals klopfen, als wolle es den Hals mit jedem Schlag und einer sich stetig mit Blut füllenden Manschette immer weiter zudrücken. Leichter Schwindel überkam ihn, als die zweite Tür geöffnet wurde und er in einem kahlen Raum eine Liege erblickte, auf der mit einem weißen Tuch komplett bedeckt die Silhouette einer Leiche erkennbar war. Zum Glück standen noch zwei weitere Stühle am Rand des Raumes, die Al im Augenwinkel behalten wollte, falls seine Beine komplett versagen würden. Ohne Umschweife ergriff Dr. Alighieri das Tuch am Kopfende der Leiche. Wie ein Scharfrichter legte er Kopf, Hals und die obere Schulterpartie frei. Dann trat er wortlos einige Schritte zurück. Ein schmerzhafter Stich durchzuckte Al, als sei er selbst der Delinquent, der von Dr. Alighieri hingerichtet wurde. Es fehlte nur die Erlösung, das helle weiße Licht, die himmlischen Stimmen, von dem so viele nach Beinahetoderfahrungen berichtet hatten. Sein Kopf dröhnte. Sollte das seine Jule sein, mit der er noch vor zwei Tagen verabredet war, und der er endlich seine Liebe mitteilen wollte? Tränen stiegen ihm in die Augen, als er die kastanienbraunen Haare betrachtete, die angedeutete Stupsnase, den winzigen Leberfleck auf ihrer linken Wange. Das grausame Bild von Jules Todesmaske, das er jetzt sah, verschwamm zunehmend zwischen Tränen und Schwindelattacken. Er stolperte zurück und ließ sich auf einen der beiden Stühle fallen. So, wie sie auf der kalten Bahre lag, kam sie ihm fremd, wächsern und seelenlos vor. Er wollte sich einreden, das wäre nur eine Leiche, die Jule ähnlich war, eine Wachspuppe. Und doch waren die ihm lieb gewordenen Merkmale so eindeutig, dass er nur noch nicken konnte, als Dr. Alighieri fragte, ob das Juliette Camus sei. Juliette, diesen Namen hatte er schon lange nicht mehr gehört. Er war ihm so fremd wie die Leiche vor ihm und passte gar nicht zu der sonst so lebhaften Jule.

Al blieb noch eine Weile sitzen und fühlte die Wände auf einmal immer näherkommen. Die Luft wurde mit jedem Atemzug zäher und stickiger. Das Neonlicht flackerte immer bedrohlicher. Er musste hier raus. Langsam erhob er sich und trat noch mal zu der aufgebahrten Jule, unschlüssig, ob er sie berühren und ihr einen letzten Kuss geben sollte. Belucci war an ihn herangetreten, legte ihm die Hand auf die Schulter und deutete mit einem Nicken an, dass es Zeit wäre zu gehen. Wortlos drehte sich Al um und ging gebeugt mit ihm. Den Weg zurück nahm er nicht mehr richtig wahr. Dem Hämmern der glänzenden Lederschuhe von Dr. Alighieri folgend erreichte er den Eingang des dunklen Gebäudes und trat hinaus auf die Straße. Der Arzt war plötzlich verschwunden, so schnell und unbemerkt, wie er gekommen war. Keine Begrüßung, keine Verabschiedung, geschweige denn eine Anteilnahme. Eigentlich wollte er ihn noch fragen, ob er derselbe Dr. Alighieri war, von dem Jule gesprochen hatte. Aber was für eine Rolle spielte das jetzt noch ...

Es hatte wieder angefangen zu regnen. Das kühle Nass tropfte auf seinen Kopf, was ihm eine gewisse Erleichterung, ein Gefühl von Lebendigkeit vermittelte. Sonst spürte er nichts, nur ein dumpfes Gefühl der Ohnmacht.

„Soll ich Sie in ihr Hotel fahren lassen?" Beluccis Stimme klang zittrig. Der abgebrühte eiskalte Kommissar, den er gestern noch vorgab, war dahin geschmolzen und ließ dem Menschsein etwas Luft. Al schloss die Augen. „Nein nein, ich komme schon klar." Es war gelogen, aber er wollte mit Belucci nichts mehr zu tun haben. Mit niemanden. Nur allein sein, allein mit Jule.

Österreich, August 2001

Al war enttäuscht, dass er keine Gelegenheit mehr gehabt hatte, mit Jule zu sprechen. Gleichzeitig fühlte er sich aber auch erleichtert. Vermutlich ließ sich das Ganze in seinem Kopf als kurzes Abenteuer abspeichern, aufregend, aber jetzt aus und vorbei. Erzählen würde er niemandem davon, aber seine Gedanken quollen förmlich über, wenn er an die letzten Tage mit Jule dachte. „Mit Jule“ klang schon seltsam, da sie kein einziges Wort miteinander gewechselt hatten. Und doch hatten sie Gedanken und Gefühle ausgetauscht, die mit Worten kaum zu beschreiben waren. Sie hatten Zärtlichkeiten ausgetauscht, ohne sich berührt zu haben. Al wusste, dass sich die Erinnerung an Jule nicht so einfach abschalten ließ und sein weiteres Leben mehr beeinflussen würde, als er im Moment ahnen konnte.
Die nächsten Tage auf der Insel vergingen für ihn wie in einem Traumzustand. Wenn er am Strand lag und die Augen schloss, sah er Jule, wie sie zum Wasser lief und mit kräftigen Zügen zur Boje und zurück schwamm, wie ihr nasser, in der Sonne glänzender Körper ihn an eine der Marmor-Schönheiten im Musée d'Orsey erinnerte, wie ihre kastanienbraunen Haare in der Sonne so kräftig und trotzdem so samtig weich schimmerten. An Lernen war kaum noch zu denken. Immer, wenn er sein Geschichtsbuch in die Hand nahm und die erste Seite las, musste er feststellen, dass er kein Wort verinnerlichte. Seine Gedanken schweiften ständig ab. Seine Eltern beobachteten den scheinbaren Lerneifer mit Wohlwollen, während Karin an seinem verklärten Gesichtsausdruck erkannte, dass er an ganz andere Dinge dachte.

„Du, diese Jule war eigentlich ein ganz nettes Mädel, findest du nicht auch?", stichelte sie gelegentlich und grinste vielsagend.
Al errötete schlagartig. „Wie kommst du denn darauf?"
„Na ja, in der letzten Woche hat es ganz schön geregnet und du warst nur mit deinen Lernsachen beschäftigt. Da habe ich mich öfter mit ihr getroffen."
„Du hast dich mit Jule getroffen?" Al zuckte zusammen „Und über was habt ihr so gesprochen? Ich dachte, sie spricht nur Französisch."
„Ne, ne perfekt Deutsch, mit so einem klitzekleinen Akzent. Klingt irgendwie süß." Al wurde etwas schwindelig, „irgendwie süß" dachte er, damit hatte er ja bereits seine zweifelhaften Erfahrungen. Er wollte daher nicht näher mit Karin darüber sprechen, war aber dann doch neugierig.
„Also, ihr habt euch unterhalten", Al räusperte sich kurz und fügte mit leicht erstickter Stimme hinzu, „etwa auch über mich?"
„Tja, das würdest du wohl gerne wissen, was? Geht dich aber nichts an ... alles Frauensache."
„Frauensache, so 'n Quatsch ... interessiert mich sowieso nicht." Karin lächelte verschmitzt und schaute dann mit verklärtem Blick in die Ferne.
„Na ja, Al, wenn ich du wäre, würde mich das schon interessieren." Bisher war er sich sicher, dass Jule niemandem etwas von ihren erotischen Abenteuern erzählt hatte. Sollte sie Karin gegenüber doch etwas erwähnt haben? Peinlich genug, wenn Karin etwas wüsste, und vor allem könnte sie das schamlos ausspielen. Karin drohte gerne an, dass sie petzen würde, wenn er nicht dies oder das für sie täte. Bestimmt hatten sie nur über Belanglosigkeiten gequatscht. Doch wenn er Karin Glauben schenken sollte, hatten sie sich auch über ihn unterhalten. Oder sagte Karin das nur, um ihn zu ärgern? Er legte ein Gesicht auf, als könnte ihn im Moment nichts schockieren, im Innersten war er jedoch sehr be-

unruhigt, sich in den Tentakeln seiner Schwester zu verheddern.
„Okay, okay, ihr habt also über mich gesprochen. Sicher hast du ihr gesagt, was für ein doofer und verklemmter Trottel ich bin. Das kenn ich von dir ja zur Genüge. Und wenn schon. Jule ist mit ihren Eltern gestern abgefahren und ich sehe sie nie wieder. Soll sie doch von mir denken, was sie will. Ist mir offen gestanden scheißegal."
„Hm, eigentlich habe ich mich bezüglich meines obercoolen Bruders ganz schön zurückgehalten. Jule kam auf dich zu sprechen. Es war mir vollkommen neu, dass du überhaupt Eindruck auf Mädchen machst ..."
Al schaute genervt nach oben. Einerseits konnte sich das Geplänkel zu einer peinlichen und heiklen Angelegenheit entwickeln. Andererseits wollte er natürlich wissen, was Karin von Jule in Erfahrung gebracht hatte, wenn das alles überhaupt stimmte, was sie da plapperte. Es hatte keinen Zweck, er musste wissen, was los war und drehte sich abrupt zu Karin um.
„Also dann, Schwesterherz, raus mit der Sprache. Und versuch nicht, mich zu verarschen."
„Heidewetter, jetzt scheinst du dich doch für Jule zu interessieren" Karin zog die Augenbrauen hoch. „Also ..." Sie machte eine rhetorische Pause und schaute Al, der vor Anspannung fast platzte, tief in die Augen. „Eigentlich fragte sie mich nur, wo du bist. Hattest dich ja ganz schön verkrochen gehabt. Ich sagte ihr, du hättest Stress in der Schule und müsstest lernen, nichts weiter."
„Hat sie ...", Al zögerte, „hat sie sonst etwas über mich gesagt? Hat sie irgendwas an mir gestört?"
„Komm Alter, mach dich mal locker, ich glaub, die findet dich einfach nur ..."
Sag jetzt bloß nicht „süß" schoss es Al durch den heißen Kopf. Karin hob die Schultern und suchte nach dem passenden Wort: „Ich weiß auch nicht genau, sie hätte dich gerne kennengelernt,

einfach mal ein bisschen mit dir gequatscht. Nichts weiter." Karin lächelte ihn aufmunternd an und boxte ihm mit der Faust sanft an seine Schulter. „Mensch Al, kein Grund, gleich einen Herzkasper zu kriegen, okay?"
Al lächelte verlegen und erleichtert. Offenbar hatte Jule nichts von seinem peinlichen Showdown im Bootshaus erzählt. Stirnrunzelnd suchte er nach passenden und vor allem unverfänglichen Worten.
„Genau genommen hätte ich mich auch gerne mit ihr unterhalten und ..." Karin lächelte ihren Bruder süffisant an. Er seufzte mit einem betrübten Gesichtsausdruck. „Na ja, jetzt ist sie weg und vermutlich sehen wir uns nie wieder." Karin blickte ihn gerührt an. Vielleicht war es auch nur Mitleid mit ihrem Bruder, der sich Mädchen gegenüber offenbar wie ein Anfänger benahm.
„He, nicht gleich aufgeben, Bruderherz. So ist das eben, wenn man verknallt ist." Al lächelte erneut verlegen und erhob sich langsam. Er drehte sich um und blickte durch das Fenster in Richtung See. Er hatte plötzlich Lust, in das kühle Wasser des Sees einzutauchen, um von dem Wechselbad seiner Gefühle etwas herunter zu kommen. Karin setzte fast beiläufig nach: „Ich hab ihr noch deine Emailadresse gegeben. Irgendetwas Wichtiges wollte sie dir noch mitteilen, hat mir aber nicht verraten, was. Na ja, wirst du schon sehen."

Rom, Mai 2010, nachmittags

Al lief ziellos durch die Straßen und Gassen von Rom. Der Regen wurde immer stärker und durchnässte ihn zunehmend. Ihm war das egal. Er spürte es kaum. Im Gegenteil, er blickte oft zum Himmel und ließ seine Tränen wegspülen, was ihm einen gewissen Trost verschaffte. Vor einer kleinen Kirche blieb er stehen und betrachtete die mit Heiligen und Märtyrern überladene Fassade, die scheinbar mitleidig auf ihn hinab sahen. Mit zunehmender Verbitterung schaute er ihnen entgegen. Vor nicht allzu langer Zeit hatte er sich von Karin überzeugen lassen, an ihrer „Aquariumsgruppe", einer christlichen Gesprächsgruppe, teilzunehmen. Bis dahin hatte er mit Gott und Jesus und Religion generell nichts am Hut. Doch dann passierte etwas Seltsames. Das Lesen in der Bibel und die Gespräche unter Gleichaltrigen waren überraschend interessant. Bereits nach wenigen Treffen hatte er das dringende Bedürfnis, mehr zu erfahren. Glücklich ging er jedes Mal nach den Treffen nach Hause und fühlte sich irgendwie beseelt, als wolle er jeden auf der Straße umarmen. Als wäre er neu geboren, wollte die Welt als Teil einer großartigen Schöpfung neu entdecken. Er fühlte sich unerwartet geborgen und beschützt. Geliebt von einem allwissenden Gott, der die Geschicke aller leitet und lenkt. In dieser Gruppe, damals ohne jegliche Sorgen und Nöte, fiel ihm das leicht und es war alles vollkommen logisch.

Erneut blickte er hinauf zu den steinernen Heiligen, die ihn jetzt weniger mitleidig als vielmehr sarkastisch anzublicken schienen. Hier endete nun sein Glaube, seine Zuversicht an Gottes Liebe. Was war das für eine seltsame Liebe, die ihm das wegnahm, was ihm das Wichtigste geworden war. Alles Betrug, alles Einbildung? War das Gottes viel gelobte Liebe? Alles nur Trugbilder, dachte er verbittert und schien das Gefühl der Verzweiflung, das sich in seiner Brust unaufhaltsam ausbreitete, gallebitter zu schmecken. Gott gab es nur in der Fantasie, so wie ihm das Jule in ihren ersten Gesprächen und Briefen klarmachen wollte und er so vehement dagegen argumentiert hatte. Damals sagte sie, es gäbe für sie nur einen großen, leeren Raum, in dem Atome umherschwirrten, die sich eher zufällig, von Energie getrieben, zu Molekülen und letztlich zu dem zusammengefunden hätten, was wir heute als Natur bezeichnen. Jule hatte recht, obgleich auch sie während ihrer Zeit

in Argentinien und durch Gespräche mit ihm angefangen hatte, an ihrem rein materialistischen Weltbild zu zweifeln. Al schüttelte den Kopf. Was hatte er alles versucht, sie von all dem zu überzeugen. Und jetzt, wo war der liebende Jesus? Allein gelassen kam er sich vor. Er setzte sich auf die nassen Stufen der kleinen Kirche und ließ seinen Tränen, seiner Verzweiflung freien Lauf.
Nach einer Weile trat eine gewisse Ruhe ein. Er spürte fast etwas Befreiendes bei dem Gedanken, sich von dem religiösen Unsinn lösen zu wollen. Lieber eine sinnlose Leere, als diese grenzenlose, zur Verzweiflung führende Enttäuschung über Glauben und Ideale, dachte er mit fast schon sarkastischer Genugtuung. Zum ersten Mal an diesem Nachmittag spürte er eine Eiseskälte seinen Rücken hinaufkriechen. Statt unendlicher Trauer fühlte er sich in einem erbarmungslosen Würgegriff aus Kälte, Einsamkeit und Enttäuschung gefangen. Sinnlosigkeit breitete sich aus und hielt ihn davon ab, die Kirche zu betreten, um, wie er es sonst in schwierigen Situationen immer wieder tat, Trost und Zuversicht zu suchen. Ohne Jule konnte er sich nicht vorstellen, jemals wieder etwas Tröstliches zu finden, schon gar nicht in diesen mit Heiligenbildern überfrachteten und nach Weihrauch miefenden Gemäuern. Zukunft und Zuversicht waren nicht mehr vereinbar, schienen sich jetzt und für alle Zeit auszuschließen.
Mit dumpfem Kopf erhob er sich und versuchte sich zu orientieren. Suchte nach einer Richtung, die ihn wenigstens zum Hotel zurückführen würde. Obgleich er noch vor wenigen Minuten eher ziellos durch Rom irrte, stand er nach wenigen Straßenzügen erstaunt vor seinem Hotel und betrachtete die müde flackernde Neonbeleuchtung: „Via Accademia". Wie sachlich klang dieser Name, fast schon bedrohlich nüchtern, ganz und gar nicht zu einem romantischen Wochenende passend. Er erinnerte sich, dass ihm das bereits in Jules Brief und bei seiner Ankunft aufgefallen war. Warum hatte er die Warnung nicht ernst genommen?

Warum war er nicht einfach mit Jule geflohen, bevor alles zu spät war? Wie sehr wünschte er sich in diesem Moment, die Zeit zurückdrehen zu können.

Die Dame an der Rezeption schaute ihm irritiert hinterher, als er mit gesenktem Kopf in Richtung seines Zimmers schlich. Sollte er Jules Eltern anrufen oder seine Schwester? Vermutlich würde ihn dies noch mehr in Depressionen stürzen und bestimmt hatte die Polizei längst Kontakt zu Jules Eltern aufgenommen. Jetzt hatte er nur das Bedürfnis, sich für ein paar Stunden aus der Welt zu schießen. Ein Johnnie Walker würde da nicht mehr reichen. Zum Glück war die Minibar wieder aufgefüllt und Al räumte mit zitternden Händen alles heraus, was mehr als 40 % hatte. Für eine Alkoholvergiftung würde es nicht reichen, aber für einen kurzfristigen, wohltuenden Rausch, für eine körperliche Ohnmacht, die geistig längst schon von ihm Besitz ergriffen hatte.

Am nächsten Morgen wachte er aus einem unruhigen Schlaf auf, schweißgebadet von wirren und beängstigenden Träumen, aber auch von der Sonne, die längst aufgegangen war und direkt auf sein Bett schien. Der Regen hatte sich verzogen, ein stahlblauer, von Wind und Wetter gereinigter Himmel erstreckte sich zwischen den Dächern Roms. Die Ereignisse des vergangenen Tages kamen wieder hoch und erzeugten einen Schmerz, als hämmerte jemand mit einem Presslufthammer gegen seinen Schädel. Vermutlich war das auch ein Tribut an den Alkohol, den er bis zur vollkommenen Bewusstlosigkeit in sich hatte hineinlaufen lassen. Noch einmal ging ihm der Anblick von Jule durch den Kopf, so wächsern und leblos. Und doch war sie es, die dort lag, daran bestand kein Zweifel. „Wir sehen uns wieder", das waren ihre letzten Worte. Sie auf diese Weise wiederzusehen, konnte einfach nicht wahr sein. Warum hatte man sie verfolgt? Wer waren diese Leute, die hinter ihr her waren? Eine kriminelle Bande, die möglicherweise auch von der Polizei verfolgt wurde? Waren sie jetzt auch hinter ihm her? Und wenn schon, dann würden sie sich vielleicht schon bald im Himmel, wenn es den überhaupt noch gab, wiedersehen, dachte er mit einem Sarkasmus, den er so von sich nicht kannte und der ihm trotz allem so süßlich bitter aufstieß. Dieser Doktor, wie hieß er doch gleich, Dr. Alighieri, seltsamer Typ, so glatt geschniegelt, eiskalt. Dass es sich um denselben Alighieri handeln sollte, von dem Jule geschrieben hatte, war ihm jetzt mehr denn je undenkbar.

Al versuchte seine Gedanken zu sortieren und kam zu dem Schluss, dass er noch mal in das Krankenhaus musste. Was war die genaue Todesursache? Wurde Jule eventuell angeschossen, bevor sie mit der Vespa verunglückte? Vielleicht konnte er doch etwas über die Verfolger erfahren. Italiener waren es auf keinen Fall. Immer noch hatte er diesen russisch-polnischen Akzent im Ohr.

Mühsam zog er sich die noch feucht-muffigen Klamotten an und machte sich, ohne den Gedanken an ein Frühstück zu verschwenden, auf den Weg in Richtung Krankenhaus St. Antonio. Es konnte aus der Erinnerung heraus nicht weit von seinem Hotel entfernt sein und war demnach leicht zu Fuß zu erreichen. Seinen klapprigen Golf würde keiner stehlen, der stand nach wie vor im Halteverbot – sofern er überhaupt noch dort stand. Eine Straßenkarte hatte er nicht dabei. Er wollte sich auf der Straße durchfragen. Ein Passant, der etwas deutsch sprach, konnte ihm die Richtung erklären. Mit hochgezogenen Augenbrauen fügte er hinzu, dass St. Antonio eigentlich gar kein Krankenhaus mehr sei. Aus Kostengründen habe man den Krankenhausbetrieb vor einigen Jahren eingestellt und nun verfalle es, warte auf einen Investor, der das unter Denkmalschutz stehende Gebäude zu welchem Zweck auch immer restaurieren würde. Kein Wunder, dachte Al, dass in dem so trist wirkenden Gemäuer kaum ein Mensch anzutreffen war, wenn man von der Empfangsdame und Dr. Alighieri absah, und die Gänge in allen Etagen so leer waren. Aber warum hatte man Jule dorthin gebracht, in die Leichenhalle eines verlassenen, ehemaligen Krankenhauses? Sein Entschluss, sich dort noch mal umzusehen, war richtig. Auf keinen Fall konnte er das auf sich beruhen lassen, das war er sich und noch viel mehr Jule schuldig. Aus der anfänglichen Trauer und Verzweiflung wurde zunehmend blanker Hass gegen alle, die Jule das angetan hatten. Seine Schritte wurden schneller. Er musste noch mal hinein in dieses verlassene Gebäude und mit Dr. Alighieri reden. Ob er Jule sehen wollte, wusste er in dem Moment noch nicht.

Am Krankenhaus angekommen, deutete tatsächlich kein Schild darauf hin, dass sich hier einst eine Heilanstalt befunden hatte, geschweige denn immer noch als solche in Betrieb war. Das war ihm gar nicht aufgefallen. Hinter der Rezeption saß immer noch die betagte Frau, die er gestern nur aus dem Augenwinkel wahrgenommen hatte.

„Kann ich bitte mit Dr. Alighieri sprechen!", raunzte Al durch das halb geöffnete, ovale Fenster. Es war ihm egal, ob sie deutsch verstand oder nicht. Die ältere Dame blickte erschrocken auf und zuckte dann gleichgültig mit den Schultern. Al setzte noch mal nach. „Dr. Alighieri ... hören Sie, A-li-ghie-ri!" Die Frau hob erneut mit fragendem Gesichtsausdruck ihre Schultern und Augenbrauen. Etwas schien sie jedoch verstanden zu haben und nickte dann mit ihrem Kopf in Richtung des langen Ganges, als wollte sie ihm einen Wink geben, ohne sich gleichzeitig zu verraten. Zumindest ließ sie Al unbehelligt in Richtung Treppenhaus gehen. Nach etwa zwanzig Metern erkannte er die große Glastür, die zum Treppenhaus und damit auch zum Keller führte, wieder. Sein Herz klopfte bis zum Hals, als er die breite Wendeltreppe hinabstieg. Mit jedem Schritt wurde es dunkler. Wie der Gang zur Hölle kam es ihm vor. Es war ihm klar, dass er hier ohne Erlaubnis eindrang und ihm war mulmig zumute. Für einen Moment blieb er stehen und dachte nach. Während er gestern noch Angst hatte, schreckliche Gewissheit über Jules Tod zu erlangen, hatte er plötzlich das dringende Bedürfnis, sie zu sehen, ihr noch einmal über das liebliche Gesicht zu streicheln, ihr zu sagen, was ihm wichtig war. Er wollte ihr ein letztes Mal ganz nahe sein. Ob sie sich im Himmel wiedersehen würden? Ein Gedanke, der ihm noch vor wenigen Wochen als sehr tröstlich erschien und der ihm nun zweifelhaft und leer vorkam. Und doch blieb ein Funke Hoffnung, das spürte er bei allem Hass. Ein kleiner Funke, der ihn antrieb, weiterzugehen, obwohl ihm seine Knie bei jedem Schritt weicher und zittriger vorkamen.

Die Türen ohne Beschriftungen glotzten ihn an. Sie erinnerten ihn an ein schreckliches Bild, das er in einer Illustrierten gesehen hatte – wie geborgene Wasserleichen nach einem Schiffsunglück. Ein Schauer lief ihm über den Rücken. Nur vage meinte er sich erinnern zu können, welche der vielen Türen zu Jules Leichenraum führte. Mit klopfendem Herzen blieb er vor einer stehen und drückte langsam den kalten Griff der Tür nach unten. Wie erwartet, war sie verschlossen. Da kein Mensch weit und breit zu sehen war, rüttelte er an dem großen Türgriff. Erst vorsichtig, dann immer kräftiger. Nichts passierte. Schließlich holte er tief Luft und zog mit aller Kraft an der heruntergedrückten Türklinke in der verzweifelten Hoffnung, dass das Schloss oder die alten Scharniere doch noch nachgeben. Das Scheppern der Tür hallte gespenstig durch die leeren Gänge, schien die Geister vergangener Tage aus ihrem verstaubten Schlaf zu wecken. Dann war es wieder still, totenstill. Sackgasse, dachte Al verzweifelt.

Im nächsten Moment vernahm er das Klappern von Ledersohlen auf dem Marmorboden. Erst leise, dann immer lauter, fast klingend, wie das regelmäßige Schlagen einer Totenglocke. Kein

Zweifel, es konnte sich nur um eine Person handeln, Dr. Alighieri. Diesmal erschien er im grauen, modischen Anzug und nicht im weißen Kittel. Erleichtert, aber auch auf seltsame Weise alarmiert, ging er langsam Dr. Alighieri entgegen.

„Bin ich froh, Sie hier anzutreffen, Dr. Alighieri." Misstrauisch aber bemüht, freundlich zu erscheinen, blickte er dem Arzt in die dunklen Augen. „Erlauben Sie mir bitte, noch mal einen Blick auf Jule zu werfen. Das ging gestern alles zu schnell und ... ja, es war einfach zu schrecklich. Das verstehen Sie bestimmt." Al spürte erneut die Tränen aufsteigen, konnte aber mit ein paar tiefen Luftzügen die Fassung einigermaßen behalten. Dr. Alighieri schaute ihn mit einem anteilslosen Gesicht an.

„Ich bedaure. Die Leiche wurde heute nach Frankreich abtransportiert. Nach der Überführung soll sie in ihrem Heimatort bestattet werden." Al spürte eine Mischung aus Enttäuschung und Erleichterung.

„Wissen Sie ...„ Al räusperte sich nach einer kurzen Pause „wissen Sie, woran Juliette Camus starb?" Al benutzte ihren offiziellen Namen, wie es Dr. Alighieri gestern bereits tat, um gewissermaßen seriös und möglichst sachlich zu wirken.

„Genickbruch. Offenbar ist sie von der Vespa gefallen. Auf jeden Fall war sie bereits tot, als man sie fand. Ein Wiederbelebungsversuch war sinnlos. Ich habe die Obduktion selbst vorgenommen. Es besteht kein Zweifel an der Todesursache. Und der Polizei, Signore Belucci, liegt der Bericht bereits vor." Dr. Alighieri leierte die Sätze herunter, kühl und teilnahmslos, als habe er sie auswendig gelernt. Es sollten möglichst keine Rückfragen zugelassen werden, keine Fragen offenbleiben, keine Zweifel erlaubt sein, so der unmissverständliche Eindruck von Al. Genickbruch, klare Sache, nichts weiter, sauber und endgültig. Insbesondere sollte erst gar nicht der Eindruck einer Fremdeinwirkung aufkommen. Kein Täter, kein Delikt, kein

Fall mehr für die Polizei, einfach nur Pech gehabt. Der Fall war ordentlich abgeschlossen.
„Ich bin etwas in Eile, Herr Steinhoff, wenden Sie sich doch bitte weiter an die Behörden in Frankreich, die können Ihnen sicher weiterhelfen." Woher kannte Dr. Alighieri eigentlich seinen Namen. Vielleicht hatte Belucci ihn erwähnt. Konnte ja möglich sein, klang aber irgendwie befremdlich. Als hätte er erwartet, dass Al zurückkommen würde. Er hakte noch mal nach.
„Eine letzte Frage hätte ich noch, Dr. Alighieri."
Alighieri hob genervt die Augenbrauen und machte Anstalten wieder zu gehen. „Frau Camus ist eigentlich eine gute Vespa-Fahrerin. Könnte es sein, dass sie von der Straße abgedrängt ..."
Alighieri fuhr ärgerlich klingend dazwischen. „Hören Sie, Herr Steinhoff, ich kann ja verstehen, dass das schwer zu akzeptieren ist. Aber die Straßen waren nass und Frau Camus ist nicht die Einzige, die sich mit so einer Vespa in diesen Tagen in Rom das Genick gebrochen hat. Das ist alles, haben Sie verstanden?" Alighieri wartete keine Antwort ab, drehte sich um und ging deutlich schneller als er gekommen war, den Gang hinunter und verschwand im Treppenhaus. Al schaute ihm hinterher. Aalglatt, widerlich, dachte er. Dann kam ihm der Name Belucci in den Sinn, den Alighieri erwähnt hatte. Al glaubte nicht, dass Jule einfach so verunglückt war. Die Möglichkeit eines Fremdverschuldens wollte er nicht einfach aufgeben, schon gar nicht, wenn er daran dachte, dass Jule tatsächlich verfolgt worden war. Vielleicht wusste Signore Belucci mehr? Nur, wie sollte er ihn finden?
Erneut hatte er das Gefühl, aus diesen unfreundlichen, dumpfen Gemäuern fliehen zu müssen. Ich muss schnellstmöglich nach Frankreich, dachte er, enttäuscht über das nichtssagende Gespräch mit Alighieri. Aber zuerst wollte er Belucci noch einen Besuch abstatten. Angestrengt versuchte er sich zu erinnern, wo das Polizeipräsidium war. In der Eile vergaß er, Dr. Alighieri nach

einer Visitenkarte zu fragen. Wer weiß, ob er ihn nicht doch noch mal kontaktieren müsste. Na ja, vermutlich hatte Belucci seine Adresse und so ärgerlich, wie Alighieri am Ende des kurzen Gesprächs war, hätte er ihm sicher auch keine seiner kostbaren Visitenkarten gegeben.

Al wusste, dass das Polizeipräsidium nicht weit vom Kolosseum entfernt lag, also ganz in der Nähe sein musste. Seit seiner Kindheit hatte er so etwas wie einen eingebauten Kompass. Bei einer Nachtwanderung während eines Schulausfluges konnte er als einziger angeben, in welcher Richtung die Jugendherberge lag und hätte sicher auch ohne die Hilfe des Lehrers leicht wieder dorthin zurückgefunden – eines der wenigen Male, bei denen sich die Mitschüler beeindruckt von ihm zeigten. Trotzdem, er wollte jetzt keine unnötige Zeit verlieren. Er nahm sich ein Taxi und fuhr zum Kolosseum. Dort wollte er überlegen, aus welcher Richtung, aus welcher Seitenstraße die Carabinieri damals kamen. Al gab dem Taxifahrer ein paar Geldscheine, vermutlich zu viele, aber er war in Eile und winkte ab, als ihm der Taxifahrer Geld herausgeben wollte. Er hastete die große Straße in die vermutete Richtung entlang und bog dann intuitiv nach links in eine kleine Seitenstraße ein, in der er das Polizeipräsidium vermutete.

Die Zeit wurde immer knapper. Schließlich wollte er noch heute aus seinem Hotel auschecken und in Jules Heimat fahren. Nach einigen Häuserblocks wurde ihm klar, dass dies unmöglich die richtige Seitenstraße sein konnte. Halb entmutigt lief er hastig zurück zu der großen Hauptstraße, von der aus er abgebogen war. Mehrfach lief er sie auf und ab und fragte Passanten nach einem Polizeipräsidium. Aber es war zwecklos, alle Gefragten schüttelten den Kopf. Die Seitenstraßen sahen in seinen Augen inzwischen alle gleich aus. Sollte er mit der Polizei telefonieren, nach Signore Belucci fragen? Sie würden ihm keine Auskunft geben. Erneut machte sich bei ihm Verzweiflung breit. Er war offenbar in eine Sackgasse geraten. Allerdings wusste er todsicher, dass er mit diesem Gefühl von Ratlosigkeit Rom nicht verlassen konnte. Er musste Hinweise finden, wer Jule verfolgt hatte, und wenn er noch tagelang in den Straßen Roms umherirren würde. In seiner wilden Fantasie versuchte er sich sogar vorzustellen, dass die Verbrecher Jules Vespa nur gerammt hätten, um damit einen tödlichen Unfall vorzuspielen. Ob sie doch noch am Leben war? Erneut hatte er die Bilder von Jules Leiche vor Augen, grausam und unverrückbar. Verzweifelt schlug er sich mit der geballten Faust auf die Stirn, als könnte er die Trugbilder, die ihm offenbar einen bösen Streich spielten, herausschlagen. Er musste herausfinden, was passiert war. Und ihm wurde mit einem Mal klar, dass ihm dabei nur einer helfen konnte, Signore Belucci.

Al versuchte krampfhaft zu rekonstruieren, was beim Blick aus dem Polizeiwagen in seiner Erinnerung hängen geblieben war. Plötzlich kam ihm ein Gedanke. Er erinnerte sich an eine blaue Neonreklame auf der linken Seite, kurz bevor sie auf die große Hauptstraße einbogen waren. Er versuchte angestrengt nachzudenken, was auf dem Schild zu lesen war. Nach einem brauchbaren Hinweis suchend blickte er sich um und sein Blick fiel auf einen altmodisch geschwungenen Schriftzug: „Salon Antonio". Offenbar hatte er bereits eine Weile davor gestanden, aber den Hinweis nicht gleich erkannt, da der Schriftzug am Tage blassgrau war und nicht wie nachts blau leuchtete. Mit neuer Hoffnung folgte er der Straße auf der rechten Straßenseite und hoffte inständig, das Polizeipräsidium wiederzuerkennen. Wieder fragte er einen Passanten, der wie alle anderen zuvor mit den Schultern zuckte. Nach etwa zehn Minuten stand er gegenüber einer Toreinfahrt zu einem großen Hinterhof. Die muss es sein, dachte er erleichtert. Das große, schmiedeeiserne Tor, durch das sie gestern noch mit dem Polizeifahrzeug hindurch geschossen waren, war verschlossen. Aufgeregt überquerte er die Straße und blickte sich dabei noch mal nervös nach rechts und links um. Es war kein Mensch zu sehen. Beherzt zog er an dem schweren Türknauf. Zu seiner Überraschung ließ sich das Tor ohne Mühe öffnen. Er betrat den Innenhof. Wieder standen die Ereignisse von der Nacht real vor seinen müden Augen. Es bestand kein Zweifel. Das war der Ort, an dem ihn die Carabinieri aus dem Alfa Romeo gezerrt hatten. Gut konnte er sich an die Erleichterung erinnern, als er anschließend den kühlen Regen im Gesicht spürte, der seine Übelkeit von der wilden Autofahrt sofort so wunderbar wegspülte. Gestern um die Zeit hatte er noch keine Ahnung, was mit Jule passiert war, was ihm erneut einen schmerzhaften Stich in die Magengrube bescherte.

Al schaute sich auf dem mit Kopfsteinen gepflasterten Platz um. Bis auf einen Polizeiwagen am anderen Ende des großen Hofes, in dem zwei Carabinieri saßen, erinnerte nichts an ein Polizeipräsidium. Al ging zu der großen Tür, in die er damals unsanft hindurch gestoßen wurde. Sie war verschlossen, keine Klingel, kein Schild weit und breit. Er wollte sich gerade herumdrehen, um wieder in Richtung Ausgang zu gehen, als er von den Carabinieri, die rasch zu ihm herübergekommen waren, barsch angesprochen wurde. Es klang wie: „Papiere bitte ...“ Al zuckte zusammen und begann mit zitternden Händen in seiner Jackentasche zu kramen. Verwirrt zog er seinen Personalausweis aus dem Portemonnaie und hielt ihn den Carabinieri entgegen. Einer der beiden riss ihm auch den Ausweis aus der Hand und schaute das Dokument misstrauisch an. Dann nahm er sein Handy aus der Tasche, tippte nur zwei Tasten, möglicherweise die Kurzwahl seiner Dienststelle, und hielt sich das Handy ungeduldig ans Ohr. Al verstand kein Wort, während beide Carabinieri ihn immer durchdringender anschauten.

„Kennen Sie Herrn Belucci, er arbeitet normalerweise hier? Verstehen sie mich? Signore Belucci! ... Be-lu-cci!" Al schwenkte seine rechte Hand in typisch südländischer Manier. Die Carabinieri ließen sich nicht beeindrucken und rückten immer näher an ihn heran. „Signore Belucci ... ich muss ihn dringend sprechen!", versuchte er es erneut. Das Telefonat war noch nicht ganz beendet, als der zweite Carabinieri seine Handschellen zückte und sie mit einer raschen Bewegung um Als Handgelenke legte.

„Signore Steinhoff, Sie sind verhaftet!" Al war wie vom Blitz getroffen und ließ sich wehrlos zum Wagen abführen. Vielleicht waren das die einzigen deutschen Worte, die der Beamte kannte. Aber sie waren unmissverständlich. Einer der beiden stieß ihn unsanft auf den Rücksitz und nahm anschließend neben ihm Platz, während der andere in gewohnt halsbrecherischer Weise aus der Ausfahrt raste und in Richtung der Hauptstraße davonfuhr. Die Sirene heulte laut auf.

„Hören Sie, das kann nur ein Missverständnis sein. Ich will mit Herrn Belucci sprechen, der kann sicher alles aufklären." Al versuchte verzweifelt, die Situation zu klären. Die Beamten schwiegen. Nach etwa zwanzig Minuten Autofahrt bog das Polizeiauto in eine große Toreinfahrt ein. Er konnte gerade noch erkennen, dass das Gebäude, in das er gebracht wurde, von einer hohen Mauer mit Stacheldraht umgeben war. Wachtürme thronten auf beiden Seiten, hinter ihnen schloss sich behäbig eine große eiserne Schiebetür. Al wurde aus dem Auto gezerrt und in Richtung eines alten Backsteingebäudes gestoßen, das von weiteren Polizeibeamten bewacht wurde. Routiniert öffneten diese eine weitere schwere Eisentür, und es ging weiter durch die erste Seitentür scharf nach rechts. Unvermittelt stand Al vor einem großen grauen Tisch. Dahinter stand eine mürrisch dreinschauende übergewichtige Frau in Uniform.

„Signore Steinhoff, Taschen ausleeren, auf diesen Tisch ... alles komplett!“ Dabei zeigte sie mit ihren Wurstfingern auf seine Hosentaschen. Al war inzwischen klar, dass man ihn in ein Gefängnis gebracht hatte und es blieb ihm keine andere Wahl, als dem unfreundlichen Sicherheitspersonal Folge zu leisten. Als er alle Taschen ausgeleert hatte, Portemonnaie, Handy, Auto- und Haustürschlüssel, was mit den Handschellen nicht ganz einfach zu bewerkstelligen war, folgte eine Leibesvisitation. Er musste sich wie ein Schwerverbrecher mit dem Gesicht zur Wand stellen. Ein Uniformierter trat ihm gegen die Innenknöchel, sodass er die Beine widerspruchslos spreizte. Zwei Männerhände strichen ihm über Rücken, Brust, Bauch und griffen ihm dann grob zwischen seine Beine, was mit einem kurzen Schmerz verbunden war. Oder war das wirklich Schmerzhafte doch eher die damit verbundene Erniedrigung? Anschließend glitten die Hände des Uniformierten seine Hosenbeine auf und ab. Mürrisch nickte er dem anderen Kollegen zu, um zu signalisieren, dass Al außer seinen Klamotten nichts mehr bei sich trug. Anschließend wurde er wieder auf den kahlen Gang gestoßen. Im Augenwinkel sah er noch, dass seine persönlichen Sachen in einer Metallbox verschwanden, die verschlossen und an Dritte weitergegeben wurde. Als er auf dem Gang für einen Moment innehalten konnte, drehte er sich um und brüllte in einem plötzlichen Anflug von Hass und Verzweiflung den uniformierten Beamten entgegen: „Sie machen einen großen Fehler. Ich will sofort mit einem Anwalt sprechen. Verbinden Sie mich mit der deutschen Botschaft!“ Ein unsanfter Ellbogenstoß in die Flanke ließ ihn abrupt verstummen. Schmerzverzerrt beugte er sich nach vorne und schnappte nach Luft. Dann wurde er weiter den Gang entlang gestoßen. Schwere Eisentore öffneten sich vor und verschlossen sich gleich wieder hinter ihm. Nach dem dritten Tor hörte er auf zu zählen. Dann wurde eine graue Eisentür zu einer kleinen Zelle aufgeschlossen und man stieß ihn hinein. Die Handschellen wurden ihm noch abgenommen und anschließend die schwere Tür hinter ihm verschlossen. Al sprang zur Tür, hämmerte mit beiden Fäusten dagegen und brüllte: „Lassen Sie mich hier raus ... das ist alles ein großer Fehler ... ich will hier raus!“ Seine Schreie hallten in der kleinen Zelle von Wand zu Wand und verstummten. Al sank zu Boden, dann ging das Licht aus und es war stockdunkel. Sein ersticktes Wimmern kroch noch eine Weile über den kalten Steinboden.

Österreich, August 2001

Was wollte Jule ihm nur Wichtiges mitteilen? Wer weiß, ob das überhaupt stimmte, was Karin ihm da auftischte? Wahrscheinlich würde er das nie herausfinden. Am meisten Kopfzerbrechen machte ihm die Tatsache, dass Karin seine E-Mail-Adresse an Jule weitergegeben hatte. Oder war das auch nur eine Lüge, um ihn zu ärgern, seinen Liebeskummer genüsslich und sarkastisch anzufeuern? Allerdings fieberte er jetzt schon dem Moment entgegen, seine Mails zu prüfen und auf eine Nachricht von Jule zu stoßen. Karin hatte ihren Laptop dabei, aber er wollte auf keinen Fall ihr gegenüber den Anschein erwecken, dass er vor Neugierde fast platzte, um sich damit noch mehr den Lästertiraden seiner Schwester auszuliefern. Also, Geduld war angesagt. Auch wenn es schwerfiel, versuchte er sich so gut wie möglich zu beruhigen. So verlebte er die restlichen Tage auf der Insel in einer Art Schwebezustand. An den gemeinsamen Mahlzeiten nahm er wortlos teil. Dabei musste er öfter wohl so verklärt dreingeschaut haben, dass ihn seine Eltern fragten, was mit ihm los sei. „Ich genieße die letzten Urlaubstage, bevor der Schulstress wieder losgeht“, gab er von sich, während Karin hämisch lächelte. Die Rückfahrt fiel auf einen Sonntag. Die Schule würde bereits am Folgetag beginnen. Al blieb somit wenig Zeit, sich entsprechend vorzubereiten. Kaum zu Hause angekommen, zog er sich in sein Zimmer zurück, um herzklopfend nachzuschauen, ob bereits eine Nachricht von Jule eingetroffen war. Außer unnützen Spams und kurzen Anfragen seiner engsten Freunde, ob er vielleicht schon früher wieder zurück sei, befand sich nichts im Mailfach. Al wusste nicht, ob er erleichtert oder eher enttäuscht war. Da er Jules Adresse nicht hatte, blieb ihm nichts anderes übrig, als regelmäßig seine Mails zu überprüfen.

Am nächsten Tag war wieder frühes Aufstehen angesagt, was ihm von jeher schwerfiel. Noch vor dem Frühstück überprüfte er erneut seinen Maileingang. Wieder nichts. Missmutig schlich er zum Frühstück, verschlang schweigend sein Müsli und machte sich anschließend fertig für die Schule, ohne ein Wort von sich zu geben. Seine Eltern waren bereits mitten in der Planung ihres Tages und bemerkten seine schlechte Stimmung nicht.

Seine Kumpels kamen ihm bereits von Weitem entgegen und prahlten ungefragt mit ihren Urlaubseroberungen. Al wusste, dass nur ein Bruchteil davon zutreffen würde. Er nahm das nervende Geschwätz nur am Rande und kommentarlos zur Kenntnis. Zum Glück klingelte recht bald das Signal zum Ende der Pause, wodurch er gar nicht in die Verlegenheit kam, auf gleicher Ebene etwas beisteuern zu müssen. Über Jule würde er bestimmt nichts preisgeben.

Die erste Stunde verging mit Mathematik, was ihm ganz recht war. Mathe hatte ihn schon immer interessiert und nun im Leistungskurs musste er Gas geben, um nicht den Anschluss zu verpassen. Bereits vor einiger Zeit hatte er sich in den Kopf gesetzt, nach dem Abitur Medizin zu studieren und dafür brauchte er natürlich sehr gute Noten. Mit Mathe und Geschichte müsste das klappen, so hatte er sich das ausgedacht und die Lehrer in beiden Fächern waren auch ganz in Ordnung. Die Themen waren inter-

essant und rissen ihn ein Stück weit aus seinen melancholischen Gedanken, die sich pausenlos um die Erlebnisse mit Jule auf der Insel drehten.
Nach Mathe folgte auch gleich der zweite Leistungskurs, Geschichte. Bereits nach den ersten Monologen von Herrn Holzmann schweiften seine Gedanken wieder ab und er konnte sich kaum noch auf den Inhalt des Unterrichts konzentrieren. Nur bruchstückhaft erfasste er, dass der Lehrer über sein liebstes Thema, die Literaturgeschichte, redete. Oh Gott wie ätzend, dachte Al, insbesondere da er alles andere als ein Vielleser war. Er konnte nie die Menschen begreifen, die über Schlaflosigkeit klagten. Er für seinen Teil brauchte nur die erste Seite eines Buches zu lesen und schon fielen ihm die Augen zu. Na, das kann ja heiter werden, dachte er weiter und lehnte sich auf seinem Stuhl zurück, bevor ihm die Augen zufielen. Jetzt hatte er endgültig den Faden im Unterricht verloren. Seine Gedanken drehten sich erneut um Jule. Er sah sie wieder vor sich, mit feucht glänzender Haut, rotbraun schimmernden Haaren aus dem Wasser kommend, auf ihn zuschreitend, erwartungsvoll lächelnd, als es ihm plötzlich wie ein Donnerwetter entgegen hallte.
„Ich weiß, dass ich nichts weiß!" Holzmann stand direkt vor ihm, die anderen Schüler lachten lauthals, als Al vor Schreck fast vom Stuhl gefallen wäre. „Ich weiß, dass ich nichts weiß!", dröhnte Holzmann ihm entgegen. „Steinhoff, bevor Sie endgültig einschlafen, verraten Sie mir mal, was Ihnen dieses Zitat sagt"
„Ich weiß, dass ich nichts weiß", wiederholte Al beflissentlich Holzmanns Lieblingszitat.
„Ja, das sagte ich bereits!", raunzte Holzmann ihm mit einem ärgerlichen Grundton in der Stimme entgegen.
Al dachte an Jule. „Ja also, ich weiß eigentlich eher, dass ich nicht viel weiß und vor allem weiß ich, dass ich eigentlich gern mehr wüsste. Allerdings, wenn ich mir es so recht überlege ... also, wenn

ich gar nichts wüsste, dann ...", Al überlegte einen Moment, grinste dann schelmisch, als habe er soeben eine einfache logische Antwort auf eine schwierige Frage gefunden. „Wenn ich so wirklich gar nichts wüsste, wüsste ich auch nicht, dass ich nichts weiß. Mit anderen Worten, ich weiß offenbar etwas ... wenn auch nicht viel."
Holzmann machte ein ernstes Gesicht, als habe er Als Ausführungen nicht folgen können, ließ sich jedoch keine Unsicherheit anmerken. Offenbar war er von Als Geistesblitzen überrascht und starrte ihn mit hochgezogenen Augenbrauen an. Al grinste zufrieden in der Hoffnung, dass Holzmann nun von ihm ablassen würde. In der Klasse war es plötzlich totenstill. Alle starrten auf Holzmann, der immer noch verdutzt nach einer intelligenten Antwort suchte, um das notwendige Wissensgefälle zwischen ihm und Al wieder zurechtzurücken.
„Sehr schlau, Steinhoff, gar nicht so dumm. Wer hat Ihnen denn diese Geisteseingebung zugeflüstert und das auch noch im Urlaub?"
„Nun ja, ich hab ein bisschen gelesen. Das hatten Sie uns ja schließlich am Ende des letzten Schuljahres aufgetragen. Und man macht so seine Bekanntschaften ..."
„Soso, man macht seine Bekanntschaften." Wieder ging ein heiteres Lachen durch die Klasse. „Erzähl mal Alter! Wie heißt sie denn?", kam es aus der letzten Reihe. Es war sein Erzrivale in der Klasse, Harald „Harry" Meier, mit Abstand der Star aller Mädchen. Al errötete leicht und drehte sich nach hinten.
„Geht dich gar nichts an, du Blödmann!" Al zeigte ihm den Stinkefinger, was die heitere Stimmung in der Klasse weiter entfachte. Jetzt cool bleiben, dachte Al und nichts weiter ausplaudern, aber Holzmann, der Als Geste nicht gesehen hatte, setzte lächelnd nach.
„Aha, eine Bekanntschaft hat Ihnen das zugeflüstert." Holzmann drehte sich hämisch grinsend zur Klasse um. „Wie man sieht,

meine Damen und Herren, es ist immer gut, wenn man aufmerksam zuhört. Das muss ja eine gute Bekanntschaft gewesen sein."
„Rein platonisch", fuhr Al dazwischen in der Hoffnung, das Thema damit endgültig beenden zu können.
„Alle Achtung Steinhoff, das Zitat stammt von Platon. Machen Sie nur weiter so mit Ihrer Bekanntschaft." Holzmann lachte verächtlich.
„Ja, würde ich ja gerne", murmelte Al, was zum Glück niemand und erst recht nicht Holzmann oder Harry mitbekamen. Trotzdem ließ Holzmann nicht von ihm ab.
„Ach übrigens, was haben Sie denn so Interessantes im Urlaub gelesen Steinhoff? Ich gehe nicht davon aus, dass Sie sich nur mit der Antike beschäftigt haben."
Al wollte eigentlich Hesse sagen, stattdessen platzte es aus ihm raus: „Camus".
„Mit Camus ... Albert Camus?" Holzmann zog dabei seine Augenbrauen so weit nach oben, dass seine wenigen Haare auf der Stirn wie elektrisiert nach oben standen. „Sehr interessant. Camus, ein französischer Literaturnobelpreisträger, wie kommen Sie denn gerade auf den?" Holzmann räusperte sich misstrauisch. Al biss sich auf die Lippen. Wenn er sich jetzt korrigieren würde, käme es vermutlich raus, dass er von dem, was er sich vorgenommen hatte, kaum eine Seite gelesen hatte.
„Nun ja, das bot sich an, ich wollte schon immer mal Camus lesen und die Umstände haben das nahegelegt".
„Na schön, also die Umstände, soso, und was haben Sie von Camus gelesen?" Wieder errötete Al, da er tatsächlich von Albert Camus nicht die geringste Ahnung hatte.
„Ja ... Moment, ähm ... wie hieß das Buch doch gleich?" Al wurde klar, dass er gerade dabei war, sich immer tiefer reinzureden und fing an zu stottern „Das hat was mit der Bekanntschaft zu tun, die ..."

„Jaja, die hieß bestimmt auch Camus", platzte Holzmann siegessicher dazwischen. Allerdings schien es, dass Holzmann bezüglich Albert Camus auch nicht gerade bewandert zu sein schien und, um sich die Peinlichkeit seiner Ahnungslosigkeit zu ersparen, Al mit durchdringenden Augen ansah. „Zur nächsten Stunde referieren Sie über Albert Camus, natürlich im Vergleich zur Literaturgeschichte der Antike. Wir wollen nicht den Roten Faden verlieren, nicht wahr?" Wieder räusperte er sich verlegen. Dann drehte er sich zur Klasse, um möglichst schnell das Thema zu wechseln. Al atmete erleichtert auf und versuchte angestrengt, dem Rest der Stunde mehr Aufmerksamkeit zu widmen.

Als er später von der Schule nach Hause zurückkehrte, schaute er als Erstes in sein Mail-Postfach. Ihm wurde klar, dass er von dem Gedanken, eine E-Mail von Jule zu bekommen, mehr und mehr eingenommen wurde, fast besessen war. Wieder keine Nachricht, stellte er enttäuscht fest. So konnte das auf keinen Fall weitergehen. Entweder es passierte irgendetwas oder er musste sich eine Strategie einfallen lassen, wie er Jule und die zurückliegenden Ereignisse möglichst bald vergessen konnte.

In den nächsten Tagen fühlte er sich wie getrieben. Die geradezu zwanghaften und in immer kürzeren Abständen erfolgenden Kontrollen seines E-Mail-Accounts ließen ihm keine Ruhe. Eine Strategie des Vergessens kam ihm nicht in den Sinn. Nicht, dass er sich nicht vorstellen konnte, Jule zu vergessen. Nein, er musste sich eingestehen, dass er das gar nicht wollte. Die süße und gleichzeitig quälende Sehnsucht, doch irgendwann von ihr zu hören, raubten ihm so manchen Schlaf. Trotzdem ließen die Gedanken an Jule mit der Zeit etwas nach. Die lähmende Gewöhnung siegte mit der Zeit unweigerlich über den lustvoll quälenden Rausch, wenn er sich immer mal wieder an die Zeit auf der Insel zu erinnern versuchte.

Wochen und Monate vergingen, in denen er sich besser als erwartet auf die Schule mit ihren Referaten, Arbeiten und Prüfungen konzentrieren konnte. Mit seinen Kumpels ging er freitags meist auf Kneipentour, manchmal in Bars mit lauter Musik, in denen an eine Unterhaltung nicht zu denken war, oder in solche Biergärten, in denen sie sich über die Tagespolitik die Köpfe heiß diskutierten. Mädchen waren für Al nur bedingt interessant. Sicher hätte er gerne mal so rumgeknutscht, wie er das von Betty und ihrem „Zickenverein“ täglich zu sehen bekam. Der Gedanke aber, eine von diesen mittelmäßigen Hühnern am Bein zu haben, nicht zu jedem Zeitpunkt tun und lassen zu können, was er wollte, vielleicht als Gegenleistung zur Knutscherei gemeinsam irgendwelche dämliche Musik hören zu müssen und so zu tun, als würde ihm das auch noch gefallen, das war für ihn derzeit undenkbar. Wieder schauten nur die Mädchen hinter ihm her, mit denen er sich eine Rumknutscherei überhaupt nicht vorstellen konnte. Der Gedanken daran erzeugte bei ihm nach wie vor nur Desinteresse. Für Al war klar, Betty und vielleicht noch ein paar andere aus der Gruppe waren für ihn unerreichbar, also ließ er jegliches Bemühen lieber gleich sein. Ob er wollte oder nicht, nach wie vor kamen seine Gedanken immer wieder auf Jule zurück, was ihm immer noch einen kleinen Stich in den Brustkorb versetzte und sein Herz schneller schlagen ließ. Wie so oft, wenn etwas unerreichbar war, stilisierte sich ausgerechnet das zum Schönsten und Besten heraus. Jule war im Vergleich zu allen anderen, die sich um ihn herum tummelten, unübertroffen. Oder war es nur seine Wunschvorstellung, die Jule mehr und mehr zu einer Ikone werden und den Gedanken an andere Mädchen als eine Art Untreue erscheinen ließ? Wie dem auch sei, der zunehmende Stress in der Schule kam ihm ganz gelegen, auf andere Gedanken zu kommen. Ablenkung war die einzige Chance, sich aus diesem Hin und Her der Gefühle herausmogeln zu können.

So vergingen einige Monate ohne besondere Ereignisse. Außer vielleicht einem Ereignis, das sich später als der Anfang einer Katastrophe erwies. Nichts ahnend kam er nachmittags aus der Schule. Die Eltern waren noch in der Apotheke, wenn überhaupt würde nur Karin zu Hause sein. Hastig schloss er die Haustür auf, schmiss seine Schultasche in die Ecke und stürmte zur Toilette. Seit etwa einer halben Stunde wurde der Druck auf der Blase, als Folge einer großen Cola, die er nach dem Sport hinuntergestürzt hatte, immer größer. Unerwartet war die Tür jedoch von innen verschlossen, sodass er mit aller Wucht dagegen donnerte und sich dabei die Nase prellte. Zu allem Übel öffnete sich die Tür und hämisch grinsend trat sein Schulkamerad Harry Meier aus dem Badezimmer.

„Na, nicht so stürmisch. Bist wohl wieder in Gedanken bei deiner platonischen Bekanntschaft, was?" Einem Impuls folgend wollte Al gerade ausholen, um seinem speziellen „Freund" genau die Schmerzen zuzufügen, die er eben bei der Kollision mit der Badezimmertür erlebt hatte, als Karin um die Ecke schoss.

„Spinnst du!", brüllte sie. „Wenn du zu blöd bist zu kapieren, dass die Tür verschlossen ist, dann ..." Offenbar verkniff sie sich in Gegenwart von Harry die schlimmsten Beschimpfungen. Ganz unrecht hatte sie ja nicht, dachte Al, drehte sich um und blickte Harry drohend in die Augen.

„Und wenn du noch mal ..." Al verkniff sich, Jules Namen auszusprechen. „Wenn du mich noch mal wegen ihr von links anquatschst, dann polier ich dir deine blöde Visage, hast du das kapiert?"

„Na, wer wird denn gleich so nervös werden? Hast wohl Angst, ich könnte sie dir ausspannen?"

Al drehte sich um, doch bevor er zuschlagen konnte, hielt ihn Karin mit aller Kraft zurück.

„Jetzt reicht's aber, ihr Streithähne, und wenn du meinst ...", Karin

drehte sich wütend zu Harry um, „hier noch Andere aufreißen zu müssen, dann kannst du mich mal!“
„Komm, Karin, so hab ich das doch nicht gemeint.“ Harrys Stimme klang plötzlich ganz kleinlaut und er ließ sich von Karin in ihr Zimmer ziehen. Die Tür krachte hinter ihnen ins Schloss und Al hörte noch, wie von innen der Schlüssel umgedreht wurde.
„Mann Karin!“, rief Al den beiden noch zu, „hätte dir einen besseren Geschmack zugetraut als diesen Halbaffen!“
Als die Eltern nach Hause kamen und man in der Küche zu Abend aß, nahm Al erleichtert zur Kenntnis, dass Harry bereits verschwunden war. Nur Karin machte ein seltsames Gesicht, nicht etwa sauer oder böse, was Al bei nüchterner Betrachtung hätte verstehen können, sondern irgendwie amüsiert, geradezu triumphierend, als hätte sie gerade eine Million Dollar beim Poker gewonnen.
Als der Sommer näher rückte, lehnte es Karin kategorisch ab, wieder auf die Insel zu fahren. Im Gegensatz zu Al, der insgeheim natürlich hoffte, dort wieder auf Jule zu treffen. Etwas mulmig war ihm bei dem Gedanken, ihr wieder gegenüberzutreten. So nahm er es schließlich gleichgültig zur Kenntnis, als seine Eltern beschlossen, nicht auf die Insel zu fahren, und Karin und Al stattdessen auf eine Sprachreise zu schicken. So konnte er gut begründen, nach Südfrankreich fahren zu müssen, er habe er ja Französisch-Grundkurs und müsse gute Noten fürs Abitur einbringen. Natürlich hoffte er, irgendwo Jule zu finden, wobei er wusste, dass dieser Zufall einem Sechser im Lotto gleichkommen würde.
Der Flieger nach Nizza sollte nachmittags gehen und so hatte er am späten Vormittag noch etwas Zeit, eingegangene Emails zu überprüfen. Er wollte seinen Kumpels unbedingt noch eine Machomessage auf den Weg geben. Aus Frust über eine zurückliegende und abfällige Bemerkung von Betty, die er insgeheim

doch noch bewunderte, hatte er in einer Suchmaschine Stichwörter eingegeben, die alle mit Sex zu tun hatten. Seitdem wurde er mit einschlägigen Nachrichten überschüttet, die sich nur um dieses Thema drehten. Wie er das abstellen sollte, wusste er nicht. Al löschte entsprechend die Nachrichten, die damit in Verbindung stehen konnten. Viele dieser Spams trugen als Absender Frauennamen, denen er kaum Beachtung schenkte. Er wollte gerade die neuesten Mails löschen, als er plötzlich bei dem Namen „Juliette" stutzte. Sicher hatte er bereits alle, die mit „Juliette" begannen, großzügig gelöscht, weil er auch dahinter etwas in der Art vermutete. Plötzlich wurde er neugierig. Sollte das etwa eine Nachricht von Jule sein? Ihre Eltern hatten sie gelegentlich so angeredet, insbesondere, wenn sie ihr von Ferne etwas hinterher riefen. Al spürte, wie ihm das Blut in den Kopf schoss, als er die Mail mit der Überschrift „Juliette" öffnete. Es war eine Nachricht von Jule.

Rom, Mai 2010

Er lag immer noch auf dem kalten Betonboden und versuchte sich zu beruhigen und einen klaren Gedanken zu fassen. Zwecklos! Trotz lähmender Erschöpfung zitterte er am ganzen Körper. Kalter Schweiß rann über seine Schläfen, brannte in seinen Augen, ließ sein feuchtes und stinkendes Hemd am Körper kleben, einem Körper, der seinem Willen nicht mehr gehorchen wollte. Er spürte die Verzweiflung durch seine Adern kriechen und sich seiner Gedanken, seiner Gefühle unaufhaltsam bemächtigen. Er ballte die Fäuste, versuchte dagegen anzukämpfen. Mit letzter Kraft erhob er sich und schleppte sich auf die hölzerne Pritsche, um dort darauf zusammenzusinken.
Es war dunkel. Nur unter der Zellentür drang etwas Licht von draußen hinein, sodass er die Konturen der Zelle mit halbge-

schlossenen Augen abzutasten versuchte. In der Ecke der Zelle stand eine Toilette. Ohne Klodeckel oder Klobrille schien sie ihn starr anzuglotzen. Sie erinnerte ihn an das Bild ‚Der Schrei' von Edward Munch. Als er das Bild damals zum ersten Mal sah, hat es ihn so sehr beeindruckt, dass er noch lange davon träumte. Damals wachte er oft schweißgebadet auf, da sich im Traum die Rollen getauscht hatten. Nicht er war der Betrachter, sondern der Schreiende im Bild. War es eine Vorahnung dessen, was sich jetzt mit ihm abspielte? Könnte es ihm gelingen, noch mal die Rollen zu tauschen, einfach aus einem bösen Traum aufzuwachen?

Plötzlich zuckte ein heller Blitz durch die Zelle, gefolgt von einem schrillen Zirpen und Knattern der Neonlampe über seinem Kopf. Entfernt waren Schritte auf dem Gang zu hören, die rasch lauter wurden und damit näherkamen. Al legte sich flach auf die Pritsche. Er wusste, dass er im Moment an seiner verfahrenen Situation nichts ändern, mit niemandem sprechen, kein Telefonat führen konnte. Warum hielt man ihn gefangen? Was wurde ihm zur Last gelegt? Er hatte keine Ahnung und dachte verzweifelt daran, dass der Leichnam von Jule vermutlich im selben Moment unterwegs nach Frankreich war. Erschöpft schlief er wieder ein und wurde von einem lauten Geräusch, einem metallenen Scheppern und Klappern geweckt. Er musste sich kurz konzentrieren, wo er war und erkannte, dass durch einen Schlitz in der Eisentür ein Tablett mit einer Schüssel und einer sich darin befindlichen undefinierbaren Masse geschoben wurde. Al rollte augenblicklich zur Seite, fiel auf den kalten Betonboden und kroch hastig auf allen Vieren zur Tür.

„Lassen Sie mich mit meinem Anwalt sprechen!", schrie er durch den Schlitz, der ohne Antwort sofort mit lautem Krachen wieder verschlossen wurde. Er konnte nur noch gegen den verschlossenen Schlitz flüstern. „Ein Anwalt ... ich will einen Anwalt." Dabei schossen ihm Tränen in die Augen. Er wusste nicht, ob es Tränen der Verzweiflung oder der blanken Wut waren, wahrscheinlich beides.

Nach einer Weile beruhigte er sich und versuchte zu begreifen, was ihm von draußen zugeschoben wurde. Es war eine zerschlissene emaillierte Blechschüssel, ähnlich einem bäuerlichen Nachttopf. Die Masse in der Schüssel war ein lauwarmer Eintopf aus Kartoffeln, Möhren und ein paar Stücken undefinierbarem Fleisch – nicht gerade italienische Küche. Er war unschlüssig, ob er den Eintopf essen sollte. Vielleicht wollten sie ihn nun nach der Inhaftierung noch vergiften oder betäuben. Von Zweifel geschüttelt rührte er die Schüssel nicht an, obwohl ihn der Hunger bereits quälte.

Gegenüber der Tür, etwa einen halben Meter über Augenhöhe, befand sich ein lukenartig vergittertes Fenster, und er konnte schräg von unten erkennen, dass es draußen halbdunkel war, ob abends oder nach dem wie auch immer langen Schlaf bereits wieder morgens, konnte er zunächst nicht ausmachen. Als dann die Neonlampe über seinem Kopf ausging, war ihm klar, dass es Abend war und er über die nächsten Stunden keinen Kontakt mehr zur Außenwelt haben würde. Er legte sich auf die Pritsche und versuchte seine Gedanken zu sortieren. Er dachte an Karin, die Aquariumsgruppe, er dachte plötzlich daran, zu beten. Er wollte beten, doch dann schoss es ihm wie ein giftiger Pfeil durch den Kopf. War das hier vielleicht die unmittelbare Strafe dafür, dass er sich heute Morgen so Hals über Kopf von seinem Glauben verabschiedet hatte, dass er nur noch sarkastische Sprüche über die Heiligen und alles, was ihm bis dahin heilig war, auf den Lippen hatte, dass er Kirche und Glaube aus Trauer und blanker Verzweiflung, aber auch mit hämischer Inbrunst verspottet hatte? Sein Kopf war leer, er wusste im Moment gar nicht mehr, was er glauben sollte. Was spielte es auch für eine Rolle? Nicht nur sein

Kopf war leer, sein ganzes Leben oder das, was davon übrig geblieben war, zerstört in wenigen Tagen, hoffnungslos vernichtet. Noch nicht mal ein Johnnie Walker war greifbar, der ihm in der letzten Nacht so dienlich war, und ihn wenigstens für ein paar Stunden aus der grausamen Realität zu schießen vermochte.
Die Dunkelheit löste sich langsam in einem grau-fahlen Schimmer auf, der von einem vor dem Gebäude befindlichen Überwachungsscheinwerfer herrührte. Nach ein paar Minuten, vielleicht waren es auch Stunden, seine Uhr hatte man ihm auch weggenommen, schepperte erneut der Schlitz in der Tür. Wieder wurde eine Schüssel mit einem diesmal gelblichen Brei hineingeschoben.
„Hey Mann, hört mich denn keiner? Lasst mich hier raus!", brüllte Al verzweifelt aber fast tonlos, da sein Hals trocken brannte. Schluchzend sank er vor dem Türschlitz auf die Knie. Der Brei war wieder lauwarm. Sein Hunger war inzwischen so groß, dass er ein paar Löffel probierte. Grießbrei mit Zucker, eigentlich mochte er Grießbrei. „Was soll's? Sollen sie mich doch vergiften. Viel zu verlieren habe ich ja sowieso nicht mehr", brummte er vor sich hin und löffelte hastig die Schale aus. Der Brei klebte an Zunge und Gaumen. Das mit hineingegebene Wasser roch modrig aus einer vergilbten Plastikflasche und vermischte sich in seinem Gaumen zu einer widerlichen Masse, die er nur mit Mühe hinunterwürgen konnte.
Die Fütterung der Bestie, so empfand er das Klappe-auf-Klappe-zu-Ritual, wiederholte sich in regelmäßigen Abständen, vermutlich morgens, mittags und abends, mal süß, mal salzig, mal nahezu geschmacklos. Das Aussehen der Schüssel und der darin befindliche Brei waren immer ähnlich. Er war eingesperrt, wie im Zoo, ohne dass er irgendeine Menschenseele zu Gesicht bekam. Wenn er nicht schlief, drehten sich seine Gedanken um die letzten Tage in seinem Kopf und vermischten sich mit wirren Fanta-

sien. Schwindelgefühle und Kopfschmerzen nahmen ständig zu. Sollte ich dem Ganzen hier und jetzt ein Ende setzen, überlegte er zunehmend verzweifelt. Er könnte vielleicht Anlauf nehmen und mit voller Wucht den Kopf wie ein wild gewordener Widder gegen die Eisentür rammen? Vielleicht könnte er ja im Jenseits mit Jule seinen Frieden finden? Jenseits, Himmel – wie war das alles für ihn positiv besetzt gewesen, die ultimative Erfüllung dessen, wofür man hier auf Erden lebte. Und jetzt, wo es eigentlich drauf ankam, bestand alles nur aus einer dumpfen Leere.
Am Morgen des vermutlich dritten Tages endlich, er hatte zumindest drei salzige Mahlzeiten zählen können, öffnete sich die Tür und vor ihm stand Signore Belucci. Al sprang auf, räusperte sich und sagte mit rauer Stimme. „Signore Belucci, ich freue mich, Sie zu sehen. Offensichtlich liegt hier ein fürchterliches Missverständnis vor. Kann ich meinen Anwalt ...“ Belucci unterbrach ihn schroff. Seine kühl-professionelle Fassade war offensichtlich wieder hergestellt. „Folgen Sie mir!“
Zwei Carabinieri begleiteten Al in einen Raum, in dem sich außer einem Tisch, zwei gegenüberstehenden Stühlen und einer von der Decke hängenden nackten Glühbirne nichts befand. Die Wände des Raums waren bis auf einen großen Spiegel kahl und fensterlos. Al sollte sich auf den Stuhl mit Blick auf den Spiegel setzen. Nervosität machte sich bei ihm breit und steigerte sich zu etwas, das mehr und mehr seine zukünftige Begleitung sein sollte. Es war die unkontrollierbare Angst. Er saß fest, war abhängig von finsteren Gestalten, die er nicht kannte, die aber auch ihn nicht kannten. Das konnte nur eine Konsequenz haben, dass er weiteren quälenden Verhören unterzogen werden sollte und zwischenzeitlich auf nicht absehbare Zeit mit seiner kleinen kahlen Zelle Vorlieb nehmen musste. Wie lange sollte das so weiter gehen? Vermutlich so lange, bis er möglicherweise etwas zugab, von dem er selbst nicht wusste, ob es wahr oder

falsch war. Er erinnerte sich mit Schrecken daran, als er zum ersten Mal etwas über die Inquisition gelesen hatte. Zwar wurde er hier nicht gefoltert, zumindest nicht körperlich, aber er spürte, wie leicht es war, aus jemand etwas herauszupressen, ein gefälliges Geständnis, auch wenn es nicht der Wahrheit entsprach.
Belucci nahm gegenüber Platz und schaute ihm ernst aber auch sorgenvoll in die Augen. Sein Mitgefühl für einen gebrochenen Menschen war offenbar nicht gänzlich eingefroren. Al fasste wieder zaghaft Mut. Es war wie eine kleine glimmende Flamme, die offenbar noch nicht erloschen war und die von wem oder was auch immer krampfhaft am Leben gehalten wurde.
„Signore Belucci, warum hält man mich hier fest, was wirft man mir vor?" Belucci schwieg eine Weile, dann sagte er schroff: „Man beschuldigt Sie der Mitgliedschaft in einer terroristischen Vereinigung."

Münster, Juli 2001

„Al beeil dich, wir müssen zum Flughafen, es ist höchste Zeit", hörte Al seine Mutter rufen, während er immer noch wie vom Blitz getroffen die Nachricht von Jule überflog.
Al, mein Name ist Juliette, villeicht du erinnerst dich an misch. Die Rendez-vous von die Insel, villeicht du kannst disch mal melden, Juliette.
Sein Puls raste und es schoss ihm heiß durch den Kopf. Laut brummte er vor sich hin „Verdammt noch mal, vor lauter Spams habe ich offenbar alle Mails von Jule gelöscht, so ein Mist aber auch ... habe mich halt ganz auf Jule eingestellt, konnte ja nicht ahnen, dass sie sich mit Juliette meldet." Hastig versuchte er die gelöschten Mails zu retten, aber er hatte erst kürzlich den Mail-

papierkorb geleert, sodass von Jule beziehungsweise Juliette nichts mehr zu finden war.

„Al, jetzt komm endlich, wir haben nicht mehr viel Zeit, mach endlich mal hin!", rief seine Mutter mit ärgerlichem Unterton und stand bereits im Mantel und Hut im Hauseingang. Sollte er jetzt auf die Schnelle noch eine Mail zurückschicken? Er klickte auf den „Antworten"-Knopf und schrieb: *Hallo, Jule, bin gerade auf dem Weg nach Nizza, melde mich dann von dort, Gruß Al.* Dann fuhr er seinen Computer runter. Erst wollte er seinen Laptop nicht mitnehmen, jetzt war er jedoch schlagartig zu seinem wichtigsten Reisebegleiter geworden. Die Runterfahrprozedur streckte sich endlos in die Länge und es war nicht verwunderlich, dass seine Mutter sichtlich verärgert in der Zimmertür stand und ihm eine Flut von Vorhaltungen entgegen schleuderte, die Al jedoch in Gedanken an die Mail von Jule kaum zur Kenntnis nahm. Im Gegenteil, er lächelte seine Mutter mit verklärtem Blick an, was sie noch mehr auf die Palme brachte. Früher hatte er von seiner Mutter in ähnlichen Situationen eine gescheuert bekommen, was Al bis heute dazu veranlasste, ruckartig zur Seite zu ducken, wenn seine Mutter ihm ärgerlich oder zornig zu nahe kam. Mit der Zeit war er mit dem Ducken so geschickt geworden, dass ihn seine Mutter vor einiger Zeit mal in ähnlicher Situation verfehlte und ihre Hand krachend auf der Tischkante landete. Gebrochen war nichts, aber ihre Handkante war über einige Tage hin blau geschwollen, was offenbar zu einer stillschweigenden Abmachung führte, Ohrfeigen oder ähnliche Handgreiflichkeiten als Mittel der Erziehung von nun an einzustellen. Für Al stellte sich in den folgenden Jahren oft die Frage, ob das mit den Ohrfeigen schon an Kindesmisshandlung grenzte oder eher ein probates Mittel der Erziehung war.

Einmal hatten seine Eltern einen Arbeitskollegen seines Vaters aus Polen zu Besuch, der stolz verkündete, dass die Rute über dem Bett der Kinder für ihn das wichtigste Erziehungsinstrument gewesen sei. Damals hatte sich Karin, gerade eben dreizehnjährig, mit hochrotem Kopf in die Unterhaltung eingemischt und heftig protestiert. Als sie dann noch anfing, den Kollegen des Vaters lauthals zu beschimpfen und ihn beschuldigte, seine Kinder zu misshandeln, wäre es für ihren Vater fast zu einem beruflichen Eklat gekommen, insbesondere, da der Kollege aus Polen eine gute Geschäftsverbindung versprach. Erst nachdem sich Karin eine Weile ausgetobt hatte, wurde sie von ihren Eltern, die, offensichtlich ebenfalls betroffen von den Erziehungsmethoden des polnischen Gasts und insgeheim dem Wutausbruch ihrer Tochter beipflichteten, dienstbeflissen ins Kinderzimmer geschickt. Viel zu spät, wie der seltsame Gast sichtlich verärgert bekundete. Als Al dann auch noch amüsiert über den couragierten Wutausbruch seiner Schwester auf das Recht zur freien Meinungsäußerung in Deutschland hinwies, machte der Kollege augenblicklich Anstalten, aufzubrechen. Nur mit dem opulenten Nachtisch, den Mutter Steinhoff in diesem Moment hereinbrachte, konnte die Stimmung einigermaßen besänftigt werden. Am nächsten Morgen hatte Vater Steinhoff noch mal die rabiaten Erziehungsmethoden seines Kollegen aus Polen angesprochen und, dass dies im Hause Steinhoff niemals vorkommen würde. Karins Einmischung wurde allerdings nicht noch mal thematisiert. „Und wie ist das dann mit Ohrfeigen und dergleichen zu werten?", wollte Al wissen. Das sei etwas anderes, kam die prompte Antwort der Mutter. Eine Tracht Prügel zum richtigen Zeitpunkt habe noch keinem Kind geschadet, das hätte auch der Großvater früher mal verlauten lassen. Al war sich jedoch sicher, auf solche Maßnahmen zweifelhafter Kindererziehung später auf jeden Fall zu verzichten. Die blau-geschwollene Hand der Mutter erschien ihm damals sogar wie eine gerechte Strafe, aber auch als eine Mahnung, an die er sich zeitlebens erinnern wollte. Das Ducken als rasches Ausweichmanöver vor unerwartet herbeifliegenden Ohrfeigen konnte er sich jedoch

nicht mehr abgewöhnen, und vielleicht war ihm dies ja auch in so mancher Auseinandersetzung mit anderen Jungs aus der Umgebung hilfreich gewesen.
Inzwischen hatte sich Mutter Steinhoff seinen Koffer geschnappt und stampfte wütend in Richtung Haustür. Al folgte ihr, den noch brummenden Laptop unterm Arm und das Ladekabel hinterher ziehend, in Richtung Auto. Während der Fahrt zum Flughafen sagte er keinen Ton, und seine Mutter versuchte kurz vor dem Abflug, angesichts der ersten längeren Trennung von ihrem Sohn, noch ein paar besänftigende Worte zu finden. Al war in Gedanken jedoch bei einem ganz anderen Thema und lächelte erneut mit verklärtem Gesichtsausdruck seine Mutter an, die dies ihrerseits als erstes Zeichen für das offensichtlich schon bald bevorstehende Heimweh deutete. Mit knappen Worten versuchte sie sich für ihren Wutausbruch zu entschuldigen und lenkte das Thema auf die bevorstehenden Pflichten jenseits der Sicherheitskontrollen.
„Also, Albert, gleich nach der Kontrolle gehst du zum Gate und versicherst dich, ob du dort richtig bist, oder ob das Gate vielleicht geändert wurde, hast du mich verstanden?“ Al schaute verklärt aus dem Fenster. „Albert! Hörst du mir überhaupt zu?“ In ernsten Situationen redete sie ihn nicht mit Al, sondern immer mit Albert an, um klarzumachen, dass sie ihm etwas sehr Wichtiges, eine Art Ratschlag fürs weitere Leben, mitgeben wollte. Doch Al träumte vor sich hin und kommentierte die Ausführungen der Mutter nur mit einem verlegenen „Jaja, wird schon klappen, mach dir mal keinen Stress“, was seine Mutter keinesfalls beruhigte.
Später gingen sie zusammen zum Check-in und anschließend zur Sicherheitskontrolle. Mit plötzlich einschießenden Tränen verabschiedete sie ihren Sohn, obwohl sie sich zuvor fest vorgenommen hatte, im Moment des Abschieds nicht rührselig werden zu wollen. Plötzlich fühlte auch Al einen Kloß im Hals, drehte sich jedoch nach einer innigen Umarmung der Mutter kurz entschlos-

sen in Richtung Sicherheitskontrolle um und eilte flott davon, als sei dies alles für ihn reine Routine. In Wirklichkeit war ihm plötzlich auch nach Tränen zumute ...

Später im Flugzeug war alles anders. Das anfängliche Trennungsgefühl war verschwunden. Es war einer ungeahnten Leichtigkeit gewichen, einem Gefühl von grenzenloser Freiheit. Die Maschine rollte zur Startbahn, die Triebwerke heulten auf und versetzten das Flugzeug in eine immer schneller werdende Bewegung, bis es seine Nase in Richtung des grau-verhangenen Himmels emporhob. Als das Flugzeug die Wolkendecke durchbrach, die Sonne die Kabine in ein helles, gleißende Licht tauchte, hatte Al das Gefühl, alles hinter sich zu lassen oder besser gesagt, fast alles. Denn ein Gedanke blieb und breitete sich wohltuend irgendwo zwischen Kopf und Bauch aus: der Gedanke an Jule.

Rom, Juni 2010

Al starrte auf den kahlen Tisch vor ihm. Seine Stirn in beide Hände vergraben und auf beide Ellbogen gestützt, musste er seinem sich unendlich schwer anfühlenden Kopf Halt geben.

„Man beschuldigt Sie der Mitgliedschaft in einer terroristischen Vereinigung", hallte es wie ein bedrohliches Echo durch seinen Schädel. Seine Gedanken rasten die Zeit zurück, tasteten alle Situationen ab, die er mit Jule verbracht hatte. Er versuchte, sich an alle Gespräche zu erinnern, insbesondere, wenn sie von ihrem Freundeskreis und ihren Kommilitonen erzählte. Hatte er damals immer nur Augen für Jule, so verklärt und realitätsfern, dass er ein vielleicht in ihr aufkeimendes terroristisches Gedankengut nicht wahrgenommen, einfach ausgeblendet hatte? Zweifellos waren in ihrem Umfeld einige seltsame Personen, mit denen er nicht einer Meinung war, Jule seiner Erinnerung aber nach ebenfalls nicht. Sie hatte öfter von „linken Schwätzern“ und „Wollsocken“ berichtet, die alles besser wussten und jeden, der nicht ihrer Meinung war, als gefährlich reaktionär und Nazi beschimpften. Aber war das in der Uni nicht Gang und Gäbe? Gehörte es nicht schon zum guten Ton, gegen alles zu sein, vor allem gegen das sogenannte Establishment? Was das Establishment genau war, hatte er allerdings nie ganz verstanden. Es interessierte ihn auch nicht sonderlich. Sollten sie doch schwätzen, was sie wollten, schließlich hatte ja jeder das Recht, seine Meinung frei zu äußern. Allerdings, so schoss es ihm durch den Kopf, war das alles wirklich nur Geschwätz oder brauten sich da terroristische Aktivitäten zusammen? Angefangen vom organisierten Steinewerfen bis hin zu Gewaltverbrechen, Entführung, gezieltem Mord und Anschlägen gegen offizielle Einrichtungen, so wie damals mit der Roten-Armee-Fraktion, über die sie in der Schule in Sozialkunde oft ausführlich gesprochen hatten. Und Jule, war sie wirklich nur passiv dabei? Konnte es ihm entgangen sein, dass sie vielleicht aktives Mitglied in einer konspirativen Gruppe war?

Belucci riss ihn aus seinen Gedanken. „Wir haben bei Ihrer Freundin einen Pass gefunden, der lautet auf Steinhoff, Karin Steinhoff. Können Sie mir das erklären? Wir konnten jedoch bestätigen, dass es sich bei der verunglückten Person nicht um Frau Steinhoff, sondern um Frau Camus handelt, die möglicherweise in Deutschland polizeilich gesucht wird. Und Sie haben sie mit einem falschen Pass außer Landes gebracht.“

Al schwieg, seine Gedanken kreisten noch um jene Treffen, von denen Jule öfter erzählt hatte. Teach-ins, wie sie diese Treffen damals nannte.

„Herr Steinhoff!“, raunzte Belucci ungeduldig. „Hören Sie mir überhaupt zu?“

„Ja ... äh ... ja, ja natürlich, das ist ...“ Al wusste kaum etwas zu antworten. „Das ist alles ein großes Missverständnis ...“

„Mama mia, ein großes Missverständnis, ich glaube, Sie haben den Ernst der Lage noch nicht verstanden!", unterbrach ihn Belucci. Er schaute dabei zur Decke und breitete beide Arme aus, als wollte er ihm den letzten Segen erteilen. „Sie schleusen Frau Camus, die in Deutschland wegen terroristischer Aktivitäten gesucht wird, als Ihre Ehefrau in Italien ein. Dann kommen angeblich irgendwelche verrückten Pistolentypen auf den Plan, angeblich mit russischem Akzent, ballern angeblich durch die Gegend, fahren Frau Camus angeblich über den Haufen, und Sie behaupten, das ist alles ein Missverständnis!"

Angeblich? Wieso angeblich? Genau so hat es sich abgespielt. Sie haben ...", flehentlich schaute er Belucci an, „diese Typen haben Jule auf dem Gewissen, verstehen Sie?" Für einen Moment stockte das Gespräch, dann kniff Al die Augen zusammen und flüsterte: „Haben Sie die Schweine gefunden?" Belucci zog wieder seine Augenbrauen so weit hoch, dass die spärlichen Stirnhaare senkrecht nach oben standen. Jetzt sprang Al auf, stützte beide Hände auf den Tisch und brüllte: „Merken Sie nicht langsam, dass Sie einen Fehler machen? Sie haben den falschen Mann! Capito?" Er keuchte schwer und zeigte mit ausgestecktem Arm zur Tür. „Die wirklichen Kriminellen rennen da draußen rum und ermorden harmlose Menschen!"

Belucci ließ den Wutausbruch scheinbar emotionslos über sich ergehen. Al holte tief Luft und setzte sich mit einem Seufzer wieder auf den Stuhl. Sein Blick ging zur seitlichen Wand, als könne er durch sie hindurchsehen und den dunklen Gestalten hinterher springen.

Belucci räusperte sich. „Also, diese dunklen Gestalten, von denen Sie die ganze Zeit reden ...", Belucci versuchte, sich zu konzentrieren. „Genau genommen haben wir keinen Beweis, dass es die überhaupt gibt. Warum sollte ich Ihnen glauben, Steinhoff? Woher weiß ich, dass Sie uns kein Märchen auftischen?"

Al blickte Belucci entgeistert an. „Sie haben doch gerade selbst gesagt, die hätten Jule auf dem Gewissen oder nicht?"
„Na ja ...", entgegnete Belucci wieder mit hochgezogener Stirn, „eigentlich haben Sie das gerade gesagt, Steinhoff. Wir wissen nur durch Sie von irgendwelchen rumballernden Gangstern." Belucci schaute Al mit stechendem Blick in die Augen, als wollte er seine Gedanken lesen. „Sicher, Frau Camus ist angefahren worden und hat sich dabei offenbar das Genick gebrochen. Zumindest hat Dr. Alighieri das berichtet. Aber von dunklen Pistolenmännern ... tja, da fehlt uns jede Spur."
Al blickte Belucci verunsichert an und suchte nach Argumenten, nach Beweisen, für das, was vorgefallen war. „Sie haben doch sicher den Wirt in der Pizzeria Da Pasquale befragt, der hat doch alles mitbekommen."
Belucci grinste sarkastisch. „Herr Steinhoff, wo denken Sie hin? Wir sind in Italien. Sie glauben doch nicht, dass sich hier irgendein Wirt als Zeuge gegen die Mafia zur Verfügung stellt? Wie erwartet, wusste der Wirt von nichts."
„Und Dr. Alighieri, was weiß der?"
„Dr. Alighieri, ein seltsamer Doktor, das muss ich sagen. Wir haben versucht, ihn noch mal zu erreichen. Er sei auf einem medizinischen Kongress in ... hm, was sagte die Sekretärin am Telefon doch gleich? Ach ja, ich glaube, sie sagte, er sei in Moskau. Na ja, spielt jetzt auch keine Rolle. Er ist schließlich kein Tatverdächtiger, noch nicht mal Zeuge."
„Auf einem medizinischen Kongress in Moskau? So etwas habe ich ja noch nie gehört. Zu was für einer Spezialität gehört dieser Dr. Alighieri überhaupt?"
Belucci zuckte mit den Schultern. Nach kurzem Schweigen ergänzte Al mit reumütigem Gesicht. „Das mit dem Pass, das war übrigens die Idee meiner Schwester, Karin Steinhoff. Jule, ich meine Frau Camus, muss ihr wohl erzählt haben, dass sie inko-

gnito nach Rom reisen wolle, in erster Linie, um sich hier mit einem Arbeitskollegen zu treffen und vermutlich auch ..." Al merkte, wie ihm Tränen in die Augen stiegen „Na ja, um sich mit mir, wie soll ich sagen ... wir kennen uns schon länger ..." Al blickte zu Boden und bekam kein Wort mehr hervor. Beide schwiegen einen Moment, dann stand Belucci auf, ging zur Tür, drehte sich dann jedoch um. „Herr Steinhoff, das mit der terroristischen Vereinigung kam von einer privaten Sicherheitsorganisation, so einer Art Personenüberwachung, Sie kennen das ja sicher. Angeblich agiert diese Organisation im Auftrag des deutschen Innenministeriums. Auf Nachfrage beim deutschen Grenzschutz wusste man allerdings nichts von einer Frau Camus und schon gar nichts von dieser Organisation. Wir wollten dort nachhaken, aber diese Organisation war verschwunden, wie in Luft aufgelöst. Bewusste Falschmeldung, verstehen Sie, Steinhoff? Irgendjemand will Ihnen offenbar ans Leder. Warum, wissen wir nicht." Belucci zuckte wieder mit den Schultern und lächelte Al zum ersten Mal verhalten an. „Also, wir haben, abgesehen davon, dass Sie oder vielleicht auch Ihre Schwester anderen Leuten falsche Pässe geben, keine Handhabe gegen Sie." Belucci griff in die Innentasche seines Jacketts und zog ein rotes Heftchen hervor, schwenkte es einen Moment vor seinen Augen, als ob er sich nicht recht entscheiden konnte, was damit zu tun wäre. Dann warf er es vor Al auf den Tisch. Es war Karins Reisepass, eines der Dokumente, die Jule bei sich trug, als sie verunglückte. „Sie können jetzt gehen, Herr Steinhoff." Belucci ging zur Tür und klopfte. Nach einem lauten Knacken öffnete sich die Tür schwerfällig. Er trat hinaus in den Gang.

„Signore Belucci ...", rief Al ihm hinterher. „warten Sie, ich würde Sie gerne noch etwas fragen."

Belucci dreht sich um und schaute ihn mit einem Gesichtsausdruck an, den er so schnell nicht vergessen würde: traurig und frustriert aber auch voller Mitleid. Der erst so arrogante und ungehobelte Polizeiinspektor war in diesem Moment zur Vertrauensperson geworden, zur einzigen – in dieser misslichen Lage. Al schaute ihn mit geröteten Augen an, räusperte sich und begann mit erstickter Stimme: „Signore Belucci, bitte glauben Sie mir. Jule wurde von bewaffneten Verbrechern, dunklen Gestalten mit russischem vielleicht auch polnischem Akzent, verfolgt. Sie ist vor ihnen geflohen, als ginge es um ihr Leben. Ich muss wissen, warum, verstehen Sie? Ich muss wissen, warum sie verfolgt und ...", Al schluckte, „umgebracht wurde. Das bin ich ihr schuldig. Signore Belucci. Bitte ... bitte helfen Sie mir!" Al blickte wieder zu Boden, Verzweiflung machte sich breit, als Belucci erst keine Reaktion von sich gab, dann aber mit leiser Stimme entgegnete: „Wissen Sie, Herr Steinhoff, ich glaube Ihnen, ich glaube Ihnen wirklich, aber ..." Belucci schüttelte den Kopf, „das wird Ihnen nicht weiter helfen. Sie werden das nicht beweisen können, und vor allem, wenn es stimmt, was Sie sagen, dann nehmen Sie sich besser in Acht. Ich kenne mich da ganz gut aus, glauben Sie mir. Diese Typen machen keine halben Sachen. Und dieser Alighieri ..." Belucci kniff die Augen zusammen, als wäre er Alighieri schon länger auf den Fersen. Er ging zwei Schritte in Richtung Ausgang, dann drehte er sich erneut um. „Herr Steinhoff, fahren Sie zurück nach Deutschland, machen Sie einen Strich unter alles und fangen Sie ein neues Leben an. Eine andere Chance haben Sie nicht, glauben Sie mir." Al blieb noch einen Moment sitzen, hin- und hergerissen zwischen Verzweiflung und Trauer einerseits und Wut und Hass andererseits. Plötzlich wurde ihm klar, er musste raus aus diesem Gemäuer. Nicht, dass man es sich noch anders überlegen, ihn hier weiter festhalten oder vielleicht sogar beseitigen würde. Er sprang auf, steckte Karins Reisepass in die Hosentasche, ging schnellen Schrittes durch die Tür und stieß fast in einen davor positionierten Carabinieri. „Langsam, langsam ... folgen Sie mir."

Der Carabinieri winkte, und gemeinsam gingen sie den Gang entlang, wo er vor drei, vier oder wie viel Tagen auch immer, in die andere Richtung gestoßen wurde. Nach etlichen Türen, die vor ihm auf und hinter ihm zugeschlossen wurden, erkannte er am Ende des Ganges den Raum, in dem er den Inhalt seiner Taschen ausleeren musste. Wieder stand eine streng dreinblickende, uniformierte Frau hinter dem grauen Tisch. Ihre Uniform wirkte zwei Nummern zu klein. Ein Gürtel schnürte eine tiefe Furche in ihren Bauch, was ihre bedrohliche Erscheinung verstärkte. Sie erinnerte Al an das Michelinmännchen, nur dass sie nicht lächelte. Als sie Al erblickte, holte sie tief Luft und es sah fast so aus, als würde sie im nächsten Moment wie ein Sprengkörper explodieren. Eine andere Person holte einen Metallkasten hervor und stellte ihn zwischen Al und die uniformierte Frau. Fast ein wenig feierlich öffnete sie den Metallkasten. Al fand alle seine Sachen wieder, einschließlich seiner alten Uhr, ein Erbstück seines Großvaters. Es war eine Handaufzuguhr der Marke Omega, die angeblich NASA-Astronauten auf dem Mond getragen hatten. Sie war längst stehen geblieben. Sein Handy lag daneben und war restlos entladen. Sein Portemonnaie enthielt auf den ersten Blick noch alle Belege und Geldscheine. Zuletzt gab man ihm seine Jacke, die er sich über seinen rechten Unterarm legte. Dann drehte Al sich wortlos um und ging langsamen Schrittes durch eine weitere Eisentür. Er blickte sich nicht mehr um, durchschritt zügig den Innenhof und ein sich wie von Geisterhand langsam öffnendes riesiges Tor, das sich hinter ihm ebenso behäbig wieder schloss. Er trat auf die Straße, die auf einer Seite von der Gefängnismauer, auf der anderen Seite von verlassenen und teilweise verfallenen Häusern gesäumt war, Häuser, die noch einige Ornamente erkennen ließen und sicher mal bessere Zeiten erlebt hatten. Er blickte nach rechts und sah in einiger Entfernung eine stark befahrene Straße. Dort werde ich bestimmt ein Taxi bekommen, dachte er, immer noch verwirrt über die unerwartete Entlassung. Die Fahrzeuge rauschten an ihm vorbei, viel zu schnell, als dass er ein Taxi anhalten konnte. Erst an einer größeren Kreuzung, wo der Verkehr sich notgedrungen verlangsamte, konnte er ein Taxi heranwinken.

„Hotel Via Accademia!“ Der Taxifahrer nahm es wortlos zur Kenntnis. Er wusste offenbar, dass er einen eben aus der Haft entlassenen Gast chauffierte. Nach etwa 30 Minuten Fahrt erreichten sie die Innenstadt von Rom. Auf dem Armaturenbrett konnte er erkennen, dass es 10 Uhr morgens und die Rushhour gerade etwas abgeklungen war. Er gab dem Fahrer ein großzügiges Trinkgeld, als wolle er damit zum Ausdruck bringen, dass er nicht zu den kriminellen oder gestrauchelten Gestalten gehörte, die man sonst vor dem Knast einlud. Der Mann nahm es mit süffisantem Lächeln entgegen, als kenne er diesen Trick bereits. An der Rezeption des Hotels fragte Al nach seinem Zimmerschlüssel, der ihm mit einem kurzen fragenden Nicken überreicht wurde. Noch heute würde er Richtung Deutschland fahren, das war klar, aber erst brauchte er eine Dusche, so viel Zeit musste sein. Erfrischt zog er andere Klamotten an, solche, die noch halbwegs in Ordnung waren, und ging zur Rezeption, um auszuchecken.

„Das wären dann sieben Übernachtungen. Haben Sie der Minibar etwas entnommen?“ Al schluckte. Eine Nacht hatte er in dem Hotel verbracht, den Rest in einer winzigen Gefängniszelle, offenbar doch länger, als er mittels salzigen Breis gezählt hatte. Er erinnerte sich dunkel an die erste Nacht, wie viel Whiskey hatte er wohl zu sich genommen? Drei bestimmt ... wonach er stark alkoholisiert und fast ohnmächtig eingeschlafen war.

„Ja, Moment, die Minibar ... also, ich glaube, das waren drei Whiskey, vielleicht auch vier ...“ Er kam sich vor wie ein Alkoholiker, der einen Rückfall nach einer Entziehungskur gestand. „Sie können sie auf die Rechnung schreiben.“ Al legte seine Kreditkarte auf den Tresen, unterschrieb den Beleg, ohne ihn zu kontrollieren, und ging mit einem kurzen „Grazie“ aus dem Hotel. Ob sein Auto noch in der Einfahrt stehen würde, fragte er sich, als müsse der bekannten Regel entsprechend das nächste Unheil auf ihn zukommen. Er hatte vor ein paar Tagen nicht entfernt daran gedacht, den alten Klappergolf so lange in der verbotenen Einfahrt stehen zu lassen. Dank seines guten Orientierungssinnes fand er ihn auch bald. Offenbar wollten ihn noch nicht mal die Italiener klauen, geschweige denn die Polizei abschleppen. Al konnte über seinen Sarkasmus zum ersten Mal seit längerer Zeit wieder schmunzeln. Er legte seinen kleinen Koffer in den Kofferraum und setzte sich ans Steuer. Er hatte noch nicht darüber nachgedacht, wo er jetzt hinfahren sollte. Vielleicht nach Hause, um dort weiter über Jules Tod zu grübeln? Andererseits fehlte er seit Tagen im Krankenhaus, ohne seinem Chef eine Nachricht hinterlassen, geschweige denn Urlaub eingereicht zu haben. Na ja, er würde sich schon eine passende Story einfallen lassen. Sein Entschluss stand fest. Er wollte in seine Bude nach Frankfurt zurückfahren, um sich erst mal auszuschlafen. Und dann? Vielleicht zu seinen Eltern nach Münster und denen erzählen, dass er die letzten sieben Tage im Knast gesessen hatte, weil seine liebe Schwester einer alten Freundin ihren Pass geliehen hatte und diese Freundin möglicherweise von der Russenmafia umgebracht wurde? Sarkasmus war offenbar das Einzige, was ihn noch aufheitern konnte. Plötzlich fiel ihm Karin ein. Dort könnte er sicher die nächste Nacht unterschlüpfen, und außerdem musste er ihr ja den Pass wiedergeben. Schließlich war es auch bis Freiburg nicht so weit wie nach Frankfurt oder gar Münster.

Der alte Golf zündete nach der bei älteren Dieselfahrzeugen üblichen Gedenkminute und nagelte auch gleich wie ein alter Traktor zuverlässig vor sich hin. Als er die Außenbezirke von Rom verlassen hatte und auf der Autobahn in Richtung Norden monoton auf der rechten Spur dahinfuhr, fühlte er sich plötzlich unendlich einsam. Was hätte das doch für ein schönes Wochenende sein können, der Beginn einer intensiven Gemeinsamkeit mit Jule, die er sich seit Jahren so sehr herbeigesehnt hatte. Immer wieder hatte er verzweifelt nach dem richtigen Moment gesucht, ihr seine Zuneigung, seine Liebe offenbaren zu können, in der Hoffnung, bei ihr auf genauso große Gegenliebe zu stoßen. Und jetzt war alles vorbei, keine Chance mehr, ihr das zu sagen, sie festzuhalten und nicht mehr loszulassen. Im Geiste blickte er in ihre Augen, sah ihre wunderschönen Haare, in die er so gerne seine Hände vergraben hätte, sie gestreichelt hätte, davon träumte, sie zu lieben. Seine Gedanken flogen zurück auf die Insel, wo er Jule zum ersten Mal sah und wo er sie beobachtet hatte, nackt und zerbrechlich, heimlich und doch in beiderseitigem, grenzenlosem Vertrauen. Sein Herz schlug plötzlich wild und schmerzhaft gegen seine Brustwand. Wie gern würde er die Zeit zurückdrehen.

Als er über eine große Autobahnbrücke fuhr, blitzte es ihm für einen Moment durch den Kopf, das Lenkrad herumzureißen, durch die Leitplanke hindurch in die Tiefe zu stürzen, in der Hoffnung, durch ein gleißendes Licht hindurchzutreten, um im Jenseits Jule in die Arme fallen zu können. Der Gedanke war verlockend, aber irgendein unbeugsamer Wille hielt ihn zurück, vielleicht auch ein Glaube, eine Hoffnung, dass sich alles doch noch zum Guten wenden würde. Nicht nur, dass seine Gedanken abschweiften und er sich kaum auf den Verkehr konzentrieren konnte, bemerkte er eine zunehmende Müdigkeit, hatte er doch die letzten Tage kaum geschlafen. Eine Agip-Tankstelle kündigte sich mit seinem seltsam auf sechs Beinen stehenden Drachen auf gelben Hintergrund an. Erleichtert darüber, das Schicksal nicht auf brutale Weise herausgefordert zu haben, bog er auf den nahen Rastplatz ein. Noch wusste Karin nichts von seinem

Kommen. Da das Handy leer war, konnte er damit auch nicht telefonieren. Erleichtert fand er eine öffentliche Telefonzelle – wer weiß, wie lange es die im Handyzeitalter noch geben würde. Er kramte in seinem Portemonnaie nach Münzen und wählte Karins Nummer, die er sich im Gegensatz zu seiner eigenen Nummer gut merken konnte.

„Karin Steinhoff ..." Zum Glück war Samstag und Karin zu Hause.

„Hallo Karin, ich bin's, Al."

„Al, sag mal, bist du total bescheuert?" Al musste den Telefonhörer vom Ohr weghalten. Karin schrie so laut ins Telefon, dass selbst ein paar gerade vorbeilaufende deutsche Touristen noch jedes Wort verstehen konnten. „Seit Tagen versuche ich dich zu erreichen, kannst du dich nicht mal melden? Mensch ... ich hab mir vielleicht Sorgen gemacht!"

„Jetzt schrei nicht so ... und vor allem ... große Sorgen um mich hast du dir ja noch nie gemacht ... oder?"

„Na ja, kann es ja verstehen", fuhr Karin in normaler Lautstärke fort. „Jule hab ich auch nicht erreichen können ... wart wohl im Dauerstress ihr beiden, was?" Al wusste nicht, ob er über die Katastrophe am Telefon erzählen sollte, aber es platzte aus ihm heraus, als müsste sich die schreckliche Nachricht unbedingt und jetzt sofort Luft machen.

„Du, Karin ... Jule ist tot." Für einen längeren Moment trat bedrückende Stille ein, eine Stille, die förmlich greifbar war. Nur ein leises Kacken verriet die noch bestehende Telefonverbindung.

„Karin, kann ich heute bei dir übernachten?"

Eine unterdrückte Stimme an der anderen Leitung zusammen mit einem tiefen Seufzen oder Schluchzen antwortete. „Natürlich kannst du hier pennen. Mensch, Al ... Jule ... du meinst ... verdammt." Karin suchte nach passenden Worten. „Al, bist du noch da? Mensch, Al, fahr vorsichtig, hörst du? Mach jetzt keinen Blödsinn, hörst du? Ich ... ich warte auf dich, okay?" Wie schon so oft schien Karin seine Gedanken lesen zu können, schien seinen kurz zuvor durchgemachten Impuls, seinem Leben ein Ende zu setzen, zu spüren.

„Keine Sorge, Karin, ich mach keinen Blödsinn. Aber mit meinem Klappergolf, na ja, das kann spät werden, vor zehn Uhr heute Abend schaffe ich das nicht."

„Vollkommen egal, komm erst mal her und dann quatschen wir über ... über alles halt. Also, mach keinen Unsinn und komm gleich her, verstanden?"

„Danke, Karin, also dann bis später."

Nizza, Juli 2003

Der Flug nach Nizza betrug etwas mehr als zwei Stunden. Zeit genug, um die Mail von Jule noch mal zu lesen *„Al, mein Name ist Juliette, villeicht du erinnerst dich an misch. Die Rendez-vous von die Insel, villeicht du kannst disch mal melden, Juliette."* Er las die Zeilen immer und immer wieder. Dies waren also die ersten Worte, die Jule an ihn richtete, etwas unbeholfen und mit ein paar Rechtschreib- und Grammatikfehlern behaftet, aber schließlich war sie ja Französin. ‚Villeicht' ohne ‚i-e' und ‚disch' mit ‚s-c-h', ganz zu schweigen von der Satzstellung, typisch Französisch, irgendwie charmant, dachte Al und blickte gedankenversunken aus dem Fenster. Offenbar hatte er dies nicht nur gedacht, sondern vor sich hin gebrummt, da die Sitznachbarin, eine etwa 40-jährige, hochgestylte Blondine, die in eine schwere Wolke französischen Parfüms eingehüllt war, amüsiert grunzte. Er drehte seinen Laptop in Richtung Fenster, da sie offenbar nicht nur ihre Ohren in seine Richtung gespitzt, sondern auch hemmungslos indiskret die Mail von Jule gelesen hatte. *„Al, mein Name ist Juliette, villeicht du erinnerst dich an misch. Die Rendez-vous von die*

Insel, villeicht du kannst disch mal melden, Juliette." Also, dachte er unbeholfen und versuchte sich wieder auf die Mail zu konzentrieren, wir hatten also ein Rendezvous, nun ja, ein sicher etwas ungewöhnliches Rendezvous. Vielleicht nennt man das generell so in Frankreich, ob man sich nur zum Reden getroffen oder sich in etwas ungewöhnlicher Lage heimlich beobachtet hatte. Ihm war klar, dass er die genaue Bedeutung von Rendez-vous bei seinem Sprachkurs in Nizza herausfinden musste und wenn dies das Einzige wäre, was er dort lernen würde. Und dann Jules Frage, ob er sich erinnern könnte. Wie konnte er sich nicht erinnern? Der Gedanke an die Ereignisse im Bootsschuppen ließ ihn jetzt noch erröten. Die plötzliche aufkommende Erregung war ihm, neben dieser impertinenten Schnepfe sitzend, jedoch ziemlich unangenehm, sodass er rasch versuchte, auf andere Gedanken zu kommen. Sicher war es auch nicht gut, jedes Wort, jeden kleinen Rechtschreibfehler einer so kurzen Mail gleich auf die Goldwaage zu legen oder gar zu versuchen, zwischen den Zeilen zu lesen, zumal es ja nur zwei Zeilen waren. Falls er den gleichen Text auf Französisch hätte schreiben sollen, wäre das Ergebnis, wenn er es denn überhaupt zu Papier bekäme, sicherlich eine Katastrophe. Und trotzdem, warum nur meldete sie sich nicht mit ihrem eigentlichen Rufnamen „Jule", stattdessen mit „Juliette", den Namen, der ihr von der Mutter am Strand hinterhergerufen wurde. Was hatte er kurz vor Verlassenen des elterlichen Hauses in der Hektik geantwortet? Al suchte im Ordner für gesendete Mails *„Hallo Jule, bin gerade auf dem Weg nach Nizza, melde mich dann von dort, Gruß Al".* Mein Gott, was für eine dämliche Antwort, schoss es ihm durch den Kopf. So aussagekräftig wie eine Geschäftsmail: „Hallo Jule, hatte gerade einen Termin mit meiner Bank. Die Zinsen auf meinem Konto betragen derzeit 3 %. Bis bald, Al", hätte er genauso schreiben können. Egal, jetzt hatte er ihre Mailadresse und sie könnten in Nizza Tausende von Mails

hin und her schreiben. Beim Gedanken daran wurde ihm ganz warm in der Brustgegend und er legte sich zufrieden träumend in seinen Sitz zurück.
Als eine Durchsage des Kapitäns durch die Kabine hallte, wurde er unsanft aus seinen Träumen gerissen. Sie befanden sich bereits im Anflug auf Nizza und alle elektronischen Geräte mussten ausgeschaltet werden. Also, später mehr von Jule, dachte Al und lächelte glücklich. Das Kostbarste war jetzt ihre Mailadresse, die er vorsichtshalber auf einem Zettel notierte, bevor er den Laptop ausschaltete.
Nach der Landung folgte er dem Tross der Passagiere in Richtung Gepäckausgabe. Es dauerte nicht lange und er konnte seinen Koffer in Empfang nehmen. Gedankenversunken trottete er in Richtung Ausgang durch die nicht besetzte Zollkontrolle. Menschenmassen drängten in alle Richtungen. Schilder, Hinweise in allen Farben und Sprachen überfluteten sein Wahrnehmungsvermögen. Werbung und Fluginformationen flackerten auf überdimensionalen Monitoren. Was hatte seine Mutter gesagt, wie es von hier aus weiterging? Verwirrt und zunehmend beunruhigt schaute er sich um. Zu seiner großen Erleichterung erblickte er ein mit großen Buchstaben beschriebenes Transparent, das von einer etwa 25-jährigen Frau und einem etwa gleichaltrigen Mann in die Höhe gehalten wurde. Sie strahlten ihn an, als hätten sie schon lange sehnsüchtig auf ihn gewartet. Al erkannte den Namen seines Sprachkurses und erwiderte den freudigen Gesichtsausdruck der beiden, so gut er konnte. „Je m'appelle Jean et ...", begrüßte ihn der braungebrannte und etwas angestrengt lächelnde Mann. Den Rest verstand Al nicht. „Je m'appelle Natalie", ergänzte die Dame lächelnd. Al wollte etwas Sinnvolles antworten. „Äh ... äh ... Al", stammelte er und zeigte dabei mit dem Zeigefinger auf seine Brust. Er kam sich vor wie Robinson Crusoe, als der sich seinem Eingeborenen, Freitag, vorstellte. Zum Glück kamen wei-

tere Jugendliche, die offenbar im gleichen Flieger saßen, sodass er keine weiteren peinlichen Antwortversuche geben musste. Es entspann sich mit den anderen Schülern auch gleich ein lebhaftes Gespräch und er stellte zu seiner Erleichterung fest, dass die ankommenden Altersgenossen genauso wenig Französisch sprachen wir er.

Als sie aus dem Flughafengebäude traten, empfing sie nicht nur eine gleißende Sonne, sondern auch eine unerwartete Hitze, sodass alle froh waren, nach einer kurzen Gehstrecke im klimatisierten Bus Platz nehmen zu können. Die Sprachschule lag fast im Stadtkern von Nizza. Der für ihn bis dahin fremde Baustil, die Menschen auf der Straße, die alle, ob groß, ob klein, alt oder jung, wie selbstverständlich Französisch redeten, die fremdartigen Gerüche und schließlich der erste Blick über das in der Sonne glitzernde tief blaue Meer, waren für ihn geradezu überwältigend, und er war froh, sich später in der Ruhe seines Zimmers, das er für die nächsten drei Wochen belegen würde, auf dem Bett ausstrecken zu können. Es dauerte nicht lange, bis sich die Tür öffnete und ein schüchtern wirkender Junge, etwa im selben Alter wie er, sein Zimmer betrat. Er setze sich auf sein Bett und schaute sich etwas ängstlich wirkend im Zimmer um. Al streckte ihm die Hand hin. „Hallo, ich heiße Al und du?"

Sichtlich erleichtert, einen deutschen Zimmernachbar zu haben, entgegnete er: „Michael, Michael Müller, aber du kannst mich auch Michi nennen, das tun die meisten."

„Na gut, also, Michi, wo kommst du her?"

„Aus Frankfurt am Main?"

„Ich bin aus Münster", sagte Al und legte sich mit einem anerkennenden Lächeln wieder der Länge nach auf sein Bett. Gesprächig war Michi offenbar nicht, dafür umso ordentlicher, da er gleich seine Klamotten in den leeren Schrank am Fußende seines Bettes einräumte.

Gegen sieben Uhr, Al war trotz der Betriebsamkeit seines Bettnachbarn eingeschlafen, stieß ihn Michi an der Schulter an mit dem Kommentar, es wäre Zeit, zum Essen zu gehen, da um halb acht die Einführung stattfinden würde. Offenbar war Michi nicht nur ordentlich, sondern auch gut organisiert, sodass sich Al vermutlich keine Sorgen machen müsste, einen Termin zu vergessen, wenn er sich die nächsten Tage nur konsequent an Michis Plan hielt. Die Eindrücke des Tages waren für Al geradezu erschlagend, nicht zu vergessen das ausgesprochen reichliche Abendessen, das nach ungewohnten Gewürzen, wie Thymian und Rosmarin, duftete. Natürlich kannte er die Gewürze. Diese kamen aber im Hause Steinhoff kaum oder besser gar nicht ins Essen, was ihm nun in Anbetracht der Wohlgerüche und des südländlich herzhaften Geschmacks unverständlich war. Während des Essens und erst recht im Anschluss daran, als sich etwa vierzig Jungen und Mädchen im Alter zwischen 14 und 18 zu der Einführungsveranstaltung trafen, herrschte ein lautstarkes Durcheinander verschiedener Sprachen. Es dauerte jedoch nicht lange, bis sich diejenigen gleicher Nationalität, gleicher Muttersprache, in Grüppchen zusammenfanden. Al gesellte sich zu der deutschen Gruppe, die nicht schwer zu finden war, da Michi schneller als Al sein heimatliches Nest ausfindig gemacht hatte. Die Einführung für die kommenden Tage wurde auf Englisch, Deutsch, Italienisch und schließlich auch auf Französisch vorgetragen, allerdings mit der Ankündigung, dass anschließend nur noch Französisch geredet würde, zumindest von den Lehrkräften. Al nahm es gelassen zur Kenntnis, da mangelnde Französischkenntnisse schließlich die meisten betrafen.

Als der offizielle Teil beendet war, verabschiedete sich Al mit dem Kommentar, er wäre schrecklich müde von der Fahrt und man hätte ja in den nächsten Tagen noch ausreichend Gelegenheit, sich auszutauschen. In Wirklichkeit wuchs in ihm die Spannung, sein Laptop anzuschalten, um seinen Email-Account nach Neuigkeiten von Jule zu durchforsten. Wieder im Zimmer, seine Klamotten waren immer noch im Koffer verstaut, nahm er sein Laptop hervor und hörte gespannt die bekannten Melodien, wenn man die Startseite öffnete. Sein Herz klopfte und der Vorgang des Computerhochfahrens kam ihm deutlich länger vor als sonst, und er war schließlich erleichtert, als ihm die Startseite entgegen leuchtete. Die Zugangsdaten zum Internet waren in den Anmeldeunterlagen zum Sprachkurs bereits enthalten, und Al hatte sich diese bereits vorsorglich im Flugzeug zurechtgelegt. So klappte der Anmeldevorgang wie am Schnürchen und Al konnte seinen Account problemlos öffnen. *„Juliette"* war das erste Wort, das ihm in fetten Buchstaben entgegen stach und damit anzeigte, dass er diese Mail von Juliette noch nicht gelesen hatte. *„Hallo Al, isch muss denken die ganze Zeit an disch, das war ein schönes Erlebnis mit dir auf die Insel. Du bist so charmant und hast so einen schönen Körper. Villeicht du kannst du schicken ein Bild von dir, damit ich darauf küssen kann. Deine Juliette".* Schon beim ersten Lesen der zweiten Mail von Jule musste er lange die Luft anhalten. Ein seltsames Gefühl breitete sich in seinem Bauch aus. War das dieselbe Jule, wie er sie in Erinnerung hatte? Vielleicht hatten ihm doch der erste Eindruck von ihr und erst recht die vielen Gedanken danach einen Streich gespielt. Natürlich hatte er nie ein Wort mit ihr gewechselt. Und doch war er von Anfang an überzeugt gewesen, mit Jule eine besondere Person gefunden zu haben: Eine Freundin, der er alles anvertrauen konnte, die ihn so, wie er ist, verstehen würde. Vielleicht auch mehr als nur eine Freundin. Waren das am Ende alles nur Illusionen? Er legte sich auf seinem Bett zurück und blickte gedankenverloren zur Decke. Dann setzte er sich auf, um die Mail noch mal zu lesen. *„Hallo Al, isch muss denken die ganze Zeit an disch, das war ein schönes Erlebnis mit dir auf die Insel. Du bist so charmant und hast so ei-*

nen schönen Körper. Villeicht du kannst du schicken ein Bild von dir, damit ich darauf küssen kann. Deine Juliette". Al spürte, wie ihm das Blut in den Kopf schoss. Waren es solche Worte, die er von Jule erwartet hatte? Er lehnte sich zurück und blickte etwas verstört in Richtung Fenster. Was hatte er gehofft, zu hören? Was wusste er überhaupt von Jule? Seine Gedanken flogen zurück zur Insel. Gesehen hatten sie sich, und das in sicher ungewöhnlicher Lage, und so ist es auch nicht verwunderlich, dass Jule ausgerechnet dies ansprechen würde. Aber gleich so mit der Tür ins Haus zu fallen? Al war verwirrt und versuchte seine zunehmende Enttäuschung wegzuwischen. Sicher entspann sich hier nur ein Missverständnis, geschuldet durch mangelndes Verständnis, für heikle Situationen die richtigen Worte zu finden. Vielleicht meinte Jule ja auch nur, dass er vielleicht sympathisch wirken würde oder so ähnlich. Angestrengt kramte er in seinen Erinnerungen, versuchte Tatsachen von Wunschdenken zu trennen. Wer war Jule wirklich? Er fand sie ausgesprochen hübsch, aber das würde er nicht gleich in den ersten Mails an sie plump zurückmelden. Dann wirkte sie ihren vermutlich schon etwas betagten Eltern gegenüber sehr aufmerksam. Nicht so eine Zicke wie seine Schwester Karin, die immer nur rummotzte und den Eltern während des gesamten Urlaubs hinweg kein freundliches Wort entgegenbrachte, sodass er damals schon beinah Mitleid mit ihnen empfand. Schließlich konnte man den Eltern unterstellen, dass sie hofften, den Kindern auch Spaß und Freude zu bereiten, wieder auf die Insel zu fahren, auch wenn sich das als große Pleite herausgestellt hatte. Man wollte ja nicht undankbar sein, was offenbar die Missverständnisse oft noch verschlimmert hätte. Anders bei Jule, die ihren Eltern gegenüber sehr zuvorkommend erschien, was für Al angenehm verantwortungsbewusst und verbindlich wirkte. Eine vielleicht bizarre Neugierde, ihn nackt zu beobachten, konnte man ihr nicht unterstellen. Schließlich war sie zuerst im Bootshaus, während er anschließend die große Nummer abzog. Allerdings revanchierte sich Jule auf eine Weise, die seither einen großen Teil seiner Gedanken- und Gefühlswelt in Beschlag nahm.

Was die letzte Mail betraf, erschien ihm ihr erotisches Rendezvous plötzlich in einem neuen Licht. Zugegeben war es auch für ihn ein besonderes Erlebnis, an das er noch gerne zurückdachte, wenn auch mit etwas Verlegenheit gepaart. Sollte er sich eingestehen, dass der Gedanke an Jule einzig durch ein erotisches, ein sexuelles Verlangen genährt wurde? War die verklärte Vorstellung von Jule als zukünftig „dicke" Freundin nur eine Art Alibi, eine Legitimation seiner erotischen Fantasien? Und ging es Jule aufgrund der bizarren Mails im Grunde ähnlich? Al sprang von seinem Bett auf, raufte sich die Haare und lief wie ein eingesperrter Tiger im Käfig im Zimmer auf und ab. Dann blieb er abrupt stehen und atmete tief durch. Nein, er würde sich eine echte Freundin wünschen, eine der er vertrauen, mit der er alles bereden könnte. Genau das war ihm wichtig. Genau danach sehnte er sich.

Und dann kam ihm ein seltsamer Gedanke: Könnte es vielleicht sogar sein, dass alles, an das er sich im Moment erinnerte, im Grunde gar nicht stattgefunden, dass sich alles nur in seiner Fantasie abgespielt hatte. Damals fiel ihm das erotische Buch in die Hand, das er im Bootsschuppen in aller Abgeschiedenheit betrachten und lesen konnte, über dem er eingeschlafen war und möglicherweise alles Folgende nur geträumt hatte. Al spürte ein seltsames Schwindelgefühl in seinem Kopf rotieren. Verunsichert schaute er noch mal die Mails durch, die im Moment die einzigen fassbaren Zeugnisse von Jule waren. Könnte es sein, dass dies gar keine Mails von der Jule waren, die er meinte, auf der Insel kennengelernt zu haben? In der Schule hatten sie mal einen Exkurs in die Philosophie unternommen und dabei ging es darum, selbstkritisch zu prüfen, was um einen herum überhaupt real sei. Damals wurde sogar die Möglichkeit angesprochen, dass wir gar nicht wirklich existieren, sondern nur allein in einer Art Fantasiewelt schwelgen, wie ein in sich gekehrter Geist. Dabei sei alles um uns herum, von dem wir bisher der Überzeugung waren, einer unumstößlichen Realität zu entsprechen, einschließlich der Vergangenheit und der Erinnerungen, nur Teil dieser Fantasiewelt, also in Wirklichkeit nicht real. Damals hatte Al diese Möglichkeit, er könne als einsamer Wanderer in einer reinen Fantasiewelt leben, als absurden Gedanken weit von sich gewiesen. Seine bis dahin bescheidenen Erfahrungen deuteten doch auf eine unveränderbare Realität und nicht auf eine frei veränderliche Fantasiewelt hin. Im Moment war er sich nicht mehr so sicher. Könnte an der Theorie doch etwas dran sein? Vielleicht gab es auch so etwas wie eine reduzierte unveränderliche Realität, ausgeschmückt von einer veränderbaren Fantasiewelt, allerdings in der Weise, dass man zwischen Fantasie und Realität nicht eindeutig unterscheiden konnte. Die Fantasiewelt wäre angetrieben von Ängsten einerseits und Träumen und Wunschvorstellungen andererseits. War es mit ihm tatsächlich so weit gekommen, dass er in der Aura einer erotischen Lektüre den Bezug zur Realität verloren hatte? War seine jetzige Erinnerung an Jule nur ein Wunschdenken, ein tiefer exhibitionistischer Trieb, von einem hübschen Mädchen bei der sexuellen Selbstbefriedigung beobachtet zu werden, gefolgt von voyeuristischen Trieben, dasselbe Mädchen bei der gleichen Tätigkeit beobachten zu können? Bestimmt hatte sich jeder Spätpubertierende mehr als einmal in ähnliche Gedanken verstrickt. Allerdings konnte er sich noch gut an all die aufkommenden Ängste, ja fast Panikattacken erinnern, die ihn bei dem Gedanken erfasst hatten, dass sein erotischer Exkurs auffliegen könnte. Aber genaugenommen gehörte auch dies fast zwangsläufig zur selben Fantasiewelt, nämlich, sich etwas

sehnlichst herbeizuwünschen, um es dann, wenn es zum Beispiel die anerzogenen Anstandssitten verletzte, ebenso schnell wieder tilgen zu wollen.
Was war wirklich geschehen, oder hatte er vielleicht nur geträumt? Seine Gedanken wirbelten unaufhaltsam durcheinander. Er wusste nicht, wie er auf die Mail von Jule antworten sollte.
Immer noch verwirrt traf eine weitere Mail von Juliette ein und Al war sich nicht sicher, ob er sie öffnen oder doch lieber unwissend aber glücklich in das Tal der verklärten Fantasie zurückkehren sollte. Seine Neugierde siegte.
„Hallo Cherie, warum du nischt antwortest ... Haben dir nischt gefallen meine Titten, sagt man das so in Deutschland?"

Freiburg, Juni 2010

Als Al in die Straße einbog, in der Karin seit ihrem Studium der Germanistik in Freiburg wohnte, fühlte er sich erleichtert, fast wie zu Hause angekommen. Karin wohnte in einer WG, in einer gründerzeitlichen Altbauwohnung, der sicher eine Renovierung gut getan hätte, aber auch eine natürliche gewachsene Atmosphäre verströmte. Zum Glück fand Al einen offiziellen Parkplatz unmittelbar vor dem Haus, nahm seine Tasche aus dem Kofferraum und klingelte unter dem Namen Steinhoff. Karin wohnte zwar in einer WG im Erdgeschoss des Hauses, legte aber Wert auf eine abgeschlossene Privatsphäre, ihr eigenes Bad und kleine Küche und eben auch auf ihren eigenen Klingelknopf. Mit einem Summen öffnete sich die Haustür, Al ging hinein und sah Karin mit hängenden Schultern in der Wohnungstür stehen. Einen Moment lang blickten sich beide schweigend an. Dann ließ Al seine Tasche fallen und beide fielen sich in die Arme, was sie sonst eigentlich nie taten. Ein seltsam warmes Gefühl des Zuhauseseins floss durch Als Körper. Er merkte, dass Karin leise schluchzte. Sie wollte sich erst nicht aus seiner Umarmung lösen, drehte sich dann aber plötzlich zur Seite und nahm Als Tasche. Mit einem seitlichen Kopfnicken deutete sie ihm an, ihr in die Wohnung zu folgen. Sie durchquerten einen Gemeinschaftsraum, in dem zwei etwa Gleichaltrige vor einem überdimensionalen, alten Röhrenfernseher saßen und gespannt, ohne den Besucher zu beachten, ein Fußballspiel verfolgten. Karin ging durch eine große Holztür voran in ihre Wohnung, die aus einem großen, geschmackvoll eingerichteten Raum mit Küchentheke und Sitzecke bestand. Vor einem großen Sprossenfenster stand ein Schreibtisch, übervoll mit Büchern, losen Blättern und zwischendrin einem aufgeklappten Laptop, der leise vor sich hinsummte und nicht zuletzt auch durch ein blaues blinkendes Licht an der Vorderkante verriet, dass er noch nicht heruntergefahren war.

„Setz dich erst mal." Sie deutete auf ein durchgesessenes, aber vielleicht gerade deswegen gemütlich aussehendes, Sofa. Zahlreiche bunte Kissen darauf verliehen ihm ein fast schon orientalisches Aussehen. Al folgte schweigend Karins Anweisung. Sein Kopf dröhnte noch von dem monotonen Nageln seines alten Golfs. Vielleicht waren es auch die Last und Sorgen der vergangenen Tage, die seinen Kopf zum Bersten gespannt und unendlich schwer vorkommen ließen. „Ich hab uns Eintopf gemacht, Möhren mit Kartoffeln und grober Mettwurst." Al wusste, dass Karin nicht gern kochte, und war gerührt, dass sie sein Lieblingsessen auftischte.

Al seufzte schwer. „Karin, das ist richtig lieb von dir! Dass du dich daran erinnerst ..."

„Na ja, ich dachte, vielleicht brauchst du bisschen was, um wieder ... tja, vielleicht um wieder zu Kräften zu kommen." Karin holte zwei Teller aus einem Hängeschrank, stellte sie auf die Theke und häufte jeweils einen großen Löffel des Eintopfes auf die Teller.

„Bier?“
„Wow, Karin, du denkst ja an alles.“
„Ach quatsch nicht, was Gutes im Magen und es geht einem schon wieder besser ... hoffe ich zumindest.“ Karin wusste, dass sie mit einem solch abgedroschenen Spruch Als Gemütslage kaum aufhellen konnte, versuchte aber ein wenig, die gespannte Stimmung zu lockern. Keiner wusste, wie man das Thema aufgreifen sollte, genau das Thema, das beide im Moment am meisten bedrückte. Karin stellte einen Teller mit dampfendem Eintopf vor Al auf den Couchtisch, der früher mal als Überseekoffer diente und immer noch sehr stabil wirkte und vielleicht tatsächlich so einige Fernreisen hinter sich hatte. Nach wenigen Bissen Eintopf, der so gut gewürzt war, als hätte Karin nie etwas anderes gekocht, stellte Al den Teller auf den Tisch. Er zog die Augenbrauen hoch und seufzte noch mal tief, als er die inzwischen fast laute und mit Händen greifbare Stille beendete.
„Karin, das waren die schlimmsten Tage meines Lebens und ich weiß eigentlich gar nicht, wo ich anfangen soll.“ Nach einer kurzen Pause fuhr er fort „Jetzt, wo Jule tot ist ...“ Al räusperte sich, da ihm plötzlich die Sprache erstickte. Plötzlich sprang Karin auf, drehte sich halb im Kreis, riss die Arme hoch und rief gerade zu verzweifelt aus. „Jule tot, das kann ich nicht glauben, das stimmt einfach nicht. Vor ein paar Tagen hat sie noch hier auf dem Sofa gesessen und war voller Tatendrang, als könnte nichts und niemand sie aufhalten.“
Al schaute erstaunt zu Karin. „Sie war hier ... hier in deiner Wohnung?“
„Ja, genau, sie kam gerade aus Argentinien und erzählte mir tausend Dinge über das, was sie da gerade erforscht und entdeckt hatte und ... und natürlich über dich.“ Karin wurde bewusst, dass sie das gerade nicht hätte sagen sollen. Al blickte zu Boden und Karin setzte sich an seine Seite und legte ihren Arm um seine

Schultern. „Al, ich glaube, wir müssen uns erst mal alles erzählen, was war, was alles passiert ist und dann ... weißt du, Al, dann denken wir zusammen nach, wie es weitergeht, okay?“ Al schluckte und spürte Karins warmen Arm auf seinen Schultern, der ihm im Moment mehr Trost vermittelte, als jedes Wort es vermocht hätte.

„Du hast recht, Karin, ich habe so viele Fragen und alles dreht sich in meinem Kopf. Warum musste sie nur sterben, welche Schweine haben sie auf dem Gewissen?“

„Al, bist du überhaupt sicher, dass Jule tot ist? Vielleicht wurde sie ja entführt oder meldet sich gerade nicht, oder ...“

„Karin“, unterbrach Al sie, „ich hab sie gesehen, blass wie eine Wachspuppe, es war einfach schrecklich.“ Al schüttelte verzweifelt den Kopf.

Karin drückte Al fürsorglich an sich und strich ihm über den Kopf. „Wo war das und wie hast du überhaupt davon erfahren, dass sie tot ist?“

„Also ...“, begann Al mit der traurigsten Geschichte seines Lebens. Er erzählte, wie Jule ihm geschrieben und vorgeschlagen hatte, sich in Rom zu treffen, wie sie ihm eine Überraschung versprach, wie sie sich in der Pizzeria zum letzten Mal sahen. Nach einer kurzen Pause erzählte er weiter von den Pistolentypen, wie sie aus dem Nichts erschienen, ihn bedrohten, während Jule auf ihrer Vespa durch den Regen davon brauste. Er erzählte von seiner Verzweiflung, erst nichts von ihr zu hören, wie er später von Belucci verhört wurde und sich dann im Hotel ein paar Whiskeys einflößte. Al überlegte eine Weile, als habe er den roten Faden verloren. Dann fuhr er fort und erzählte, wie er von den Beamten und Belucci über Jules Tod benachrichtigt wurde, das seltsame Krankenhaus, das sich später als nicht mehr in Betrieb befindlich herausstellte. Er erzählte von Dr. Alighieri, der später nicht mehr zu sprechen war, weil er sich, so zumindest die Be-

gründung von Belucci, auf einem Kongress in Moskau befand. Und dann erzählte er natürlich von seiner Verhaftung wegen angeblicher Mitgliedschaft in einer terroristischen Vereinigung, erzählte von seiner Verzweiflung, seinen Hass auf alles und jeden. Al schaute Karin aus tränenunterlaufenen Augen an. „Karin, so was gibt's doch nur im Kino, aber doch nicht in echt, oder?"
„Da hast du recht, das ist wirklich alles unfassbar."
„Bitte, Karin, bitte weck mich auf ... mach, dass das alles nicht wahr ist." Al sank in sich zusammen und schluchzte. Sein ganzer Körper zuckte dabei so sehr, dass Karin ihn festhalten musste, um nicht vom Sofa zu rutschen. Karin drückte Al fest an sich und schwieg, sie wusste nichts zu sagen, nichts, was Al jetzt auch nur entfernt beruhigen könnte. Nach einer Weile wurde es still, Al atmete tief durch. Die plötzliche Nähe zu seiner Schwester tat ihm gut. Langsam richtete er sich wieder auf. „Sag mal, Karin, und wie ist das mit dir, was weißt du von Jule, bevor sie nach Rom fuhr? Wie kommt es überhaupt, dass du dich mit ihr getroffen hast?"
„Tja, Al, so ganz weiß ich das auch nicht. Sie hat mir von euren Gesprächen in der Unfallklinik erzählt, wo ihr euch zufällig wieder über den Weg gelaufen seid. Damals hat sie mir noch berichtet, dass sie zum ersten Mal in ihrem Leben kaum glauben konnte, dass es nur Zufall war, der euch wieder zusammengeführt hatte. Sie habe so etwas wie Fügung oder Vorherbestimmung immer entschieden abgelehnt, aber die Erfahrung mit dir ... Und als ihr euch später wieder in Rom getroffen hattet ... das wäre so unbeschreiblich schön gewesen. Mein Gott, Al, ihre Augen haben so gestrahlt, sie war so glücklich, so ..." Karin stutzte einen Moment. „Sie war so verliebt, als sie von dir erzählte. Dabei war bezüglich ihrer Forschung wohl alles eine ziemliche Katastrophe. Aber ... wie soll ich das sagen? Viel mehr als Quatschen ist wohl nicht gewesen zwischen euch, oder?"

„Ach, Karin, du hast ja so recht. Wenn ich doch nur die Zeit zurückdrehen könnte. Wenn ich doch nur eine winzige Chance hätte, das alles noch mal anzupacken. Ich war so dämlich. Dabei hatte ich immer mal wieder überlegt, wie ich das anstellen könnte, ihr zu sagen, was ich wirklich für sie empfinde. Aber du weißt ja, bin halt etwas verpeilt, wie man so schön sagt, und ich fand's auch Klasse, mit Jule einfach nur zu quasseln. Es war so unbeschreiblich schön, mich mit ihr auszutauschen bis spät in die Nacht, beim Spazierengehen, im Park der Klinik ... Jaja, ich weiß, das klingt alles etwas verstaubt, aber glaube mir, ich wollte sie nicht so plump anmachen, schon gar nicht in einem Hotel in Rom, kannst du das verstehen? Die Situation im Hotel als sturmfreie Bude ausnutzen ... weißt du, Karin, so einfach zack-zack, so ein Typ bin ich einfach nicht. Und Jule vermutlich genauso wenig. Gefunkt hat's sicher bei uns beiden, aber wir waren wie zwei Teenager, einfach nur froh, jemanden zu haben, dem man sein Herz ausschütten konnte." Karin lächelte und strich Al zärtlich die Haare aus der Stirn. „Mensch, Al, weißt du, dass mir Jule das genauso erzählt hat, mit fast denselben Worten. Sicher wollte sie mir auch von ihren Entdeckungen in Argentinien berichten, aber ich glaube, sie hoffte, auch von mir vor allem einen Rat zu hören, wie sie dich, na ja, du weißt schon ... halt irgendwie näher kennenlernen könnte. Und dann hat sie mir freudestrahlend von ihrer Überraschung in Rom erzählt." Karin blickte verklärt zur Decke. „Mein Gott wie romantisch, ein kleines schnuckeliges Hotel in Rom. Sie sagte mir, ihr hättet euch Briefe geschrieben. Briefe, in denen alles klar war, ihre, deine, eure Liebe zueinander. Und dann hat sie es einfach gebucht ... das Hochzeitszimmer." Karin schluckte und murmelte vor sich hin: „Verdammt, Al, sie hat dich geliebt, sie hat dich so sehr ..." Karin sprang auf und lief aufgeregt im Zimmer umher, als müsste sie ihre Trauer irgendwie abreagieren. Nach einer Weile setzte sie sich wieder zu Al und überlegte angestrengt, versuchte, sich an die vergangenen Tage und Unterhaltungen mit Jule zu erinnern.

„Bei unserem letzten Treffen hier, ich habe ihr übrigens auch Möhren und Kartoffeln mit Mettwürsten gemacht, so nach dem Motto, wenn sie dich wenigstens mal kulinarisch verführen möchte, dann ..." Karin schluckte und biss sich auf die Unterlippe. „Weißt du, Al, ich fand Jule auch richtig nett, und auch wenn es dir jetzt wehtut ... aber ich glaub, ihr beide hättet richtig gut zusammengepasst." Al sah, dass sich Karins Augen mit Tränen füllten und ihre Unterlippe zitterte. Nun war es Al, der ihr den Arm um die Schulter legte, um sie zu trösten. Es tat ihm in dem Moment so seltsam gut, jemanden wie Karin zu trösten. Sie zu trösten aufgrund eines tiefen inneren Schmerzes, mit dem sich Al bisher so allein fühlte.

„Karin, es wäre schön, wenn du ... na ja, wenn du noch etwas mehr erzählen könntest. Was hat sie ... ich meine, was hat Jule dir noch so mitgeteilt? Vielleicht hilft uns das ja beiden. Und weißt du, Karin, irgendwie tut es gut, das gerade mit dir jetzt und hier zu teilen, findest du nicht auch?" Karin nickte, atmete dann aber tief durch und lächelte Al zaghaft von der Seite her an.

„Also, bei unserem letzten Abend hier erzählte sie mir auch von ihrem Chef. Wie hieß er doch gleich? Ach ja, so ein slawisch klingender Name, Professor Krastchow. Also, dieser Krastchow hat sie anscheinend sehr unterstützt bei ihrer Forschung und schickte sie wohl in alle Herren Länder. Du weißt ja, damals auch nach Argentinien, das hattest du mir doch schon früher mal erzählt. Ich weiß noch, wie du ein Praktikum, Famulatur heißt das ja bei euch Medizinern, unbedingt in Argentinien machen wolltest und unseren Eltern weiß Gott was erzählt hast, warum es ausgerechnet in Argentinien sein sollte, obwohl du ja nicht ein Wort spanisch sprechen konntest. Als ich damals erfahren habe, dass zur gleichen Zeit Jule in Argentinien war und du eigentlich nur wegen ihr dorthin wolltest, da hast du mich ja fast gesteinigt, wenn ich davon nur ein Wort zu unseren Eltern sagen würde. Dummerweise musstest du, nachdem ihr euch ja zuletzt in dieser Unfallklinik getroffen hattet, gar keine Famulatur mehr machen."

„Na ja, Karin, ich war halt extrem ungeduldig, konnte es nicht abwarten, Jule wiederzusehen, und dann rauschte sie damals so einfach wieder nach Argentinien ab." Al schüttelte den Kopf.

„Tja, Al, wo die Liebe hinfällt, da wird man halt erfinderisch. Ich glaube aber, das warst du schon immer, Al, so ein kleiner verpeilter Romantiker. Vielleicht mochte Jule ja gerade das an dir?" Karin lächelte Al zärtlich an.

„Sag mal, Karin, dieser Krastchow ... was hat sie dir noch erzählt von ihm?" Karin schaute Al tief in die Augen, als habe sie eine unheilvolle Vorahnung.

„Er gab ihr wohl früher den Rat, ihr Projekt in Argentinien fortzusetzen und dann ..." Karin überlegte. „Und dann müssen sie sich aus irgendeinem Grund überworfen haben. Irgendein dummes Erlebnis in Rom, auf einem Kongress. Viel mehr hat sie nicht erzählt. Wenig später hat sie dann wohl Kontakt zu diesen anderen Leuten gefunden, die ihr den Himmel auf Erden versprochen haben, und mit denen wollte sie sich dann ja auch zuletzt in Rom treffen." Al überlegte einen Moment.

„Hat Jule dir irgendeinen Namen genannt? Ich meine, hat sie dir einen Namen genannt von denen, die sie zuletzt in Rom treffen wollte." Al kamen wieder die Pistolenmänner in den Kopf, die ihn mit möglicherweise slawischem Akzent bedroht hatten. „Halt dich da raus!", schoss es ihm wieder durch den Kopf. Offenbar wussten diese Männer, dass er Deutscher war, kannten seine Verbindung zu Jule, sonst hätten sie ihn nicht auf Deutsch bedroht. Dann kam ihm wieder Dr. Alighieri in den Sinn, der dann so plötzlich zu einem Kongress nach Moskau musste.

Karin schüttelte den Kopf. „Ich kann mich beim besten Willen nicht mehr erinnern."
Al insistierte. „Überleg doch noch mal ganz scharf. Hat sie vielleicht einen Alighieri erwähnt, einen gewissen Dr. Alighieri?" Karin schüttelte den Kopf. „Tut mir leid, an den Namen kann ich mich nicht erinnern. Ich glaube, sie wollte auch keinen Namen nennen, weil ..."
„Weil was?"
„Weil sie Sorge hatte, mich da irgendwie reinzuziehen. Es klang alles ziemlich gespenstisch. Aber dann ... dann war sie wieder so voller Tatendrang, so optimistisch, dass sich alles zum Guten wenden würde. Also, richtig verstanden habe ich das alles nicht."
„Sonst hat sie nichts gesagt, keinen Namen, keine Adresse, kein ... tja ..." Al schüttelte den Kopf.
„Tut mir wirklich leid, Al. Und dann ist sie erst mal wieder zurück in ihre Wohnung gegangen."
„Hast du sie dann noch mal gesehen?"
„Oh ja, und das war wirklich ganz skurril. Das war dann auch das letzte Mal, dass wir uns trafen, als Jule ganz aufgeregt noch am selben Abend wieder bei mir rein platzte. Es sei in ihr Zimmer eingebrochen worden, aber man habe nichts geklaut, nicht mal ihr Portemonnaie, das sie aus Versehen in ihrer Wohnung vergessen hatte. Aber ihre ganzen Unterlagen seien durchgewühlt worden und niemand sonst in der WG hatte etwas davon bemerkt. Dann erzählte sie mir noch aufgeregt, dass du sie früher schon gewarnt hattest, dass ihr Forschungsgebiet politisch brisant sein könnte. Aber sie hätte dir nicht geglaubt, du hättest zu viel James Bond gesehen. An dem Abend, das kannst du mir glauben, Al, an dem Abend sah sie das jedoch alles ganz anders und war sichtlich aufgewühlt. Sie sagte, sie müsse jetzt erst recht dringend nach Rom, um sich mit diesen seltsamen Kollegen zu treffen, und vor allem Krastchow dürfe davon nichts wissen."

„Noch mal, Karin, hat sie dir nicht gesagt, wie dieser Kollege in Rom heißt und was genau der Grund war, ihn zu treffen? Das ist sehr wichtig, verstehst du?"
„Nein, Al, tut mir leid, sie hat weder den Namen noch den Ort genannt, ganz bestimmt. Auf jeden Fall wollte sie auf einmal inkognito dorthin fahren, und ..." Karin versuchte angestrengt sich zu erinnern. „Ja, und dann habe ich ihr angeboten, ganz einfach unter meinem Namen zu fahren, mit meinem Pass. Erst wollte sie das Angebot nicht annehmen, wollte mich auf keinen Fall da mit hineinziehen. Genau so hat sie das gesagt."
„Aber dann hat sie doch deinen Pass genommen."
Karin lächelte Al verlegen an. „Na ja, ich sagte, sie könne sich damit als deine Frau ausgeben. Also irgendwie hat sie das wohl überzeugt, sie hat mich dabei sogar vielsagend angelächelt." Karin schluckte bei dem Gedanken, schloss die Augen, als wollte sie die Situation noch mal aufleben lassen, und fuhr dann mit sanfter Stimme fort „Mein Gott, Al, an ihr glückliches Gesicht kann ich mich noch so gut erinnern." Karin und Al schwiegen, hielten sich gemeinsam fest, und hingen ihren Gedanken und Gefühlen nach.
Karin seufzte und unterbrach, wieder tief ein- und ausatmend, das Schweigen. „Ja, dann hat sie meinen Pass genommen und wollte wieder in ihre Wohnung, um am nächsten Tag nach Rom zu fahren. Ich konnte sie jedoch überreden, die Nacht hier zu bleiben, immerhin ist ja bei ihr eingebrochen worden. Sie wollte dich dann von hier aus noch anrufen, meinte dann aber doch, dich lieber in Rom überraschen zu wollen."
„Also, das mit dem Pass hast du eingefädelt, Karin?"
„Na ja, ich geb's zu. Aber ich wollte ihr irgendwie helfen, verstehst du? Ich glaube, das mit dem seltsamen Arbeitstreffen, mit dem mutmaßlichen Sponsor ihrer zukünftigen Forschung, war ihr in dem Moment gar nicht mehr so wichtig. Sie wollte auf jeden

Fall dich treffen ... ihr beide zusammen ... Jule und Al ... ihr beide in der Hochzeitssuite, das war ihr wichtig. Nur, dass dann alles ganz anders kam ... ich kann das immer noch nicht begreifen und irgendwie ..." Karin schüttelte den Kopf. „Irgendwie hab ich das Gefühl, dass ..." Karin und Al schauten sich plötzlich in die Augen, als habe sich in dem Moment ein Knoten gelöst, als wäre ein Plan entstanden, der unumgänglich umgesetzt werden müsste. „Al, du wirst mich verrückt halten, aber irgendwie glaub ich das alles nicht. Irgendwie ist hier etwas ganz faul, und wir sollten herausfinden, was. Ich kann hier nicht mehr einfach so rum sitzen und so tun, als wäre nichts geschehen."

„Ja, irgendwie hast du recht. Aber das macht Jule auch nicht lebendig und ... und genau deswegen erscheint alles plötzlich so sinnlos." Karin schaute Al ernst in die Augen.

„Al, wir müssen rausfinden, was da los ist, was passiert ist in Rom und warum alles so kommen musste ... und ich weiß nicht ..." Karin überlegte sichtbar angestrengt. „Ich kann nicht glauben, dass Jule tot ist, das kann einfach nicht wahr sein, das darf einfach nicht wahr sein."

Al schüttelte den Kopf „Das würde ich auch gerne hoffen wollen, aber ... na ja, ich hab dir ja schon alles erzählt. Aber du hast recht, wir sollten rausfinden, was da passiert ist. Zumindest das sind wir Jule schuldig. Allerdings ..." Al machte ein mindestens ebenso ernstes Gesicht wie Karin. „Nicht wir sollten das rausfinden, Karin, das ist ganz allein meine Sache, verstehst du? Ich möchte dich da auf keinen Fall noch weiter mit hineinziehen, das kann ich nicht verantworten, und Jule wollte das auch nicht."

„Ach quatsch nicht, schließlich hab ich da ja selbst einiges verbockt. Das mit deiner Knastzeit war schließlich meine Schuld. Nur weil Jule einen Pass mit Namen Steinhoff dabei hatte, und das war ja schließlich auf meinem Mist gewachsen, oder etwa nicht?" Al schaute Karin dankbar an und fühlte sich bei ihr plötz-

lich so geborgen, so zusammengehörig wie nie zuvor. Eine plötzliche Müdigkeit überkam ihn, und ohne dass er etwas dagegen tun konnte, zog Karin seinen Kopf auf ihren Schoß. Al legte die Beine auf das Sofa und spürte plötzlich eine unglaublich wohltuende Ruhe. Noch nie hatte er sich bei seiner Schwester so wohlgefühlt. Karin hatte ebenfalls ihre Füße auf den Reiskoffer-Couchtisch gegenüber gelegt, der dabei ein wenig knarzend nachgab. Mit kreisenden Bewegungen ihrer Finger massierte sie sanft Als Schläfe und Stirn. Al war sich zunächst etwas unsicher, ob er diese Nähe, diese plötzliche Zärtlichkeit zwischen ihm und seiner Schwester so annehmen konnte, ließ es dann jedoch einfach geschehen. Er fiel in einen unbeschreiblich angenehmen Zustand der Ruhe und Schwere. Für einen Moment hatte er Frieden gefunden, Frieden mit der Welt. Er spürte dankbar das gute Gefühl der Liebe, der Liebe zu seiner Schwester, die ihm jetzt einen so seltsam glänzenden Schimmer am Horizont sehen ließ. Einen Schimmer, der ihn auf einmal wunderbar beruhigte, ihm etwas gab, das er bisher glaubte, für immer verloren zu haben, und das war Hoffnung.
Es war plötzlich still. Nur das wiederkehrende Summen des Laptops war zu hören, verriet dessen stille, aber schier endlose Arbeitsbereitschaft. Im Gegensatz dazu waren Als Hirnzellen in einem unaufhaltsamen Prozess begriffen, sich mit jeder kreisenden Bewegung von Karins Kopfmassage abzumelden, immer tiefer und tiefer in einen wohltuenden Schlaf zu sinken.

Nizza, Juli 2003

Al wollte den Laptop zuklappen, ohne das notwendige Herunterfahren abzuwarten, als fühlte er sich durch die kleine Kamera am oberen Rand des Bildschirms beobachtet. In seinem Kopf drehte es sich wie in einem Karussell und in seinen Ohren dröhnte und klingelte es. Fassungslos und verwirrt schaute er sich die letzte Mail von Jule noch mal an: *„Hallo Cherie, warum du nischt antwortest ... Haben dir nischt gefallen meine Titten, sagt man das so in Deutschland?"* Das war sicher nicht mehr der Wortlaut, den er von Jule erwartete oder besser zu hören gehofft hatte. Es war auf jeden Fall nicht die Jule, von der geträumt hatte. Könnte es sein, dass er sich doch alles nur eingebildet hatte, dass er in seiner Fantasie nur eine Märchenprinzessin generiert hatte. Oder war sie tatsächlich gar nicht reell und nur das Produkt seiner Fantasie, einer hormonell gesteuerten Halluzination, die ihm nun via Internet einen derben Streich spielte. Statt auf die Mail von Juliette zu antworten, schrieb er an seine Schwester Karin, obwohl er sich geschworen hatte, seine zickige Schwester in Sachen Jule nie einzuweihen. *„Hallo Karin, wollte mal hören, wie es dir bei deinem Sprachkurs geht, und hätte da noch so ein paar Fragen. Al"* Wie erwartet, ließ die Antwort nicht lange auf sich warten, da Karin um diese Uhrzeit, es war fast halb zehn, geradezu zwanghaft vor ihrem Computer hockte. *„Ah, hallo Al, du alter Loser, hast wohl schon Heimweh am ersten Tag. Mach dir nur nicht in die Hose, zu Hause wär's auch nicht besser, also lass dir was einfallen, mach paar Mädels an oder so, falls du weißt, wie das geht. Nimm's locker und immer cool bleiben. So viel von deiner genialen Schwester."* Genau das war's! Etwas anderes hatte er auch nicht erwartet. Aber wenn man schon beim niveaulosen Schlagabtausch angekommen war, versuchte er entsprechend zu antworten: *„Supergenial, wie immer. Aber sei froh, wenn es nix zu lachen gibt, sonst bröckelt noch dein Verputz ab und deine 1000 Piercings am Kopf fangen an zu rosten. Sag mal, kannst du dich an Juliette Camus erinnern, damals auf der Insel, was war denn dein Eindruck von ihr?"* Eigentlich hätte er auch telefonieren können, so schnell folgte Karins Antwort. Allerdings wusste Al, dass er im direkten Gespräch bezüglich Schlagfertigkeit Karin haushoch unterlegen war, und war daher ganz froh, auf diese Weise kommunizieren zu können. *„Schau mal einer an. Mein kleiner verklemmter Bruder hat Liebeskummer. Na ja, war schon ‚ne scharfe Braut, diese Juliette, aber vermutlich genauso verklemmt wie du. Das hätte zwischen euch sicher prima geklappt. Hat sie dir ‚ne Mail geschrieben, so was über Philosophie oder so ‚nen Quatsch?"* Al war erleichtert. Auch wenn das nicht gerade charmant klang, so passte es doch besser zu seiner Jule, wie er sie kannte, oder besser, wie er sie sich ausgemalt hatte. *„Ne, ganz im Gegenteil, war ziemlich, wie soll ich sagen, ziemlich direkt."*

Wieder folgte Karins Antwort prompt *„Wie ... ziemlich direkt? Hat sie dir einen Heiratsantrag gemacht? Mach dir keine Illusionen, Bruderherz, wie ich sie einschätze, läuft vor der Ehe schon mal rein gar nix."*

„Quatsch, so meine ich das nicht, hat halt was geschrieben, das ich nicht verstanden habe. Ach ja, du hast doch nicht etwa anderen was weitererzählt oder?"

„Also, Punkt eins, wie ich dich kenne, checkst du ja sowieso nix, zumindest was Mädchen betrifft, und zweitens sei froh, dass ich niemanden was erzählt habe ... ach so, bis auf Harry natürlich, der wollte von mir plötzlich wissen, ob ich was von einer Camus wüsste. Du hättest da in der Schule so ein wirres Zeug gequasselt und wärst dabei ganz und gar rot angelaufen, das fand er unheimlich lustig ..."

„Harry Meier, dem Idioten hast du was von Juliette Camus erzählt, das kann doch nicht wahr sein und mit so einem Widerling gibst du dich noch ab?"

„Hallo, nun mal halblang Bruderherz ... aber ich verrat dir was, bezüglich Harry hast du ausnahmsweise mal recht. Hab ihm halt erzählt, dass du dich in Juliette Camus verknallt hast, konnte ja nicht wissen, dass das schon mal Thema in der Schule war. Du mit einem Mädchen, das hat ihn total amüsiert und dann ... na ja, hat

ihn offenbar richtig angemacht. Und dann wurde er auf einmal handgreiflich, rutschte mir auf die Pelle und, na ja, kannst dir ja denken, was er wollte. Sind halt nicht alle so verklemmt wie du. Und als er mir an die ... wollte, da hab ich ihm eine geklatscht ... so ein Arschloch."

„Du meinst wohl, er wollte dir an die Titten."

„Hey, Bruder, was sind denn das für neue Worte von dir? Hast wohl die falsche Lektüre gekauft was? Na ja, hast ja recht. Und als er dann weiter so rumgestöhnt hat, dann habe ich ihn einen blöden geilen Bock genannt ... also, der kann mich mal, das hab ich ihm dann vor den Latz geknallt. Tja, und seit dem war's dann aus mit uns ... ist wutschnaubend davon gerauscht, der alte Sack, und stell dir vor, dann kam er noch mal wieder und meinte, das Ganze würde noch ein Nachspiel haben, als könnte der mir irgendwie drohen. War wohl richtig angepisst. Aber der kann mich mal, das kannste mir glauben, so ein blödes Schwein."

„Mensch, Karin, gratuliere, dass du ihm den Laufpass gegeben hast. Bin nur mal gespannt, was er damit meint, es würde noch mal ein Nachspiel haben."

„Keine Ahnung, ist mir auch wurscht, aber auf dich ist er auch nicht gut zu sprechen, also nimm dich in Acht, der kann richtig gemein werden."

„Ich pass schon auf."

„Ach, Al, was ich noch sagen wollte, die kleine Juliette, ich glaub, die ist richtig nett, wenn du mal mit ihr zusammentriffst, dann ... na ja, wie soll ich sagen. Also nicht gleich mit deinen Hormonen ins Haus fallen, okay, ich glaub, die hat es ganz schön auf dem Kasten, vielleicht schreibt sie dir ja mal und dann schönen Gruß von mir, okay?"

„Danke für deinen Rat! Mensch, Karin, bist zwar ganz schön chaotisch, aber ich vermiss dich trotzdem irgendwie, also, pass auf dich auf. Liebe Grüße dein Bruderherz"

Eine Antwort kam nicht, aber Al wurde plötzlich klar, dass er und Karin nach außen hin zwar ziemlich verschieden waren, im Grunde jedoch auf gleicher Wellenlänge lagen. Wenn sie sich auch ständig angifteten, im Grunde waren sie sich doch einig und er würde nichts auf Karin kommen lassen, das war klar. Al lehnte sich zurück, der Chat mit Karin tat ihm richtig gut, umso mehr stürzte er jetzt wieder in die Realität dessen, was ihm Jule in den letzten Mails geschrieben hatte. Das war alles so diametral entgegen zu dem, was sein Eindruck von Jule war und offenbar auch mitnichten der Eindruck von Karin. Sein erster Gedanke war, auf die Mails von Jule nicht zu antworten und am besten einen Schlussstrich unter das gesamte Kapitel zu ziehen. Vielleicht war es das Beste, Jule so in Erinnerung zu behalten, wie er sie gerne gehabt hätte: zurückhaltend, intelligent, eine gute Freundin und ... ja, natürlich auch attraktiv. Und jetzt ... jetzt blieb allenfalls noch das Letzte. Hatte er sich so täuschen können? Trotzdem, einfach nicht zu antworten, war nicht seine Art, er musste ein paar letzte abschließende Worte sagen, das war er ihr schuldig. Und irgendwie hatte er das Gefühl, dass hier etwas faul war. Er tippte auf den Knopf „Antworten" und ihre Adresse erschien prompt in der oberen Zeile. *„Juliette.Camus@web.de"* Betreff: *„Rendez-vous"*. Al wollte losschreiben, als er noch mal über die Adresse stolperte. Wenn Juliette aus Frankreich schrieb, dann wäre es doch sehr unwahrscheinlich, wenn ihre Adresse mit *„web.de"* enden würde. Konnte das möglich sein? Al schoss durch den Kopf, dass er aus irgendeinem Grund Karins Mail mit „an die Titten" beantwortete, als es um die Handgreiflichkeiten von Harry Meier ging. Das kam so ähnlich auch in der letzten Mail von Jule vor. War auch das Zufall? Al sah sich noch mal den Absender an und überlegte fieberhaft. Karin hatte Harry Jules ganzen Namen verraten: *„Juliette Camus"*. Also wusste Harry einiges. Er kannte zumindest genügend Zutaten, die zu einem teuflischen Plan passen könnten. Al hatte eine Idee und begann zu schreiben: *„Liebe Juliette, auch ich muss die ganze Zeit an deinen schönen Körper denken. Du hast die schönsten Titten, die ich je gesehen habe. Es war so schön, dich am ganzen Körper zu streicheln, dich zu küssen und als du mich dann auch gestreichelt hast, so überall ... Schreib mir bald zurück. Je t'aime, dein Al"* Al drückte auf *„Senden"* und es dauerte nicht lange, bis die Antwort kam.

„Liebster Al, das war eine große Abenteuer mit disch und ich nicht kann warten, dich weiter zu streicheln, deine große Ding in mir, sagt man das so auf deutsch, so wie im Urlaub ..." Al atmete tief durch. Den weiteren Text brauchte er sich nicht anzutun. Das wird ein schönes Nachspiel haben, dachte er amüsiert an die Worte von Karin, als sie von Harrys Drohungen berichtete. Fast wäre er drauf reingefallen, drückte auf *„Antworten"* und tippte triumphierend die folgenden Zeilen: *„Na, Harry, wie wär's mit einem feuchten Nachspiel? Gruß Al"* An diesem Abend erhielt er keine Mail mehr. Zufrieden legte er sich auf sein Bett. So schnell würde ihn Harry wohl nicht mehr belästigen. Hoffentlich würde Harry auch Karin nicht mehr so schnell belästigen. Zum ersten Mal spürte er so etwas wie brüderliche Sorge um seine Schwester Karin.

Bei all dem Hin und Her mit den Emails hatte Al nicht bemerkt, dass sein Zimmernachbar ins Zimmer gekommen war und sich stillschweigend bettfertig gemacht hatte. Nachdem Michi wie üblich stundenlang die Zähne geputzt hatte, war er mit einem leisen Schnarchen und Schmatzen bereits in einen tiefen Schlaf gefallen. Die Welt war wieder in Ordnung. Zwar hatte Al keine Nachricht von Jule, aber das war im Moment die beste Nachricht, die er sich wünschen konnte. Seine Fantasiewelt war wieder im Lot. Vielleicht war es aber auch der richtige Moment, tatsächlich einen Schlussstrich unter das Thema zu ziehen, und wenn es so sein sollte, wie Karin vermutet hatte, dann würden sich, wenn es

das Schicksal gut meinte, ihre Wege sicher wieder kreuzen. Jetzt wollte er erst mal richtig Französisch lernen und nicht nur die richtige Bedeutung von Rendez-vous. Eine innere Zufriedenheit ließ Al rasch einschlafen. Seinen Koffer würde er morgen früh auspacken.
Die Tage in Nizza vergingen rasch, eigentlich zu rasch. Wie am Tag der Ankunft wurde Al emotional aufgewühlt wie selten zuvor. Waren es die Menschen, die ihn umgaben mit ihrer wunderbaren klingenden Sprache, einer sprachlichen Melodie, die er unbedingt erlernen wollte? Er hatte sich fest vorgenommen, alles um ihn herum zu verstehen, die bunten Magazine in den Zeitschriftenläden, den Plausch auf der Straße, bis hin zum hitzigen Schlagabtausch auf den Märkten und beim Boule spielen. Oft hielt er inne und atmete tief durch die Nase ein. Dabei schloss er die Augen, versuchte die verschiedenen Gerüche auseinanderzuhalten, das frische Gemüse und Obst auf den Markständen, die üppigen Rosmarin-, Thymian- und Lavendelbüsche, die geradezu beiläufig die Vorgärten schmückten und ihn mit ihrem würzigen Duft einhüllten. Und da war noch ein ganz anderer Duft in der schwülen Luft, leicht fruchtig, süßlich, der nicht nur seinen Riechnerv sanft streichelte, sondern flüchtig und doch so intensiv seine emotionalen Hirnwindungen zu beflügeln schien, ihn jedes Mal überraschte und auf seltsame Weise weiche Knie bescherte. Ein Duft, der hinter jeder Ecke zu lauern und ihn zu packen schien. Wenn man ihm allerdings nachging, seinen Ursprung zu erkunden versuchte, dann war er plötzlich verschwunden, nicht mehr zu orten. Und doch blieb eine beglückende Spur zurück. Es war wie ein Geistesblitz, der einem scheinbar den Sinn des Lebens erklären will und am Ende nur ein undefinierbar ermutigendes Gefühl, eine leise Ahnung von der eigentlichen Wahrheit im Leben erkennen lässt. Verwirrt ließ er sich durch die schmalen Gassen treiben, bis er sich in einem kleinen, überra-

schend kühlen Garten wiederfand, in dem er sich unter einem dichten Dach von Feigenblättern erst an die dadurch verursachte Dunkelheit gewöhnen musste. Ohne Zweifel, es waren die Feigenblätter, die den Duft verströmten, nicht zu vergleichen mit den Gerüchen anderer Bäume und Früchte, die er aus Deutschland und seinem bisherigen Leben kannte. In diesem ruhigen Garten war dieser wunderbare Duft überraschend intensiv und doch so zart und zerbrechlich, sodass man nicht weiter atmen mochte, in der Hoffnung, ihn noch lange konservieren zu können. Al hielt seine Nase dicht an die Feigenblätter und atmete tief durch. Der Duft war verschwunden, scheinbar vor seinem plumpen Annäherungsversuch zurückgewichen, als würden die Blätter und die Früchte des Baumes selbst entscheiden, ob sie jemanden an ihrem Duft teilhaben ließen oder nicht. Al setzte sich auf eine Bank. Beglückt von dem Moment der Ruhe dachte er an Jule. Der Duft der Feigenblätter und der Gedanke an Jule waren in dem Moment eins, waren nicht mehr zu unterscheiden.

Und dann war da noch das Meer und alles, was das Meer an neuen Eindrücken umgab. Ein dezenter und doch durchdringender salziger Geruch und Geschmack auf der Zunge, gepaart mit den ständig wechselnden Duftwolken der verschiedenen Sonnencremes und Sonnenölen, denen man sich besonders am Wochenende am Strand nicht entziehen konnte. Mal milchig süß, mal nach Kokos und weiteren parfümartigen Gerüchen, man konnte innehalten und pausenlos überrascht werden. Dazu paarte sich das immer wiederkehrende Plätschern der winzigen Brandung, gefolgt von einem länger anhaltenden, stets abflauenden Zischen, als wollte das auf- und ablaufende Wasser alle Düfte wegspülen, die Nase reinigen, bereit machen für die nächste Duftwolke. All diese Eindrücke schufen bei Al einen tiefen Eindruck, irgendwo zwischen Bauch und da, wo im Gehirn Emotionen und Gefühle verankert sein mussten. Dieser Gesamteindruck würde ihn nicht wieder loslassen, da war er sich sicher, würde ihn immer wieder zurückführen an diesen Ort, den man mit dem einfachen Wort „Glücksgefühl“ wohl am besten, aber sicher nur unzureichend, beschreiben konnte. Vielleicht war es diese Zufriedenheit, diese plötzliche innere Ruhe, die Al weiterhin an Jule denken ließ, aber irgendwie anders als vorher. Jule war ein Teil dieser Eindrücke geworden, ein Teil seiner Gefühle, seiner Emotionen, ein Teil von ihm selbst.

Freiburg, Juni 2010

Die Sonne stach durchs Fenster. Nur das Gluckern der Kaffeemaschine war zu vernehmen, als Al aus einem tiefen, traumlosen Schlaf erwachte. Er brauchte eine Weile, um sich zu erinnern, dass er gestern Abend mit dem Kopf auf Karins Schoß eingeschlafen war. Die kleine Wohnung ließ sofort erkennen, dass Karin nicht da war. Sie ist sicher ein paar Sachen, vielleicht Brötchen zum Frühstück, einkaufen, dachte Al und erhob sich träge aus der Horizontalen. Sein Koffer stand noch dort am Eingang, wo er ihn gestern Abend hatte fallen lassen. Vielleicht waren doch noch ein paar halbwegs erträglich riechende Klamotten darin zu finden. Zusammen mit seinem Necessaire ging er in das kleine Bad, in dem man sich zwischen Waschbecken, Toilette und Dusche gerade eben im Kreis drehen konnte. Ein kräftiger Strahl heißen Wassers kam aus der Deckenbrause, während Al seine Schwester durch die halb geöffnete Badezimmertür rufen hörte. „Al, bist du da, alles klar?“ Vielleicht hatte Karin sich für einen Moment Gedanken gemacht, Al hätte sich bei dem ganzen Frust etwas antun können, oder er sei einfach aus lauter Verzweiflung Hals über Kopf verschwunden. „Steh gerade unter der Dusche, ich hoffe, das ist okay“, entgegnete Al.

„Na klar, kein Problem. Nimm dir irgendein Handtuch, das da rum fliegt. Ich mach schon mal Kaffee", rief Karin mit hörbarer Erleichterung in der Stimme. Sie wusste allerdings auch, dass sie nur hier und jetzt ein Auge auf ihn werfen konnte, ihn nur hier einigermaßen vor sich selbst schützen konnte. Al stieg klatschnass aus der Dusche. Wie immer fühlte er sich nach dem Duschen, als habe er sich von mehr als nur Schweiß und Dreck befreit. Er versuchte sich vorzustellen, ein Stück weit auch seine Sorgen in den Abfluss gespült zu haben. Wie schön wäre es doch gewesen, dachte er für einen Moment, wenn ihm gerade eben nicht Karin, sondern Jule zugerufen hätte, wenn plötzlich alles einfach so normal, er kurz zuvor nur aus einem bösen Traum erwacht wäre. Umso mehr fühlte er wieder diesen heftigen Schmerz in der Brustgegend, diese plötzliche, lähmende Schwere, die ihm die Kehle zuschnürte, da er wusste, dass es kein Albtraum war. Er hatte sich jedoch fest vorgenommen, sich heute Morgen nicht hängen zu lassen, sondern so zu tun, als schaue er wieder selbstsicher und gefestigt in die Zukunft, obgleich ihm klar war, dass er noch meilenweit von dem entfernt war, was man allgemein als Normalität bezeichnete. Er schlüpfte noch halb feucht in seine Klamotten. Die Strümpfe klebten dabei an den Fersen, das Unterhemd an seinen Schultern. Wahrscheinlich wäre es doch schneller gegangen, wenn er sich richtig abgetrocknet hätte. Aber so war das immer, wenn er sich beeilen wollte, und er redete sich ein, dass er bei all dem Dampf im Bad gar nicht richtig hätte trocken werden können. Als er aus dem nebligen Bad trat, strömte ihm herrlicher Kaffeeduft entgegen. Karin blickte ihn strahlend an und hielt einen Korb frischer Brötchen in den Händen.
„Mensch, Karin, was sollte ich ohne dich anfangen."
„Ach Bruderherz, quatsch nicht so dummes Zeug, du würdest das umgekehrt für mich auch tun, oder nicht?" Al und Karin lächelten sich an und es ging beiden sicher der eine oder andere

frühere Zoff durch den Kopf. Wie lächerlich das doch alles nun erschien, und wie gut es sich anfühlte, sich jetzt so vertrauensvoll aufeinander verlassen zu können. Al war dankbar, die zurückliegenden Ereignisse mit Karin teilen zu können. Auch das Wort Bruderherz klang jetzt ganz anders aus ihrem Mund, nicht mehr böse und sarkastisch wie früher, sondern zärtlich und liebevoll. Schweigend saßen sie sich gegenüber und dachten nach, wie das Gespräch von gestern Abend fortgesetzt werden könnte, oder sollten sie das nicht tun, sondern lieber ein neues Thema ansprechen – Schwamm drüber, wird schon werden. Karin blickte Al sanft in die Augen und überlegte. „Vielleicht, Al ... vielleicht solltest du dich mal in Ruhe in einer Kirche niederlassen und über alles nachdenken. Vielleicht solltest du einfach mal beten, so wie früher, das hat dir doch immer so viel bedeutet."

Al kniff die Augen zusammen. „Alles weg, Karin ... alles weg", unterbrach er ihren gut gemeinten Vorschlag unwirsch.

„Wie, alles weg?"

„Weißt Du, ich habe mich immer gefragt, was mein Glaube so aushalten würde, wenn's mal so richtig rein kracht."

„Und?"

Al atmete tief durch und schüttelte nachdenklich den Kopf. „Na ja, ist halt alles weg ... alles weg ... verdammter Mist!" Al blickte zu Boden, unsicher, wie er die plötzliche Kehrtwendung in seinem Leben erklären sollte. Oder war es gar keine Kehrtwendung? Er fühlte sich verunsichert. Wie ein manövrierunfähiges Schiff, das jederzeit damit rechnen musste, von der Brandung durchgeschüttelt an einem Riff zu zerschellen. Beim Gedanken an den eigenen Tod stieg noch nicht mal Angst oder Panik vor seinen Augen auf. Al empfand es einfach nur als Schicksal, unbarmherzig, unabwendbar, mit dem man sich abfindend musste.

„Weißt du noch, Karin, wie wir früher oft darüber diskutierten, wie Gott das eine oder andere zulassen kann, das Kindersterben

in Afrika, Flugzeugabstürze und der ganze Mist. Aber das war immer alles so weit weg und man konnte sich darauf verlassen, dass es schon irgendeinen Sinn geben würde. Und jetzt, wenn du selber in der Scheiße steckst, dann glaubst du plötzlich an gar nichts mehr. Dann spürst du nicht nur diese unendliche Trauer, dann wirst du sogar richtig wütend, könntest Steine in irgendwelche Kirchenfenster werfen. Und was würde dann passieren?"
Al zuckte resigniert mit den Schultern. „Vermutlich würde nicht viel passieren. Landest halt wieder im Knast. Das kenn ich bereits und ... na ja, und es hat fast schon gut getan damals im Knast, verstehst du?"
„Was meinst du damit, es hat dir gut getan im Knast."
„Ja, wie soll ich das erklären? Es ist so ähnlich, wie wenn dich jemand kräftig kneift, damit du den Schmerz bei der Impfung, diesen kleinen Stich, nicht spürst." Al überlegte angestrengt. An Karins Gesicht erkannte er, dass er sie alles andere als überzeugt hatte. „Weißt du, Karin, wenn du bereits schlimme Schmerzen hast, dann tut es manchmal einfach gut, wenn jemand noch mal kräftig drauf haut. Dann spürst du den ersten Schmerz vielleicht nicht so sehr oder wenigstens wirst du für einen Moment abgelenkt." Al schüttelte frustriert den Kopf. „Tja, Karin, allerdings hatte noch nicht mal das geholfen ... ja, und Gott? Ich weiß auch nicht, irgendwie helfen konnte er mir in dem Moment auch nicht. Weißt du Karin, vielleicht machen wir uns da alle auch nur was vor oder vielleicht bin ich einfach nicht so weit, das alles zu verstehen. Aber das Schlimmste ist ...", Al schluckte, nach Fassung ringend. „Das Schlimmste ist diese plötzliche Leere um dich herum, das Gefühl, dass alles sinnlos ist, und ... verdammt ... und dieser Schmerz, dieser verdammte Schmerz, dass du alles verloren hast ... alles ... einfach alles." Al ließ seinen Kopf auf seinen Arm sinken und schluchzte. Karin blickte einen Moment zur Seite, in der verzweifelten Hoffnung etwas zu finden, einen festen

Punkt, dem sie ihm jetzt mitgeben konnte, einen Halt, vielleicht auch nur ein tröstliches Wort, irgendetwas Schlaues, etwas, das ihm helfen, ihn wieder aufrichten könnte, ihm das Gefühl geben könnte, „ja, natürlich, warum habe ich daran nicht gleich gedacht? Danke für diesen Hinweis, für den guten Rat". Aber so einfach war das nicht.

„Ich kann dich verstehen, Al", sagte Karin betreten. „Vielleicht sind die Ereignisse auch noch zu frisch. Du hast noch zu wenig Abstand, da ist noch kein klarer Gedanke möglich." Al blickte sie mit rot unterlaufenen Augen an. Hatte er sich doch heute Morgen fest vorgenommen, den Tag mutig und gefasst anzugehen. Aber so leicht war das offenbar nicht. Karin hatte recht, es war alles noch so frisch. Aber wie lange sollte es so frisch bleiben, vielleicht sein ganzes restliches Leben? Karin schaute Al sorgenvoll ins Gesicht, konnte seinen inneren Schmerz in dem Moment förmlich spüren.

„Verlier deinen Glauben nicht, Al. Weißt du noch, wie wir damals unsere christliche Jugendgruppe, unsere Aquariumsgruppe gegründet haben? Damals wussten wir alle nicht, wohin das führen würde und du hattest am Anfang die größten Zweifel. Und nachher hast du dich stets mit deinem Philosophielehrer gekabbelt, weil der nicht an Gott glauben wollte." Karin versuchte Al ein Lächeln abzuringen, einen Funken Hoffnung. Aber sie merkte gleich, wie sie an einer scheinbar undurchdringlichen Wand abperlte – wie Regentropfen auf der Fensterscheibe. „Weißt du, Al, es gibt Tiefen im Leben, wo man an allem zweifelt, auch an Gott, und ich glaube ...", sie überlegte, wie sie das jetzt formulieren sollte, ohne belehrend zu klingen, „ich glaube, Gott weiß das. Er sieht in dich hinein, er kennt deinen Schmerz und ..."

Al sprang auf. „Aber warum lässt er das dann alles zu? Verdammt noch mal! Wo ist er jetzt, unser liebender Gott? Wo ist er ... wo?" Al sank wieder am Tisch in sich zusammen und ließ den Tränen freien Lauf. Karin legte ihren Arm auf seine Schulter und vergrub ihre Finger in seinen Haaren, während Al seinen Schmerz über seine quälenden inneren Fragen wie ein geöffnetes Überdruckventil stumm in die Welt hinausschrie. Nach einer Weile beruhigte sich sein zuckender Körper, und er seufzte tief, vielleicht ein Stück weit erleichtert. Langsam erhob er sich und blickte Karin an. Seine schmerzerfüllten, so unendlich traurigen Augen würde Karin nie wieder vergessen. Und doch klang etwas durch, das Karin nicht einordnen konnte. Seine Worte waren unmissverständlich und warm. „Danke, Karin, danke für alles." Karin umfasste Als Schultern und blickte ihrem Bruder fest in die Augen.

„Komm, Al, wir schaffen das, okay? Wir schaffen das!"

„Oh Gott, was sollte ich ohne dich machen, Karin? Aber du hast recht, du hast wirklich recht." Ein zögerndes Lächeln huschte über Als Gesicht.

„Gestern Abend hatten wir doch einen Plan, Al. Lass uns da weitermachen, was meinst du? Das ist alles so unwirklich und ich habe das feste Gefühl, dass sich, na ja, dass sich da noch einiges aufklären wird." Auferweckung von den Toten, dachte Al zynisch und ärgerte sich gleichzeitig, Karins gut gemeinten Ansatz gedanklich so nach unten zu ziehen. Erst recht wollte er diesen Gedanken nicht aussprechen, obwohl er wie eine böse Schlange von ihm Besitz zu ergreifen versuchte. Er wollte Karin damit nicht kränken, das war ihm wichtig. Oder sprach er die vermeintliche Wahrheit nicht aus, konnte sie nicht aussprechen, weil in ihm doch noch ein Fünkchen Hoffnung steckte? Könnte doch noch ein Wunder passieren? Früher hätte er da keinen Zweifel gehabt, aber im Moment war da nur gähnende Dunkelheit. Schweigend saßen sie sich gegenüber, bis es Karin nicht länger aushielt.

„Was hast du jetzt vor, Al?" Ihre Stimme kam ihm vor wie ein rettendes Seil, das ihn kurz vor dem Abgrund gerade eben noch zurückholte. Dankbar blickte er wieder zu Karin auf.

„Na ja, ich muss wohl mal bei meinem Arbeitgeber vorbei. Ich bin da immerhin seit knapp einer Woche unentschuldigt abkömmlich. Und vielleicht bin ich ja auch schon entlassen, gefeuert, weißt du, das wäre eigentlich jetzt ganz passend."
„Quatsch keinen Blödsinn, Al, fahr zurück und erklär deinem Chef, was war. Wenn er das nicht versteht, dann weiß ich's auch nicht. Und dann ... sag mal, willst du nicht mal bei Jules Eltern vorbei gehen?"
„Ach, Karin, das hab ich mir auch schon überlegt, weiß aber nicht, ob ich das wirklich kann." „Vielleicht kann dir das sogar über einiges hinweghelfen. Denen geht's im Moment sicher genauso dreckig wie dir. Und die Jüngsten sind die sicher auch nicht. Jule hat mir oft von ihnen erzählt und von ihrem Bruder."
„Jule hat einen Bruder?" Al besann sich einen Moment. „Stimmt, sie hatte mal etwas von einem Bruder erzählt. Der sei früh gestorben und ich wollte damals nicht weiter nachfragen. Weißt du Näheres über ihn?"
„Nun, so weit ich weiß, war ihr Bruder nur wenig älter als sie. Auch hatte sie wohl eine innige Beziehung zu ihm. Als er mit gerade mal achtzehn Jahren seinen Führerschein gemacht hatte, setzte sich auf sein funkelnagelneues Motorrad und flog aus einer der ersten Kurven. Er war sofort tot."
„Ach du meine Güte, auch das noch. Und dann soll ich ihnen erzählen, wie es ihrer Tochter ergangen ist? Ich mag gar nicht dran denken."
„Trotzdem, Al, mach das, und zwar bald. Glaub mir." Karin schaute Al durchdringend in die Augen, und Al war klar, wie wichtig es Karin damit war.
„Okay, Karin, ich fahr hin, nächstes Wochenende. Du hast doch ihre Adresse, oder? Muss in irgendeinem kleinen Dorf in der Nähe von Straßburg sein." Al sprang auf, als wäre er plötzlich angetrieben, wie aufgezogen, oder war es nur der Kaffee, den

Karin morgens immer sehr stark machte? Karin blickte ihn aufmunternd an.
„Also, sieh zu, dass du in die Gänge kommst Alter", raunzte Karin ihrem Bruder mit betont tiefer Stimme entgegen und stieß ihm die geballte Faust sanft auf die Schulter. „Und weißt du was, Al, auch wenn das jetzt für dich hohl klingt, aber ich werde für dich beten ... ich werde ganz fest für dich beten, verstehst du?"
Al schaute Karin dankbar an und sagte nur kurz: „Danke Karin! Vielleicht ist das wirklich das Einzige, was mir noch helfen kann." Langsam erhob er sich, und bevor er seinen Koffer nahm, umarmten sich beide lange und schweigend. Dann nickten sie sich aufmunternd zu. Jedes weitere Wort, das wussten sie, war jetzt überflüssig. Das Gefühl, dass sie zusammengehörten, dass sie sich aufeinander verlassen konnten, und dass sie sich helfen würden in jeder auch noch so verfahrenen Situation, war so stark wie nie zuvor, so greifbar, so echt. Beide ahnten zu diesem Zeitpunkt noch nicht, dass dies noch mal so bitter nötig, so unbarmherzig real, sein würde.

Münster, Juli 2003

Al und Karin kamen fast am selben Tag wieder in Münster bei ihren Eltern an. Da Karin in der Schule Spanisch bis zum Abi fortsetzen wollte, hatten sie ihre Eltern kurzerhand in eine Sprachschule nach Salamanca geschickt. Karin hatte sich in den drei Wochen verändert. Die Piercings an Nase und Lippe hatte sie entfernt und sie lief auch nicht mehr in pechschwarzen Klamotten herum. Während sie ihre Haare bislang gegelt hatte, um sie mal glatt nach hinten zu kämmen oder auch mal in Form eines Irokesenkamms in die Luft stehen zu lassen, hatte sie sie nun schlicht zur Seite gekämmt. Auch wirkte sie nicht mehr so zickig, eher gelassen und heiter. Al war das sofort aufgefallen. „Karin, was ist los, du hast dich irgendwie verändert." Karin lächelte bescheiden und fast schon erleichtert darüber, dass dies Al sofort aufgefallen war.

„Na ja, stimmt schon, hab so paar Typen auf dem Jakobsweg getroffen. Schon mal was davon gehört, Al?"

„Sind das nicht so Heilige, die sich die Füße platt laufen, auch wenn man mit der Bahn oder dem Auto fahren könnte?"

„Ja, genau, und die meinen es richtig ernst."

Al runzelte die Stirn. „Schon bisschen abgefahren, man kann die Zeit sicher auch sinnvoller nutzen, oder nicht?"

„Tja, das dachte ich auch erst und dann haben wir uns unterhalten, haben alles mal durchgesprochen, was im Leben so wichtig sein könnte. Da fiel mir erst nicht so viel ein und dann ... na ja, und dann, dann klang das alles so einfach ... wie soll ich das sagen, das klang alles so überzeugend."

„Und jetzt bist auch so eine Tippeltante oder was?"

„Ne das nicht grad, musste ja Spanisch lernen, sonst wären unsere alten Herrschaften sicher ausgetickt. Aber wenn ich ehrlich bin, wäre ich ganz gerne mitgelaufen und hätte noch ein bisschen weitergequatscht."

„Kannst ja heute Abend mit Nachbars Hund ein paar Mal um den Block laufen. Dem kannst du dann alles erzählen."

„Mensch, du Blödmann, kapierst wieder mal gar nichts. Hier geht's nicht ums Rumlaufen, hier geht's ums Eingemachte. Es geht darum, zu fragen, warum wir überhaupt hier sind und ob der ganze Schwachsinn irgendeinen Sinn macht."

„Und, was macht das alles für einen Sinn?", fragte Al mit ironischem Lächeln.

„Ja, so genau weiß ich das auch noch nicht. Aber irgendwie ist da was dran. Wenn die ihre Liedchen trällern und zusammen beten, da kommt schon eine irre Stimmung rüber."

„Aha, also so ein Sektenscheiß. Pass bloß auf, wenn du rein rutschst, kommst du nie wieder raus. Die lutschen dich aus, ob du willst oder nicht."
„Quatsch, die sind evangelisch." Karin runzelte die Stirn, „oder katholisch, na ja, ist ja auch egal, eines von beiden halt. Auf jeden Fall nicht so verkrustet, wie man das so manchmal kennt, sind richtig cool drauf die Typen."
„Vielleicht tun die auch nur so. Erst sind sie scheißfreundlich und nachher haben sie dich an der Angel."
„Also, der Zufall will's und die kamen alle aus Münster, die ganze Gruppe, und wenn sie wieder in Deutschland sind, dann soll ich mal zu so einem Abend kommen. Also, ich geh da mal hin, schau mir das mal an. Wenigstens besser als dieser ganze Punkscheiß, in dem ich da vorher drinsteckte. Die ganze Kifferei, die Heavy Metal-Drönerei – unterhalten konnte man sich da sowieso nicht. Bringt doch alles nix, war alles so sinnlos. Auf diese Depritypen hab ich keinen Bock mehr, das kannste mir glauben. Aber die Jungs und Mädels hier sind okay."
„Na ja, gegenüber diesen dämlichen Zombitypen sind ja fast alle besser. War im Grunde immer meine Meinung. Na, dann probier's halt mal mit deiner heiligen Wolke. Hoffentlich kommst du nicht vom Regen in die Taufe", entgegnete Al immer noch skeptisch. Der Versprecher zwischen Traufe und Taufe wurde ihm erst bewusst, als Karin amüsiert lächelte. Es war weniger ein triumphierendes als ein sympathisch-zustimmendes Lächeln, das ihn verwirrte und doch ein seltsam gutes Gefühl hinterließ.
Da die Schule in einer Woche wieder anfing und sich Al einiges vorgenommen hatte, sortierte er schon mal seine Sachen. Diesmal wollte er es wissen! Nicht nur Mittelmaß bleiben, denn er hatte sich vorgenommen, im ersten Anlauf einen Studienplatz für Medizin zu bekommen. Das mit Karin ging ihm noch lange durch den Kopf, irgendwie wirkte sie jetzt deutlich vernünfti-

ger als vorher, und vor allem wurde er nicht mehr von diesem elenden Heavy Metal-Gestampfe aus ihrem Zimmer belästigt. Irgendwann kam sie sogar vorbeigeschneit und fragte, ob er einen Tee haben wollte. Als er Karins Kräutermischung roch, hatte er dankend abgelehnt. Aber eine nette Geste war es in seinen Augen doch. Später fühlte er sich irgendwie schlecht, ihr Angebot einfach so abgelehnt zu haben, guckte in ihr Zimmer und sagte kleinlaut. „Ach übrigens, das mit dem Tee, das war echt nett von dir, vielleicht das nächste Mal, okay?" Karin lächelte ihm nur zu. Sie hatte sich wirklich verändert!
Die erste Schulwoche war vorbei. Freitagabend, Karin kam von ihrem ersten Treffen aus der Matthäusgemeinde, „Jugendabend", wie sie es nannte. Trällernd kam sie durch die Tür und wirkte irgendwie heiter, während Al noch mürrisch dreinschaute, da die erste Schulwoche nicht ganz so verlief, wie er sich das erhofft hatte. „Glotz mich nicht so scheinheilig an", schnauzte er Karin an. „Wenn du mal in so einer Mittelmaßschiene drinsteckst, dann kommst du nur schwer wieder raus. Aber ich werd's den alten Paukersäcken schon zeigen, da kannst du dich drauf verlassen." Karin lächelte nur und verschwand in ihrem Zimmer. Ihr Seelenzustand, anders konnte man das nicht bezeichnen, hatte sich wirklich auf den Kopf gestellt. Immer freundlich, auch wenn sie mal öfter als Al den Tisch abräumen oder den Abfall wegbringen sollte. Selbst Al gegenüber hatte sie meist aufmunternde Worte parat. „Du schaffst das schon, lass dich mal nicht unterkriegen, okay?", hatte sie ihm zugeworfen, als er mal wieder frustriert im Zimmer saß. So ging das in einem fort. Und wenn Al sie dann ärgerte, „glotz nicht so heilig, setzt mal deinen Heiligenschein ab ...", dann gab sie nur ein entwaffnendes Lächeln zurück, auf das Al dann keine Antwort hatte. Mit Harry Meier hatte sie sich nicht mehr getroffen, aber irgendwann wollte Al sie noch mal darauf ansprechen. Nach der letzten Mail an „Juliette", die ja offenbar

nicht von Jule kam und die er mit Harrys Namen beantwortet hatte, kam ja keine Reaktion mehr. Also war es tatsächlich ein gemeiner Streich von Harry Meier. Zumindest lag das auf der Hand.
„Sag mal, Karin, du hattest doch damals Harry Meier von mir und Juliette Camus erzählt ...?“ Karin schaute Al schuldbewusst an.
„Ja, Mensch, das tut mir leid. Aber, dass das bereits Thema in der Schule war, konnte ich wirklich nicht ahnen.“
„Ja, ja, schon gut, Schwamm drüber. Ich hab dann in Nizza so ein paar seltsame Mails bekommen. Ich dachte erst, die kämen von Jule. Schließlich hattest du ihr ja meine Mail-Adresse gegeben. Und dann ist das richtig abgedriftet. Leider habe ich erst später gemerkt, dass die Mail aus Deutschland kam, also gar nicht von Jule stammen konnte. Weißt du da was drüber?“ Karin seufzte und wusste erst nicht so recht, wie sie das erklären sollte.
„Eigentlich wollte ich dir das gar nicht erzählen, war nämlich eine richtig fiese Nummer von Harry und ... na ja, irgendwie war ich auch nicht ganz unschuldig. Von Harrys Kumpeln habe ich nämlich erfahren, dass er dich mit einer Fake-Adresse von Juliette Camus wohl ganz schön angemacht hat. Zumindest hat er das so rausposaunt. Dabei hast du Jule ja kaum kennengelernt, oder was hast du da alles geantwortet?“
„Nichts, gar nichts, das ging auch nur paar Mal hin und her, aber am Anfang hat er mich damit ganz schön aus der Bahn geworfen.“
„Ah, sieh einer an, warst also doch verknallt in Jule. Hat sie dir noch mal eine Mail geschrieben? Ich hatte ihr ja deine Adresse gegeben ...“
„Ne, hat sie leider nicht. Tja, hab halt leider kein Glück mit den Mädchen. Nur diese Zimtziegen in der Schule, die kannst du glatt vergessen.“
„Mach dir nichts draus, Jule hatte mir übrigens am Schluss noch mitgeteilt, dass sie mit ihren Eltern nach Argentinien gehen wür-

de. Ihr Vater habe dort einen Lehrauftrag für Geologie oder so was Komisches."

„Nach Argentinien, das ist ja ein Ding."

„Vermutlich hat sie sich gedacht, auf die Entfernung eine Freundschaft zu beginnen, ist vielleicht nicht so einfach. Ganz schön schlau von ihr, finde ich, weil ... richtig kennengelernt habt ihr euch ja nicht, oder doch?"

„Kein Wort haben wir miteinander geredet ... so ein Mist aber auch ... aber irgendwie haben wir uns trotzdem ganz gut kennengelernt", entgegnete Al verlegen.

„Wie meinst du das denn nun schon wieder? Kein Wort gesprochen und doch gut kennengelernt? Das musst du mir mal erklären." Karin lächelte amüsiert, und doch war es ein mitfühlendes, sanftes Lächeln, keine Spur von Sarkasmus wie in den früheren Jahren. „Jaja, mein toller Bruder mit seinen platonischen Liebschaften. Das soll nun einer verstehen." Karin runzelte die Stirn und verzog ihren Mund zur Seite, sodass Al herzhaft lachen musste. „So, Al, so gefällst du mir schon besser, nicht so ein Griesgram. Ich sag dir eins, komm mal mit zu unserem Treffen nächsten Freitag, wird dir gut tun." Al runzelte skeptisch die Stirn.

„Und keine Sekte, da bist du dir sicher?"

„Ja, absolut sicher! Der Pfarrer von Matthäus kommt immer mal vorbei und schaut nach, ob wir schon übers Wasser laufen, sonst nichts", entgegnete Karin mit einem entwaffnend selbstironischen Lächeln und verschwand in ihrem Zimmer. Al stand noch eine Weile gedankenversunken vor ihrem Zimmer und lauschte der sanften Musik, die gerade noch durch die verschlossene Tür zu hören war.

Jetzt war er doch sehr neugierig geworden, und als Karin ihn am nächsten Freitag noch mal darauf ansprach, entschloss er sich kurzerhand, mitzukommen. Das Ganze fing gleich mit einem sogenannten Lobgesang an. Eine kleine Ansprache eines verklärt dreinblickenden Typen, der nur wenig älter als er selbst war und dann stießen alle ihre Hände in die Luft und riefen lauthals „Halleluja" und andere Sprüche, die Al nicht verstand. Karin war offenbar in ihrem Element und merkte nicht, wie sich Al mehr und mehr in Richtung Ausgang bewegte. Draußen schwang er sich auf sein Fahrrad und war froh, aus dieser beklemmenden Situation geflohen zu sein. Zu blöd aber auch, dachte er später, entweder man gehört dazu oder nicht, ich wohl eher nicht. Wobei, viel angehört hatte er sich ja nicht, hatte gleich nach der ersten Aktion die Flucht ergriffen. Wenigstens Karin zuliebe hätte er ja bleiben können. Als Karin später nach Hause kam, hatte Al mit fast schlechtem Gewissen eine Standpauke von ihr erwartet. Stattdessen lächelte sie ihn nur an mit den Worten: „Schade, dass du nicht geblieben bist, war noch richtig cool. Aber der Einstieg ist schon ein bisschen gewöhnungsbedürftig, das gebe ich zu. Vielleicht überlegst du es dir irgendwann anders. Hier, ich hab dir noch einen Zettel mitgebracht, das war das Thema heute ..." Al schaute etwas betreten drein, nahm sich den Zettel und schmiss sich missmutig auf sein Bettsofa. Er beneidete Karin um ihre Leichtigkeit, ihre Offenheit. Hoffentlich kommt sie damit nur nicht doch mal in falsche Hände, überlegte er besorgt. Die Gruppe, von der sie nun jeden Freitag vollkommen beseelt wieder zurückkam, war zwar etwas abgehoben, aber eine Sekte war das nicht, davon hatte er sich überzeugt, und im Hinblick auf Karin war er sehr erleichtert. Neugierig wurde Al immer mal wieder, nicht zuletzt auch wegen Karins positiver Einstellung zu fast allem. Aber diese „Ich-bin-jetzt-mal-glücklich"-Abende konnte er nicht nachvollziehen.

In der Schule hatte er Philosophie belegt, das war das erste Mal, dass ein solcher Kurs als Grundkurs angeboten wurde. Es fing zunächst sehr einfach an, oder zumindest klang alles erst sehr einfach. Plato, Descartes, Kant und wie sie alle hießen, spätestens nach ein paar Wochen schmiss er jedoch alles durcheinander. Wer hatte nun wieder was gesagt? Und dann die Interpretationen von irgendwelchen Gelehrten, die ihm wesentlich komplizierter vorkamen, als die Ausführungen der Philosophen selbst. Ob die das auch so gesehen hätten, hatte er sich immer wieder gefragt und irgendwie drehten sie sich alle im Kreis. Immer wurden wieder und wieder dieselben Fragen gestellt und immer kam wieder einer darauf, dass man vorher alles falsch gedacht hatte und nun alles besser wisse. Dabei konnte von Wissen gar keine Rede sein. Nichts war wirklich klar, am Ende überwogen die Fragezeichen. Welche Erholung war dann dagegen doch der Mathe-Unterricht. Alles war glasklar zu beweisen, am Ende stand eine Zahl, eine Formel, unumstößlich, wie ein Fels in der Brandung. Und doch setzte ihm die eine oder andere Frage im Philosophiekurs ganz schön zu, machte ihn nachdenklich, mehr als er anfangs wollte. Hin und wieder sprach er seine Eltern auf die eine oder andere Frage an. Die Antworten waren jedoch meist nüchtern und ausweichend: „Frag nicht so viel, lern's auswendig und sieh zu, dass dein Abizeugnis entsprechend gut ausfällt. Später kannst du dich immer noch mit diesen Fragen beschäftigen." So oder ähnlich waren stets die vielleicht gut gemeinten aber letztlich enttäuschenden Antworten. Anders Karin, die ihn regelrecht dazu aufforderte, bei einer Tasse Tee in ihrem Zimmer die philosophischen Themen miteinander zu besprechen. Natürlich hielt sie immer mit der Bibel dagegen, in der sie offenbar schon viel gelesen hatte. Gelegentlich kamen auch Freunde aus ihrem Jugendkreis hinzu und es entwickelten sich die heftigsten Diskussionen bis spät in die Nacht. Seltsamerweise vertrat dann Al immer die Position der Philosophen, die er nach solchen Abenden noch mal genau studierte, um beim nächsten Mal etwas Fundiertes beisteuern zu können. Dies kam ihm dann natürlich in der Schule zu Gute und er schnitt auch prompt bei den Klassenarbeiten gut ab. Allerdings vertrat er im Philosophieunterricht bei ähnlichen Themen mehr und mehr die Position von Karin und ihrer Gruppe, was seinen Lehrer regelmäßig auf die Palme brachte. Waren denn Philosophie und Religion nicht vereinbar miteinander, musste man sich da streiten, wo doch die Fragen sehr ähnlich waren? Nie hätte es Al für möglich gehalten, ausgerechnet mit seiner Schwester eine Art philosophisch-religiösen Gesprächskreis ins Leben zu rufen, aber genau das passierte und einige Freunde schlossen sich an. Sie nannten sich „Aquarium". Der Name sollte programmatische Bedeutung haben. Alles, was mit Naturwissenschaft, aber auch mit humanistischer Philosophie zu tun hatte, spielte sich dabei in einem an den Innenwänden verspiegeltem Aquarium ab. Naturgesetze und die damit verbundenen Regeln und Prinzipien des Zusammenlebens gehorchten dabei einer geschlossenen und in sich stimmigen Gesetzmäßigkeit. Der Blick zum Horizont war scheinbar unbegrenzt und spiegelte doch nur das Bekannte wider. Der versuchte Blick nach draußen täuschte, da man sich darin quasi nur selbst erblickt, in einer virtuellen endlosen Scheinwelt, scheinbar logisch denkend und selbstzufrieden. Die Religion betraf jedoch eher die Außenwelt, unbekannt und sich der Naturwissenschaft konsequent entziehend. Und doch war es die Außenwelt, die das Aquarium am Leben hielt. Die Menschen waren die Fische im Aquarium, die mit ihrer begrenzten Vorstellungskraft unentwegt ihr Umfeld zu erkunden versuchten, von der Außenwelt jedoch nur vage Vorstellungen entwickeln konnten. So hatte alles seine Berechtigung, die Naturwissenschaft und die Philosophie im Inneren des Aquariums und darum herum die Religion. Es waren zwei Kompartimente, die sich nicht jedes Mal gegenseitig in Frage stellten, nicht jeweils die Alleinherrschaft beanspruchen mussten. In der Schule versuchte Al, die Gesetzmäßigkeiten innerhalb des Aquariums zu verstehen. Zu Hause und mit Karin in ihrer Gruppe war eher von Interesse, was

sich möglicherweise außerhalb des Aquariums abspielte. Aber eines war sicher: Raum und Zeit des Aquariums waren begrenzt. Da war die Frage, wann der Raum und die Zeit wirklich angefangen hatten und wann sie einmal enden würden, also die Frage nach dem Umfeld, in dem das Aquarium aufgestellt war, nicht so weit hergeholt. Konsequenterweise müsste sich jeder Mensch, jeder Fisch im Aquarium, diese Frage stellen, auch wenn er darauf vielleicht nie eine endgültige Antwort bekommen würde.
Und da war noch eine Frage, die das Aquarium beschäftigte. Ob und wenn ja, in welcher Weise beeinflusste die Welt außerhalb des Aquariums das Innere und hatte das Tun und Treiben innerhalb des Aquariums einen Einfluss auf die Welt außerhalb? Jeder Aquariumsbesitzer weiß, welche Freude es bereitet, wenn es den Fischen, den Pflanzen gut geht, wenn nicht der eine den anderen angreift oder auffrisst. Wie sehr motiviert dies die weitere Pflege und Fürsorge! Aber ganz so endgültig ließen sich Probleme im Aquarium nicht vermeiden, auch wenn man sich noch so anstrengte. Was war das Bindeglied zwischen Innen und Außen? Worüber kommunizierte die Welt, die wir kennen mit der Außenwelt und was hielt möglicherweise alles zusammen. Gab es eine gemeinsame Sprache? Wahrscheinlich ließ sich nicht alles mit dem begrenzten Wortschatz der Fische, sprich der Menschheit, umschreiben, aber für die Menschen war eines der Bindeglieder ohne Zweifel die Liebe. War sie reiner Selbstzweck, der einzig der Fortpflanzung diente und sich dann teilweise in grausamen Rivalitäten äußerte? Sicher war da noch die Liebe, die von außen kam, was vermutlich auch erklärte, dass diese Liebe in der Philosophie kaum Erwähnung fand. Das war im Grunde auch nicht weiter verwunderlich, wenn man sich mit den Spielregeln innerhalb des Aquariums auseinandersetzte.
Al machte sich in seinem Philosophie-Unterricht einmal den Spaß, seine Lehrbücher daraufhin zu untersuchen, wie oft bei

den namhaften Philosophen aller Generationen das Wort Liebe vorkam. So kompliziert die Texte auch waren, gespickt mit Wörtern, die er noch nie gehört hatte, Wörter, die eine grandiose Spielwiese für Interpretationen und Fehlinterpretationen lieferten, so frappierend war die Tatsache, dass das Wort Liebe in der Philosophie sehr selten vorkam. Vielleicht wussten die einen und fürchteten die anderen, dass man damit rasch an die Grenzen der Spielregeln im Aquarium kommen würde. Einfacher war es natürlich, die Liebe schlicht als Folge oder Ursprung des Sexualtriebs abzuhandeln, als primitives Triebwerkzeug quasi. Und doch, da waren sich die Mitglieder im Aquarium einig, war es oft sogar der Verzicht auf Sexualität, der die Liebe kennzeichnete und am Leben hielt.

Die Liebe war es denn auch, die Al immer wieder an Jule denken ließ. Karin, darauf angesprochen, entgegnete nur mit einem sanften Lächeln, „Irgendwann werden sich eure Wege wieder kreuzen, da bin ich mir ganz sicher." Mehr als diese Hoffnung blieb Al nicht, aber daran hielt er jetzt fest.

Frankfurt, Juni 2010

Während der Autofahrt gingen Al die Gespräche mit Karin noch lange nach und fast hätte er die Ausfahrt direkt hinter dem Frankfurter Kreuz verpasst, die zu seiner kleinen Wohnung in einem ruhigen Vorort von Frankfurt führte. Wie Karin vorhersagte, hatte sein Chef nach einer kurzen vorwurfsvollen Tirade aufgrund seines unentschuldigten Fehlens, im Nachhinein durchaus Verständnis und ihm sogar angeboten, noch ein paar Tage Urlaub zu nehmen, da die Personalsituation im Moment eher entspannt sei und Al vielleicht noch etwas Erholung gut gebrauchen könnte. Al lehnte dankend ab und war froh, sich am nächsten Tag gleich morgens um sieben Uhr wieder in die Arbeit zu stürzen. Ein typischer Montag auf einer internistischen Station in der Uniklinik Frankfurt, wo er seit fast zwei Monaten als Assistenzarzt tätig war. Seine erste Stelle und die gleich in der Uniklinik, da war er damals ganz schön stolz gewesen. In gewisser Weise war es das Resultat einer Doktorarbeit, in die er sich die letzten zwei Jahre hineingekniet und seinen Doktorvater dazu bewegt hatte, ihn weiter an dem Thema arbeiten zu lassen – obgleich nicht ganz uneigennützig aus dessen Sicht.

Was die Ereignisse in Rom anbelangte, so wich er den fragenden Blicken seiner Kolleginnen und Kollegen bewusst und konsequent aus und verstrickte sie stattdessen in endlose Diskussionen, den einen oder anderen Krankheitsfall betreffend. Abends, gleich, nachdem die Arbeit auf der Station erledigt war, verkroch er sich in seine Wohnung, allerdings zunächst erst zögerlich, mit der Frage, ob er die Stunden allein mit Jack Daniels oder Johnnie Walker überbrücken konnte. Er war dann aber doch froh, dass ihm Alkohol im Moment eher zuwider war. In der weitläufigen Verwandtschaft gab es einige, die dem Suff erlegen waren, und vielleicht war ja doch etwas dran an der Theorie, dass der Hang zum Alkoholiker zu einem großen Teil vererbt wird. Erleichtert stellte er fest, dass er vermutlich damit nicht behaftet war.

Die Woche flog dahin und der Moment, an dem er mit Jules Eltern zusammentreffen sollte, kam unbarmherzig näher. Am vergangenen Dienstag hatte er bei ihnen kurz angerufen, um nachzufragen, ob sie zu Hause wären und ob ihnen sein Kommen überhaupt recht sei. Jules Mutter war am Telefon, und als sie nach einem kurzen Moment des Überlegens wusste, wer an der anderen Leitung war, entgegnete sie: „Ja natürlich, wir sind da und wir freuen uns sehr, wenn Sie kommen." Al war erleichtert und dieser eine Satz machte es ihm dann auch viel leichter, dem Treffen mit Jules Eltern gelassen entgegenzublicken. Am Samstagmorgen gegen sieben Uhr setze er sich hinter das Lenkrad seines Klappergolfs und nagelte in Richtung Straßburg. Mit jedem Kilometer, den er seinem Ziel näherkam, keimte nicht nur die Beklemmung erneut auf, Jules Eltern einiges erklären zu müssen. Er ahnte nur zu gut, dass ihn sein Schmerz über Jules Tod wieder unerwartet heftig treffen würde.

Der Frühling war gerade vorbei, und der Wechsel zwischen der Blüte der gleißend gelb leuchtenden Forsythien und dem ebenso gleißend gelb blühenden Rapsfeldern abgeschlossen. In den Vorgärten der Vororte von Straßburg blühten die Rosen in Büschen und an Hauswänden in verschwenderischer Pracht. Dazu strahlte ein stahlblauer Himmel zwischen den hellgrünen Baumkronen hindurch, sodass Al eher danach gewesen wäre, sich mit einem guten Buch in den Halbschatten zu legen.

Je näher Al dem Dorf kam, in dem Jule aufgewachsen war und ihre Eltern nach wie vor lebten, desto mehr musste er daran denken, dass dies Jules Heimat war. Die große Linde am Dorfeingang, die gotische Kirche, die im Gegensatz zu den größeren Städten hier immer noch das Zentrum des Ortes, den Mittelpunkt der Menschen, die hier lebten, signalisierte. Der Bäcker, der Metzger, wie oft ist wohl Jule dort einkaufen gegangen, hatten ihre Augen genau das alles gesehen, was jetzt an Al stillschweigend vorbeizog, als hätte sich seither nichts verändert. Wie sehr muss ihr das alles vertraut gewesen sein. Wie gern hätte sie das alles vielleicht Al gezeigt, jede Anekdote erzählt, wäre mit ihm über irgendeinen Zaun geklettert, über den sie als Kinder geflüchtet waren, weil sie beim Nachbarn Birnen vom Baum geklaut hatten. Seine Augen schweiften über den idyllischen Ort, seine Gedanken versetzten sich in Jules Gedanken, und ein Gefühl der Vertrautheit machte sich breit, als sei nicht Jule, sondern er selbst hier aufgewachsen. Wie sehr würden auch diese Bäume, die streunenden Katzen, die kläffenden Hunde Jule vermissen, wenn sie nur verstehen könnten?

Er bog gleich hinter der Kirche nach links ein, wie ihm das Jules Mutter noch am Ende des kurzen Telefonats mit auf den Weg gegeben hatte, und dann immer geradeaus, bis die Straße zu Ende war. Eine Backsteinmauer verdeckte nur halb den kleinen Friedhof hinter der Kirche und es schoss Al durch den Kopf, dass Jule vielleicht hier beerdigt sein könnte. Nachdem sie von Italien nach Frankreich überführt wurde, zumindest hatte ihm dies Dr. Alighieri so mitgeteilt, hatte er bislang keine Ahnung, wie es mit ihr weitergegangen war. Er ging davon aus, dass Jules Eltern ihm das mitteilen würden. Ein plötzlicher Impuls schoss ihm durch den Kopf, vielleicht auszusteigen, um nach einem frischen Grab, nach Jules Grab, zu schauen. Aber vielleicht würde er es sich dann wieder anders überlegen, das Auto wenden, um endgültig einen Schlussstrich unter alles zu ziehen und auch ihre Eltern nicht besuchen. Doch er hatte es nicht zuletzt Karin versprochen, die Sache hier und jetzt durchzuziehen. Langsam kroch er mit seinem Golf, der sich im Moment zumindest vom Motorengeräusch wie ein altersschwacher Traktor anhörte und damit gut in die Landschaft, gut zu seiner gegenwärtigen Gemütslage passte, weiter die Straße entlang.

Eine Platanenallee endete nach etwa einem halben Kilometer. Danach folgte nur noch ein schmaler Feldweg, genau, wie Jules Mutter es beschrieben hatte. Parkplatzprobleme gab es hier nicht und so rollte Al fast lautlos noch ein paar Meter weiter direkt vor die Haustür der Familie Camus, nachdem er den Zündschlüssel bereits kurz vorher herumgedreht hatte. Ein letzter Impuls durchschoss ihn, doch noch umzudrehen, als ein kleiner Rauhaardackel ihn wild kläffend ankündigte. Al musste nicht klingeln. Jules Mutter stand bereits, von dem Krawall ihres Zerberus' informiert, in der Haustür. Er erkannte sie sofort wieder.

„Herr Steinhoff, ich freue mich, dass Sie kommen konnten." Ein etwas müdes aber gleich im ersten Moment warmherzig blickendes

Gesicht lächelte Al entgegen. „Kommen Sie doch rein, der Hund beißt nicht." Im Gegenteil, mit heftig wedelndem Schwanz hatte ihn der kleine Rauhaardackel ebenso freundlich wie seine Besitzerin begrüßt und seine ausgestreckte Hand abgeleckt. Dankbar kraulte Al den kleinen Hund hinter den Ohren. „Sehen Sie, er ist schon Ihr Freund, das geht nicht immer so schnell, offenbar kennt er Sie bereits." Frau Camus drehte sich zur Seite und deutete Al mit einer Handbewegung an, ihr ins Wohnzimmer zu folgen. Haus und Einrichtung wirkten freundlich und hell, nicht überladen, aber doch mit einigen Accessoires dekoriert, die von dem einen oder anderen Auslandsaufenthalt zeugten. Sie gingen durch den kurzen Flur in ein großzügiges Wohnzimmer, das den Blick in eine gemütliche Landhausküche offen ließ und in einen Wintergarten, der geradezu beengend mit Kübelpflanzen vollgestopft war. Frau Camus wusste offenbar von anderen Besuchern, dass dies etwas ungewöhnlich wirkte, und ergänzte gleich. „Normalerweise stehen die Pflanzen alle draußen auf der Terrasse. Aber man hatte eine hoffentlich letzte Kältewelle angekündigt, sodass ich die empfindlichen Pflanzen noch mal unterstellte. Wäre schade, wenn die jungen Pflanzen, die gerade aufgegangenen Blüten, so schnell erfrieren würden." Dabei machte Frau Camus plötzlich ein trauriges Gesicht. Dachte sie an Jule, vielleicht auch an ihren verstorbenen Sohn? Was für ein grausames Schicksal, zuckte es Al durch den Kopf. Er fühlte sich miserabel, als müsse er gleich davonlaufen. Frau Camus zog einen Sessel aus dem Pflanzendickicht hervor, in dem Al Platz nehmen sollte. „Stören Sie die Pflanzen, Herr Steinhoff?" Al hatte bislang noch nichts gesagt und wollte nicht unhöflich wirken und ergänzte mit trockener Kehle: „Nein, nein, das passt gut, ich liebe Pflanzen. Wäre schlimm, wenn die alle draußen erfrieren würden." Beide schwiegen und hingen für einen Moment wohl den gleichen traurigen Gedanken nach. Frau Camus stand immer noch im Eingang zum Wohnzimmer.

„Kann ich Ihnen etwas zu trinken anbieten, Herr Steinhoff?"
„Ach bitte, Frau Camus, bitte nennen Sie mich doch Al. Zu trinken? Ja, gerne, vielleicht ein Glas Wasser, einfach aus der Leitung, das wäre mir am liebsten."
„Al ..." Frau Camus' Blick schweifte durch das Wohnzimmer, als würde sie jeden Moment Jule in der Wohnzimmertür erwarten. „Al ... den Namen hörten wir sehr oft, wenn Jule uns besuchen kam." Als wäre ein Knoten geplatzt und hätte sich damit unausweichlich Luft verschafft, hallte der Name Jule noch durch die Wohnung, sodass sich Frau Camus wortlos auf dem Absatz umdrehte, um das Glas Wasser zu holen. Al blickte sich um, auf einem Sims standen zahlreiche Bilder. Er stand auf, um sie näher in Augenschein zu nehmen. Bilder aus glücklichen Tagen, dachte er. Jule mit ihrem Bruder auf dem Schulweg, im Urlaub, bei Verwandten, im Schwimmbad, als würde sich das ganze Leben noch mal vor ihm abspulen, ein Leben, das er nur aus wenigen Erzählungen von Jule kannte und das ihm doch so vertraut vorkam. Tod oder Abschied kamen dabei nicht vor, als wollte man die glücklichen Tage auf immer bewahren, alles andere ausblenden, als sei es nie geschehen. Al erinnerte sich an eine Großtante, deren Ehemann kurz nach der Hochzeit im Krieg gefallen war. Das Bild wurde damals mit einem schwarzen Streifen am oberen Bildrand gekennzeichnet, unverkennbar für jeden, dass dies eines der letzten Bilder ihres Mannes gewesen, und dass er im Krieg gefallen war, fast wie eine Rechtfertigung dafür, dass er nicht auf andere, auf „unsinnige" Weise zu Tode gekommen war. Hier lebte jedoch alles weiter, alles wirkte freundlich und heiter.
Noch bevor er weiter über das Wie und Warum dieser Erinnerungsgalerie nachdenken konnte, stand Frau Camus mit einem Tablett hinter ihm. „Ich dachte, Sie haben vielleicht noch nicht gefrühstückt ..." Auf einem Tablett stand neben dem Glas Wasser auch eine Kanne Kaffee, aus der herzhaft-würziger Kaffeeduft strömte. Zusammen mit dem unverkennbaren Geruch frischer goldbraun

glänzender Croissants wurde ihm bewusst, dass er tatsächlich noch nicht gefrühstückt hatte, und war dankbar für das, was Frau Camus so unerwartet auf den kleinen Tisch zauberte.

„Jule sagte, Sie mögen gerne Kaffee und Croissants." Frau Camus sprach von Jule, als würde sie jeden Moment zur Tür hereinkommen und hätte sich nur eben etwas verspätet, was es ihm nicht leichter machte, an irgendeiner Stelle das Gespräch bezüglich Jule zu beginnen.

„Sie sprechen akzentfrei Deutsch, Frau Camus. Sie sind nicht gebürtig aus Frankreich, nicht wahr?"

„Nein, ich stamme aus Saarbrücken. Ich habe dort meinen Mann kennen- und lieben gelernt. Mein Mann hatte damals an der Universität von Saarbrücken einen Lehrauftrag und ich war schrecklich stolz auf ihn. Wir haben sehr jung geheiratet und dann aufgrund seiner wissenschaftlichen Tätigkeiten an vielen Orten gelebt, vor allem in Argentinien, wo auch Jule zur Welt kam."

„Ach, übrigens, darf ich fragen, wo Ihr Mann ist? Vielleicht möchte er auch eine Tasse Kaffee." Inzwischen hatte Frau Camus den Inhalt des Tabletts sorgfältig auf dem kleinen Gartentisch ausgebreitet und schaute mit sorgenvollem Blick zum Garten.

„Mein Mann ist immerzu im Garten tätig, und wenn er dort fertig ist, sitzt er meist dahinten im Gartenhäuschen und schreibt an seinem Buch. Er hat sich eine Heizung einbauen lassen und findet dort die Ruhe, die man offenbar benötigt, um ein Buch zu schreiben. Bitte nehmen Sie es nicht persönlich, wenn er sich nicht zu uns setzt, aber seit ..." Frau Camus stockte der Atem, sie blickte kurz zum Garten, um sich dann wieder sonderbar gefestigt Al zuzuwenden. „Nun ja, seitdem Jule verschwunden ist, ist er sehr still, redet keinen Ton, ist nur noch am Schreiben." Al bemerkte sofort, dass Frau Camus nicht von Jules Tod sprach, sondern dass sie verschwunden sei. Vermutlich war das ihre Art, mit der Trauer fertig zu werden.

Al nahm einen Schluck Kaffee und einen Bissen von dem Croissant, was sich nicht ohne einige zu Boden fallende Krümel oder besser gesagt, Flocken, des herrlich leichten Croissants bewerkstelligen ließ. Warum können die deutschen Bäcker so etwas nicht backen, wo sie doch sonst so berühmt sind für ihr Backwerk, dachte er mit einem nachdenklichen Lächeln. Er versuchte, noch ein paar der zu Boden fallenden Croissantflocken aufzufangen, als Frau Camus abwinkte. „Lassen Sie ruhig, unser kleiner Wachhund, er heißt übrigens Fifi, freut sich über ein paar kleine Happen zwischendurch." Eine längere Stille trat ein, und Al überlegte erneut, wie er das Thema Jule ansprechen konnte.

„Frau Camus, darf ich fragen, ob Jule auf dem Friedhof am Ortsausgang beerdigt ist? Ich ..." Al schluckte bei dem Gedanken, vor Jules Grab zu stehen. „Ich würde gerne ein paar Blumen vorbeibringen." Ohne auf die Frage näher einzugehen, fing Frau Camus an, die Ereignisse der letzten Woche aus ihrer Sicht zu erzählen. „Sie wollen sicher einiges wissen über Jule, nicht wahr? Nun, ich kann Ihnen nicht viel berichten, aber Jule hat uns vor knapp zwei Wochen angerufen, sie müsse unbedingt nach Rom, um dort mit Kollegen ihres Chefs zu sprechen. Sie hätte eine große Entdeckung gemacht und das sollte nun der Durchbruch werden. Außerdem wollte sie dort unbedingt mit Ihnen zusammentreffen. Sie wirkte ganz aufgekratzt."

„Wissen Sie zufällig, um was für eine Entdeckung es sich gehandelt hat?"

„Nun, sie hat oft mit meinem Mann darüber gesprochen. Der hat ihr eindringlich gesagt, dass das alles viel zu gefährlich sei, und sie solle die Finger davon lassen. Jule wollte aber davon nichts wissen. Sie war so fest überzeugt, dass ihre Entdeckung einiges bewegen würde, sodass sie sich auch von meinem Mann nicht davon abbringen lassen wollte, ihren Plan weiter zu verfolgen."

„Ja, mit mir hat sie auch so einiges besprochen. Es ging darum, dass sie möglicherweise eine Energiequelle gefunden hat, die alle Sorgen der Menschheit dies betreffend mit einem Male lösen könnte." Frau Camus lächelte sanft und schüttelte den Kopf „Ja, das stimmt wohl. Im Übertreiben war sie schon immer gut, und wenn sie sich was in den Kopf gesetzt hatte, dann konnte niemand sie davon abhalten."
„Und wie ging es dann weiter?", fragte Al mit einem zustimmenden Lächeln.
„Tja, nichts weiter, ein paar Tage später erhielten wir einen Anruf ihres Chefs, Herr Professor ... wie hieß er doch gleich ... so ein slawischer Name ... ach ja, Professor Krastchow. Er wollte am selben Tag noch bei uns vorbeikommen. Ich weiß noch, wie er in der Tür stand und uns mitteilte, dass seine beste Mitarbeiterin, Juliette Camus, in Rom tödlich verunglückt sei. Ich konnte das nicht glauben und mein Mann ging wortlos zu seiner Gartenlaube. Herr Professor Krastchow wollte dann auch nicht bleiben und verabschiedete sich gleich wieder, alles Weitere könnten wir am nächsten Tag telefonisch erfahren, hatte er noch verlauten lassen." Frau Camus machte ein nachdenkliches Gesicht und fuhr fort. „Dafür, dass so etwas Schlimmes passiert war, wirkte er eher teilnahmslos und kurz angebunden. Na ja, hat ihn sicher auch sehr mitgenommen." Von dem Namen Krastchow hat schon Karin berichtet, mal positiv, dann aber auch sehr kritisch und misstrauisch, dachte Al.
„Sonst hatten Sie keinen Kontakt zu jemandem, der dies ... also, ich meine, dass Jule tödlich verunglückt sei, noch bestätigte?"
„Zunächst nicht, es rief dann noch jemand aus Italien an, ein Doktor, den Namen konnte ich nicht behalten, der mitteilte, dass Jule mit einer Vespa verunglückt wäre und man aus rechtlichen Gründen eine Obduktion durchführen müsse. Dabei würde auch genetisch noch mal geklärt, ob es sich wirklich um Jule handelte."
„Und wie ging es dann weiter?"

„Na ja, Herr Professor Krastchow rief dann noch mal an. Es hätte sich nun auch genetisch bestätigt, dass es sich um Jule handelte. Außerdem sei er gerade in Rom und habe sie eindeutig identifiziert. Er berichtete auch, dass ein gewisser Albert Steinhoff, mit dem sich Jule möglicherweise kurz zuvor getroffen hatte und über den Jule öfter im Institut gesprochen hatte, Jule ebenfalls identifiziert habe. Herr Professor Krastchow hatte dann vorgeschlagen ..." Frau Camus stockte der Atem, sie zog ein Taschentuch aus der Tasche und wischte sich die Tränen aus den Augen. Nachdem sie bisher eigentlich eher gefasst, ja fast heiter wirkte, waren ihre Augen nun rot unterlaufen und sie atmete ein paar Mal tief durch, bevor sie weitersprechen konnte. „Also, Herr Professor Krastchow hat vorgeschlagen, die Einäscherung bereits in Italien vorzunehmen, das sei dann wesentlich einfacher mit der Überführung und den Behörden. Ich wollte das eigentlich nicht, aber nachdem die DNA-Proben und zwei Zeugenaussagen so eindeutig waren und ich meinem Mann den Anblick unserer toten Tochter ersparen wollte, haben wir dann beide zugestimmt."
„Es wurde dann nur die Urne überführt?"
„Ja, genau, und diese, das war ja ihre anfänglich Ihre Frage, wurde dann am Friedhof am Ortsausgang beigesetzt." Es entstand eine Pause quälender Stille, als Frau Camus plötzlich aufstand.
„Bitte entschuldigen Sie, aber das Ganze hat meinen Mann und mich sehr mitgenommen. Jule hatte Ihnen ja sicher von ihrem Bruder erzählt, der bei einem Motorradunglück ums Leben kam – und jetzt auch Jule auf die gleiche Weise ..." Frau Camus schnäuzte kräftig in ihr Taschentuch, als könne sie damit ihren Schmerz, ihre Tränen zumindest für einen Moment loswerden. „Kommen Sie, Al, ich zeige Ihnen ein paar Bilder von ihrem Bruder." Al stand auf und Frau Camus erklärte ihm, wer auf den Bildern zu sehen war. „Sehen Sie, das ist Nicolas, kurz vor seinem achtzehnten Geburtstag. Ich finde, er sieht Ihnen sogar etwas ähnlich." Al merkte, dass

Frau Camus kaum noch stehen konnte. Unwillkürlich nahm er sie in den Arm, während sie heftig schluchzte und ihre Tränen auf seine Schultern tropften. Vielleicht war es das erste Mal, dass sie ihren Tränen freien Lauf lassen konnte. Hilfesuchend hielt sie sich zitternd an Al fest. Als ihr Atem wieder ruhiger wurde, drehte sie sich zur Seite und wischte sich mit dem inzwischen durchtränkten Taschentuch die Augen. Zum Glück konnte Al die Fassung bewahren und klopfte Frau Camus sanft und beruhigend auf den Rücken.

„Das ist mir jetzt sehr peinlich, aber glauben Sie mir, ich habe seit Jules Verschwinden noch keine Träne vergießen können. Vielen Dank, es tut gut, sich bei jemandem auszuweinen, insbesondere bei jemandem, den Jule von Herzen geliebt hat." So deutlich hatte das noch nie jemand gesagt und nun musste auch Al schlucken, um nicht ebenfalls in Tränen auszubrechen.

Frau Camus stellte sich plötzlich aufrecht hin, nahm seine Hand und zog ihn in Richtung Flur. „Kommen Sie, ich zeige Ihnen Jules Zimmer." Al war sich gar nicht sicher, ob er Jules Zimmer überhaupt sehen wollte. Aber es gab scheinbar keine Widerrede. Frau Camus nahm ihn bei der Hand und leitete ihn die Holztreppe nach oben in den ersten Stock. Gleich oben rechts war Jules Zimmer. Das große Fenster bot einen wunderschönen Blick über den Garten. Am Ende des Gartens lag das kleine Gartenhäuschen, in dem Al die Silhouette von Jules Vater erkennen konnte. Jules Zimmer war nicht besonders groß, wirkte aber freundlich und aufgeräumt. Ein großes Bücherregal bedeckte eine Wand fast vollständig. Die wenigen Lücken zwischen den Büchern waren gefüllt mit Bildern und Gegenständen aus einer scheinbar anderen Welt. „Jule hat immer viel gelesen und schließlich ist sie ja auch in die Fußstapfen ihres Vaters getreten. Geologie, eine eher brotlose Kunst, aber es war ihr größter Wunsch, Steine, Felsen und alles drum herum zu erkunden. Zu lesen, wie alles entstanden ist, das fände man nur in den

Steinen, hatte sie immer wieder gesagt. Insbesondere in Argentinien war sie oft, vielleicht auch, weil sie da zur Welt kam. Übrigens hat sie ja auch dort ihre große Entdeckung gemacht, die ich vorhin schon mal erwähnte. Ich sehe heute noch das Leuchten in ihren Augen, wie sie uns das alles erzählte." Al schaute sich die vielen Gegenstände interessiert an. Es waren neben Steinen in zahlreichen Formen und Farben auch Tonscherben und Hölzer von Bäumen und Kakteen, die wie ein Abbild von Jules Leben und Gedanken vor seinen Augen aufgereiht waren. Auf einem der Bilder war sie mit einem älteren Herrn abgebildet.

„Da war sie übrigens zusammen Professor Krastchow in Argentinien, das ist noch gar nicht lange her, ich glaube sogar, es war im Herbst letzten Jahres – auf einem Berggipfel in der Nähe von Mendozza in Argentinien. Über fünftausend Meter hoch, hatte sie uns damals stolz berichtet." Frau Camus hatte sich wieder gefangen und ein warmherziges Lächeln zog über ihr Gesicht. Al fiel auf, dass Frau Camus seit wenigen Minuten vor der Bildergalerie im Wohnzimmer erneut von Jules Verschwinden und kein einziges Mal von ihrem Tod sprach.

„Frau Camus ..." Al wollte sie nicht mit seinen Fragen quälen, aber er musste das Thema noch mal ansprechen. „Sie müssen mir nicht antworten, aber glauben Sie, dass das, was mit Jule passierte, ein Unfall war oder ..." Frau Camus unterbrach ihn sofort.

„Al, auch wenn Sie mich nun für verrückt halten, aber für mich ist Jule nicht gestorben." Eine betretene Stille machte sich breit, als Frau Camus erneut das Wort ergriff. Sie hatte sich auf Jules Bett gesetzt und streichelte zärtlich über die Bettdecke, als wollte sie ihrer kleinen Jule gleich eine Gutenachtgeschichte erzählen. „Sehen Sie, Al, als unser Sohn verunglückte, wusste ich das als Mutter sofort. Im selben Moment habe ich das gespürt, und die Bestätigung durch die Polizei kam dann für mich vollkommen erwartet. Bei Jule ist das anders. Ich weiß, dass sie lebt, irgendwo da draußen.

Eine Mutter spürt das, glauben Sie mir." Al hatte sich zu Frau Camus auf Jules Bett gesetzt und die Hand auf ihren Arm gelegt. „Ich wünschte, ich könnte es auch glauben, aber ..." Frau Camus unterbrach ihn erneut, als wollte sie nichts hören, was ihren Glauben jetzt erschüttern könnte.

„Al, was immer Sie gesehen haben, denken Sie daran, nicht alles ist wahr." Nach einer Weile ergänzte sie: „Ich hätte der Einäscherung in Italien niemals zustimmen dürfen." Sie drehte sich zu Al um, blickte ihm tief in die Augen und sagte mit ruhiger Stimme. „Al, glauben Sie mir, glauben Sie einer Mutter. Jule lebt und vor allem ... sie liebt Sie noch immer. Al, ich bitte Sie ... finden Sie Jule." Al wusste nichts zu sagen, als Frau Camus aufstand und in Richtung Treppe ging. Er blieb noch eine Weile sitzen. War das die Reaktion einer verzweifelten Mutter, die es nicht wahrhaben will, dass ihr Kind, und es war immerhin schon das zweite, tot war? Nachvollziehbar wäre das auf jeden Fall, wenn da nicht ihre absolute Sicherheit wäre, mit der sie ihm das alles erzählte. Sie ließ keinen Zweifel daran, dass Jule noch lebte, möglicherweise entführt und einfach nur daran gehindert wurde, sich zu melden. Al entschied sich, nicht länger zu bleiben. Er folgte Frau Camus ins Erdgeschoss des Hauses, wo er sie in die Küche vorfand, damit beschäftigt, das benutzte Geschirr unter fließendem Wasser abzuspülen.

„Frau Camus ...", begann Al mit eher leiser Stimme, „wenn ich irgendeinen Anhalt finde, dass Jule noch lebt, glauben Sie mir, dann werde ich sie finden, das verspreche ich Ihnen." Frau Camus drehte sich um, umarmte Al, als würde sie in diesem Moment ihre Tochter umarmen. Dann blickte sie Al in die Augen und sagte nur kurz aber bestimmt. „Danke." Al drehte sich zum Gehen in Richtung Haustür und Frau Camus reichte ihm seine Jacke.

„Ich lasse von mir hören und ... bitte, Frau Camus, rufen Sie mich an, wenn Sie etwas Neues wissen." Er nahm sie in die Arme und beide spürten das wohltuende Gefühl gegenseitigen Vertrauens.

Er wollte sich gerade umdrehen, als Frau Camus die Augenbrauen emporzog, kurz und kräftig einatmete und fast erschrocken sagte, „Fast hätte ich es vergessen. Als Jule das letzte Mal hier war, sprach sie von einer grünen Metallschatulle, die sehr wichtig sei. Falls sie aus irgendeinem Grunde mal verhindert wäre, solle ich sie Ihnen geben, das sei sehr wichtig und Sie sollten den Inhalt gut verwahren."

Frau Camus sprang die Treppe empor, als sei sie im Moment zwanzig Jahre jünger geworden, und kam etwas außer Atem mit der Metallschatulle wieder zurück. „Also dann, Al, ich habe mich sehr gefreut, dass Sie kommen konnten. Passen Sie auf sich auf und ...", sie räusperte sich etwas und ergänzte dann: „Denken Sie an Ihr Versprechen." Al trat ein Stück nach vorne, und obgleich das gar nicht seine Art war, küsste er Frau Camus auf beide Wangen, blickte in ihre Augen, sie hatte übrigens Jules hellblaue Augen, und sagte mit einem sanften Lächeln: „Ich verspreche es Ihnen." Dann drehte er sich um, öffnete die Beifahrertür, um die grüne Schatulle auf den Beifahrersitz zu stellen, als wollte er jemanden, vielleicht Jule, bitten, dort Platz zu nehmen. Ohne zurückzublicken, lenkte er seinen Klappergolf in Richtung Autobahn. Am Friedhof machte er nicht mehr Halt. Irgendwie hatte er das seltsame Gefühl, das sei nun nicht mehr nötig.

Münster, Juni 2004

Al hatte sich in der Schule durchgebissen und die Noten deutlich verbessern können. Sogar die Abiturprüfung verlief besser als erwartet, sodass seinem Wunschstudium der Medizin nichts mehr im Wege stand. Der Gedanke an Jule verblasste mit der Zeit etwas, war aber immer noch so präsent, dass ihn fast alle Mädchen, die ihn wie die Motten das Licht umflatterten, kaum interessierten

und er sich lieber mit seinen Kumpels abends zum Bier traf. Die Aquariumsgruppe war für ihn mit der Zeit sehr wichtig geworden, und er ging sogar ab und zu mit Karin zu den Jugendgottesdiensten. Lieber waren ihm jedoch das ruhige Nachdenken und Diskutieren innerhalb der Gruppe. Dieses hektische Arme in die Luft strecken und dieser ständige Halleluja-Singsang gingen ihm nach wie vor unendlich auf die Nerven.
Mit dem Abi war die Schule plötzlich vorbei, was einige seiner Mitschüler geradezu in eine Krise stürzte. Für Al war das okay. Ja, er freute sich geradezu darauf, andere Leute und vor allem eine andere Stadt kennenzulernen. Er hatte sich zum Studium nach Frankfurt am Main beworben und bekam auch einen Studienplatz dort. Seine Kumpels überredeten ihn jedoch, die Abifahrt nach Rom noch mitzumachen. Eine Woche lang betrunken und zwischendurch den flotten Römerinnen nachschauen, das könne er sich doch schließlich nicht entgehen lassen – hatten sie ihn bedrängt. So richtig Lust dazu hatte er zwar nicht, wollte aber auch kein Spielverderber sein, und es stellte sich heraus, dass der halbe Jahrgang mitfahren würde. Man hatte einen Reisebus und ein großes, preiswertes Hotel in einem Vorort von Rom gebucht. Den Rest der einwöchigen Fahrt könne jeder selbst organisieren. Nur am ersten und letzten Abend gäbe es eine gemeinsame Überraschung. Von den Lehrern fuhren zwei Referendare mit, die selbst kaum älter waren als ihre Schüler. Es waren also keine Belehrungen, keine Anweisungen mehr zu erwarten, wann man gefälligst wieder im Hotel zu sein hatte. Das war schon mal ein großer Vorteil gegenüber früheren Fahrten.
Der Bus fuhr bereits um fünf Uhr morgens los. Al verkroch sich auf einer der hinteren Bänke, Fensterplatz, legte zwischen Scheibe und Kopf ein mitgebrachtes Kissen und war bereits eingeschlafen, noch bevor der Bus die Autobahn gen Süden erreicht hatte. Normalerweise konnte er im Auto kaum schlafen, ganz

zu schweigen davon, dass ihm dabei oft übel wurde. Jetzt schlief er tief und fest und wachte erst auf, als einige seiner Kumpels, wie auf früheren Klassenfahrten üblich, auf der letzten Bank ein nerviges Gejohle anstimmten. Zu seiner Überraschung saß Betty neben ihm und grinste ihn an mit den Worten: „Na, Al, gut geschlafen?"

„Ja, danke und du?" Al war überrascht. Trotz der Peinlichkeit beim Flaschendrehen und dem niederschmetternden „süß" hatte Al immer noch ein Auge auf Betty. Allerdings waren da zahlreiche Jungs aus den oberen Klassen, die ihr den Hof machten, und es gab wohl kaum einen Moment, an dem Betty nicht mit einem der Älteren fest befreundet war. Oft sah Al sie knutschend mit irgendeinem Star aus der anderen Klasse und musste sich eingestehen, dass er ganz gerne auch mal dazugehört hätte. Aber immer erschien sie für ihn unerreichbar, sodass er keine Anstalten machte, sie zu umwerben. Eine weitere Peinlichkeit wolle er sich ersparen. Und jetzt am Ende der Schulzeit saß sie überraschenderweise neben ihm, als seien sie schon immer dicke Freude gewesen.

„Ich hoffe, es hat dir nichts ausgemacht, dass ich mich zum Schlafen an dich gelehnt habe?"

„Oh nein, ganz und gar nicht", stammelte Al verwirrt. In Wirklichkeit hatte er davon nichts mitbekommen. Schade, dachte er, hätte sich sicher gut angefühlt.

„Kompliment, Al, hast dich ja ganz schön durchgebissen in der Schule und bist dabei noch nicht mal so ein blöder Streber geworden." Al errötete.

„So, meinst du das? Hast dich aber auch tapfer geschlagen, Betty."

„Du meinst wohl, bei all den Jungs, die mich eher davon abhielten."

„Ne, so meine ich das nicht, bist einfach schlau, das ist alles."

Al war sich unsicher, wie das Gespräch weitergehen würde, ob sich Betty immer noch eher lustig über ihn machte, ob das hier

irgendein blöder Scherz wäre, über den am Ende dann alle wieder lachten.
„Du kannst dich gerne zu deinen Freunden setzen, wenn du willst, Betty."
„Ich würde aber gerne hier sitzen, wenn es dir nichts ausmacht."
Al spürte, wie ihm das Blut in den Kopf stieg. Zögerlich blickte er sich um, ob er von jemandem beobachtet wurde, und sagte dann mit leicht zitternder Stimme.
„Also, ganz und gar nicht ... kannst gerne hier sitzen bleiben." Al wollte schon ergänzen, dass sie sich auch bei ihm noch mal anlehnen könnte, fand das aber dann doch zu plump.
„Hast du was dagegen, wenn ich mich noch mal bei dir anlehne?", fragte Betty mit einem Augenaufschlag, den Al unwiderstehlich fand. Ja, er gestand sich ein, dass er Betty nach wie vor verehrte, auch wenn sie, wie gesagt, für ihn unerreichbar war. Betty wartete die Antwort erst gar nicht ab, lehnte sich zu Al rüber und legte ihren Kopf an seine Schulter.
„Ich war nicht immer nett zu dir, stimmt's?"
Al wusste nicht, wie er antworten sollte. „Ich glaube, wir sind uns eher aus dem Weg gegangen, Betty, aber ich finde dich trotzdem richtig nett, wirklich." Wie blöd und naiv kann man noch antworten, dachte Al, und biss sich auf die Zunge. Betty antwortete nichts, stattdessen lehnte sie sich noch weiter zu Al, sodass er ihren Atem auf seiner Schulter spüren konnte. Erst vorsichtig tastend schob sie unter der Decke, die sie über sich gelegt hatte, ihre Hand zu Al rüber, streichelte mit dem Finger über seinen Handrücken und ergriff dann sanft seine ganze Hand. Al lief ein Schauer über den Rücken. Zum Glück konnte Betty sein Gesicht nicht sehen, was nun gänzlich rot angelaufen war. Vermutlich konnte sie jedoch seinen Herzschlag spüren, der nun am Hals förmlich herauszuspringen drohte. Die Fahrt würde noch zwei Stunden dauern, viel zu kurz, dachte Al, um diesen Moment, den

er die ganze Schulzeit über herbeigesehnt hatte, ausreichend genießen zu können. Um irgendein Zeichen der Sympathie zum Ausdruck zu geben, Worte fielen ihm jetzt keine ein, streichelte Al mit seinem Daumen der linken Hand, in der er Bettys zerbrechlich wirkende Finger spürte, sanft über den Handrücken, was von ihr auch prompt erwidert wurde. Mehr brauchte es nicht für Al, um einigermaßen sicher zu sein, dass dies wirklich Ausdruck von Sympathie war und kein blöder Witz einiger seiner verhassten Mitschüler, oder besser Ex-Mitschüler. Innerlich hatte er sich ja schon von der Schule verabschiedet. Von dem ganzen Drumherum und natürlich auch von allen Mitschülerinnen und Mitschülern – und nun dies. Erst fühlte er sich wie vor dem Absprung in eine neue Welt. Endlich frei, endlich auf zu neuen Ufern, und jetzt hatte er das Gefühl, nichts lieber zu tun, als noch mal die Schulbank zu drücken, mit Betty zusammenzutreffen und ... Eine schrille Mikrofonstimme durchschnitt den Bus und bescherte dem stillen Glück unter der Decke ein jähes Ende. Der Bus hielt, wie angekündigt, wenige Minuten später. Betty sprang auf, drehte sich zu Al um und fragte, als wäre es das Normalste der Welt.
„Sehen wir uns heute Abend?"
„Gerne ... ähm ... sehr gerne Betty." Wieder so eine blöde nichtssagende Antwort. Allerdings wurde das mit einem Lächeln von Betty beantwortet, in einer Art, bei der Al dankbar war, noch sitzen geblieben zu sein, sonst wäre er vielleicht im selben Moment kollabiert. Er holte seinen Koffer und ging sofort schnurstracks zur Rezeption, um seinen Zimmerschlüssel entgegen zu nehmen. Bis zum abendlichen Treffen, es sollte ja die erste Überraschung werden, hatte er noch fast zwei Stunden Zeit. Es waren zwei Stunden, in denen er sich nicht aus seinem Zimmer traute. Zum einen brauchte er Zeit, über das, was gerade im Bus passiert war, nachzudenken. Zum anderen wusste er nicht, wie er sich verhalten sollte, wenn er in der Lobby oder auf der Straße Betty begegnen

würde. Al war verwirrt und ihn erfüllte ein Glücksgefühl, endlich neben Betty gesessen und dann auch noch kleine Zärtlichkeiten getauscht zu haben. Mädchen waren ja bisher nie sein Ding, und er traute sich auch kaum, jemandem zu berichten, dass er bislang noch nicht mal ein Mädchen richtig geküsst hatte, und das mit inzwischen achtzehn Jahren, geschweige denn, mit einer ins Bett gegangen wäre, was offenbar schon fast alle in seinem Alter hinter sich hatten und bei entsprechender Gelegenheit natürlich damit prahlten. Al schreckte zusammen, als die Tür zu seinem Zimmer mit einem lauten Poltern aufgestoßen wurde. Einer seiner Ex-Klassenkameraden, David Polt, stand laut schnaubend vor ihm. Nomen est Omen, dachte Al amüsiert. „Ah, sorry Al. Ich bin mit dem Koffer wohl etwas ungeschickt durch die Tür gestolpert. Ganz nett hier." David Polt drehte sich immer noch fast außer Atem einmal im Kreis. Als er merkte, dass Al ihn fragend anschaute, kam er ihm zuvor „Wir hatten ja letzte Woche ausgemacht, das Zimmer zu teilen, also dann. Hast dich ja schon ganz nett eingerichtet, was?"

„Ja, natürlich, David, hatte ich fast vergessen. Also, mach's dir bequem, und hoffentlich schnarchst du nicht so laut."

„Mich stört's nicht, wenn ich schnarche", entgegnete David mit einem breiten Lachen. „Wir sollten uns aber langsam sputen. Ich glaube, es geht gleich los, und die Überraschung sollten wir uns wirklich nicht entgehen lassen." Dabei betonte er das Wort „Überraschung" mit einem unverkennbar ironischen Unterton.

Als David und Al in die Lobby kamen, war der Bus tatsächlich kurz davor, abzufahren. Alle wurden zu einem ganz speziellen Restaurant gebracht. Typisch italienisch hieß es, mit Olivenöl und Kerze auf dem Tisch, Spaghetti zur Vorspeise, ob man wollte oder nicht, danach zähes, dünn geschnittenes Fleisch, das, wie die Spaghetti, in Olivenöl schwamm, und schließlich eine undefinierbare Creme zum Nachtisch. Der Espresso war allerdings genial, fast nur ein Schluck, aber der hatte es in sich. Al beobachtete Betty, die am anderen Ende der großen Tafel saß. Ihre Augen begegneten sich gelegentlich, gefolgt von einem zaghaften Lächeln. Al war sich nicht sicher, ob er wenigstens nach dem Espresso zu ihr rüber gehen sollte. Schließlich hatte sie sich ja auch im Bus zu ihm gesetzt. Was würden jedoch die anderen Typen und die aufgedonnerten Mädels sagen, die um Betty herumschwirrten. Zum Glück lockerte sich die strenge Sitzrunde nach dem Dessert rasch auf und viele gingen auf die Terrasse, von der man einen atemberaubenden Blick auf das Lichtermeer von Rom hatte. Betty war nirgends zu sehen. Eine Treppe führte auf eine darüber gelegene Terrasse, von der man möglicherweise einen noch besseren Blick hatte, und vielleicht konnte man dort auch dem aufgeregten Plappern der Altersgenossen entkommen. Betty hatte offenbar dieselbe Idee und saß allein auf dem aus Naturstein gemauerten Geländer und schaute in Richtung Stadt. Al setzte sich schweigend neben sie. Nun war er es, der Bettys Hand ergriff. Es hatte ihm einigen Mut gekostet, aber Betty erwiderte den Händedruck, als habe sie den ganzen Abend auf diesen Moment gewartet.

„Komm, wir gehen noch einen Schritt weiter. Auf der anderen Seite der Terrasse ist der Blick sicher noch fantastischer“, sagte Betty leise und blickte dabei Al tief in die Augen. Al erwiderte nichts, wollte sich aber auch nicht einfach mitziehen lassen, sprang auf und zog Betty in Richtung der anderen Terrassenseite. Dort angekommen, lehnte sich Betty mit dem Rücken an das schmiedeeiserne Terrassengeländer, als habe sie gar kein Interesse, den Ausblick zu genießen, und zog Al zu sich heran, sodass sie sich schließlich nah gegenüberstanden. Das ist also der Moment, an dem man näher zusammenrückt und sich mit den Lippen berührt, dachte Al, als Betty kaum hörbar und zu seiner Überraschung sagte:, „Warum eigentlich Al, warum nennen dich alle Al?“

Al zog die Augenbrauen hoch, so einfach war das mit dem Küssen offenbar nicht. Er räusperte sich und erwiderte ihre Frage so sanft, wie er nur konnte. Schließlich wollte er die romantische Stimmung nicht mit sinnlosen Ausführungen zu seinem Namen stören. „Also, eigentlich heiße ich Albert, wie du ja sicher weißt. Und dann gab es da so ein Lied von Paul Simon, kennst du das?“

„Ein Lied von Paul Simon? Muss wohl schon ein bisschen älter sein.“

„Na ja, so alt nun auch wieder nicht, aus dem Album ‚Graceland‘, richtig gute Musik. Und in einem der Lieder kommt ein Vers vor, der heißt einfach nur ‚you can call me Al‘. Und als damals dann genau dieser Song länger in den Charts war, ist ja schon eine Weile her ... na ja, von da an nannten mich halt alle nur noch Al. Genau genommen war das an meinem ersten Geburtstag.“

Betty überlegte eine Weile. „You can call me Al ... kommt mir irgendwie bekannt vor. Wie ging doch gleich der ganze Vers?“ Betty schaute Al von unten her an. „Vielleicht kannst du ihn mir ja auch vorsingen ... so ein bisschen wenigstens?“

„Oh je Betty, das mit dem Singen ist bei mir ein Problem und ich möchte mich nicht noch mal bei dir blamieren.“ Al zuckte es durch den Kopf. Das hätte er jetzt nicht sagen sollen. Aber vermutlich konnte sie sich ja an das Flaschendrehen und das vernichtende „süß“ nicht mehr erinnern. Doch Betty kam seinen Vermutungen zuvor: „Du meinst das damals mit dem Flaschendrehen, auf der Klassenfahrt ... das war ganz schön mutig von dir und alle haben dich ausgelacht. Und ich habe zu allem Überfluss noch so etwas wie „süß“ gesagt. Mann, das war ganz schön gemein. Ich hätte mich bei dir entschuldigen sollen. Tut mir echt leid, Al.“

„Okay, Betty mach dir keinen Kopf deswegen, und wenn du jetzt nicht wieder ‚süß‘ sagst, dann singe ich dir auch den Refrain vor ... na ja, so gut ich das eben kann.“ Al stellte sich neben Betty, um

ihr bei dem wahnwitzigen Versprechen, etwas vorzusingen, nicht auch noch in die Augen schauen zu müssen. „Also, wie ging das doch gleich?“ Al brummte einen Ton, um herauszufinden, ob er überhaupt bei der immer trockener werdenden Kehle irgendeinen Laut hervorbringen könnte. „If you'll be my bodyguard, I can be your long lost pal, I can call you Betty, and Betty when you call me, you can call me Al.” Der letzte Ton kam nur noch heiser hervor, was auch kein Problem war, da sich Betty zu Al rumdrehte und erst zaghaft, dann immer forscher ihn auf den Mund küsste. Al erwiderte ihren Kuss ebenso zaghaft. Als sich ihre Zungen berührten, fühlte sich Al nicht mehr von dieser Welt. So muss es sein, sich außerhalb des Aquariums zu bewegen, dachte Al und fühlte sich auf einmal leicht wie eine Feder. Die Welt, die Zeit, alles schien still zu stehen. Er spürte seine Erregung unwillkürlich aufkommen, wie eine Blume, die sich zum Licht streckte. Es war ihm peinlich, sich nicht unter Kontrolle zu haben und wollte sich erst sanft von Betty lösen. Doch genau das Gegenteil passierte. Betty drückte sich an ihn heran, als suche sie genau das, seine unkontrollierbare Erregung, als habe sie genau das schon lange vermisst. Al fühlte sich machtlos, er konnte sich nicht mehr lösen. Er wollte sich nicht mehr lösen. Er hatte plötzlich das Gefühl, in einem Strudel ungeahnter Gefühle zu versinken. Der Strudel hieß Betty und er ließ sich einfach mit hineinziehen. Er hatte die Kontrolle über sich verloren, ließ sich dahin treiben und überließ alles Weitere Betty.
Als sie sich nach einer Weile sanft voneinander lösten, sich aber immer noch in die Augen schauten, so nah, dass eigentlich alles unscharf war, hauchte Betty nur ein kaum vernehmbares „Wow.“ Al wusste nichts zu sagen. Gerne hätte er so etwas gesagt, wie „ich liebe dich“, so war ihm gerade zumute. Aber es war aus irgendeinem unerklärbaren Grund doch nicht passend. Warum nicht, das sollte ihm erst viel später klar werden.

„Das war ganz schön erregend", hauchte Betty. Al schoss es erneut heiß durch den Kopf, dass es ihm genau so ergangen war, nur dass dies bei ihm im Gegensatz zu Betty nach außen sichtbare, in diesem Fall auch spürbare Reaktionen verursachte. „Let me be your bodyguard", flüsterte Betty und zog Al wieder zu sich heran. Erneut drückte sie ihren ganzen Körper forschend an ihn, als wollte sie sich vergewissern, dass es Al genau so ergangen war, als suche sie etwas, von dem sie vielleicht befürchtet hatte, es nach all den Beziehungen mit routinierten und erfahrenen Liebhabern verloren zu haben. Al schlang seine Arme um Bettys Schultern und sie standen noch eine Weile eng umschlungen zusammen. Das, was sie fühlen musste und er anfänglich verbergen wollte, war ihm jetzt nicht mehr peinlich, es war vielmehr ein zärtliches Vertrauen, das sie seither miteinander teilten.

Frankfurt, Juni 2010

Auf der Autobahn in Richtung Frankfurt ging Al noch mal jedes Wort durch, das er mit Jules Mutter gewechselt hatte. Jede Geste, jeden Gesichtsausdruck von ihr ließ er vor seinem geistigen Auge vorbeiziehen. Von der Idee, dass Jule möglicherweise noch leben könnte, hatte er sich anstecken lassen, was ihm ein wohlig warmes Gefühl in der Magengegend bescherte. Es kam ihm wie eine plötzliche und unerwartete Aufbruchsstimmung vor, alles in Gang setzen zu müssen, um Jule ausfindig zu machen. Je näher er Frankfurt kam, desto mehr überkamen ihn jedoch wieder Zweifel. Laut brummte er vor sich hin, als müsse er sich selbst überzeugen, um seine positiven Gedanken wieder den Abgrund zu ziehen. „Das war nur die verzweifelte Hoffnung einer Mutter, die zwei Kinder zur Welt gebracht, aufgezogen und beide zu Lebzeiten verloren hatte. Wie schrecklich musste das sein." Schon früher hatte er viele der älteren Generation sagen hören, dass es das größte nur erdenkliche Unglück wäre, wenn eines oder mehrere ihrer Kinder vor ihnen sterben würden. Damals waren das für Al einfach nur Sprüche, hohl und realitätsfern. Und jetzt füllten sie sich mit der bitteren und grausamen Wahrheit. Jetzt war im klar, wie weit die Verzweiflung in einem solchen Fall gehen konnte, so weit, dass man den Tod auf keinen Fall wahrhaben wollte, ihn einfach verleugnete, sich entgegen aller Vernunft an die schwache Hoffnung klammerte, dass die Tochter immer noch am Leben sei.

Erst jetzt wurde ihm klar, dass Frau Camus ihn gar nicht gefragt hatte, wie er Jule identifiziert hatte. Wie er sie blass und leblos in dem seltsamen Krankenhaus, oder was für ein Gebäude das auch immer war, gesehen hatte. Nein, das passte nicht in ihr Bild, das wollte sie sicher nicht hören. Und Herr Camus? Seine Antwort waren offenbar Rückzug, Depression, vielleicht das Eintauchen in eine andere, eine selbst gestrickte, literarische Welt, als sei das hier alles nur ein Trugbild, ein Albtraum, den man nun selbst weiterspinnen oder besser einfach in seiner Fantasie auflösen müsste. Eins wurde Al jedoch klar: Er wollte mehr über Jules Tod wissen. War ihre großartige Erkenntnis, ihre Forschung über neue Energiereserven vielleicht der Schlüssel zu ihrem Tod? Offenbar hatte nicht nur er allein sie gewarnt, sondern auch ihr Vater. Beide hatten Jule eindringlich gewarnt, sich in einem solchen Fall mit den Mächtigen der Welt anzulegen, möglicherweise das Machtmonopol der Öl- und Gaskonzerne zu unterhöhlen. Wer waren die dunklen Männer, die ihn in Rom von Jule trennten? Waren es Mitwisser brisanter Informationen oder einfach nur Auftragskiller? „Halt dich da raus!", diese Worte würde er nie vergessen und schon gar nicht die tiefe, raue Stimme mit slawischem Akzent. Den, der das zu ihm gesprochen hatte, würde er aus Tausenden wiedererkennen können. Und genau das war

jetzt seine Aufgabe. Wer hatte Jule auf dem Gewissen und warum? Vermutlich wusste Professor Krastchow mehr, zumindest von den angeblich so wichtigen Kontakten in Rom, und natürlich von dem anscheinend so brisanten Projekt, an dem Jule gearbeitet hatte. Also, erst mal Krastchow in Freiburg aufsuchen, und dann müsste er sicher noch mal nach Rom. Dr. Alighieri, was war das für ein Arzt, war er überhaupt Arzt? Belucci hatte Zweifel geäußert. Ach ja, Belucci, der war ein korrekter italienischer Kriminalbeamter, daran bestand kein Zweifel. Aber die Andeutungen über Alighieri bei seiner Entlassung aus dem Gefängnis und das ganze Drumherum waren mehr als seltsam. All das passte nicht zusammen. Al spürte, dass er all diese Unstimmigkeiten klären musste, sonst würden seine Gedanken niemals zur Ruhe kommen, und Jule erst recht nicht. Das war er ihr schuldig.
Als er die Spur wechselte, was bei seinem geringen Fahrtempo nur selten der Fall war, fiel sein Blick auf die grüne Metallschatulle. Was hatte Jule wohl darin aufbewahrt? Vermutlich waren es wichtig Dinge und außerdem waren sie nach Aussage von Frau Camus auch noch für Al bestimmt. Sein Herz klopfte bei dem Gedanken, das Geheimnis der Metallschatulle zu lüften. Vielleicht war es ja enttäuschend, vielleicht aber auch so eine Art Büchse der Pandora, die da unschuldig neben ihm lag. Der Bügel am Deckel der Schatulle lag auf der Seite und gab dem ganzen Kasten den Anschein, als wolle er ihn geheimnisvoll anlächeln. Al zuckte zusammen, als ihn ein ohrenbetäubendes, mehrhorniges Hupen aus seinen Gedanken riss. Offenbar war er noch weiter vom Gas gegangen, sodass ein riesiger Lastwagen ihm förmlich auf der Stoßstange hing. Im Rückspiegel sah er nur einen großen Kühlergrill, eingerahmt von zwei Scheinwerfern, die ihn wiederholt aggressiv entgegen blendeten. Wieder dröhnte das Hupen, wie ein Nebelhorn eines Tankers, der kurz davor war, ihn zu rammen. Al gab Vollgas und konnte sich quälend langsam von seinem Hin-

termann entfernen. Wenn er in der nächsten Woche im Krankenhaus auch so unkonzentriert sein würde, dann könnte sicher ein Unglück passieren, ein Kunstfehler. Ungenauigkeiten in seiner Tätigkeit als Arzt konnte er sich nicht vorstellen. Der Gedanke, einem ihm anvertrauen Patienten zu schaden, nur weil er nicht aufgepasst hatte, mit seinen Gedanken ganz woanders war, war mehr als belastend und bedrohlich zugleich. Sobald er am Montag wieder in der Klinik war, würde er seinen Chef aufsuchen, um doch noch mal Urlaub zu beantragen. Der hatte es ihm ja bereits angeboten. Mindestens zwei Wochen, das müsste drin sein, dachte Al, in dieser Zeit könnte er bestimmt einiges aufklären.

Abends in seiner Wohnung angekommen, griff er zum Telefon, um Karin anzurufen. Sie war auch gleich am Apparat und zeigte sich zufrieden und heilfroh, dass er Familie Camus besucht hatte, ohne zu ahnen, was das möglicherweise für Folgen haben würde. Al war sich nicht sicher, ob er Karin in seine Pläne, die Umstände von Jules Tod weiter zu untersuchen, einweihen sollte. Karin kam ihm jedoch zuvor.

„Al, ich glaub, das ist eine ganz faule Sache."

Al pflichtete ihr bei. „Ich werde noch mal bei Krastchow ..."

„Wir sollten da noch mal nachhaken", platzte Karin dazwischen, als Al auf den Namen Krastchow zu sprechen kam.

„Was meinst du mit ‚wir'? Ich glaub, das ist nicht ganz ungefährlich, noch mal Nachforschungen anzustellen, und, Karin, ich will dich auf keinen Fall da mit hineinziehen."

„Erzähl keinen Quatsch, immerhin habe ich mich mit meinem Reisepass für Jule schon ganz schön selbst reingehängt. Du glaubst doch nicht im Ernst, dass ich dich allein im Regen stehen lasse."

„Karin, ehrlich, ich will das nicht. Wenn dir wegen dieser ganzen Scheiße etwas zustößt, dann ... ja, dann ..."

Karin unterbrach Als weiteren Gedankengang. „Hör mal, ich bin doch nicht blöd, und außerdem haben die Schweine, wer immer auch dahinter steckt, eh schon meinen Namen."

„Na ja, da hast du sicher recht, aber pass auf dich auf, keine Heldentaten! Hast du mich verstanden, Karin?"

„Versprochen, und wenn ich was rausgefunden habe, dann melde ich mich bei dir. Du aber auch, Bruderherz. Warst ja noch nie ein James Bond, solltest du auch nicht werden, alles klar?"

„Also gut ... Parole Emil", platzte Al heraus, weil ihm das alles an sein früheres Lieblingsbuch „Emil und die Detektive" erinnerte. Es war früher auch lange Zeit das einzige Buch, das er bis zu Ende gelesen hatte.

„Parole Emil? Ach so, ja, Parole Emil, hab verstanden. Vielleicht nicht dumm, so einen Geheimcode zu haben. Aber wie wär's mit ...", Karin überlegte einen Moment. „Wie wär's mit Parole Aquarium?", sagte Karin mit einem leisen aber unüberhörbar triumphierenden Lachen in der Stimme.

„Genau, Karin, Parole Aquarium. Aber noch mal, mach bloß keinen Quatsch ... Na dann, ich lass von mir hören. Ich werde erst mal diesen Krastchow aufsuchen."

„Gute Idee, und weil der sein Institut hier in Freiburg hat, kannst du auch gleich wieder bei mir pennen, alles klar?"

„Mach ich doch glatt, vorausgesetzt, dass es wieder Kartoffeln mit Möhren gibt. Das war richtig lecker. Jetzt muss ich aber erst mal schauen, ob ich überhaupt Urlaub bekomme. Ich sag dir rechtzeitig Bescheid und ...", es entstand eine kleine Redepause, nach der Al ergänzte: „Bist ‚ne prima Schwester, Karin, danke für alles."

„Ist doch logisch, Mensch. Also dann, sag mir Bescheid, wann du hier eintrudelst. Parole Aquarium klingt gut." Ohne weitere Worte legte Karin auf. Al war sich nicht sicher, ob er es verantworten konnte, sie in den ganzen Schlamassel, wie es Jule mal ausgedrückt hatte, hineinzuziehen. Aber mit all den Katastrophen und quälenden Fragen nicht allein dastehen zu müssen, das war schon ein gutes Gefühl. Aquarium, da steckte mehr hinter Karins Vorschlag, der Begriff war gefüllt mit Inhalten, mit Überzeugungen und natürlich mit seinem Glauben oder was davon noch übrig war.

Ganz schön schlau, meine Schwester. Sie weiß genau, wo sie mich packen kann, und das wusste sie schon immer, dachte Al froh und gewissermaßen auch stolz auf seine tapfere Schwester. Als er den Hörer aufgelegt hatte, fiel sein Blick wieder auf die Metallschatulle. Er stellte sie feierlich auf seinen Schreibtisch, setzte sich davor und atmete erst mal tief durch. Wenn er jetzt den Deckel der Metallschatulle öffnete, dann würde sein Leben vielleicht eine ganz neue Richtung nehmen. Der Schlüssel steckte an der vorderen Außenseite. Als er ihn langsam drehte, war ein leises Klicken zu hören, der Deckel öffnete sich einen Spalt, als würde er von innen aufgestoßen werden.

Rom, Juni 2004

In den folgenden Tagen in Rom waren Betty und Al unzertrennlich. Al fotografierte gern und es gab ja reichlich Gelegenheit dazu. Diesmal waren seine Motive jedoch nicht altehrwürdige Gebäude oder spezielle Lichteffekte, diesmal war fast nur Betty vor der Linse. Allerdings gingen Al und Betty pausenlos Hand in Hand, sodass Al oft gar nicht daran dachte, Bettys Hand loszulassen, um wie gewohnt an seiner Kamera so lange Einstellungen vorzunehmen, bis das zu fotografierende Objekt im rechten Licht abgebildet werden konnte. So hatte er zwar die Kamera dabei, machte jedoch fast keine Bilder, außer natürlich von Betty vor dem Trevi-Brunnen, von Betty vor den Spanischen Treppe, von Betty vor dem Petersdom, und so weiter. Gelegentlich fragte er einen Touristen, ob dieser von ihnen beiden ein Bild machen konnte. Am liebsten fragte er dabei Asiaten, vermutlich meist Japaner, die dafür am meisten Verständnis hatten und das hierbei gestellte Bild offenbar auch selbst als Glücksgefühl empfanden. Der letzte Abend sollte ja wieder ein gemeinschaftlicher Überraschungsabend werden, sodass Al und Betty alle nur erdenklichen Ausreden erfanden, an den übrigen Abenden nicht in der Gruppe, sondern nur zu zweit irgendwo essen zu gehen. Meist setzten sie sich dabei nicht gegenüber, sondern nebeneinander, um sich mindestens zwischen Vor- und Hauptspeise oder Dessert küssen und streicheln zu können, sodass es selbst manchen liebesverwöhnten Italienern zu viel wurde. Al und Betty störte das jedoch kaum und setzten ihre Reden-küssen-reden-küssen-Rondos dank der lauen Sommernächte von Rom bis in die Morgenstunden fort. Sowohl Betty als auch Al hatten ja Mitbewohner im Zimmer, sodass es keine Gelegenheit gab, diese unentwegten Zärtlichkeiten oder was danach kommen könnte, auf dem Zimmer fortzusetzen. Für Al kam das gerade recht, da er das Gefühl hatte, all die während der Schulzeit entgangenen Verliebtseinsmomente, Schmuse- und Küssereien, Streicheleinheiten und Schmetterlingsgefühle im Bauch in einer Woche aufholen zu wollen und das sogar mit Betty. Philosophisch war das nicht mehr zu erklären, dachte Al schmunzelnd in Erinnerung an die vielen Diskussionen im Philosophieunterricht. Dies war für ihn der letzte und beste Beweis, dass alle rationalen Erklärungsversuche zwischenmenschlicher Beziehungen irgendwann scheitern mussten und nur noch das kleine aber vielsagende Wort „Liebe"' übrig blieb. Ja, er hatte sich verliebt in Betty und hoffte von Tag zu Tag mehr, dass es Betty umgekehrt auch so ging. Was nach Rom sein würde, daran dachte er nicht, das würde sich schon ergeben. Eine weitere liebevolle Freundschaft mit Betty, vielleicht sogar mehr, konnte er sich inzwischen gut vorstellen.

Der letzte Abend war im Grund so, wie der erste, nur in einem anderen Restaurant. Sogar das Essen war ähnlich: typisch italienisch. Ohne Spaghetti ging gar nichts. Für die meisten war jedoch klar, dass sich mit diesem Abend einiges in ihrem Leben ändern würde. Keine Schule mehr, die zwar oft mit Stress verbunden, aber mit ihrer Regelmäßigkeit auch ein sicherer Hort war, an dem man sich nicht allzu viele Gedanken machen brauchte, schon gar nicht über seine eigene Zukunft. Bisher galt nur Aufstehen, Bad, Frühstück (oder auch nicht), Bus, Mathe, Pause, Deutsch, Musik, Pause, Sport, nach Hause, Mittagessen, Musik, Computer, Hausaufgaben (oder auch nicht), Abendessen, Treffen im Klub (oder wo auch immer), betrunken nach Hause, Aufstehen, Erklärungen gegenüber den Eltern, wo man gestern so lange geblieben war, Bus, und so weiter und so weiter. Jetzt hatte keiner eine konkrete Ahnung, was kam, keine Kumpel um die Ecke, vielleicht eine andere Stadt, sich neu organisieren. Reichte das Geld, blieb einem die Freundin treu? Vielleicht sollte man auch mal eine neue Freundschaft beginnen, und das alles auf einmal und ab sofort. Das bereitete dem einen oder anderen Sorge, was an diesem Abend teils zu Melancholie, teils aber auch zu sinnlosen Besäufnissen führte.
Betty und Al saßen mittendrin und, obwohl sie eigentlich keine Lust dazu hatten, mussten sie ihrer Gruppe, ihren Kumpels, wenigstens am letzten Tag Beistand leisten. Im Grunde hatten sie jedoch nur Augen füreinander, und was morgen kommen würde, war im Moment noch egal. Je später und lauter der Abend wurde, desto mehr wurde Al von seinen Saufkumpanen in Beschlag genommen. Noch ein- zweimal sah er Betty, der es offenbar ähnlich ging. Ab Mitternacht sah er Betty gar nicht mehr. Vermutlich war sie mit ihrer Clique unterwegs. So ein Mist, dachte er, gerade der letzte Abend hätte eigentlich etwas Besonderes mit Betty werden können, und jetzt dieses Sauf- und Schwatzgelage. Al rückte so unauffällig, wie es nur ging zur Seite, erklärte dann, er müsste zur

Toilette und entschwand dann erleichtert auf die Straße. Doch wo sollte er Betty jetzt finden, und vielleicht wäre es ihr auch gar nicht recht, sie inmitten ihrer Freundinnen in Beschlag zu nehmen. Vielleicht wollte sie ja im Gegensatz zu ihm den Abend mit ihren Freundinnen verbringen. Da würde er bestimmt nicht reinpassen, er würde vermutlich nur stören.

Missmutig und mit der schwachen Hoffnung, sie doch noch einsam auf ihn wartend anzutreffen, klapperte er die wenigen Restaurants ab, in denen sie küssend kaum zum Essen gekommen waren. Sie war jedoch nicht aufzufinden, sodass Al beschloss, ins Hotelzimmer zu gehen, um David an seinem Schnarchen teilhaben zu lassen, was seinem Zimmernachbarn in den letzten Tagen weitgehend erspart geblieben war. Im Hotel angekommen, fragte er nach dem Zimmerschlüssel, elektronische Kartenschlüssel waren hier noch nicht üblich. Der Gang, in dem sich sein Zimmer befand, war nur schwach beleuchtet und so konnte er einen schwachen Schimmer unter der Zimmertür erkennen, hinweisend. David Polt hatte den Abend offenbar auch beendet und war wohl schon am Packen. Im Gegensatz zu Al, der keine Zeit gefunden hatte, seine Klamotten in den Schrank einzuordnen, hatte David den ganzen Schrank belegt. In jedem Fach lagen ein oder zwei Kleidungsstücke, sodass Al eine gute Ausrede hatte, seine Klamotten einfach im Koffer zu lassen. Al öffnete vorsichtig die Tür, Davids Nachttischlampe brannte und er schlich, ohne David eines Blickes zu würdigen, in Richtung seines Bettes. „Hi Al, schön, dass du kommst.“ Bettys Stimme schwebte förmlich durch den Raum.

„Betty, du hier? Ja, aber ... was ist mit David?“

„Den habe ich zu Suse in mein Zimmer geschickt. Sie hat mir versprochen, ihn nicht gleich zu vernaschen, und David fand das auch ganz lustig.“ Betty lag in Als Bett, zugedeckt bis zum Kopf.

„Ich dachte mir ...“, Betty zögerte eine Weile, „vielleicht wäre es doch ganz schön, die Woche gemeinsam zu beenden.“ Al stand immer noch wie versteinert vor seinem Bett und schaute zu Betty, die sich ebenfalls nicht rührte und Al erwartungsvoll anschaute. „Willst du dich nicht zu mir setzen, Al? Mir ist kalt und es wäre schön, wenn du mich wärmen könntest." Langsam schlug Betty die Bettdecke zur Seite. Sie lag nackt auf dem Rücken, den linken Unterarm hinter ihrem Kopf, den rechten seitlich entspannt und die Knöchel leicht überkreuzt. Al wusste nicht recht, was er tun sollte. „Okay, das ist vielleicht etwas neu für dich, Al", sagte Betty etwas verunsichert und legte dabei ihre Hand bedeckend zwischen die Schenkel. „Komm, zieh dich erst mal aus, alles Weitere ergibt sich dann von selbst, wirst schon sehen." Al wurde es schwindelig. Er setzte sich auf Davids Bett gegenüber und starrte zu Betty, die sich mit verunsichertem Blick die Bettdecke wieder überzog, ihre wohlgeformten und selbst im Liegen wie zwei Pagoden wirkenden, vollen Brüste jedoch freiließ, vielleicht in der Hoffnung, Als Lust auf mehr damit doch noch locken zu können. Nach einer Weile fast beklemmender Stille platzte Betty hervor. „Hast wohl noch nie ein nacktes Mädchen gesehen, oder was?" Al erwachte aus seiner Starre.

„Doch ... doch, hab ich schon."

„Ach ja, und an die denkst du wohl gerade?", entgegnete Betty mit beleidigtem Tonfall.

Al stammelte gedankenversunken: „Ja ... irgendwie schon." Ihm wurde sofort bewusst, wie töricht diese Antwort war, als Betty aus dem Bett sprang, hastig ihre Klamotten ergriff und kaum, dass sie sich diese übergestülpt hatte, fluchtartig das Zimmer verließ. Al saß immer noch auf dem Bett und starrte auf die Stelle, an der kurz zuvor Betty nackt gelegen hatte. Er hatte plötzlich nur ein Bild vor Augen. Er sah Jule, wie sie im Bootshaus, nackt und zerbrechlich wirkend, ein paar Meter unter ihm auf dem Rücken lag, sich selbst streichelnd, wohl wissend, dass Al sie beobachtete. Betty hatte er offenbar nun verprellt, aber es erfüllte ihn mit einer seltsamen Erleichterung. Offenbar war es doch nie Betty, die er geküsst, gestreichelt und der er sein Inneres ausgeschüttet hatte. In Wirklichkeit war es immer Jule, das wurde ihm in diesem Moment klar. War das vielleicht der Grund, warum er gegenüber Betty trotz aller überschwänglichen Gefühle nie den kleinen Satz „ich liebe dich“ über die Lippen brachte? Die Freundschaft mit Jule hatte nie wirklich begonnen. Aber die Hoffnung, sie einmal in die Arme nehmen zu können, um ihr gerade diesen Satz zu sagen, der hatte noch weniger aufgehört, zu existieren. Er musste Jule ausfindig machen, um sich von ihr trennen zu können, aber noch viel lieber, um mit ihr für immer zusammenzubleiben.

Frankfurt, Juni 2010, abends

Sein Herz klopfte bis zum Hals, als Al den Deckel anhob. Er beugte sich nach vorne, um den Geruch aufzufangen, der vielleicht mit dem Öffnen des Deckels hinausströmte. Er hoffte, noch etwas von Jule zu riechen, bevor es gänzlich aus der Dose entschwand, sich in seinem Zimmer verflüchtigte, sich mit dem allgemeinen Geruch des Raumes verband und für seine Nase endgültig verloren war. Obwohl Jule im ersten Moment einen eher burschikosen Eindruck machte, so hatte sie jedes Mal einen angenehm süßlichen Geruch an sich, verströmte einen Duft, der an ihrer ganz und gar weiblichen Natur keinen Zweifel ließ. Jule sammelte Parfums, was eigentlich im Gegensatz stand zu der sonst eher nüchternen naturwissenschaftlichen Überzeugung. Sie sprach auch selten über ihre Sammlung von Parfüm Flacons, die vorzugsweise aus Frankreich stammten. Auch zögerte sie offenbar nie, den einen oder anderen Duft selbst auszuprobieren. Meist war der Duft jedoch lieblich und süß, was bei Al oft dazu führte, ein Schwächegefühl in den Beinen zu verspüren. Al mochte Jules Düfte, und wenn er es auch sonst vermied, ihr zu nahe zu kommen, so sog er doch kräftig an ihrem Parfumduft, was Jule bemerkte, aber allenfalls mit einem zaghaften schelmischen Lächeln kommentierte. Dies war auch einer dieser stillschweigenden Gemeinsamkeiten, ein intimes olfaktorisches Geheimnis, das er an der Beziehung zu Jule so schätzte.

Auch jetzt versuchte Al noch einen letzten Duft, ein Überbleibsel ihres intimen Geheimnisses zu erhaschen. Er war sich nicht sicher, aber spätestens, als der Deckel einige Minuten offen stand, war alles vorbei, für immer verdünnt im Raum seines unordentlichen Arbeitszimmers, für seine Nase nicht mehr nachweisbar, aber doch mit der Hoffnung verbunden, dass sich ein paar wenige Atome von Jules Duft auf seinem Schreibtisch, in seinen Büchern, in seinem Bett niedergelassen hatten.

Der erste Eindruck des Inneren der Metallschatulle war verwirrend. Sie war angefüllt mit einem Stapel vollgekritzelter Papiere und daneben eine Plastiktüte, in der sich kleine blaue Murmeln befanden. Das Ganze wirkte auf den ersten Blick wie eine Gebrauchsanweisung, wie die Spielregeln zum Glasperlenspiel. Warum ihm gerade jetzt das Glasperlenspiel von Hermann Hesse in den Sinn kam, wusste er nicht, vermutlich aufgrund der verwirrenden Vielzahl von Zeichen und Symbolen und natürlich der blauen Murmeln, die in der Plastiktüte umeinander kullerten. Er erinnerte sich noch gut daran, dass Hermann Hesse früher sein Lieblingsautor war, zumindest als er mit den Romanen „Unterm Rad" und „Narziss und Goldmund" anfing. Das war damals, als er Jule auf der Insel in Österreich kennenlernte. Und dann fiel ihm der Roman „Das Glasperlenspiel" in die Hand. Damals hatte er sich vom Anfang bis zum Ende durchgequält, um am Schluss immer noch nicht verstanden zu haben, um was es in dem Roman ging – was sich hinter diesem geheimnisvollen Glasperlenspiel verbarg. Vielleicht ging es ihm im Moment ähnlich und er ahn-

te, dass es ihm mit dem Inhalt der Metallschatulle ähnlich gehen könnte, wie mit Hesses Glasperlenspiel.
Vorsichtig nahm er die Plastiktüte aus der Schatulle. Sie war angefüllt mit gleich großen und silbrig-blau glänzenden Kugeln. Sie schienen etwas kleiner als die bekannten Glasmurmeln, mit denen sie früher auf dem Schulhof spielten und Wetten abschlossen. Sie waren aber auch etwas größer als Erbsen und vom Gewicht her etwas schwerer als Glas, aber nicht so schwer wie Metall oder Stein. Nach und nach holte er die bekritzelten Zettel aus der Schatulle und legte sie in derselben Reihenfolge, wie er sie rausholte auf seinen Schreibtisch. Ein Gefühl der Enttäuschung über den nüchternen Inhalt machte sich breit. Er hatte gehofft, eine persönliche Notiz von Jule zu finden. Aber noch hatte er ja die Zettel nicht komplett durchgeblättert, von denen einige per Hand geschrieben waren. Jules kleine, leicht nach rechts gekippte und ebenmäßige Handschrift war leicht zu erkennen. Als er die Zettel einzeln durchging, waren einige paarweise zusammengeheftet und teilweise auch bedruckt. Andere enthielten Zeichnungen, fast wie Schatzkarten, mit meist spanisch klingenden Bezeichnungen von Orten und Wegweisungen. Andere Zettel waren über und über gefüllt mit Formeln, chemischen und mathematischen, von denen Al auf den ersten Blick nichts bekannt vorkam. Dabei lag Chemie und Physik in seinem Studium noch gar nicht lange zurück. Die notwendigen Formeln hatte er sich allerdings nur kurz vor dem Physikum eingehämmert. Ohne Sinn und Verstand, gerade so, um die schwachsinnigen Multiple-Choice-Fragen korrekt zu beantworten. Hier rein, da wieder raus. Jetzt hätte er gern etwas mehr davon in seinem Langzeitgedächtnis gehabt. Aber vermutlich würde Professor Krastchow mehr darüber wissen.
Es war gegen dreiundzwanzig Uhr, als Al die Zettel bestimmt dreimal durchgesehen hatte. Auch nach sorgfältigem Studium der kryptischen Zeichen war er nicht schlauer, fand sich kein

persönlicher Hinweis von Jule an ihn, noch nicht mal eine kleine Notiz. Gedankenversunken nahm er sich den Beutel mit den blau glänzenden Murmeln, öffnete den Plastikreisverschluss der Marke Zipperbag aus den USA und griff vorsichtig in den Beutel. Die Murmeln fühlten sich kühl an. Da, wo sie mit seiner Haut, oder besser mit der etwas feuchten Innenseite seiner Hände in Kontakt traten, färbten sie sich leicht blass, stellenweise auch fast orange, um dann auf dem trockenen Schreibtisch nach wenigen Minuten wieder die bläulich-metallisch schimmernde Oberflächenfarbe anzunehmen. Dabei war ein leises Zischen zu vernehmen. Al konnte sich keinen Reim darauf machen und beförderte die Murmeln, die er aus der Tüte entnommen hatte, wieder zu den übrigen in die Plastiktüte. Geheimnisvoll kam ihm das allerdings schon vor und er fragte sich, ob es irgendetwas mit Jules Entdeckung zu tun haben könnte. Einer plötzlichen Eingebung folgend rückte er seinen Schreibtisch etwa einen halben Meter von der Wand weg, bückte sich dahinter, um eine Paneele seines an vielen Stellen maroden Parketts zu entfernen. Als er die Wohnung übernommen hatte, war ihm aufgefallen, dass das Parkett bei jedem Schritt nicht nur knarzte, sondern an vielen Stellen locker war. Damals hatte er sich vorgenommen, alle Wände zu streichen und vorher das Parkett sorgfältig zu bedecken und an den Rändern abzukleben. Als er das Klebeband wieder entfernte, hatten sich einige Paneelen aus ihrer Verankerung gelöst. An einer Stelle, nämlich genau dort, wo sein Schreibtisch nun stand, befand sich ein kleiner Hohlraum, der offenbar schon dem Vormieter als Versteck gedient hatte. Al legte den Beutel mit den Murmeln hinein und drückte die Paneele wieder an ihren Platz, sodass keiner auf die Idee kommen konnte, dass sich darunter ein kleines Versteck befinden würde. Anstelle der blauen Kugeln legte er eine ähnliche Tüte, gefüllt mit Glasmurmeln, von der er sich seit der Schulzeit nicht trennen konnte, in die Metallschatulle. Die Papiere und Zettel legte er auf seinen Nachttisch, in der Hoffnung, später im Bett doch den Sinn des einen oder anderen Blattes zu entziffern. Im Liegen zu lesen, war für Al das perfekte Schlafmittel, so perfekt, dass er der festen Überzeugung war, in seinem Leben nie ein anderes Schlafmittel als eine langweilige Lektüre in horizontaler Lage zu benötigen. Diesmal ging es ihm nicht anders. Die Augen fielen ihm bereits nach zwei Zeilen zu, was in dieser Phase oft von einem plötzlichen heftigen Zucken begleitet war. Es war das untrügliche Signal, mit letzter Kraft seine Nachttischlampe löschen zu müssen.

Im Traum gingen ihm die Zahlen und Formeln von Jules Zettelsammlung durch den Kopf. Schneller und schneller schienen sie ihn zu umkreisen, dann kamen sie immer näher, als ob sie sich wie ein Strick um seinen Hals legen würde. Er fühlte die Luft enger werden, spürte ein langsames, qualvolles Ersticken. Im Halbschlaf griff er sich an den Hals, schnappte verzweifelt nach Luft. Mit letzter Kraft, so schien es ihm, konnte er schweißgebadet dem vernichtenden Albtraum entrinnen. Gleich danach klingelte sein Nachttischwecker. Es war Punkt sechs Uhr, und er war froh, sich aus dem Albtraumszenario befreien zu können, bevor ihn die Klauen seines Unterbewusstseins erneut ergreifen würden.

Al war wie gewohnt etwa eine Stunde vor seinen Kollegen auf Station, um die Lage zu sondieren. Alles schien wie zuvor, die Namen der Patienten waren zwar neu, der Grund der stationären Aufnahme aber ähnlich, sodass die Maschinerie, das Räderwerk der Universitätsklinik beginnen konnte. Chefvisite war angesagt, was für viele Kollegen mit Unbehagen verbunden war. Für Al kam das heute ganz gelegen. Vielleicht könnte er seinen Chef nach der Visite auf seine Urlaubspläne ansprechen, vorausgesetzt, der würde heute nicht mit übler Laune auftauchen, was gelegentlich der Fall war, und dann an Schwestern

und Assistenzärzten lautstark ausgelassen wurde. Im Prinzip konnte Al sich jedoch über seinen Chef nicht beklagen, der heute sogar mit besonders guter Stimmung auf die Station kam. Gerade hatte er erfahren, dass sein bei einer renommierten Zeitschrift eingereichter Artikel zur Publikation angenommen wurde. Das stärkte seine Position im immerwährenden Oberarzt- und Chefarztgerangel. Manchmal kam es Al vor, als ginge es bei der wissenschaftlichen Tätigkeit nur am Rande um neue Erkenntnisse, als vielmehr um die Anerkennung unter den Kollegen, um einen Orden, dessen Zweck darin bestand, ihn in der hausinternen Rangordnung etwas weiter die Karriereleiter nach oben zu befördern. Das war wie beim Fußball, der aus einer immerwährenden Hackordnung von einer Liga zur anderen bestand. Wenn man allerdings auf der Kippe stand, auf einem Relegationsplatz, dann hatte niemand etwas zu lachen. Dann wurden alle Mitspieler gequält, das letzte Quantum zum Klassenerhalt beizusteuern, koste es, was es wolle.
Sein Chef war offenbar gerade auf dem Sprung in die erste Liga. Wie es schien, hatte er die dafür nötige Punktzahl längst erreicht. Und das war für Al ein günstiger Augenblick, sein Anliegen vorzutragen, zumal der entscheidende Fachartikel und damit die Lorbeeren seines Chefs im Wesentlichen die Resultate seiner Doktorarbeit waren. Erstautor war und blieb jedoch sein Chef, und Al war sein Wasserträger, also hatte er vielleicht bei ihm etwas gut.
„Das mit dem Urlaub, Herr Steinhoff, das hatte ich Ihnen ja schon letzte Woche empfohlen. Also, nehmen Sie sich ein paar Austage und dann sind Sie sicher wieder voll dabei.“ Zum Glück ahnte sein Chef nicht, wozu Al die sogenannten Austage benutzen wollte. Al konnte ihn überzeugen, dass er erst in der nächsten Woche Urlaub nehmen wolle. Eilige Arztbriefe, die Berge von Post und vieles mehr sollten nicht länger warten,

versicherte Al und überreichte am Abend desselben Tages den Urlaubsantrag, den sein Chef auch gleich unterschrieb und ihm dabei freundschaftlich auf die Schulter klopfte. Natürlich nicht, ohne zu vergessen, ihm stolzen Blickes noch mal die Publikationszusage unter die Nase zu halten. Al lächelte anerkennend, von seiner Doktorarbeit war jedoch nicht mehr die Rede.
In den nächsten Tagen bemühte sich Al nach besten Kräften, alles abzuarbeiten. Er wollte nicht nur den Schreibtisch, sondern auch seinen Kopf freibekommen. Frei für das, was er in den kommenden Wochen vorhatte. Die Tage vergingen und meistens saß Al nach der Stationstätigkeit und den Funktionsuntersuchungen, denen er zugeteilt war, noch bis spät abends an seinem Schreibtisch. Als er am Donnerstagabend gegen halb zehn erschöpft auf sein Sofa in seiner kleinen Wohnung sank, klingelte das Telefon. Es kam ihm gleich vor wie ein seltsam unheilvolles Klingeln, was sich auch bestätigte, als er Frau Camus' aufgeregte Stimme am Telefon erkannte.

Rom, Juni 2004

Am nächsten Tag bestiegen alle wieder den Bus in Richtung Münster. Betty saß genau auf dem Platz, auf dem Al während des Hinwegs saß. Sie schaute starr aus dem Fenster. Al setzte sich neben Betty, aber Betty blickte weiter bewegungslos aus dem Fenster.
„Tut mir leid wegen gestern Abend." Al wartete einen Moment. „Ich glaub, ich bin dafür noch nicht reif, Betty. Ich würde dich wahrscheinlich enttäuschen." Betty bewegte sich nicht. „Das mit dem anderen Mädchen ..." Betty drehte sich um. „Du brauchst kein Geständnis abzulegen. Sobald wir wieder in Münster sind, gehst du am besten zu ihr und dann ist gut. Ich sag ihr nichts, mach dir keinen Stress."

Al schüttelte den Kopf „Nein, so ist das nicht, du verstehst das vollkommen falsch."
Betty verzog das Gesicht. „Al, mach es nicht noch schlimmer. Ich sag dir was. Es war schön mit dir in Rom. Und ... ja ... vielleicht konnte ich mich etwas revanchieren für so manche Gemeinheit, für das ‚süß', du weißt schon."
„Betty, ich hab dich während der ganzen Schulzeit immer bewundert und ich hätte mir nie im Traum einfallen lassen, dass wir mal ... na ja, dass wir mal eine so schöne Zeit zusammen haben würden. Und jetzt hab ich wieder alles vermasselt." Al dreht sich zurück und atmete tief durch. Nun drehte sich Betty zu ihm um, lächelte verlegen und flüsterte leise: „Let me be your bodyguard, vielleicht aber auch nicht mehr als das. Ich glaube ...", sie überlegte einen Moment. „Ich glaube, da ist was in deinem wunderhübschen Schädel, was erst mal geklärt werden sollte." Betty seufzte. „Okay, Al, ich sag dir was. Wir können Freunde bleiben, wenn du willst, und vielleicht ändern sich die Zeiten und wir machen ein großes Ding zusammen."
„Mensch Betty, du bist einfach klasse, danke und ... es war eine wunderschöne Zeit mit dir in Rom." Sie drehten sich gemeinsam zur Mitte, um sich einen freundschaftlichen Kuss zu geben, stießen dabei jedoch unsanft mit der Nase zusammen.
„So ganz klappt's wirklich nicht mit uns beiden", entgegnete Betty und beide mussten herzhaft lachen.
„Ach übrigens, was war eigentlich mit David an diesem Abend? Du hattest ihn doch in Susannes Zimmer geschickt und dann kam er nicht wieder zurück."
„Tja, der hatte sich doch glatt zu Susanne gekuschelt, und jetzt sitzen sie da vorne und sind unsterblich verliebt ineinander."
„Ich hoffe, ich muss mich nicht gleich als Patenonkel anmelden", entgegnete Al mit einem süffisanten Grinsen.
Den Rest der Busfahrt redeten Betty und Al über die Zukunft,

was sie nun vorhaben würden, studieren oder erst mal „Work and Travel“ oder andere Aktivitäten. Auf jeden Fall waren beide froh, von zu Hause ausziehen, ihr Leben selbst in die Hand nehmen zu können. Die Zukunft war das Thema, dafür hatten sie in der letzten Woche keine Zeit, da waren sie nur im Hier und Jetzt, aber sicher irgendwo außerhalb des Aquariums. Doch nun waren sie wieder mittendrin.

Wieder in Münster versprachen sich beide, auf jeden Fall in Kontakt zu bleiben.

„Und schönen Gruß an ... na ja, du weißt ja sicher ... aber ein bisschen eifersüchtig bin ich schon.“ Betty blickte Al tief in die Augen, legte ihren rechten Arm um seine Schulter und küsste ihn sanft auf den Mund. Dann drehte sie sich um, nahm ihren Koffer und verschwand in Richtung ihrer Eltern, die in einiger Entfernung am geparkten Auto auf sie warteten. Betty hat recht, dachte Al, das mit Jule musste ich erst mal auf die Reihe bekommen. Vielleicht hat sie ja doch mal inzwischen gemailt. Bis letzte Woche hatte er täglich seinen Email-Account nach einer Nachricht von Jule durchsucht. Sieben Tage lagen jetzt dazwischen. Unruhe erfasste ihn.

Wieder zu Hause, wollten Als Eltern alles wissen – von Rom, den Freunden und was er Spannendes erlebt hatte. Al erzählte, was ihm in den Sinn kam, Betty erwähnte er nicht. Auch Karin erzählte er nichts von Betty. Das wäre allenfalls ein gefundenes Tratsch-Thema gewesen. Und mit Betty prahlen wollte Al schon gar nicht. Er wollte die Zeit mit Betty für sich behalten – als eine Zeit voller Liebe und Zärtlichkeit.

„Seid mir nicht böse, wenn ich mich zurückziehe, muss etwas Schlaf nachholen“, unterbrach Al die neugierigen Fragen seiner Eltern, was in deren Ohren nicht nur plausibel klang, sondern der willkommene Anlass war, die eigenen Jugenderinnerungen noch mal vor ihren Augen Revue passieren zu lassen.

Die intimen, noch heute prickelnden Momente sollten dabei nicht fehlen, sodass das Verschwinden von erst Karin, dann Al nicht ungelegen kam. Dabei blieb es nicht bei einer Flasche Wein ...

Al seinerseits drängte es ungeduldig in sein Zimmer, weniger wegen Müdigkeit, als vielmehr endlich seine Emails nach einer Nachricht von Jule durchsuchen zu können. Noch bevor er den Lichtschalter seines Zimmers betätigte, stürzte er sich auf den Einschaltknopf seinen Laptops. Mit klopfendem Herzen verfolgte er das langwierige Hochfahren des Bildschirms, die bekannte, immer selbe Erkennungsmelodie des Softwareherstellers, bis zum Erscheinen der Aufforderung, sein Passwort einzugeben. Den weiteren Algorithmus bis zum Aufleuchten der Liste eingegangener Nachrichten erledigten seine Finger reflexartig. Hastig durchstöberte er die lange Liste eingegangener Nachrichten. Nichts, keine Nachricht von Jule. Noch mal setzte er den Cursor auf den Anfang der Liste und prüfte jeden Eingang sorgfältig, obwohl er wusste, dass er am Ende wieder enttäuscht sein würde. Al seufzte tief und ließ sich wie betäubt auf seinen Schreibtischstuhl fallen. Vor lauter Anspannung hatte er bisher stehend in gebückter Haltung vor seinem Schreibtisch verharrt. Wie sollte er nur Kontakt zu Jule bekommen, wenn sie ihm nicht mailen würde? Er beschloss, gleich am nächsten Tag, das Inselhotel anzurufen. Vielleicht nicht die Rezeption, aber Georg würde ihm bestimmt weiterhelfen können.

Am nächsten Morgen wählte Al die bekannte Nummer. „Hallo, mein Name ist Albert Steinhoff und vielleicht erinnern Sie sich ... ich war einige Male mit meinen Eltern bei Ihnen zu Gast."

„Herr Steinhoff, Albert Steinhoff, ja, natürlich, was kann ich für Sie tun?" Al erkannte die Dame an der Rezeption mit ihrer betont gestelzten Stimme.

„Nun ja, wie soll ich das sagen, im letzten Sommer war zur selben Zeit eine andere Familie bei ihnen zu Gast und ..." Al schoss

eine Idee durch den Kopf „Also, ich habe aus Versehen ein Buch mitgenommen, das der Familie Camus gehört, und möchte ihr das wieder zurückschicken."
„Ein Buch, das der Familie Camus gehört? Das ist nett, dass Sie daran denken Herr Steinhoff. Ich werde an Familie Camus gleich eine Mail schicken, dass das Buch wieder aufgefunden wurde. Wie heißt doch gleich der Titel, Herr Steinhoff?" Damit hatte er nicht gerechnet.
„Ja, äh, das ist so ein französischer Titel und ... na ja, ich kann halt kein Französisch. Aber ich kann das Buch auch selbst an Familie Camus schicken. Sie müssten mir nur die Adresse oder eine Telefonnummer geben."
„Tja, das tut mir leid. Ich darf die Adressen unserer Gästen leider nicht weitergeben. Aber schicken Sie das Buch einfach hierher, ich verspreche, es an Familie Camus weiterzuleiten."
„Vielleicht eine Emailadresse?", winselte Al.
„Tut mir sehr leid, das kann ich leider nicht. Vorschrift ist Vorschrift"
„Na gut, dann schicke ich Ihnen halt das Buch. Ach bitte noch eine Frage. Kann ich mit Georg sprechen, sofern er gerade greifbar ist?"
„Georg? Ach so, ja, Georg. Nun, Georg hat uns leider verlassen. Hat auf einem Kreuzfahrtschiff angeheuert und keiner weiß, wo er jetzt steckt. Also, sobald er wieder auftaucht, sage ich ihm Bescheid, einverstanden?"
„Ja, ja, einverstanden, also dann, bis bald mal." Al legte enttäuscht auf. Wo wohnten die Camus doch gleich? Irgendwo bei Straßburg. Da gab es sicher Hunderte von Camus, die könnte er unmöglich alle abklappern. Sackgasse. Vorsichtig klopfte er bei Karin an.
„Sag mal, Karin, du kannst dich doch an die Familie Camus erinnern oder nicht?"

„Du meinst wohl Jule. Wow, hast wohl Liebeskummer was? Hat in Rom keine angebissen?" So ganz konnte sich Karin wohl nicht von ihren geschwisterlichen Sticheleien lossagen. Diesmal tat sie es jedoch mit einem versöhnlichen Lächeln.
Al seufzte.
„Wenn ich dir erzähle, wer angebissen hat in Rom, dann glaubst du mir das nicht. Hab nur wieder alles vermasselt, weil ich immerzu an ..."
„Weil du an Jule denken musstest?", platzte Karin dazwischen und schüttelte mitfühlend den Kopf. Woher wusste Karin immer gleich, was er dachte? Irgendwie musste auf seiner Stirn so eine Art fortlaufender Untertitel ablaufen, den nur Karin lesen konnte. „Lass mich raten, du hattest eine Knutscherei mit deiner großen Liebe Betty und am Schluss musstest du an Jule denken, was Betty dann verständlicherweise, ja, wie soll ich sagen, etwas angepisst hat."
„Scheiße aber auch, du hast wieder mal recht. Na, dann halt zur Sache. Hast du zufällig die Mail-Adresse oder vielleicht auch die Anschrift von Jule?"
„Wie? Ich dachte, sie hat sie dir selbst gegeben."
„Ne, du weißt doch, hatte keine Gelegenheit, mit ihr zu reden."
„Mann, Al, du bist schon eine Kanone, hast kein einziges Mal mit ihr gequatscht und jetzt erzählst du mir was von Liebeskummer? Und gleichzeitig knutschst du mit Betty und gibst ihr den Laufpass wegen jemandem, den du gar nicht richtig kennst. Das ist echt scharf." Karin überlegte. „Soll ich dich jetzt bewundern, Al, oder eher bemitleiden?"
Al klang etwas ärgerlich. „Nichts dergleichen, Karin, gib mir nur die Emailadresse oder die Postadresse von Jule, das ist alles. Und was Betty angeht, es hat zwar etwas gekracht, aber ich glaube ..." Al lächelte, „ich glaube, wir sind trotzdem Freunde."
„Na, dann ist ja gut, aber was die Adresse von Jule angeht, da kann ich dir leider nicht helfen, keine Adresse, keine Email, keine Tele-

fonnummer. Aber ich hatte ihr am Schluss deine Mailadresse gegeben und ..."
„Jaja, den Rest kenn ich, bin dabei ja fast auf deinen Spezi reingefallen. Aber von Jule kam bislang nichts."
„Tja, ich sagte ja, das mit Harry tut mir wirklich leid. Wir gehen uns bis heute aus dem Weg und das ist auch gut so. Ich weiß gar nicht, was ich an dem so toll fand. Also dann, Al, viel Glück mit Jule. So, wie ich sie verstanden habe, schreibt sie dir bestimmt." Karin lächelte Al aufmunternd an.
In der Nacht quälte sich Al im Halbschlaf hin und her und fiel erst gegen vier Uhr früh in einen unruhigen Schlaf. Der kommende Tag war ein Montag und Al wusste nichts Rechtes mit sich anzufangen. Wie sehr hätte er sich doch früher gefreut, mal montags nicht für die Schule aufzustehen, und jetzt langweilte er sich. Gegen Mittag kam seine Mutter aufgeregt in sein Zimmer.
„Al du hast Post, ganz wichtige Post", rief sie freudestrahlend in der offenen Tür stehend. Dabei hielt sie den Brief hinter ihrem Rücken. Al dachte natürlich sofort an Post von Jule und war dann doch enttäuscht, als es sich um einen Brief von der Zentralen Vergabe für Studienplätze handelte.
„Mama, mach dir keine Hoffnungen, mit 1,4-Abi kriegt man nicht gleich einen Studienplatz für Medizin, ist sicher eine Absage." Al öffnet den Brief, viel zu langsam für den Geschmack seiner Mutter, die vor Aufregung fast zu platzen schien.
„Ich bin angenommen ... für Medizin, das hätte ich nicht erwartet."
„Und steht da auch, wo?" Als Mutter wollte ihm den Brief fast aus den Fingern reißen. Al machte es absichtlich spannend, da er den Studienort gleich erkannt hatte. „Also, hier steht's schwarz auf weiß, die Antwort lautet: Ich bin angenommen in Frankfurt am Main."
Offenbar hatte Als Mutter mit einem Studienplatz in Münster gerechnet. „Frankfurt am Main, auch du meine Güte. Na ja, den kann man ja sicher irgendwann tauschen."

„Tauschen, bist du verrückt?", rief Al, „Frankfurt ist doch genial. Endlich raus aus diesem verstaubten Karnevals-Nest." Als Mutter biss sich auf die Lippe und blickte betreten auf den Boden.
„Aber, Al, hier hast du doch alles, was du benötigst. Ein schönes Zimmer, deine Freunde ... deine Familie." Al wurde sofort klar, dass dies für seine Mutter ein schwieriger Moment war. Der Sohn würde vermutlich endgültig von zu Hause ausziehen, irgendwann musste das ja kommen. Al nahm seine Mutter in den Arm.
„Schau mal, Mutter, Frankfurt ist ja fast um die Ecke, und am Wochenende komme ich bestimmt immer nach Hause."
„Du hast ja recht", entgegnete Als Mutter und hatte feuchte Augen. „Hauptsache, du hast einen Studienplatz bekommen." Sie drehte sich zum Gehen um, blieb aber dann einen Schritt vor der Tür stehen.
„Also, Al, das müssen wir feiern. Sollen wir alle zusammen heute Abend ausgehen, vielleicht zum Japaner? Sushi magst du doch so gerne, und übrigens soll es davon in Frankfurt reichlich geben."
„Gerne ... also dann, gegen sieben beim Japaner. Ich ruf noch ein paar Freunde an, und dann kann's losgehen."

Frankfurt, Juni 2010

„Al, gut, dass ich Sie erreiche." Frau Camus schien sehr aufgeregt.
„Hallo Frau Camus, vielleicht sollten Sie sich erst mal beruhigen, was ist denn passiert? Kann ich Ihnen irgendwie helfen?" Al versuchte, beruhigend auf sie einzureden.
„Bei uns wurde letzte Nacht eingebrochen. Mein Mann und ich waren bei Freunden zwei Straßen weiter. Es war das erste Mal, dass ich meinen Mann überhaupt aus seinem Gartenhäuschen locken konnte, und dann so was ..."

„Ihnen bleibt aber auch nichts erspart. Ist denn viel weggekommen, Frau Camus?“ Al versuchte nach wie vor, besonders ruhig zu wirken.
„Nichts, gar nichts wurde geklaut, stellen Sie sich das mal vor.“
„Ja, aber, dann ist doch alles in Ordnung. Trotzdem würde ich natürlich die Polizei benachrichtigen.“
„Al, unser Wohnzimmer, unsere Küche und Schlafzimmer, das hat den oder vielleicht auch die Einbrecher nicht interessiert. Aber, stellen Sie sich vor ...“ Frau Camus konnte nicht gleich weitersprechen, atmete ein paar Mal tief durch und fuhr dann fort. „Jules Zimmer ... sie haben nur Jules Zimmer durchwühlt. Alle Bücher, alle Ordner, Schubladen, sogar ihre Schublade mit der Unterwäsche, alles haben sie auseinandergenommen. Es sieht aus, als sei eine Bombe geplatzt. Aber ihren Schmuck, sie hatte eine wertvolle Perlenkette von ihrer Großmutter, den haben sie nicht mitgenommen.“ Al schluckte und konnte erst mal nichts erwidern. Im Inneren hörte er wieder die bekannte Stimme „Halt dich da raus!“, als Frau Camus mehr denn je erregt fortfuhr.
„Also, genau genommen, Al, ich weiß gar nicht, ob die überhaupt etwas geklaut haben. Die haben bestimmt irgendetwas gesucht, aber ich kann wirklich nicht erkennen, ob etwas fehlt.“ Al dachte gleich an die grüne Metallschatulle, wer weiß, wer noch davon wusste. Unbedingt musste er Professor Krastchow dazu befragen, einen Termin mit ihm hatte er am kommenden Montag bereits vereinbart. Seltsamerweise hatte Professor Krastchow auch gleich zugesagt, als Al anfragte, ob er am Dienstag gegen elf Uhr auf ein Gespräch vorbeikommen könnte. Jule hatte ihm immer wieder berichtet, wie beschäftigt ihr Chef wäre und dass selbst sie sich einige Wochen vorher zu einem Gespräch anmelden müsste. Al bemerkte, wie seine Gedanken abschweiften und zuckte augenblicklich zusammen.
„Hallo, Frau Camus, sind Sie noch dran?“

„Jaja, natürlich. Al, was soll ich jetzt machen? Mein Mann hat sich endgültig in seine Gartenlaube verkrochen. Er schläft sogar dort, will das Haus mit all seinen Erinnerungen nicht mehr betreten. Ich kann ihm das auch nicht verdenken. Aber eine Hilfe ist er nicht und da habe ich mir gedacht, Sie anzurufen. Ich möchte Sie aber auch nicht unnötig beunruhigen, aber ich bin ganz verzweifelt, Al, und ..." Frau Camus konnte nicht weiter reden, fasste sich dann jedoch. „Und das Gespräch mit Ihnen vergangene Woche, das hat mir richtig gut getan."
„Das ging mir genauso", entgegnete Al und spürte plötzlich ein starkes Vertrauen zu Frau Camus. Es wurde ihm auch bewusst, dass er die ganze Zeit seine Eltern nicht kontaktiert oder gar zu Rat gefragt hatte. Diese Lücke füllte vermutlich Karin aus und jetzt wohl auch Frau Camus, obwohl er sie kaum kannte. „Frau Camus, auch wenn nichts weggekommen ist, benachrichtigen Sie die Polizei. Vielleicht können die Spuren sichern und die Einbrecher dann später mit Ihrer Hilfe ergreifen."
„Sie haben recht Al. Ach, wenn Sie doch hier sein könnten."
„Ich fahre übrigens morgen nach Freiburg und werde Professor Krastchow aufsuchen. Ich bleib dann bei meiner Schwester, die auch in Freiburg wohnt, und muss dann später noch mal nach ..." Al wusste nicht, ob er Frau Camus bezüglich seines Plans, nach Rom zu fahren, einweihen sollte. Vielleicht war es für sie eine Beruhigung, wenn Al sich auf die Suche nach Jule machte, allerdings weniger, um sie von den Toten wieder aufzuwecken, als vielmehr, den Grund ihres Todes zu finden. Das würde er ihr aber so nicht sagen. „Also, ich muss noch mal nach Rom ..."
Frau Camus platzte dazwischen. „Ich wusste, dass Sie nach Jule suchen würden. Wenn Sie etwas rausgefunden haben, rufen Sie mich bitte gleich an. Aber passen Sie auf sich auf, Al, ich möchte nicht noch einen Sohn verlieren." Ohne eine Antwort abzuwarten, legte sie auf. „Noch einen Sohn", murmelte Al, als ihm die

Worte von Frau Camus durch den Kopf gingen. „Verdammte Scheiße, so eine nette Familie, so eine nette ältere Dame, warum muss sie so viel Leid ertragen? Wenn ich ihr nur helfen könnte ...

Er hatte den Wecker auf fünf Uhr gestellt, um auf keinen Fall zu spät bei Professor Krastchow zu erscheinen. Wer weiß, ob er noch mal so einen raschen Termin bekommen würde. Bevor er das Haus verließ, nahm er Jules Zettel und Notizen, steckte sie in kleinen Päckchen in Schnellhefter-Folien und heftete sie in einem Ordner mit der Aufschrift „Steuer" ab. Wer weiß, wo ihn der Steuerordner noch hinsteuern würde, dachte Al mit einem Lächeln über die Wortspielerei. In die Metallschatulle legte er eigene Aufzeichnungen, die er damals in der Aquariumsgruppe gemacht hatte, und die er immer mal wieder nachlesen wollte. Er fühlte jedoch einen großen Abstand zwischen sich und den Inhalten der Gruppe, obwohl Karin ihn die letzten Tage immer wieder aufmunterte, noch mal nachzulesen, um damit vielleicht wieder neue Kraft schöpfen zu können. So recht gelang ihm das jedoch nicht und so schienen gerade diese Aufzeichnungen sich nun in der Metallschatulle an einem geeigneten Ort zu befinden.

Die Autobahn war noch leer, als Al mit seinem alten Golf die A5 in Richtung Süden knatterte. Seiner Schwester hatte er noch am Vortag mitgeteilt, dass er gegen Abend wieder in Freiburg sein würde, und sie hatte natürlich keinen Zweifel daran gelassen, dass er bei ihr übernachten konnte. Je näher er Freiburg kam und einem hoffentlich aufklärenden Gespräch mit Professor Krastchow, desto mehr fragte er sich, welche Rolle Krastchow selbst in dem ganzen Drama spielte. Den Bildern in Jules Zimmer nach zu urteilen, hatte sie wohl großes Vertrauen zu ihm gehabt. Frau Camus' Kommentare klangen dagegen eher misstrauisch, oder hatte er das nur herausgehört. War es vielleicht sein eigenes Misstrauen, das jede Äußerung anderer auf die Goldwaage legt? Vielleicht warf er die dunklen Gestalten in Rom mit ihrem unverkennbar slawischem Akzent mit der wohl russischen Abstammung Krastchows in einen Topf, wofür es jedoch keine Begründung gab. Auch musste Krastchow gleich nach Jules Tod nach Rom gereist sein, um sie zu identifizieren. Das würde man nicht machen, wenn jemand einem nichts bedeutete. Und schließlich suchte er unmittelbar danach Familie Camus persönlich auf, um ihnen sein Mitgefühl auszudrücken, wenn auch offenbar auf eine etwas gefühllose Art. Auch das würde keiner tun, der an Jules Tod mitschuldig wäre. Vorbehalte und Verdächtigungen, nur weil Jules Professor offenbar aus Russland stammte, waren sicher fehl am Platz. Trotzdem blieben Zweifel, und er erinnerte sich an Karins Äußerungen, dass Jule ihr berichtet hatte, sich mit Krastchow gestritten zu haben.

Al hatte während der vergangenen Woche mit Professor Krastchows Sekretärin telefoniert und sich die genaue Wegbeschreibung geben lassen. So fiel es ihm jetzt leicht, das Institut zu finden. Von außen erschien das Gebäude alt und renovierungsbedürftig. Kaum hatte er jedoch die Eingangstür hinter sich gelassen, öffnete sich ein heller Gang mit zum Teil offenen Seitentüren, durch die moderne Laborräume, angefüllt mit großen Geräten zu erkennen waren. Vorwiegend eher junge Leute tummelten sich an langen Laborbänken, deren konzentrierte Gesichter mit Schutzbrillen und Atemmasken halb verdeckt waren. Unter dem Fach Geologie hatte sich Al eher verstaubte dunkle Räume mit Regalen voll alter Folianten vorgestellt. Hier hatte man den Eindruck, als würde Spitzenforschung mit den neusten Geräten und den schlauesten Köpfen der Wissenschaft stattfinden, als würde jeden Moment das Nobel-Preis-Komitee anrufen, um zu verkünden, dass man unter den diesjährigen Gewinnern wäre.

Ehrfürchtig schlich Al den Gang entlang. Die letzte Tür rechts war Krastchows Vorzimmer, hatte einer der Mitarbeiter ihm mitgeteilt. Zögerlich klopfte er an. Als er keine Antwort vernahm, öffnete er vorsichtig die Tür und blickte in ein längliches Vorzimmer, an dessen Ende hinter einem Schreibtisch eine etwa sechzigjährige Dame saß und über ihre Lesebrille hinweg Al misstrauisch ansah. Ihr gänzlich ergrautes Haar hatte sie zu einem großen Knoten zusammengebunden.

„Sie wünschen?", schmetterte sie Al entgegen.

„Ich ... ich habe einen Termin mit Professor Krastchow um elf Uhr", stammelte Al.

„Name?"

„Äh ... Professor Krastchow."

„Das weiß ich auch, Sie Schlaumeier, ich mein natürlich Ihren Namen", entgegnete sie kopfschüttelnd und verdrehte die Augen.

„Al ... äh, ich meine natürlich Albert ... Albert Steinhoff, ich habe einen Termin."

„Ja, das sagten Sie ja bereits. Also, ich habe hier keinen diesbezüglichen Eintrag." Sichtlich genervt starrte sie auf den Computerbildschirm dicht vor ihren Augen.

„Ja, hm ... aber ... Sie hatten mir doch noch letzte Woche den Weg hierher beschrieben", insistierte Al.

„Ach, Sie sind das." Erneut blickte sie über ihren Brillenrand und zog dabei die Stirn in grobe Runzeln. „Einen kleinen Moment, ich gebe Herrn Professor Krastchow Bescheid. Viel Zeit hat er aber nicht für Sie, also, fassen Sie sich kurz." Mit ihren spitzen Fingernägeln hackte sie auf die Tastatur eines altmodisch wirkenden grau en Kastens ein.

„Ja, was gibt's?", krächzte es aus dem Kasten.

„Herr Steinhoff ist hier, soll ich ihn reinschicken?" Kaum hatte sie den Satz zu Ende gesprochen, sprang die Tür auf und ein älterer aber sehr agil wirkender Mann mit groben Gesichtszügen und einem schrägen Lächeln stand in der Tür. Die rechte Hand nach vorn gestreckt, kam er mit flotten Schritten auf Al zu.

„Al, ich darf Sie doch Al nennen? Jule sprach oft von Ihnen, somit kenne ich Sie nur als Al." Al wusste im ersten Moment nichts

zu antworten. „Kommen Sie, Al, kommen Sie in mein Zimmer. Nehmen Sie Platz. Kann ich Ihnen etwas zu trinken anbieten? Frau Narilow, können Sie uns einen Kaffee bringen?", rief Krastchow noch in Richtung Vorzimmer, bevor er die Tür hinter sich schloss, und ohne Als Antwort abzuwarten.
„Kaffee, sehr gerne, Herr Professor", log Al, bevor er sich in den angebotenen Sessel setze, dessen Sitzfläche so weit nachgab, dass seine Unterarme auf den Armlehnen fast in Augenhöhe zu liegen kamen. Professor Krastchows anfänglich schräg lachendes Gesicht verfinsterte sich rasch.
„Arme Jule, sie war meine beste Studentin. Schlimme Geschichte." Professor Krastchow starrte aus dem Fenster. Er nannte sie also auch beim Vornamen, fiel Al auf. In Anbetracht Frau Narilows Vorwarnung, dass der Professor nur wenig Zeit habe, wollte Al gleich zum Thema kommen.
„Herr Professor, wie mir Jules Mutter berichtete, haben Sie Jule in Rom nach ihrem ..." Al stockte für einen Moment. Jules Tod ging ihm nach wie vor nicht leicht über die Lippen.
„Sie meinen, ob ich sie identifiziert habe?" Er wartete die Antwort nicht ab und ergänzte. „Ja, natürlich habe ich das. Ich bin gleich nach Rom geflogen und habe mich mit Alighieri getroffen. Er ist ein alter Freund von mir und hat sich auf meine Bitte hin dem Fall gewidmet."
„Ach, Sie kennen Alighieri?" Sollte es doch der Alighieri sein, von dem ihm Jule berichtet hatte? Krastchow zuckte zusammen, als habe er etwas mitgeteilt, was er nicht preisgeben wollte. Nach einem Moment des Schweigens fragte Al: „Herr Professor, wissen Sie, warum Jule nach Rom reiste und mit wem sie sich dort treffen wollte?"
„Nun, Al, das Ganze ist streng geheim, aber jetzt, wo alles schief gelaufen ist. Verdammt, warum musste sie auch immer so wild mit ihrer Vespa herumkurven? Noch Tage zuvor hatte ich sie ge-

warnt, dass sie sich irgendwann mal das Genick brechen würde. Aber dass dies so schnell gehen würde ... verdammt, verdammt noch mal." Al erhob sich aus seinem Sessel, trat an Krastchows rechte Seite und blickte ebenfalls aus dem Fenster. Er ahnte, dass Krastchow mehr wusste, als er preisgeben wollte. Mit leiser, fast schon beschwörerischer Stimme sagte er: „Herr Professor Krastchow, mit wem wollte sich Jule treffen?"

„Ach ja, Jule ... sie machte große Fortschritte mit ihrer Forschung und hatte eine interessante Entdeckung gemacht, die sie einem meiner Kollegen an der Universität von Rom zeigen wollte. Allerdings brauchte es dazu noch weitere Experimente, und wie Sie wissen, Al, die Konkurrenz schläft nicht." Krastchow zuckte mit den Schultern. „Jule sagte, Sie wären Arzt an einer Universitätsklinik." Al nickte stumm und erkannte Krastchows Taktik, ihm nur das mitzuteilen, was bereits bekannt war. „Bei den Medizinern ist das sicher auch nicht anders. Die Erstpublikation zählt, alles andere interessiert keinen. Wer etwas zuerst publiziert, der ist König, auch wenn ein anderer die Entdeckung vor ihm gemacht hatte. ... Leider ist Jule bei meinen Kollegen nie angekommen."

Al überlegte, ob er seine Erlebnisse in Rom ansprechen sollte. Wenn er nichts sagte, würde er vielleicht nichts Weiteres erfahren. Somit entschied er sich zu einem Überraschungsangriff.

„Als ich Jule in Rom traf, tauchten drei dunkle Gestalten auf und hielten mir eine Pistole unter die Nase. Jule war kurz zuvor geflohen und dann habe ich sie erst wieder im Leichenkeller gesehen. Können Sie sich das irgendwie erklären oder haben Sie eine Idee, wer das gewesen sein könnte?"

„Mafia ... ich vermute, es war die Mafia."

„Die Mafia, ja, aber was sollte die Mafia mit Jule zu tun haben?"

Krastchow antwortete nicht, sodass Al weiter von seiner eigenen Vernehmung, von Belucci und schließlich von seiner Verhaftung berichtete. Krastchow hörte mit fast regloser Mine zu.

„Wissen Sie, Al, in Italien hat die Mafia nach wie vor überall ihre Finger drin, ob Geld, Drogen, Prostitution und wahrscheinlich auch in der Wissenschaft und natürlich auch bei der Polizei. Vielleicht vermuteten sie da ein großes Geschäft und dann ballern die einfach um sich, das ist hinreichend bekannt."
„Also, Sie meinen, die Mafia ist auf Jule aufmerksam geworden und wollte sie vielleicht erpressen, oder so etwas und dann ..."
„Ja, genau, so geht das heute doch, fast wie im Krimi, da sollte man sich möglichst raushalten. Das würde ich Ihnen, Al, übrigens auch dringend raten. Wenn Sie sich mit der Mafia anlegen wollen, nur um rauszufinden, wer Jule bedroht haben könnte, dann ... dann könnte das sehr gefährlich für Sie werden." Krastchow blickte Al mit zusammengekniffenen Augen an und fuhr mit rauer, fast bedrohlich wirkender Stimme fort: „Jule ist bei regennasser Straße von der Vespa gefallen und hat sich dabei das Genick gebrochen. Das war's, nicht mehr und nicht weniger. Und wenn Sie jetzt nach irgendwelchen Kriminellen suchen wollen, die Sie vielleicht bedroht haben könnten, dann tun Sie sich sicher keinen Gefallen, Al, und Jule tun Sie damit auch keinen Gefallen, wenn Sie sich in Lebensgefahr bringen." Krastchow schaute Al eindringlich an. Al hatte von seinen Plänen, noch mal nach Italien zu fahren, um mit Alighieri zu sprechen, Krastchow gegenüber nichts verlauten lassen. Aber offenbar ahnte Krastchow, dass er sich weiter einmischen könnte. Vielleicht sogar um Nachforschungen anzustellen, die sogar für Krastchow selbst von Nachteil sein könnten. Jedenfalls schien Al diese Vermutung sehr naheliegend.
„Sagen Sie, Herr Professor Krastchow, Ihr Kollege in Rom, Dr. Alighieri, hat er Jule untersucht? Ich meine natürlich, gibt es einen ..."
„Sie meinen, ob es einen Obduktionsbericht gibt?", fiel ihm Krastchow ins Wort.
„Ja genau, einen ...", Al stockte der Atem „einen Obduktionsbericht.

Haben Sie vielleicht eine Kopie davon?"

„Ja, natürlich, warten Sie, den kann ich Ihnen zeigen." Krastchow zog die Schublade seines Schreibtisches auf. Darin befanden sich einige schmale Ordner, auf deren Rücken Namen zu lesen waren, darunter auch „Juliette Camus".

„Moment, ich suche den Bericht heraus." Krastchow zog die Akte heraus und blätterte hektisch darin herum. Al blickte ihm dabei über die Schulter, was Krastchow anscheinend nicht recht war. „Ich brauch mehr Licht", raunzte er und drehte sich von Al weg zum Fenster. Im letzten Moment meinte Al, den Namen seiner Schwester erkannt zu haben. „Hier ... hier ist er, der Obduktionsbericht. Da lesen Sie, Al, Todesursache Genickbruch." Der Bericht war in deutscher Sprache verfasst.

„Sagten Sie nicht eben, Jule sei in Rom obduziert worden? Warum ist der Bericht dann auf Deutsch?"

Krastchow suchte verlegen nach Worten.

„Weil ... ich hatte Alighieri um eine Übersetzung gebeten, er spricht übrigens hervorragend Deutsch." Davon hatte sich Al auch schon überzeugen können.

„Darf ich mal sehen?", fragte Al forsch und griff nach der Akte. Krastchow zuckte zurück, gab ihm dann jedoch den Ordner.

„Jaja, natürlich. Hier lesen Sie."

Al kannte Obduktionsberichte zur Genüge, aber mit diesem Jule in Einzelteile zerpflückt präsentiert zu bekommen ... da drehte sich ihm der Magen um und gleichzeitig beschlich ihn ein seltsamer Gedanke. Irgendwie klang das alles nicht nach Jule, nicht nach der Jule, die er kannte. Sicher war ein Obduktionsbericht nur eine Abhandlung über einen toten Körper, ohne Leben, ohne Seele, ohne das, was einen Menschen wirklich ausmachte. Und doch erkannte er in früheren Berichten immer eine Kleinigkeit, die ihn an den Verstorbenen erinnerte. Vielleicht aber wollte er Jule nur nicht darin erkennen.

„Kann ich eine Kopie haben, Herr Professor Krastchow?“

„Oh, das geht das leider nicht. Arztgeheimnis, Sie kennen das ja sicher. Aber lassen Sie sich Zeit, lesen Sie ruhig bis zu Ende, dann werden Sie Klarheit haben.“ Erneut ging er durch die Zeilen, die mit der gewohnten Kühle abgefasst, steril und wissenschaftlich, ohne Emotionen vor seinen Augen standen. Wie schön war doch Jules Anblick damals im Bootshaus, die lebhaft sprühenden Augen, wenn sie ihm gegenübersaß und erzählte. Im Vergleich dazu las er jetzt eine Aneinanderreihung und detaillierte Beschreibung von entnommenen toten Organen, weit entfernt davon, dass es sich hierbei um Teile eines lebenden Menschen gehandelt haben könnte. Und wieder kam ihm der Gedanke, dass irgendetwas an dem Bericht faul war. Er versuchte, jede Zeile in einer Art fotografischem Gedächtnis festzuhalten. Vielleicht könnte er später eine Erklärung finden.

„Vielen Dank, Herr Professor.“ Al gab ihm die Akte zurück und schaute schwermütig zu Boden. Nach einem kurzen Moment griff Krastchow das Gespräch wieder auf und versuchte krampfhaft, einen väterlichen Gesichtsausdruck aufzulegen.

„Al, ich verstehe Sie gut. Sie waren verliebt. Jule hat mir das jedenfalls so erzählt, und dann so etwas. Schlimmer geht's nicht, und ich kann Ihren Schmerz gut nachvollziehen.“ Krastchow legte seine Hand auf Als Schulter. „Machen Sie einen Schlussstrich. Sehen Sie, wir müssen hier auch damit fertig werden. Wie ich sagte, Jule war eine unserer besten Mitarbeiterinnen und wir werden so schnell niemand finden, der sie auch nur teilweise ersetzen könnte.“ Krastchow ging Richtung Ausgang, als Frau Narilow mit dem Kaffee hereinkam. „Das kommt leider etwas spät, Frau Narilow, wie Sie wissen, habe ich noch Termine, und ich glaube ...“, er dreht sich zu Al um, „ich glaube, wir haben so weit alles besprochen.“

„Jaja, ich glaube schon. Also dann, Herr Professor Krastchow. Vielen Dank für das offene Gespräch ... und ich wünsche Ihnen, dass Sie bald jemanden finden, der so tüchtig ist wie Jule.“

„So tüchtig und intelligent wie Jule, das wird schwer werden." Al wollte gerade durch die Tür gehen, als Krastchow ihn noch mal am Arm festhielt.
„Ach, Al, noch eine kurze Frage zum Schluss, Sie waren doch bei Familie Camus, so weit ich weiß."
„Ja, letzte Woche, ganz schön schlimm für Herrn und Frau Camus. Jetzt haben sie auch noch ihr zweites Kind verloren." Al seufzte.
„Sagen Sie, Al, hat Ihnen Frau Camus etwas mitgegeben, irgendwelche Aufzeichnungen von Jule oder Ähnliches? Also, verstehen Sie mich nicht falsch. Ich meine natürlich nichts Persönliches für Sie. Fachliches, nur Fachliches, Sie verstehen?" Al überlegte, ob er von der Metallschatulle etwas berichten sollte, als Krastchow noch nachsetzte. „Wissen Sie, Al, wir wollen Jules großartige Leistungen würdigen. Soweit ich weiß, war eine Publikation bezüglich ihrer Forschungsergebnisse so gut wie fertig und wir ... wir würden ihre herausragenden Erkenntnisse natürlich gerne noch unter ihrem Namen, unter dem Namen Juliette Camus, veröffentlichen. Das sind wir ihr schuldig." Nach einer andächtigen Schweigeminute, die Al irgendwie aufgesetzt vorkam, ergänzte Krastchow mit gedämpfter Stimme: „Übrigens, Al ...", er räusperte sich wiederholt, „Frau Camus erwähnte etwas von einer Metallschatulle, die allerdings nur für Sie persönlich bestimmt war ..."
„Ja, das stimmt. Eine Metallschatulle, die gab sie mir mit", entgegnete Al, als sei es eine Belanglosigkeit. Offenbar wusste Krastchow bereits Bescheid.
Krastchow blickte Al durchdringend an. Ein Zucken im linken Augenwinkel verriet seine Nervosität. „Und ... und der Inhalt ... waren da vielleicht irgendwelche Aufzeichnungen ihrer Arbeit drin? Ich meine natürlich ..."
Al unterbrach Krastchow mit betont ernstem Blick. „Herr Professor Krastchow, in der Metallschatulle waren nur persönliche

Dinge. Alles, was man sich so schreibt, wenn man frisch verliebt ist. Ich glaube nicht, dass Sie das veröffentlichen wollen."
„Nein, natürlich nicht", entgegnete Krastchow mit hochgezogenen Stirnfalten. Al war sich nicht sicher, ob Krastchow seine spontane Notlüge erkannte. Eine innere Stimme verriet ihm jedoch, dass es richtig war, Krastchow den wirklichen Inhalt der Metallschatulle zu verschweigen.
„Also dann, Herr Professor, noch mal alles Gute und vielleicht sieht man sich ja mal wieder." „Ja, das kann schon sein, das Schicksal geht oft seltsame Wege, Herr Steinhoff. Also dann, machen Sie es gut. Und, wie gesagt, machen Sie keinen Blödsinn, denken Sie an Jule, ich meine es gut mit Ihnen!"

Frankfurt, August 2004 bis August 2006

Obwohl das erste vorklinische Semester in Frankfurt erst im September losging, wollte Al sich rechtzeitig vorbereiten. Ganz oben auf seiner Liste stand die Wohnungssuche. Bevor er allerdings auch nur eine einzige Wohnung anschauen konnte, hatten seine Eltern bereits alles organisiert, dank der Apothekenmafia, wie sie es oft ironisch aber auch ein Stück weit ernst gemeint bezeichneten. Sein Vater hatte ein paar Kollegen in Frankfurt angerufen und so war bereits alles in trockenen Tüchern. Al wusste nicht, ob er das gut fand. Seine ersten Schritte von zu Hause weg hatte er sich anders vorgestellt und jetzt waren ihm seine Eltern einfach zuvor gekommen. Andererseits würde er ihnen ja noch ein paar Jahre auf der Tasche liegen müssen und so nahm er die elterliche Planung kommentarlos hin. Die wiederum hätten für die rasche erfolgreiche Wohnungsvermittlung eher ein paar dankende Worte erwartet, was dazu führte, dass beide Seiten eine Weile schmollten. Ende August packte er seine Sachen. Erneut konnte er seinen Eltern nicht ausreden, ihn am Tag des Umzugs nach Frankfurt zu begleiten. Ein Bett, ein Schreibtisch und ein großer Schrank standen bereits im Zimmer, natürlich vom Vormieter, wie die Eltern gleich versicherten, obwohl die Möbel nagelneu wirkten. Gegen Abend verabschiedeten sich seine Eltern und Al, sank auf sein Bett. In seinem Hirn kreiste eine Mischung aus glückseliger Freiheit und Missstimmung darüber, sein Leben doch noch nicht selbst in die Hand genommen zu haben.

Die ersten Tage in der Uni waren verwirrend. Es dauerte eine Weile, bis er die Spielregeln begriff. Die Vorlesungen waren freiwillig, Praktika hingegen Pflicht und dafür mussten auch einige Testate abgeliefert werden. Von den Kommilitonen kannte Al keinen und alle liefen zuerst genauso verwirrt durch die Gegend wie er. Das Interesse an den Vorlesungen war anfangs so groß, dass man kaum einen Platz in den Sitzrängen bekam. Bereits nach wenigen Wochen lichteten sich die Reihen jedoch merklich, sodass gegen Ende des Semesters nur noch wenige Gestalten die Sitzplätze in den ersten Reihen belegten. In den Praktika war er mit immer neuen Gesichtern konfrontiert, sodass Al Schwierigkeiten hatte, im ersten Semester überhaupt einige Kommilitonen kennenzulernen. Und diejenigen, die noch die Vorlesungen besuchten, waren meist vom Kaliber des typischen Strebers, also solche, die weniger aufgrund ihrer Neigung zur ärztlichen Tätigkeit, als vielmehr dem Zwang ihrer Abi-Traumnote folgend das Medizinstudium gewählt hatten. Mit den Praktika wuchs für Al die Notwendigkeit, in seinem Zimmer ein Buch nach dem anderen zu beackern. Es boten sich wenige Gelegenheiten, dem sogenannten und berüchtigten Studentenleben nachzukommen. Vielmehr kam er sich oft wie ein Einsiedler vor, wie der alte Faust in seinem Studierzimmer, immerzu lernend und dem Ziel des Wissens stets so schrecklich fern. Die Wochenenden verbrachte Al daher meist in Münster, was seine Eltern natürlich als eine Bestätigung dessen ansahen, wie groß

seine Bindung an das elterliche Haus noch war. Tatsächlich sehnte sich Al jedoch eher nach Sauftouren mit seinen alten Kumpels aus der Schule, die dann oft bis in die frühen Morgenstunden dauerten. Immer mal wieder durchforstete er sein Emailfach bezüglich einer Nachricht von Jule. Es kam jedoch keinen und der von Karin erwähnte „Liebeskummer" schien sich langsam zu beruhigen. Schon dachte er, vielleicht mal wieder Betty anzurufen, da sich ja in seinem „hübschen Schädel", wie es Betty zuletzt ausdrückte, so einiges geklärt hatte. Betty hatte jedoch einen Studienplatz in den USA, ihrem eigentlichen Heimatland, angenommen und war inzwischen sicher der Star des Colleges. Da wollte Al nun doch nicht stören. Auch sonst interessierten ihn die Mädchen im Umfeld seines Medizinstudiums eher weniger. Irgendwie sprang kein Funke über. Jedenfalls nicht so mit Herzklopfen verbunden, wie in den Momenten, in denen er immer an Jule dachte. So machte er aus der Not eine Tugend und kniete sich in sein Studium, lernte wie besessen für sein Physikum, das er unbedingt im ersten Anlauf hinter sich bringen wollte.
Zwei Jahre später war es dann auch so weit. Obwohl Multiple Choice so gar nicht auf seiner Wellenlänge lag, bestand er das Physikum gleich beim ersten Versuch, wenn auch mit keiner Glanznote, aber das war ihm egal. Vor Beginn des ersten klinischen Semesters dachte er daran, eine größere Reise zu machen, aber so ganz allein hatte er auch keine Lust und fragte seine Eltern später fast beiläufig: „Sagt mal, fahrt ihr eigentlich dieses Jahr wieder auf die Insel nach Österreich?" Sein Vater blickte ihn erstaunt an.
„Ich dachte, du wolltest nach Nepal? Hattest du das nicht letzte Woche verkündet? Also, wie dem auch sei, wir fahren nicht auf die Insel. Das Inselhotel ist seit letztem Sommer geschlossen, irgendwelche Erbstreitigkeiten, hieß es."
„Ach ja, schade eigentlich. Also, ich wäre ganz gerne mal wieder hingefahren."

„Die letzte geöffnete Saison war übrigens vor drei Jahren ... oder war es vor vier Jahren?" Sein Vater blickte angestrengt mit in Falten gelegter Stirn an die Decke.
„Damals waren wir doch noch zusammen dort gewesen. Kannst du dich nicht erinnern?"
„Jaja, kann mich sehr gut erinnern, das war ganz schön heiß."
„Stimmt und nachher gab's ein großes Gewitter. Das hat ganz schön eingeschlagen." Al dachte an die Ereignisse mit Jule und wiederholte die letzten Worte seines Vaters.
„Stimmt, erst ganz schön heiß, und dann hat es ganz schön eingeschlagen. Das war wohl die besagte Freudsche Fehlleistung", murmelte Al schelmisch vor sich hin lächelnd.
„Also, ich glaub, unter Freudscher Fehlleistung versteht man etwas anderes, das wäre eher, wenn ..."
Al unterbrach seinen Vater: „Jaja, du hast ja recht, hab gerade nur an etwas anderes gedacht." Zum Glück konnte sein Vater seine Gedanken nicht lesen, so, wie Karin damit immer wieder ins Schwarze traf.
Den Rest des Sommers verbrachte Al im Schwimmbad, in Kinos oder Kneipen. Er genoss es, alte Freunde wieder zu sehen und mit ihnen bis spät in die Nacht zu quatschen. Mittwochs ging er mit Karin in die Aquariumsgruppe. Er hätte nie für möglich gehalten, dass die Gespräche über die Bibel ihm mal so wichtig werden würden. In der Gruppe zu beten, war erst nicht sein Ding. Er hatte dabei so ein komisches Gefühl im Bauch, wie bei den ersten Tanzschritten in der Tanzschule mit einer Angebeteten, von der man allerdings nicht wusste, ob die Sympathie auf Gegenliebe stoßen würde. Aber mit der Zeit traute er sich auch mal, einen Beitrag loszuwerden, seinen Herzensbeitrag, seine Fürbitte. Mehr und mehr war es ihm sogar zu einem wichtigen Bedürfnis geworden, in der Gruppe loszuwerden, was ihn bedrückte, aber auch das, was ihm Freude bereitet hatte. Wenn man dann

später wieder auseinanderging, fühlte er sich seltsam befreit, locker, fast schwebend. Karin blickte ihn dabei freudestrahlend an und war froh, in ihrem Bruder auch einen Bruder im geistigen Sinne gefunden zu haben. Er hatte sich seine ganz persönliche Bibel gekauft, in der er Notizen eintrug, Sätze, die ihm wichtig erschienen, fett unterstrichen. Auch hatte er kleine Klebestreifen an die Seiten angeheftet, an Textstellen, die er immer wieder lesen wollte, die er vielleicht in bestimmten Situationen, zum Beispiel bei Prüfungen, zur eigenen Beruhigung aufsagen könnte. Wieder in Frankfurt, stellte er die Bibel in sein Regal, sodass die bunten Klebezettel oben herausragten. Ohne die Aquariumsgruppe nahm er sie jedoch weniger oft hervor, als er es sich vorgenommen hatte. Vielmehr wurde er scheinbar rund um die Uhr von Praktika, Untersuchungskursen und Vorlesungen in Beschlag genommen. Auch die freiwilligen Veranstaltungen waren jetzt, da es weniger um Theorie, als endlich um Medizin ging, wieder deutlich besser besucht. Selbst beim Apfelwein diskutierten sie über den einen oder anderen Fall. Alles hatte jetzt deutlich mehr mit dem zu tun, was sich er und die meisten seiner Kommilitonen unter Medizin vorgestellt hatten. Er war froh, das schreckliche und trockene Vorkliniksgepauke hinter sich zu haben und freute sich auf die ersten praktischen Erfahrungen in der Klinik, auf die ersten Famulaturen in Fächern wie Innere Medizin und Chirurgie. Vier mal vier Wochen Famulatur zwischen den klinischen Semestern waren zu absolvieren und man konnte sich den Ort dazu frei auswählen. Seine Eltern hofften natürlich, Al würde für die eine oder andere Famulatur nach Münster kommen, und sie hatten bereits ihre Fühler dahin gehend ausgestreckt. Al entschied sich jedoch rechtzeitig für andere Fächer und andere Orte. Zumindest war dies sein erster ersehnter Beitrag, seine Flügel in Richtung Selbstständigkeit weiter auszustrecken. Er spürte, dass er das seinem Ego schuldig war. So absolvierte er einen Großteil der Famulaturen in Süddeutschland, noch weiter entfernt von Münster. Er wollte weg von der erdrückenden Fürsorge seiner Eltern, die es im Grunde nur gut meinten und sein schlechtes Gewissen nährten, sie zu enttäuschen. Der Freiheitsdrang war jedoch stärker. Vor dem letzten klinischen Semester bewarb er sich allerdings an einer Klinik an seinem Studienort in Frankfurt am Main. Er wollte unbedingt an die Unfallklinik, die ihm auch gleich eine Zusage schickte.

„Eine einmalige Gelegenheit", erzählte er stolz seinen Eltern. „In der Unfallklinik in Frankfurt, da geht die Post ab, so etwas siehst du in Münster sicherlich nicht." Al sollte recht behalten. Aber auf eine Art, wie er es sich nie hätte vorstellen können. Bereits in der ersten Woche passierte etwas, das sein Leben veränderte.

Frankfurt, Juni 2010, abends

Nach dem Gespräch mit Professor Krastchow fühlte sich Al niedergeschlagen. Jule ein Opfer der Mafia, das wird ja immer skurriler, dachte er frustriert. Die Sonne strahlte von einem dunkelblauen, wolkenlosen Himmel herab. Al setze sich auf eine Parkbank gegenüber dem geologischen Institut und dachte angestrengt nach. Jedes Wort von Krastchow ließ er Revue passieren. Einerseits klang alles recht logisch. Jule hatte sich in Rom mit einem Kollegen treffen wollen, um ihre Forschungsergebnisse zu veröffentlichen, vielleicht sogar zu vermarkten. Davon hatte dann die Mafia, so zumindest nach Aussage von Krastchow, Wind bekommen und stellte ihr nach. Auf der Flucht verunglückte sie mit ihrer Vespa und brach sich das Genick. Daraufhin informierte Krastchow seinen Freund, Dr. Alighieri, und bat ihn, sich um die Angelegenheit zu kümmern. Später fuhr dann Krastchow kurzerhand nach Rom, um Jule selbst zu identifizieren. Die Poli-

zei wurde eingeschaltet, federführend durch Belucci. Der glaubte, dass Jule zusammen mit Al Mitglied einer terroristischen Zelle wäre, verhörte Al und steckt ihn erst einmal in Untersuchungshaft. Die angeblichen terroristischen Aktivitäten Jules, wer auch immer Belucci das zugeflüstert hatte, entpuppten sich am Ende als Irrtum, da Jule mit Hilfe von Karins Pass inkognito nach Italien reisen wollte. Am Schluss endete dann alles bei regennasser Straße in einem tödlichen Unfall. Der Wirt der Pizzeria zog seine anfängliche Aussage zurück, dass Jule von drei dunklen Gestalten verfolgt wurde, vermutlich aus Angst vor der Mafia. Trotzdem blieb es bei den drei dunklen Gestalten, die in der Pizzeria um sich schossen. Das war, bei Licht betrachtet, die einzig wirkliche Ungereimtheit. Nur würde ihm diese Geschichte niemand glauben. Alle würden eher denken, die schießwütigen Männer waren nur ein Hirngespinst. Schließlich stand er ja unter Schock, gerade eben seine Geliebte verloren zu haben und suchte nun verzweifelt nach einem Schuldigen für Jules Tod.
Je länger er darüber nachdachte und sich die Ereignisse in seinem Kopf drehten, desto mehr wurde er von Zweifeln beschlichen, ob er das Ganze, insbesondere die schießwütigen Gestalten, vielleicht tatsächlich nur geträumt hatte. Aber warum hatten ihn erst Belucci und dann auch Krastchow so eindringlich gewarnt, weitere Ermittlungen anzustellen? Stimmte Krastchows Aussage, dass die Mafia ihre Finger im Spiel hatte, oder versuchte er, damit nur abzulenken. Hatte Krastchow selbst etwas zu verheimlichen? Schließlich hatte Jule am Ende wohl eine heftige Auseinandersetzung mit ihm gehabt. Seltsam war auch dieser Alighieri. War es derselbe Alighieri, von dem Jule berichtet hatte? Gab es einen Alighieri, der Jules Karriere unterstützen wollte, und einen anderen, Krastchows Freund, der sie dann später obduzierte? Es war naheliegend, dass es sich weniger um einen makaberen Zufall, als um ein abgekartetes Spiel handelte.

Viel weiter kam Al mit seinen Gedanken nicht, da ein etwa Mitte Zwanzigjähriger mit auffälligem Zopf auf ihn zukam.
„Darf ich?", fragte er und setze sich auch neben ihn auf die Bank. „Sie sind doch Al, oder? Der Freund von Jule. Sie hat mir das letzte Mal, als sie hier im Institut war, ein Bild von Ihnen gezeigt, und vor allem sprach sie immer wieder von Al ...
„Schon gut", erwiderte Al kurz aufblickend, und er wunderte sich, dass Jule offenbar ein Bild von ihm mit sich trug. „Alle nennen mich Al, das geht schon klar."
„Ich heiß übrigens Alexander, aber alle hier nennen mich Alex", erwiderte Alex und streckte Al seine Hand hin. „Mensch, ganz schöne Scheiße, das mit Jule, das tut mir richtig leid. Jule war hier richtig beliebt. Ich bin übrigens, wie Jule, seit Jahren Krastchows Assistent, oder besser gesagt, Mädchen für alles, alles, was sich die neuen Studiosi hier so einfallen lassen. Manche meinen, ich wäre hier nur so ein Laborfuzzi und sie könnten mich herumkommandieren. Jule war anders, richtig kumpelhaft." Er zeigte mit dem Finger auf seine Schläfe. „Jule war die Schlaueste von allen, hat mir gegenüber aber nie den Chef raushängen lassen. Wenn jemand den Nobelpreis bekommen hätte, dann sicher sie." Al räusperte sich ungeduldig. „Ach, tut mir leid, Al, ich ..." Alex zog die Augenbrauen hoch „ich quassle mal wieder zu viel. Will Sie nicht aufhalten, also dann." Er wollte gerade wieder aufstehen, als Al ihn aufforderte, noch einen Moment sitzen zu bleiben.
„Sagen Sie, Alex, hier geht ja ganz schön die Post ab. Die Geräte da in Ihrem Labor, die müssen ja ein Vermögen kosten."
„Ja, das stimmt. Alles dank Krastchow. Der ist ein Genie, wenn es darum geht, Gelder zu besorgen. Wir wissen zwar alle nicht so genau, wo das alles herkommt. Aber für uns ist das natürlich klasse. Wir können so richtig ausholen, koste es, was wolle."
„Wissen Sie eigentlich, Alex, ob sich Jule mit Krastchow immer

gut verstanden hatte oder ob es ab und zu ... also, ich meine, ob sie auch mal Meinungsverschiedenheiten hatten?"

„Soweit ich weiß, verstanden sie sich anfänglich echt super. Er hatte sie überall hofiert, nannte sie sein kleines Genie. Und am Schluss ..."

„Sie meinen, in der letzten Woche, bevor sie wieder abreiste?"

„Jaja, genau, in der letzten Woche hat es etwas gekriselt. Noch keine vier Wochen her, da kam Jule wutschnaubend ins Labor. Dass Jule mal sauer war, kam zwar gelegentlich vor, aber so hatte ich sie noch nie erlebt."

„Was war denn der Grund für ihre üble Laune?"

„Also, so genau weiß ich das auch nicht, aber sie kam aus Krastchows Zimmer und fluchte wie ein Rohrspatz. ‚Verdammte Mafia, alles Sumpf und ...' Na ja, so klang das halt." Alex zuckte plötzlich zusammen, als habe er vielleicht mehr erzählt, als er eigentlich durfte. „Jaja, wie gesagt, ich quassle mal wieder zu viel. Also dann, Al, war nett, Sie gesehen zu haben. Vielleicht sieht man sich ja mal wieder." Dabei sprang er ohne ein weiteres Wort auf und eilte davon. Al konnte das Gefühl mehr denn je nicht loswerden, dass Krastchow ihm etwas Wichtiges verheimlicht hatte. Auch ging ihm der Obduktionsbericht noch mal durch den Kopf. Irgendetwas stimmte damit nicht. Der war so aalglatt, ohne Besonderheiten, wie austauschbar, unterschrieben von Dr. Alighieri. An den Briefkopf konnte er sich dummerweise nicht mehr erinnern. Aber eines drängte sich auf, er musste noch mal mit Alighieri sprechen. Nur, wie sollte er Alighieri ausfindig machen? Die Vorzimmerschreckschraube würde ihm sicher keine Auskunft geben und Krastchow erst recht nicht. Wie sollte er also an die Adresse von Alighieri kommen?

Ratlos ging er zum Auto und fuhr zu Karin, die schon ungeduldig auf ihn wartete. Karin hatte wieder seine Leibspeise gekocht: Kartoffeln mit Karotten und Mettwürsten. Darin könne er baden, hatte er mal früher zu Karin gesagt, und seither stand dieses Gericht bei seinen Besuchen regelmäßig auf dem Speiseplan. Al erzählte seiner Schwester jedes Detail seines Gesprächs mit Krastchow bis hin zum Obduktionsbericht. Dass er möglicherweise Karins Namen in Jules Personalakte gesehen hatte, erwähnte er nicht, er war sich ja auch nicht ganz sicher. Karin hörte kommentarlos zu. „Einen Obduktionsbericht in der Personalakte, das ist doch etwas ungewöhnlich, oder nicht?", murmelte Karin vor sich hin. „Na ja, bei so eingefleischten Grundlagenforschern gehört das vielleicht zur Ordnung." Nach einer Weile der Stille schaute Karin Al in die Augen. „Was hast du jetzt vor, Al?"

„Ich weiß auch nicht so genau, aber irgendwie habe ich das Gefühl, Krastchow verheimlicht mir etwas ... etwas sehr Wichtiges. Etwas, das ihn vielleicht sogar selbst belasten könnte. Ach ja, das hatte ich dir noch gar nicht erzählt. Vor dem Gebäude sprach mich ein Kollege von Jule an und redete ohne Punkt und Komma auf mich ein. Am Schluss verriet er mir, dass Jule kurz vor ihrer Abreise nach Italien mit Krastchow einen handfesten Streit hatte. Und siehst du, Karin, das hatte mir Krastchow auch nicht verraten."

„Hör mal, was erwartest du? Seine beste Mitarbeiterin kommt ums Leben und dummerweise hatte er sich zuvor mit ihr gestritten. Vielleicht etwas pietätlos, das gerade dir dann zu berichten. Noch dazu, weil du misstrauische Fragen stellst. Er will sich ja nicht gleich an die Staatsanwaltschaft ausliefern, oder?"

„Genau und gerade deswegen traue ich Krastchow nicht über den Weg. Ich muss da noch mal rein, mir die Akte noch mal ansehen, den Obduktionsbericht, irgendetwas stimmt da nicht, ich weiß nur noch nicht genau, was, und außerdem brauch ich Alighieris Adresse."

„Wie, du willst da noch mal rein? Du hast doch gerade gesagt, da sitzt so ein Zerberus vor der Tür. Meinst du, dass du die mit deiner charmanten Art rumkriegst?" Karin lachte süffisant.
„Das ist wohl aussichtslos, an der kommt keiner vorbei. Aber ..." Al überlegte und wusste nicht, ob er Karin in seine plötzliche Idee einweihen sollte. Dann wurde ihm aber klar, dass er das nur mit Karin zusammen durchziehen konnte „Ich glaube, es gibt nur einen Weg, an die Unterlagen zu kommen ... ich steig da heute Nacht ein."
„Al, bis du verrückt? Das kannst du doch nicht machen!" Karin blickte ihn mit weit aufgerissenen Augen an.
„Stimmt, alleine nicht, aber mit dir zusammen. Du stehst Wache und ich geh zur Hintertür hinein. Hab mir das genau angeschaut, und wenn es eng wird, gibst du mir rechtzeitig Bescheid."
„Hör mal, du hast wohl zu viele Krimis gelesen, und wenn die uns schnappen, dann ..."
„Unsinn, wer denkt schon daran, dass jemand bei so einem verstaubten Professor einbricht. Der hat sein Sparbuch bestimmt nicht im Arbeitszimmer unter dem Sofakissen." Karin ging zum Fenster und drehte sich dann abrupt um.
„Also gut, ich mach mit. Schließlich habe ich dir ja versprochen, dass wir das gemeinsam durchstehen. Wenn wir unsere Handys kurzschließen, dann kann ich dich jederzeit warnen. Aber wenn es eng wird, dann sofort ab und weg, keine Heldentaten, hast du mich verstanden?"
„Jawohl, Sir!", entgegnete Al erleichtert.
Gegen Abend suchten sie sich dunkle Klamotten aus Karins Kleiderschrank zusammen und Al steckte sich seinen Leatherman, den er immer mit im Auto hatte, in die Hosentasche. Irgendwie wird da schon ein Teil dran sein, mit dem er die hintere Tür knacken könnte. Und wenn die Alarmanlage losging, schoss es ihm durch den Kopf. Irgendeinen Hinweis auf eine Alarmsicherung hatte er bei seinem letzten Besuch bei Krastchow allerdings

nicht gesehen. „Also, los“, murmelte Al sich Mut machend, überrascht über seine plötzliche Courage.

Gegen Abend hatte sich der Himmel zugezogen, sodass der Universitätskampus nur von ein paar Straßenlaternen erhellt wurde. In einigen Gebäuden brannte Licht, aber zum Glück nicht im geologischen Institut. Karin und Al gingen zur Rückseite des Gebäudes. Dort befand sich, wie bereits Al berichtet hatte, eine Seitentür, die etwas baufällig wirkte und komplett im Dunkeln lag. Karin kauerte sich hinter einen üppig wachsenden Kirschlorbeerbusch, der, nicht weit von der Tür entfernt, perfekten Sichtschutz bot. Sie wählte Als Handy Nummer. Zuvor hatten beide ihre Handys auf stumm gestellt.

„Also dann“, flüsterte Al heiser vor Nervosität und schlich langsam zur Hintertür. Er klappte die große Klinge des Leatherman auf und schob diese vorsichtig zwischen Tür und Zarge. Ein kleiner Ruck, und die Tür sprang auf. „Noch nicht mal abgeschlossen“, dachte Al erleichtert, „dann werden drinnen bestimmt auch keine weiteren Sicherungen sein.“ Fast lautlos schlüpfte er durch die Tür, schlich ein paar Stufen hoch und gelangte in den Gang, den er noch am Mittag durch den Haupteingang betreten hatte. Rechts am Ende des Ganges war Krastchows Zimmer.

Plötzlich ertönte ein lautes Knacken, gefolgt von einem sonoren Brummen. Al zuckte augenblicklich zusammen, bis ihm klar wurde, dass es sich um eine ältere Kühltruhe handeln musste, deren Kompressor gerade angesprungen war. Er erinnerte sich an den letzten Abend mit Jule, als das gleiche Geräusch wiederholt in der kleinen Pizzeria zu vernehmen war. Fast wäre er vor Schreck wieder nach draußen gerannt. Aber nicht zuletzt der Gedanke an Jule hielt ihn zurück. „Für Jule“, murmelte er und spürte seinen Mut zurückkehren.

„Für wen ...“, krächzte Karin durch das Telefon.

„Pscht, nichts weiter, alles klar hier drin ...“, flüsterte Al zurück.

Vorsichtig bewegte er sich weiter in Richtung Krastchows Zimmer. Abgeschlossen, verdammt! Er zückte erneut seinen Leatherman und machte sich an dem Schloss zu schaffen. Zweimal knackte es laut, dann sprang auch diese Tür auf und Al huschte hinein. Hinter sich schloss er vorsichtig wieder die Tür. Er blickte herzklopfend durch den Raum und versuchte, seine Augen an die Dunkelheit zu gewöhnen. Noch am Vormittag hatte Frau Narilow an dem nun leeren Schreibtisch gesessen. Fast gespenstig ragte ein Philodendron über das große Fenster und ließ im fahlen Lichtschein der Straßenlaterne seinen bizarren Schatten auf Krastchows Zimmertür fallen.
„Alles klar da drin?“, hörte er leise die Stimme seiner Schwester über den Kopfhörer seines Handys. Fast meinte er, ihren aufgeregten Herzschlag zu hören, der synchron mit seinem Herzschlag gegen die Brustwand hämmerte.
„Alles klar, ich bin jetzt drin und keiner da.“ Er öffnete Krastchows Tür, die unverschlossen war, und ging geradewegs im Dunkeln zu dem großen schweren Schreibtisch hinüber. Nervös blickte er sich um und überlegte, ob er es riskieren sollte, das Licht anzuschalten. Mit zitternder Hand drückte er den kleinen weißen Knopf unterhalb der halb verrosteten Schreibtischlampe, die augenblicklich ihr warmes Licht über den Schreibtisch ergoss.
„Verdammt, Al, da ist Licht ...“, krächzte es durch sein Handy.
„Pscht, sei still, Karin, hab ich selbst angemacht.“ Er überlegte einen Moment, ob er die Leitung zu Karin unterbrechen sollte, die ihn mit ihren ständigen Fehlalarmen nur noch nervöser machte. Erneut atmete er tief durch, versuchte seine Schultern zu entspannen, die er die letzten Minuten krampfhaft bis zum Kinn gezogen hatte. Er versuchte, sich zu erinnern. Die rechte untere Schublade, da musste Jules Akte hängen. Vorsichtig zog er die Schublade auf, als erneut Karins diesmal deutlich lauter kräch-

zende Stimme die Stille durchschnitt: „Verdammt, Al, da kommt jemand, mach Schluss, komm da raus!“ Fast schon ärgerlich wollte er sein Handy ausstellen, als er tatsächlich einen Schimmer unter dem Türspalt bemerkte. „Mensch, Al, der ... der ...“ Al drückte den Ausknopf, da ihn Karins Panikmitteilung eher verraten würde. Er blickte sich noch schnell um, ob er sich irgendwo im Zimmer verstecken könnte, und schaltete die Tischlampe aus. Wie versteinert blieb er am Schreibtisch stehen, als er bemerkte, dass die Schritte bereits in Krastchows Vorzimmer angekommen waren. Sein Herz klopfte bis zum Hals. Es ist wie im Krimi, nur leider real, schoss es ihm durch den Kopf. Wie versteinert blieb er stehen, unfähig, irgendwo nach Deckung zu suchen. Ein leichter Schwindel ließ ihn sich krampfhaft an der Tischkante festhalten. Langsam öffnete sich die Tür. Im Gegenlicht erkannte er eine dunkle Gestalt, die ihn trotz der Dunkelheit längst gesehen haben musste. Für einen Moment standen sie sich starr gegenüber, wie im Western, kurz bevor einer von beiden die Pistole zog. Während sich der Unbekannte, es konnte nur ein Mann sein, mit der rechten Hand fast unbeweglich am Türknopf festhielt, erhob er langsam seine Linke. Es ging alles sehr langsam. Er hielt einen dünnen länglichen Gegenstand darin, der bald auf ihn gerichtet sein musste. Ein Schuss aus nächster Nähe und das war‘s, dachte Al, unfähig, sich auch nur einen Zentimeter zu bewegen.

Schon war die Linke auf Augenhöhe, schwenkte dann jedoch zur Seite. Mit einem lauten Klacken, gefolgt von einem Surren, erstrahlte das gleißende Neonlicht von der Decke und ließ Al das Blut in den Adern gefrieren. Er fühlte sich fast wie gerade eben hingerichtet, wenn ihn nicht sein wild schlagender Herzschlag daran erinnert hätte, noch am Leben zu sein. Vom blassen Licht geblendet, versuchte er blinzelnd sein Gegenüber auszumachen. Es war Alex, der ebenso totenblass und mit schlotternden Knien im Türrahmen stand.

„Alex … sind Sie das? Mein Gott, haben Sie mich erschreckt, können Sie nicht anklopfen?“, Al war erstaunt über seine plötzlich so saloppe Art, zumal er es ja war, der eingebrochen hatte, nicht sein Gegenüber. Alex starrte ihn ungläubig an, während sich Al sogar ein leises Lächeln abrang.
„Al? Was … was machen Sie denn hier um diese Zeit?“
„Ich …“ Al überlegte, ob er seinen Einbruch beichten sollte, fuhr dann aber fort. „Ich hatte eine erneute Verabredung mit Professor Krastchow. Wir haben uns bei ihm zu Hause getroffen. Wollten uns noch mal aussprechen, Sie verstehen, Alex, nicht wahr? Dummerweise hatte er eine wichtige Sache hier in seinem Schreibtisch vergessen und bat mich, sie zu holen. Er hatte schon etwas getrunken und wollte nicht mehr mit dem Auto fahren, Sie verstehen?“
„Na ja, das stimmt, manchmal trinkt er etwas zu viel, aber ich dachte, er wäre auf dem Geologenkongress in Rom. Zumindest hatte er das gestern noch gesagt.“
„Jaja, das stimmt. Fährt halt einen Tag später. Unsere Besprechung war ihm doch sehr wichtig.“
Alex wollte sich gerade rumdrehen und ergänzte dann: „Sicher geht's um Jule, oder?“ Al zuckte es durch die Glieder, als sei er gerade ertappt worden. Er überlegte kurz und verzog seine Mundwinkel zu einem gespielten Lächeln.
„Genau, es geht um Jule. Krastchow bat mich, die Akte aus seinem Schreibtisch zu holen. Sehen Sie, Alex, Juliette Camus … hier steht's, Juliette Camus, so heißt Jule mit richtigem Namen.“ Nahezu triumphierend hielt er Alex die Akte entgegen, zog sie aber gleich wieder an sich heran, da seine Hände wie Espenlaub zitterten. Er hatte Sorge, Alex könnte angesichts seiner Nervosität seine dreiste Lüge entlarven. Alex war jedoch immer noch blass vor Schreck und offenbar kaum in der Lage, irgendeinen klaren Gedanken zu fassen.

„Okay, Al, das mit Jule ... und Krastchow und ... ja, und ... was wollte ich sagen?" Alex nickte verwirrt und drehte sich zum Gehen um. Bevor er durch die Tür verschwand, blickte er noch mal über seine Schulter. Ein zögerliches Lächeln glitt über sein Gesicht. „Ach ja, Al ... vergessen Sie nicht, die Lichter auszumachen. Krastchow mag nicht, wenn wir die Lichter anlassen, dabei schwimmt er im Geld." Kopfschüttelnd drehte er sich wieder um und verschwand in der Dunkelheit des Vorzimmers.

„Ach, übrigens, Alex!" Al sprang ihm eilig hinterher. „Tun Sie mir noch einen Gefallen, erzählen Sie niemandem etwas von meinem Treffen mit Professor Krastchow. Er hat mich extra gebeten, dass unser Gespräch vertraulich bleibt. Wissen Sie, Alex, schließlich geht's ja um Jule."

„Jaja, sicher. Sie können sich auf mich verlassen. Von mir erfährt keiner etwas. Wenn es um Jule geht, bin ich verschwiegen wie ein Grab." Davon hatte sich Al bereits am Vormittag ein Bild machen können, und er hoffte, dass Alex diesmal seine Klappe hielt. Als die vordere Tür ins Schloss fiel, machte er sich rasch an die Arbeit, die Akte „Jule" Seite für Seite zu fotografieren. Zum Glück hatte er das mit seiner kleinen Kamera noch in Karins Wohnung geübt, sodass er jetzt im hellen Schein der Schreibtischlampe rasch vorankam. Sorgfältig legte er die Akte wieder an seinen Platz und wollte gerade die Schublade schließen, als ihn die Neugier packte, auch die anderen Dokumente zu überfliegen. Wahllos zog er eine weitere Akte mit der Aufschrift „Susanne Schulz" heraus. Offenbar enthielt jede Akte das Dossier eines Mitarbeiters. Al blätterte und zuckte augenblicklich zusammen. Auch die Akte „Susanne Schulz" endete mit einem Obduktionsbericht. Schnell zückte er noch mal seine kleine Kamera und fotografierte das, was er vor sich sah. Dann stellte er sein Handy wieder an, natürlich auf lautlos. Sofort ertönte ein leises Brummen. Karins Nummer leuchtete über das kleine Display.

„Al ... verdammt, Al, wo bleibst du denn, ist alles klar da drin?", krächzte Karins Stimme besorgt durch den Lautsprecher. „Keine Sorge, hab alles im Kasten. Ich komm jetzt raus." Mit einem mulmigen Gefühl legte er alles wieder an seinen Platz, verschloss die Türen und verließ das Gebäude rasch über den Hinterausgang, wo Karin aufgeregt noch auf ihrem Platz kauerte.

„Verdammt, Al, was bin ich froh, dich zu sehen. Als es plötzlich hell wurde und laute Stimmen zu hören waren, da habe ich gedacht, jetzt hat unser letztes Stündlein geschlagen."

„Das war zum Glück nur Alex. Muss der Kerl auch im Dunkeln im Labor rumlungern, na ja, zum Glück ist er ein ganz schöner Einfaltspinsel, hoffentlich verplappert er sich nicht doch noch." Schweigend schlichen sie zum Auto und fuhren zurück zu Karins Wohnung. Erst jetzt bekam Al weiche Knie und fiel erschöpft auf Karins Sofa, auf dem er bereits am ersten Abend vor zwei Wochen mit dem Kopf auf Karins Schoß eingeschlafen war.

„Jetzt brauch ich erst mal einen doppelten Schnaps und dann schauen wir uns die Bilder an, okay?"

„Ich glaube, das hat Zeit bis morgen", entgegnete Karin, sichtlich erleichtert, dass alles gut gegangen war.

„Gib mir am besten die Speicherkarte aus deiner Kamera, ich zieh die Bilder auf meinen Laptop, nicht dass nachher der ganze Stress noch umsonst war." Al gab Karin wortlos die Speicherkarte, und Karin hatte mit ein paar Handgriffen deren Inhalt auf ihren Laptop geladen.

„Morgen schauen wir uns alles über den Computer an. Da können wir die Details besser erkennen als auf deinem Kameradisplay." Karin erhob sich vom Schreibtisch. „Also dann Bruderherz, falls du noch einen Schluck brauchst zum Einschlafen, bedien dich. Ich hau mich ins Bett. Ein Handtuch habe ich dir ins Bad gelegt, falls du noch duschen willst." Al winkte dankbar ab, streckte sich auf dem Sofa aus und war nach kurzer Zeit eingeschlafen.

Frankfurt, Juli 2009

Mit großen Erwartungen erschien Al an seinem ersten Arbeitstag seiner letzten Famulatur in der Unfallklinik.

„Willkommen auf Station", begrüßte ihn der Stationsarzt freundlich. „Fünf neue Patienten stehen auf dem Plan." Ohne nach Als Namen zu fragen, sagte er ein paar Worte zum Grund der stationären Aufnahmen der neuen Patienten und verschwand bis zum Abend im Operationssaal. Das klang weniger nach aufregenden Notfällen einer renommierten Unfallklinik, als nach Routine, und sollte sich in den nächsten Tagen auch nicht ändern. Statt Schwerverletzten mit blutenden Wunden, statt massenhaft Notfällen, deren akut bedrohtes Leben es zu retten galt, kamen vorwiegend Patienten zu geplanten Eingriffen an Knochen und Gelenken, die Al in der Folgezeit aufnehmen und nach der Operation wieder in Empfang nehmen sollte. Dazwischen gab es reichlich Papierkram zu erledigen. Verbandswechsel waren dabei eine willkommene Abwechslung. Oberarzt- und Chefarztvisiten verliefen im Stechschritt von einem Zimmer zum nächsten. Erklärt wurde nichts, dazu hatte man offenbar weder Zeit noch Interesse. Im Grunde wurde Al von den Ärzten kaum zur Kenntnis genommen, Hauptsache, er kam seiner ihm zugedachten Routine sorgfältig nach. Nach zwei Wochen Stationsroutine eröffnete Al seinem Stationsarzt zunehmend frustriert, dass er ja nur noch zwei Wochen Gelegenheit hätte, den Klinikbetrieb, also auch mal einen Operationssaal von innen oder die Notaufnahme, kennenzulernen.

„Du kannst ja mal eine Nacht hierbleiben", entgegnete ihm der Stationsarzt mit betont gelangweilter Mine. Im Grunde wollte er nur nicht auf seinen eifrigen Anamnese- und Stationsroutine-Hiwi verzichten. „Passt gut, ich habe heute Nachtdienst und da kannst du ja mal mitlaufen. Und morgen ist ja sowieso Freitag, also nur

ein halber Tag für dich, vorausgesetzt, dass nachmittags nicht noch ein paar Notfälle reinkommen." Am späten Nachmittag folgte Al seinem Stationsarzt erwartungsvoll in die Notaufnahme der Klinik. Aber anstatt der wie in amerikanischen Fernsehserien so oft strapazierten Notaufnahme-Hektik empfingen ihn leere sterile Räume mit grün gekachelten Wänden, die voneinander mit großen, offenstehenden Metall-Glasschiebetüren getrennt waren. „Nix los, im Moment", raunzte sein Stationsarzt, teils erleichtert, teils aber auch mit fast enttäuschtem Unterton. „Da kann jeden Moment die Post abgehen", ergänzte er fast entschuldigend.
Al ließ sich im Stationszimmer nieder, in dem ihn eine Notfallschwester gleich argwöhnisch von der Seite musterte. „Im Raum vier liegt noch ‚ne Platzwunde", schleuderte sie dem Stationsarzt entgegen, der offenbar die Zeit genutzt hatte, vor der Tür eine Zigarette zu rauchen. Al war sich nicht sicher, ob er zur Versorgung der Platzwunde mitgehen sollte. Vorsichtig wand er sich an die Notfallschwester: „Also, ich würde gerne mitkommen, geht das?" Die Notfallschwester schaute Al nur hämisch grinsend an und zuckte mit den Schultern. Al wusste dies nicht so recht zu deuten und ergänzte, um möglichst nichts falsch zu machen, „Ach, äh, muss ich mir da vorher die Hände waschen? Ich meine, so, wie vor einer OP?" Im Chirurgiepraktikum hatten sie ausführlich darüber gesprochen, wie wichtig eine sorgfältige chirurgische Händedesinfektion sei.
„Sie können auch ein Vollbad nehmen!", blaffte ihn die Schwester an und verzog dabei das Gesicht, als sei dies die dämlichste Frage gewesen, die sie je gehört hatte. Kommentarlos ging Al in Richtung Raum vier, wo der Stationsarzt bereits die erste Wundversorgung vornahm.
„Schlägerei nach dem Fußballspiel. Ein Wunder, dass nicht mehr Verletzte herumliegen, wo die Eintracht schon wieder verloren hat." Der Patient rührte sich kaum, als ihm eine mit Desinfekti-

onsmittel getränkte Kompresse auf eine Platzwunde über seinem rechten Auge gepresst wurde. „Macht mal ‚ne Alkoholprobe. Ich wette, der hier hat einige Promille getankt." Wenig später drückte die Schwester Al eine mit Kanüle aufgesetzte Spritze in die Hand.
„Jetzt kannste dich nützlich machen Doktorlein, und brauchst noch nicht mal ein Vollbad nehmen", ließ die Schwester hämisch grinsend verlauten, sodass auch der Stationsarzt ein Lachen nicht unterdrücken konnte. Al nahm das alles kommentarlos zur Kenntnis. Jede Antwort, wie schlagfertig auch immer sie ist, würde die Situation nicht verbessern, dachte er. Also hielt er die Klappe.
Später im Stationszimmer, nach fast zwei Stunden lähmender Ruhe, merkte Al, wie ihm langsam die Augen zufielen, als das rote Telefon klingelte. Die Stationsschwester nahm ab, reichte aber den Hörer gleich an den Stationsarzt weiter, der wiederholt nickte und offenbar die zukünftigen Maßnahmen schon im Geiste sortierte.
„Jou ... alles klar ... hab verstanden, also, dann beeilt euch mal Jungs." Offenbar sollte nun doch der Notfall eintreffen, den Al erhofft hatte, dem er nun aber doch etwas mulmig entgegenblickte. „Junge Frau, am Flughafen zusammengeklappt. Kommt gerade aus Argentinien mit dickem Verband um den Knöchel", kommentierte der Stationsarzt auf Als Nachfrage. „Uniklinik ist wieder mal voll. Wahrscheinlich blockieren die wieder, und wir müssen hier rödeln. Also, Al, mach erst mal ‚ne gescheite Anamnese, hast du ja inzwischen gelernt, und dann schauen wir uns den Fuß an." Etwa fünfzehn Minuten später war das Martinshorn zu hören und kündigte den Notfall an. Wenig später kamen zwei Sanitäter mit einer Liege und einer darauf liegenden, fast ganz zugedeckten Person durch den Eingang geschossen.
„Hier rein!", rief die Schwester bereits aus der Ferne. Offenbar hatte sie gleich erfasst, dass es der reglos liegenden Person nicht gut ging. Eine Sauerstoffmaske bedeckte das Gesicht des Unfallopfers fast gänzlich. Es war eine junge, ein wenig verwahrlost erschei-

nende Frau, deren dunkelbraune Haare an Stirn und Schläfen klebten. Die Arme wurden freigemacht, um links die Blutdruckmanschette anzulegen, rechts den Stauschlauch für einen intravenösen Zugang. Mit geübten Händen war der Zugang durch die Notfallschwester gelegt, fixiert und an eine Elektrolytlösung angeschlossen. Zuvor hatte man noch drei Röhrchen Blut aus der liegenden Kanüle entnommen, die auch gleich von einer weiteren hinzukommenden Person in Richtung Labor abtransportiert wurden.

„Blutdruck 120 zu 80, Puls 95, das klingt schon mal gut", hallte es durch den Raum. „Na, dann schauen wir uns mal das Bein an." An eine Anamnese war im Moment offenbar nicht zu denken und Al beobachtete gebannt, wie der Arzt mit einer Verbandschere vom Fuß her durch die Schichten des an den Rändern grauen und damit wohl nicht mehr ganz frischen Verbands schnitt. Allerdings handelte es sich nicht um einen herkömmlichen Verband, sondern um mehrere Schichten eines bunten in Streifen geschnittenen Tuchs. „Ham wohl kein gescheites Verbandsmaterial da unten in Argentinien, was?", brummte der Stationsarzt mit einem hochnäsigen Gesichtsausdruck. Nachdem das letzte Stück durchschnitten war, klappte er den Verband auseinander. Der Knöchel war stark geschwollen und blaurot verfärbt.

„Vermutlich Weber B, wir brauchen ein Röntgenbild, rechtes Sprunggelenk in zwei Ebenen und gleich noch eine Schädel-CT, wer weiß, warum das Mädel immer noch bewusstlos ist." Während die Schwester mit Telefonieren beschäftigt war, nahm der Arzt die Sauerstoffmaske herunter und versuchte vorsichtig, die Augenlider der jungen Frau mit dem Daumen nach oben zu öffnen. Mit der kleinen Taschenlampe leuchtete er abwechselnd in ihr rechtes und linkes Auge, um die Pupillenreflexe zu prüfen.

„Na also, Pupillenreaktion normal. Lasst mal bisschen Wasser in die Venen laufen, dann kommt sie bestimmt wieder zu sich

... und bisschen flott mit dem Röntgen und dem CT." Mit einem Seufzer drehte er sich um, lächelte Al entgegen, als hätte er der jungen Frau gerade das Leben gerettet, und ging in Richtung Ausgang, um eine weitere Zigarette zu rauchen. Al blickte auf die junge Frau herab, die ihm aus dem Augenwinkel heraus irgendwie bekannt vorkam. Die Sauerstoffmaske hatte einen ringförmigen Abdruck hinterlassen, der nun langsam verschwand, als es Al durch Mark und Bein schoss. „Das kann doch nicht wahr sein!", entfuhr es Al, als ihn die Notfallschwester erneut hämisch angrinste.

„Na, fühlst dich wohl schon wie Georg Clooney, was? Hier hast du ihren Krempel, kannst ja schon mal ihre Personalien aufnehmen." Mit zitternden Händen öffnete Al die Handtasche, die am Ende der Liege befestigt war, nahm das Portemonnaie zur Hand, klappte es auf und musste sich setzen. Ihm stockte der Atem, als sein Blick auf den Namen seiner ersten Notfallpatientin fiel: „Juliette Camus".

Freiburg, Juni 2010

Am nächsten Morgen erwachte Al bereits früh. Gequält von wirren Träumen, war er froh, aufzustehen, und stellte sich erst mal unter die Dusche. Karin war ebenfalls früh wach und bereitete den Kaffee vor, der bereits wenige Minuten später glucksend seinen herzhaften Duft durch die kleine Wohnung verströmte. Karin hatte ihren Laptop bereits hochgefahren. Beide waren sehr gespannt, ob die Akte „Jule" neue Aufschlüsse bringen würde. Bis auf den Obduktionsbericht war jedoch auf den ersten Blick nichts Sonderbares zu entdecken. Auch der Name Karin Steinhoff tauchte nicht mehr auf. Al war sich nicht mehr sicher, vielleicht hatte er sich vertan und den Namen seiner Schwester mit einem anderen Schriftzug verwechselt. Vielleicht hatte aber auch

Krastchow den Zettel entfernt, schließlich wurde er gestern ganz schön nervös, als Al ihm bei der Durchsicht der Akte über die Schulter schaute. Immerhin, der Obduktionsbericht war noch drin und Al studierte ihn sorgfältig. Die Kopfzeile enthielt das Institut „Centro anatomico di Roma" mit Alighieri als ausgewiesenem Chef, der, wenn man der Unterschrift trauen durfte, auch der Verfasser des Berichts war und damit vermutlich auch derjenige, der die Obduktion durchgeführt hatte. Wie am Tag zuvor kam ihm alles sehr glatt, ganz und gar unpersönlich vor. Bei der äußeren Inspektion der Leiche wurde auch die kleine Blinddarmnarbe erwähnt und dann schoss es Al durch den Kopf, was ihm gestern bereits seltsam vorkam. Nicht erwähnt wurde die Narbe am rechten Außenknöchel von der damaligen Sprunggelenks-Fraktur. Jule war damals in der Unfallklinik seine erste Notfallpatientin, das konnte er nicht vergessen. Die Wunde verheilte damals gut. Es blieb jedoch eine auffällige Narbe von etwa fünfzehn Zentimeter Länge zurück. „Das muss doch jedem Pathologen auffallen. So eine Narbe gehört auf jeden Fall in dem Bericht erwähnt. Mensch, Karin, was ist, wenn dieser Bericht gefaked ist und gar nicht zu Jule gehört?"

„Al, du hörst dich jetzt genau wie Jules Mutter an. Denk doch mal nach, du hast sie selbst auf der Bahre liegen sehen, oder etwa nicht?"

„Ja, das stimmt, aber je mehr ich darüber nachdenke ... weißt du, die Männer, die sie verfolgt haben, und Krastchow, der ist doch auch nicht ganz knusper, vielleicht ..."

„Al, hör auf mit dem Quatsch. Krastchow ist ein anerkannter Wissenschaftler. Auch er hat Jule einwandfrei identifiziert und dann gibt es da noch die DNS-Proben, die eindeutig mit denen Jules übereinstimmen. Hier, auf der nächsten Seite des Obduktionsberichts die Ergebnisse der DNS-Probe, eindeutig die von Jule."

„Moment mal, woher wollen die denn das in Italien so schnell rausgefunden haben? Woher kennen die eigentlich Jules DNS-Sequenz." Karin dachte kurz nach.
„Jule war doch in Argentinien, und vielleicht machen die das da ganz genauso wie die Amis, nehmen erst mal eine DNS-Probe, lassen dich dann ins Land und schon, schwuppdiwupp, bist du in irgendeiner Datenbank, so einfach ist das." Al blickte verzweifelt zur Decke.
„Ach, Karin, du hast ja recht. Weißt du, das Ganze ist für mich noch so unfassbar, so verdammt schrecklich, da möchte man sich an jeden Faden klammern, verstehst du das?" Karin legte ihre Hand um Als Schulter, als sie merkte, dass Al mit den Tränen kämpfte. Al lehnte sich zu Karin, die ihn in den Arm nahm. Als sich Al wieder beruhigt hatte, flüsterte Karin ihm ins Ohr.
„Komm, jetzt trinken wir erst mal eine Tasse Kaffee und dann sehen wir weiter. Willst du ein Ei zum Frühstück?"
„Gerne. Ich komme gleich in die Küche, will nur gerade noch ein anderes Dokument öffnen." Karin erhob sich langsam, während Al die Fotografien noch mal durchging. Hatte er nicht auch den Obduktionsbericht dieser anderen Person fotografiert? Das letzte Bild, wie erwartet, und Al stockte der Atem. Auch dieser Bericht kam aus dem „Centro anatomico di Roma" ebenfalls von Alighieri unterschrieben. Todesursache Herzinfarkt, eine gewisse Frau Professor Susanne Schulz, die während eines Urlaubes in Rom plötzlich verstarb. Al flog durch die Zeilen des Berichts, die denen aus Jules Obduktionsbericht sehr ähnlich waren. Erneut öffnete er Jules Bericht und legte die beiden Dokumente auf dem Bildschirm nebeneinander. Nahezu komplett identisch. Vielleicht ist das ja so üblich oder halt Alighieris Schreibstil. Auch Als Arztbriefe glichen sich bei ähnlichem Sachverhalt weitgehend dank der Hilfe von Textblöcken. Trotzdem kamen ihm die Berichte seltsam vor, irgendetwas stimmte nicht. Und dann fiel es ihm wie Schuppen

von den Augen: Die Gewichtsangaben der entnommen Organe waren in beiden Obduktionsberichten komplett identisch, bis auf die Stelle hinter dem Komma. War das Zufall, oder war vielleicht der ganze Bericht eine Art Textblock? Der plötzliche Verdacht, dass es sich nur um vorgetäuschte Obduktionsberichte handelte, nicht nur Jule, sondern am Ende auch Frau Professor Susanne Schulz nur vorgetäuscht obduziert wurden, ließ ihn nicht mehr locker. Sollte er Karin von der Beobachtung erzählen oder sie nicht doch eher im Glauben lassen, dass er sich mit der schrecklichen Gewissheit von Jules Tod nun abfinden wolle? Zu sehr hatte er sie schon in die Affäre mit hineingezogen. Er schloss die Dokumente und ging nachdenklich zum Küchentisch, auf dem Karin bereits Teller, Kaffee, Orangensaft und das versprochene Ei arrangiert hatte.

„Mensch, Karin, vielen Dank für deine Hilfe, und gestern hätte ich dich beinahe in den größten Schlamassel deines Lebens hineingezogen."

„Das muss wirklich nicht jeden Tag sein, Al, aber es ging ja noch mal gut." Schweigend aßen sie jeweils ein Brötchen, tranken Kaffee und den Orangensaft, bis plötzlich Al sagte: „Du, Karin, ich muss trotzdem nach Rom. Diesen Alighieri möchte ich noch mal sprechen, das ging damals alles so schnell."

„Na, dann tu, was du nicht lassen kannst, aber pass auf dich auf. Wenn die drei Typen mit den Gewehren wieder auftauchen, gelten die Schüsse vielleicht nicht mehr der Tür, sondern dir."

„Ja, du hast recht. Aber wenn ich keinem sage, dass ich nach Rom fahre, sollte auch keiner wissen, dass ich dort bin, oder? Ich werde Alighieri einfach mit meinem Besuch überraschen, was meinst du?" Karin machte ein nachdenkliches und gleichzeitig besorgtes Gesicht.

„Also, wenn wirklich die Mafia dahintersteckt, dann haben die ihre Augen und Ohren überall und haben dich im Visier, so schnell hast du nicht geguckt."

„Quatsch, das liest man doch nur im Krimi. Hier spielt das richtige Leben und da wird alles nicht so heiß gekocht. Weißt du, ich habe einfach keine Ruhe, solange ich diesen Alighieri nicht noch mal gesprochen habe."
„Wann willst du denn los, Al?"
„Na jetzt."
„Jetzt, jetzt sofort?" Karin schaute erschrocken und mehr denn je besorgt.
„Je schneller, desto weniger ahnt jemand, dass ich unterwegs bin, und außerdem habe ich mir ein paar Tage Urlaub genommen. Erholungsurlaub, habe ich meinem Chef gesagt und der fand das auch plausibel."
„Na, für Notlügen hattest du ja schon immer eine Begabung. Aber meistens habe ich dich dabei ja gleich durchschaut."
„Stimmt, ..." Al nickte und lächelte Karin vielsagend an. „Also, wenn eines stimmt, dann das. Meine Gedanken konntest du schon immer lesen und das hat mich so manches Mal ganz schön gewurmt."
Karin schaute Al eindringlich an. „Irgendetwas verheimlichst du mir, etwas sehr Wichtiges, oder etwa nicht?"
„Ach, Karin, ich möchte dich da nicht noch weiter reinziehen, und alles, was durch meinen Kopf schwirrt, sind nichts als Spekulationen. Also, lass mich ziehen. Ich hoffe, damit auch meinen eigenen Seelenfrieden wieder zu finden, obwohl ich im Moment einige Zweifel daran habe."
Karin nickte nachdenklich und entgegnete dann: „Ach, übrigens, Al, wenn wir schon beim Seelenfrieden sind ... du kennst doch noch die Uschi aus der Aquariumsgruppe in Münster. Stell dir vor, die studiert jetzt auch hier in Freiburg, und wir haben unsere Gruppe wieder reaktiviert. Wir treffen uns übrigens heute Abend. Willst du nicht dazu kommen und noch eine Nacht hier bleiben?"

„Lieb gemeint Karin, vielleicht komme ich später mal drauf zurück, aber der Schock sitzt noch zu tief, verstehst du das?“
„Klar verstehe ich das, aber vielleicht solltest du gerade deswegen noch einen Tag bleiben. Du könntest dich da mal richtig auskotzen, hilft bestimmt.“
„Vielleicht hast du recht, Karin. Also versprochen, wenn ich aus Rom zurückkomme, dann geh ich bestimmt mal wieder mit. Aber vielleicht wird's etwas unangenehm für dich und deine Mitstreiter. Als Zweifler vor dem Herrn ...“
„Das müssen wir alle aushalten, und vor allem, wenn es drauf ankommt, dann doch wohl in so einer schwierigen Situation. Schönwetterbeten kann doch jeder, oder etwa nicht?“ Al nickte und sprang dann plötzlich auf. Wenn er jetzt losfuhr, könnte er gegen Abend in Rom sein, ein Zimmer nehmen und morgen früh Alighieri einen Überraschungsbesuch abstatten. Vielleicht könnte er ja auch Belucci noch mal besuchen. Er umarmte Karin und versuchte, ein zuversichtliches Gesicht zu machen. Dass sich das Gegenteil in seinem Kopf abspielte, war beiden jedoch klar.
„Tschüss, Karin, wir sehen uns dann im Aquarium.“
Aus seinem Auto heraus winkte er noch mal Karin zu und fuhr in Richtung Autobahn nach Süden davon. Karin blickte ihm noch eine Weile hinterher. Sie hoffte, dass sie ihn bald und wohlbehalten wiedersehen würde. Eine dunkle Vorahnung machte sich jedoch bei ihr breit. Al hingegen fühlte sich wie getrieben, zu erfahren, wie und warum Jule sterben musste. Oder war sie doch noch am Leben, wovon ihre Mutter so fest überzeugt war?

Frankfurt, Juli 2009, nachts

Al starrte Jule ins Gesicht, das aufgrund der anliegenden feuchten Haare und der Sauerstoffmaske schwer zu erkennen war.

Wie oft hatte er sich ein Wiedersehen mit ihr erhofft, wenn auch sicher nicht unter diesen Umständen. Und nun lag sie vor ihm, bewusstlos und mit vermutlich gebrochenem Fuß. Al schob die Decke zur Seite und nahm Jules Handgelenk. Es fühlte sich erschreckend kühl an, aber der Puls war regelmäßig und kräftig. Die Notfallschwester bemerkte seine Aufregung und gleichzeitige Besorgnis.

„Na, kennst du die etwa? Muss wohl mit verstauchtem, wahrscheinlich sogar gebrochenem Knöchel mit dem Flieger aus Argentinien gekommen sein. Zu dämlich aber auch. Also, Gigolo, fahr sie mal runter zum Röntgen, und dann sehen wir weiter." Bevor sich Al an das Fußende stellte, um Jule in die Röntgenabteilung zu fahren, drückte er ihre Hand und flüsterte „Jule", in der Hoffnung, doch ein Lebenszeichen zu vernehmen. Er spürte einen leichten Gegendruck ihrer Hand, als ihm die Schwester erneut zuraunzte: „Hey, du sollst sie nicht gleich heiraten, nur zum Röntgen fahren, alles klar?" Offenbar hatte die Schwester mehr erkannt, als Al ihr gegenüber preisgeben wollte. Offenbar beschlich sie ein Fünkchen Mitleid. „Also gut, ich war wohl ein bisschen ruppig mit dir, aber das gehört hier dazu. Alles klar? Also noch mal ... wie war doch gleich dein Name?" Al blickte nicht auf, da er vermutete, gleich die nächste Breitseite zu bekommen.

„Albert, ich heiß Albert, aber alle nennen mich Al". Seine Stimme klang trocken und kehlig.

„Na gut, Al ...", die Schwester legte ihm die Hand auf die Schulter „Offenbar kennt ihr euch besser. Ist manchmal Scheiße, wenn man sich so wieder sieht. Kann ich verstehen. Also, bleib einfach mal bei ihr, die kommt schon wieder zu sich, wirst schon sehn." Sie legte die Anforderungszettel fürs Röntgen auf die Mitte der Liege, erklärte Al, wie er in die Röntgenabteilung kommen würde, und schob ihn samt Liege in Richtung Gang. Al versuchte sich zu konzentrieren, konnte jedoch seinen Blick nicht von Jules Gesicht nehmen, als er fast mit dem diensthabenden Oberarzt, Dr. Knote, zusammenstieß.

„Hey, nicht so flott, junger Freund. Sieh mal zu, dass du mit ihr gleich wieder hochkommst, vielleicht müssen wir heute Abend noch operieren.“ Freundlich lächelnd ging der Oberarzt in Richtung Notaufnahme, von wo er vom Stationsarzt zuvor telefonisch informiert wurde. In der Röntgenabteilung angekommen half Al auch gleich, Jule auf die CT-Liege hinüber zu heben. Seltsam, dachte er, wie oft habe ich von Jule geträumt, ohne sie auch nur ein einziges Mal gesprochen, geschweige denn berührt zu haben. Wie leicht und zierlich sie doch war, erneut drückte er ihre Hand, fand diesmal aber keinen Gegendruck. „Und wenn sie nicht wieder zu sich kommt, wenn sie gar hier und jetzt sterben würde, an einer inneren Blutung, oh Gott ...“ Al merkte, wie Panik sich in ihm breitmachte, während er den CT-Raum verließ und Jule durch das Fenster sorgenvoll betrachtete. Die Liege schob sich langsam in die CT-Röhre, Jule bewegte sich dabei keinen Millimeter. Kurze Zeit später leuchteten die ersten CT-Schnitte ihres Kopfes auf dem Bildschirm auf.
„Und, sieht man was?“, fragte Al ungeduldig.
„Keine Ahnung, muss der Doc entscheiden“, antwortete die Röntgen-MTA trocken. Al schaute angestrengt auf die Bilder, konnte aber zu seiner Erleichterung nichts Auffälliges erkennen. Während sie anschließend Jule wieder auf die Liege hoben und sie in Richtung eines anderen Röntgenraumes schoben, war ein Radiologe gerade dabei, die CT-Bilder zu analysieren. Schweigend machte er ein besorgtes Gesicht, was bei Al das Panikgefühl noch verstärkte.
„Hm“, war das Einzige, was der Radiologe verlauten ließ und die Stirn runzelte. „Also, auf den ersten Blick sieht alles normal aus, wenn man aber genauer hinguckt ...“ Er schwenkte eine große Lupe vor dem Bild. Al spürte sein Herz im Hals klopfen und dachte laut vor sich hin: „Herrgott im Himmel, ich mein es ernst, jetzt brauch ich mal deine Hilfe ...“ Wieder ließ der Radiologe ein langes „Hm“ verlauten und musterte angestrengt und mit zunehmend

kritischem Blick die vor ihm aufgereihten Bilder. „Also, wenn man genauer hinguckt, dann ...", erneut entstand eine quälende Pause, „sieht man auch nichts. Alles okay." Al stolperte nach vorne und hätte den Arzt am liebsten umarmt. Der drehte sich erschrocken um. „Hey, junger Freund, alles in Ordnung, brauchst wohl mal ein bisschen Schlaf. Also, jetzt fahr mal unsere junge Patienten in den Raum dort drüben, damit wir uns den Knöchel noch mal anschauen." Der Knöchel schien noch weiter angeschwollen zu sein, jedenfalls kam es Al so vor. Vorsichtig hob er mit beiden Händen ihren Fuß und Unterschenkel etwas an, damit die Röntgenplatte darunter geschoben werden konnte. Dann drehten sie Jule gemeinsam auf die Seite, um noch eine seitliche Aufnahme anzufertigen. Jule rührte sich dabei kein bisschen, obgleich jede Bewegung des betroffenen Knöchels höllisch wehtun musste. Anschließend schob Al die Liege samt Jule wieder in Richtung Ambulanz.

„So ruhig ist es hier selten", sagte Oberarzt Knote freundlich, der bereits über das Ergebnis des CT und der Röntgenaufnahme informiert worden war. „Außenknöchel rechts, Weber-B, glatter Bruch, wahrscheinlich schon ein paar Tage alt", murmelte er kopfschüttelnd. „Verdammt hart im Nehmen, das Mädel. Bricht sich in Argentinien irgendwo in den Bergen den Knöchel, schleppt sich zum Flughafen und fliegt dann auch noch nach Frankfurt. Wenn das der Pilot mitbekommen hätte, wäre sie sicher nicht mitgeflogen. Das muss ganz schön wehgetan haben, musste vermutlich ganz schön auf die Zähne beißen, unsere Jean d'Arc." Oberarzt Knote überlegt einen Moment und sagte dann: „Also, morgen früh steht sie auf dem Programm. Willst du mal Haken halten?" Der Oberarzt lächelte Al freundlich an.

„Haken halten? Äh, ja natürlich, klar. Haken halte ich immer gerne", entgegnet Al fast geistesabwesend.

„Der Spaß am Hakenhalten wird ihm noch vergehen", lachte Oberarzt Knote der Notfallschwester entgegen.

„Also, dann mach dich mal vom Acker, morgen früh sieben Uhr geht's los, da musst du fit sein." Er klopfte Al auf die Schulter, sodass selbst die anfänglich so mürrische Notfallschwester sich zu einem freundlichen Lächeln hinreißen ließ.
„Ach, Herr Oberarzt, noch eine Frage." Oberarzt Knote drehte sich lächelnd noch mal um. „Jule, äh, ich meine natürlich Frau Camus, ist doch immer noch bewusstlos. Ist das nicht ein bisschen gefährlich, sie dann morgen gleich zu operieren?" Knote runzelte die Stirn. „Guter Punkt, Al ... ich darf doch Al sagen, oder?"
„Jaja, natürlich", entgegnete Al irgendwie stolz, wenigstens von einem ins Vertrauen gezogen zu werden.
„Das scheint mir hier ein ganz schön zähes Mädel zu sein. Trotzdem, nach all den Strapazen, das hält kaum einer aus, und nun ist sie einfach nur platt. Hinzu kommt, dass die Schädel-CT und die Laborwerte normal sind. Auch sonst liegen keine weiteren Verletzungen vor. Wirst sehen, ein bisschen Flüssigkeit, und sie wacht wieder auf."
„Das hoffe ich auch", entgegnete Al zaghaft.
„Also, Al, morgen früh schaust du sie noch mal genau an. Das Gleiche macht der Anästhesist, und wenn es ihr dann besser geht, kommt sie so gegen elf Uhr dran. Alles klar? Wir müssen nämlich bald etwas tun, sonst bleibt ihr Knöchel für immer steif und das wäre schade. Meinst du nicht auch?"
„Das wäre allerdings schade, vielen Dank für die Erklärung. Also morgen früh schaue ich sie mir an und werde Ihnen berichten."
Oberarzt Knote lächelte und ging dann rasch in Richtung seines Dienstzimmers. Er hatte die Hoffnung, als diensthabender Oberarzt doch noch etwas Schlaf zu finden. Al hingegen wusste, dass er selbst zu Hause keinen Schlaf finden würde.
Nachdem Jule in ein normales Krankenbett umgelegt wurde, setzte sich Al auf einen Stuhl neben ihr Bett. Inzwischen hatte man ihr ein Pulsoxymeter über den Finger gestülpt, von dem aus eine Pulskur-

ve und die ungefähre Sauerstoffsättigung des Blutes aufgezeichnet wurden. Die EKG-Elektroden zeichneten den elektrischen Strom des Herzens auf, dabei piepte es bei jedem größeren Ausschlag, den man QRS-Komplex nannte, und Al versuchte zu erfassen, ob all die Kurven und Zahlen etwas Besorgniserregendes enthielten. In regelmäßigen Abständen pumpte sich leise brummend das Blutdruckmessgerät an ihrem linken Oberarm auf und zeigten mit einem Piepton die aktuellen Blutdruckwerte an. Anschließend zischte das Gerät beim Luftablassen, wie ein zufriedener Seufzer. Die Infusion tropfte langsam, und Al wollte sich vorstellen, dass mit jedem Tropfen wieder mehr Lebenskräfte in Jules geschwächten Körper fließen würden. Das Labor hatte bis auf eine leichte Blutarmut keine Auffälligkeiten ergeben, auch keinen Alkohol oder Drogen, deren Einnahme angesichts der sicherlich starken Schmerzen gut nachvollziehbar gewesen wäre. Das regelmäßige Piepen der EKG-Linie war das letzte, was Al hörte, bevor ihm die Augen zufielen.

Am nächsten Morgen herrscht um ihn herum hektisches Treiben. Offenbar waren in der Nacht noch einige Notfälle reingekommen, die Al verschlafen hatte. Er brauchte einen kurzen Moment, um zu realisieren, was gestern Abend geschehen war. Dass er Jule wiedergesehen hatte, wenn auch unter Umständen, die er sich anders gewünscht hätte, stand fast unwirklich vor seinen Augen. Ein Pfleger von der Frühschicht kam hinzu und stöpselte die Verkabelungen Jules Körper und die Infusion ab.

„Können Sie die Patientin zur OP-Schleuse fahren? Wir haben hier noch alle Hände voll zu tun“, sagte der Pfleger mit gleichgültigem Gesichtsausdruck.

„Jaja, kann ich machen. Wissen die Bescheid, dass ich komme?“

„Na klar, wissen die Bescheid, und Sie sind doch Herr Steinhoff, oder nicht? Sie sind zum Hakenhalten eingeteilt, na, dann mal los.“ Jetzt erinnerte sich Al, dass er leichtfertig zugesagt hatte, bei der OP zu assistieren.

„Ach, Moment noch", rief er dem Pfleger hinterher. „Herr Oberarzt Knote sagte gestern Abend, ich solle sie erst noch untersuchen, und es käme dann noch der Anästhesist, um zu entscheiden, ob sie überhaupt OP-fähig ist."
Der Pfleger drehte sich sichtlich genervt um. „Also, junger Freund, während Sie hier schliefen wie ein Murmeltier, war der Anästhesist bereits hier und hat sein Okay gegeben. Frau Camus konnte uns sogar ihr Einverständnis geben, und zwar schriftlich und mündlich. Dann hat sie eine Spritze bekommen und nun schläft sie halt wieder. Noch Fragen?" Al sprang aus seinem Sessel und blickte zu Jule, die tatsächlich tief schlief. Und er hatte alles verpennt! Frustriert brummte Al vor sich hin: „Vermutlich hat sie mich auf dem Stuhl einfach so schlafen sehen. Schöner Freund, verschläft alles, hatte sie sicher gedacht, so ein Mist aber auch."
Zeit für weitere Gedanken blieb nicht, da Al mit Jule schleunigst zur OP-Schleuse musste. Seine erste OP und das gleich bei Jule. Al war sich nicht sicher, ob er dazu in der Lage war, aber jetzt wollte er nicht kneifen. Bevor er das Bett in Richtung Operationssaal schob, griff er noch mal nach Jules Hand und drückte diese sanft in der Hoffnung auf ein kleines Zeichen. Schon wollte er sich zum Bettende hin bewegen, als Jule blinzelnd erst das eine, dann das andere Auge ein klein wenig öffnete. Al fasste Jules Hand und flüsterte „Jule ... Jule, ich bin es, Al." Sogleich schoss es ihm durch den Kopf, dass sich Jule vielleicht gar nicht an ihn erinnern würde, schon gar nicht unter diesen Umständen. Immerhin waren ein paar Jahre vergangen, seitdem sie sich das letzte Mal gesehen hatten.
In der Nacht hatte man ihre Eltern verständigt, die jeden Moment eintreffen sollten. Wahrscheinlich ist es daher besser, dachte Al, wenn Jule erstmals ihre Eltern sieht. Er wollte sich gerade umdrehen, als Jule seinen Händedruck erwiderte und mit trockener Stimme „Al" flüsterte. Dabei huschte ein Anflug eines Lächelns

über ihr Gesicht. Anschließend schloss sie die Augen wieder und fiel in einen friedlich erscheinenden Schlaf.

Rom, Juni 2010

Die Fahrt nach Italien zog sich endlos in die Länge. Südlich der Alpen, in der Poebene, kam eine erdrückende Schwüle hinzu, sodass Al gegen Abend schließlich froh und erleichtert war, in einem zentral in Rom gelegenen, kleinen Hotel ein Zimmer mit Klimaanlage bekommen zu haben. Er vermied es, sich wieder im Hotel Via Accademia einzumieten. Zu viele schöne, dann aber zuletzt so viele grausame Erinnerungen waren damit verbunden. Außerdem wollte er möglichst inkognito bleiben. Vielleicht wurde das Hotel Via Accademia, möglicherweise als Folge der Unterhaltung mit Professor Krastchow, beschattet. Niemand hatte unterwegs nach seinem Pass gefragt und an der Tankstelle hatte er mit Bargeld bezahlt, sodass bis auf Karin eigentlich niemand wissen konnte, dass er wieder in Rom war. Das Zimmer war klein und von der Straße hörte er das für Italien so typische Geknatter der Mopeds, mit denen die Jugend von Rom seit je her den Damen zu imponieren versuchte. Wie unbeschwert klingt doch deren Ausdruck von Lebensfreude, dachte Al, zumindest hörte sich das nicht enden wollende Röhren der Zweitakter so an. Am nächsten Morgen erwachte Al nach einem erstaunlich erholsamen Schlaf und das, obwohl das Klimagerät ein penetrantes Geklapper von sich gab, ein Geräusch, das den Straßenlärm zeitweise noch übertönte. Trotzdem ausgeschlafen zu sein, betrachtete Al als gutes Omen, denn das erneute Gespräch mit Alighieri könnte heikel werden. Er wollte ihm eine Fangfrage stellen, ob er bei der Obduktion nicht die Narben am linken Knöchel gesehen habe, wohl wissend, dass die Narbe am rechten Außenknöchel war. Vielleicht würde er ja auf diese Weise verraten, dass er die Obduktion nicht selbst durchgeführt hatte. Vielleicht würde er sogar verraten, Al schluckte bei dem immer weiter aufblühenden Hoffnungsgedanken, der seit der Unterhaltung mit Frau Camus von ihm Besitz ergriffen hatte, dass die Obduktion von Jule nie stattgefunden hatte.

Am Vorabend hatte er zu seiner Überraschung einen Parkplatz direkt vor dem Hotel bekommen und entschloss sich nun, das Auto dort stehen zu lassen und ein Taxi in die Via Lucrecia zu nehmen, in dem sich das „Centro anatomico di Roma“ gemäß des Briefkopfes auf dem Obduktionsbericht befinden sollte. Der Taxifahrer kannte die Straße, aber von einem solchen Centro hatte er noch nicht gehört und runzelte die Stirn. Es dauerte eine gute halbe Stunde durch das Verkehrschaos, bis der Taxifahrer in einer Art Villenviertel in die Via Lucrecia einbog. Die Hausnummer prangte an der prachtvollen Fassade eines Palazzos aus der Zeit der Renaissance, frisch renoviert und mit blitzblanken Sprossenfenstern, allerdings eher unpassend im Vergleich zu den sonst eher fleckigen und renovierungsbedürftigen Fassaden Roms. Al gab dem Fahrer ein gutes Trinkgeld, worauf dieser anbot, auf ihn zu warten, falls er innerhalb der nächsten zwei Stunden wieder zurück zum Hotel wolle. Al konnte ihm klarmachen, dass es länger dauern könnte, sodass der Taxifahrer missmutig davonbrauste.

Zu seiner Überraschung entpuppte sich das Gebäude als eine Art Klinik für Besserverdienende. „Vermutlich eine Schönheitsklinik“, brummte Al spöttisch, und dachte gleich an die Mangelverwaltung der gesetzlichen Krankenkassen in Deutschland. „Vielleicht sind die Schönheitsoperationen sogar gefährlicher als gemeinhin bekannt, sodass man hier gleich eine Pathologie angeschlossen hat“, murmelte Al mit einem gewissen Sarkasmus vor sich hin. Allerdings war von einem „Centro Anatomico“ nichts zu lesen, sodass Al noch mal die Adresse auf dem Obduktionsbericht überprüfte. Straße und Hausnummer stimmten. Verwirrt beschloss Al, durch den Glas- und Marmoreingang das Gebäude zu betreten. Kaum drinnen, fiel ihm eine große Anzeigetafel ins Auge, auf der an erster Stelle der Chefarzt Dr. Alighieri zu lesen war. Also doch richtig, dachte Al erleichtert. Aber die Kombination aus Schönheitschirurg und Pathologe erschien geradezu makaber. Vielleicht übte er an den Leichen, was er dann bei seiner verwöhnten Klientel in vivo umsetzen wollte. Vielleicht auch umgekehrt. Al wunderte sich über seinen schwarzen Humor angesichts all der Pracht, die ihm entgegen strahlte. Mal sehen, ob er sich noch an mich erinnert, schoss es ihm durch den Kopf. Er ging auf den Empfangsschalter zu, der eher dem eines Fünfsternehotels glich, als einer Klinik. Zu seiner Überraschung wurde er auf Englisch begrüßt. Bei wem er einen Termin habe, lautete die Frage einer ausgesprochen attraktiven, aber für seinen Geschmack zu sehr geschminkten Empfangsdame.

„Dr. Alighieri."

„Dr. Alighieri?", kam die prompte und erstaunte Rückfrage. „Wen darf ich melden?"

Al wusste nicht, ob er gleich seinen Namen sagen sollte, aber mit einem „Hänschen Schmidt" hätte man ihn sowieso nicht vorgelassen.

„Al, äh ... ich meine natürlich Albert Steinhoff aus Deutschland. Herr Dr. Alighieri kennt mich."

„Herr Albert Steinhoff, herzlich willkommen in unserer Klinik. Ich werde Sie gleich ankündigen. Nehmen Sie doch derweil dort drüben Platz." Die Empfangsdame deutet auf eine großzügige und funkelnagelneue Ledersitzgruppe seitlich des Eingangs. Al nahm auf einem Sessel Platz, von dem aus er die Empfangsdame und das ganze Foyer im Auge behalten konnte. Die Dame telefonierte, und dann passierte etwas Seltsames, etwas Alarmierendes. Sie riss die Augen weit auf, als habe sie gerade etwas sehr Merkwürdige

vernommen. Dabei blickte sie kurz zu Al hinüber, wich seinem Blick jedoch rasch aus. Nachdem sie aufgelegt hatte und sich einen Moment gesammelt hatte, stand sie auf und ging zu Al hinüber. Dabei blickte sie immer wieder nach rechts und links, als erwarte sie noch jemanden. „Bitte haben Sie noch etwas Geduld. Herr Dr. Alighieri kommt gleich und wird Sie hier in der Lobby abholen. Er erwartet bereits Ihre Ankunft und freut sich, Sie anzutreffen. Soll ich Ihnen einen Kaffee bringen?"
„Einen Kaffee? Sehr gern!" Al hatte morgens das Hotel ohne Frühstück verlassen. Er war zwar aufgeregt und seine Hände zitterten, aber einen Kaffee könnte er dennoch vertragen. Erst dann wurde ihm klar, was die Dame eben gesagt hatte. Alighieri würde ihn erwarten, wie konnte das sein? Eigentlich wusste nur Karin von seinem Plan, Alighieri aufzusuchen. Kurze Zeit später kam die Empfangsdame mit einem Espresso. Ihre Hand zitterte mindestens genauso wie die von Al, was anhand des Klapperns der Tasse auf der Untertasse bereits von Weitem zu hören war. Sie wirkte auch nicht mehr so selbstsicher und freundlich wie anfangs. Al schoss es durch den Kopf, dass er möglicherweise in ein paar Minuten nicht mit Alighieri, sondern mit ein paar unangenehmen Typen zu tun haben könnte. Er ging noch mal zu Anmeldung und fragte nach der Toilette. Die Empfangsdame deutete wortlos auf eine Tür. Al blickte sich noch mal um und verschwand rasch hinter der Toilettentür. Das Fenster eines Oberlichts stand offen. Die Öffnung war nicht groß, aber vielleicht groß genug, dass er hindurch passen könnte. Unklar war jedoch, was sich hinter dem Fenster befand und ob er dann nicht erst recht in der Falle saß. Seine Fluchtgedanken sollten schneller Realität werden, als ihm lieb war. Noch im selben Moment, als er den Wasserhahn betätigte, um seine angstnassen Finger zu kühlen, hörte er laute Stimmen in der Lobby. Er presste sein Ohr an die Tür.

Der Tonfall der Männer, die draußen vor dem Empfang standen, kam ihm erschreckend bekannt vor. Er hatte keine Wahl. Rasch kletterte er auf den Heizungsradiator unterhalb des Fensters. Er packte das Fenstersims und zog sich daran hoch. Vor ihm lag ein großer Hof, auf dem einige Lieferwagen parkten. Der Fluchtweg war frei. Mit aller Kraft zog er sich hoch und zwängte sich durch das Fenster. Aus etwa zwei Meter Höhe zu springen, konnte schiefgehen, schoss es ihm durch den Kopf. Aber es gab kein Zurück mehr. Noch beim Springen vernahm er das Krachen der Toilettentür, die er vorher noch verriegelt hatte. Er beugte sich weit aus dem Fenster und ergriff eine Regenrinne, an der er sich zu Boden gleiten ließ. Angstgetrieben blickte er sich um. Sein Herz raste. Er musste jetzt rasch handeln, da ihm seine Verfolger knapp auf den Fersen waren und sich auch sicher besser auskannten. Das Tor zur Straße war halb verschlossen. Im Augenwinkel sah er einen Lieferwagen mit laufendem Motor. Anstatt wegzurennen, drehte er sich kurz entschlossen um. Das etwa vier Meter hohe Metalltor war gerade dabei, sich gemächlich zu schließen. Möglicherweise hatte man seinen Fluchtplan bereits erahnt. Al rannte zu der Beifahrertür des Lieferwagens, riss die Tür auf und sprang hinein. Hinter ihm hörte er einen Schuss, dann einen weiteren. Der Lieferwagen zitterte merklich bei jedem Schuss, der in seine blecherne Hülle eindrang. Beherzt griff Al über den ihn erschrocken anstarrenden Fahrer hinweg, öffnete die Fahrertür und stieß den verschreckten Fahrer mit einem kräftigen Tritt von seinem Sitz ins Freie. Dann rutschte er auf den Fahrersitz und gab Vollgas. Im Rückspiegel sah er drei Männer auf ihn zulaufen und für einen Moment meinte er, die Gestalten wiederzuerkennen, die damals Jule verfolgten. Das Metalltor war bereits fast geschlossen, als Al mit quietschenden Reifen durch die noch verbliebene Lücke schoss. Die noch offene Fahrertür stieß dabei so heftig gegen die Torkante, dass sie mit lautem Scheppern zuknallte. Die Scheibe der Fahrertür zersprang mit einem lauten Krachen in tausende kleiner Splitter, die sich zum Teil wie Nadeln in seine linke Gesichtshälfte bohrten. Zum Glück hatte er keinen Splitter im Auge. Die Wucht des Lieferwagens hatte die Torflügel ein Stück weit aufgerissen, sodass sich das Fahrzeug gerade eben noch durchquetschen konnte. Mit quietschenden Reifen und durchgetretenem Gaspedal bog er in die Via Lucrecia ein. Er wusste, dass die Männer die Verfolgung aufnehmen würden. Dann krachte es erneut und das Beifahrerfenster zerbarst ebenso wie die Frontscheibe, die nun als undurchsichtiges Netz aus tausenden kleiner Splitter die Sicht behinderte. Wenn er jetzt stehen blieb, wäre alles vorbei, raste es Al durch den Kopf. Er beugte sich von Panik getrieben nach vorne zur Scheibe, um sich mit einem entschlossenen Faustschlag Sicht zu verschaffen. Dabei trat er das Gaspedal voll durch, ohne zu ahnen, ob die Straße überhaupt frei war. Er hatte Glück. Mit quietschenden Reifen und unter heftigem Schleudern der Hinterräder schoss er die Via Lucrecia entlang. Doch das Glück war nur von kurzer Dauer, als er erkannte, sich einen Weg durch entgegenkommende Fahrzeuge suchen zu müssen. Er war gegen die Einbahnstraße eingebogen und erwartete jeden Moment einen heftigen Frontalzusammenstoß. Vielleicht würde es ihm jetzt genau so gehen wie Jule. Ein Unfall, Genickbruch, Tod. Die Alternative eines tödlichen Pistolenschusses, bestenfalls einer Entführung ohne Rückkehr war auch nicht besser, sodass Al das Gaspedal durchtrat. Wie besessen schlängelte er sich durch die entgegenkommenden und wie wild hupenden Fahrzeuge, natürlich nicht, ohne den einen oder anderen dabei unsanft seitlich zu rammen. „Scheiße, Scheiße, Scheiße!“, brüllte er verzweifelt bei jedem seitlichen Aufprall und sah einen großen LKW wie das ultimative Inferno direkt auf ihn zukommen. Im letzten Moment zog er den Lieferwagen in eine kleine Seitenstraße. Noch waren im Rückspiegel keine Verfolger auszumachen, sodass Al kurzerhand beschloss, den Lieferwagen

in der kleinen Seitenstraße stehen zu lassen, um zu Fuß oder in einem Taxi weiter zu flüchten. Erst jetzt bemerkte er, dass ihm Blut die linke Schläfe hinunterlief. Hatte er doch einen Schuss abbekommen? Wie von wilden Tieren verfolgt, rannte er eine Parallelstraße zur Via Lucrecia hinunter und drängte sich schließlich in das immer dichter werde Gewühl aus Passanten einer hektischen Einkaufsstraße. Von seiner Panik und selbst von der blutenden Wunde schien kaum einer Notiz zu nehmen. Und wenn doch, dann mit hochgezogenen Augenbrauen, sich mit einem mutmaßlichen Schlägertypen nicht anlegen zu wollen. Vorsichtig tastete er nach seiner linken Kopfseite. Ein heftiger Schmerz durchzuckte ihn, als sich die kleinen messerscharfen Glassplitter tiefer in die Haut bohrten. Erleichtert stellte er fest, dass er weder eine größere Platzwunde und schon gar keine Schusswunde tasten konnte. In ein Krankenhaus würde er auf keinen Fall gehen.
Immer noch mit wild schlagendem Herzen und heftigen Seitenstichen lief er in die Richtung, in der er sein Auto und sein Hotel vermutete. Langsam versuchte er sich zu beruhigen, blieb einen Moment stehen, um dann gemächlich und möglichst unauffällig weiterzulaufen. Vielleicht brauchte er noch ein paar Reserven, die er jetzt nicht kopflos vergeuden wollte.
Nach einer Weile war er sich fast sicher, kein frisches Blut mehr an seiner Schläfe zu spüren. Sich ängstlich umblickend, betrat er eine Kaffeebar. Dabei versuchte er seinen Kopf so zu halten, dass der Wirt hinter dem Tresen nur seine rechte, unverletzte Gesichtshälfte sehen konnte. Er bestellte eine Cola und fragte nach der Toilette. Vor dem Spiegel über dem kleinen Waschbecken versuchte er vorsichtig, die Splitter aus der linken Schläfe zu entfernen. Ein Mann kam aus dem Klosett, schaute ihn entgeistert an und verschwand mit verdrehten Augen. Zum Glück ließen sich die Splitter gut entfernen. Anschließend wusch er das getrocknete Blut von seiner Wange. Nachdem er sich vergewissert hatte, dass es nicht

mehr blutete, setzte er sich wieder an die Bar und trank seine Cola. Seine Hände zitterten noch so stark, dass er das Glas mit beiden Händen zum Mund führen musste. Da seine Knie ebenso schlotterten, beschloss er, sich auf einem Stuhl in der hintersten Ecke der Bar noch eine Weile auszuruhen. Er zuckte zusammen, als der Kompressor des Kühlschranks direkt neben ihm zu dröhnen anfing. Ein besseres Déjà-vu hätte es kaum geben können, nur dass er, Albert Steinhoff, diesmal der Gejagte war.

Frankfurt, Juli 2009

In der OP-Schleuse angekommen, wurde Jule von zwei Pflegern in Empfang genommen und Al eilte in Richtung Umkleideraum. Er beobachte die anderen Ärzte, um zu sehen, was zu tun war. Umziehen, Überzieher über die Schuhe und dann die Waschprozedur. Zum Glück hing eine Anleitung neben den Waschbecken. Er schrubbte sich die Hände, besonders die Fingernägel, um sie anschließend wiederholt mit einer alkoholischen Lösung zu spülen. Dass die Haut dies auf Dauer mitmacht, ist ein Wunder, dachte Al, während er in Richtung Operationssaal schlich. Die OP-Schwester wartete bereits ungeduldig, um ihm den grünen OP-Kittel überzustülpen.
„Sehr freundlich, ich glaub, ich kann das schon alleine", wollte Al gerade sagen, als die OP-Schwester fauchte: „Hände hoch und nichts anfassen, verstanden. Bist wohl neu hier. Welche Größe?"
Al schaute irritiert.
„Äh, welche Größe? Ich glaub, so etwa ein Meter neunundsiebzig."
„Oh, Mann, ich meine natürlich die Handschuhgröße", entgegnete die OP-Schwester und verdrehte die Augen. Zum Glück streckte sie ihm gleich die Öffnung des rechten OP-Handschuhs entgegen, ohne weiter zu fragen, da Al keine Ahnung hatte, welche

Größe er hatte. Wie der Oberarzt, der schon angekleidet war, faltete er die Hände vor seiner Brust. Gemeinsam hätte man sie nun auch für Ordensbrüder halten können, gerade die Frühandacht betend, nur in grün mit OP-Mütze und Mundschutz. Al atmete tief durch den Mund und blies sich mit jedem Atemzug Luft an den Nasenflügeln vorbei in Richtung seiner Augenlider. Dies wiederum verursachte ein Kitzeln am Auge, was Al reflexartig veranlasste, die Augenlider mit dem rechten Zeigefinger zu massieren. „Unsteril!“, brüllte jemand, als müssten alle sofort fluchtartig den Raum verlassen. Alle blickten auf Al, der sich keines Fehlverhaltens bewusst war.

„Handschuhe ausziehen. Aber bitte so, dass Sie nicht auch noch den Kittel wechseln müssen, kapiert?“, brummte ihm eine OP-Schwester entgegen. „Und dann bleiben Sie hier stehen und fassen nichts mehr an, auch nicht Ihre Nase, oder wo es Sie sonst noch juckt.“ Das ganze OP-Personal lachte und Al fühlte sich so dämlich wie selten zuvor. Inzwischen war Oberarzt Knote an seine Seite getreten.

„Mach dir nichts draus, Al, ging uns allen so. Gleich bekommst Du einige Tücher gereicht, mit der wir die junge Dame bedecken. Sie kann ja nicht die ganze Zeit so nackt da rumliegen.“ Erst jetzt schweifte Als Blick hinüber zu Jule, die tatsächlich nackt auf der OP-Liege lag. Die Arme ruhten beidseits ausgebreitet auf Armauflagen, der Kopf schien etwas überstreckt und aus dem Mund ragte ein Schlauch, der an das Beatmungsgerät angeschlossen war. Der Anästhesist klebte ihr zwei Druckknöpfe auf die Brust, an die die EKG-Elektroden angeschlossen wurden. Links und rechts im Arm steckten Infusionsschläuche. Am rechten Oberschenkel war eine Blutdruckmanschette befestigt, die fest aufgeblasen war und das darunter liegende Gewebe unbarmherzig komprimierte. Jules Haut wirkte zart und blassrosa, während ihr rechtes Bein unterhalb der Manschette wie abgestorben, nicht mehr zu ihr gehörend, fast leblos am Körper zu hängen schien. Al dachte daran, wie er Jule im Bootshaus beobachtete. Damals war sie ebenso nackt wie jetzt und doch ganz anders. Das gleißende OP-Licht leuchtete auf Jules weiße Haut und schien jeden emotionalen Gedanken ins Gegenteil zu verkehren. Der erotische Anblick von damals wich nun einer Art Schlachtbank-Atmosphäre, sodass Al froh war, zusammen mit Oberarzt Knote jeden weiteren Anblick von Jule mit den grünen Tüchern verdecken zu können. Mit jedem weiteren Tuch schien Jules Persönlichkeit zu weichen. Zuletzt bestand sie nur noch aus ihrem rechten Unterschenkel. Das Gesicht versteckte sich hinter einem grünen Zelt, unter dem nur der Anästhesist gelegentlich Zuflucht suchte, in dem er hin und wieder sein Stethoskop darunter schob, vermutlich um zu hören, ob der Beatmungstubus noch an der richtigen Stelle lag. Al versuchte sich vorzustellen, dass es sich bei seiner ersten OP nicht um Jule handelte, sondern nur um das, was er sah, einen unpersönlichen Knöchel, der blaurot verfärbt darauf wartete, wieder seine Gesundheit zu erlangen. Der Gedanke, dass nun in seinem Beisein in Jule hineingeschnitten wurde, in jemanden, den er ersehnt hatte wiederzusehen, den er allerdings bis dahin kaum kannte, geschweige denn berührt hatte, verursachte eine gewisse Übelkeit. Krampfhaft versuchte Al, den Fuß nicht als Teil von Jule zu sehen, während über diesen eine selbstklebende durchsichtige Folie gebreitet wurde. Zum Glück hatte das Sichtfeld nun kaum noch etwas mit dem zu tun, was er mit Jule sonst in Verbindung brachte. Während der Oberarzt mit seiner linken Hand Jules Unterschenkel fixierte, hielt er mit der rechten Hand ein im OP-Licht bedrohlich glänzendes Skalpell, den Zeigefinger auf der Skalpellrückseite führend. Wiederholt imitierte er knapp über dem Knöchel die Schnittrichtung, fast wie ein Maler, der sich Gedanken machte, wie er den für das Gelingen seines Bildes so bedeutsamen ersten Pinselstrich ziehen sollte. Plötzlich senkte sich

die Hand des Oberarztes, und er schnitt beherzt etwa 15 Zentimeter lang durch die Haut, die sich gleich nach beiden Seiten hin öffnete. Al atmete ruckartig ein und ließ dabei ein fauchend-zischendes Geräusch vernehmen, als habe er sich gerade selbst in den Finger geschnitten. Genau genommen schien er auch einen Schmerz zu spüren, der jedoch gleich wieder verschwand. Der Oberarzt blickte ihm fragend in die Augen. „Alles klar?“ Al nickte nur und nahm die zwei Klammern, die ihm die OP-Schwester reichte und ihn an zwei verbogene Gabeln erinnerten. An den Wundrändern eingehakt, zog Al die Schnittwunde vorsichtig auseinander. Dank der Blutdruckmanschette am Oberschenkel, es handelte sich um eine Blutsperre, blutete die Wunde kaum.
Das war also das berühmte Hakenhalten, mal etwas mehr vorn, dann mal weiter hinten, je nach dem, an welcher Stelle es galt, die Wunde für den Operateur zu spreizen. Der Knöchelbruch war nun offensichtlich. Oberarzt Knote säuberte die Bruchränder mit einem scharfen Löffel, um anschließend die Knochenteile entsprechend der früheren Form wieder zusammenzufügen. Anschließend wurde mit einigen Schrauben eine Metallplatte angebracht, die in der nächsten Zeit die Stabilität des Außenknöchels übernehmen sollte, bis der Knochen wieder stabil zusammengewachsen war.
Die Operation ging zügig und routiniert voran und Al schaffte es tatsächlich, seine Gedanken auf das zu konzentrieren, was er sah. „Passt!“, war der einzige Kommentar, den Oberarzt Knote von sich gab, während sonst die OP-Schwester mit ihm offensichtlich rein gedanklich kommunizierte, immer wissend, welches Gerät, welche Schraube und schließlich welches Nahtmaterial erforderlich sein würde. Bevor man die Wunde in zwei Schichten vernähte, wurde noch ein dünner Plastikschlauch eingebracht und wie mit einer krummen Stricknadel seitlich durch die Haut nach außen geleitet. Anhand dieser Drainage konnte festgestellt werden,

ob es im Inneren der Wunde noch blutete. Al hatte in den letzten zwei Wochen einige solcher Schläuche gezogen. Hin und wieder schien sich der Schlauch in der Tiefe verklebt zu haben, was dann beim Ziehen oft mit einem kurzen aber heftigen Schmerz verbunden war. Das blieb Jule also nicht erspart und Al fragte sich, ob sie vielleicht auf seine Station kommen würde. Jetzt durfte er wieder alles berühren und er fühlte sich bei dem Gedanken erleichtert. „Vielen Dank für Ihre Assistenz." Oberarzt Knote lächelte ihn an und Al war sich nicht sicher, wofür er sich eigentlich bedankte, da er ja nur mit zwei Haken beschäftigt war. „Sie kennen die Patientin, nicht wahr, Al?" Wie konnte er das ahnen? Möglicherweise hatte ihm die Notaufnahmeschwester einiges mitgeteilt. „Nun, das trifft sich gut", fuhr er fort, „sie kommt erst einmal auf die Wachstation und dann später auf Ihre Station, dann können Sie sich ja um sie kümmern."
„Darauf können Sie sich verlassen", entgegnete Al etwas mulmig in der Magengrube, da er sich nicht recht sicher war, gerade bei Jule die Verantwortung übernehmen zu wollen.
„Also, jeden Tag Verbandswechsel, und am zweiten Tag, wenn durch die Drainage nichts mehr läuft, den Schlauch ziehen. Sie wissen ja, wie das geht. Und Al ..." Al schaute Oberarzt Knote in die Augen, unsicher, was jetzt noch kommen würde. „Wenn irgendetwas nicht stimmt, dann sagen Sie mir gleich Bescheid. Einverstanden? Wir wollen sie doch wieder richtig auf die Beine bekommen." Al nickte erleichtert. Er wollte gerade den OP verlassen, als sich Jule aufbäumte, die Augen für einen Moment aufriss und so heftig zu würgen begann, dass Al gleich zu ihr rüber sprang, in der Hoffnung irgendetwas tun zu können. Er wusste nur nicht was.
„Hallo, kann mal jemand schauen!", rief Al verzweifelt in den Raum, ohne Jule aus den Augen zu verlieren. Wieder bäumte sie sich auf, die Arme unsicher durch die Gegend schwingend. Ihr Kopf lief blaurot an, während sie den Eindruck machte, ihr gesamtes Inneres herauswürgen zu wollen.

„Hey, nicht so eilig, junge Dame." Zum Glück kam der Anästhesist offensichtlich amüsiert von dem Schauspiel hinzu. „Na, die hat's ja eilig." Ohne sich auch nur im Geringsten zu beeilen, nahm er einen dünnen Schlauch, der wie eine giftige Schlange leise vor sich hin zischelte, und führte ihn durch den Tubus in Jules Lunge. Im selben Moment bäumte sie sich erneut auf, als würde sie ein letztes Mal nach Luft ringen wollen. Zischend und gurgelnd zog der Anästhesist den Schlauch aus Jules Luftröhre. Sichtlich erleichtert entspannte sie sich. Speichel rann seitlich aus ihrem Mund, und den Rest versuchte sie, instinktiv schmatzend zu verschlucken. Al atmete tief durch, als sei er gerade selbst extubiert worden.

„Macht mal flott, die nächste OP steht schon vor der Tür", rief jemand durch den Gang. Notdürftig bedeckt wurde Jule eilig in Richtung Aufwachraum geschoben. Al bückte sich leicht nach vorne, sein Rücken schmerzte, die Füße taten ihm weh und das nach weniger als zwei Stunden am OP-Tisch, oder war es gar nur eine Stunde. Al stellte mit Erleichterung fest, dass er nicht für weitere OPs eingeteilt war. Erschöpft ging er in die Umkleidekabine zurück, zog seine Stationsklamotten an und schlenderte in Richtung Mensa. Er war froh, dass alles gut gegangen war. Was ihn selbst betraf, war er sich da nicht so sicher. Mal abgesehen von den Schmerzen im Rücken und Füßen bereits nach einer kurzen OP, konnte er kaum die Pinzette ruhig halten, als Oberarzt Knote ihn fragte, ob er auch mal eine Naht versuchen wollte. Das war ihm in dem Moment unsäglich peinlich. Seit dem Abitur hatte er in Ruhe und besonders nach körperlicher Anstrengung mit einem groben Zittern seiner Hände zu kämpfen. Und das war jetzt besonders ärgerlich.

„Also, mit so einem Tatterich wird das mit der Chirurgie aber nichts", hatte die OP-Schwester nach noch nicht einer Minute eingeworfen, was Als Nervosität und das Zittern nur noch verschlimmerte. Resigniert gab er Pinzette und Nadelhalter wieder an Oberarzt Knote zurück. Eigentlich hatte er sich immer vorgestellt, Chirurg zu werden, aber vermutlich konnte er sich das nun aus dem Kopf schlagen. Auf der anderen Seite, dachte Al, ist auch noch kein Meister vom Himmel gefallen, und wenn ich mal nicht angestrengt Haken halten muss, geht es vielleicht besser. Zum Glück traf er in der Mensa einen Kommilitonen, der auf einer anderen Station eingeteilt war. Offenbar ging es ihm ähnlich, laut jammernd schimpfte er über die ständige Stationsroutine. Al erzählte ihm von seinem ersten Tag im OP. Die Rückenschmerzen und das Zittern erwähnte er natürlich nicht.

Auf der Station empfing ihn Schwester Hiltrud mit einem wohlwollenden Lächeln. Sie stand kurz vor der Pensionierung und war im Haus als „Stationsdrachen" bekannt. Al verstand sich mit ihr jedoch vom ersten Tag an blendend. Er konnte sie alles fragen, was bei jüngeren Schwestern sicher als dämlich gegolten hätte und von entsprechend abfälligen Kommentaren begleitet wurde. Bei Schwester Hiltrud war das anders. Sie umfing Al mit einer Art mütterlichen Fürsorge. Dank der großen Erfahrung, die sie in über 40 Jahren als Stations- und OP-Schwester angesammelt hatte, schien Al mehr von ihr, als von irgendeinem Stationsarzt zu lernen.

„Heute Nachmittag bekommen wir noch einen Zugang aus dem OP, Doktorle." Wenn Schwester Hiltrud ihn mit „Doktorle" ansprach, war das für Al kein Problem. Das tat sie dann auch nur, wenn sie unter sich waren, niemals bei der Visite oder vor Patienten, was Al an ihr sehr schätzte. „Sie können aber auch nach Hause gehen, ich sag dann dem Dienstarzt Bescheid", fügte Schwester Hiltrud hinzu.

„Ne ne, ich bleib noch hier. Schließlich war ich ja bei der OP dabei."

„Ah, das erste Mal Haken halten. Und wie geht's dem Rücken?"

Al lächelte zurück, atmete dann aber eher sorgenvoll tief ein und aus. „Ich glaub, das mit der Chirurgie ist nichts für mich, Schwester Hiltrud."

„Kopf hoch, Doktorle, ich hab Ihnen ja gleich gesagt, Sie sind für Besseres geboren als diese Handwerker." Al lachte, vielleicht hatte sie ja recht. „So, und jetzt müssen wir erst mal ein paar Verbände wechseln." Zusammen mit Schwester Hiltrud ging er von Zimmer zu Zimmer, von Patient zu Patient, und während anfangs sie die Verbände wechselte, übergab sie diese Tätigkeit zunehmend an Al ab und klopfte ihm gelegentlich auf die Schulter, wenn der Verband richtig gut saß.

Nachmittags kam Jule in ihr Zimmer. Sie schlief tief und fest. Das Nachbarbett war leer und Al rückte sich einen Stuhl an ihr Bett. Er genoss die plötzliche Ruhe, allein zu sein mit Jule. Sie atmete ruhig und entspannt. Bei Al machte sich Müdigkeit breit. „Nicht noch mal hier einschlafen", brummte er vor sich hin. „Jule muss ja sonst denken, dass ich hier nur am Schlafen bin."

Er wollte sich gerade erheben, als es an der Tür klopfte und ein ihm noch entfernt bekanntes Gesicht durch die Türöffnung schaute. Al sprang auf, als er Jules Mutter und knapp dahinter mit unsicheren Schritten ihren Vater erblickte. Er erinnerte sich, wie Jule ihnen damals auf der Insel aus dem Boot geholfen hatte. Nun war es Jule, die von ihnen Hilfe brauchte.

„Oh Entschuldigung, ist wohl gerade Visite", ließ sie verlauten und wollte ihren Mann gerade wieder aus dem Zimmer schieben.

„Nein, nein, kommen Sie rein, ich bin hier nur der Famulant." Frau Camus ging vorsichtig auf Jules Bett zu, leicht nach vorne gebückt, die Hände wie zu einem Gebet vor ihrer Brust verschränkt. Sie sagte nichts, richtete sich dann auf und drehte sich zu Al. Sie atmete tief durch und es zeigten sich ein paar Tränen über ihren Unterlidern. Um die Anspannung zu lösen, räusperte sich Al und sagte dann mit fester Stimme.

„Alles in Ordnung mit ihr. Die Operation ist gut verlaufen. Das wird schon wieder." Fast wirkte es so, als habe er selbst die Operation durchgeführt.

„Gott sei Dank, wir haben uns solche Sorgen gemacht. Schließlich war sie da unten in Argentinien für einige Tage komplett verschollen. Oh je, das hätte auch schief gehen können.“ Frau Camus blickte Al aus dem Augenwinkel neugierig an, während Herr Camus am oberen Bettende stumm auf seine Tochter starrte.

„Herr Doktor ...“, fuhr Frau Camus fort.

„Steinhoff, Albert Steinhoff. Wie gesagt, noch nicht Doktor, nur Famulant“, fiel ihr Al ins Wort.

„Herr Steinhoff, Sie kommen mir ...“

„Genau, in Österreich, Inselhotel, liegt schon ein paar Jahre zurück.“

„Na, das ist ja ein Zufall. Schön, Sie mal wieder zu sehen, sind ja ein richtig gestandener Mann geworden.“ Frau Camus errötete etwas, als sie merkte, dass sie vielleicht etwas zu forsch wirken könnte.

„Nun ja, man tut, was man kann, Frau Camus. Aber jetzt lass ich Sie alleine mit ...“ Er wollte gerade „Jule“ sagen, war sich aber nicht sicher, wie das in diesem Moment wirken würde, „mit Ihrer Tochter. Und wenn Sie Fragen haben ... ich bin noch eine Weile im Stationszimmer.“ Frau Camus lächelte verlegen.

„Später vielleicht. Auf jeden Fall freue ich mich, dass Sie ... ich meine, dass Jule mit Ihnen ... also, ich meine natürlich, dass jemand Bekanntes auf Jule aufpasst.“

„Selbstverständlich, da können Sie sich drauf verlassen.“ Al lächelte zurück und ließ dann Jules Eltern mit ihrer Tochter allein. Auf dem Gang begegnete ihm Schwester Hiltrud. „Doktorle, Sie sind ja immer noch hier. Haben Sie keinen Feierabend?“

„Hab nur nach der neuen Patientin geschaut“, entgegnete Al etwas verlegen.

„Morgen ist zwar Samstag, aber vielleicht könnten Sie morgens noch mal reinschauen. Zwei Schwestern sind krank geworden und ich könnte Hilfe beim Verbandswechsel gut gebrauchen.“

„Na klar, so gegen acht?“

„Neun reicht auch, das wäre eine große Hilfe, also dann bis morgen." Schwester Hiltrud rauschte davon, für ihr Alter war sie noch erstaunlich schnell auf den Beinen. Er wusste Jule bei ihr in guten Händen und war auch froh, die kommende Nacht im eigenen Bett zu verbringen. Wie würde der nächste Tag wohl anfangen, wenn Jule wach war? Würde sie ihn wiedererkennen? Ob sie wohl auch zwischendurch an ihn gedacht hatte? Er erinnerte sich daran, dass Karin ihr damals seine Mailadresse gab, sie sich aber nie bei ihm gemeldet hatte. Oder hatte er die Mail überlesen, als Spam verworfen? Vielleicht wollte sie auch ganz bewusst nichts von ihm wissen, nachdem, was sie so beobachtet hatte. Al fühlte schon wieder diese aufsteigende Übelkeit, wie immer, wenn Nervosität sich bei ihm breitmachte. Der nächste Tag könnte sein Leben ganz schön auf den Kopf stellen.

Rom, Juni 2010, nachmittags

Al überlegte fieberhaft, was er tun könne. Das Beste war wohl, zurück zum Hotel zu laufen und dann so schnell wie möglich mit dem Auto wieder nach Deutschland zu fahren. Das war vermutlich die sicherste Variante, um nicht noch mal mit den Revolvertypen in Konflikt zu geraten. Aber wer garantierte ihm, dass sie ihn nicht auch in Deutschland aufsuchen würden? Warum wollten sie ihn überhaupt abknallen? Was wusste er so Brisantes, für das man ihn unbarmherzig jagte? Um welche Informationen könnte es gehen, die für irgendeine Verbrecherorganisation oder für Alighieri gefährlich werden konnten? Ein fingierter Obduktionsbericht, das war alles? Der Einbruch bei Krastchow, der ja wohl mit Alighieri in Kontakt stand und damit auch ganz offensichtlich Dreck am Stecken hatte? Und was hatte Jule mit all dem zu tun? Offensichtlich war sie, genau wie er selbst jetzt auch, in

ein Wespennest vorgestoßen. Irgendeine sehr große Nummer würde hier gespielt, darüber war sich Al im Klaren. Genau genommen hatte ihn ja schon Belucci gewarnt. Belucci, das war's, er musste vorher noch Belucci aufsuchen, um Anzeige gegen diesen Alighieri zu erstatten. Vermutlich wusste Belucci bereits einiges dank des Lieferwagens, der halb demoliert und mit Einschusslöchern eine Seitenstraße der Via Lucrecia blockierte.
Al wusste, dass die Polizeistation von Belucci nicht weit sein konnte. Während der Taxifahrt hatte er das Kolosseum gesehen, und das war nicht weit von der Via Lucrecia entfernt, also musste er sich nun ganz in der Nähe befinden. Al bezahlte die Cola und ging weiter in die Richtung, wo er das Kolosseum und damit auch die Polizeistation vermutete. Er hatte recht. Zielsicher bog er in die richtige Straße ein und erkannte die Polizeistation von Weitem. Je näher er dem Gebäude kam, desto mehr überfielen ihn Zweifel, ob sein Plan mit der Anzeige sinnvoll wäre. Gegen wen sollte er eigentlich Anzeige erstatten? Alighieri hatte er gar nicht zu Gesicht bekommen. Also gegen drei unbekannte Revolvertypen – die glaubte ihm sicher niemand. Am Ende müsste er sich vielleicht noch wegen des demolierten Lieferwagens rechtfertigen, ganz zu schweigen von dem Hoftor und der zahlreichen Fahrzeuge, die er bei seiner wilden Flucht gerammt hatte. Egal, er musste Belucci sprechen, auch ohne Anzeige.
In der Polizeistation herrschte Aufregung. Zahlreiche Beamte rannten von einem Tisch zum anderen, telefonierten lautstark und gestikulierten lebhaft mit Händen und Armen. Al verstand kein Wort von dem, was um ihn herum geredet wurde. Eines war jedoch sicher, sollte er sich mal zu einem Italienisch Sprachkurs entscheiden, müsste er die Handbewegungen gleich mitlernen, sonst verstünde ihn im Lande bestimmt keiner. Belucci war nirgends zu sehen. Sicher saß er in einem separaten Büro oder war vielleicht außer Haus.

In der hinteren Ecke erblickte er einen Polizeibeamten, der damals bei seinem ersten Verhör auch schon dabei war. Al meinte sich zu erinnern, dass derselbe auch etwas deutsch sprach. Al brauchte nicht auf sich aufmerksam zu machen, da er ihn offenbar gleich erkannte. Mit aufgeregtem Gesicht kam er auf Al zu.
„Herr Steinhoff, Sie hier? Sie befinden sich in Gefahr, wissen Sie das nicht?“, waren seine Begrüßungsworte, und dabei blickte er unsicher nach allen Seiten, als könne er seinen eigenen Kollegen nicht trauen.
„Den Eindruck habe ich auch, aber ich muss mit Belucci reden. Können Sie mich zu ihm bringen?“
„Nicht so laut, Sie können hier leider niemand trauen. Sehen Sie zu, dass Sie so schnell wie möglich das Land verlassen.“ Er wollte sich schon umdrehen, da packte Al ihn am Ärmel. „Belucci ... haben Sie mich nicht verstanden? Ich will mit Belucci reden!“ Der Beamte drehte sich um und schaute Al bedrohlich an.
„Wenn Sie seinen Namen hier noch mal erwähnen, dann geht es Ihnen genau wie ihm. Und das wollen Sie sicher nicht, glauben Sie mir.“
„Ist er ... ist er tot?“ Al zuckte zusammen.
„So könnte man das fast nennen. Aber er hat noch mal Glück gehabt und jetzt, Herr Steinhoff, ich sage Ihnen das nicht noch mal, verschwinden Sie, und zwar gleich. Und wenn Sie schlau sind, dann gehen Sie zurück nach Deutschland oder sonst wo hin und tauchen erst mal unter, sonst ...“ Der Polizist machte eine drohende Geste.
„Hören Sie, ich weiß das zu schätzen, dass Sie mich warnen möchten, aber ...“ Al schluckte, „man hat meine Verlobte umgebracht und ... und da hat man nichts mehr zu verlieren, verstehen Sie das?“ Al hatte noch nie Jule als seine Verlobte bezeichnet, aber es fiel ihm im Moment keine bessere Beschreibung ein, was mit einem Wort einem wildfremden Menschen seine Beziehung zu

Jule erklären könnte. Schließlich hatte Jule ja die Hochzeitssuite reserviert. Der Beamte schaute gedankenversunken zum Fenster. „Hospitale St. Francesco, Station 3, aber tun Sie mir einen Gefallen, nennen Sie nicht meinen Namen. Haben Sie verstanden?"
„Danke, und seien Sie versichert, wir haben uns nie gesehen." Al drehte sich um und eilte zum Ausgang, um den hilfreichen Beamten nicht noch mehr in Bedrängnis zu bringen. Nicht weit von der Polizeistation war ein Taxistand.
„Hospitale St. Francesco, prego." Der Taxifahrer setzte kommentarlos seinen Taximeter in Gang und gab Gas. Wieder fuhren sie dicht am Kolosseum vorbei und Al dachte, dass es ihm selbst vielleicht bald nicht anders ergehen würde, als den Gefangenen damals zur Zeit der Christenverfolgung. Er überlegte fieberhaft. Wenn Belucci wegen ihm in Schwierigkeiten geraten war, dann könnte er ihn vielleicht noch mehr gefährden, wenn rauskommt, dass er, Albert Steinhoff, bei ihm zu Besuch wäre. Wahrscheinlich würde er sogar beschattet. Aber er musste mit Belucci sprechen, koste es, was es wolle.
Die Fahrt endete in einem heruntergekommenen Stadtviertel von Rom, und das Krankenhaus, vor dem er nun stand, war in keinem vertrauenerweckenden Zustand. Irgendwie musste er sich tarnen, das war klar. Warum eigentlich nicht als Arzt? Damit kannte er sich schließlich aus.
Der OP-Trakt lag im Erdgeschoss im Seitenflügel. Als Famulant aus Deutschland könnte er in der OP-Umkleide in grüne Klamotten mit Haube schlüpfen und dann ganz offiziell Belucci konsultieren. Al tat so, als sei das alles für ihn Routine, zog sich in der OP-Umkleide um und schlenderte zielstrebig zu Station 3.
„Signore Belucci?", fragte er eine Schwester auf der Station, die gerade dabei war, die Speisetabletts auszuteilen. Ohne weiter zu fragen, deutete sie den Gang hinab Richtung Zimmer 10. Zügig ging Al in Richtung Zimmer 10, als müsse er dort noch schnell einen

Verbandwechsel durchführen, um dann danach im OP erwartet zu werden. Als er an einem kleinen Wartebereich vorbei eilte, sah er zwei Männer in dunklen Anzügen, die zu ihm hinüberblickten und ihn durchdringend musterten. Die OP-Klamotten waren aber offenbar wie eine Tarnkappe, sodass Al unter dem Anschein eines viel beschäftigten Chirurgen unbehelligt seinen Patienten in Zimmer 10 besuchen konnte.

Belucci lag starr auf dem Rücken und machte keinen Anstalten, sich nach dem Besucher umzuschauen. Sein rechtes Bein lag in einer angehobenen Schiene und wurde über eine Art Flaschenzug gestreckt. Am Bettrand tropfte eine Infusion und über seiner Nase zischelte eine Sauerstoffsonde. Zum Glück war Belucci allein im Zimmer. Al trat rasch näher und hielt ein Stethoskop, das er in der OP-Umkleide einem Arztkittel entwendet hatte, auf Beluccis Brust.

„Belucci, ich bin es, Steinhoff." Belucci versuchte erschrocken, die Augen aufzureißen.

„Steinhoff, sind Sie verrückt, hierher zu kommen?", röchelte Belucci schwerfällig.

„Belucci, ich muss wissen, was passiert ist und nur Sie können mir helfen."

„Steinhoff, verschwinden Sie. Haben Sie nicht die Typen draußen gesehen? Wenn die mitbekommen, dass Sie hier sind, dann ..."

„Das brauchen Sie mir nicht zu sagen. Hatte schon die Gelegenheit auf Alighieris Schönheitsfarm. Was ist mit Ihnen? Belucci, rasch, mein Besuch könnte bald auffliegen."

„Na gut, also dann. Als ich Sie damals aus dem Gefängnis entlassen habe ...", Belucci stockte. Offenbar war er nicht sicher, ob es richtig war, alles zu erzählen.

„Was war dann?", bohrte Al.

„Ich sollte Sie nicht entlassen. Vielmehr wollte man Sie am nächsten Tag abholen."

„Wer? Wer wollte mich abholen?"
„Tja, wenn ich das wüsste. Auf jeden Fall kam das von ganz oben. Genauso wie das Verhör. Ich sollte Sie nicht auf der Polizeistation verhören, sondern in diesem alten Gebäude, ehemals russische Botschaft."
„Haben Sie eine Ahnung, wer dahinter steckt? Vielleicht die Mafia?"
„Möglicherweise, aber nicht die üblichen Typen, denn die Brüder kenn ich gut. Das hier war aber eine ganz andere Nummer, irgendwo aus dem Osten und gedeckt von unseren Politikern." Belucci stöhnte erschöpft „Steinhoff, ich sage Ihnen das nicht noch mal, hauen Sie ab, sonst knallen die uns alle ab."
„Was haben die mit Ihnen gemacht, Belucci?"
„Nun, aufgrund Ihrer vorzeitigen Entlassung aus dem Gefängnis, die ich damals angeordnet habe, wurde ich unverzüglich in den Ruhestand versetzt. Das habe ich mir natürlich nicht gefallen lassen und habe auf eigene Faust ermittelt. Ich habe dann diesen Alighieri aufgesucht, und dort haben sie mich dann geschnappt. Erst haben sie mir durchs rechte Knie geschossen, und als ich fliehen wollte, von hinten durch die Lunge ..." Belucci grinste verhohlen. „Aber einen zähen Knochen wie mich haut so was nicht um. Dr. Sebastiano ist hier im Francesco Chefarzt. Wir kennen uns seit Jahren. Der hat mich auf der Straße aufgegabelt und wieder einigermaßen zusammengeflickt, wie man sieht."
„Ja, und die Typen draußen?"
„Wie die Kletten, wahrscheinlich nehmen sie mich als Lockvogel, und Sie sind gerade eben in die Falle getappt, Steinhoff." Al wurde klar, dass er schon wieder in größten Schwierigkeiten steckte. „Vermutlich gibt es nur eine Chance, hier einigermaßen lebendig wieder rauszukommen." Belucci streckte sich mit aller Kraft zu seinem Nachttisch und zog einen Papierfetzen hervor „Hier, wählen Sie die Nummer auf dem Zettel und geben Sie mir den Telefonhö-

rer." Es war eine vierstellige Nummer, also irgendjemand im Haus. Al verstand nicht viel, außer dass Belucci den Namen Dr. Sebastiano öfter wiederholte und dass es sehr eilig war. Belucci legte auf.
„Jetzt können Sie nur noch beten, Steinhoff. Wenn Sie draußen sind, sehen Sie zu, dass Sie nach Deutschland kommen und dann halten Sie die Füße still, sonst geht es Ihnen wie Ihrer Freundin."
Al zuckte zusammen. Was wusste Belucci über Jule?
„Was ist mit ihr passiert? Vielleicht halten Sie mich für verrückt, aber damals im Leichenkeller, Sie waren doch dabei, vielleicht war das gar nicht Jule, vielleicht ..."
„Steinhoff, die hier sind zu allem fähig, aber diese Juliette Camus, von der ich erst dachte, sie heißt Karin Steinhoff, die ist für die Typen von großer Bedeutung. Die weiß etwas sehr, sehr Wichtiges und vielleicht ..." In dem Moment wurde die Tür aufgerissen und ein Anfang sechzigjähriger Mann im weißen Kittel rauschte ins Zimmer und wurde von Belucci, der schlagartig erleichtert wirkte, freudig empfangen.
„Dr. Sebastiano ...", rief Belucci, mehr verstand Al nicht. Dabei sprach Dr. Sebastiano nicht nur zu Belucci, sondern auch zu Al, als sei er ein langjähriger Kollege. Er legte seinen Arm um Als Schulter und drehte ihn in Richtung Tür. Al drehte sich noch mal zu Belucci um und schaute ihn verzweifelt an.
„Belucci, sagen Sie mir, was ist mit Juliette Camus, lebt sie?"
Belucci zögerte, offenbar mit sich kämpfend, ob er Al noch mehr Geheimnisse anvertrauen sollte.
„Möglich ist alles, Steinhoff, aber sehen Sie zu, dass Sie verschwinden, Sie können ihr nicht helfen ... niemals!" Belucci dreht seinen Kopf zum Fenster, während Dr. Sebastiano Al zur Tür zog. Unablässig redete er auf ihn ein, wie auf einen alten Freund, den er seit Jahren nicht gesehen hatte. Sie eilten zum Treppenhaus, die dunklen Gestalten schauten ihnen misstrauisch hinterher. Al wusste, dass in diesem Moment auch Dr. Sebastiano sein Leben

aufs Spiel setzte, und ärgerte sich, kein Italienisch sprechen zu können, um ihm seine Dankbarkeit auszusprechen. Im Hof wartete ein Taxi, das Dr. Sebastiano wohl bestellt hatte. Bevor Al in das Taxi einstieg, umarmte er Dr. Sebastiano, für den er in diesem Moment mehr empfand, als er in Worte hätte fassen können. Al hatte immer noch die gestohlenen OP-Klamotten an und das Stethoskop in der Tasche. Er würde alles wieder an Dr. Sebastiano schicken, sobald er in Deutschland war.

Im Hotel angekommen, schaute ihn die Rezeptionsdame skeptisch an. Wie selbstverständlich nahm er seinen Zimmerschlüssel und ging auf sein Zimmer, um sich umzuziehen. Er würde Beluccis Rat folgen und Italien so schnell wie möglich verlassen, nicht zuletzt auch um Belucci oder Dr. Sebastiano nicht in weitere Schwierigkeiten zu bringen. Mehr würde er hier ohnehin nicht erfahren. Krastchow hatte gelogen und wusste offenbar viel mehr. Und das mit der Mafia war nur ein Ablenkungsmanöver, das war Al jetzt klar, zumindest mit dem Arm der Mafia, mit dem sich Belucci normalerweise herumschlug. Das Wichtigste aber war, dass seine Hoffnung, Jule doch lebend wieder zu finden, neuen Auftrieb bekommen hatte. Offenbar glaubte auch Belucci nicht an ihren Tod. Vielleicht sollte er sich noch mal Jules Unterlagen aus der grünen Metallkassette anschauen, vermutlich stünden da mehr Geheimnisse drin, als er erst erahnte. Wie es schien, war ja auch Krastchow an den Unterlagen aus der grünen Kassette interessiert. Al brannte darauf, sich die Unterlagen und auch die seltsamen blauen Kugeln genauer anzuschauen. Dort steckte der Schlüssel zu Jule, daran bestand kein Zweifel.

Rasch packte Al seine Sachen, ging zur Rezeption, bezahlte und stieg in seinen alten Golf, der immer noch vor dem Hotel stand. Der Tank war fast leer, sodass Al die nächste Autobahntankstelle ansteuerte. Nach dem Volltanken gönnte er sich einen doppelten Espresso, da er vorhatte, bis Frankfurt durchzufahren. Er zahlte mit Kreditkarte und hatte dabei das ungute Gefühl, seine Identität ein Stück weit preiszugeben. Monoton nagelte sein Auto die Autobahn entlang, die zum Glück kaum befahren war. Fußball, natürlich, Italien gegen Deutschland, und alle hockten vor der Glotze. Obwohl Al für Fußball kaum etwas übrig hatte, betrachte er die damit verbundene Massenbegeisterung immer als eine Art wohltuende Normalität. Von einigen Krawallen mit Hooligans abgesehen, schaffte es der Fußball wie kein anderes Thema, die Menschen zu einer grenzübergreifenden freundschaftlichen Rivalität zu animieren. Hier konnte man stolz sein auf sein Land, seine Jungs, und war doch sympathisch verbunden mit denen anderer Nationen. Hier saßen alle in einem Boot, hier zählten keine Differenzen, weder wirtschaftlicher, kultureller noch religiöser Art. Hier kämpfte man erbittert gegeneinander, Mann gegen Mann, Verein gegen Verein, Land gegen Land, und war doch ein Herz und eine Seele in einer übergreifenden gemeinsamen Idee. Auch Geld spielte plötzlich keine Rolle mehr. Schulden, erdrückende Zinsen, Mangelverwaltung, alles war plötzlich vergessen und für ein Jahresabonnement im Stadion war man bereit, auf alles zu verzichten. Das machte auch vor der urdeutschen Mentalität nicht halt: Deutschland, das Land der Neider. Gestressten Politikern gönnte man keinen Cent auf dem Konto, auch wenn sie noch so erfolgreich unser Land und unser Volk zu vertreten versuchten. Demgegenüber konnten die Fußballer gar nicht genug verdienen. Junge Kerle, oft ohne nennenswerte Schulbildung, denen gönnte man einfach alles: Luxushotels, mehrere Millionen Euro, Frauen, Scheidungen. Alles war erlaubt und füllte die Klatschpresse und Stammtische. Al schmunzelte bei dem Gedanken, dass auch er jetzt von „König Fußball“ profitierte – im Sinne einer fast leeren Autobahn, auf der er mit Vollgas und je nach Steigung mit knapp 130 Stundenkilometern gen Heimat knatterte.

Etwa zwei Stunden später, die Autobahn führte zweispurig durch die toskanischen Berge, bemerkte er eine dunkle Limousine, die trotz freier Fahrbahn keine Anstalten machte zu überholen. Al erinnerte sich an einen Hitchcock-Film, in dem ein Autofahrer von einem Lastwagen verfolgt wurde. Er beschleunigte sein Auto, konnte aber den bedrohlich wirkenden Lastwagen nicht abschütteln und geriet immer mehr in Panik. Wie der Film weiterging, daran konnte er sich nicht mehr erinnern, war aber doch erleichtert, als die dunkle Limousine zum Überholen ansetzte. Auf Augenhöhe blickte Al nach links und sah, wie der Beifahrer die Scheibe runterließ. Ein dunkler Typ mit Sonnenbrille grinste und zielte im nächsten Moment mit einem Gewehr auf seinen Kopf. Al wusste, dass er blitzschnell handeln musste, und drückte sein Gaspedal durch, was jedoch keinen nennenswerten Beschleunigungseffekt hatte. Also trat er auf die Bremse, sodass er sich im nächsten Moment erst mal außerhalb der Schusslinie befand. Fieberhaft überlegte er, wie er den Verfolgern entkommen könnte. Die nächste Tankstelle lag mindestens fünfzig Kilometer weiter vor ihm. Eine Ausfahrt zu nehmen, um dann auf einer einsamen Landstraße abgeknallt zu werden, war auch keine gute Idee. Beim nächsten Überholmanöver würde er die Limousine nach links rammen, wie im Kino, einfach von der Straße drängen. Allerdings würde das vermutlich eher ihn aus der Bahn werfen. Weiter kam er mit seinen Fluchtgedanken nicht, als die Limousine auf der linken Spur abrupt bremste, sodass Al rechts an ihr vorbeischoss, um in nächsten Moment wieder rasch von hinten eingeholt zu werden. Fast auf Augenhöhe mit der schwarzen Limousine fiel ein Schuss. Mit einem lauten, klirrenden Knall zerbarst seine linke hintere Seitenscheibe. Der nächste Schuss würde ihm gelten, würde ihn treffen, ihn ins Jenseits befördern, das war Al im selben Augenblick vollkommen klar.
Einige Hundert Meter vor ihm erkannte er, dass die Autobahn über eine Brücke führte. Die Bäume auf beiden Seiten der Autobahn

senkten sich rasch in ein tiefes Tal. Wenn er auf der Autobahnbrücke die Gewalt über sein Auto verlieren und über die Leitplanke hinaus schießen würde, dann gäbe es keine Überlebenschance. Im nächsten Moment sah er im Augenwinkel erneut den Gewährlauf auf ihn zielen und riss geistesgegenwärtig den Lenker nach rechts. Der Golf raste kurz vor der Brücke über den Seitenstreifen in die Büsche, bohrte seinen Kühler in die Erde, sodass sich die Motorhaube wie eine Ziehharmonika zusammenfaltete. Das alte Auto bäumte sich auf, kippte anschließend zur Seite weg und überschlug sich mehrfach – während es Hang hinabrollte. Vollkommen demoliert kam es auf dem Dach liegend zum Stillstand. Staub und Äste quollen durch die zerbrochenen Seitenfenster ins Wageninnere, sodass Al kaum noch Luft bekam. Dazu kam ein Husten, ein schleimiger Auswurf, der den Staub gierig aufsaugte. Dann schoss es ihm durch den Kopf: Feuer, wenn der Wagen Feuer fing, gab es kein Entkommen mehr. Sofort griff er nach dem Gurt, der ihm zwar bisher das Leben gerettet hatte, aber jetzt zur tödlichen Falle werden konnte. Zum Glück öffnete er sich leicht und Al quetschte sich mit letzter Kraft aus dem Fensterspalt, der durch das eingedrückte Dach kaum noch eine Öffnung ließ. Schon waren seine Gedanken wieder bei den Verfolgern, und er rannte von Panik gehetzt den Hang runter. Seine Augen brannten. Tränen rannen an seinen glühenden Wangen hinab und spülten den Staub weg. Plötzlich stolperte er, verlor den Halt und fiel über einen Felsvorsprung. Er stürzte etwa einen Meter tief, landete unsanft in einem rauschenden Fluss und wurde von den aufgrund der Jahreszeit hochstehenden, kalten Fluten sofort mitgerissen. Das Letzte, was er spürte, war ein harter Schlag auf seine linke Schläfe. Dann verlor er das Bewusstsein.

Frankfurt, Juli 2009

Nachdem Al übermüdet in seinem Bett eingeschlafen war, wurde er bereits gegen fünf Uhr wach. Die Nervosität vom Vortag, vielleicht nun das erste Mal mit Jule zu sprechen, gewann rasch die Oberhand. Obwohl es noch dunkel war, zog er sich seine Sportklamotten an, um eine Runde zu joggen. Eigentlich tat er das gar nicht gern. Jetzt hatte er jedoch das Gefühl, als müsse er seine ganze Nervosität hinausschwitzen. Bereits nach zehn Minuten, wie so oft war er wieder viel zu schnell losgelaufen, keuchte er wie eine Dampfwalze. Der Brustkorb schmerzte, was sich diesmal jedoch eher gut anfühlte, konnte er damit doch seine Unruhe bekämpfen. Wieder viel zu schnell, rannte er zurück zu seiner Wohnung, nahm eine heiße Dusche, sprang in Jeans und Hemd und eilte zur Straßenbahnhaltestelle. Es war fast halb neun, als er in der Unfallklinik ankam, grüßte wie immer den Pförtner und ging mit möglichst ruhigen Schritten, das hatte er sich zumindest vorgenommen, auf seine Station.

„Ah, Doktorle, doch schon so früh, na, dann machen wir uns mal an die Arbeit." Al zog sich seinen weißen Kittel über und folgte Schwester Hiltrud, die im Dauerlauf von einem Zimmer zum anderen eilte. Inzwischen waren sie ein gutes Team und mussten kaum noch Worte wechseln, wenn Al Verbandsschere, Desinfektionsmittel oder verschiedene Verbandsmaterialien benötigte. Er hatte keine Zeit, daran zu denken, dass sie dem Zimmer von Jule immer näherkamen. Erst als er die Tür zu Zimmer 7 öffnete, schoss es ihm durch den Kopf und er blieb wie angewurzelt stehen, da der Raum leer war. Erschrocken drehte er sich zu Schwester Hiltrud um.

„Ach ja, hatte ich ganz vergessen zu sagen. Die junge Patientin, wie heißt sie doch gleich, Juliette Camus, sie ist ..." In dem Moment ertönte das Alarmsignal und Schwester Hiltrud drehte sich mitten im Wort um.

„Was ist mit Jule, ich meine natürlich mit Frau Camus?", rief Al ihr besorgt hinterher.
„Später, jetzt müssen wir erst mal nach dem Notfall schauen, rasch." Al konnte Schwester Hiltrud kaum folgen. Dabei machte ihn weniger der vermeintliche Notfall nervös, als der Gedanke, mit Jule könnte irgendetwas nicht stimmen. Zimmer 10, Einzelzimmer. Im Bett saß ein etwa vierzehnjähriger Junge mit langen fettigen Haaren und grinste Schwester Hiltrud provozierend an.
„Oh, hab wohl aus Versehen wieder den Notfallknopf gedrückt."
„Noch einmal, und du fliegst hier raus, Bürschchen", schnaubte Schwester Hiltrud den Jungen an und zog ihm dabei so fest am Ohr, dass er laut quietschte. Da war er wieder, der Stationsdrachen! Mit unwilligen Lernschwestern ging die Schwester oft ähnlich um, was ihr hin und wieder einen Eintrag in die Personalakte verschaffte und unzählige Schlichtungen zwischen ihr, Chefarzt und Patienten oder Lernschwestern zur Folge hatte.
„Sie sind mein Zeuge, Herr Doktor, ich werde hier misshandelt", winselte der junge Patient. Al grinste.
„Also, ich kann nur bezeugen, dass Schwester Hiltrud gerade zu einem Notfall gerufen wurde und dabei sogar Leben gerettet hat." Al schaute Schwester Hiltrud konspirativ an. „Wir kennen auch noch andere Methoden, Leben zu retten, nicht war Schwester Hiltrud?"
„Oh ja, so was vergisst man nie wieder. Also, noch mal Notfall spielen, dann wird's wirklich ein Notfall, kapiert?" Dabei schaute sie den Jungen so ernst in die Augen, dass es den Anschein erweckte, das Blut gefriere ihm in den Adern. Kaum hatten sie Zimmer 10 verlassen, packte Al Schwester Hiltrud am Arm.
„Frau Camus, was ist mit ihr? Es geht ihr doch gut, oder?" Schwester Hiltrud musste sich erst besinnen.
„Na ja, es gab ein paar Probleme mit der Nachtschwester, weil ... na ja, weil sich Frau Camus unbedingt mitten in der Nacht die Haare waschen wollte. Ist an und für sich ein ganz nettes Ding, diese Ma-

demoiselle Camus, aber auch ganz schön resolut. Wenn die sich mal was in den Kopf gesetzt hat ..."

Al lachte erleichtert.

Na ja, ich hab unserer neuen Lernschwester die Aufgabe gegeben, mit ihr ins Bad zu gehen. Nachher können Sie ja mal nach ihr schauen. Ach übrigens, Doktorle, ich soll Sie noch von Fräulein Camus' Eltern grüßen. Scheinbar kennen die Sie von früher. Nette Leute, nicht so aufdringlich, einfach nur sympathisch." Dabei drehte sie sich um und schlenderte in Richtung Stationszimmer.

Al beschloss, erst mal zu frühstücken und zur Mensa zu gehen. Dort wollte er überlegen, wie er Jule am besten begrüßen könnte.

Eine Stunde später klopfte er synchron zu seinem heftigen Herzschlag an die Tür von Zimmer 7. Jule saß aufrecht im Bett. Die Sonne schien hell durch das Fenster. Ihre Haare glänzten braunrot, wie eine frisch aufgeplatzte Kastanie, so, wie er es von damals in Erinnerung hatte. Er spürte sein Herz jetzt nicht nur stärker, sondern auch schneller klopfen. „Darf ich?", fragte er von der Tür aus. Natürlich durfte er, was für eine blöde Frage, schoss es ihm durch den Kopf. Schließlich arbeitete er ja hier. Jule erwiderte seine Frage nur mit einem kurzen Lächeln und Kopfnicken. Mit betont ernstem Gesicht trat er auf Jules Bett zu. Den weißen OP-Kittel hatte sie gegen einen hellblauen Pyjama ausgetauscht, fast Ton in Ton mit ihren Augen. Das rechte Bein hatte sie angewinkelt über ihr ausgestrecktes linkes Bein gelegt und massierte vorsichtig den geschwollenen Knöchel.

„Sieht es schlimm aus?", fragte sie.

„Wird wieder werden, nicht so schlimm. Schmerzen?"

„Es geht, aufstehen darf ich aber noch nicht, oder?" Dabei schaute sie besorgt zu Al. der überlegte, wie er ihr etwas Nettes, etwas Beruhigendes sagen könnte.

„Ich habe mich noch nicht vorgestellt. Ich bin hier als Medizinstudent auf der Station eingeteilt und heiße ..." Er zögerte. „Ich heiße Steinhoff, Albert Steinhoff." Beruhigend klang das vermutlich nicht. Warum stellte er sich nicht wie sonst auch als Al vor?

„Albert Steinhoff ...", weiter kam sie nicht, da weil sie von einem heftigen Hustenanfall unterbrochen wurde. „Das fing heute Morgen an", fuhr sie mit heiserer Stimme fort, „vielleicht habe ich mich auch aber nur erkältet."

Al holte sein Stethoskop aus der Kitteltasche. „Ich werde mal die Lunge abhören."

Wortlos knöpfte Jule sich das Pyjamaoberteil auf.

„Äh, nicht nötig, einfach hinten bisschen hochziehen." Doch Jule war bereits beim letzten Knopf und streifte sich das Pyjamaoberteil von den Schultern. Dabei beugte sie sich etwas nach vorne, damit Al die Lunge abhören konnte. Vorsichtig legte er seine linke Hand auf ihre linke Schulter und setzte das Stethoskop mal rechts mal links auf. So zart, wie ihre Haut aussieht, so fühlt sie sich auch an, dachte Al, und hatte Schwierigkeiten, sich auf Jules Atemgeräusche zu konzentrieren.

„Mit offenem Mund tief ein- und ausatmen." Sie befolgte seine Anweisung prompt. „Alles frei, keine Rasselgeräusche." Erleichtert lehnte sich Jule zurück und legte ihre rechte Hand flach auf ihr Brustbein. „Wenn ich huste, dann schmerzt es hier vorn, hinten weniger ..."

Al schluckte. Er versuchte den Gedanken an die Erlebnisse im Bootshaus zu verdrängen und setzte vorsichtig sein Stethoskop seitlich ihres Brustbeins auf. Auch Jules Herz schlug schneller und kräftiger. Ein leichter rötlicher Schimmer breitete sich über ihrer Brust aus. Er musste sich beim Abhören dicht über sie beugen, da er sich für ein spezielles Kardiologie-Stethoskop entschieden hatte, so eines mit dickem aber auch kurzem Schlauch. Er streckte seinen Kopf so weit wie möglich nach hinten und hörte aufmerksam auf ihre Herz- und Atemgeräusche. Ihre aufrechten, rosaroten Brustwarzen waren im Augenwinkel jedoch nicht zu übersehen und erinnerten ihn wie damals an Himbeerbonbons vom Weihnachtsmarkt. Hinzu kam ein süßlicher Duft, den Al nicht zuordnen konnte, der jedoch Ähnlichkeit mit Jasmin hatte. Jule schaute Al von der Seite her unverwandt an. Er spürte leichte Benommenheit aufkommen, stellte sich wieder aufrecht hin und zog die Bettdecke über Jules Oberkörper.

„Kommt bestimmt von der Beatmung während der Operation, auf jeden Fall nichts Schlimmes." Er versuchte, sachlich und professionell zu wirken.

„Danke", entgegnete Jule mit verlegenem Lächeln, was Al an damals erinnerte, als sie ihn am Strand anschaute. Al war sich nicht sicher, ob er sich jetzt wie bei einem anderen Patienten umdrehen und gehen sollte. Er hätte so gern ein Gespräch begonnen – als Jule sagte: „Wir kennen uns doch, oder?"

Al holte tief Luft, erschrocken darüber, wie direkt Jule genau das Thema ansprach, was ihm am meisten am Herzen lag. Er holte den Stuhl, der am Fenster stand, und setzte sich an Jules Bett. Nun war es an ihm, die richtigen Worte zu finden.

„Ja, wir kennen uns. Ist allerdings schon eine Weile her." Al stockte der Atem. „Also, genau genommen kennen wir uns eher wenig, eigentlich nur so vom Sehen." Al spürte, dass er leicht errötete, was ihm eher selten passierte. Wieder huschte dieses schüchtern-verlegene Lächeln über Jules Gesicht und sie wollte etwas ergänzen, überlegte jedoch einen Moment und sagte dann leise: „Genau, nur so vom Sehen." Sie errötete ebenfalls und schaute verlegen zum Fenster. Offenbar wussten beide, was gemeint war. Al räusperte sich, und als Jule wieder zum ihm herüberblickte, lächelte er und sagte: „Al, alle nennen mich Al. Und darf ich ..."

„Jule, alle nennen mich Jule." Dabei streckte sie Al ihre rechte Hand entgegen, ebenfalls mit einem Lächeln, was die Situation schlagartig entspannte.

„Stimmt. Jule ... ich kann mich erinnern", entgegnete Al, dabei hielt er ihre Hand, die jetzt deutlich wärmer war als gestern. Ihr Händedruck war fest und bestimmt. Auch Jule atmete tief durch und griff das Gespräch nach einer kurzen Pause wieder auf. Sie runzelte die Stirn und seufzte, so, als wollte sie etwas Wichtiges beichten. „Jule ist eigentlich ein Jungenname. Als Kind wollte ich immer ein Junge sein, ein Forscher im Urwald oder im Meer. Und als ich dann zum ersten Mal einen Roman von Jule Verne gelesen habe, wollte ich von da an nur noch Jule genannt werden. Meine Eltern fanden das nicht so gut und nennen mich immer noch Juliette. Aber bei meinen Freunden heiße ich halt Jule. Einfach nur Jule."
„Jule passt zu dir", platzte Al heraus.
„Weil ich wie ein Junge aussehe?", fragte Jule mit ironischem Lächeln.
„Nein, nein, du siehst nicht wie ein Junge aus, im Gegenteil, du siehst ... also, ich meine ..." Al stockte wieder der Atem und er fuchtelte unbeholfen mit den Händen vor seinem Gesicht herum, als ob er den nächsten Satz damit leichter hervorbringen könnte. Er spürte erneut ein entlarvendes Wärmegefühl im Gesicht. „Also, wie soll ich sagen? Deine Freunde nennen dich Jule. Dann darf ich dich auch Jule nennen?" Jule nickte lächelnd und zögerte zu seiner Erleichterung nur kurz, bevor sie das Gespräch fortsetzte: „Meine Eltern haben mir gesagt, dass Sie bei meiner Operation dabei waren."
„Al, einfach nur Al. Al und Sie, das passt nicht so recht", unterbrach er Jule. Sie blickte erst lächelnd aus dem Fenster, dann summte sie leise etwas vor sich hin, das Al bekannt vorkam: „You can call me Al ..." Dann runzelte sie die Stirn. „Ein Lied von Paul Simon, fand ich früher mal richtig gut ..." Al blickte sie verdutzt an. „Finde ich heute noch gut", ergänzte sie. Was ihm in diesem Moment durch den Kopf schoss, konnte sie natürlich nicht wis-

sen, oder vielleicht doch? Schweigend blickten sie sich an und Al überlegte, ob Jule auch die Begabung hatte, seine Gedanken zu lesen.

Wieder versuchte Jule, den Gesprächsfaden aufzugreifen. „Also, Oberarzt Knote sagte", wieder huschte dieses verlegen-schüchterne Lächeln über ihr Gesicht. „dass du bei der Operation dabei warst."

„Stimmt. Aber eigentlich habe ich nur die Haken gehalten und Oberarzt Knote hat operiert."

„Oberarzt Knote war übrigens heute Morgen auch kurz da und sagte, dass Al nach mir schauen würde. Ich wäre bei ihm in guten Händen, sagte er noch. Allerdings ahnte ich da nicht, dass damit der Al gemeint war". Wie ein Blitz schoss es ihm durch den Kopf. Was meinte sie wohl mit der Al? Hatte sie in der Vergangenheit vielleicht doch öfter an ihn gedacht?

„So, sagte er das? Dabei bin ich hier ja nur ein ganz kleines Licht."

„Offenbar hält er große Stücke auf Sie, ich meine auf dich. Den Eindruck machte es auf jeden Fall."

„Ein netter Mensch, der Oberarzt Knote, und operiert wie ein Weltmeister. Du hattest Glück, dass er dich operiert hat."

Jule schaute Al in die Augen und fügte hinzu, „Und stell dir vor, meine Eltern sagten sogar, dass ich Glück habe, auf deiner Station zu sein. Dann muss es ja wieder gut werden, oder nicht?"

Al schmunzelte verlegen. „Also, wichtiger fände ich, wenn du das nach deiner Entlassung auch noch denkst."

Nach einer kurzen Pause sagte Jule: „Denkst du, dass ich bald wieder richtig laufen kann. Ich meine, so richtig laufen, durchs Gelände, und auf Berge klettern? Dabei schaute sie traurig aus dem Fenster.

Al zog die Augenbrauen hoch. „Du meinst doch nicht etwa, dir erneut die Haxen brechen zu wollen?"

„Nein, das natürlich nicht, aber ich muss da noch mal hin."

Er machte ein besorgtes Gesicht. „Meinst du vielleicht, da, wo du dir den Knöchel gebrochen hast?"
Sie antwortete nicht gleich. „Al, das war unbeschreiblich." Dabei schaute sie jetzt weniger traurig als vielmehr sehnsüchtig in Richtung der einfallenden Sonne. Ihre Augen leuchteten im gleißenden Vormittagslicht wie zwei feurige, hellblaue Aquamarine.
„Also, Jule, jetzt wollen wir dich hier erst mal gesund machen und dann kannst du sicher wieder alles unternehmen. Aber diesmal etwas vorsichtiger, das musst du mir versprechen."
„Versprochen!", entgegnete Jule mit sanftem Lächeln, sodass es Al weich in den Knien wurde.
„So, jetzt muss ich zu Schwester Hiltrud. Wir waren gerade dabei, die Verbände zu wechseln, und bei ihrem Tempo ist sie bestimmt schon fast fertig und ärgert sich jetzt über ihren faulen Famulanten." Dabei lächelte er ironisch, was Jule zum Lachen brachte.
„Also dann, Al, war nett mit dir zu reden, vielleicht hast du ja noch mal Zeit". Al überlegte. Heute Nachmittag würden sicher ihre Eltern da sein und eigentlich wollte er sich mit Jule alleine unterhalten.
„Heute Nachmittag sind meine Eltern hier und danach bin ich bestimmt ganz schön müde."
Al zuckte zusammen, offenbar konnte Jule genau wie seine Schwester Gedanken lesen.
„Morgen, ich könnte morgen vorbeikommen."
„Morgen ist Sonntag, da hast du doch sicher keinen Dienst, oder?"
„Umso besser, Jule, dann haben wir auch mehr Zeit, um uns zu unterhalten, wenn du möchtest."
„Gerne, würde mich freuen."
„Vielleicht willst du mir von deinem Abenteuer in Argentinien erzählen, fände ich sehr spannend."
„Klar, wenn dich das interessiert?"
„Also dann bis morgen, Jule." Nun war es Al, der seine Hand Jule entgegen streckte. Sie hielten sich die Hände und blickten sich in

die Augen, als wollten sie sich noch tausend und eine Geschichte erzählen. Dann schlich Al zur Tür, rückwärts, ohne auch nur für einen Moment ihren Blick aus den Augen zu verlieren. Fast wäre er gegen die verschlossene Tür gepoltert und stolperte unbeholfen, wie in Trance, aus dem Zimmer. Vor der Tür lehnte er sich an die kahle Flurwand und schlug wiederholt seinen Hinterkopf gegen den Verputz. „Verdammt, ich komm mir vor wie ein Teenager, wie ein dummer verpeilter Teenager." Al atmete tief durch und lachte in sich hinein. „Seltsam, fühlt sich verdammt gut an." Dann erblickte er Schwester Hiltrud, die ihn kopfschüttelnd und doch sanft lächelnd beobachtet hatte.

Toskana, Juni 2010

Al erwachte und fühlte so sich leicht, als schwebte er. Ein unbeschreibliches Glücksgefühl erfüllte seinen Kopf, ein angenehmes Vibrieren durchströmte seinen Körper und fühlte sich an wie ein Strom sprudelnden, warmen Wassers, das seinen Körper umspülte und sanft massierte. Obwohl er die Augen geschlossen hatte, umgab ihn ein helles, klares Licht. Zwischen dem Glucksen und Gurgeln des Wassers meinte Al, eine leise Stimme zu hören, erst kaum wahrnehmbar, dann zunehmend klar und glockenrein. „Al!" Jemand rief seinen Namen. Blinzelnd versuchte er seine Augen zu öffnen und blickte in ein vertrautes Gesicht. Zwei hellblaue Augen in einem liebevoll lächelnden Gesicht, umrahmt von rötlich-braunen Haaren, die ihm locker entgegen fielen und wie eine frisch gesprungene Kastanie im Licht der Sonne glänzten. Al wusste sofort, dass er in Jules Armen lag.

„Al, ich bin es, Jule, erkennst du mich nicht?"

„Jule, ich hab dich so vermisst. Ich dachte, du wärst ...", stammelte Al. Jule legte ihren Zeigefinger auf seinen Mund, damit er den schrecklichen Gedanken nicht aussprach. Beide blickten sich schweigend an, glücklich, nach all den schlimmen Ereignissen wieder vereint zu sein. Wenn man hofft, dass die Zeit stehen blieb, dann in diesem Moment, dachte Al überglücklich. Doch die Zeit blieb nicht stehen. Das helle sanfte Licht verdunkelte sich. Das sanfte Gurgeln und Glucksen des Wassers wich allmählich einem bedrohlichen Rauschen und Zischen. Als Kehle schnürte sich zusammen. Ein stechender Schmerz schien seine Brust zu durchbohren. „Luft" stieß er mit letzter Kraft hervor. „Luft, Jule, ich bekomme keine Luft!", weiter kam er nicht. Er klammerte sich an den Rest seines Bewusstseins, das unaufhaltsam aus seinem machtlosen Körper gezogen wurde.

„Mach dir keine Sorgen, Al, ich helfe dir." Jule senkte ihren Kopf zu Al, und sie berührten sich sanft mit den Lippen. Der erste Kuss, dachte Al glücklich und gleichzeitig verzweifelt, weil es vielleicht auch der letzte sein würde. Doch im nächsten Moment spürte er Jules Atem, der tief in seine Lungen hineinströmte. Süß und mit einem zarten Duft nach Jasmin. Er fühlte ein seltsames Kribbeln durch seinen Körper strömen. Das Rauschen und Zischen des umgebenden Wassers wandelte sich mehr und mehr zu einem bedrohlichen Donnern und Brüllen. Doch statt kraftlos mitgerissen zu werden, füllten sich seine schwachen Glieder mit Kraft und Energie. Er riss die Augen auf, reckte sich mit aller Gewalt dem Licht entgegen und saugte tief die kühle Luft in seine Lungen. Sein wiedergewonnenes Leben wurde von einem schrecklichen Hustenreiz geschüttelt. Das Stechen in der Brust schwoll zu einem berstenden Schmerz an, als wollte sein Brustkorb explodieren. Wieder saugte er die Luft in seine Lungen, um im nächsten Moment alles herauszuhusten, was seine Atemwege bis dahin besetzt hielt. Tränen füllten seine Augen, die er entgegen jedem brennenden Schmerz weit aufriss. Grelles Licht flackerte vor seinen Augen, wie eine riesige OP-Lampe, umgeben von Ge-

stalten in grünen Kitteln. Jemand mit einer tiefen Stimme packte ihn im Nacken und riss ihn nach oben „Ein Junge, es ist ein Junge!“ Dann wurde es wieder still.
Er wusste nicht, wie lange er bewusstlos war. Verstört blickte er sich umher. Eine helle Sandbank inmitten eines klaren und in der Sonne glitzernden Flusses umgab ihn. Keine zehn Meter weiter schien der Fluss plötzlich abzubrechen, ahnungslos in die Tiefe zu fallen. Al kroch durch das sanfte Wasser in Richtung der Bruchkante. Vor ihm eröffnete sich ein kaum enden wollendes Naturspektakel. Der bis dahin friedlich fließende Fluss fiel in wütend sprudelnden Stromschnellen über mehrere Kaskaden von bis zwei Meter Höhe hinab, weiß schäumend, von schwarzen schroffen Felsen in sein schmales Bett gezwängt. Das bogenförmige Fragment eines schillernden Regenbogens umgab das wilde Spektakel wie einen Heiligenschein. Von einer wirren Erinnerung getrieben sprang er auf. „Jule!“ Seine Stimme klang krächzend und er wurde erneut von einem heftigen Hustenkrampf geschüttelt. „Jule, wo bist du?“ Verzweifelt sank er im flachen Wasser auf die Knie, zog sich dann aber weiter an Land und ließ sich ermattet auf die mit Gras bewachsene Uferböschung fallen. Erst jetzt wurde ihm die Situation klar: Wenn er ohnmächtig in die Stromschnellen geraten wäre, hätte er das nicht überlebt. Wenn er sich im letzten Moment nicht mit letzter Kraft aufgebäumt und tief eingeatmet hätte, wäre er erstickt, ertrunken im seichten Wasser der Sandbank. Jemand hatte ihm das Leben gerettet, ihn festgehalten, ihn wiederbelebt, ihn erneut auf die Welt gebracht. Er sollte weiterleben. Jule wollte, dass er lebt!
Er versuchte aufzustehen, sprang wie ein angeschossenes Reh nach vorne und sank ermattet auf einen mächtigen Baumstamm, der trotz mächtiger Wurzeln vom Fluss umspült quer über das Wasser gestürzt war. „Jule, wo bist du? Ich weiß, dass du da irgendwo bist ...“ Seine Gedanken begannen zu kreisen,

sich langsam in der Zeitachse rückwärts zu bewegen. Was war passiert? Und wie war er hierhergekommen? Langsam erinnerte er sich. Zuerst an die leere Autobahn auf dem Weg von Rom nach Deutschland. Dann bedrängte ihn eine schwarze Limousine. Darin saßen die ihm bekannten dunklen Gestalten, die mit einem Gewehr auf ihn zielten. Er versuchte angestrengt, sich an jedes Detail zu erinnern. War er vielleicht hinter dem Steuer eingeschlafen? Hatte er alles nur geträumt? Spielte seine Traumwelt ein grausames Spiel mit ihm? War es die Erinnerung an die letzten Momente mit Jule, die dazu führten, dass er in Panik sein Lenkrad herumriss und in den Abgrund raste? Normalerweise, wenn er morgens nach einem Albtraum schweißgebadet aufwachte, was gelegentlich vorkam, verblassten die Erinnerungen an den Traum sehr rasch, sodass er sich unter der Dusche kaum noch an die Ereignisse der Nacht erinnern konnte. Diesmal jedoch war es anders. Er konnte sich an jedes Detail erinnern: wie das Auto näherkam, ihn versuchte zu überholen, wie die dunkle Scheibe herabgelassen wurde und ein hämisch grinsendes Gesicht ihn anblickte und im nächsten Moment mit einem Gewehr auf ihn zielte. Er erinnerte sich an das explosionsartige Krachen, als das Projektil die hintere Scheibe durchschlug, wie Glassplitter durch das Wageninnere schossen, und wie er schließlich kurz entschlossen vor der herannahenden Brücke den Lenker seines Autos herumriss, um gleich darauf den Abhang hinunter zu schießen, in der Hoffnung, seinen Verfolgern doch noch entkommen zu können. Was für ein selbstmörderischer Entschluss, der nur aus der blanken Verzweiflung heraus entstanden sein konnte. Nein, das war alles zu wirklich, das konnte kein Traum gewesen sein.

Er musste zurück, flussaufwärts, zu seinem zerstörten Auto, um wenigstens seinen Koffer oder sein Handy in Sicherheit zu bringen. Sein Portemonnaie hatte er zum Glück noch in der Hosentasche. Wenn auch durchnässt, so könnte er die Kreditkarten sicher noch benutzen. Mühsam schleppte er sich am Ufer entlang, teils im Wasser, teils über Felsen. Den reißenden Fluss vor Augen wunderte er sich mehr und mehr, dass dieser ihn bewusstlos aber doch nahezu unverletzt zur rettenden Sandbank getragen hatte. Immer wieder blieb er stehen, versuchte die Umgebungsgeräusche einzuordnen. Bis auf das an- und abschwellende Rauschen des Wassers war das Tal wunderbar still, geradezu friedlich, fernab jeglicher Bedrohung. In den Baumkronen, die den Fluss wie das Dach einer Kathedrale überragten, zwitscherten und sangen Tausende von Vögeln. Die Luft war feucht dampfend und im Gegenlicht flatterten Myriaden glitzernder Insekten. Da, wo der Fluss sich in ruhige Buchten ergoss, schossen Wasserläufer über die glatte Oberfläche, als bestünde sie aus Eis. Die Sonne stach mit fast greifbaren Strahlen durch das Blättergeflecht und übersäte den moosbedeckten Boden mit hellen, gleißenden Flecken – wie verstreute silberne und goldene Münzen. Nicht nur, um Kraft zu tanken, sondern auch, um die verwunschene, liebliche Umgebung einzusaugen, ließ sich Al zwischendurch auf umgestürzten Bäumen und mit Flechten bewachsenen Felsen nieder. Der Flusslauf macht schließlich eine scharfe Rechtskurve, und vor ihm erstreckte sich die Autobahnbrücke wie ein hässlicher Drache über das liebliche Tal. Das Gezwitscher der Vögel und nicht endende Rauschen des Wassers hatten das Dröhnen der Autos und Lastwagen bis zuletzt übertönt. Die Brücke überquerte das Tal in der Mitte in mindestens fünfzig Meter Höhe. Auf dem rechten Brückenkopf war eine Gruppe grellroter Lastwagen mit flackerndem Blaulicht zu erkennen. Direkt darunter zog eine dunkle Rauchwolke zur Brücke empor. Vermutlich hatte sein Auto Feuer gefangen. Zu holen war darin nun nichts mehr. Am Brückengeländer standen Personen, die mit Ferngläsern das Tal absuchten. Al zuckte zurück. Obwohl anzunehmen war, dass dem brennenden Wrack niemand lebend entkommen konnte, waren seine Verfolger ihm immer noch auf den Fersen. Spätestens, wenn die Feuerwehr das verkohlte Auto geborgen und keine Leiche gefunden hatte, würden sie ihre Verfolgung wieder aufnehmen. Dies ließ ihm aber einen gewissen Vorsprung. Er eilte das Tal zurück, kam an der Sandbank vorbei, auf der er vor nicht einer Stunde ganz offenbar erneut das Licht der Welt erblickt hatte. Getrieben von der Angst, erneut in Schussweite zu geraten, kletterte er hastig an den Stromschnellen und Wasserfällen vorbei. Bei dem Gedanken daran, er wäre besinnungslos in die tosenden Sturzbäche geraten, lief es ihm erneut kalt den Rücken runter.

Unterhalb der Wasserfälle ergoss sich der Fluss in einen kleinen See. Das Wasser war plötzlich still und fast reglos. Jede Erinnerung an den tosenden und schäumenden Sturzbach erschien wie ausgelöscht. In einiger Entfernung sah er eine Gruppe von Menschen im See baden. Je näher er kam, desto lauter wurde das ausgelassene Johlen und Planschen. Es konnten nur Kinder oder Jugendliche sein, und Al befürchtete, er könnte sie als unbekanntes Wesen aus dem Wald erschrecken. Er kletterte den Abhang hinauf und erreichte einen mit frischem Schotter beschütteten Waldweg. Es roch nach Holzfeuer. Eine Ortschaft, und damit auch vorläufige Sicherheit, kann nicht weit sein, vermutete Al. Allerdings war der Weg dorthin breit und gerade, sodass eventuelle Verfolger ihn von Weitem sehen konnten. Immer wieder drehte er sich, aufgeschreckt von einem undefinierbaren Geräusch, um. Die Sonnenstrahlen erreichten nur noch die Baumgipfel und es wurde rasch kühler. Da seine Klamotten immer noch feucht waren, begann er zu frieren, was sich durch seine Erschöpfung rasch verschlimmerte. Es wurde allmählich dunkel und kalt. In der Dämmerung war eine einsame Scheune gerade noch zu erkennen. Ein Nachtlager, dachte Al erleichtert, was vielleicht auch daran lag, dass die Hütte eine gewisse Ähnlichkeit mit dem alten Bootshaus auf der Insel hatte. Die Tür war verschlossen, ließ sich jedoch mit einem beherzten Tritt gegen das verrostete Schloss leicht öffnen. Die knarzende Leiter empor geklettert, ließ er sich erschöpft ins Heu fallen. Das heftige Knurren seines Magens musste bis zum nächsten Morgen warten. Unangenehmer waren die feuchten Klamotten am Leib, die ihn wie ein Kühlaggregat umgaben. Mühsam streifte er die Sachen ab und kroch nackt unter das duftende Heu. Jetzt dachte er erst recht an die Insel und an Jule, wie sie ihn von einer höheren Etage aus beobachtet hatte. Langsam beruhigten sich seine zitternden Glieder, er spürte die wohlige Wärme der wunderbaren, wenn auch pieksenden Naturdecke, und stellte sich vor, an Jules Seite zu liege, in der Hochzeitsuite in Rom. Das Zirpen der Zikaden war das Letzte, was er hörte, bevor er einschlief.

Am nächsten Morgen fielen Sonnenstrahlen durch die Spalten der Wandbretter, als ihn tiefe, raue Männerstimmen weckten. Die Verfolger, dachte Al entsetzt, und sein Herz fing an zu rasen. Sollte er sich still verhalten? Nackt und schutzlos abwarten, was passierte? Wenn er nach den Klamotten griff, würden die Männer eine Etage unter ihm sicher auf ihn aufmerksam werden. Vorsichtig kroch er zur Öffnung, durch die er am Abend zuvor über eine Leiter zum Dachboden gelangt war. Erleichtert stellte er fest, dass es sich offenbar um Bauern aus der Umgebung handelte. Deren Blick in Richtung Heuboden war jedoch so eindeutig, dass Al blitzartig aufschoss und sich seine Klamotten schnappte. Dummerweise steckte die Unterhose noch in der Hose. Diese war wiederum so verdreht, dass an einen schnellen Einstieg nicht zu denken war. Hektisch versuchte er, durch Unterhose und Hose gleichzeitig zu kommen, was dazu führte, dass er stolperte und mit lautem Krachen gegen die Bretterwand schepperte.

Die Männer sprangen einer nach dem anderen die Leiter empor und starrten Al an, der, Hose und Unterhose auf Kniehöhe, immer noch verzweifelt versuchte, sich zu bedecken. Offenbar sah das so komisch aus, dass die Drei lauthals anfingen zu lachen. Vermutlich hätte man mich in Deutschland übelst beschimpft, dachte Al. Hier sah man das jedoch offenbar gelassen, ein gefundenes Fressen für den nächsten Dorfklatsch. Vielleicht erwarteten sie noch eine nackte Frau im Heu. Schließlich gelang es Al, die verdrehten Hosenbeine und das immer noch feuchte Hemd überzuziehen. Angestrengt versuchte er, mit Gesten die Situation zu erklären, was bei den Bauern zu weiterem Gelächter führte. Als sich die Situation beruhigt hatte, konnte Al ihnen mit Hand und Füßen klar machen, dass er telefonieren müsste, und vor allem, dass er schrecklichen Hunger hatte. Die Männer klopften ihm beherzt auf die Schulter. Vielleicht erinnerten sie sich gerade an die eine oder andere Posse aus ihrer Jugendzeit. Dann deuteten sie in Richtung ihres Traktors. Die Mitfahrgelegenheit wollte sich Al nicht entgehen lassen und sprang auf den leeren Anhänger. Wo immer es auch hingehen sollte, dort würde sicherlich ein Telefon sein. Er wollte unbedingt seine Schwester anrufen, die sich vermutlich große Sorgen machte.

Nach etwa zwanzig Minuten holpriger Fahrt hielt der Traktor an einem größeren Hof, und die Männer forderte Al auf, abzusteigen. Während der Fahrt hatten sie sich köstlich über ihn amüsiert, zeigten mit ihren groben Händen wiederholt in seine Richtung und fingen dabei laut an zu lachen.

Aus der Tür kam ihnen eine fröhlich-lächelnde Frau entgegen. Nach einem flüchtigen Kuss von einem der Männer folgten sie ihr ins Haus. Al blickte ihnen hinterher, bis sich die Frau zu ihm umdrehte. Sie winkte freundlich zu und gab ihm zu verstehen, ihr ins Haus zu folgen. Als er durch die großzügige

Wohnküche trat, schallte ihm erneut heftiges Gelächter entgegen. Die Frau hielt sich kichernd die Hand vor den Mund. Al spürte, wie ihm Verlegenheit in den Kopf schoss. Sicher hatten sie ihr von seinem peinlichen Auftritt in der Scheune erzählt. Von dem bäuerlich anmutenden Italienisch verstand er kein Wort und versuchte, ein möglichst gelassenes Gesicht aufzulegen. Erst jetzt bemerkte er, dass die Frau, im Gegensatz zu den bäuerlich wirkenden Männern, ausgesprochen feine Gesichtszüge hatte. Ihre dunkelblonden Haare waren glatt gekämmt, ihr Teint strahlte hell. Trotz der jenseits der fünfzig geschätzten Jahre wirkte sie frisch und jugendlich. Sie lächelte Al an.

„Dürfen wir Sie zum Frühstück einladen?"

„Gerne, ja, doch gerne, aber wie kommt es, dass Sie so gut ...", stammelte Al.

„Sie meinen, wie es kommt, dass ich Deutsch spreche? Nun ganz einfach – vor etwas mehr als 25 Jahren wollte ich im Land Italienisch lernen und dabei lernte ich Luigi kennen."

„Luigi?"

„Luigi haben Sie heute Morgen schon kennengelernt – zusammen mit seinen Brüdern."

„Ach ja, Luigi. Was hat Luigi Ihnen ... ich meine, was hat er ... " Al blickte verlegen zu den noch immer grinsenden Männern hinüber.

„Ich heiße übrigens Luise. Aber hier nennen mich alle Luisa."

„Luisa, ein schöner Name." Al biss sich auf die Lippe, als er merkte, dass ihm erneut das Blut in den Kopf schoss. „Hat Ihr Mann etwas über mich erzählt? Ich meine, hat er vielleicht etwas Seltsames über mich erzählt?"

Luisa unterbrach ihn lächelnd: „Etwas Seltsames über Sie? Nun ja, genau genommen war es wirklich seltsam."

Al schluckte. „Ich ... wie soll ich sagen, ich kann alles erklären ... es war nicht so, wie Sie vielleicht denken." Al wollte am liebsten auf der Stelle weglaufen. Aber der reich gedeckte Frühstückstisch duftete so unwiderstehlich, dass ihn sein Magen an Ort und Stelle festzuhalten schien.

„Also, er sagte, dass es schon etwas seltsam war, Sie, also einen jungen Mann mit nassen Kleidern in der Scheune anzutreffen." Luisa hob die Augenbrauen. Al wusste sofort, dass sie die wahre Geschichte bereits kannte. „Aber jetzt haben Sie doch sicher Hunger, Herr …?"

„Al, eigentlich Albert, Albert Steinhoff, meine Freunde nennen mich Al."

„Also dann, Al …" Luisa deutete freundlich-lächelnd auf die Eckbank. Er setzte sich zu Luigi, der ihm freundschaftlich auf die Schulter klopfte und den Korb mit geschnittenem Weißbrot reichte. Es war noch warm und musste gerade aus dem Backofen gekommen sein. Al tat es den Männern gleich, die etwas Olivenöl, grobes Salz und frisch geschnittene Tomaten auf dem Weißbrot drapierten und es mit beiden Händen vom Teller zum Mund balancierten. Es schmeckte köstlich. Al verschlang drei Brotscheiben und hätte noch mehr essen können, wollte aber nicht unhöflich wirken.

„Sie sollten mal den Schinken probieren oder den Schafskäse. Ist aus eigener Herstellung." Al nickte und ließ sich das nicht zweimal sagen. Luigi blickte ihn dabei neugierig an und sagte etwas zu Luisa, was Al natürlich nicht verstand.

„Mein Mann fragt, ob Sie vielleicht in Ihrer Heimat anrufen wollen?" Al schluckte verlegen.

„Luisa, Sie und Ihr Mann, seine Brüder, Sie kennen mich doch gar nicht …" Al dachte an die vergangenen Tage, an denen ihm dunkle Gestalten nach dem Leben getrachtet hatten. Und nun wusste er nicht, wie und warum er diese grenzenlose Gastfreundschaft verdient hatte.

„Wie soll ich sagen? Ich kann das alles nicht annehmen und bezahle natürlich die Telefongebühren."

„Telefongebühren? Wollen Sie uns beleidigen?", unterbrach ihn Luisa. Al hatte bisher nichts von seinem Unfall und seiner schwierigen Lage erzählt. Zum Teil auch aus Sorge, diese wunderbare, freundliche Familie in seinen Schlamassel mit hineinzuziehen. Das Telefon stand in der Küche, und wenn er mit Karin sprach, würden sie alles mitbekommen. Luisa schien seine Gedanken zu erahnen.

„Al, Sie können gerne im Nebenzimmer telefonieren, wenn Sie möchten." Al nickte. „Aber erst trinken sie noch eine Tasse Kaffee und vielleicht ... " Luisa legte ein fragendes Gesicht auf. Auch Luigi blickte ihn an und Al war sich sicher, dass er mehr Deutsch verstand, als er zu verstehen vorgab.

„Sie meinen ... sicher haben Sie sich schon gefragt, was ich so ohne Koffer und Zahnbürste in der Scheune Ihres Mannes mache."

„Wissen Sie, Al, das geht mich nichts an. Aber ich habe das Gefühl, Sie stecken in großen Schwierigkeiten. Und wenn ich ... wenn wir Ihnen helfen können ..." Sie blickte zärtlich zu ihrem Mann, der Al freundlich zunickte.

„Sie haben schon mehr für mich getan, als man je erwarten könnte." Al zögerte „Sie haben recht, Luisa, ich stecke in Schwierigkeiten. Ich werde verfolgt von ... also, genau weiß ich auch nicht von wem, aber ..."

„Wir werden nichts verraten Al, wem denn auch." Dabei schaute sie seufzend nach oben, als fragte sie sich, ob das selbst gewählte Landleben wirklich das Ziel ihrer Träume war, oder ob das Leben in der Stadt nicht doch die bessere Wahl gewesen wäre. Neugierig blickte sie Al in die Augen.

„Also gut, meine ... wie soll ich sagen ..." Al war sich nach wie vor nicht sicher, wie er sein Verhältnis zu Jule nennen sollte. „Meine Freundin ... sie heißt Jule. Sie ist vor einigen Wochen in Rom tödlich verunglückt."

Luisa zuckte zusammen. Sie blickte Al fassungslos an und hielt sich die dabei die Hand vor den Mund. Al schluckte. Nach den wunderbaren Erlebnissen bei Luisa und ihrer Familie schos-

sen ihm jetzt seine schweren Gedanken umso schmerzhafter durch den Kopf. „Möglich wäre jedoch auch, dass sie, also dass Jule umgebracht wurde." Luisa zog die Stirn in Falten, vielmehr Grausamkeiten konnte Al ihr nicht zumuten. „Oder ...", Al seufzte. „Oder dass sie noch lebt und man ihren Tod, warum auch immer, nur vortäuschte." Luisa übersetzte ihrem Mann Als seltsame Geschichte. Luigi schüttelte den Kopf. „Vielleicht sollte ich Ihnen das alles nicht erzählen und wahrscheinlich denken Sie, wie verrückt das alles ist, dass ich verrückt bin ... aber ... so ist das alles."
„Und Sie, Al, was ist mit Ihnen?"
„Ich versuche, das alles irgendwie zu erklären, suche nach der Wahrheit. Können Sie das verstehen?" Luisa nickte schweigend. „Seither trachtet man offenbar auch mir nach dem Leben, weil ich der Einzige bin, der so verrückt ist, zu glauben, dass Jule noch lebt." Jules Mutter wollte Al nicht erwähnen. „Schon zweimal hat man auf mich geschossen und beide Male hatte ich Glück, bis ich zuletzt mit dem Auto in ihr Tal gestürzt bin und ... na ja, den Rest kennen Sie ja." Luisa und Luigi starrten Al fassungslos an. Al schüttelte den Kopf. „Mein Gott, warum erzähl ich Ihnen das alles? Ich bringe Sie damit nur in Schwierigkeiten." Er wollte sich erheben, als ihm Luisa sanft ihre Hand auf die Schulter legte und bat, sitzen zu bleiben. „Machen Sie sich um uns keine Sorgen, hier sind Sie erst mal sicher. Und vielleicht können wir Ihnen ja doch helfen?"
„Ich müsste nur mal mit meiner Schwester reden, die macht sich bestimmt schon Sorgen. Und vielleicht ist sie ja auch in Gefahr."
„Wie gesagt, Al, nebenan ist auch ein Telefon. Sicher wollen Sie ungestört mit ihr sprechen."
Al nickte dankbar. Luisa begleitete ihn in das angrenzende Schlafzimmer. Nachdem sie die Tür hinter sich geschlossen hatte, nahm er den Telefonhörer und wählte Karins Nummer. Sie war gleich dran.

„Al, wo steckst Du? Ich bin schon ganz fertig vor lauter Sorgen um dich. Kannst du nicht wenigstens ..."

Al unterbrach Karins Redefluss. „Karin, jetzt beruhig dich mal. Also, wenn ich dir erzähle, was in den letzten Tagen alles passiert ist, dann ... also, die sind wieder hinter mir her und ich weiß noch nicht mal, warum. Aber es wird ganz schön eng und ich weiß nicht, ob die es auch bald auf dich abgesehen haben könnten."

„Hör mal, Al, ich hab mir das durch den Kopf gehen lassen. Du hast doch gesagt, dass dir Frau Camus Unterlagen von Jule gegeben hat. Vielleicht sind die darauf aus?"

„Ach, meinst du die grüne Metallkiste mit den Hieroglyphen und blauen Murmeln? Also, das alles versteht kein Mensch."

„Mensch, Al, denk doch mal nach. Nur, weil du nicht kapierst, was da steht, heißt das nicht, dass es für die nicht von ganz besonderer Bedeutung sein könnte."

„Ja, vielen Dank, wusste schon immer, dass du an meinem Verstand zweifelst."

„Quatsch keinen Blödsinn, sicher hast du die Unterlagen noch nicht so genau angeschaut." „Na ja, das stimmt. Ich hatte halt noch keine Zeit für genauere Untersuchungen. Aber ich habe die Kiste, oder besser gesagt deren Inhalt, vorsichtshalber gut versteckt."

„Ich gehe mal davon aus, dass die Typen dasselbe denken, und dann werden sie vermutlich deine Bude auf den Kopf stellen. Und wenn sie die Kiste nicht finden, könnten die richtig sauer werden."

„Also, Karin, was meinst du, was wir tun sollten? Immerhin sind die Typen jetzt schon sauer."

„Nun, ich könnte die Sachen an einem sicheren Ort verstecken."

„Ja, und dann knallen sie dich ab und keiner weiß, was los ist. Oder wie stellst du dir das vor?"

„Nein, wir sagen denen einfach, Kiste gegen Leben. Also, sie kriegen die Kiste und dafür lassen sie dich dann in Ruhe."

„Fragt sich nur, wie wir mit denen in Kontakt treten sollen, ohne nicht gleich mit Blei vollgepumpt zu werden."
Für einen Moment trat betretene Stille ein. Dann meldete sich Karin mit einem neuen Gedanken: „Hast du in Italien etwas herausfinden können?"
„Also, richtig Dreck am Stecken hat wohl dieser Alighieri. Kaum war ich im Foyer seines Schönheitspalastes, wollten sie mich abknallen."
„Schönheitspalast?"
„Ja, genau, stell dir vor, der ist gar kein Pathologe, sondern ein Schönheitschirurg ... alles Geld scheffelnde Lackaffen, und nennen sich auch noch Ärzte." Karin erwiderte nichts.
„Hallo, Karin, bist du noch da?"
„Jaja, bin noch da, hatte gerade so einen dummen Gedanken."
„Was für einen dummen Gedanken?"
„Ach sicher Blödsinn, aber ..."
„Komm raus mit der Sprache."
„Wenn ich dir das jetzt auf die Nase binde, dann verrennst du dich noch mehr in dein Hirngespinst."
„Du meinst ..." Al schluckte.
„Genau, ich meine, dass Jule noch am Leben sein könnte. Al, du bist doch Arzt, überleg mal. Könnte dieser Alighieri eine Leiche chirurgisch so verändern, dass sie ..."
„Du meinst, dass sie wie Jule aussieht?" Für einen Moment sagte keiner was. „Mensch, Karin, das würde vielleicht erklären, warum im Obduktionsbericht nichts von Jules Narbe am Knöchel stand und warum die Organe bei der anderen Leiche genau dasselbe Gewicht hatten."
„Was für eine andere Leiche? Gibt es jetzt etwa noch eine Leiche?", brüllte Karin.
„Hatte ich dir das nicht erzählt? Der andere Obduktionsbericht von ... wie hieß sie doch gleich ... Susanne Schulz oder so ähnlich. Ich glaube sogar, Professor Susanne Schulz."

„Mensch, Al, warum hast du mir das nicht erzählt?"
„Na ja, du glaubst doch, ich hätte Hirngespinste. Hast du doch gerade eben wieder behauptet."
„Okay, okay, habe meinen genialen Bruder mal wieder unterschätzt. Also, nichts für ungut. Vielleicht hat dich dieser Alighieri ja tatsächlich ganz übel getäuscht und dir eine Leiche vorgelegt, die nur so aussieht wie Jule. Auf jeden Fall bedeutet das, dass die noch immer scharf auf die grüne Metallkiste sind."
„Genau, und wir könnten ja noch höher pokern, wenn ihnen die Sachen so wichtig sind."
„Wie meinst du das?"
„Na, ganz einfach, Kiste im Tausch gegen Jule, ist doch logisch. Kiste im Tausch gegen Jule ... sonst mach ich da nicht mit! Hast du verstanden?"
„Also gut, Al, sagen wir, Kiste im Tausch gegen Jule, Karin und Al. Einverstanden?"
„Einverstanden, Karin, so und nicht anders."
„Übrigens, Al, ich bin gerade im Moment im Auto auf dem Weg nach Münster zu unseren Eltern. Soll ich nicht gleich bei dir reinschauen und deine gut versteckte Kiste in Sicherheit bringen? Liegt ja fast auf dem Weg."
„Überlass das lieber mir. Die sind ja nicht blöd und stehen bestimmt schon vor meiner Haustür, sofern sie nicht denken, dass ich bereits mit meinem Auto tödlich verunglückt bin."
„Was bist du?" Karin schrie erneut ins Telefon.
„Erzähl ich dir später, es geht mir gut, keine Sorge. Und was die Kiste betrifft ... also gut. Dann erzähl ich dir jetzt mal, wo die Unterlagen sind, und dann treffen wir uns in Münster, einverstanden?"
„Na, dann können wir ja mal versuchen, gemeinsam das Geheimnis der Kiste zu lüften."

„Ach ja, den Schlüssel zu meiner Wohnung bekommst du von meinem Nachbarn, Olli. Der hat diese Woche Urlaub und will zu Hause ein Buch schreiben. Er glaubt, er sei ein großer Autor, aber sonst ist er ganz okay."
Al beschrieb Karin, wo er die Unterlagen versteckt hatte. Von den blauen Kugeln unter dem Parkett hinter dem Schreibtisch erzählte er nichts. Er dachte noch einen Moment darüber nach, ob es nicht viel zu gefährlich und leichtsinnig war, Karin noch weiter mit hineinzuziehen. Was wäre, wenn die Typen schon vor seiner Haustür auf ihn warteten?
„Mensch, Karin, pass auf dich auf. Die sind zu allem fähig."
„Wir sehen uns, Al." Besorgt legte er auf.
Wieder im Wohnzimmer, bedankte er sich bei Luisa für die Möglichkeit, so lange zu telefonieren. Ein Entgelt für das Telefonat lehnte Luisa erneut ab und bot Al an, dass ihn Luigi nach Pisa mitnehmen könnte. Von dort könnte er mit dem Zug weiter nach Deutschland fahren. Al nahm das Angebot dankend an. Luigi wartete bereits draußen. „Luisa, das werde ich Ihnen und Ihrer wunderbaren Familie nie vergessen. Vielleicht kommen Sie ja mal nach Deutschland." Luisas Gesicht war ein Anflug von Heimweh abzulesen.
„Ach wissen Sie, Luigi und ich sind hier so verwurzelt ... aber wir wären froh, wenn Sie und ...", Luisa zögerte einen Moment, „wenn Sie und Jule uns eines Tages besuchten."
„Luisa, das verspreche ich Ihnen – und danke für alles!" Sie umarmten einander herzlich, als würden sie sich seit Jahren kennen oder als wäre Al bereits Teil ihrer Familie.

Nach Pisa sollten es etwa zwei Stunden Autofahrt sein. Vor dem bäuerlichen Anwesen stand jedoch nur der alte Traktor, auf dessen Anhänger Al heute früh mitgenommen wurde. Luigis Brüder waren mit dem Motor des Traktors beschäftigt. Sie hatten nur kurz gefrühstückt und offenbar Eiligeres zu tun, als Luisas Übersetzung einer seltsamen Geschichte zu lauschen. Luigi winkte Al zu, als er das Garagentor des Nebenhauses öffnete. Chromblitzend leuchtete ihm ein 75iger Alfa Romeo Gulietta entgegen. Wenn ich mal Lust habe, einen italienischen Klassiker zu fahren, dachte Al beim Anblick des glänzenden Oldtimers, dann sicher diesen. Er lächelte anerkennend. Das Auto sprang mit dem unvergleichlichen Röhren eines italienischen Sportwagens an und rollte erhaben aus der Garage. Blank poliert blitzte der Chrom der Stoßstangen und Verzierungen in der gleißenden Vormittagssonne. Luigi stieg noch mal aus, schritt mit stolz geschwellter Brust um sein wertvolles Stück und hielt Al freudestrahlend die Seitentür auf. Es war ein Bild wie aus einer Zeitschrift für mediterrane Luxusartikel: Italienischer Bauernhof im Vintage Style mit blank poliertem Klassiker. Schade, dachte Al, dass ich meine Kamera nicht dabei habe. Gedankenversunken setzte er sich auf den Beifahrersitz und Luigi warf gefühlvoll die Fahrertür zu. Das Scheppern, als sie ins Schloss fiel, verriet dann doch das nicht unerhebliche Alter des Wagens. Al leierte das Fenster herab und winkte Luisa zu, als der Wagen leise blubbernd zur Toreinfahrt rollte. Luisa küsste ihre Fingerspitzen und winkte ihnen hinterher.

Als der Wagen um die Ecke bog, holten Al die Gedanken über das Geschehene und das, was möglicherweise noch auf ihn zukommen würde, unbarmherzig ein. Wie konnte es sein, dass es Menschen gab, die er im Grunde gar nicht kannte, ihm nachstellten, ihn vermutlich umbringen wollten, und andere, auf deren Grundstück er zuvor eingebrochen war, ihn in zugegebenermaßen unpassender Pose in flagranti erwischt hatten, ihn aber doch mit offenen Armen aufnahmen, als gehörte er zur Familie. Das Böse und das Gute – vielleicht gab es das wirklich, ungeachtet jeder menschlichen Vernunft und Logik, einfach so. Schlagartig fiel ihm Karin ein, die er vielleicht heute Morgen in die Fänge jenes Bösen geschickt hatte. Er machte sich Vorwürfe, doch nun gab es kein Zurück. Er konnte nur hoffen, dass Alighieris Schergen nicht vor Karin oder schlimmer noch gleichzeitig mit Karin in seiner Wohnung ankamen.

Leider konnte er sich mit Luigi nicht viel unterhalten, da dessen Deutsch- und Als Italienisch-Kenntnisse eine flüssige Konversation nicht zuließen. Wie gern hätte er sich noch mal für die Gastfreundschaft bedankt, ihn und seine Familie nach Deutschland eingeladen, um sich irgendwie revanchieren zu können. In regelmäßigen Abständen deutete Luigi auf die wunderschönen Hügel und Bachauen, alte heruntergekommene Bauern- und Herrenhäuser. Vielleicht wäre dies einmal der richtige Ort, sich vor dem ersten Burnout zurückzuziehen, dachte Al wehmütig. Ein altes Herrenhaus renovieren, einen Oldtimer in der Garage, und Jule, die ihn in der freundlichen Morgensonne zum Frühstück rief. Mein Gott, Jule, zuckte es Al durch den Magen, wenn er doch nur sicher sein könnte, dass sie noch lebte, oder redete er sich das mehr und mehr ein. Sammelte er Indizien für ein Hirngespinst, wie es Karin nannte, um dann mit der brutalen Sicherheit über ihren Tod endgültig in ein tiefes Loch zu fallen, aus dem er niemals mehr herauskommen könnte oder auch niemals mehr herauskommen wollte? Nein, er musste weiter nach vorne. Auch wenn es ein Hirngespinst sein würde, er wusste, dass ihn dies niemals mehr loslassen, ihn vielmehr verfolgen würde bis an sein eigenes Lebensende, und wer weiß, vielleicht sogar darüber hinaus.

Noch mindestens eine Stunde bis Pisa. Auf der Autobahn wirkte Luigi angespannt. Vielleicht, weil er selten auf der Autobahn fuhr, oder weil er nicht mehr in seiner vertrauten Umgebung war, in seinem Paradies. Erst jetzt fiel Al das kleine silberne Kruzifix auf, das am Rückspiegel baumelte. Er dachte an Karin, an ihre Einla-

dung zur Aquariumsgruppe. Er wusste, dass er nicht so weit war, vielleicht nie wieder so weit sein würde. Und trotzdem, nach den Erfahrungen mit Luisa und Luigi war er sich nicht mehr so sicher. Er spürte, dass vielleicht doch noch etwas in ihm keimte, eine kleine Pflanze, die er in den letzten Tagen für tot erklärt hatte. Und was Jule betraf, sollte er doch noch an ein Wunder glauben?
Monoton tuckerte der Alfa über die Autobahn. Luigi fuhr sehr langsam und wurde von manch einem LKW überholt, der kurz zuvor teilweise bedrohlich an seiner Stoßstange hing. Luigi interessierte das offenbar nicht. Al neigte seinen Kopf zur Seite und dämmerte weg in einen oberflächlichen Schlaf. Als er aufwachte, war der berühmte schiefe Turm von Pisa in Sichtweite. Luigi stieß ihn mit dem rechten Ellbogen an und deutete strahlend hinüber. Vielleicht meinte er auch die daneben befindliche, in ihren wunderschönen schwarzen und weißen Streifen erstrahlende Kathedrale. Dabei bekreuzigte er sich wiederholt mit einem Gesichtsausdruck, der an der Gewissheit seines Glaubens keinen Zweifel ließ.
Am Bahnhof angekommen, parkte Luigi direkt vor dem Haupteingang an einem Taxistand, was auch gleich die heftigsten Anfeindungen der dort wartenden Taxifahrer zur Folge hatte. Luigi winkte nur ab, ging in aller Seelenruhe um sein Auto herum, um Al die Tür zu öffnen. Noch etwas betäubt stieg Al aus, während ihm die Sommerhitze wie ein heißer Fön entgegen blies. Luigi umarmte Al herzlich und deutete ihm heftig gestikulierend an, zum Bahnhofseingang zu gehen.
„Grazie, mille grazie", stotterte Al unbeholfen und blickte Luigi noch eine Weile nach, wie er mit seinem Alfa um die Ecke bog. Die anderen Taxifahrer hatten sich beruhigt, als wäre der vorherige Wutausbruch nur eine willkommene Gelegenheit gewesen, der lähmenden Mittagshitze für einen Moment zu entkommen. Al brauchte erst mal Geld und fand auch gleich einen Geldautoma-

ten, in den er seine immer noch etwas feuchte Scheckkarte steckte. Nach anfänglich vielversprechendem Knacken und Summen kam die Karte wieder zum Vorschein. Transaktion abgebrochen, warum auch immer. Er versuchte es noch zweimal, ließ es dann aber in der Befürchtung sein, die Karte könnte einbehalten werden. Dann eben kein Geld, gefrühstückt hatte er ja ausgiebig und würde auf der Zugfahrt nach Frankfurt nicht gleich verhungern. Am Schalter wiederholte sich jedoch das Spiel mit der Scheckkarte. Der Schalterbeamte blickte mürrisch von seinem Arbeitsplatz zu Al, als hätte er einen dieser Kleinbetrüger vor sich, mit denen er sich vermutlich tagtäglich herumstritt. Al saß fest, mitten in Pisa, ohne Geld, ohne Ausweis, und noch schlimmer, ohne Plan, wie er nun zurückkommen sollte. Er hatte noch nicht mal Geld zum Telefonieren. Ein deutsches Konsulat gab es hier sicher auch nicht.
Verzweifelt setzte er sich auf eine Steinmauer und blickte den geschäftigen Menschen auf dem Bahnhofsvorplatz hinterher, die im Gegensatz zu ihm im Moment genau wussten, was sie zu tun hatten. Sein Blick fiel auf einen Lastwagen, der offenbar mit Gütern aus einem der letzte Züge beladen wurde und zu seiner Überraschung ein deutsches, ausgerechnet sogar ein Frankfurter Kennzeichen trug. Jemanden um einen Gefallen zu bitten, das war nicht sein Ding. Aber jetzt blieb ihm wohl nichts anderes übrig. Am hinteren Ende des Lastwagens stand ein etwa Mitte sechzigjähriger Mann, unrasiert, im fleckigen kaum noch weißen Unterhemd. Missmutig kommentierte er wiederholt den Ladevorgang seines LKW.
„Entschuldigung." Al räusperte sich laut, um dessen Aufmerksamkeit zu erhalten.
„Was gibt's?"
Al war erleichtert, dass er deutsch reden konnte, wenn auch die Person selbst keinen vertrauenserweckenden Eindruck machte.

„Ich müsste nach Deutschland und ..."
„Seh ich aus wie ein Taxifahrer? Da drüben ist der Bahnhof ... und tschüss." So sind sie also, die Deutschen, dachte Al missmutig. Aber er wusste, dass er so schnell keine Alternative finden würde.
„Es tut mir leid, aber ich bin überfallen worden ..."
„Hör mal zu, wenn du hier alles versoffen und verkifft hast, dann ist das nicht mein Problem, also zieh Leine." Erst jetzt wurde Al klar, dass er ungewaschen und mit dreckigen Klamotten wirklich aussah wie ein Penner. Viel besser sieht der Fahrer jedoch auch nicht aus, dachte er und versuchte es noch mal.
„Hören Sie, ich seh vielleicht etwas heruntergekommen aus, aber ich bin Arzt in Frankfurt und könnte Ihnen ..."
Wieder unterbrach ihn der Mann. „So, so Arzt. Sie sind also Arzt in Frankfurt." Er musterte Al von oben herab. „Arzt in der Uniklinik – mit dickem Schotter womöglich." Abfällig lächelnd wand er sich wieder dem Ladevorgang zu und raunzte den Arbeitern ein paar unfreundliche Brocken auf Italienisch zu.
„Dicker Schotter vielleicht nicht, aber das mit der Uniklinik, das stimmt."
„Wie viel?"
„Äh, was meinen Sie mit wie viel."
„Na hör mal, wie viel bist du bereit, zu zahlen für die Fahrt?" Al überlegte fieberhaft, einerseits froh, dass der Mann sich offenbar doch auf einen Handel einließ, andererseits unsicher, ob er die lange Fahrt neben diesem unfreundlichen und beißend nach altem Schweiß stinkenden Menschen durchstehen würde.
„Zwanzig? Wär das okay?"
„Du meinst wohl zwanzig bis zur Grenze? Also pass auf, fünfzig bis Frankfurt und dort gleich auf die Kralle, sonst gibt's Ärger, kapiert?" Al schluckte, aber es blieb ihm keine andere Wahl und er willigte ein.
„Einverstanden, und wann geht's los?"

„Morgen früh um fünf, da ist am wenigsten los. Und wenn du zu spät kommst, hast du Pech gehabt, verstanden?“ Also noch einen Tag später in Frankfurt, dachte Al und es kam ihm wieder Karin in den Sinn, wie sie vielleicht in der Zwischenzeit mit seinen Verfolgern unliebsame Bekanntschaft machte.

„Wo finde ich Sie morgen früh, Herr ...“

„Karl, ich heiß Karl und bin heute Nacht bei Lolita da drüben.“ Er deutet süffisant lächelnd zu einer heruntergekommenen Kneipe hinüber. Der Gedanke, er könne mit irgendeiner Frau ins Bett gehen, löste bei Al noch mehr Übelkeit aus, mehr noch als durch dessen penetranten Körpergeruch, der ihm in regelmäßigen Wellen entgegenschlug.

„Du kannst ja im Führerhaus pennen, wenn du willst.“

Al willigte ein, überrascht über die großzügige Geste. „Das macht dann noch mal 10 Euro zusätzlich.“ Hätte mich auch gewundert, wenn das Angebot kostenfrei gewesen wäre, dachte Al ernüchtert.

„Die Beifahrertür lass ich offen, gibt eh nix zu holen.“

„Also dann, bis später und vielen Dank schon mal.“ Der Mann quittierte Als eher widerwilligen Dank mit einer gleichgültig wirkenden Geste und wandte sich erneut dem Ladevorgang zu.

Al schlenderte dem Abend entgegen durch Pisa. Sein Magen knurrte inzwischen laut und ungeduldig. Zurückhaltend musterte er die Mülleimer, in der Hoffnung, etwas Essbares darin zu finden. Früher hatte er immer die armen Gestalten in Frankfurt beobachtet, wie sie einen Mülleimer nach dem anderen durchsuchten. Was auch immer passieren würde, dachte er damals, so weit wollte er es niemals kommen lassen. Und nun hatte es keine zwei Tage gedauert, um am unteren Ende der Gesellschaft anzukommen. An einer größeren Kreuzung sah er noch den Rest eines Baguettes aus dem Mülleimer ragen. Ohne sich umzublicken, griff er danach, als ein Ehepaar mit zwei kleinen Kindern an der Hand vorbeilief. Der große schwarze Fotoapparat, der wasserdichte Rucksack und die zerknitterte Straßenkarte von Pisa verrieten gleich, dass es sich um deutsche Touristen handelte.

„Hat der Opa nichts zu essen?", wollte das kleine Mädchen im dunkelblau gestreiften Kleidchen und weißen Socken neugierig wissen.

„Geh da weg, Lisa, das ist ein böser Mann", entgegnete die Mutter erschrocken und zog die Tochter weiter. Frustriert schaute Al der Familie hinterher, als sich das kleine Mädchen noch mal umblickte, die Schultern hob und ihn mitleidig anlächelte, als wollte sie sagen: „Tut mir leid, ich hätte dir gerne geholfen." Vielleicht dachte sie auch nur, dass er wie ein armseliger Trottel aussah, was Als Gemütsverfassung wesentlich mehr entsprach. Wenigstens hatte er jetzt etwas Essbares, wenn sich auch das steinharte Baguette allenfalls noch zur Herstellung von Semmelbrösel geeignet hätte.

Es wurde zunehmend dunkel und Al verkroch sich im Führerhaus des Lastwagens. Wie befürchtet, war der Gestank darin nahezu unerträglich und er wollte sich gar nicht ausmalen, welche Körpersäfte noch zu dem grausamen Gesamteindruck beitrugen. Zum Glück hat der Riechnerv die dankbare Gnade, nach gewisser Zeit einen auch noch so üblen Gestank nicht mehr wahrzunehmen, sodass Al erschöpft, den Kopf an das offene Fenster gelehnt, einschlief.

Am nächsten Morgen wurde Al durch das laute Röhren des anlassenden Dieselmotors geweckt. Mit verquollenen Augen und nach Nikotin stinkend saß Karl hinter dem Steuerrad. „Und gut geschlafen, Herr Doktor? Hätte auch lieber hier geschlafen, blöde Schlampe aber auch ..." Al wollte nicht wissen, wollte es sich noch nicht einmal vorstellen, was seinem ehrenwerten Fahrer in der Nacht über die Leber gelaufen war.

Während der Fahrt redeten sie kaum ein Wort miteinander. Al blickte nur aus dem Fenster und ließ die öde Landschaft der Po-

ebene wie einen trübe dahinfließenden Fluss an sich vorbei treiben. Sein Rücken schmerzte, gerne wäre er ausgestiegen, um sich die Füße zu vertreten, war aber dann doch froh, dass sie mit jeder Stunde ihrem Ziel näherkamen. In regelmäßigen Abständen steckte sich Karl eine Zigarette an, was den immer noch quälenden Körpergestank etwas zu überdecken schien. Zumindest konnte Al ganz gut begründen, ab und zu das Fenster öffnen zu müssen. Die anfängliche Ungeduld, wieder nach Frankfurt zu kommen, wich allmählich einer lähmenden und doch in gewisser Weise angenehmen Trägheit. Solange er hier in diesem Führerhaus saß, konnte er nichts regeln, musste nichts entscheiden. Beruhigend war auch, dass niemand, auch nicht seine Verfolger ahnen konnten, dass er im Moment hier in diesem stinkenden Lastwagen, neben diesem unfreundlichen Lastwagenfahrer saß. Je näher sie jedoch ihrem Zielort Frankfurt kamen, desto mulmiger war ihm zumute. Es bestand kein Zweifel, er musste erst mal zu seiner Wohnung gehen, auch wenn er dort von seinen Widersachern überrascht werden konnte. Und was Karin betraf, daran wollte er im Moment gar nicht denken. Seitdem er den Telefonhörer bei Luisa und Luigi aufgelegt hatte, quälte ihn eine dunkle Vorahnung, gepaart mit seinem schlechten Gewissen.
„Wie krieg ich mein Geld?", war das Erste, was Karl nach ein paar Stunden und etwa 50 Kilometern vor dem Frankfurter Kreuz über die Lippen brachte.
„Also, ich wohne in Niederrad, Kelsterbacher Straße. Ich spring hoch, hol die fünfzig Euro und wir sind quitt."
„Sechzig Euro, zehn fürs Übernachten, schon vergessen?"
„Sechzig, sicher, geht klar."
„Und wenn du mich hier sitzen lässt und abhaust, ohne zu bezahlen ..."
Diesmal unterbrach ihn Al. „So ,n Quatsch, natürlich kriegst du deine sechzig Euro."

Karl kannte sich in Frankfurt gut aus und hielt direkt vor dem Mehrfamilienhaus, in dem Al wohnte.
„Ich dachte immer, ihr Ärzte ihr schwimmt im Geld." Dabei blickte er misstrauisch die Häuserfront entlang.
„Bin gleich wieder da", entgegnete Al kommentarlos. Da er den Haustürschlüssel auch im Golf zurückgelassen hatte, klingelte er bei Olli, der zum Glück zu Hause war.
„Al, bist du es? Ach Gottchen, was bin ich froh, dass du da bist", klang es etwas gestelzt durch den Lautsprecher. Olli gehörte zu den Menschen, die nur ein Wort sagen, nur eine Handbewegung verrichten müssen, um zu zeigen, dass sie schwul sind. Als Al damals einzog, hatte ihm Olli dies gleich zu erkennen gegeben und ihm süffisant zugezwinkert. Unmissverständlich hatte ihm Al jedoch damals klarmachen können, dass er nicht schwul ist, und seither waren sie die besten Freunde. Auf Olli konnte er sich verlassen, das wusste Al, sodass Olli auch immer einen Schlüssel seiner Wohnung hatte. Al rannte in den dritten Stock hoch, wo Olli bereits aufgeregt in der Wohnungstür gegenüber seiner eigenen Wohnung stand.
„Mein Gott, Al, wie siehst du denn aus?"
„Olli, gut, dass du da bist, ich bräuchte mal schnell meinen Wohnungsschlüssel."
„Also, riechen tust du ja schon etwas streng, Moment ich hol deinen Schlüssel", dabei zog er die Nase hoch, zwinkerte Al mit einem Auge entgegen und verschwand mit einer schwingenden Hüftbewegung in seiner Wohnung. Erst jetzt fiel Al auf, dass seine Wohnungstür zwar verschlossen, aber im Bereich des Schlosses demoliert war. Sie sind also bereits hier gewesen, schoss es ihm durch den Kopf. Und Karin?
„Also, mein Lieber, das kannst du dir nicht vorstellen, hier ging es zu wie im Taubenschlag. Erst kam deine Schwester. Sie hat ja offenbar einen Schlüssel zu deiner Wohnung. Und dann traf sie

sich mit so ein paar Typen. Na ja, erst wollte sie die Typen nicht reinlassen und dann fingen die an, dein Schloss zu demolieren. Was für ungehörige Buben."

„Woher weißt du das alles, Olli?"

„Na hör mal, mein Bester, ich hab alles durch meinen Gucki beobachtet, und dann sind alle gemeinsam abgedampft, wirklich seltsam. Kleinen Moment, ich hol dir dein wertvolles Stück." Es dauerte keine Minute und Olli erschien mit einem zufriedenen Lächeln in der Tür. „Hier ist er, zu treuen Händen." Mit einer theatralischen Handbewegung hielt er Al den Ersatzschlüssel entgegen. Al versuchte, die Geste zu ignorieren.

„Weißt du, was das für Typen waren und wo sie mit Karin hingegangen sind?"

„Also hör mal, meinst du vielleicht, die haben sich bei mir vorgestellt? Ich war in dem Moment auch etwas unpässlich, weißt du, ich habe doch einen neuen Freund und ..."

„Olli, sei mir nicht böse, das kannst du mir später erzählen."

„Jaja, schon gut, kann verstehen, dass du dich erst mal einseifen möchtest. Also, wenn du Hilfe brauchst ..."

„Ich glaub, ich kann das alleine, und vielen Dank für alles."

„Ach, nicht der Rede wert. Für dich mach ich das gerne, weißt du doch", dabei warf er Al mit großer Geste den Schlüssel zu und verschwand in seiner Wohnung. Herzklopfend öffnete Al seine Wohnungstür. Er hatte befürchtet, dass alles auf dem Kopf stehen würde, wie man das nach einem ordentlichen Einbruch so kannte. Aber nichts dergleichen, alles war so, wie er es vor einigen Tagen hinterlassen hatte. Oder besser, fast alles. Sein Blick ging gleich zum Steuerordner. Das Regal sah fast unberührt aus, aber auch nur fast, an der Stelle des Steuerordners klaffte eine schmale Lücke. Sein Schreibtisch stand jedoch noch an seinem Platz. Zumindest die blauen Kugeln hatten sie nicht gefunden, schoss es ihm durch den Kopf. Im Schreibtisch hatte er etwas

Geld hinterlegt, knapp dreihundert Euro. Er nahm das Geld und zählte vorsichtshalber genau sechzig Euro ab, nicht dass Karl beim Anblick der Geldscheine noch mehr einforderte. Dann eilte er nach unten, um Karl sein Honorar zu geben, bevor der mit einem Schlägertrupp zu ihm hochkommen würde. Eine Zigarette rauchend stand er bereits ungeduldig vor dem Eingang.
„Na, wird aber auch Zeit, lassen einen immer warten, die Doktors", schimpfte er missmutig, drehte sich um, stieg ohne weiteren Kommentar in seinen Lastwagen und brummte, den Motor kurz aufheulend, davon. Inzwischen war es fast dunkel geworden. Al hatte eigentlich vorgehabt, nicht in seiner Wohnung zu übernachten. Da seine Verfolger aber möglicherweise nun hatten, was sie wollten, beschloss er kurzerhand, zu bleiben. Er zog die Klamotten aus und stellte sich unter die heiße Dusche. Es war ein unbeschreiblich wohliges Gefühl, den ganzen Dreck und Gestank abzuspülen und vor allem wieder in das gewohnte Leben zurückkehren zu können. Das kurze Intermezzo, wohnsitzlos zwischen Mülltonnen umherzuirren, hatte ihm gereicht. Erleichtert stieg er aus der Duschwanne, als er ein Klingeln an der Tür hörte. Vielleicht ist das Karin, schoss es ihm durch den Kopf. Er schwang sich ein Handtuch um und eilte zur Tür, um durch den Gucki, wie es Olli nannte, zu schauen, ob schon jemand oben vor seiner Tür stünde. Das Letzte, was er hörte, war ein lautes Krachen, bevor er rückwärts in seine Wohnung gestoßen wurde.
Als Al wieder zu sich kam, lag er nackt mit dem Gesicht zur Seite auf dem Fußboden. Seine Hände waren auf dem Rücken mit einem Kabelbinder zusammengebunden. Die schmalen Plastikbänder gruben sich schmerzhaft in seine Handgelenke. Auch seine Knöchel waren mit einem Kabelbinder fest verzurrt, sodass sich die Füße wie abgestorben anfühlten. Al stöhnte bei jeder kleinsten Bewegung vor Schmerzen. An seiner Schläfe spürte er einen kalten metallischen Gegenstand. Er wusste sofort, dass es

das Gewehr war, das in den vergangenen Tagen schon öfter auf ihn gezielt hatte.
„Willst du sterben?“ Al erkannte den slawischen Akzent. Er saß in der Falle. Nackt, wie er zur Welt gekommen war, würde er nun wieder die Welt verlassen. Zu seinem Erstaunen machte ihn das gar nicht nervös. Eine Art zufriedene Gleichgültigkeit übermannte ihn, als käme jetzt alles Bangen und Hoffen zu einem zufriedenen Ende.
„Wo sind die blauen Kugeln?“ Der raue Tonfall ließ ihn zusammenzucken, soweit dies geknebelt überhaupt noch ging. Im nächsten Moment ergoss sich ein Schwall kalten Wassers über sein Gesicht, so unerwartet, dass Al tief einatmete und ein paar Spritzer in die Lunge bekam. Ein plötzlicher Hustenreiz war nicht zu unterdrücken, und bei jedem Keuchen spürte er schmerzhaft die Kabelbinder in Knöchel und Handgelenke schneiden.
„Red schon, sonst hast du zum letzten Mal gehustet.“
„Ich ... ich weiß nicht, wovon Sie reden“, stammelte Al mit erstickter Stimme und kaum fähig, den neuen Hustenschwall zu unterdrücken. Im nächsten Moment spürte er einen vernichtenden Schmerz in der Flanke.
„Noch so eine Lüge und dein letztes Stündlein hat geschlagen, hast du verstanden?“ Al bekam kaum noch Luft. Noch so ein Tritt würde ihm den Rest geben, das wusste er und versuchte krampfhaft seine Gedanken zusammenzuhalten.
„Also, die blauen Kugeln wollt ihr, und wenn ich euch das verrate, dann legt ihr mich um, stimmt‘s?“, röchelte Al mit letzter Kraft.
„Schlaues Bürschchen, fast wie deine Schwester.“ Karin, schoss es Al durch den Kopf, was haben sie mit ihr gemacht? Er spürte neue Kraft aufkommen.
„Meine Schwester ... was habt ihr mit ihr gemacht?“ Als Stimme überschlug sich bei dem Gedanken, dass Karin in derselben Situation gewesen sein könnte.

„Tja, deine Schwester war ganz schön schlau. Wollte ganz schön Kohle für ein paar Tipps abholen."

„Was für Kohle, wovon redet ihr überhaupt?" Al spürte, wie Panik in ihm aufstieg.

„Na ja, hat mit Krastchow so einen Deal gemacht, dafür hat sie uns den Steuerordner vermacht. Nettes Versteck, Steinhoff, wären wir so nicht drauf gekommen. Und dann macht sie sich mit dem Schotter auf und davon. Na ja, irgendwann holen wir sie wieder ein, kannst dich drauf verlassen. Könnte uns ja anderweitig noch zu Diensten sein." Ein grausiges Lachen erfüllte den Raum. „Und dich, Steinhoff, lässt sie hier auflaufen." Wieder füllte das hässliche Lachen den Raum. Al schoss es durch den Kopf: Krastchows Ordner! Er hatte sich nicht getäuscht, als er Karins Namen erspähte, damals, als er mit Krastchow redete. Und jetzt ließ sie ihn hier allein, verkaufte die Informationen, die er ihr kurz zuvor anvertraut hatte, und machte sich aus dem Staub. „Also, Steinhoff, wenn du uns die blauen Kugeln gibst, könnten wir dich ja mal am Leben lassen. Aber nur, wenn du aufhörst, uns hinterher zu schnüffeln, kapiert?"

„Jule, was habt ihr mit Jule gemacht?", stammelte Al verzweifelt.

„Ach, du meinst das Flittchen aus Rom. Tja, keine Ahnung, die hat sich Alighieri geschnappt, frag ihn doch."

„Das heißt, sie lebt?"

„Hör mal Steinhoff, du fragst zu viel. Haben dir schon viel zu viel verraten. Raus mit den blauen Kugeln, sonst hast du eine von uns zwischen den Schläfen." Al wusste, dass ihm keine andere Wahl blieb. Und was sollte auch noch passieren, jetzt, da ihn vielleicht sogar Karin verraten hatte. Das klang alles nicht wahr. Und wenn schon. Jetzt war auch alles egal, sollten sie ihn doch jetzt und hier abknallen.

„Ihr Schweine, was haben wir euch eigentlich getan, ihr blöden Drecksäcke!", brüllte Al, bevor ein weiterer vernichtender

Schmerz seinen Körper durchbohrte. Ein weiterer Tritt in die Flanke. Al wurde schwarz vor den Augen. Mit letzter Kraft versuchte er, sich bei Bewusstsein zu halten. Blutiger Speichel floss aus seinem Mund. Der Stoß von der Tür hatte ihm eine Platzwunde an der Oberlippe beschert. „Unter dem Schreibtisch, im Boden", keuchte Al mit letzter Kraft. Er hörte, wie der Schreibtisch zur Seite geschoben wurde.

„Sehr gut, Steinhoff, warum nicht gleich so?"

„Und jetzt, was passiert jetzt?"

„Tja, Steinhoff, das war's. Doswidania." Al schloss die Augen. Ein scharfer Stich bohrte sich in seine linke Schulter. Ein hell klingendes Geräusch schien sich über seinem Kopf auszubreiten. Der Schmerz war plötzlich verschwunden. Er fühlte sich frei, schwebend, weit weg, glücklich und befreit. Ein helles Licht am Horizont erfüllte ihn mit einem gelassenen Glücksgefühl.

Frankfurt, Juli 2009

Sonntagmorgen klingelte das Telefon. Es war halb acht und Al brauchte eine Weile, bis er verstand, dass es nicht der Wecker war. Er wollte Jule besuchen, aber nicht vor dem Aufstehen. Der Gedanke an Jule schoss ihm heiß durch den Kopf. Konnte es vielleicht die Klinik sein, die ihm mitteilen wollte, dass es Jule nicht gut ging und er sofort in die Klinik kommen müsste? Hastig sprang er aus dem Bett und griff nach dem Telefonhörer. „Steinhoff!" Er war erleichtert, am anderen Ende Karins Stimme zu hören, auch wenn sie eher hysterisch klang und sicher nicht zu einem ruhigen Sonntagmorgen passte.

„Hey Al!" Er musste den Lautsprecher nicht auf Mithören stellen, um Karins Stimme bis ins Bad hören zu können. „Hast du vergessen, dass heute Vaters sechzigster Geburtstag ist? Er war schon etwas säuerlich, dass er auf seine schriftliche Einladung hin nichts von dir gehört hat."

„Ach du meine Scheiße. Gut, dass du mich anrufst. Hab ich glatt vergessen. Ich ruf ihn gleich an."

„Nein, nicht gleich!", brüllte Karin ins Telefon, sodass es Olli nebenan sicher auch hören musste, auch ohne am Gucki hinter der Tür zu kleben.

„Jetzt beruhig dich mal, Karin, ich werde es schon irgendwie richten."

„Dann lass dir was Gutes einfallen, Bruderherz, sonst hängt der Haussegen wieder schief. Kennst ja das Gefackel mit den dämlichen Geburtstagsfeiern."

„Also, dann werde ich so in einer Stunde anrufen und erzähl ihm was von meinen vielen Nachtdiensten und so."

„Und nicht vergessen, Al, ab ein Uhr nachmittags gibt's ein großes Fressgelage. Also, sei pünktlich, hast du verstanden?"

„Jaja, schon verstanden, schwing mich gleich ins Auto, versprochen. Muss aber erst noch mal in die Klinik, es gibt da so einen wichtigen Fall."

„Red keinen Blödsinn, Al, ab zwölf Uhr ist Sektempfang und Mutter rechnet fest mit dir, sie ist schon ganz neben der Spur."

„Zwölf Uhr, das pack ich ja kaum mit meinem Klappergolf und meinem Fall in der Klinik ..."

„Dein Fall hat sicher Zeit bis morgen, also, schwing die Hufe", unterbrach ihn Karin und legte auf. So ein Mist, dachte Al, dabei hatte er sich auf langes Gespräch mit Jule gefreut. Wenn er allerdings tatsächlich zu spät in Münster einfiel, gäbe es wirklich Zoff mit den Eltern, die ja immer noch nicht ganz verwunden hatten, dass er seinen Studienplatz nicht in Münster, sondern im Sündenpfuhl Frankfurt angetreten hatte. Sollte er trotzdem Jule kurz einen Besuch abstatten und nach ein paar Minuten wieder verschwinden, weil seine Eltern ihn nach Münster zitierten? Nach den wenigen Worten, die sie bislang gewechselt hatten, klang das irgendwie komisch und so entschloss sich Al, gleich nach Münster zu fahren. Unterwegs fiel ihm ein, dass er das Telefonat mit Vater vergessen hatte. Dafür war er jedoch ein paar Minuten früher in Münster. Aber auch das klappte nicht, da er sich von einem Stau zum nächsten hangelte. Die Kirchturmglocke schlug Viertel nach zwölf, als er in die Straße seiner Eltern einbog. Zahlreiche Autos von geladenen Gästen parkten kreuz und quer.

„Da bist du ja endlich, ich dachte schon, du kommst gar nicht mehr", waren dann auch die ersten Worte der Mutter, als Al endlich entnervt in der Tür stand. Die Erklärung mit dem Stau nahm sie schon gar nicht mehr zur Kenntnis und drehte sich zur Seite, um die weiteren Gäste zu begrüßen, die sich bereits hinter Al eingereiht hatten. Im hinteren Bereich des Wohnzimmers erspähte er seinen Vater, zu dem er sich mühsam vorkämpfte, um brav seine Glückwünsche zum Sechzigsten abzuliefern. Der Wortlaut seines Vaters war fast identisch mit dem der Mutter, nur mit der Ergänzung, ob er vielleicht am Empfang die Mäntel entgegen nehmen und auch den Sekt reichen könnte. Zum Glück fiel es in dem Zusammenhang kaum auf, dass Al vergessen hatte, seinem Vater ein Geschenk mitzubringen. Könnte ich ja noch nachreichen, dachte Al, vielleicht aber auch nicht, da der Geburtstagstisch sowieso bereits überquillt. Immer mal wieder suchte Al das Gespräch mit seinem Vater, das aber stets mit den Worten unterbrochen wurde „Ach, Herr Sowieso, darf ich Ihnen meinen Sohn vorstellen." Und dies dann zum Anlass genommen wurde, mit Herrn Sowieso in eine lebhafte Diskussion über Familie oder Politik einzutauchen. Die Anwesenheit von Al war dabei nicht mehr von Interesse.

Karin war in ähnlicher Mission unterwegs. Als die Gäste alle eingetroffen waren und ihre Rolle als wohlerzogene und hilfreich bedienende Tochter zur Entgegennahme der Mäntel beendet war, musste sie Sekt nachschenken, Kanapees reichen, versehentlich fallengelassene Gläser entsorgen, sowie wiederholt und möglichst kurz ihren gegenwärtigen Ausbildungsstand erklären. Zunehmend entnervt schauten sich Al und Karin an, gaben sich ein kurzes Handzeichen und flüchteten in den ersten Stock zu Karins früherem Zimmer.

„Alles unverändert", stellte Karin resigniert fest.

„Bei mir genauso, als seien wir nie ausgezogen, sondern hausten noch in unseren Kinderzimmern", ergänzte Al mit frustrierter Miene. „Tja, vielleicht geht uns das später genauso mit den eignen Kindern", murmelte er gedankenversunken. „Früher hieß es immer, wie schwierig es für manche Kinder wäre, sich von den Eltern abzunabeln. Weißt du noch, Karin, diese ganzen Diskussionen über unsere älteren Cousins, die immer noch zu Hause wohnten ..."

Karin schmunzelte. „Stimmt, und bei uns scheint das eher umgekehrt zu sein, oder willst du hier noch mal einziehen?"

„Kann ich mir kaum vorstellen, fühl mich eigentlich ganz wohl in meiner sturmfreien Bude in Frankfurt."

„Ah, sturmfrei, bist du endlich aus dem Einsiedlerleben ausgestiegen, oder wie darf ich das verstehen?"

„Quatsch, bin ganz anständig geblieben, kennst mich doch, Karin. Und du? Orgien, Drogen, Saufgelage, oder wie läuft's?"

Karin lachte. „Im Moment sicher genauso spießig wie bei dir. Vielleicht sogar schlimmer. Scheiß viel zu tun, mit den ganzen Prüfungen und Praktika, manchmal würde ich am liebsten alles hinschmeißen und durch die Welt trampen. Germanistik ... wie ich nur auf diese blöde Idee kommen konnte. Und wie es dann nachher weitergeht ... keinen Dunst. Du hast ja wenigstens Menschen um dich rum, sicher lauter hübsche Schwestern auf Station, die bestimmt schon Pläne gemacht haben, wie sie dich ins Bett locken, um dir ein Kind anzuhängen, um damit ausgesorgt zu haben."

Al schüttelte den Kopf und lachte amüsiert. „Wenn's wenigstens so wäre, Karin, die Realität sieht leider anders aus. Da wirst du verarscht von Anfang an. Gerade von den jüngeren Schwestern bekommst du andauernd nur Breitseiten, das nervt kolossal und du kommst dir vor wie der letzte Depp. Die haben keinen Respekt mehr vor einem anständigen Medizinstudenten, diese Ziegen. So richtig verstehe ich mich eigentlich nur mit einer und die nennt mich auch noch Doktorle, zum Glück jedoch nicht bei der Visite."
„Ah, Doktorle, wie süß, sieht sie denn wenigstens gut aus, deine Angebetete?" Da war es wieder, das „süß", und Al musste noch nach Jahren zusammenzucken, ließ sich aber nichts anmerken.
„Tja, sah vielleicht mal gut aus, jetzt steht sie kurz vor der Pensionierung."
Karin rümpfte die Nase. „Mensch, Al, so doch nicht. Da gibt's bestimmt einige, die dich geradezu vergöttern. Immerhin hast du dich wirklich gemacht, also so von außen meine ich, gute Figur, flotte Frisur ... Respekt!"
„Ja, ja, danke für die Blumen", unterbrach Al die ironisch klingenden Schwärmereien seiner Schwester. „Ach weißt du, Karin, wahrscheinlich geht's mir genauso wie dir. Vor lauter Arbeit weiß man nicht, wo einem der Kopf steht, und die Richtige muss bestimmt noch gebacken werden. Obwohl ..." Al überlegte, ob er Karin von Jule erzählen sollte.
„Wie, obwohl? Bruderherz, raus mit der Sprache, du bist verliebt, gib's zu." Wie immer konnte Karin seine Gedanken schneller erraten, als er diese überhaupt denken konnte.
„Ach quatsch, nicht verliebt, aber irgendwie hat das Mädel was Besonderes an sich. So ... wie soll ich sagen ..."
„Ah, Gott sei Dank ein Mädel, ich hatte schon Sorge, du wärst schwul oder verguckst dich in ältere Damen", unterbrach ihn Karin spöttisch.

„Tja, da staunst du, was? Bin doch nicht so verpeilt, wie du immer dachtest. Also, wir kennen uns erst seit ein paar Tagen, obwohl eigentlich schon seit Jahren, aber auch nicht richtig, eher oberflächlich und trotzdem irgendwie sehr genau ... mein Gott, wie soll ich das erklären ..."

„Mensch, Al, ist ja geil, du bist verknallt. So ein Blödsinn erzählt man nur, wenn man verknallt ist, glaub mir. Hach, wieso passiert mir so was nicht? Also, raus mit der Sprache, woher kennt ihr euch und wie heißt sie? Erzähl schon."

„Also, Karin, pass auf, vielleicht erinnerst du dich noch an Jule, ich meine natürlich Juliette Camus, von der Insel damals in Österreich?" Plötzlich wurde Karin blass wie eine gekalkte Wand und lehnte sich auf dem Sofa zurück, als sei sie von einem Blitz getroffen.

„Hey, Karin, was ist los, stimmt was nicht? Du erinnerst dich doch an Jule, oder nicht?" Al zögerte einen Moment „Stimmt etwas nicht mit ihr? Komm, sag schon, du hast sie doch damals besser kennengelernt als ich."

„Ne, ne, alles in Ordnung, und Jule, die ist wirklich vollkommen okay, kann mich ganz gut an sie erinnern. Alles in Ordnung mit ihr. Nur ..." Karin verstummte.

„Nur was? Sag schon. Ist was mit ihr, was ich wissen sollte, oder was ich vielleicht nicht wissen sollte?"

Karin seufzte. Al wurde es für einen Moment ganz flau, sollte er jetzt etwas über Jule erfahren, das so gar nicht zu seiner Vorstellung von ihr passte? Vielleicht hatte er sich ja tatsächlich mehr Wunschvorstellungen gemacht, und sie lieber erst mal richtig kennenlernen sollen. Karin seufzte erneut, schaute dann Al tief in die Augen und begann mit betont tiefer Stimme.

„Also, Al, ich muss dir etwas beichten." Als Herz klopft bis zum Hals. „Und vielleicht wirst du mich jetzt dafür hassen, aber so passieren halt die Dinge, und früher oder später hättest du es ja sowieso erfahren."

Al platzte fast vor Anspannung. Würde er jetzt tatsächlich eine Wahrheit über Jule erfahren, die so gar nicht zu seinem Weltbild passte. „Also ... das war so." Karin atmete noch mal tief durch. „Ich hatte dir doch damals erzählt, ich hätte Jule deine Emailadresse gegeben und ..."
„Ja das stimmt, das hattest du erzählt. Und wo ist das Problem? Leider hat sie ja nie geschrieben ..."
„Nun, Al, das konnte sie auch gar nicht, ich ..." Karin schluckte, holte erst einmal tief Luft. „ich habe ihr nämlich eine falsche Adresse mitgegeben, und bevor ich das korrigieren konnte, waren die Camus' bereits abgereist. So, jetzt weißt du es." Al lehnte sich zurück, atmete tief durch und fing schallend an zu lachen. Karin schaute ihn verdutzt an. „Was ist denn jetzt los? Also, ich finde das gar nicht lustig. Damals dachte ich, ihr beide wärt verknallt und durch meinen blöden Fehler würdet ihr euch nie wieder sehen. Die dämliche Ziege an der Rezeption konnte mir ihre Adresse auch nicht geben und so blieb mir nur zu hoffen, dass ihr euch in den Jahren einfach vergessen würdet und ..." Al strahlte Karin amüsiert an. „Also jetzt grins mich nicht so dämlich an. Wenn du mir eine Standpauke halten willst, dann jetzt, hast ja allen Grund dazu." Karin kniff schicksalsergeben die Augen zusammen.
„Ach, Karin, ich könnte dich küssen."
„Mich küssen, bist du jetzt total übergeschnappt oder was?"
„Kann schon sein ...", entgegnete er amüsiert. „Aber überleg doch mal, seit über fünf Jahren warte ich auf eine Mail von Jule. Und je mehr Zeit verging, umso mehr musste ich davon ausgehen, dass sie auf einen Kontakt mit mir keinen Wert legte und vielleicht nichts von mir wissen wollte. Zumindest musste ich das so befürchten und jetzt liegt sie als Patientin auf meiner Station und ich ..."
Karin unterbrach ihn abrupt. „Wie, sie liegt auf deiner Station? Ist sie krank?"

„Na ja, krank vielleicht nicht unbedingt, aber sie hat sich ganz schön übel das Sprunggelenk gebrochen, irgendwo in Argentinien, und brachte es sogar fertig, mit dem gebrochenen Fuß noch nach Deutschland zu fliegen."
Karin atmete auf. „Gott sei Dank, aber wieso amüsiert dich das alles so? Ich meine ... was ist so lustig daran, dass ich ihr die falsche Adresse gegeben habe?"
„Ist doch logisch. Wenn sie mich gar nicht kontaktieren konnte, dann ..." Al überlegte, wie er das ausdrücken sollte. „Dann können wir jetzt wieder von vorne anfangen. Und komisch ..."
„Ah, ich verstehe, und weiter ... was ist jetzt komisch?" Karin zog fragend die Augenbrauen hoch.
„Also irgendwie hat sich nichts verändert. Als ich sie das erste Mal wieder gesehen habe, da ..." Al blickte mit verklärtem Gesichtsausdruck zum Fenster.
„Mann oh Mann, Al, dich hat's ja ganz schön erwischt."
„Tja, Karin, da hast du wohl recht. Allerdings ... ob ihr das allerdings genau so geht, oder wenigstens ein bisschen so? Vielleicht wollte sie mich ja erreichen, und da sie die falsche Emailadresse hatte ... und jetzt hat uns das Schicksal wieder zusammengeführt. Ist doch irre oder?"
Karin schmunzelte und schaute Al interessiert an. „Sag mal Al, offenbar habt ihr euch doch besser kennengelernt, als ich das damals ahnte?" Al kannte ja Karins Begabung, seine Gedanken lesen zu können, und versuchte sich zu konzentrieren auf das, was er Karin mitteilen wollte, oder besser auf das, was er Karin auf keinen Fall mitteilen wollte.
„Also wir, ich meine Jule und ich, wir haben uns eigentlich nur gesehen und ..."
„Was meinst du mit ‚nur gesehen'. Ihr habt nicht miteinander geredet?"
„Tja, leider kam es dazu nicht."

„Und trotzdem hat es dich so sehr erwischt, dass du fünf Jahre lang an niemand anderen denken konntest? Mein Gott, stell dir vor, Jule wäre jetzt nicht per Zufall wieder bei dir aufgekreuzt. Ich sehe meinen armen Bruder schon als einsamen Eremiten in den Bergen ..." Karin faltete die Hände und schaute anbetungsvoll zur Decke.
„Jaja, mach dich nur lustig über mich, aber es gibt so Momente, da erwischt es einen ... einfach so." Al wollte sich jetzt auf keinen Fall verplappern „Weißt du Karin, plötzlich spürst du so einen Stich hier irgendwo innen drin." Al presst beide Hände auf seine Brust. „Ist einfach so, kann man nicht erklären. Zack, peng. Das war's dann."
„Wow, klingt ja romantisch, Mensch Al, so kenne ich dich ja gar nicht. Oder hast du sie vielleicht irgendwie beobachtet, ihr heimlich nachgestellt?" Al erschrak, was Karin vielleicht sonst noch aus seinen Gedanken herauslesen würde, und unterbrach sie.
„Quatsch, red keinen Blödsinn. Im Übrigen, was hältst du von mir, bin doch kein abgewrackter Spanner oder so etwas." Al tat betont entrüstet, nicht nur um Karins Anspielung entschieden entgegen zu treten, ihr möglicherweise weiteres Gedankenlesen zu unterbrechen, sondern auch, um für sich selbst die Gedanken an das, was damals im Bootshaus vorgefallen war, nicht auf eine Ebene abgleiten zu lassen, die allenfalls den allgemeinen sensationslüsternen Klatschzeitungsleser befriedigen würde.
„Sorry, Al, so wollte ich das nicht ausdrücken. War wohl sehr romantisch zwischen euch beiden und vor allem ..." Al war erleichtert, dass Karin offenbar gleich gemerkt hatte, wie besonders die Ereignisse damals für ihn waren. „Ja, vor allem ein guter Grund, jetzt noch mal neu anzufangen. Und, Al, vergiss eines nicht ..." Al schaute Karin verwundert an, welche Weisheit nun kommen würde. „Wenn Jule entlassen wird ... vergiss nicht, ihr die richtige Emailadresse zu geben." Beide lachten und klatschten sich gegen-

seitig auf die hochgehaltene rechte Hand, als teilten sie miteinander ab jetzt ein ganz besonderes Geheimnis.

„Und bei dir, Karin, jetzt haben wir nur von mir geredet, stehen die Männer Schlange?"

„Tja vielleicht, dann aber nur die Flaschen. Die üblichen Flops. Vielleicht sollte ich mich geschlechtsumwandeln lassen und auf Schwulenpartys gehen. Die sind alle wenigstens nett und nicht so hohl im Kopf, wie diese anderen Spießer im Semester."

Al lachte und dachte an seinen Nachbarn Olli. „Keine gute Idee, Karin, wirst sehen, irgendwann steht dein Traummann vor dir. Also, wenn du nicht meine Schwester wärst ..."

„Jaja, und du nicht gerade in jemand anderen verknallt wärst. Lass uns das Thema wechseln Al, sonst schlafen wir hier noch ein vor Langeweile über mein Liebesleben und übrigens, vielleicht sollten wir uns mal unten wieder blicken lassen. In ein, zwei Stunden muss ich sowieso zum Bahnhof und den Zug nach Freiburg erwischen."

„Stimmt Karin, geht mir ähnlich. Bis mein Knattergolf in Frankfurt ist ..."

„Wie, du hast immer noch diese Rostschüssel? Kein Wunder, dass die Schwestern auf der Station nichts von dir wissen wollen", unterbrach ihn Karin mit einem frechen Lachen. Al und Jule standen auf und wollten nach unten gehen. Doch bevor sie den Raum, das ehemalige aber unveränderte Kinderzimmer von Karin verließen, sahen sie sich plötzlich an und umarmten sich. Sie umarmten sich länger und herzlicher als je zuvor, als erahnten beide die schwierigen Zeiten, die noch vor ihnen lagen.

Frankfurt, Juni 2010

Hell, immer heller gleißendes Licht, dann kamen farbige Punkte geflogen, verschmolzen zu einem bunten schlierigen See, der sich in alle Richtungen um ihn herum ausbreitete. Ein helles Summen, erst kaum vernehmbar, wurde immer lauter, schwoll an zu einem Rauschen und schließlich lautem unerträglichen Dröhnen und Hämmern. Der bunte See um ihn herum fing sich an zu drehen, immer schneller, ein Strudel aus Farben und lauten, hämmernden Geräuschen schienen ihn verschlingen zu wollen. Plötzlich ein Schlag auf den Kopf, erst von der einen Seite, dann von der anderen und wieder von der einen. Jedes Mal schoss dabei ein Schmerz durch seinen Schädel, als wollte dieser zerplatzen, zerbersten, das Hirn vermischen mit dem bunten quirligen Strudel um ihn herum. Und dann dröhnte ein „Hallo" und noch mal ein „Hallo", ganz dicht an einem Ohr auf ihn herab. Al musste sofort fliehen, weg aus diesem Strudel, diesem Dröhnen, diesen Stimmen, die nur eins im Sinne zu haben schienen, ihn zu quälen und schließlich zu vernichten. Aber wie und wohin sollte er fliehen? Er saß in der Falle, wie in einem Sumpf, aus dem kein Entrinnen möglich war, in dem jede Bewegung dazu führte, noch tiefer zu sinken, um schließlich jämmerlich zu ersticken. Er war verloren. Und dann wieder dieses „Hallo, hallo Al, aufwachen." Wie eine Stimme aus dem Jenseits dröhnte sie in seinen Kopf hinein oder wollte ihn doch noch retten, rausziehen aus dem Inferno, in das er geraten war. „Hallo, Al, jetzt mach schon die Augen auf." Al versuchte krampfhaft die Augen zu öffnen, blinzelte ein paar unscharfen Konturen entgegen, drehte den Kopf hin und her, um sich ein, wenn auch unklares Bild zu verschaffen, rauszufinden, was um ihn herum los war, wer ihm in dieser verzweifelten Situation zugerufen hatte. Wie schrecklich musste es doch einem Säugling gehen, der zur Welt gebracht wurde, zum ersten Mal die Augen öffnete, um etwas zu erkennen, von dem er noch keine Ahnung hatte.

„Olli?", stammelte Al keuchend und immer wieder hustend. „Olli, was machst du hier?" Olli hing mit seinem Gesicht dicht über Al und grinste.

„Na Gott sei Dank, Al, ich dachte, du kommst gar nicht mehr zu dir. Was ich hier mache? Na, du bist mir vielleicht putzig. Frag dich mal lieber selber, was du hier so machst, du Schlimmer du." Dabei schnalzte er mit der Zunge und verdrehte die Augen, als ob er gerade Zeuge eines skurrilen aber für ihn doch äußerst stimulierenden Ereignisses geworden war. Al wurde klar, dass er wohl gerade aus einem tranceähnlichen Zustand erwachte und versuchte, sich krampfhaft an die vergangenen Ereignisse zu erinnern. Zu seinem Entsetzen lag er vollkommen nackt auf seinem Sofa und Olli, der schwule Olli von nebenan, kniete neben ihm und tätschelte fürsorglich seinen Handrücken. Heftige Schmerzen schossen von seinen Hand- und Sprunggelenken durch den Körper, ausgehend von blauen, blutunterlaufenen Furchen. Sein gesamter Rücken und die Hüften fühlten sich an, als sei er zuvor über Stunden hinweg gefoltert worden.
„Also, ich muss schon sagen, Al, ich dachte, du wärst ein anständiger Junge, aber so was ... also wirklich, das übersteigt ja alle meine schlüpfrigsten Fantasien." Ollis leicht näselnde und gestelzt klingende Stimme und nicht zuletzt das süffisante Lächeln auf seinem Gesicht ließen Al einen Schauer über den Rücken laufen. Wer weiß, was so alles in der letzten Stunde, oder war es länger, passiert war, wie ihn Olli auf dieses Sofa gebracht hatte. Das Letzte, an das er sich erinnerte, war, gefesselt am Boden zu liegen, wo ihn Olli vermutlich gefunden hatte und dann ... Al mochte gar nicht daran denken, wie ihn Olli aufs Sofa gewuchtet haben mochte. Und jetzt saß er Hände tätschelnd vor ihm. Als könne Olli Gedanken lesen, ließ er seine Hand plötzlich los, setzte sich auf und bemühte sich, möglichst empört und entrüstet zu wirken.
„Nein, du wirst doch nicht etwa denken, dass ich ...", dabei drehte er die Augen zur Seite, sodass man fast nur doch das Weiße darin sehen konnte, und winkte abweisend mit der rechten Hand.

Typisch schwule Handbewegung, dachte Al, und noch immer lag er nackt vor ihm. Ein flaues Gefühl im Magen machte sich breit. „Nein, nein, nein, du denkst doch nicht, ich hätte dich …", Olli schaute ihm tief in die Augen und flüsterte weiter, „ich hätte dich irgendwie unsittlich berührt." Olli klimperte mit den Augendeckeln. „Also, ich hab dich noch nicht mal richtig angeschaut, jawohl. Nichts habe ich mir angeschaut, kein bisschen von deinem schönen Body … also, was denkst du von mir?"

Al hustete und ergänzte dann schroff und ironisch: „Also, dann gib mir mal bitte die Decke, mein Body fröstelt nämlich." Er versuchte, die peinliche Situation ins Lächerliche zu ziehen und diese damit für beide etwas zu entspannen. Al zog sich hastig die Decke bis zu den Schultern hoch und fühlte sich schon ein wenig besser. Olli überlegte eine Weile und schüttelte dann den Kopf. „Also weißt du, Al, das nächste Mal, wenn du hier so eine SM-Party veranstaltest, kannst du mich gerne einladen."

„Wie, was meinst du mit SM-Party?", entgegnete Al überrascht.

„Na ja, jetzt tu mal nicht so unschuldig, ich bin ja auch kein Dummerchen." Wieder winkte Olli mit seiner so typischen Handbewegung ab.

„Fesseln um Arme und Beine, ein paar Joints und dann diese herben Männerstimmen, ach Gott war das aufregend, mit anzuhören."

„Wie, du hast von all dem etwas mitbekommen, an der Tür gelauscht?"

„Na ja, also, was meinst du denn, war ja nicht zu überhören, dein Stöhnen und …"

„Mein Stöhnen …", unterbrach ihn Al, „wovon redest du überhaupt, hast wohl gestern Abend selbst zu viel gekifft, und da ist wohl deine Fantasie mit dir durchgegangen."

„Nun mach aber mal ‚nen Punkt, Al. Lagst du etwa nicht hier rum, splitterfasernackig, angetörnt und an Füßen und Händen

gefesselt? Und dann haben dich deine Freunde einfach so liegen lassen. Also bitte, das hätte ganz schön ins Auge gehen können, wenn ich dich nicht gefunden hätte." Olli schüttelte heftig den Kopf, wie eine fürsorgliche Mutter, die gerade ihr Kind tadelt. Dann ergänzte er mit belehrender Stimme „Also, mein Süßer, das nächste Mal ..."
Al unterbrach ihn hastig, „Moment, Moment, Moment – ich bin nicht dein Süßer, damit das klar ist."
„Jaja, ist ja schon gut, irgendwann hatten wir alle unser Coming-out. Mir kannst du das gerne anvertrauen."
„Noch mal Olli, ich bin nicht dein Süßer und werde es auch nie sein!", entgegnete Al mit ärgerlichem Unterton.
„Okay, okay, hab's ja verstanden, aber bei der nächsten SM-Party nimmst du mich lieber mit, dann kann ich wenigstens auf dich aufpassen." Dabei hob Olli die Augenbrauen, wirkte betont beleidigt, als habe er gerade den Korb seines Lebens bekommen.
„Also gut, Olli, ich möchte dich nicht kränken. Im Gegenteil, ich bin dir sehr dankbar, dass du mir die Kabelbinder von Händen und Füßen geschnitten hast und ..." Al stockte bei dem Gedanken, was Olli noch so für ihn getan haben mochte, „und dass du mich hier aufs Sofa gelegt hast." Ollis Gesicht wandelte sich zu einem fetten Strahlen, wie bei einem kleinen Kind, das soeben vor versammelter Mannschaft gelobt wurde. „Aber glaub mir, Olli, das hier war keine SM-Party, und die Leute, die du gesehen oder besser, die du gehört hast, das waren auch keine Freunde von mir, sicher nicht. Genau genommen ...", Al zögerte, er wollte nicht auch noch Olli in die Affäre mit hineinziehen, „genau genommen bin ich überrascht, dass die mich am Leben gelassen haben."
Olli zog erschrocken tief die Luft ein. „Nein, die wollten dich umbringen? Oh Gott, oh Gott, wie schrecklich. Aber wieso denn?"
„Tja, so genau weiß ich das auch nicht. Offenbar glauben die, ich weiß oder besitze etwas, was ich nicht wissen oder besitzen sollte."

Al ließ seinen Blick durch die Wohnung streifen. Der Steuerordner war ja schon vorher weg und nun war auch der Schreibtisch zur Seite gerückt, das Parkett darunter aufgerissen. Vielleicht hatten sie ihn deshalb am Leben gelassen. Die grüne Metallschatulle lag mit offenem Deckel auf dem Boden. Den Inhalt mit den frommen Sprüchen hatten sie auch mitgenommen. Jetzt hatten sie offenbar das, was ihnen gefehlt hat, dachte Al schmunzelnd. Olli fing plötzlich an zu grinsen.

„Was ist so komisch, Olli?"

„Na ja, heute Morgen fragte mich deine Schwester nach dem Wohnungsschlüssel. Sie stand plötzlich unangemeldet vor meiner Tür. Ich hatte noch nicht mal Zeit, mich fein zu machen. Meine Haare waren ganz fürchterlich durcheinander und meine Fingernägel ..."

„Olli!", unterbrach ihn Al ungeduldig. „Olli, was war denn jetzt so komisch?"

„Ach so, ja, komisch war, dass Karin gleich, nachdem sie in deiner Wohnung war, Männerbesuch hatte. Dunkles Outfit, ganz schön flott, also, ich könnte schwören ..." Olli überlegte angestrengt.

„Nun sag schon, was könntest du schwören?"

„Na ja, ich könnte schwören, das waren dieselben Männer, die dich später besucht haben, um mit dir ihren ..." Olli räusperte sich. „Ich meine natürlich, die dich vielleicht umbringen wollten. Also wirklich, wenn ich das gewusst hätte, dann wäre ich natürlich sofort ..."

„Genau, du wärst mir sofort zur Hilfe gekommen und wärst gleich das erste Opfer gewesen. Sag mal Olli, du bist ja schlimmer als meine Mutter, siehst alles, hörst alles ..."

„Ach, Al, mein Lieber, das war reiner Zufall, ehrlich. Durch meinen Gucki war ja nicht viel zu sehen, aber ... aber trotzdem komisch." Wieder winkte er ab mit dieser so typischen Handbewegung. Wenn Homosexualität vererbt wird, dachte Al, dann sicher zusammen mit dieser Form der Handbewegung. „Also, im Gegensatz zu dir hat sich Karin wohl ganz gut mit den Typen verstanden. Auf jeden Fall ging sie später zusammen mit ihnen aus dem Haus, ganz friedlich, als wollten sie gerade um die Ecke gehen, um etwas zu trinken."

Al dachte nach. Sein Kopf dröhnte erbärmlich. Sicher kam das von dem Drogencocktail, den sie ihm in den Oberarm gespritzt hatten. Ein kleiner roter Punkt an seiner rechten Schulter, umgeben von einem kreisrunden Hämatom, zeugte noch vom Einstich. Das dreckige Gelächter der Männer, als die Sprache auf Karin kam, kreiste sarkastisch durch seine Gehirnwindungen. Hatte Karin ihn tatsächlich verraten und mit den Halunken einen Deal gemacht? Geld gegen Jules Unterlagen. Nur die blauen Kugeln hatten sie vergessen. Und deswegen kamen sie später noch mal wieder. Diese verdammten blauen Kugeln waren sicher an allem Schuld. Eine unendliche Energieressource, Ersatz für Öl, Gas und Kernkraft, hatte Jule ihm zu erklären versucht. Al hatte das anfänglich nicht so ernst genommen. Und dann leuchteten Jules Augen genau wie diese Kugeln, durchdringend blau und geheimnisvoll. Er hatte versucht, ihr klar zu machen, dass, wenn das alles stimmte, die weitere Erforschung und vielleicht Vermarktung der Kugeln sehr brisant werden könnte. Aber sie ließ sich nicht beirren. Träumte von einer besseren Welt, einer Welt ohne Krieg und Terror, ohne Kampf ums Öl, ohne Luftverschmutzung, ohne Angst vor dem Atomgau. Hatte Karin sich von ihr anstecken lassen? Hatte auch sie von der großen Chance geträumt und ruckzuck ihren Deal daraus geschlagen? Nein, das war nicht Karins Art. Noch vor ein paar Tagen hatten sie sich versprochen, die Unterlagen nur weiterzugeben, wenn Jule freikommen würde. Jule, schoss es ihm durch den Kopf. Noch immer gab es keine Nachricht von ihr, keine Gewissheit, dass sie noch lebte oder tatsächlich diesen Gangstern zum Opfer gefallen war. „Alighieri hat sich Jule unter den Nagel gerissen", waren ihre Worte. Als Leiche wäre sie ihm kaum nützlich gewesen. Wenn schon, brauchte er ihr Wissen und keine Tote. Kein Wunder, dass er in Alighieris Wellness-Villa störte, dass sie ihn beseitigen wollten. Schließlich ging es bei Jules Wissen um viel Geld, um Macht, vielleicht sogar um die Weltherrschaft. Das Monopol auf die zukünftige Energie war ohne Zweifel der Schlüssel dazu.

Während Al seinen Gedanken nachhing, schaute ihn Olli sorgenvoll an. „Also, Al, jetzt schau doch nicht wie eine enttäuschte Tunte. Bist ja schließlich noch am Leben, oder? Und was mich betrifft, na ja, ich werde schon verkraften, dass du und ich, also wir beide ..."

Al unterbrach ihn hastig. „Olli, ein letztes Mal ... ich bin dir wirklich für alles dankbar, aber ich bin nicht schwul und das hier war sicher keine verdammte SM-Party, verstanden?"

„Jaja, schon gut, musst ja nicht gleich so brüllen, hab's ja verstanden. Obwohl ..."

„Nix obwohl, und nun, Olli, sei mir nicht böse, wenn ich mich erst mal duschen und anziehen möchte ..."

„Und du bist sicher, du brauchst dafür keine Hilfe von mir? Wirkst doch noch so zerbrechlich ..."

„Nein, nein, ganz sicher. Ich möchte jetzt einfach nur allein sein. Das ist alles."

„Na gut, aber wenn du mich brauchst, einfach nur klingeln, einverstanden?" Olli erhob sich vom Boden und ging Richtung Tür. Im letzten Moment drehte er sich noch mal um, zwinkerte Al zu und verschwand in seiner gegenüberliegenden Wohnung. Erleichtert atmete Al durch. „Netter Kerl, dieser Olli, sehr hilfsbereit, wenn auch etwas aufdringlich auf seine Art, aber doch ein Freund, auf den man sich verlassen kann", murmelte er vor sich hin.

Er ging zur Wohnungstür, die durch die nächtlichen Ereignisse aufgebrochen war und sich nicht mehr verriegeln ließ. Er überlegte, vorsichtshalber in ein Hotel zu ziehen, rückte dann jedoch die schwere Kommode vor die Eingangstür und fühlte sich so einigermaßen sicher. Eine nahe gelegene Kirchturmuhr schlug vier Mal, was Al stets veranlasste, die weiteren Schläge zu zählen. So wusste er immer, wie spät es war, obwohl ein Blick auf seine Armbanduhr sicher einfacher gewesen wäre. Elf Schläge und ein Blick durchs Fenster verrieten ihm, dass es nicht elf Uhr abends, sondern vormittags war. Zum Glück hatte er den Tag noch vor sich. Er versuchte, seine Gedanken zu ordnen. Eins stand für ihn außer Zweifel: Auch wenn man ihn fast umgebracht hatte, wenn man ihn geschlagen und gefoltert, ihm gedroht hatte, ihn bei weiteren Nachforschungen umzubringen, genau diese Konsequenz kam für ihn nicht infrage. Jetzt erst recht musste er herausfinden, was mit Jule passiert war, vor allem, ob sie noch lebte und wo sie vielleicht gefangen gehalten wurde. Wenn dem so war, musste er zu ihr, auch wenn es sein Leben kosten würde. Und er musste rausfinden, was mit Karin los war. Hatte sie ihn wirklich verraten oder war das ebenfalls nur Teil einer großen Lüge?

Münster Juli 2009

Die väterliche Geburtstagsparty war noch in vollem Gange. Al und Karin verabschiedeten sich von den Eltern und schlichen sich davon. Vor der Tür atmeten beide tief durch.
„Geschafft", sagten beide wie aus einem Mund und grinsten sich vielsagend an. „Soll ich dich zum Bahnhof mitnehmen?"
„Das wäre prima, in einer knappen dreiviertel Stunde geht mein Zug."
„Das passt mir gut, und ich fahr dann gleich weiter nach Frankfurt."
Beide stiegen in den alten Golf und hingen schweigend ihren Gedanken nach. Die seit Kindheit bekannten Straßenzüge waren

unverändert, als wäre inzwischen keine Zeit vergangen. Und doch war alles anders als früher.

„Lasst euch mal wieder blicken", waren die letzten Worte der Eltern. Ein Wortlaut, dem nur schwer anzumerken war, ob es sich um eine herzliche Aufforderung handelte, tatsächlich bald mal wieder in kleinerer Runde zusammenzukommen, oder ob es eher vorwurfsvoll gemeint war, warum sie, Al und Karin, sich nur selten am Telefon, geschweige denn persönlich, in Münster meldeten. Es war die unausgesprochene und unumstößliche Überzeugung der Eltern, dass es nicht ihre, sondern Aufgabe und Pflicht der Kinder war, anzurufen oder vorbeizukommen. Al wunderte sich immer wieder darüber und konnte seine Enttäuschung nicht verhehlen. Karin nahm dies eher gelassen hin. Immerhin mischten sich die Eltern nicht ständig in ihr Leben ein. Das schaffte Freiheiten. Obgleich gelegentliche Rückfragen nach dem Motto, „wie geht's denn, was machen deine Studien, hast du einen Freund, den wir mal kennenlernen können ...", auch bei ihr ganz gut angekommen wären. Man musste die Eltern, auch wenn es manchmal schmerzte, so akzeptieren, wie sie waren, nicht wie man sie gerne hätte, darüber waren sich beide einig. Vielleicht war das vermeintliche Desinteresse der Eltern sogar eine Art Vertrauen, dass im Grunde alles gut lief und sie sich keine Sorgen machen müssten. Zumindest konnte man sich dies, um Frieden mit ihnen zu schließen, ohne Weiteres selbst einreden. Ob es stimmte oder nicht, spielte dabei keine Rolle. Wer weiß, welche Fehler sie mal selbst in den Augen ihrer eigenen Kinder hätten, wenn sie denn einst Kinder in die Welt setzten. Vielleicht würden sie später die Oberglucken in Person sein, würden ihre Kinder die ständigen, gut gemeinten Nachfragen und Besuche als nervig und aufdringlich empfinden. Den einzig richtigen Weg gab es nicht, da waren sich Al und Jule einig. Und so konnte man verzeihen und liebevoll akzeptieren, was ohne Zweifel beide Seiten betraf.

Auf dem kurzen Weg zum Bahnhof blieben Al und Jule weitgehend schweigsam und das lag sicher nicht an dem notorischen Knattern seiner Rostschüssel, wie sich Karin ausgedrückt hatte. Am Bahnhof stieg Karin aus und warf Al noch einen vielsagenden Blick zu. Al wollte Karin noch etwas Wichtiges mit auf den Weg geben, aber ihm fielen die richtigen Worte nicht ein.
„Hab schon verstanden, Bruderherz, lass uns in der kommenden Woche telefonieren. Ich wünsch dir alles Gute für ... für dich und Jule."
Al lächelte ihr zu. „Danke, Karin, und dir auch alles Gute, ich ruf dich nächste Woche an, versprochen." Karin drehte sich um und verschwand im Bahnhofsgebäude.
Auf dem Weg zurück nach Frankfurt hing Al seinen Gedanken nach. Das Gespräch mit Karin hatte ihn aufgebaut. Ein Neuanfang mit Jule, das war ein schöner Gedanke, der Al sehr ermutigte und so beschwingte, dass er vor lauter Tatendrang prompt in die nächste Radarfalle geriet. Dass sein alter Klappergolf wegen Geschwindigkeitsüberschreitung noch mal fotografiert werden würde, ließ Al in dem Moment, als er den scharfen Blitz im Nacken spürte, eher erheitern.
Schon bald überkam ihn eine bleierne Müdigkeit in den Beinen, was durch das gleichförmige Dahintuckern auf der rechten Spur unaufhaltsam verstärkt wurde. Die Kilometerangaben bis Frankfurt verringerten sich im Schneckentempo, und Al war erleichtert, als er in der Höhe von Friedrichsdorf endlich in der Abendsonne die Skyline von Frankfurt erblickte. Die letzten Kilometer bis zu seiner Wohnung waren gesäumt von bekannten Eindrücken, die ihm, obwohl er ja bislang nur einen kleinen Teil seines Lebens hier verbracht hatte, ein Stück Heimatgefühl vermittelten. Zum Glück fand er auch gleich einen Parkplatz, was sich besonders sonntagabends oft als schwierig erwies. Aus diesem Grunde stieg er bei jeder passenden Gelegenheit auf sein Fahrrad

um, das genau denselben verrosteten Charme aufwies wie sein alter Golf. Erschöpft ließ er sich auf sein Bett fallen und wachte später noch mal erschrocken auf, als er realisierte, seinen Wecker nicht gestellt zu haben.

Der nächste Tag war verheißungsvoll, und so wachte er auch kurz vor dem Klingeln des Weckers auf, hüpfte gut gelaunt unter die Dusche, um später seinen Drahtesel in Richtung Unfallklinik zu steuern. Eine gute halbe Stunde in der Morgendämmerung – er betrachtete es als sein Sportpensum, da er sich sonst kaum aufraffen konnte, nach Feierabend oder am Wochenende irgendeinen Sport zu treiben. Den Kaffee hatte er sich an diesem Morgen verkniffen. Zwar trank er sehr gerne Kaffee, aber das lästige Händezittern wurde damit erheblich stärker ausgeprägt. Außerdem war er gespannt wie selten zuvor. Vor allem war er gespannt, Jule wiederzusehen. Endlich hatte er Zeit, sie in Gespräche zu verwickeln, zu erfahren, wer Juliette Camus wirklich war.

Auf Station angekommen, wurde er auch gleich zum OP geschickt.

„Sie wollten doch immer Haken halten, Doktorle. Jetzt dürfen Sie es bis zum Abwinken", rief ihm Schwester Hiltrud lächelnd hinterher. Auf Station war inzwischen ein Student im Praktischen Jahr, also im letzten Jahr des Studiums, eingeteilt. Gerade jetzt wäre ich lieber auf Station geblieben, dachte Al missmutig, nachdem ich mir anfangs so sehnlich gewünscht habe, mehr im OP eingeteilt zu werden. Mit gemischten Gefühlen vollzog er dieselbe, inzwischen jedoch vertraute Liturgie: Umziehen, flotte Sprüche klopfen mit den Assistenzärzten, Hände waschen, bis einem die Finger wehtaten, und dann die Ankleide- und Abdeckprozedur. Diesmal wollte er nicht auffallen, keinen Unsteril-Alarm auslösen. Diesmal sollte alles perfekt klappen: Student Al, der professionelle Hakenhalter. Und so kam es denn auch. Fast unbemerkt stand er dem Operateur gegenüber, der offenbar mehr Interesse an der OP-Schwester hatte als an der Operation selbst, geschweige denn an der Anwesenheit seiner Wenigkeit. Die Anmache gegenüber der OP-Schwester war so offensichtlich, dass sich Al fast als ungebetener Mitwisser vorkam. Er versuchte, sich so gut wie möglich auf die Operation und die optimale Hakenhaltung zu konzentrieren.

Noch keine Stunde war vergangen, als sich bei Al erneut bohrende Rückenschmerzen meldeten. Dabei waren sie noch nicht mal beim Zunähen angekommen. Die OP dauerte weitere zwei schmerzhafte Stunden, in denen auch der Anästhesist immer häufiger über sein Zelt lugte und dem Operateur signalisierte, er möge sich beeilen. Der Flirt zwischen Chirurg und OP-Schwester war dem Anästhesisten auch nicht entgangen und steigerte seinen Ärger zusehends. Zum Glück sollte Al nicht zunähen, was das Nervenkostüm des Anästhesisten völlig zum Bersten gebracht hätte. Nach drei Stunden anstrengenden Hakenhaltens hätte der Student Al Pinzette und Nadelhalter nur noch rein zufällig an ihr Ziel geführt. Vermutlich hätte er eher an eine unkontrollierbare Nähmaschine erinnert und dem ersten Kunstfehlerprozess wegen Verunstaltung und grober, mutwilliger Körperverletzung gegenübergestanden.

Nach der OP ließ er sich erschöpft in der Umkleidekabine nieder und sehnte sich nach der langweiligen Papiertätigkeit auf Station, als ihm jemand auf die Schulter klopfte und ihn mit bekannter vertrauensvoller Stimme ansprach: „Hallo Al, ich habe gesehen, Du bist bei meiner OP eingeteilt, Skoliose, kann lange dauern. Also dann mal los." Al wusste nicht, ob er flüchten oder einfach nur losheulen sollte. Aber die bekannte Stimme kam von Oberarzt Knote. Den wollte er jetzt nicht enttäuschen und eilte zum Waschbecken, um sich erneut die Hände zu schrubben. Seifenlauge, Bürste, Alkohol – bis kein einziges Bakterium mehr überleben würde.

„Die junge Dame, die wir heute operieren, ist zwar erst achtzehn, hat aber schon einen schlimmen Leidensweg hinter sich", fuhr Oberarzt Knote fort, als sich Al bei der Waschprozedur zu ihm gesellte. Ein Chirurg, der kurz vor der OP noch Mitgefühl für seine Patienten hegte, war nicht an der Tagesordnung, aber vielleicht war es gerade das, was ihm an Oberarzt Knote so imponierte. Der Rücken der Patientin war nicht nur abenteuerlich schief und verdreht, sondern auch übersät von Narben. Offenbar war es nicht die erste Operation, die mit dem Versuch einer Begradigung oder Linderung von Schmerzen durchgeführt wurde. Während der Operation erzählte Oberarzt Knote in epischer Breite, was die junge Patientin bereits mitgemacht hatte, bis hin zu Metallstäben, die aus ihrer Verankerung brachen, auf Nerven drückten oder gar drohten, eine Querschnittslähmung zu verursachen. Al kam sich vor wie eine Memme angesichts seines Lamentierens bezüglich seiner eigenen Rückenschmerzen beim Hakenhalten, was die Schmerzen zwar nicht besserte, aber besser erträglich machte. Obgleich die Operation nahezu vier Stunden dauerte, kam ihm die Zeit deutlich kurzweiliger vor, was nicht zuletzt daran lag, dass ihm Oberarzt Knote jeden einzelnen OP-Schritt so erklärte, als müsste Al am nächsten Tag die OP selber durchführen. Naht, steriler Verband und zurück in die Umkleide, das war's hoffentlich für heute, dachte Al erleichtert. Kurz vor dem Verlassen der Umkleide klopfte ihm Oberarzt Knote auf die Schulter.

„Na, Al, wie geht's denn unserer Iron Lady aus Argentinien?" Al schoss durch den Kopf, dass er Jule versprochen hatte, am Sonntag zu kommen, und nun war bereits Montag Spätnachmittag.

„Gut, ich glaube, es geht ihr gut, aber genau genommen habe ich sie heute noch nicht gesehen."

„Na, dann wird's ja Zeit, Al", entgegnete Oberarzt Knote mit einem vielsagenden Lächeln. Offenbar war ihm nicht entgangen, dass Al einige Sympathien für Jule hegte. Al versuchte jedoch, sich nichts anmerken zu lassen und tat betont professionell.

„Ich werde gleich mal nach der Wunde schauen. Heute müsste ja sicher die Drainage gezogen werden."

„Schon passiert, Al. Ich hatte gestern Hausdienst und es war nicht viel los und da habe ich sie etwas aufgemuntert ..."
„Ach so, ja ...", fiel ihm Al dazwischen. „Eigentlich wollte ich sie gestern besuchen, aber mein Vater, der hatte plötzlich Geburtstag, wurde sechzig und da musste ich natürlich hin."
„Na ja, also wenn der Vater plötzlich Geburtstag hat, das kann ich verstehen", entgegnete Oberarzt Knote mit einem erneuten einnehmenden Lachen. „Aber jetzt würde ich mich mal blicken lassen, Al, sie hat schon nach Ihnen gefragt."
„Ja, Sie haben recht, also dann herzlichen Dank, dass Sie sich gestern um Jule ... ich meine natürlich um Juliette Camus gekümmert haben." Al eilte verlegen davon und Oberarzt Knote schaute ihm noch eine Weile nachdenklich lächelnd hinterher. Auf Station angekommen, eilte er sofort zu Jules Zimmer und klopfte im Takt seines inzwischen fast schon schmerzhaft hämmernden Herzschlages an ihre Tür. Keine Antwort war zu vernehmen. Vorsichtig öffnete er die Tür einen Spalt. Das Zimmer war leer. Anstelle von Jules Bett stand ein neues, frisch mit Zellophan bespannt.

Frankfurt, Juni 2010

Al machte sich eine Tasse Kaffee und setzte sich frisch geduscht an die offene Balkontür. Balkon war eigentlich zu viel gesagt. Es war ein kleiner Austritt, auf den Al einen Topf mit einem Feigenbaum platziert hatte, in der Hoffnung, dass ihn dessen seltsam süßlich betäubender Feigengeruch gelegentlich an glückliche Tage in Süd Frankreich und natürlich an Jule erinnerte. Er dachte an Olli, der ihm aus einer äußerst prekären Lage geholfen hatte und einiges mitteilen konnte, was für seine weiteren Recherchen ausgesprochen wichtig war. Die Gedanken an Olli waren

allerdings auch beunruhigend. Obwohl er ihm für seine Hilfe ausgesprochen dankbar war, hatte er ausgesprochen gereizt, fast schon unhöflich reagiert. Das lag daran, dass Olli schwul war. Damit konnte er schlecht umgehen. Ollis tuntenhafte Bewegungen, seine gestelzte Sprache, seinen mitunter provozierenden Augenaufschlag, all das störte ihn. Er fühlte sich in seiner Gegenwart unwohl, peinlich berührt. Aber deswegen war Olli kein schlechter Mensch. Im Gegenteil, eigentlich mochte er Olli. Unter anderen Umständen konnte er sich sogar über seine exaltierte Ausdrucksweise amüsieren, solange dieses Geplänkel nicht ihm persönlich galt. Es war unverkennbar, dass sich Olli sich in Bezug auf ihn immer wieder Hoffnungen machte. Möglicherweise wurde dies durch die peinliche Situation der vergangenen Nacht, die unfreiwillige körperliche Nähe, noch genährt.
Und doch spürte Al eine seltsame Vertrautheit zu Olli, die ihn überraschte, in seinem sicheren Hort heterosexueller Fixierung auf erschreckende Weise herausforderte. Hatte er sich bisher bezüglich seiner ureigenen Neigung, seiner sexuellen Orientierung nur etwas vorgemacht? War es der gesellschaftliche Zwang, der anerzogene Anstand, der jegliche Reflexion von vornherein unterbunden hatte? Sollte dies der Anfang seines Coming-outs sein, wie das Olli so unverblümt formulierte? Wollte er sich nur nicht eingestehen, dass er doch ein Stück weit schwul war? Gab es so etwas wie ein bisschen schwul überhaupt, oder war das immer eine Art Schwarz-Weiß-Situation? War es letztlich sogar das anfänglich burschikose Auftreten von Jule, das ihn so unwiderstehlich reizte? Fragen über Fragen, die im Moment ungefiltert durch seinen Kopf wirbelten.
Al musste sich auf einmal an ein früheres Ereignis erinnern, dass er im Nachhinein gerne aus seiner Erinnerung getilgt hätte, ihm aber gelegentlich im Halbschlaf einen genussvollen Schauer bereitet. Er war damals gerade neun oder zehn Jahre alt,

als eine Familie mit drei Kindern in der Nachbarschaft einzog. Der mittlere der drei Kinder, Michael, war ein auffallend blasser und schmaler Junge, etwa im Alter von Al. Erst wurde er von den Nachbarskindern gehänselt, gerade weil er so schmächtig wirkte. Mit der Zeit verstanden sich Al und Michael aber immer besser und unternahmen viel zusammen. Sie trafen sich gleich nach der Schule, erzählten sich von den Problemen mit den anderen Kindern und den Eltern und erkundeten bald jede Ecke in der Nachbarschaft, vorzugsweise solche, die sie ausdrücklich nicht betreten durften.

Als die Eltern vereinbarten, den Sommerurlaub gemeinsam auf der Insel in Österreich zu verbringen, waren alle begeistert, allen voran Al und Michael, die sich bis zum Abreisetag die abenteuerlichsten Erlebnisse ausdachten. Piratenspiele, auf Bäume klettern und wie Tarzan von einem zum anderen Baum schwingen, waren das tägliche Thema. Die Mädchen, Michael hatte neben einer deutlich älteren auch eine etwas jüngere Schwester, gefangen nehmen, gehörte selbstverständlich zum Programm. Es war auch klar, dass sie sich ein Zimmer teilen wollten, um nachts gemeinsam auf Gespensterjagd zu gehen. Allerdings waren die Eltern damit zunächst nicht einverstanden, da so mancher Streich bislang zu heftigen Auseinandersetzungen mit den anderen Nachbarkindern geführt hatte. Sie befürchteten eine weitere Eskalation auf der Insel, die allen den Urlaub versauert hätte. Nach langem Bohren und Drängen stimmten die Eltern jedoch zu, ließen sich aber das Versprechen abringen, die Jungs beim ersten Eklat sofort zu trennen. Auch habe man im Ernstfall noch weitere Strafen in petto. Al und Michael versprachen hoch und heilig, die Nachtruhe zu wahren, waren sich aber einig, allenfalls bei der Geisterjagd behutsamer vorzugehen.

Die erste Nacht verlief jedoch ganz anders. Statt auf Geisterjagd zu gehen, waren die neuen Geräusche und die absolute Dunkel-

heit für beide so beunruhigend, dass Michael später zu Al ins Bett kroch. Al erinnerte sich, dass er es erst sehr verwirrend fand, als Michael ihm über den Bauch streichelte. Mit der Zeit fand er es jedoch angenehm und, nach heutigem Ermessen, vielleicht sogar erregend. Damals, mit etwa neun Jahren, war dies für beide ein neues und fremdes Gefühl. Sie ahnten nichts von Sexualität und dem ganzen diesbezüglichen Umfeld. Vielleicht wunderten sich die Eltern, dass tatsächlich ab etwa zehn Uhr abends Ruhe eintrat und die zu erwartenden Streiche ausblieben. Sie ahnten jedoch nicht, dass ihre Zöglinge heimlich unter der Decke gegenseitig ihre Körper erkundeten, um herauszufinden, wo dieses seltsam prickelnde Gefühl der Erregung wohl am stärksten sein würde. Dass sich dies irgendwo zwischen den Beinen befand und das früher eher als Spielzeug benutzte, steife Glied betraf, behielten beide sorgsam für sich. Vielleicht ahnten beide damals bereits, dass man diese Erfahrung besser nicht öffentlich kundtun sollte, schon gar nicht gegenüber den Eltern.
Tagsüber sah man Al und Michael diesbezüglich nichts an, und es war auch zwischen beiden kein Gesprächsthema. Auch nachts unter der Decke redeten sie nicht viel, sondern gaben sich lieber schweigsam-genießend den neuen, aufregenden Gefühlen hin, sich gegenseitig an verbotener Stelle zu berühren.
Nach dem Urlaub zogen Michael und seine Eltern überraschend weg, was Al zunächst sehr bedauerte, zumal sie auch zurück in Münster gelegentlich zusammen übernachten durften. Die Eltern hatten nichts dagegen, da der Urlaub mit beiden zusammen in einem Zimmer ohne Vorkommnisse verlaufen war. Nach ein paar Wochen dachte Al kaum noch an Michael. Die Streicheleinheiten auf der Insel waren rasch vergessen, zumindest so lange, bis ein, zwei Jahre später die Pubertät einschlug und das Thema Sexualität mit all ihren Facetten das Gedanken- und Gesprächsthema beherrschte. Aufklärungsunterricht nannte man

das und es zeigte sich rasch ein eklatanter Unterschied zwischen dem, was damit in der Schule und auf der Straße unter Freunden gemeint war. Es dauerte eine Weile, bis Al klar wurde, dass zwischen dem, was der Lehrer damals mit hochrotem Kopf als „Vereinigung von Mann und Frau" zu erklären versuchte, dasselbe war wie das, was die Kumpels auf der Straße schlicht als „Ficken" bezeichneten. Beides war jedoch für Al eher abstrakt. Das eine klang genauso verklausuliert wie das andere. Dämliche Fragen wollte Al jedoch nicht stellen, weder seinen Eltern noch seinen hormonstrotzenden Altersgenossen. So bediente er sich über längere Zeit desselben Wortgebrauchs wie seine Kumpels und lachte dabei so, als wüsste er längst über alles Bescheid, als hätte er bereits alle sexuellen Erfahrungen schon durchlebt. Erst als Karin ihm später unmissverständlich entgegen knallte, dass Vereinigung und Ficken ein und dasselbe seien und ihm geradezu bildlich den Vorgang erklärte, erst dann waren alle Zweifel an dem für ihn zunächst unfassbaren Vorgang beseitigt. Al konnte sich noch gut erinnern, wie dankbar er damals Karin war, dass sie ihm alles so detailliert vor den Latz geknallt hatte. Zugeben wollte er ihr gegenüber seine Wissenslücke jedoch nicht. Vielmehr gratulierte er Karin jovial, dass sie es offenbar nun auch kapiert habe. Dass jeder Mensch erst durch diese einerseits höchst tabuisierte, andererseits notwendige und natürliche Handlung von den Eltern gezeugt und später zur Welt kommen konnte, fand Al noch längere Zeit höchst beunruhigend. Wie könnte er mit einem Mädchen einen so vertraulichen Kontakt haben, um ihr dann irgendwann einen so ungeheuerlichen Vorgang vorzuschlagen. Und dann fielen ihm mit Schreck die Erlebnisse mit Michael ein, die ihn damals in einen seltsamen Sog aus unklaren aber sehr angenehmen Empfindungen gezogen hatten. Beunruhigend war auch, dass Michael ein Junge und kein Mädchen war. Sollte sein intimer Kontakt mit Michael aus irgendwelchen

Gründen bekannt werden, würde man ihn vielleicht mit Recht so titulieren, wie man es als Möchtegern-Macho auf keinen Fall wollte. „Schwuler Sack" oder „blöde Schwuchtel" waren mitunter die schlimmsten Beleidigungen. Zum Glück war Michael damals weggezogen, sodass niemand von ihrem intimen Geheimnis erfahren konnte. Es beruhigte ihn außerordentlich, dass seit der Pubertät doch eher Mädchen und Frauen sein Interesse lockten. Alles, was sich davor abspielte, war noch unbelastet davon, ob man schwul oder nicht schwul sein könnte. Es war einfach nur angenehm oder besser gesagt erregend und ohne jedwede sexuelle Orientierung. Erst in der Pubertät legte sich ein Schalter in die eine oder andere Richtung um. Zumindest half dies, die vermeintlichen Jugendsünden auf elegante Weise in die Normalität zu überführen. Darüber hinaus war es selbst unter Wissenschaftlern und Psychologen keineswegs klar, was „Normalität" in dem Zusammenhang überhaupt bedeutete.

Plötzlich einschießende Schmerzen in der Flanke und an den strangulierten Hand- und Fußgelenken rissen ihn aus seinen Tagträumen. Die Ereignisse der letzten Nacht schossen ihm durch den Kopf, ließen jegliche Normalität, über die er gerade noch nachgedacht hatte, und grausame Realität miteinander verschwimmen. Jule war verschwunden, vielleicht tot, und doch keimte die brennende Hoffnung, dass die Leiche, die er damals so eindeutig identifiziert hatte, nicht seine Jule war. Wenn dem so war, dann benötigte sie dringend seine Hilfe. Aber nicht nur Jule, jetzt war auch noch Karin verschwunden. Hatte sie sich mit einem billigen Deal aus dem Staub gemacht, was die Verbrecherbande ihm einreden wollte und durch die kurzen Eindrücke in Krastchows Unterlagen genährt wurde? Nicht nur sein Herz, auch sein Verstand sagte etwas anderes: So, wie diese Kerle ihn bezüglich Jule belogen hatten, so spielten sie nun auch mit Karin ihr teuflisches Spiel. Vermutlich wurde sie genau wie Jule irgendwo

gefangen gehalten. Al hatte sie in den Schlamassel mit hineingezogen und jetzt musste er alles daran setzen, sie zu befreien.
Noch ehe er weiter nachdenken konnte, läutete das Telefon. Allerdings nur einmal, gefolgt von diesem typischen Piepsen und Brummen, wenn sich ein Fax ankündigt. Das Knattern der Papierwalze setzte ein. Gespannt beobachtete er, wie das Gerät ein mit Zahlen und Skizzen gefülltes Blatt ausspuckte. Sein Herz begann zu rasen, als er erkannte, worum es sich dabei handelte.

Frankfurt, Juli 2009

Jule war weg – wie damals auf der Insel. Es war ein Déjà-vu, das ihm unwillkürlich in die Glieder fuhr. Diesmal hatte er jedoch alle Möglichkeiten, sie aufzuspüren, ihre Telefonnummer oder ihre Adresse herauszufinden. Trotzdem beunruhigt, stürzte er aus dem Zimmer und stieß prompt mit Schwester Hiltrud zusammen.
„Hoppla, Doktorle, wohin denn so schnell?" Eine Lernschwester stand dicht hinter Schwester Hiltrud und nuschelte leise „Doktorle". Dabei grinste sie verschämt. Al war dies egal und eilte in Richtung Stationszimmer. „Auf der Reha-Station, Zimmer acht!", rief ihm Schwester Hiltrud hinterher. Sie ahnte, was der Grund für seine Eile war. Al blieb augenblicklich stehen und drehte sich wie vom Blitz getroffen zu Schwester Hiltrud um.
„Danke!", war das Einzige, was er über die Lippen brachte. Er schenkte ihr ein verlegenes Lächeln und spurtete in Richtung Reha-Station. Seine Gedanken rasten, als er schließlich vor Zimmer acht ankam. Er holte tief Luft und klopfte schließlich beherzt an die Tür. Ohne ein Herein abzuwarten, öffnete er die Tür einen Spaltbreit. Jules Bett stand dicht am Fenster eines Zweibettzimmers. Der Platz davor war leer. Jule lag auf dem Rücken, die

Augen geschlossen, als er leise an sie herantrat. Die Abendsonne spiegelte sich in ihren dunkel glänzenden Haaren. Er erinnerte sich noch gut an den rötlich braunen Schimmer, den er damals so bewundert und ihm erneut den Atem stocken ließ. Andächtig betrachtete er ihr blass-zartes, in diesem Moment so entspannt, so glücklich wirkendes Gesicht, ihre kleine vorwitzige Nase, die rötlich schimmernden und vollen Lippen, den zarten, dunklen Lidstrich auf ihren geschlossenen Augen. Der Gedanke, diesem engelsgleichen Gesicht näher, viel näher zu kommen, ihre Lippen zu berühren, sich intensiv zu küssen, zu riechen, zu schmecken, ihren Atem tief einzusaugen, durchströmte plötzlich warm seinen Körper. Fast wäre er davon gelaufen, erschrocken und ärgerlich zugleich, sie so unverfroren anzustarren, seine Erregung zu spüren, angesichts ihres im Schlaf schutzlosen und gleichzeitig so lieblichen Anblicks, als sie blinzelnd ihre Augen öffnete. Da war es wieder, dieses schüchtern-verlegene Lächeln, das ihm bereits damals auf der Insel aufgefallen war und ihn seither nicht mehr losließ.

„Tut mir leid, Jule, dass ich gestern nicht gekommen bin. Mein Vater hatte Geburtstag ...", stotterte Al leise. Er biss sich auf die Unterlippe und versuchte, seine Gedanken und Emotionen, die ihn kurz zuvor so plötzlich ergriffen hatten, die Jule vielleicht ebenfalls lesen konnte, krampfhaft zu vertreiben. Jule erwiderte nichts. Er suchte nach Worten, wie er seinen dämlichen Erklärungsdrang beenden könnte. „Geht es dir besser? Ich meine ... hast du noch Schmerzen?"

„Danke, viel besser ... und Schmerzen ... kaum noch, Gott sei Dank", waren Jules erste Worte. Al spürte eine heftige Erleichterung. „Gestern habe ich meine letzte Schmerztablette bekommen und heute geht's auch ohne. Doktor Knote hat die Fäden gezogen und war erstaunt, wie gut alles verheilt ist." Al biss sich erneut auf die Lippe und machte sich Vorwürfe, dass er gestern nicht wenigstens für einen kurzen Moment vorbeigekommen war. Jule schien seine Gedanken zu erahnen „Kein Problem, Al, wegen gestern. Meine Eltern waren hier, von morgens bis abends. So ist das mit Eltern ... sie meinen es sicher gut mit einem, können manchmal aber auch ganz schön anstrengend sein."

„Na, dann hatten wir ja beide unseren anstrengenden Elterntag", lächelte Al. Jule erwiderte kurz sein Lächeln, blickte dann jedoch gedankenversunken aus dem Fenster. „Darf ich dich um einen Gefallen bitten, Al?" Dass Jule ihn so selbstverständlich mit Al ansprach, klang in seinen Ohren wie eine immer da gewesene Melodie, so, als kannten sie sich seit Jahren, vielleicht aus einer Zeit, die bereits lange zurücklag, noch vor der Zeit auf der Insel. Plötzlich drängte sich ihm die Überzeugung auf, dass sie sich tatsächlich in einem früheren Leben gekannt, vielleicht sogar geliebt hatten. Anders ließ sich sein unausgesprochen starkes Vertrauen, seine plötzliche Zuneigung zu ihr, nicht erklären. Viele Menschen dachten über ein Leben nach dem Tod nach. Sollte man nicht eher versuchen, sich an ein früheres Leben zu erinnern, als eines heraufzubeschwören, das noch gar nicht stattgefunden hat und an das man bestenfalls glauben konnte? Jule zog die Augenbrauen hoch, als Al nicht gleich antwortete, sie vielmehr verträumt anblickte.

„Al?"

Al räusperte sich verlegen. „Einen Gefallen? Ja, ja, natürlich ... klar gerne, worum handelt es sich?"

„Ich will hier raus. Kannst du mir dabei helfen?" Al stutzte und zog die Stirn in Falten.

„Also, soweit ich weiß, wirst du spätestens Ende der Woche entlassen und ..."

„Nein, nicht Ende der Woche", unterbrach ihn Jule von plötzlicher Ungeduld getrieben. „Ich meine jetzt, jetzt sofort." Al schluckte und dachte an seine fehlende Kompetenz auf dieser Station, erst

recht als Famulant. Schon gar nicht konnte er jemanden nach Dienstschluss einfach so entlassen.
„Jetzt sofort? Also ich glaube, die Ärzte hier auf Station sind schon weg, und es wird nicht ganz einfach sein ..."
„Nein, ich meine nur raus aus diesem Zimmer, mal frische Luft schnappen. Ich darf nur noch nicht auftreten und ich dachte, du könntest mir helfen."
Al atmete erleichtert auf. „Also, wenn's weiter nichts ist, Jule, unten ist ein ganz netter Park, und wenn du willst, könnte ich dich mit dem Rollstuhl dorthin fahren."
„Weißt du, Al, ich möchte ...", Jule zögerte einen Moment, bevor sie fortfuhr. „Ich möchte dir gern einiges erzählen und dir kann ich vielleicht ..." Sie zögerte erneut. „Also hier im Krankenzimmer geht das irgendwie nicht, kannst du das verstehen?"
„Kleinen Moment, Jule, ich bin gleich wieder da." Er rauschte aus dem Zimmer und kam keine zwei Minuten später zurück. Triumphierend schob er einen Rollstuhl vor sich her. Er hatte kaum die Bremse des Rollstuhls vor Jules Bett festgestellt, als sie sich bereits leichtfüßig hinüber schwang. Sie hatte einen weißen, dickflauschigen Frotteebademantel an, den ihre Eltern am Vortrag mitgebracht hatten. Vermutlich hatte sie bereits geplant, mit Als Hilfe das Bett zu verlassen, und vorsorglich den Bademantel übergezogen.
„Also dann, ab in den Park", stimmte Al mit gut gelaunter Stimme an und manövrierte Jules Rollstuhl etwas schneller als üblich durch den Gang in Richtung Aufzug. Im Park schob er den Rollstuhl im rechten Winkel zu einer Parkbank, einerseits so, dass sie sich nicht direkt gegenübersaßen, aber auch in einer Weise, keine unnötigen Verrenkungen machen zu müssen, um sich anschauen zu können.
„Also, Jule, was wolltest du mir erzählen? Im Übrigen bin ich ganz gespannt, zu hören, was du in Argentinien so erlebt hast."
Jule schaute zu Boden, als ob ihr die nächste Frage schon länger

auf der Seele brannte und sie sich bislang nicht traute, damit rauszurücken.

„Sag mal, Al, es geht mich ja nichts an, aber wenn ich dich jetzt hier aufhalte ..." Jules noch sehr blasse Wangen erröteten leicht. „Also, ich meine, ... wenn da jemand ist, der ... der auf dich wartet, dann ..."

„Du meinst, ob ich eine Freundin habe?" Al war erstaunt über Jules direkte Frage und noch mehr über seine so prompte Gegenfrage. So spontan kannte er sich gar nicht. Aber vielleicht hatte ihn gerade diese Frage selbst im tiefsten Inneren gequält. Er wartete Jules Antwort nicht ab. „Nein, da gibt's keine Freundin, die auf mich wartet. Und bei dir?"

„Also, ich bin mir da nicht so sicher ..." Jule lächelte verschmitzt. „Vor ein paar Jahren habe ich mal jemanden kennengelernt, oder besser gesagt ... nur flüchtig kennengelernt und vielleicht ..." Al verstand die Antwort nicht gleich und blickte betreten zur Seite. Dass sie inzwischen einen Freund haben könnte, hatte er bislang nicht in Erwägung gezogen, oder besser, erfolgreich verdrängt. Jule schaute auf ihre gefalteten Hände, als wüsste sie im Moment nicht, wie sie fortfahren sollte „Also, vielleicht will ja auch derjenige, den ich vor Jahren kennengelernt habe, nichts mehr von mir wissen." Jule blickte ihm in die Augen „Na ja, so richtig haben wir uns auch gar nicht kennengelernt und leider hat derjenige nie auf meine Mails geantwortet. Schade eigentlich, und so bin ich halt davon ausgegangen, dass er nichts von mir wissen wollte – damals auf der Insel in Österreich." Erst jetzt verstand Al die Anspielung. Verstand, um wen es sich bei dieser vermeintlich treulosen Person handelte. Gut, dass er bereits wusste, dass Karin ihr die falsche Emailadresse gegeben hatte.

Al lächelte verschmitzt zurück.

„Genau genommen ging mir das ähnlich, ist aber schon eine Weile her. Da gab es ein Mädchen, das meine Emailadresse kannte, so dachte ich zumindest und ich habe gehofft, von ihr zu hören. Habe aber nie eine Mail von ihr bekommen. So bin ich offenbar genauso wie du davon ausgegangen, dass sie nichts von mir wissen wollte. Ich glaube, sie hieß Jule oder so ähnlich." Beide mussten erleichtert lachen.

Jule musste sich jedoch noch mal vergewissern. „Du meinst, meine Mails haben dich nie erreicht?"

„Tja, meine liebe Schwester Karin hatte mir unlängst gebeichtet, dass sie dir eine falsche Mailadresse gegeben hat, und konnte den Fehler dann nicht mehr korrigieren."

Jule schüttelte gedankenversunken den Kopf und blickte lächelnd auf ihre gefalteten Hände. Dann drehte sie sich zu Al und schaute ihn fragend an, allerdings in einer Weise, dass eine ausweichende Antwort unmöglich sein musste. „Fortsetzung folgt?"

„Fortsetzung folgt", erwiderte Al, ohne einen Moment zu zögern. Offenbar gab es noch einen weiteren Knoten, den es zu lösen galt. Wieder war es Jule, die geheimnisvoll zur Seite schaute. „Da ist noch etwas, Al, damals im Bootshaus ..." Jule brach plötzlich ab. Al wusste sofort, worum es ging, wusste aber auch nicht recht, wie und ob er auf die angefangene Frage antworten sollte. Beherzt schaute er Jule in die Augen und sagte:

„Jule, ich glaub, das sollte unser kleines Geheimnis bleiben, meinst du nicht auch?"

„Da hast du recht, Al, aber, wie soll ich sagen ... vielleicht ... also ich ..." Eine bedrückende Stille machte sich für einen Moment breit. Beide schauten verunsichert zur Seite. Al atmete tief durch, bevor Jule weiterreden konnte. „Sicher war es nicht die gängigste Art, sich kennenzulernen, Jule, aber ... also, ich denke trotzdem noch gerne daran zurück." Jetzt war es Al, der spürte, wie seine Wangen heiß wurden, vermutlich auch rot, was jedoch in der Abendsonne kaum auffiel.

Jule atmete mit einem erleichterten Seufzen tief durch.

„Geht mir genau so ... hat mich die letzten Jahre nicht losgelassen und ich bin froh, dass du ..." Jule blickte auf und legte ihre Hand auf Als Unterarm. „Also, dass du ... na ja, ich bin jetzt doch ganz schön erleichtert. Weißt du, ich habe gewusst, dass wir uns irgendwann einmal wiedersehen werden und ... ja, es war mir einfach wichtig, das anzusprechen, kannst du das verstehen?" Nun war es Al, der verlegen lächelte. Die Abendsonne fiel von der Seite in Jules Augen, die über ihren leicht geröteten Wangen regelrecht zu leuchten schienen. Al erinnerte sich an die sanfte Brandung des Mittelmeers, wenn abends die untergehende Sonne durch die sich brechenden kleinen Wellen für einen kurzen Moment immer wieder neu hindurch schien. Genau so waren jetzt Jules Augen, glänzend blau schimmernd und doch erfüllt vom warmen Licht der Abendsonne. Al war erleichtert. Er hatte das Gefühl, dass bezüglich der Ereignisse im Bootshaus alles gesagt war. Er dachte angestrengt nach, wohin er das weitere Gespräch lenken könnte. „Sag mal, Jule, was war so unbeschreiblich ... also, ich meine bezüglich deiner Erfahrungen in Argentinien?" Wie aus einem schönen Traum aufgewacht, zuckte Jule kurz zusammen und besann sich auf das, was sie so eindrücklich erlebt hatte.

„Unbeschreiblich ... ja, das war es wirklich." Sie blickte in die Strahlen der untergehenden Sonne. „Es war so wunderschön, wie sie dort saßen, vermutlich seit Hunderten von Jahren, erschreckend einsam und doch so friedlich, so zufrieden, und blickten auf Tausende von kleinen blauen Kugeln, die die Welt verändern könnten." Al wusste nicht, was er auf die seltsamen Äußerungen von Jule erwidern sollte und zog fragend die Augenbrauen hoch. Jule grinste. „Das musst du dir anschauen, Al, gekleidet in bunte Tücher, mit Schmuck behangen, im Schneidersitz, so, wie man sie vor vielen Hunderten von Jahren dort zurückgelassen hatte. Und vor ihnen breitete sich ein glänzendes Meer von etwas aus, das sicherlich nicht von dieser Welt ist."

„Du meinst, sie waren tot?"
„Tot? Ja, so tot, wie Mumien eben sein können. Aber dennoch hatten sie etwas zu sagen, das war so deutlich, so erschreckend klar."
„Also, Jule, ich glaub, das musst du mir etwas genauer erklären. Genau genommen verstehe ich kein Wort."
„Also ..." Jule zog die Augenbrauen hoch und schaute Al an, als würde sie ihm jetzt ihr größtes Geheimnis anvertrauen. Sie blickte kurz um sich, um sich zu vergewissern, dass keiner in der Nähe wäre, der sie belauschen konnte, und fuhr dann mit leiser Stimme fort. „Der Legende der Indios aus dem Norden von Argentinien nach hat sich deren Sonnengott einmal auf einem hohen Berg gezeigt und dort die Farbe des Himmels hinterlassen. Zum Dank für dieses Zeichen hat man die beiden Ältesten und die Jüngste eines Dorfes genau an diesem Ort zurückgelassen."
„Du meinst, man hat sie geopfert? Als Menschenopfer?"
„Aus heutiger Sicht würde man das so nennen. Aber die Indios waren der Meinung, dass es eine große Ehre wäre, zur Bewachung dieses heiligen Ortes auserwählt zu werden. Und so ließ man die Drei dort zurück, sitzend und den blauen Himmel bewachend."
„Den blauen Himmel?" Al machte ein so verwundertes Gesicht, das Jule grinsen musste.
„Also, nach dem großen Knall und Feuer fanden die Indios damals diesen See aus blauen Kugeln, der genau diese dunkelblaue Farbe des Himmels über den Anden widerspiegelte. Mit den Jahren wurde dieser, für die Indios heilige Ort mit Sand und Erde bedeckt, sodass ihn bis heute niemand entdeckte und man die Geschichten einfach als erfunden betrachtet. Aus irgendwelchen Gründen hatte sich die Erde jedoch als eine Art Kuppel über die Stelle gelegt und damit ein großes, geschlossenes Gewölbe gebildet, in dem die drei Vorfahren der Indios noch so da saßen, wie man sie vor Hunderten von Jahren zurückgelassen hatte, einschließlich der Tausenden von blauen Kugeln. Und da es dort in großer Höhe

sehr trocken ist und gleichzeitig immer unter null Grad, sahen die Mumien fast so aus, als hätte man sie gerade gestern dort zurückgelassen. Interessanterweise findet man einige dieser blauen Kugeln heute noch in traditionellen Gewändern, die zu manchen Festen getragen werden. Man hielt sie jedoch für Glaskugeln oder wertlose Halbedelsteine."

„Ja, und wie bist du darauf gekommen, dass mehr dahinter stecken könnte?"

„Weißt du, Al, seit einigen Jahren interessiere ich mich für Fundstellen von Meteoriteneinschlägen. Ach ja, ich habe dir ja noch nicht erzählt, dass ich Geologie studiere und mein Doktorvater, Professor Krastchow, seit Jahren auch nach neuen Gesteinen von Meteoriteneinschlägen sucht. Da lag es natürlich nahe, dass ich vor knapp drei Jahren in seiner Arbeitsgruppe landete. Bisher glichen alle Funde genau dem, was man auch auf der Erde finden konnte. Doch dann stieß ich per Zufall auf diese traditionellen Gewänder und die Legende vom Sonnengott. Also, genau genommen kannte ich die Geschichte bereits aus meiner Kindheit. Die Indios haben sie mir immer wieder erzählt und ihre Augen leuchteten dabei so hell und strahlend wie diese blauen Kugeln. Erst habe ich Professor Krastchow nichts davon erzählt, da ich nicht ahnte, dass die Kugeln aus den Gewändern etwas mit der Legende zu tun haben könnten. Gleichzeitig war es naheliegend, dass die damaligen Ereignisse nichts mit irgendeinem Sonnengott zu tun haben, sondern durch einen Meteoriteneinschlag entstanden sind."

„Und dann hast du dich alleine auf den Weg gemacht, um den heiligen Ort zu suchen?"

„Da ich in Argentinien aufgewachsen bin und auch sonst öfter dort bin, mein Vater ist nämlich auch Geologe und hat für die damalige Regierung nach Öl und Gas gesucht, ist mir das Land gut bekannt. Auch die Auseinandersetzungen mit den Indios, die natürlich auf keinen Fall wollten, dass man an ihren heiligen Stät-

ten nach Öl und Gas bohrt, waren in unserer Familie häufig ein Thema. Mein Vater hat dann auch alles versucht, diese heiligen Stätten zu meiden, und zum Dank haben ihn die Indios immer wieder freundlich aufgenommen. Uns Kindern haben sie dabei – wie gesagt – die ganzen Geschichten erzählt, die mir noch heute geläufig sind."
„Uns Kindern?", unterbrach Al, der Jule gespannt zuhörte. „Ich wusste nicht, dass du noch Geschwister hast, Jule."
Jule machte ein ernstes Gesicht. „Hatte ... ich hatte einen zwei Jahre älteren Bruder, der bei einem Autounfall ums Leben gekommen ist." Al bemerkte, dass dies auch heute, obwohl bereits einige Jahre vergangen waren, Jule noch in den Knochen steckte.
„Tut mir leid, Jule, da wusste ich nicht."
„Konntest du ja auch nicht wissen. Aber das ist sicher auch der Grund, dass meine Eltern so um mich herum schweben. Kann ich auch verstehen. Das war damals für sie ein harter Schlag."
„Wohl nicht nur für deine Eltern, oder?" Jule schluckte und brachte erst keinen Ton heraus, atmete dann jedoch tief durch und fuhr fort. Al beschloss, bezüglich ihres Bruders erst mal nicht weiter nachzufragen.
„Also, noch mal zu Argentinien. Auf jeden Fall lag der Verdacht nahe, dass diese seltsamen blauen Kugeln irgendetwas mit einem Meteoriteneinschlag zu tun haben konnten. Die für diese Gegend verantwortlichen Indios, sie haben so eine Art Verwaltungsrat, der aber von der Regierung nicht richtig anerkannt wird, erlaubten mir dann, die Gegend zu besuchen, allerdings ohne Begleitung. Vermutlich kannten sie selber den Ort nicht genau, auf den ich dann per Zufall stieß. Heilige Orte sind für sie eben heilig. Sie sollen in ihren Augen in Ruhe gelassen werden und nicht, wie in anderen religiösen Zentren, zu Pilgerstätten mit Souvenirläden verkommen." Al spürte, dass Jule den großen Religionen, vielleicht sogar der Religion an sich, offenbar sehr kritisch gegenüberstand.

Sie schüttelte leicht den Kopf.
„Sag mal, Jule, kommt man da leicht hin? Ich meine ... zu diesem heiligen Ort?"
„Na ja, kommt darauf an, was man unter leicht versteht. Also, von Salta aus, einer schönen kleinen Stadt ganz im Norden von Argentinien, windet sich die Straße bis nach San Antonio de Los Cobres, wo man noch einige Touristen findet, die mit diesem berühmten Zug über die Anden fahren und dort aussteigen. Endstation. Viel weiter in die Berge und in die riesigen Ebenen der Anden traut sich dann doch kein Tourist. Eine fast unendlich erscheinende Hochebene, bestehend aus mehreren eingetrockneten Salzseen, erstreckt sich bis zum Horizont. Weiter kommt man oft nur mit einem guten Geländewagen. Und dann ragen diese seltsamen kegelförmigen Berge in den Himmel, fast so wie Pyramiden. Spätestens am Fuß dieser Berge kommt man auch mit dem Geländewagen nicht weiter. Genial, einfach genial, diese Landschaft!" Jules Augen leuchteten, und Al schwieg fast andächtig. „Nach Angabe der Indios lag die heilige Stätte in einem Krater eines seit vielen Hunderttausenden von Jahren erloschenen Vulkans abseits der Nr. 27, einer Dreckstraße, die von San Antonio kommend irgendwann in einer Sackgasse endet. Von da bin ich dann mit Rucksack weiter gelaufen. Nach einigen Stunden stetigen Bergaufsteigens erreichte ich den Kraterrand und blickte in eine perfekte Ebene, umgeben von einer gewaltigen, ebenso perfekten Bergkette. Das sah wirklich aus wie der Krater eines Vulkans. Zumal es in der Umgebung einige Vulkane gibt. Trotzdem war der hier irgendwie anders, und die Vorstellung, dass dieser Krater nicht von einem Vulkan, sondern von einem Meteoriteneinschlag her rührt, war nicht so weit hergeholt. Dort blieb ich erst einmal über Nacht. Ich konnte aber kaum schlafen, das kannst du dir sicher vorstellen ..."
„Wow, das kann ich mir ganz gut vorstellen", platzte Al hervor, „allein da oben ... und dann gab es vermutlich viele seltsame Geräusche."

„Ganz im Gegenteil, Al, es war so ruhig, so seltsam still, wie ich es nie zuvor gehört hatte. Nichts, aber auch kein einziges Geräusch war zu hören, nur das deines eigenen Körpers. Plötzlich hörst du ein Summen, ein Piepen im Hirn, deinen Herzschlag ganz dicht am Ohr und du bist absolut sicher, wenn plötzlich ein anderes Geräusch ertönt, wird es dich zu Tode erschrecken."
Jule erzählte dies alles so geheimnisvoll, dass Al die Luft angehalten hatte und nun tief durchatmen musste. „Irgendwann bin ich dann doch eingeschlafen und erst wieder aufgewacht, als die Sonne am Horizont über die Berge kroch, bereits so gleißend hell wie bei uns hier in Deutschland allenfalls mittags im Hochsommer. Allerdings war es eisig kalt. Da alles nusstrocken ist und kein Schnee liegt, merkt man erst nicht, wie kalt es da oben ist, erst recht nicht, wenn man sich bewegt, und in der dünnen Luft jeder Schritt so wahnsinnig viel anstrengender ist als hier unten. In Ruhe und erst recht, wenn die Sonne am Horizont wieder verschwindet, kriecht der Dauerfrost gnadenlos durch deinen Körper, bis in jede Zehe. Zum Glück hatte ich noch einen dicken Pullover und eine Decke dabei, sodass ich die Nacht ganz gut überstehen konnte. Und als dann, wie gesagt, am nächsten Morgen die Sonne aufging, dann ..." Jule blickte Al mit einem gedankenversunkenen und verträumten Lächeln an. Allerdings kam es Al so vor, als würde sie im Moment eher durch ihn hindurchblicken.
Er traute sich kaum ein Wort zu sagen und flüsterte mit hochgezogenen Augenbrauen.
„Als die Sonne wieder aufging, dann ..."
Jule stutzte, als sei sie aus einem wunderschönen Traum erwacht. „Die Sonne ... die Sonne ... so hell, so unglaublich hell und strahlend ... Wo war ich stehen geblieben? Ach ja richtig, als die schräg einfallenden Sonnenstrahlen gerade eben auf die Kraterebene fielen, erschien diese gar nicht mehr so perfekt eben,

eher wellig und geheimnisvoll." Jule machte mit ihren Händen eine andächtige Bewegung, formte den Kraterboden gemäß ihrer Erinnerung nach. „Fast in der Mitte des Kraters erhob sich eine kleine aber irgendwie auffällige Wölbung. Das muss es sein, wovon die Indios sprachen, dachte ich mir. Der heilige Ort, und du kannst dir vorstellen, dass ich mich rasch auf die Socken machte, um ihn mir näher anzuschauen. Viel Wasser hatte ich nämlich nicht mehr, und ohne Wasser bist du da oben verloren. Außerdem war das Wasser in der Zwischenzeit gefroren, sodass ich immer nur ein paar Eisbröckelchen lutschen konnte, um etwas Flüssigkeit aufzunehmen.
Als ich dann etwa eine halbe Stunde später bei dem Hügel ankam, war dieser zunächst eher enttäuschend. Einfach nur ein Hügel aus Sand und Dreck, und doch war etwas Seltsames daran. Ich wusste nur zuerst nicht, was. Es war einfach nur so ein Gefühl, verstehst du? Ich kletterte auf den Hügel, und an manchen Stellen klangen meine Schritte irgendwie hohl, als würde ich auf einer Eisdecke laufen, und dann passierte es. Vermutlich hatte ich noch Glück, dass ich an einer Stelle eingebrochen bin, wo es noch nicht so weit in die Tiefe ging. Knapp drei Meter reichten jedoch aus und ich bin verdammt unsanft gelandet, das kannst du dir sicher vorstellen. Ich wusste sofort, jetzt hast du dir den Knöchel gebrochen und sitzt vermutlich noch in einem verfluchten Loch, aus dem du nie wieder rauskommst. Der plötzliche Schmerz im Knöchel war so groß, dass ich eine Weile brauchte, bevor ich mich wieder besinnen konnte. Und dann sah ich diese drei Gestalten, direkt vor mir. Zuerst bin ich zu Tode erschrocken und dachte schon, ich wäre auf den Kopf gestürzt und hätte Halluzinationen. Da sich die Drei jedoch nicht bewegten, auch nicht, nachdem ich vor Schreck erst mal einen Schrei losgelassen hatte, sagte ich mir, Jule, jetzt nur nicht die Nerven verlieren. Als ich mich dann wieder beruhigt hatte, fie-

len die Strahlen der bereits steiler stehende Sonne schräg durch das Loch, das ich in das Dach der Kuppel gerissen hatte und ..."
Jule stockte.
„Und was, Jule ... was war noch?"
„Al, das kannst du dir nicht vorstellen, der ganze Boden unter der Kuppel leuchtete blau, reflektierte den blauen Himmel, wie ... wie soll ich das erklären? Ach ja, kennst du die blaue Grotte von Capri? So ähnlich und doch irgendwie anders. Auf jeden Fall war alles in ein seltsam blaues Licht getränkt, einschließlich dieser drei Gestalten, die weiterhin friedlich dasaßen, als hätten sie mein Eindringen nicht bemerkt. Das war alles so sonderbar, dass ich meinen Schmerz fast vergessen hatte. Kein Wunder, dass die Indios auf die Idee kommen mussten, dass hier die blaue Farbe des Himmels erschaffen wurde. Auf die Idee könnte man selbst fast kommen." Jule lachte und schüttelte den Kopf, als würde sie sich im Nachhinein noch über ihre kindischen Gedanken wundern. „Die Indios mussten diese später für sie heilige Stelle gekannt haben. Ich erinnerte mich an die Trachten der Indios. Die blauen Kugeln konnten nur von hier stammen. Und wenn sie den Ort kannten, dachte ich mir, dann müsste es auch einen Ein- und Ausgang geben. Aber ohne meinen Knöchel zu schienen oder zumindest fest zu verbinden, würde es schwer werden, wieder an die Oberfläche beziehungsweise zum Auto zurückzukommen."
Al schaute Jule gebannt in die Augen. „Und wie ging es dann weiter?"
„Alle drei Gestalten hatten ein buntes Tuch um den Kopf, und ich dachte mir, sie hätten bestimmt nichts dagegen, wenn ich es mir ausleihen würde."
Al lachte verwundert. „Du hast dir von den Mumien ein Tuch geliehen?"
„Nun, es blieb mir nichts anderes übrig. Auch hatte eine von den Dreien so eine Art Amulett um den Hals. Erst dachte ich, es sei nur

ein Symbol, aber als ich es genauer anschaute, war es ein Messer. Die Inkas sollen mit solchen Messern ihren Menschenopfern bei lebendigem Leib das Herz rausgeschnitten haben. Wer weiß, ob das stimmt, aber eins war sicher, das Ding war höllenscharf. So konnte ich die breiten bunten Tücher damit in schmale Bänder schneiden, um sie mir dann fest um den Knöchel zu wickeln. Klappte prima und der Schmerz war für einige Zeit zum Aushalten. Das Messer habe ich der ersten Mumie, oder wie immer man die Gestalten nennen könnte, wieder um den Hals gehängt. Ich bin ja schließlich kein Grabräuber. Außerdem habe ich den Indios versprochen, nichts zu entwenden. Das mit den Tüchern als Verband, na ja, ohne die säße ich vermutlich jetzt nicht hier und ich werde sie später wieder zurückbringen. Ach ja, und ein paar blaue Kugeln habe ich auch mitgenommen, es lagen ja einige Zigtausend herum."
„Sag mal, Jule, diese blauen Kugeln. Ist das nicht etwas seltsam? Wo gibt es so etwas sonst in der Natur? Ist ja wie in einem dieser Science-Fiction-Filme."
Jule zuckte mit den Schultern. „Also, wenn ich ehrlich bin, ist das wirklich alles sehr seltsam, und man könnte auf die Idee kommen, sie stammten von ..."
„Du meinst von Außerirdischen, von UFOs?"
Jule lachte. „Das glaube ich jetzt nicht gerade. Aber wenn die Kugeln von einem Meteoriten herrühren, dann könnte man sie schon als nicht von unserer Welt stammend ansehen. Andererseits ist diese Kugelform nicht ganz so seltsam oder abwegig. Alle Planeten und Sonnen sind ja schließlich auch kugelförmig und ... na ja ... selbst Hühnereier auch irgendwie. Also warum sollten dann nicht auch diese Kugeln perfekt rund sein? So geheimnisvoll ist das dann auch wiederum nicht."
Al schmunzelte. „Erinnert mich irgendwie an den Hokuspokus mit diesen homöopathischen Kügelchen. Sehen alle gleich aus,

schmecken alle gleich, nichts als kleine weiße Zuckerkügelchen. Und in keinem dieser Dinger ist etwas Nachweisbares drin und trotzdem sollen sie die tollsten Wirkungen entfalten ... natürlich ohne Nebenwirkungen. Das soll einer verstehen."

Jule hob die Schultern. „Offenbar gibt es schon noch einige Geheimnisse auf dieser Welt, und wenn man sieht, wie viele damit anscheinend gesund geworden sind ..." Jule und Al blickten sich schweigend an. Dann holte Al tief Luft, als wollte er wieder in die Realität zurückfinden.

„Ja, und wie bist du dann rausgekommen aus diesem Gewölbe?"

„Irgendwann fiel von einer Seite des Gewölbes ein Lichtstrahl in diese Grabkammer, so kam mir der Raum jedenfalls fast schon vor ... wie eine Grabkammer für Juliette Camus, dafür, dass sie die heilige Ruhe der Mumien gestört hat. Weißt Du, für kurze Zeit dachte ich wirklich, dieser Ort würde auch zu meiner Grabkammer werden. Komisch, Al, vielleicht entwickelt man in Extremsituation ungeahnte Fähigkeiten. Wenn ich heute darüber nachdenke, weiß ich eigentlich nicht, wie ich zurück zum Auto kam."

„Vielleicht hast du dir ja auch unbewusst einen fliegenden Teppich ausgeliehen."

Jule schmunzelte bei dem Gedanken, mit einem fliegenden Teppich über die Hochebene zu schweben. „Tja, ich weiß auch nicht. Auf jeden Fall habe ich es geschafft, zum Auto zu kommen, und mit dem bin ich direkt zum Flughafen von Salta gefahren. Der Flug war verspätet, wie so oft in Argentinien, und zum Glück habe ich dann auch gerade eben noch den Anschlussflug von Buenos Aires nach Frankfurt bekommen. Ich muss heute noch meine Sitznachbarin bedauern. Dreizehn Stunden Flug, und ich habe bestimmt ganz schön gestunken." Jule zog die Nase hoch, als habe sie ihren eigenen Schweißgeruch noch in der Nase. „Ich weiß noch, dass meine Sitznachbarin, eine nette ältere Dame am Gangplatz, ich hatte den Fensterplatz, mich nach dem seltsamen

Verband am Knöchel fragte. Von da an weiß ich nichts mehr und bin eigentlich erst wieder hier im Krankenhaus aufgewacht."

„Mensch, Jule, das hört sich ja unglaublich an. Was sagt denn dein Vater zu der Geschichte?" „Mein Vater?" Jule runzelte die Stirn und seufzte. „Mein Vater behauptet, das hätte ich alles nur geträumt. Halluzinationen nach schweren Schmerzen oder so etwas Ähnlichem, meinte er abwertend."

Al überlegte. Bis dahin hatte er keinen Zweifel, dass das alles stimmte, was Jule erzählte.

„Und du, Al, glaubst du mir? Das kann ich doch nicht alles fantasiert haben, oder?"

„Jule, die Mumienbandage, das ist doch der beste Beweis, oder etwa nicht?"

„Die sei von den Indios als Notfallbandage angelegt worden, meinte mein Vater gestern trocken."

„Ja, und die Kugeln, hast du ihm die seltsamen Kugeln gezeigt? Als Geologe wird er doch wissen, dass dies ganz besondere Kugeln sind."

Jule zuckte zusammen „Mein Gott, du hast Recht, Al, die Kugeln." Sie biss sich angestrengt auf die Unterlippe. „Verdammt, wo sind die blauen Kugeln? Stimmt, die habe ich meinem Vater gar nicht gezeigt."

Inzwischen war es dunkel geworden und Al machte eine Handbewegung, um zu signalisieren, dass sie sich möglichst unauffällig wieder in Richtung Station aufmachen sollten.

„Jule, ich glaube, wir müssen für heute Schluss machen. Wobei ... ich könnte dir noch stundenlang zuhören. Das klingt alles so fantastisch. Und die Kugeln finden wir vielleicht irgendwo in deinem Zimmer."

„Also, du glaubst mir auch nicht, Al?"

„Weißt du, Jule, Träume sind meist ungenau und wirr, und außerdem vergisst man sie meistens sofort nach dem Aufwachen. Was du mir heute Abend erzählt hast, ist auf jeden Fall real, das kann einfach kein Traum sein. Aber vielleicht sollten wir jetzt wirklich mal nach den Kugeln schauen."

Jule wurde plötzlich ganz unruhig. „Einverstanden. Du hast recht, Al, lass uns zurückgehen." Sie wartete Als Antwort nicht ab, löste die Bremsen und versuchte, in Richtung Aufzug zu rollen.

Al sprang auf. „Halt, nicht so schnell, wir sind ja nicht auf der Flucht." Er spürte plötzlich ein seltsames Gefühl im Bauch. Auf der Flucht, war das eine Vorahnung? Oder war es nur eine dieser Assoziationen, wenn man mit spannenden Neuigkeiten konfrontiert wird, so, wie die Geister im Schrank, wenn man als Kind einen spannenden Film schauen durfte. Al verwarf die Gedanken schnell und schob Jule quer durch den Park in Richtung Aufzug.

Es war bereits ruhig auf Station und Al versuchte, Jule unbemerkt am Stationszimmer vorbei zu schieben. Die Stationsschwester stand jedoch bereits mit strengem Blick im Flur.

Al stotterte. „Wir waren noch bei ... bei der Psychotherapie. Posttraumatische Psychotherapie, Sie wissen doch ... oder etwa nicht? Hat ein bisschen länger gedauert." Al machte ein betont ernstes Gesicht und fuhr fast flüsternd fort. „Ist aber auch ein sehr schwieriger Fall, Sie verstehen." Jule konnte einen Lachanfall gerade noch so unterdrücken.

Die Stationsschwester schmunzelte ebenfalls und setzte mit tadelndem Ton fort. „Dazu gehört aber auch Bettruhe, viel Bettruhe, nicht wahr Herr Doktor?"

„Oh ja ... ja, natürlich, hatte ich fast vergessen. Aber ..." Al grinste bei dem dreisten Vorschlag, der ihm jetzt über die Lippen huschte. „Sie können ja Frau Camus morgen mal ausschlafen lassen, nicht wahr, Schwester?"

Ihr Ton klang jetzt noch etwas strenger. „Zimmer acht, und die Besuchszeit ist endgültig vorbei, haben wir uns verstanden?" Jule konnte ihr Lachen jetzt kaum noch unterdrücken und gab ein ersticktes Grunzen von sich. Al schob sie hastig in ihr Zimmer, um die Situation nicht noch zu verschärfen.

„Die Besuchszeit ist endgültig vorbei, haben wir uns verstanden", imitierte Al die Stationsschwester mit meckerndem Ton, nachdem er die Tür hinter sich geschlossen hatte, was Jule jetzt endgültig lauthals zum Lachen brachte.

„Also dann, Al, da gibt's offenbar kein Pardon." Jule streckte Al die Hand hin. „Den Rest pack ich schon alleine. Und ..." Jule überlegte einen Moment. „Danke, dass du mir glaubst, Al. Sehen wir uns morgen noch mal?" Al überlegte. Am liebsten hätte er sich zu Jule hinunter gebeugt, sie geküsst und ihr etwas Vielsagendes ins Ohr geflüstert. Stattdessen sagte er: „Klar, gerne, morgen um dieselbe Zeit. Ich bin den ganzen Tag im OP eingeteilt, Haken halten, du verstehst ..."

„Also, etwa um dieselbe Zeit. Vielleicht kann ich ja morgen bereits mit Krücken in den Park." Al lächelte und wusste nichts mehr zu sagen. Schrittweise ging er rückwärts zur Tür und winkte kurz, bevor er rausging und die Tür von außen leise schloss. Noch auf dem Gang schoss ihm durch den Kopf, wie dämlich er sich verhalten hatte. Kein nettes Wort hatte er rausgebracht. Nichts, was Jule seine Zuneigung zum Ausdruck gebracht hätte. Na ja, dachte Al, vielleicht morgen.

Frankfurt, Juni 2010, nachmittags

Al starrte gebannt auf das mit Zahlen und Zeichen übersäte Blatt, das sich leise tickernd aus dem Faxgerät quälte. Das Erste, was ihm ins Auge fiel und seine Aufmerksamkeit auf Alarm stellte, war das am oberen rechten Papierrand offenbar hastig hin gekritzelte Quadrat mit einem Fischsymbol darin. Sie hatten sich dieses Symbol früher als Erkennungszeichen, als Logo für ihre

Aquariumsgruppe ausgedacht. Nervös starrte Al auf das weitere Erscheinen der Seite. Angefüllt mit Zahlen, Buchstaben und unklaren Skizzen war plötzlich der Namen „KARIN“ zu lesen. „Mein Gott, eine Botschaft von Karin“, flüsterte er vor sich hin. Eines kam ihm jedoch merkwürdig vor: Er kannte Karins Handschrift, diese war anders. Das Fax ratterte weiter. Ein Pfeil erschien, der vom unteren Blattrand dick und fett nach oben zeigte und von derselben Hand, demselben Stift stammen musste, wie der Namenszug seiner Schwester. Die restlichen Zeichen waren feiner, offenbar von einer anderen Hand kunstvoll arrangiert. Plötzlich brach die Nachricht ab. Das untere Drittel der Seite war komplett weiß, als sei die Botschaft an dieser Stelle abrupt beendet worden. Verwirrt zog Al die fertige Seite aus dem Papierauswurf und hielt sie unter die Schreibtischlampe. Es musste eine Botschaft von Karin sein, auch wenn weder die vielen kleinen Schriftzeichen noch der Namenszug dem glich, was er von ihrer Handschrift in Erinnerung hatte. Vielleicht war sie in Eile, hatte ihren Namen rasch auf das Papier geschmiert, fürchtete, mit ihrer Aktion entdeckt zu werden. Und dann wurde sie tatsächlich ertappt, noch bevor das ganze Papier gescannt werden konnte. Seine Beunruhigung explodierte förmlich in seinem Kopf, als ein weiteres Fax zum Vorschein kam: Ein mit groben Strichen skizzierter Totenkopf grinste ihn hämisch an. Al zuckte zusammen. Die zweite Seite offenbarte genau das, was er bereits vor dessen Erscheinen befürchtet hatte. Karin steckte in Lebensgefahr, und offenbar hatte sie ihm noch eine eilige Botschaft schicken wollen. Das Logo der Aquariumsgruppe kannten nur Insider. Die Nachricht konnte also nur von Karin stammen. Der Pfeil, der auf ihren Namen, zahlreiche fremdartige Linien, Begriffe und Symbole zeigte, war wie ein Hilfeschrei, wie eine geheime Botschaft, wo sie vielleicht gefangen gehalten wurde: „Hier bin ich, hol mich hier raus!“, wollten die Worte sagen. Jetzt war er nicht nur auf der

Suche nach Jule, sondern auch nach Karin, und es musste ihm schnell etwas einfallen.

Nervös breitete er das erste Fax auf seinem Schreibtisch aus. Zwischen dem Wort Karin, dem Pfeil und dem Rest der verwirrenden Zahlen und Zeichen musste es einen Zusammenhang geben. Überhaupt kamen ihm die Schriftzeichen bekannt vor. Es war wie ein Déjà-vu, als er vor wenigen Tagen Jules Aufzeichnungen aus der Metallkassette durchblätterte. Dummerweise hatte er keine Kopien gemacht, und die Originale waren weg. Heiß wurde ihm bewusst, dass sie vermutlich von denselben Männern geklaut wurden, in deren Gewalt sich Karin befand. Er war sich zunehmend sicher, dass es Jules Aufzeichnungen waren. Nur erklärte sich deren Sinn jetzt keinen Deut besser.

Nachdenklich betrachtete er das Blatt und versuchte erneut, die Bedeutung der Zahlen und Linien zu entziffern, die sich jetzt um Karins Namen scharten. Der Pfeil zeigte genau genommen an Karins Namen vorbei auf ein Kreuz, das von einer unregelmäßigen Linie eingerahmt wurde. Weitere Linien zogen sich geradezu wahllos durch das Bild, allerdings nur innerhalb der von der Linie eingegrenzten Fläche. Unter dem Kreuz befanden sich zwei längere Zahlenreihen. Auffällig war auch, dass die Ziffer eins nur durch einen senkrechten Strich geschrieben wurde, die amerikanische Schreibweise, die Sieben jedoch einen Querstrich enthielt, was der deutschen Schreibweise entsprach. Genau das war ihm immer bei Jules Briefen aufgefallen, was die Annahme bestätigte, dass es sich um Jules Aufzeichnungen handelte. Hatte Karin dieses Blatt rein zufällig oder absichtlich ausgewählt? Bei Letzterem musste sie blitzschnell den Sinn von Jules Skizze erfasst haben.

Die Linien entsprachen keinem ihm bekannten Muster, also nahm er sich die Zahlenreihen vor: -24.17682515045749 und darunter -67.203369140625.

Es war sicher kein Datum, keine Entfernungsangabe, überhaupt war den Zahlenreihen keine Einheit angefügt, die deren Bedeutung erklärt hätte. Al dachte angestrengt nach. Plötzlich hatte er eine Idee. Er schnappte sich seinen Laptop und suchte nach einem Programm für Längen- und Breitengrade. Jule hatte ihm früher mal erzählt, dass die einzige Möglichkeit, sich in unwegsamem Gelände zu orientieren, eine möglichst genaue Angabe von Längen- und Breitengraden war. Ein solches Programm war dank Internet leicht zu finden. Al tippte die Ziffern aufgeregt in die dafür vorgesehenen Spalten und war zunächst enttäuscht. Der resultierende Ort lag mitten im südlichen Atlantik, fast an der Antarktis. Das konnte kaum die Lösung sein. Es sei denn, Jule hatte sich zwischenzeitlich als Tiefseeforscherin betätigt, was er ihr bei Licht betrachtet ebenfalls zugetraut hätte. Kaum käme es jedoch für den Ort infrage, an dem er Karin vielleicht finden würde, wenn sie denn überhaupt verschleppt und nicht bereits umgebracht wurde. Al lehnte sich zurück. Ihm war speiübel. Er spürte einen Anflug von Panik bei dem Gedanken, er könnte Karin nicht nur in Lebensgefahr gebracht haben, sondern sogar für ihren Tod verantwortlich sein. Karin tot, das schien im gänzlich unmöglich, genauso unmöglich wie Jules Tod, wobei es nach wie vor keine sicheren Hinweise gab, dass Jule noch am Leben wäre. Die Gedanken wirbelten bleiern durch seinen Kopf und es fiel schwer, sie zu ordnen, sie in eine klare Reihenfolge zu bringen, wie sie vielleicht den Zahlen auf dem Fax entsprechen mussten. Panik war jedoch das Letzte, das er jetzt brauchte. Er versuchte erneut, sich zu konzentrieren, da er wusste, dass das vorliegende Fax vielleicht der einzige Schlüssel war, Karin und vielleicht auch Jule zu finden.

Erneut gab er die Zahlen in sein Geologieprogramm ein, ohne dass sich am Resultat etwas änderte. Immer und immer versuchte er es. Wut und Verzweiflung überfielen ihn, und er fing an, die

Zahlen zu verdrehen, rückwärts einzugeben, jede zweite Zahl, sie zu vertauschen, und plötzlich schien ihm die Lösung entgegen zu schlagen: Er landete im Norden von Argentinien, an einem Ort, von dem ihm Jule von ihren sensationellen und nun so fatalen Funden berichtet hatte. War das Zufall? Die Lösung war jedoch selten einfach. Er hatte schlicht Längen und Breitengrade verwechselt, und nun strahlte ihm die Lösung wie ein Wink des Himmels entgegen. Mit zittrigen Fingern umkreiste er das Land, in dem Jule geboren war, in dem sie ihre Kindheit verbrachte, und das ihr nun vielleicht zum Verhängnis wurde. Die Grenze Argentiniens umschloss eine Fläche, die der Linie auf dem Fax verblüffend ähnelte. Wenn sie ihm tatsächlich eine Botschaft schicken wollte, vielleicht ihren oder Jules Aufenthaltsort, dann lag er am anderen Ende der Welt. Erleichtert und beunruhigt zugleich lehnte er sich zurück.

Argentinien, von dort stammten auch die blauen Kugeln. Die verdammten blauen Kugeln, die offenbar der Grund waren, dass sie nun alle in größten Schwierigkeiten steckten. Er hätte sie warnen sollen, die unglaublichen Eigenschaften dieser Kugel weiter zu erforschen, hätte ihr die fatalen politischen Konsequenzen drastisch vor Augen halten müssen, so, wie es vermutlich ihr Vater getan hatte. Er wollte sie nicht enttäuschen, ihre Liebe nicht aufs Spiel setzen wegen ein paar dämlicher blauer Kugeln. Ob er ihre fantastische Geschichte glaubte, war eine ihrer ersten Fragen damals im Krankenhaus, eine erste Prüfung, ob sie ihm vertrauen könnte. Hatte er in Wirklichkeit ihre Berichte doch nicht ernst genommen, ihren Enthusiasmus nur nicht schmälern wollen, wie ein Kind, das seinen Traum erzählte und dabei Wirklichkeit und Fantasie vertauschte? Hatte er doch eher einen fatalen Wissenschaftsirrtum angenommen, keine bahnbrechende Entdeckung, wie sich Jule damals ausdrückte, vielleicht in der stillen Hoffnung, dass sich dann auch die politische Gefahr, die von den Kugeln ausging, in Luft auflöste. Wollte er ihr nur den kurzfristigen Schauer einer genialen Entdeckung gönnen, damit sie sich später nach aller Enttäuschung in seinen Armen ausheulen könnte? Wie es nun aussah, hatte sich nicht Jule, sondern er, Albert Steinhoff, getäuscht. Anders konnte man das fanatische Interesse an all dem, was mit den Kugeln zu tun hatte, die Bereitschaft, derentwegen über Leichen zu gehen, nicht erklären. Und nun versuchte man, mit äußerster krimineller Energie alles zu vertuschen. Die Kugeln mussten erst einmal verschwinden, dem öffentlichen Interesse, das sie entfachen könnten, entzogen werden. Vor allem mussten aber auch alle Mitwisser verschwinden, allen voran Jule, und jetzt vielleicht auch Karin. Die Methode war denkbar einfach: Jule als Opfer eines tragischen Verkehrsunfalls, Karin in der Wildnis von Argentinien verschollen. Bedauerlich! Für die Angehörigen schrecklich, für die Medien keine Silbe wert. Der Schlüssel lag im argentinischen Hochland, westlich von San Antonio des Los Cobres, dort, wo sich kaum noch eine Straße, geschweige denn menschliche Behausungen befanden. Und genau dort musste Al hin, das war ihm jetzt klar. Vielleicht würde er dort auch eine Spur von Jule finden, wenn auch nicht sie selbst, dann doch wenigstens etwas, was sie in den letzten Jahren so fasziniert hatte. Selbst das war ein unwiderstehlicher Magnet, dem sich Al nicht mehr entziehen konnte.

Last Minute nach Argentinien, dachte Al und wurde auch gleich im Internet fündig. Am selben Abend rief er noch seine Eltern an. Seine Mutter war am Telefon mit den Worten: „Schön, dass man mal wieder etwas von dir hört." Die üblichen Worte der Eltern, bei denen man nie wusste, ob sie ein Vorwurf waren, sich viel zu lange nicht gemeldet zu haben, oder ob es ernst gemeinte Freude war. Al versuchte sich einzureden, dass es sich um Letzteres handelte, und antwortete betont gut gelaunt: „Wie geht es euch, viel zu tun in der Apotheke?"

„Al, du rufst doch nicht an, um dich nach der Apotheke zu erkundigen?"
„Na ja, du hast recht, aber ich freue mich natürlich, wenn es gut läuft, so wie immer halt."
„Also, was ist der Grund, dass du mitten in der Woche anrufst? Gibt's irgendwelche Probleme, hast du Geldmangel, ist deine neue Freundin schwanger?"
Al unterbrach eilig. „Nein, nein, nichts dergleichen. Es ist nur ..."
„Also doch Schulden."
„Nein, sicherlich nicht, ich wollte nur wissen, ob ihr etwas von Karin gehört habt. Ich habe sie länger nicht gesehen, und ans Telefon geht sie auch nicht."
„Karin, ja, die hat gestern angerufen."
„Was hat sie?", platzte Al überrascht dazwischen.
„Was ist daran so verwunderlich? Sie sagte nur, sie sei ab jetzt etwas länger im Ausland, hat aber nicht mitgeteilt, wo. Etwa seltsam klang das schon, aber nun ja, sie ist alt genug und wer weiß ... vielleicht hast sie ja ..."
„Was meinst du damit?"
„Na ja, vielleicht hat sie ja endlich mal einen Freund ... klang ziemlich geheimnisvoll." Al atmete tief durch. Offenbar hatten seine Eltern keine Ahnung davon, dass Karin in Schwierigkeiten steckte. Er versuchte, heiter zu klingen, obgleich sich seine Nervosität schmerzhaft spannte. Sollte er seine Eltern einweihen? Eher nicht.
„Stimmt, das ist möglich, ein Freund ... wird aber auch Zeit."
„Das musst du gerade sagen, Al, wer weiß, ob das noch mal etwas wird mit Enkeln." Die Mutter lachte mit einem Anflug von wehleidiger Hoffnung in der Stimme.
„Ach übrigens, ich hab da jemanden kennengelernt und wir fahren die nächsten Tage zusammen nach Argentinien."
„Nach Argentinien? Hast du denn überhaupt Urlaub? Hast doch gerade erst angefangen in deinem Job, oder nicht?"

Wer die betreffende Person aus seiner Notlüge war, mit der er nach Argentinien verreisen wollte, schien seine Mutter nicht zu interessieren. Al war etwas enttäuscht. Andererseits war ihr Desinteresse auch von Vorteil. So musste er nicht noch mehr Notlügen auftischen.

„Also, ich melde mich, sobald ich wieder da bin, vermutlich so in ein oder zwei Wochen. Gruß an Papa, bis dann, tschüss." Al legte hastig auf. Er hatte noch zwölf Stunden Zeit bis zum Check-in. Rasch packte er ein paar Sachen zusammen, insbesondere solche, die seiner Meinung nach zu einer Outdoor-Tour passen würden. Viele Erfahrungen hatte er damit bislang nicht. Aber den Erzählungen von Jule nach zu urteilen, musste er sich an seinem Zielort auf unwegsames Gelände und eisige Kälte einstellen.

Er stellte den Wecker auf drei Uhr morgens, vier Stunden vor Abflug. Er wusste, dass dies wie üblich viel zu früh war und er mehr Zeit als notwendig am Gate verbringen würde. Allerdings, der Gedanke, zu spät zu kommen, sei es durch einen Stau auf der zugegebenermaßen kurzen Strecke zwischen Frankfurt-Niederrad und Flughafen oder durch eine extrem lange Wartereihe am Check-in oder später an der Sicherheitskontrolle oder warum auch immer, war ihm ein derartiger Gräuel, dass er eigentlich immer viel zu früh am Flughafen war.

Als der Wecker klingelte, dröhnte sein Kopf, ein Zeichen dafür, nicht genug Schlaf gehabt zu haben. Schneller wach war seine Nervosität, die ihn wie von der Tarantel gestochen aus dem Bett springen ließ. So ein Wahnsinn, dachte er mit einem Anflug von Zweifel. Nur weil ihm Jule früher oft von Argentinien und ihren Entdeckungen erzählt hatte und aufgrund dieser eher kryptischen Fax-Mitteilung ließ er alles stehen und liegen, um sich in ein fremdes Land, in eine ungewisse Zukunft zu stürzen. Wie konnte er sich gestern Nacht so sicher sein, Karin ausgerechnet dort wiederzufinden, vielleicht sogar Jule. Egal, die Würfel waren gefallen. Er telefonierte nach einer kurzen Dusche mit der Taxizentrale und war etwa zwanzig Minuten später am Check-in. Es war früh morgens Viertel vor vier. Das Terminal 1 war so leer, wie er es selten zuvor gesehen hatte. Auch an der Sicherheitskontrolle stand er nur kurz an, sodass er, wie erwartet, mehr als zwei Stunden vor Abflug am Gate war. Wieder überkam ihn Müdigkeit. Aber er kämpfte eisern dagegen an, nicht zuletzt auch, um dann im Flieger, immerhin über dreizehn Stunden in der Touristenklasse, vielleicht etwas Schlaf zu finden.

Als er später das Flugzeug betrat, stellte er fest, dass er seinen Platz ausgerechnet in der hintersten Reihe bekommen hatte. Es gab keine Möglichkeit, den Sitz nach hinten zu neigen. Zudem befanden sich direkt hinter seinem Sitz die Toiletten. Die nächsten Stunden entpuppten sich als Tortur, übelste Holzklasse. Er erinnerte sich an die ersten Male im OP. Hakenhalten über Stunden, bis das Rückgrat erbärmlich schmerzte. Genauso würde er in Argentinien aus dem Flieger kriechen. Wie erwartet, fand er keinen Schlaf und quälte sich von einer Pobacke auf die andere.

Wenigstens war die Maschine pünktlich und landete am frühen Nachmittag in Buenos Aires, nach deutscher Zeit gegen zwei Uhr morgens. Eine wohl ehemals sowjetische Militärmaschine vom Typ Antonov rollte an ihnen vorbei und war ebenfalls kurz vorher gelandet. Die Maschine wirkte wie aus einer anderen Zeit, einer Zeit des Kalten Krieges. Obwohl das alles lange zurücklag, der Warschauer Pakt schon lange nicht mehr existierte, hatte diese Militärmaschine nichts von ihrer bedrohlichen Erscheinung eingebüßt. Um nicht noch mehr vom Anblick der Militärmaschine in eine düstere Vorahnung abzugleiten, nahm er sich die Beschreibung des Flughafens von Buenos Aires vor und musste feststellten, dass hier nur internationale Flüge abgefertigt wurden. Für seinen Anschlussflug nach Salta musste er sich mitten durch die Millionenstadt zum nationalen Flughafen quälen.

Auch wenn es sicher teurer als ein Bus sein würde, entschloss er sich, ein Taxi zu nehmen. Er wollte auf keinen Fall in Buenos Aires Zeit verschwenden. Nervös holte er seinen Koffer ab und reihte sich in die Menschenmenge vor dem Zoll ein. Was ist das doch so einfach innerhalb Europas, dachte Al, und schüttelte den Kopf in Erinnerung an die dämlichen Diskussionen all jener Europagegner. Man müsste nur das Schengener-Abkommen kündigen und die Zollkontrollen wieder einführen, und schon würden alle noch so engagierten Europagegner ein enthusiastisches Hoch auf die Europäische Gemeinschaft jubilieren.
Bisher ging alles reibungslos, auch das Ticket für den Flug nach Salta konnte er rasch bekommen, allerdings erst für den nächsten Vormittag. Der Flug hatte Verspätung, wie in diesem Lande üblich, was sich gerne auch mal auf einen oder mehrere Tage ausdehnen konnte. In Deutschland nannte man das Streik, hier gehörte es offenbar zu Normalität. Und so lümmelte sich Al in die für eine Übernachtung viel zu unbequemen Sitzbänke am Gate des nationalen Flughafens. Wieder dachte er an die russische Militärmaschine. Sie wirkte in seinen gequälten Gedanken bedrohlich nach, obgleich sie ihn doch nichts angehen sollte, dachte er zumindest.
Der Flug nach Salta dauerte knapp zwei Stunden. Traumhaftes Wetter erlaubte einen atemberaubenden Blick über die östlichen Ausläufer der Anden mit ihrem meist rotlichen Farbenspiel. Über Salta hatte er früher schon mal gehört, dass es eine sehr schöne und freundliche Stadt sei. Salta la linda, Salta die Hübsche. Er war gespannt, ob sich das bewahrheitete. Aber er war nicht zum Sightseeing hier, vielleicht später mal, dachte er wehmütig, später, zusammen mit Jule.
Als die Maschine in Salta über das Rollfeld holperte, stand erneut eine russische Militärmaschine vom Typ Antonov auf einer Vorfeldposition, oder war es dieselbe Maschine aus Buenos Aires? Al

versuchte erneut, seine düsteren Gedanken beim Anblick dieses Militärspielzeugs zu vertreiben. Um sich abzulenken, beobachtete er die Menschen im Flugzeug mit ihren meist dunklen aber trotzdem freundlich wirkenden Gesichtern. Zahlreiche Kinder wirkten aufgeregt, vielleicht weil sie gerade in den Urlaub flogen oder wieder zurückkamen in ihre schöne Stadt Salta. Al wusste es nicht und verstand von dem ausgelassenen Geschnatter nur Bruchstücke. Damals, als er Jule kennenlernte, hatte er sich vorgenommen, Französisch zu lernen, da blieb sein Spanisch aus der Schule auf der Strecke, was er jetzt bedauerte.
Der Flughafen von Salta lag weit außerhalb der Stadt, und diesmal wollte er erst nach Salta hinein und ein Hotel nehmen, um möglichst ausgeruht seine Suchaktion im Hochland von Nordargentinien zu beginnen. Ein kleines, an die Kolonialzeit erinnerndes Hotel hatte noch ein Zimmer frei. Al ließ sich erschöpft auf das viel zu weiche und knarzende Bett fallen. Obwohl es erst vier Uhr nachmittags war, schlief er augenblicklich ein.
Gitarrenklänge, Trommeln und Gesang ließen ihn mitten in der Nacht wach werden. Wie viel Uhr es genau war, wusste er nicht. Er hatte vergessen, seine Uhr umzustellen. Sehr spät konnte es jedoch nicht sein, da Al bei einem Blick aus dem Fenster regen Fußverkehr und gegenüber in einem Park eine Gruppe musizierender Männer und Frauen in bunten Umhängen erblickte. Der erste Eindruck aus dem fahrenden Taxi, nachdem er gelandet war, wirkte in der Tat freundlich. Nun hellte auch dieses lebhafte Treiben auf der Straße seine düstere Stimmung etwas auf. Am Flughafen hatte er am Geldautomaten genügend Pesos gezogen, um vielleicht doch noch etwas Typisches zu essen und auch etwas von der lokalen Musik mitzubekommen. Er hatte gelesen, dass in den Kneipen Musikgruppen auftraten, die regelmäßig das Publikum begrüßten und wissen wollten, woher sie kämen. Vielleicht war das aber auch nur so eine Art Touristenshow.

Nicht weit vom Hotel entfernt, reihte sich dann auch eine Kneipe an die andere. Livemusik drang aus den offenen Fenstern und Türen. Die Menschen drinnen und solche, die draußen auf der Straße flanierten, schienen bester Stimmung zu sein. In einer dieser Kneipen war es jedoch ruhiger, und nur wenige Menschen saßen um die sonst brechend vollen Tische. Al trat ein und setzte sich in eine Ecke mit dem Rücken zu einer leeren Bühne, auf der sonst Musikgruppen ihr Bestes gaben. Im Moment war die Bühne vereinsamt und schien dem sonst lebhaften Musizieren nachzutrauern. Da dies seiner Gemütslage entsprach, fühlte er sich plötzlich in einem seltsamen Einklang mit seiner Umgebung. Er bestellte eine Cola sowie ein fremdländisch klingendes Gericht, was auch recht bald gebracht wurde. Es war eine Art Eintopf mit Fleisch und Bohnen, der verführerisch nach fremdländischen Gewürzen duftete. Es dauerte nicht lange, bis sich der Saal füllte, und die Bühne von einer Musikgruppe, zwei Männern mit Gitarren und eine junge Frau als Sängerin, in Beschlag genommen wurde. Al hatte sich vorgenommen, nicht mehr lange zu bleiben und rief den Ober, um zu bezahlen. Dann wurde er jedoch neugierig und beschloss, zwei oder drei Musikstücke abzuwarten. Gitarrenklänge und spanischer Gesang ertönten, mal hart und laut, dann wieder sanft und melancholisch. Das Restaurant füllte sich rasch, offenbar mit Einheimischen, die viele der Lieder kannten, und in den Refrain laut und zum Teil auch etwas wehmütig einstimmten. Und dann kam das, was in den Touristenheften angekündigt wurde und offenbar stimmte: Der Chef der Musikgruppe sprach einige Gäste an und fragte, woher sie kämen, was von den übrigen Gästen stets mit Applaus begleitet wurde, egal, ob die Gäste aus Salta oder anderen Städten oder Länder stammten. Von je weiter entfernt sie angereist waren, desto heftiger war der Applaus. Er drückte sich in seine Tischecke, mit der Hoffnung, in Deckung seiner gut gelaunten Tischnachbarn, von den Musikern nicht angesprochen zu werden. Eine plötzliche Stille trat ein, als der Sänger eine Gruppe am anderen Ende des Raumes nach deren Herkunft fragte. Offenbar wollte die Gruppe zunächst nicht antworten, doch dann schoss die kurze Antwort durch den Raum wie eine Gewehrkugel, die Al schier am Kopf zu treffen schien. Sein Herz begann zu schlagen, seine Hände zitterten, sodass er das halb volle Glas mit Cola gerade eben noch hinstellen konnte. Der slawische Tonfall war unverkennbar. Genau den würde er in seinem Leben nie wieder vergessen, und sicher aus tausend anderen heraushören können. Schon sah er, wie der Blick des Sängers zu ihm hinüber schweifte. Hastig sprang er auf und verschwand durch die Toilettentür in unmittelbarer Nähe seines Tisches. Ein lautes Gelächter, möglicherweise angesichts seiner bizarren Flucht, füllte den Raum. Panisch blickte er sich im Schein einer nackten Glühbirne um. Die Toilette hatte kein Fenster, er saß in der Falle. Im nächsten Moment pochte es lautstark gegen die Tür. Jetzt gibt es kein Entkommen, dachte Al panisch, stieß die Tür mit einem Ruck auf und raste durch das Restaurant zur Eingangstür und weiter in die Dunkelheit. Er kauerte sich hinter einen Busch und beobachtete die Tür zum Restaurant. Zum Glück war ihm niemand gefolgt. Die Stimmen der Gäste am anderen Ende des Saals schossen ihm durch den Kopf. Hatte er sich nur vertan? Waren das gar nicht seine damaligen Verfolger? Sicher gab es noch andere Menschen, Tausende, Zigtausende mit diesem Tonfall. Schon fasste er wieder Mut, zum Restaurant zurück zu gehen, um sich zu vergewissern, dass alles nur eine Verwechslung war, ein dummer Streich seiner emotionalen Hirnwindungen.

Er wollte gerade seine Deckung aufgeben, als drei dunkle Männer aus der Tür traten, sich nach beiden Seiten umschauten und nach einem kurzen Wortwechsel in einer Seitenstraße verschwanden. Das Gegenlicht aus der Kneipe blendete ihn und er hatte ihre Gesichter nicht erkennen können. Waren das doch seine Verfolger, Karins Kidnapper? Getrieben von plötzlicher Wut sprang er auf. Doch die Männer waren bereits verschwunden. Die Straßenlaternen leuchteten nur schwach und er ärgerte sich über seinen Leichtsinn, den Männern zu folgen, sie gar irgendwie zur Rede stellen zu wollen. Er hätte keine Chance gehabt. Noch wussten sie nicht, dass er ihnen auf den Fersen war, das war sein Vorteil, vorausgesetzt, dass sich nicht alles als ein großes Hirngespinst entpuppte.

Er blickte sich nach beiden Seiten um und ging rasch zurück zum Hotel. Eine freundliche Dame an der Rezeption übergab ihm lächelnd den Zimmerschlüssel. Im ersten Stock angekommen, stand ein Paar eng umschlungen nicht weit von seiner Zimmertür entfernt. Sie küssten sich gierig. Ihre Hände durchwühlten seine Haare. Ihr offener Mund saugte schmatzend an seinem Gesicht und Hals, während er damit beschäftigt war, mit beiden Händen ihren Po zu kneten, sich zwischen ihre gespreizten Beine zu drängen. Al versuchte hastig seine Zimmertür aufzuschließen, als ihm der Schlüssel aus der Hand glitt und scheppernd auf dem Boden landete. Das Paar drehte sich erschrocken um. Ohne auch nur einen Millimeter voneinander abzulassen, verschwanden sie, er vorwärts, sie rückwärts tippelnd, im Zimmer nebenan. Zwar außer Sichtweite, aber unüberhörbar, setzte sich das wilde Liebesspiel fort. Al nahm sich einen Cognac aus der Minibar und lauschte nolens volens dem Treiben nebenan. In regelmäßigen Abständen hörte er lautes Stöhnen, das von der Frau kommen musste. Es klang irgendwie animalisch, teils quiekend, teils grunzend, wie ein Schwein auf der Schlachtbank. Irgendwann muss sich das alles in einem genüsslichen Schrei entladen, dachte Al, sich an den einen oder anderen Erotikfilm erinnernd. Wider Erwarten wurde das Stöhnen jedoch leiser und ebbte schließlich gänzlich ab. Wenig später folgte ein hitziger Wortwechsel, gefolgt von einem lauten Türknallen. Dann trat Ruhe ein. Al war verwirrt, er wusste nicht, ob dies von dem Erlebnis in der Kneipe stammte, vielleicht hatte er sich ja doch geirrt und die Männer hatten mit seinen Verfolgern nichts zu tun. Oder war er verwirrt durch das zunächst wilde, dann aber frustrierte Liebesspiel von nebenan. In der Nacht wurde er von wirren Träumen gequält, die beides auf bizarre Weise vermischten.

Frankfurt, Juli 2009

Al konnte nicht einschlafen. Jedes Wort von Jule ließ er Revue passieren. Vermutlich würde er von Mumien und seltsamen blauen Kugeln träumen. Am meisten beschäftigte ihn jedoch die Frage, was Jule von ihm halten würde. Sie hatten sich tief in die Augen geschaut und sie hatte ihm Dinge anvertraut, die man nur einem guten Freund anvertraut. Aber war da noch mehr? Mehr als einfach nur der Beginn einer guten Freundschaft? Wie erwartet, schlief Al unruhig und wachte eine halbe Stunde vor dem Klingeln seines Weckers auf. Es war die letzte Woche seiner Famulatur. Wie lange würde Jule noch auf seiner Station sein? Sicher würde sie nach ihrer Entlassung nicht in Frankfurt bleiben. Vermutlich würde sie zu ihren Eltern in die Nähe von Straßburg fahren. Zu weit entfernt, um sich öfters zu sehen, dachte Al besorgt, sodass nur wenig Zeit blieb, Jule zu sagen, was er wirklich für sie empfand. Aber was empfand er wirklich? „Verliebt" war nicht der richtige Ausdruck, nicht das richtige Wort, oder vielleicht doch? „Einfach befreundet" traf es jedoch auf keinen Fall. Da war mehr, das spürte er deutlich und versuchte sich einzubilden, dass es Jule genauso ging. Er wollte erst mal mit ihr zusammen sein, mit ihr reden, ihr alles anvertrauen, was er sonst nie jemandem anvertrauen würde. Al empfand eine Art Urvertrauen zu Jule, das er damals schon auf der Insel gespürt hatte und das sich jetzt unzweifelhaft fortsetzte. Und irgendwie spürte er, dass auch Jule ihm vertraute. Wahrscheinlich würde ihm das Hakenhalten heute unendlich lang vorkommen, denn er freute sich bereits jetzt, mit Jule weiter zu reden, einfach mit ihr zusammen zu sein.

Gegen fünf Uhr war es dann endlich so weit. Nach einer langen Operation tauschte er die grünen Klamotten gegen Jeans und Poloshirt und beeilte sich, auf die Reha-Station zu Zimmer acht zu kommen. Wieder war das Zimmer leer und Al ertappte sich bei dem Gedanken, dass es vielleicht sein Schicksal sein würde, Jule immer hinterher zu stolpern. Damit meinte er nicht, ihr wie ein Teenager albern und kopflos verliebt hinterherzulaufen. Vielmehr beschlich ihn die Vorahnung, sich um Jule Sorgen machen zu müssen, sie verlieren zu können. Gab es überhaupt so etwas wie eine Vorahnung? Vermutlich war es nur ein Impuls, der ihm klar machte, dass eine erneute Trennung von Jule im Moment das Schlimmste war, das er sich vorstellen konnte.

Erleichtert erinnerte er sich an Jules letzte Worte von gestern Abend, dass sie sich im Park treffen wollten. Al blickte aus dem Fenster und sah Jule auf einer Bank sitzen. Einen Moment betrachtete er sie versonnen. Sie war es, Jule, nach der er sich so lange gesehnt hatte. Sie saß auf der Bank wie jeder andere Patient auch, und doch war sie irgendwie anders. Was war es nur, das dieses Mädchen in ihm auslöste? Damals auf der Insel und jetzt erneut. Eine logische Erklärung gab es nicht und doch fühlte er sich zu ihr hingezogen wie durch eine unsichtbare Kraft. Er wollte sie, wollte sich selbst nicht länger warten lassen, raste die Treppen hinunter und kam außer Atem bei ihr an.

„Wartest du schon lange Jule? Ging leider nicht eher ..."

„Kein Problem, Al, die Abendsonne ist noch schön warm, und vor allem stell dir vor, ich bin ganz allein hierhergekommen, nur mit Krücken." Jule hatte sich schräg auf die Bank gesetzt und das

rechte Bein längs auf die Sitzfläche gelegt, sodass Al am anderen Ende Platz nahm. Sie hatte den Verband abgewickelt. „Ich brauchte etwas Luft am Fuß, ich hoffe, das stört dich nicht." Jule hatte einen schmalen Fuß, der zart und blass wirkte. Kaum zu glauben, dachte Al, dass sie dieser zierliche Fuß über steile Berge und Geröll zu einer der einsamsten Gegenden der Welt getragen hatte.
„Nein, ganz und gar nicht Jule, vermutlich ist es ganz gut, mal etwas Luft an die Wunde zu lassen." Die Narbe war nur noch als schmaler roter Strich erkennbar und kaum noch geschwollen. Tagsüber war es seine selbstverständliche Tätigkeit, die Gelenke der Patienten zu untersuchen, sie zu bewegen, abzutasten, ob noch eine Entzündung oder Bewegungseinschränkung vorlag. Doch bei Jule zögerte er.
„Darf ich?" Er musste daran denken, wie er damals im Bootshaus fasziniert Jules nackten Körper betrachtete. Damals erinnerte ihn ihr Anblick an eine dieser lebensgroßen Figuren aus Marmor oder Alabaster, die er im Musee d'Orsey gesehen hatte. Diesmal ging es ihm nicht anders. Er beugte sich zur Seite, umfasste mit seiner linken Hand die schmale Achillessehne, während er mit der rechten Hand ihr Sprunggelenk vorsichtig kreisend untersuchte. Ihre Haut war auffallend kühl und zart. Jule blickte Al von unten her an und fragte zurück: „Darf ich?" Ohne die Antwort abzuwarten, rückte sie näher zu Al und legte ihren Unterschenkel auf seinen Schoß. „Du hast so schön warme Hände", flüsterte sie, schloss die Augen und atmete tief ein und aus, während Al ihr mit der flachen Hand über den Fußrücken streichelte. „Weißt du, Al, wenn wir früher mit Fieber im Bett lagen, dann kam unsere Mutter zu uns ans Bett und streichelte uns genauso über die Stirn und, ob du das glaubst oder nicht, am nächsten Tag war alles weg." Wie präsent offenbar noch ihr Bruder für sie war, wie selbstverständlich sie von ihm redete und wie schmerzlich musste sie der Verlust noch in ihrer Brust quälen. Seine Hände

glitten zärtlich über ihren Fuß und Jule wirkte dankbar, den inneren Schmerz ein wenig verdrängen zu können. Al schmunzelte verlegen bei dem Gedanken, gerade die Rolle als wunderheilende Mutter übernommen zu haben. Innerlich hoffte er jedoch, dass sie im Moment mehr für ihn empfand als die heilende Hand der Mutter. Seine Berührung hatte schon lange nichts mehr mit einer rein ärztlich professionellen Untersuchung zu tun. Es war die erste zärtliche, liebevolle Berührung, die beide in einem Moment stiller Erfüllung verharren ließ.

„Ich musste die ganze Nacht an deine Abenteuer in Argentinien denken, Jule. Da hattest du einen ganz schönen Schutzengel."

„Ich glaube, ich hatte einfach nur Glück. Schutzengel sind nur etwas für kleine Kinder, wenn sie nicht einschlafen können."

„Also, genau genommen, Jule, bin ich mir da nicht so sicher. Es gibt sicher so vieles zwischen Himmel und Erde, was wir nicht erklären können und daher ... warum nicht auch Schutzengel?" Jule zog ihr Bein von Als Schoß und begann, den Verband wieder anzulegen.

„Kann ich das für dich tun? Bin ja schließlich dein Doc im Moment, oder?" Al lachte verlegen, während Jule ihr Bein wieder vorsichtig auf seinen Schoß legte und ihm die bereits aufgewickelten Bandagen reichte.

„Weißt du, Al, ich sehe mich als Naturwissenschaftlerin, und da zählt für mich nur, was man sieht, tastet oder sonst wie nachweisen kann. Schutzengel oder Götter hat noch niemand nachweisen können, und somit glaube ich auch nicht, dass es sie gibt, ganz einfach."

„Na ja, du sagst ja selbst, dass du nicht glaubst, dass es einen Gott oder Engel gibt. Auch eine Art Glaube, oder nicht? Einen Beweis, dass es keinen Gott gibt, hat auch niemand erbringen können."

„Da hast du recht. Trotzdem, Götter, Religion, das sind seit je her emotionale Illusionen, die die Leute besänftigen sollen, wenn es ihnen schlecht geht. Und den Herrschenden geben sie Freiräume, die Armen weiter auszubeuten. Wenn ich mir vorstelle, was schon alles im Namen der Religion passiert ist ... Unterdrückung ohne Ende,3„ und heute werden junge Leute sogar als Selbstmordattentäter rekrutiert, nachdem ihnen das Blaue vom Himmel versprochen wurde. Verblendet jagen sie Unschuldige in die Luft. Das bedeutet für mich nur eins: religiöser Wahnsinn."

„Vielleicht solltest du nicht gleich alles in einen Topf schmeißen, Jule. Genau genommen wollte ich früher von Religion auch nichts wissen. Und dann kam meine Schwester auf mich zu und hat mich ins Aquarium eingeladen."

Jule blickte Al erstaunt an. „Ins Aquarium? Bist du in deiner Freizeit etwa ein Fisch?" Jule schmunzelte Al schelmisch an.

„Na ja, vielleicht im übertragenen Sinne schon. Ich meine, wir sind alle so etwas wie Fische. Schwimmen von einer Ecke des Aquariums zur anderen, können uns nur vorstellen, was innerhalb dieses engen Raumes passiert, und wenn wir an die Grenzen stoßen, dann sehen wir uns selbst als Spiegelbild und denken auch noch, dass es hinter dem Spiegel so weiter geht wie davor."

„Ich weiß, dass ich nichts weiß, ist es das, was du meinst? Nun, das hat schon der alte Plato gesagt. Aber weißt du, Al, seitdem ist eine Menge passiert und wir können heute über unsere Grenzen hinausschauen."

„Vielleicht sind die Grenzen aber auch nur etwas verschoben, und wir schwimmen allenfalls in einem etwas größeren Aquarium. Karin brachte mich damals drauf, einfach mal in der Bibel nachzulesen, und es ist verblüffend: Dort steht das so auch drin. Du kennst doch sicher den berühmten Brief von diesem Paulus, in dem es um die Liebe geht und der oft bei Hochzeiten zitiert wird. Also, genau kann ich dir das jetzt nicht wiedergeben, aber in einem der hinteren Sätze steht, dass wir jetzt wie in einen Spiegel schauen und später dann mal von Angesicht zu Angesicht."

Jule überlegte und fuhr dann fort. „Also deshalb Aquarium ... und ihr trefft euch in so einer Art christlichen Gruppe?"
„Ja, genau, wir reden dort und beten zusammen und dann hat man wirklich das Gefühl, als würde man von hinter dem Spiegel betrachtet, so wie es in dem Bibelvers steht. Ich kann das nicht so einfach erklären, Jule. Aber irgendwie gibt es da mehr als das, was man nur sieht und tastet." Jule machte ein nachdenkliches Gesicht, als suche sie nach Argumenten, Al von einem großen Irrtum zu abzuhalten, ihn zu überzeugen, dass er sich etwas vormache.
„Also gut, angenommen es wäre so, wie du sagst und wir drehen uns alle ständig nur im Kreis, ein Kreis, der allenfalls immer größer wird, aber nicht aus seinen Grenzen hinauskommt, dann bedeutet das noch lange nicht, dass es etwas außerhalb der Grenzen wirklich gibt. Möglicherweise sogar einen Gott mit langem Bart, der am Ende noch alles in sieben Tagen selbst erschaffen hat."
„Also hast du schon mal in die Bibel reingeschaut, wenn du das so genau kennst." Al lächelte Jule herausfordernd an.
„Vage Erinnerungen an meine Konfirmation, nichts weiter. Aber schau mal, Al, seit Darwin gibt es doch eine gute Erklärung, wie alles zustande kam. Die Evolution ist doch eigentlich bewiesen und Menschen, die heute noch an Schöpfung glauben, die leben doch hinter dem Mond oder etwa nicht? In sieben Tagen soll alles erschaffen sein? Das glaubt doch keiner." Jule schüttelte den Kopf.
„Also, ich für meinen Teil wäre mir da nicht so sicher. Außerdem ... was ist gemäß dem Bibeltext schon ein Tag, wenn es zu der Zeit möglicherweise noch gar keinen Tag gab, zumindest keinen, so, wie wir ihn kennen. Das kann nach heutigem Ermessen genauso gut eine Million Tage sein oder mehr. Immerhin ist die Reihenfolge der Schöpfungsgeschichte in der Bibel nicht ganz falsch. Und eines finde ich auch faszinierend. Die Naturwissenschaft geht

von einem großen Knall aus, richtig? Der Urknall, wo angeblich mal alles an einem Punkt zusammengepfercht war. Und drum herum war ein großes Nichts, was immer das auch sein mag. In der Bibel steht immerhin, dass am Anfang das Wort stand, also irgendeine Information, aufgrund dessen alles zustande kam. Ob du das jetzt Schöpfung oder Evolution nennst, ist eigentlich auch egal. Zumindest war da etwas, was uns vielleicht heute noch mehr beeinflusst, als wir je erahnen oder gar naturwissenschaftlich erklären können."

Jule zog die Augenbrauen hoch und schaute gedankenverloren zu der Stelle des Himmels, an der vor wenigen Minuten noch eine rote Sonne zu sehen war. „Vielleicht hast du ja recht, aber irgendwie fehlt mir der fassbare Punkt, der Beweis. Wenn ich zum Beispiel etwas Neues entdeckt habe, dann kann ich so lange daran forschen, bis es zumindest eine logische und beweisbare Erklärung gibt für das, was ich da gefunden habe. Aber mit Gott oder Jesus, oder mit welcher religiösen Gestalt auch immer, sehe ich nichts wirklich Fassbares. Nur eine gähnende Leere, nichts, was man wirklich sehen oder mit nach Hause nehmen kann, allenfalls etwas, was man sich nur in seiner Fantasie, in seiner Wunschvorstellung einbildet, aber das reicht mir nicht, verstehst du, was ich meine?" Al überlegte, wie er Jule doch noch einen Funken Neugier auf die Aquariumsgruppe mitgeben könnte.

„Das stimmt natürlich, was du sagst. Aber wenn man Glaube beweisen könnte, dann wäre es kein Glaube mehr. Aus irgendeinem Grund hat uns Gott, oder wer auch immer, dazu verdammt, dass wir Vieles um uns herum entweder ignorieren oder einfach nur daran glauben können. Aber das ist auch keine schlechte Sache. Wenn wir in der Aquariumsgruppe über Glauben reden, und das tun wir dort ständig, dann hat man für einen kleinen Moment das verdammt gute Gefühl, plötzlich etwas ganz Neues nicht nur zu glauben, sondern zu wissen. Und vor allem will man plötzlich viel mehr davon wissen. Insofern unterscheide ich mich von dir als Naturwissenschaftlerin offenbar nicht so sehr. Was uns beide antreibt, ist die Neugier auf Neues, etwas, das alles um uns herum erklären könnte. Vielleicht hast du ja mal Lust, in der Aquariumsgruppe vorbeizuschauen?"

„Um dann als ewige Nörglerin gleich wieder rauszufliegen?", unterbrach Jule seine spontane Einladung mit einem etwas spöttisch klingenden Lachen. Al schmunzelte und stellte plötzlich fest, dass er Jules Verband immer noch nicht angelegt hatte, sondern weiter ihren Fuß von allen Seiten massierte.

„Du, Al, auch wenn ich vielleicht nicht deiner Meinung bin, zumindest was Gott und die Welt betrifft, aber ...", Jule überlegte angestrengt. „Ich glaube, ich könnte das hier mit dir noch stundenlang fortsetzen, also, ich meine natürlich unser Gespräch, wobei ...", Jule lächelte verschmitzt, „deine Fußmassage ist auch nicht schlecht." Al errötete etwas und machte sich rasch daran, den Verband anzulegen.

„Geht mir ähnlich, Jule, da gibt es noch so viel zu sagen ..." Al blickte Jule in die Augen, die immer noch zu leuchten schienen, obgleich es in der Zwischenzeit stockdunkel geworden war. „Und ich wünschte, wir hätten noch viel, viel Zeit zusammen."

„Ich fürchte nur, für heute müssen wir erst mal Schluss machen, sonst gibt's wieder Ärger. Wie war das doch gleich? Posttraumatische Psychotherapie ... darin bist du wirklich gut, Al."

Er verband wortlos Jules Knöchel, die ihn dabei mit einem zufriedenen Gesichtsausdruck beobachtete. Anschließend schnappte sie sich die Krücken und humpelte in Richtung Hauptgebäude. Vor dem Aufzug angekommen, lächelten sie sich, man könnte fast meinen, verliebt an. „Ich glaube, den Rest schaffe ich alleine. Morgen wieder?"

„Klar, morgen um dieselbe Zeit." Ihre Augen schienen aneinander zu kleben. Keiner traute sich, den Blick abzuwenden, die starke

Verbundenheit dieses Moments zu beenden. Die Tür schepperte mit einem Schlag auf und Jule stolperte Al entgegen, der sie gerade noch auffangen konnte.

„Oh, Verzeihung, ich wusste nicht ..." Die Lernschwester von seiner Station stand in der Tür. Als er Jule in Als Armen sah, errötete sie und blieb wie angewurzelt stehen. Jule raffte sich auf und lächelte sie an.

„Posttraumatische Psychotherapie". Die Lernschwester hob fragend die Augenbrauen. Jule drehte sich noch mal zu Al um, zwinkerte ihm zu und verschwand durch die Tür.

Salta, Juni 2010

Mit dröhnendem Kopf wurde Al am nächsten Morgen wach und brauchte eine Weile, um sich in dem noch dunklen Hotelzimmer zu orientieren. Er blickte auf seine Armbanduhr, die er am Vorabend auf die lokale Zeit umgestellt hatte. Vier Uhr morgens, die Zeitumstellung hinterließ noch ihre Spuren, was aber nun ganz hilfreich war. Er ahnte, dass ihm ein anstrengender Tag bevorstand. Und was gab es da Sinnvolleres, als früh aufzustehen. Er packte seine Sachen und klingelte den schnarchenden Nachtportier aus seiner Nische hinter dem Tresen hervor. Nur mit Mühe konnte er ihm erklären, so früh abreisen zu müssen und rang ihm noch ein paar Informationen ab, wo er die nächste Autovermietung finden könnte. Zum Glück war Salta kleiner als er erwartet hatte und fand die lokale Autovermietung nach wenigen Gehminuten. Das kleine Büro war allerdings noch dunkel und geschlossen. In einem Park gegenüber gesellte er sich zu einigen schlafenden Männern und Frauen, die es offenbar in der Nacht nicht mehr nach Hause geschafft hatten. Vielleicht war der Park auch ihr zu Hause. Als es gegen sieben Uhr anfing zu dämmern, dauerte es nicht lange, bis eine junge schlanke Dame das Büro der Autovermietung aufschloss, die Lichter anschaltete und den Computer anlaufen ließ. Al beschloss, ihr noch ein paar Minuten zu geben, bevor er das Büro betrat.

Ein für die frühe Tageszeit alles andere als selbstverständliches Lächeln strahlte ihm entgegen. Bisher sind die Menschen hier wirklich sehr freundlich, dachte Al, oder vielleicht war es einfach auch nur Zufall, bisher an die Richtigen geraten zu sein. Die Dame, sie war etwa Mitte zwanzig und hatte auffallend lange, glänzend schwarze Haare, sprach fließend Englisch und erklärte Al, dass er Glück habe, nicht in der Haupturlaubszeit gekommen zu sein. Sie hätte eine Auswahl der schönsten Mietautos. Sie strahlte dabei in einer Weise, als handele es sich um ihre eigenen Fahrzeuge, die sie mit viel Liebe restauriert und gepflegt hatte. Es stellte sich heraus, dass Als Eindruck wohl nicht ganz falsch war, da es sich um die Fahrzeuge ihres Bruders handelte, der eine Vorliebe für Oldtimer hatte. „Fast ein Hauptgewinn im Lotto", verkündete die Dame strahlend, „VW Käfer Jahrgang 1968, allerdings in einem sehr guten Zustand." Ein neueres Auto wäre ihm lieber gewesen, angesichts der Begeisterung für das antike Fahrzeug konnte er aber nicht Nein sagen. Kurze Zeit später saß er hinter dem überdimensionierten Lenkrad eines gepflegten VW-Käfer, Typ 1300. Die klingelnd-rasselnden Innengeräusche, die von dem legendären, luftgekühlten Boxermotor im Heck des Fahrzeuges stammten, übertrafen die seines Klappergolfs bereits beim ersten Gasgeben.

Nach ein paar Kilometern Autobahn ging es auf kurviger, teils nur geschotterter Straße weiter. Al war von den Fahreigenschaften seines Autoveterans, der sich in der endlosen Aneinanderreihung von Schlaglöchern wie zu Hause fühlte, angenehm überrascht. Seine anfänglichen Zweifel, ob ihn der Käfer in unwegsamem Gelände weiterbringen würde, waren wie weggebla-

sen. Im Gegenteil, je steiler der Weg und je tiefer die Schlaglöcher waren, desto weniger schienen sich die für heutige Verhältnisse großen und schmalen Reifen aufhalten zu lassen. Der Anblick des hellblauen Oldtimers entlockte einigen Passanten sogar ein ehrfürchtiges Winken.
Die Sonne schien von einem makellos dunkelblauen Himmel herab. Die Landschaft und fernen Berge strahlten in erhabener Schönheit. Al erinnerte sich an Jules Erzählungen. Damals versuchte sie ihn mehrfach zu überzeugen, diese Landschaft irgendwann gemeinsam zu erkunden. Al war sich nie ganz sicher, ob sie dabei eine romantische Fahrt zu zweit oder wirklich nur die Landschaft vor Augen hatte. Jetzt wusste er es. Selbst wenn sie dabei nur die Landschaft gemeint hatte, könnte er ihr das jetzt nicht mehr verdenken.
Die Straße wurde immer kurviger und steiniger. Schließlich bedeutete ein Straßenschild, dass er die Straße Nr. 51 nach San Antonio de los Cobres erreicht hatte.

An einer zur Straße hin offenen Bar trank er eine große Cola und aß zwei Sandwichs. Sein Kopf dröhnte, was ihm seine anfänglich romantische Verklärung für den Oldtimer etwas verleidete. Er wollte noch vor Einbruch der Dunkelheit in einem kleinen Ort namens Puna Salteña ankommen. Er zahlte wortlos, setzte sich hinter den Lenker seines Käfers und folgte der Straße, die nun die Bezeichnung Nr. 129 trug, gen Süden. Er kam nur langsam voran. Spitze Steine säumten den Weg, und er wollte nicht riskieren, in der Einsamkeit, die sich seit San Antonio de los Cobres schier endlos vor ihm ausbreitete, mit einem Platten liegen zu bleiben. Die Fernsicht war kristallklar, die Berge wirkten zum Greifen nahe, sodass Al die Dorfkirche Santa Rosa de los Pasto schon von Weitem durch sein mitgebrachtes Leitz-Fernglas ausmachen konnte. Jule hatte ihm damals von einem älteren Benediktiner-Mönch erzählt, Pater Lorenzo, der nach heftigen Kontroversen mit seinem Orden beschlossen hatte, hier in der Einöde seinen Lebensabend zu verbringen. Jule wurde immer sehr nachdenklich, wenn sie auf Pater Lorenzo zu sprechen kam. Beide verband eine tiefgründige, väterliche Freundschaft.

Je näher Al dem Ort und der Kirche kam, desto mehr wurde er von Zweifeln gequält, Pater Lorenzo über Jules Schicksal zu berichten. Sicher würde ihn das noch mehr in schwere Depressionen und Zweifel an seinem Glauben stürzen. Unschlüssig darüber blieb ihm jedoch keine andere Wahl, als diesen kleinen Ort anzusteuern, da die Sonne schon fast am Horizont verschwunden war. Das nächste Hotel lag Hunderte von Kilometern vor oder hinter ihm.

Al brauchte nicht lange zu suchen. Ein rundlicher Mann in brauner Robe mit einem weißen Seil als Gürtel und langem Bart saß vor der Kirche Santa Rosa de los Pasto. Er blickte gedankenversunken in die Ferne und schien Als Ankunft nicht zu bemerken. Al stellte seinen Wagen ab und ging langsam auf ihn zu. Pater Lorenzo hob den Kopf und blickte ihn sanft lächelnd an. „Grüß Gott, Sie müssen Al sein?"

Al blieb wie angewurzelt stehen und lächelte überrascht zurück.

„Woher ...", Al zögerte, „woher wissen Sie das?"

„Nun, junger Freund, wer sollte sich sonst hierher in diese Einsamkeit verirren und so genau auf die Beschreibung von Jule passen."

„Sie sind Pater Lorenzo, nicht wahr?"

„Sie haben es erraten. Ich habe Sie erwartet oder genau genommen, habe ich euch beide erwartet." Pater Lorenzo schaute ihn eindringlich an, als wollte er Als sämtliche Gedanken und Erinnerungen lesen.

„Ich darf doch Al sagen, ich kenne Sie nur als Al."

Al stutzte einen Moment, Pater Lorenzo schien ihn tatsächlich besser zu kennen, als er ahnen konnte. „Ja, natürlich. Pater Lorenzo."

„Nennen sie mich einfach nur Lorenzo. Hier in dieser Gegend unterscheidet uns beide nur wenig. Vor Gott sind wir beide gleich, so gleich, wie nur selten in der übrigen Welt." Ein schelmischer Augenaufschlag mischte sich mit seinem im ersten Moment eher traurigen Blick. „Darf ich Sie zu einem Tee einladen, Al?"

„Gerne Pater ... ich meine natürlich Lorenzo." Al setzte sich zu ihm auf die Bank und beide beobachteten die letzten Strahlen der glutroten Sonne. Schweigend lauschten sie der Stille, die nur gelegentlich durch ein tiefes Seufzen von Al unterbrochen wurde.

„Sie sorgen sich um Jule, nicht wahr?" Pater Lorenzo seufzte auch. Die plötzliche Sorge um Jule schien seinen Plan, den Tee zuzubereiten, erst mal aufzuschieben. Al wusste nicht, was er sagen sollte. In den letzten Tagen fühlte er sich so getrieben, dass er kaum Zeit gehabt hatte, um Jule zu trauern, zumal sich darin eine immer stärker werdende Hoffnung mischte, dass sie noch am Leben sein könnte. Doch jetzt brach plötzlich alles wieder in sich zusammen. Ihm war zum Heulen zumute. Er stützte seine Ellbogen auf die Knie, versenkte sein Gesicht in beide Hände und schluchzte. Er wusste nicht, wie ihm geschah, aber es tat auch irgendwie gut. Fast hatte das Weinen etwas Erlösendes. Mitfühlend legte Pater Lorenzo seinen Arm auf Als Schulter.

„Haben Sie schon ein Zimmer ... ein Zuhause?" Al blickte auf und beide mussten plötzlich grinsen. Er fühlte sich erleichtert und war froh, in Pater Lorenzo einen Freund gefunden zu haben, der ihn offenbar verstand, obwohl sie sich erst seit wenigen Minuten kannten. Gemeinsam standen sie von der Bank auf und schlenderten durch einen kleinen Innenhof. Dabei ließ Lorenzo seinen Arm väterlich auf Als Schulter liegen.

„Das hier war früher mal ein Kloster. Es gibt noch ein paar Zimmer, davon können Sie eines belegen. Recht einfach, und Toiletten und Dusche sind über den Hof. Und dann ..." Al brachte noch immer kein Ton hervor. „Und dann, wenn Sie sich frisch gemacht haben, dann kommen Sie doch bitte noch mal in meine bescheidene Hütte auf der anderen Seite der Kirche. Und dann ..." Lorenzo nickte. Er wusste, dass ihn keine gute Nachricht erwartete. „Dann erzählen Sie mir alles." Er wand sich ab, drehte sich jedoch noch mal müde lächelnd um. „Ach übrigens, Al, kennen Sie Torontes?" Al überlegte. Torontes, wer sollte das sein, seine Haushälterin, vielleicht auch sein Hund oder ein Papagei. Jule hatte den Namen nie erwähnt.

„Torontes? Nein, tut mir leid, Torontes kenne ich nicht, bin ja gerade erst angekommen und Jule hatte mir auch noch nichts von Torontes erzählt."

Pater Lorenzo lachte. „Also, junger Freund, den müssen Sie kennenlernen." Er blickte Al erneut schelmisch in die Augen und entgegnete mit erhobenem Zeigefinger. „Ein fantastischer Wein." Leise lachend verschwand er in Richtung seiner Klause, nachdem er Al noch Richtung und Nummer seines Nachtquartiers zugerufen hatte. Zimmerschlüssel gab es keine und Al betrat zum ersten Mal in seinem Leben ein Klosterzimmer, das mit nichts anderem als einem Holzbett, einer durchgelegenen Matratze und einem kleinen Schreibtisch mit darüber hängendem Kruzifix ausgestattet war. Das kleine Fenster in der Wand enthielt eine zerbrochene Glasscheibe, sonst war alles sauber, auch der Bettbezug und die Bettlaken. Die Dusche gegenüber dem Innenhof war kalt. Heißes Wasser gab es nicht, was aufgrund der zur Nacht hin rasch aufziehenden Kälte einige Überwindung kostete, im Nachhinein aber herrlich erfrischend war.

Als er später Pater Lorenzos Klause betrat, brannte ein gemütliches Feuer im Kamin. Auf dem Tisch in der Raummitte standen zwei geöffnete Flaschen Wein. Daneben thronte ein dampfender, gusseisener Topf.

„Setzen Sie sich, Al. Sie haben übrigens Glück." Pater Lorenzo nahm eine der beiden Flaschen, rückte seine Lesebrille in Posi-

tion und las prüfend das Etikett. Al versuchte ebenfalls, die Aufschrift der Flasche zu entziffern.
„Wieso meinen Sie, dass ich Glück habe, Lorenzo?"
„Nun, dieser neue Jahrgang des Torontes ist ausgezeichnet. Ich musste natürlich schon mal probieren." Andächtig schenkte er ein. „Also, zum Wohl und herzlich willkommen!" Pater Lorenzo hielt Al ein Glas entgegen, und beide stießen schweigend an. „Setzen Sie sich, Al, allerdings wollen wir vor dem Essen unseren Herrn loben. Jule sagte mir, dass Sie ein gläubiger Mensch sind, und ich habe das Gefühl, dass sie von Ihnen schon einiges gelernt hat." Al zuckte es durch die Knochen. Zum einen hatte er ja Pater Lorenzo noch nicht erzählt, dass Jule vielleicht tot war, und zum anderen überfiel ihn ein dumpfes Gefühl, wie er in Rom und auch später alles verleugnet hatte, was mit seiner früheren christlichen Überzeugung einst so scheinbar unumstößlich angefangen hatte. Er erinnerte sich an seine Zweifel, an seinen Hass auf alles, was sie gesungen und für das sie voller Inbrunst in der Aquariumsgruppe gebetet hatten. Konnte er das Lorenzo beichten? Sollte er nicht doch in eine Notlüge ausweichen, Lorenzo etwas vorgaukeln, was gar nicht mehr existierte? Pater Lorenzo blickte Al ernst in die Augen.
„Al, als Sie mir heute Nachmittag entgegen kamen, als Sie anfingen zu weinen, da wusste ich, dass irgendetwas Schlimmes passiert ist. Ich habe eine große Bitte, Al, erzählen Sie mir alles. Mit Jule stimmt etwas nicht, Sie sind verzweifelt und ..." Al blickte betreten zu Boden und atmete tief durch. „Und Ihr Glaube, der ist verschwunden oder zumindest fühlen Sie sich dementsprechend. Ist es nicht so?" Al brachte kein Ton hervor. Beide setzten sich an den kleinen Tisch. „Was meinen Sie, Al, warum ich hier in der Einöde sitze? Und wenn Gott nicht doch noch irgendetwas mit mir vorhat, werde ich hier meinen Lebensabend verbringen." Al blickte auf und versuchte, Pater Lorenzos Fragen

zuvorzukommen. Er brachte erst keinen Ton heraus und fing dann an zu stottern: „Was immer Sie sagen wollen, Lorenzo, bei mir ... wissen Sie, hier in mir drin ..." Al schluckte und deutete mit zitterndem Zeigefinger auf seine Brust. „Verdammt Lorenzo ... hier ist alles dunkel ... nur dunkel, seit ich ..." Al versuchte, seine Tränen aufzuhalten. Es gelang ihm nicht.
„Sie meinen, seit Sie Jule verloren haben?"
Al sprang auf und blickte aus dem Fenster – er konnte Lorenzo nicht in die Augen blicken. Von der untergegangenen Sonne zeugte nur noch ein dunkler petrolfarbener Streifen am Horizont. Fast lautlos brachte Al mit erstickter Stimme hervor. „Sie ist tot ... Lorenzo, sie ist tot, verstehen Sie? Mein Gott, sie ist tot ..."
Lorenzo stand auf und legte seine Hand auf Als zuckende Schulter. Mit ruhiger Stimme sagte er: „Al, kommen Sie, setzen Sie sich. Und dann erzählen Sie mir alles. Von Anfang an bis zu dem Moment, an dem Sie vor knapp einer Stunde vor meiner Kirche standen. Einverstanden?"
Al nickte und ohne weitere Worte setzen sich beide an den kleinen bescheidenen Tisch. Pater Lorenzo gab Al eine große Kelle Eintopf auf den Teller, nickte ihm zu und sagte nur: „Lassen Sie es sich gut schmecken." Al war dankbar und fing schweigend an zu essen. Der Eintopf war vorzüglich. Der kühle, an einen Elsässer Gewürztraminer erinnernde Torontes schmeckte hervorragend dazu und füllte Als leeren Magen auf angenehme Weise. Beide aßen zwei Teller Eintopf und saßen dabei schweigend zusammen. Dann lehnte sich Al zurück und begann zu erzählen. Von Anfang an, wie sie sich kennenlernten, die Erlebnisse aus dem Bootshaus behielt er jedoch für sich. Er erzählte von seiner Sehnsucht, Jule wieder zu treffen, wie sie sich zufällig im Krankenhaus wieder über den Weg liefen, die langen Gespräche über Jules Entdeckungen, ihre Streitgesprä-

che über Schöpfung und Evolution, über die Aquariumsgruppe, und wie sie sich zum letzten Mal in Rom trafen, über den Unfall, den Leichenschauraum und die Verfolgung in Italien. Al erzählte auch von Karin und dass er hier wäre, um sie zu finden. Er ließ auch nicht aus, dass er seither mit Gott seine Zweifel hatte, dass der Hass auf alles Heilige an ihm nagte und er nicht wüsste, wie das jemals wieder rückgängig gemacht werden könnte. Pater Lorenzo lauschte schweigend seinen Erzählungen. Manchmal schmunzelte er, meist blickte er jedoch ernst und nachdenklich. Nachdem der Inhalt der zweiten Flasche Torontes sich dem Ende näherte, klopfte Pater Lorenzo Al auf die Schulter und sagte lächelnd: „Danke! Danke, Al, dass Sie mir das alles erzählt haben. Ich denke jedoch, wir sollten jetzt Schluss machen. Ich glaube, Sie brauchen vor dem morgigen Tag einen guten Schlaf. Den werden Sie jetzt haben, Sie werden sehen."

Al war verwirrt. Eigentlich hatte er irgendwelche belehrenden Worte erwartet. Stattdessen kam nur dieses kurze Danke. Es war zwar nur ein Wort, aber mit einer Überzeugung ausgesprochen, die Al plötzlich Kraft schöpfen ließ. Dankbar blickte er Pater Lorenz in die Augen.

„Lorenzo, ich habe Ihnen zu danken, ich wünsche Ihnen auch eine gute Nacht." Beim Rausgehen blickte er noch mal zurück. „Falls ich morgen verschlafen sollte, können Sie mich wecken, Sie stehen doch sicher früh auf."

Pater Lorenzo lachte. „Na, dann um fünf Uhr zur Morgenandacht." Al lachte zurück. Er war sich nicht sicher, ob er dazu schon bereit wäre. Er schloss die Tür hinter sich und schlenderte beschwingt vom Wein, oder war es vom Gespräch, sicherlich beides, in Richtung seines Zimmers. Eine Kolonne von Lastwagen donnerte mit hoher Geschwindigkeit durch den kleinen Ort in Richtung Osten.

Frankfurt, Juli 2009

Als sie sich am nächsten Nachmittag gegen fünf Uhr wieder im Park trafen, empfing ihn Jule mit ernstem Gesicht. „Al, ich muss zurück nach Argentinien." Al schoss es wie ein Blitz durch Mark und Knochen. Das, was er im Stillen befürchtete, stand plötzlich unbarmherzig im Raum. „Ich muss da noch mal hin, Al, und zwar möglichst bald, kannst du das verstehen?"

„Nachdem was du so alles erzählt hast, kann ich das gut verstehen, aber ..."

„Al, es geht um die Kugeln. Ich habe ein paar von ihnen mitgenommen." Al wusste nicht, was er darauf antworten sollte. „Weißt du, Al, das mit den Kugeln ist mir sehr wichtig."

„Meinst du nicht, dass es nicht so schlimm wäre, wenn ein paar von den Kugeln fehlen? Ich finde es ja gut, wenn du sie zurückbringen willst, aber ..."

„Nein, du verstehst mich nicht. Ich weiß schon länger von den Kugeln ... noch bevor ich die Höhle fand. Eine Indiofrau hatte mir einige bereits als Kind geschenkt. Erst viel später habe ich begriffen, was deren Geheimnis war. Der Gedanke, dass es irgendwo noch viel mehr von der Sorte gibt, ließ mich seither nicht mehr los."

„Was ist denn so geheimnisvoll an den Kugeln?"

Jule seufzte und blickte Al ernst in die Augen.

„Was ich dir jetzt erzähle, das weiß kein Mensch, nicht mal Professor Krastchow, und ich bitte dich, das erst mal ganz für dich zu behalten."

Al schaute Jule verblüfft an. „Versprochen Jule, also die blauen Kugeln ... vermutlich sind es Zauberkugeln, die alle Probleme der Welt lösen könnten", flüsterte Al mit einem ironischen Lächeln.

„Genau!", erwiderte Jule, während sich Als ironisches Lächeln augenblicklich versteinerte.

„Weißt du, diese Kugeln sind nicht nur perfekt rund, sondern extrem hart und widerstandsfähig. Als ich etwas Wasser über eine Kugel gegossen habe, hat es gezischt, als wollte sie sich geradewegs in Luft auflösen. Stattdessen verfärbte sie sich rot-orange. Nach ein paar Sekunden zischte es erneut und die Kugel war wieder so strahlend blau wie vorher."

Al schaute verdutzt in Jules Augen, die im Moment so feurig leuchteten wie die Kugeln, von denen sie berichtete.

„Jule, leider verstehe ich nur Bahnhof. Also, du schüttest Wasser über eine kleine Kugel, die sich daraufhin mit einem Zischen in eine orangene Kugel verwandeln, um nach ein paar Minuten, erneut mit einem Zischen, ihre ursprüngliche Farbe anzunehmen. Das ist sicher ungewöhnlich, aber ..."

„Das Wasser war weg. Verstehst du, Al, einfach weg."

„Ah so, also sind dies Wasserverzauberungskugeln oder so etwas Ähnliches."

„Genau, so könnte man es nennen", war Jules kurze und für Al verblüffende Antwort. Er verstand nach wie vor nicht, worauf Jule hinaus wollte. Ihr funkelnder Blick hielt ihn jedoch gebannt.

„Also, noch mal, Jule, das Wasser verschwindet mit einem Zischen, die Kugel wird orange und später zischt es erneut und das Wasser ist wieder da?"

„Nein, Al, das Wasser ist natürlich nicht wieder da. Das Wasser verschwindet, ist einfach weg, verstehst du?" Al schaute verdutzt, als habe ihm Jule gerade das Normalste von der Welt zu erklären versucht.

„Also, Jule, das ist doch nichts so besonderes. Wenn ich Wasser über eine heiße Platte schütte, dann passiert doch genau dasselbe, es zischt und ..." Al breitete die Hände aus und schaute zum Himmel. „Und, oh Wunder, das Wasser ist weg. Verdampft, einfach so."

„Nein, hier es anders. Erstens sind die Kugeln nicht heiß und zweitens zischte es zweimal. Pscht, und nach einer Weile noch mal pscht. Das ist doch komisch, oder? Und jetzt, Al, jetzt kommt der Hammer. Beim ersten Zischen entweicht Wasserstoff: Pscht = reiner Wasserstoff und nach ein paar Minuten: Pscht = reiner Sauerstoff.

Al runzelte die Stirn. „Jule, du meinst ..."

„Ja, genau, Al, die Kugeln spalten Wasser in seine elementaren Bestandteile, geben Wasserstoff gleich frei, speichern Sauerstoff, den sie dann ein paar Minuten später freilassen. Und das Verrückte ist, das kannst du so oft wiederholen, wie du willst, das scheint nie aufzuhören. Als ich das zum ersten Mal ausprobierte, hatte ich mit ein paar Kugeln in kurzer Zeit einen ganzen Liter Wasser in Sauerstoff und Wasserstoff aufgetrennt, ohne viel Aufwand."

„Hm, Jule, das klingt irgendwie interessant, und wieso glaubst du, ist das nun die Rettung der Menschheit? Zumindest hast du das so gesagt, oder etwa nicht?"

„Na ja, Al, ganz einfach, mit reinem Wasserstoff kannst du nahezu jede Maschine betreiben. Nur war es bisher sehr aufwendig, Wasserstoff zu gewinnen. Und jetzt kannst du ganz leicht, ohne zusätzliche Energie, massenhaft Wasserstoff gewinnen. Verstehst du, Al, das wäre die Lösung all unserer Energieprobleme. Und vor allem blieben keine schädlichen Abgase zurück, nur Sauerstoff, und den brauchen wir ja zum Atmen. Als Rohstoff wird nur Wasser benötigt, das gibt es überall, na ja, fast überall." Jule strahlte.

„Also, du meinst, wir müssten nur ein paar von diesen blauen Kugeln auf der Welt verteilen und schon bräuchten wir kein Öl, keine Kohle, kein Gas, keine Atomkraft, keine ..."

„Genau, Al, das wäre die Lösung all unserer Energieprobleme, das wäre doch fantastisch oder nicht?"

„Oh ja, das wäre es in der Tat, nur ..." Al zog die Stirn in Falten.

„Ich weiß, was du jetzt sagen willst, Al. Diese Öl- und Kernkraftkonzerne, die fänden das gar nicht gut, die könnten nämlich plötzlich keinen Profit mehr machen, wenn alles so einfach geht. Nicht wahr, das wolltest du doch sagen?" Jule drehte sich um und machte ein ernstes Gesicht.

„Jule, weißt du, das ist eine ganz großartige Entdeckung und vor allem war es vermutlich klug, bisher niemandem davon zu erzählen. Und du hast recht, wenn ich an mögliche Konsequenzen denke, dass eine solche Entdeckung alles überflüssig macht, angefangen vom Öl, über Gas bis zur Kernkraft, dann ist das erst mal verlockend aber auch brandgefährlich. Dann hast du nämlich die ganze Welt gegen dich." Al und Jule schwiegen einen Moment. Er nahm ihre Hand und streichelte sanft darüber.

„Sag mal, Jule. Warum erzählst du das mir und nicht ...?"

Jule fiel ihm ins Wort „Weil ... weil ich dir vertraue, Al. Vielleicht kennst du das, ein Geheimnis mit sich herumzutragen, das plötzlich so schwer, so erdrückend wird, dass man es einfach mit jemandem teilen muss."

„Ja, aber dein Vater, der ist doch auch Geologe und würde das besser verstehen als ich. Hast du mit ihm geredet?"

„Mein Vater?" Jule zog die Augenbrauen hoch „Mein Vater will davon nichts wissen. Sagt ständig, wie gefährlich das alles ist."

„Na ja, Jule, ist ja auch ganz schön brisant oder nicht? Und dein Doktorvater, wie hieß er doch gleich ..."

„Krastchow? Ausgeschlossen! Der ist ja ganz lieb und nett. Aber man munkelt, er habe geheime oder besser gesagt nicht ganz legale Verbindungen nach Russland. Er spricht kaum darüber. Auf seinem Schreibtisch lag mal so etwas von einem geheimen Institut in Russland. Als ich das beiläufig überflogen hatte, wurde er böse, also, ich meine so richtig böse, verstehst du? Seitdem habe ich meine Bedenken, ihm alles zu erzählen, schon gar nicht das über die blauen Kugeln. Einmal hat er mich in Argentinien besucht. Aber von meinen Experimenten mit den Kugeln habe

ich ihm nichts erzählt und die Geschichte in den Bergen, von der Höhle und den Mumien, erzähle ich ihm schon gar nicht."
„Also, bin ich der Einzige, außer deinem Vater natürlich, der davon weiß." Jule nickte verlegen.
„Versprichst du mir, Al, niemandem davon zu erzählen?" Jule blickte ihm ernst in die Augen.
„Versprochen!"
„Danke, Al." Jule seufzte. „Übrigens, meine Eltern holen mich morgen hier ab, und nächste Woche fliege ich nach Argentinien." Jule blickte so ernst, als könnte sie ihren eigenen Plan nicht glauben. Al zuckte zusammen. Er griff nach ihren Händen, als könnte er sie mit dieser Geste von ihrem Vorhaben abbringen.
„Jule, ich kann das gut verstehen, aber vielleicht ist es noch etwas früh. Du kannst ja kaum mit Krücken laufen."
„Al, ich muss schnellstens nach Argentinien, und vor allem muss ich noch ein paar Experimente durchführen. Ich muss wissen, wie oft man das mit dem Wasser wiederholen kann, wie viel Sauerstoff und Wasserstoff überhaupt gewonnen werden kann, wie viel Energie ..."
Al unterbrach ihren heraussprudelnden Forscherdrang. „Nur langsam, Jule, ich habe ja verstanden. Also, du hast in Argentinien ein eigenes Labor ..."
„Genau, ich werde mir noch ein paar Kugeln holen und dann ganz in Ruhe in einem sehr kleinen, abgeschiedenen Dorf, nicht weit von der Fundstelle, so lange experimentieren, bis alles klar ist. Kannst du das verstehen?"
„Bis alles klar ist? Du meinst, bis du weißt, wie man den Saudis klar machen könnte, in Zukunft auf ihre Öl-Milliarden zu verzichten?"
„Al, sei bitte nicht ungerecht, ich bin Wissenschaftlerin, und da muss man halt alles herausfinden. Man muss versuchen, jede Frage zu beantworten, die einem die Natur stellt. Das ist mein Job, meine Aufgabe."

„Weiß du, Jule, das haben schon viele vor dir gedacht und haben das Schießpulver und die Atombombe erfunden."

„Aber hier ist es anders, Al, wenn das klappt, wie ich mir das vorstelle, dann kann daraus eine friedliche Gewinnung von Energie entstehen, überall auf der Welt, für jeden nutzbar. Verstehst du?" Al wurde plötzlich klar, dass sie sich von ihrem Plan nicht mehr abbringen lassen würde, zumal sie das Flugticket bestimmt schon gebucht hatte. Er konnte nur noch gute Miene zum Spiel mit dem Feuer machen.

„Also gut, Jule, du hast recht. Die Zukunft kann man nicht aufhalten. Und wenn nicht du, dann wird jemand anderes das Geheimnis der Kugel entdecken und dann ..." Al versuchte das Beste aus der Situation zu machen, „ ... dann würde alles vielleicht in die falschen Hände gelangen. Aber eines musst du mir versprechen ..." Jule schaute Al mit großen Augen an, gespannt, was jetzt kommen würde.

„Fall nicht wieder in irgendein Loch, und wenn es brenzlig wird, sag mir Bescheid, versprochen?"

Jule lächelte Al erleichtert an. „Versprochen, Al, hoch und heilig." Jule legte ein ernstes Gesicht auf. „So und jetzt muss ich wieder in mein Zimmer. Meine Eltern kommen morgen früh und dann muss schließlich alles gepackt sein." Jule griff nach ihren Krücken und versuchte aufzustehen.

„Warte, Jule, ich helf dir." Al sprang auf und wollte Jule unter den Arm greifen.

„Danke, Al, ich glaube, ich kann oder besser muss das alleine können." Langsam humpelte sie in Richtung Gebäude. Al ging dicht neben ihr, bereit, sie gleich aufzufangen, falls sie doch stolpern sollte. Insgeheim hoffte er dies sogar. Es wäre ein letzter verzweifelter Versuch, sie von ihrem Vorhaben abzubringen, zumindest vorläufig. Ihre Schritte wurden jedoch von Mal zu Mal sicherer, und bevor Jule das Gebäude betrat, dreht sie sich zu Al um.

„Al, können wir uns hier verabschieden?"
„Ich kann dich noch gerne zum Zimmer begleiten, Jule."
„Es wäre mir lieber, wenn wir ..." Jule stockte, „... wenn wir uns hier verabschieden, weißt du, das Licht in meinem Zimmer ist so hell und ... vermutlich werde ich ziemlich lange in Argentinien bleiben." Betreten standen beide schweigend eine Weile zusammen, bis Jule ihre Krücken an die Hauswand lehnte und Al umarmte. Beide hielten sich lange fest und Jule flüsterte: „Al, ich glaube ich weiß, wie es dir jetzt geht. Aber ... wie soll ich das sagen ... ich bin noch nicht so weit, verstehst du? Gib mir noch etwas Zeit ... bitte." Al drückte Jule an sich, als wollte er sie nie wieder loslassen.
„Klar Jule, ich ..." Al stockte der Atem, er spürte Tränen in seinen Augen und war froh, dass er von Jule überredet wurde, sich hier draußen im Dunkeln zu verabschieden.
„Jule, ich denk immer an dich, wie lang es auch dauern mag. Pass auf dich auf, versprichst du mir das?"
„Versprochen, Al." Jule löste sich aus seiner Umarmung, nahm die Krücken und verschwand wortlos im Flur des Krankenhauses. Al blieb noch eine Weile im Dunkeln stehen, atmete tief durch und eilte quer durch den Park zum Ausgang des Krankenhauses. Der Bus sollte in zehn Minuten kommen, doch Al ging weiter, immer schneller und schneller, bis er schließlich rannte. Er war kein geübter Läufer, bekam oft rasch Seitenstechen, weil er zu schnell rannte oder falsch atmete. Diesmal war ihm das egal, er spürte keinen Schmerz und rannte immer weiter, quer durch Frankfurt bis zum Mainufer und von dort in Richtung Niederrad, bis er vollkommen erschöpft vor dem Haus, in dem seine Wohnung im vierten Stock auf ihn wartete, ankam. Seine Lungenflügel brannten, die Beine taten weh, aber irgendwie spürte er den Schmerz nicht. Im Gegenteil, es war so, als würde der körperliche Schmerz den Trennungsschmerz von

Jule wohltuend betäubend. Als würden sich beide Schmerzen bekämpfen, ein dumpfes Unentschieden heraufbeschwören. Lange stand er anschließend unter der heißen Dusche und so, wie der körperliche Schmerz nachließ, so wusste er, dass der unbarmherzige Trennungsschmerz der Sieger bleiben würde. Langsam sank er zu Boden. Das heiße Wasser der Dusche plätscherte auf ihn herab und verband sich mit seinen nicht enden wollenden Tränen. Nach einer Weile spürte er wieder etwas Kraft in seinen Gliedern, trocknete sich ab und legte sich im Pyjama auf das Sofa. Er blickte gedankenversunken zur Decke und ließ die Gespräche mit Jule Revue passieren. Er spürte einen ersten Funken Wärme in der Brust. Er wusste, dass Jule auf ihn wartete und er auf Jule, das war das Wichtigste. Jetzt nicht verzweifeln, dachte er und atmete tief durch. Er versuchte sich Mut einzureden, die möglicherweise lange Trennung überstehen zu können. Er wusste, dass der Schmerz zu tief saß. Er hatte nur noch einen Gedanken: Er musste sich in seine Arbeit stürzen, das Studium rasch beenden, das Examen durchziehen, während Jule in Argentinien ihrer großen Entdeckung nachjagte. Und dann würden sie sich wiedersehen, würden zusammenbleiben, würden sich lieben.

Puna Salteña, Juni 2010

Eine einsame Glocke läutete, erst zögerlich, dann immer kräftiger. Es machte den Anschein, als wollte sie sich mit aller ihr zur Verfügung stehenden Kraft Gehör verschaffen. Al konnte sich dem hohl rufenden Klang nicht entziehen. Er musste ohnehin aufstehen, da sein Bett mehr einer eisenharten Pritsche als einer Schlafstätte glich, und sein Rücken an mehreren Stellen schmerzte. Er zog seine vom Vortag noch verschwitzten Klamotten an und trat vor die Tür seiner Klosterkammer. Es war noch stockdunkel. Ein kalter Wind zog um die teilweise rissigen Mauern, die den Innenhof nur noch notdürftig umgaben. Er fröstelte, wobei er nicht wusste, ob vor Kälte oder bei dem bangen Gedanken, was heute auf ihn zukommen könnte. Noch immer klang die Glocke, den Tag herbeirufend, zu ihm herüber. Dabei schwang sie bedrohlich aus der Dachluke des kleinen Kirchturms hervor, als wollte sie jeden Moment herausspringen und in die Nacht davonfliegen. Ein schwaches Licht drang durch die verstaubten Fenster der Kirche – die Morgenandacht. Wie versprochen, hatte ihn Pater Lorenzo geweckt. Al schlich zur Kirche hinüber. Als er den schweren Türknopf des Kirchentors in die Hand nahm, fühlte er sich hin und her gerissen. Noch kürzlich hatte er seinem Glauben enttäuscht und verbittert abgeschworen, wollte nichts mehr damit zu tun haben, schon gar nicht mit der Kirche als Institution. Dann kam ihm das wohlwollende Wort „Danke" in den Sinn, das Pater Lorenzos einzige Antwort auf Als langen und offenen Bericht war. Trotzdem hatte auch er Lorenzos Schmerz gespürt. Er wollte ihn nicht allein damit lassen.

Vorsichtig öffnete er die schwere Tür, die dabei erbärmlich in ihren verrosteten Türangeln quietschte. In einem Seitenschiff sah er Pater Lorenzo, wie er an einem langen Seil ziehend die Kirchenglocke zum Schwingen brachte.

„Ah, Al, schön, dass du kommst ... ich brauche deine Hilfe." Verdutzt ging Al zwischen den Kirchenbänken hindurch. Ohne dass er etwas erwidern konnte, reichte ihm Lorenzo das Seil. Er war sich nicht mehr sicher, ob Lorenzo am Vortag du zu ihm gesagt hatte. Doch jetzt klang das Du vollkommen normal, ja, es war folgerichtig – nach dem gestrigen Abend.

„Bitte noch ein paar Minuten läuten, Al. Ich muss die Kerzen anzünden." Al zog an dem schweren Seil, was erst einmal dazu führte, dass die Glocke verstummte. Pater Lorenzo drehte sich um und lächelte. „Du musst mit der Glocke läuten, Al, nicht gegen sie. Nur so kannst du ihre Freundschaft gewinnen, alles klar?" Al nickte und schaute empor zur Glocke, die leicht hin und her schwang, ohne dass der sich darin befindliche Klöppel sie zum Klingen brachte. Mit aller Kraft zog er an dem Seil. Der erste Glockenton ging ihm durch Mark und Bein und Al spürte, was Lorenzo gemeint hatte. Die Glocke versuchte, ihm zu sagen, wann er ziehen und wann er wieder locker lassen müsste. Er musste auf sie hören, sie spüren. Er konzentrierte sich auf den Rhythmus des Seiles, auf das Wechselspiel zwischen Ziehen und Loslassen. Er spürte die Kraft der Glocke, wenn sie nach seinem Zug zur Gegenseite schwang. Er fühlte den Einklang, die Harmonie, die Freundschaft mit ihr, wie es Pater Lorenzo nannte. Es war wie das Leben selbst, ein ständiges Ziehen und Loslassen, ein Auf und Ab und der immer wiederkehrende Klang, der scheinbar selbstständig an ihm zog und doch seiner Kraft zur richtigen Zeit bedurfte. Er lauschte den Tönen, die einige Meter über ihm weit in die Nacht hinaus hallten. Alle sollten ihn hören, vor allem Karin, und vielleicht auch Jule. Die Glocke sollte ihnen zurufen, dass er nicht weit war, dass er ihnen zur Hilfe eilen wollte. Auch ihre Peiniger sollten ihn hören, sollten vor Schreck erschauern.

„Sie sollen mich alle hören, alle hören, alle hören ..." Al war so versunken in seine neue Botschaft, dass er nicht bemerkte, wie Pater Lorenzo an ihn herantrat und seine Hand auf seine Schulter legte.

„Ich glaube, jetzt haben es alle gehört, Al ... wirklich alle. Und das war gut so." Erschöpft ließ sich Al auf einer Kirchenbank nieder, während Pater Lorenzo vor dem Altar seine morgendliche Liturgie abhielt. Erst als der Pater zur Tür schritt und sich nach ihm umdrehte, blickte er auf. Pater Lorenzo lächelte, breitete seine Arme zu einer väterlichen Geste aus. „Komm, Al, es gibt heute noch viel zu tun." Al schlenderte Pater Lorenzo hinterher. Das Glockenläuten hatte ihm gut getan. Es war wie ein

Schlachtruf, der den Feind in die Flucht schlagen konnte, noch bevor die erste Klinge aufeinandertraf. Er spürte wieder Mut und Kraft, er war nicht allein.
Pater Lorenzo hatte aufgetischt. Für jeden eine Tasse Tee, ein Stück trockenes Brot und einen großen Pfirsich. Er sprach ein paar segnende Worte und reichte Al feierlich das, was sein Frühstückstisch zu bieten hatte. Schweigend aßen sie zusammen und hingen ihren schweren Gedanken nach. Als sie mit dem Frühstück fertig waren, breitete Lorenzo eine alte vergilbte Karte auf dem Tisch aus. Inzwischen drang die Morgensonne gleißend durch ein kleines Seitenfenster und warf ihren Strahl scharf umrandet auf die kahle gegenüberliegende Wand.
„Hier, Al, siehst du diesen Berg, diese Eintragungen?“ Al schaute überrascht, wie Pater Lorenzo mit seinem klobigen Zeigefinger auf etwas auf der Karte dahin Gekritzeltes zeigte. „Das sind Jules Eintragungen, verstehst du? Davon hat sie mir oft erzählt. Ich sollte dahin mitkommen, tja, vielleicht hätte ich das tun sollen.“ Pater Lorenzo schaute nachdenklich in Richtung Fenster. „Sie ist ein tolles Mädchen, weißt du. So begeistert für alles. Wenn sie auf dem Stuhl saß, wo du jetzt sitzt, Al. Ach übrigens, ich darf doch du sagen, oder?“
„Ja, ja, natürlich“, stammelte Al.
„Weißt du, Al, wenn Jule hier war, dann leuchtete mein trister Raum plötzlich so viel heller, so viel klarer. Er war plötzlich erleuchtet von ihren Ideen, von ihrem Eifer, von ihrer ...“ Pater Lorenzo stockte, „... von ihrer Ehrlichkeit. Kaum einer meiner Kirchenkollegen hat so eine entwaffnende Ehrlichkeit wie Jule.“
Al war überrascht, dass Pater Lorenzo plötzlich Tränen in den Augen standen. Am Vortag hatte er noch so gefasst gewirkt. Er atmete tief durch und blickte Al in die Augen. „Geh, Al, du wirst sie finden, Jule und deine Schwester, ich weiß es, du wirst sie finden ... du musst sie finden.“ Mehr brachte er nicht heraus,

stand auf und blickte wieder aus dem Fenster. Jetzt war es Al, der seine Hand auf seine Schulter legte.
„Danke, Lorenzo! Ich werde sie finden, alle beide, das verspreche ich dir." Er nahm die Karte und ging wortlos aus dem kleinen Raum, der seit vielen Jahren Pater Lorenzos zu Hause war. Rasch packte er seine wenigen Sachen in den Käfer und blickte in Richtung eines kegelförmigen Berges, bevor er mit klirrend-röhrendem Motorengeräusch das Auto die holprige Straße entlang steuerte.
Zum Glück war der Weg in einem einigermaßen guten Zustand, sodass Al gut vorankam, sein Ziel fest im Auge. Nevado Cueva, so hieß es auf der Karte. Geologen waren der Meinung, dass es sich hierbei um eine Anhäufung von Vulkanen handelte, die sich aus der platten Ebene erhoben und deren Aktivität noch nicht lange zurücklag. Für die Indios waren es allerdings heilige Berge, sodass die Landschaft von der heutigen Zivilisation noch weitgehend unberührt war. Sein GPS zeigte die Nummern an, die er auf dem Fax entschlüsselt hatte. Es konnte nicht mehr weit sein. Am Fuß des Berges suchte er nach einem Versteck für den Käfer, um seine Ankunft nicht gleich zu verraten. Nicht weit entfernt öffnete sich der Berghang zu einer steilen Schlucht. Es war ein ausgetrockneter Flusslauf, der über viele Jahrtausende hinweg einen bizarren Einschnitt in den sonst so gleichmäßigen Bergrücken gegraben hatte. Zum Glück erschienen die ersten zwanzig Meter des Flussbetts flach und nur leicht ansteigend, sodass er den Käfer problemlos, wie vom Berg verschluckt, verstecken konnte. An beiden Seiten des Flussbettes ragten steile Felswände schroff empor, so schmal, als wollten einige sich weiter oben wieder vereinigen. Al packte zwei Wasserflaschen und sein kleines Leitz in den Rucksack, den ihm Lorenzo noch mit auf den Weg gegeben hatte. Dann begann er seinen Aufstieg zum Kraterrand.

Zunächst folgte er dem Lauf der Schlucht, deren ausgetrocknetes Flussbett sich immer steiler nach oben schlängelte. Sein Atem ging schnell, was sicher auch an der Höhe und an der zunehmend sauerstoffarmen Luft lag. Er musste immer wieder stehen bleiben, um nicht gänzlich außer Atem zu kommen.

Am Ende der Schlucht angekommen, musste Al enttäuscht feststellen, dass er auf dem Weg zum Kraterrand offenbar in eine Sackgasse geraten war. Er nahm einen Schluck aus seiner Wasserflasche und musterte die Felsformationen. Weit über ihm war nur noch ein schmaler Streifen tiefblauen Himmels zu sehen. Er wollte sich gerade auf den Rückweg machen, da fiel sein Blick auf eine gerade noch erkennbare Wandmalerei. Neugierig kletterte er über ein paar Felsbrocken zu der Malerei empor. Sie war erstaunlich gut erhalten: Ureinwohner bei der Jagd auf seltsame Tiere. Direkt unterhalb der Malerei war eine Stufe zu erkennen, die Teil eines schmalen, sich nach oben schlängelnden Pfades gewesen sein musste. Ein großer überhängender Felsvorsprung verdeckte dessen weiteren Verlauf. Um dem Pfad weiter folgen zu können, müsste sich Al am Felsvorsprung entlang hangeln. Runde Löcher im Felsen verrieten die Verankerung einer früheren Holzkonstruktion, die mit den Jahrhunderten verwittert war und irgendwann in die darunter liegende Schlucht gestürzt sein musste. Mindestens zwanzig Meter ging es in die Tiefe, nicht besonders viel, aber doch genug, um einen freien Fall nicht zu überleben. Bei dem Gedanken, sich am Fels entlang zu hangeln, wurde ihm schwindelig. Schon früher beim Kirschenpflücken wurde er von Schwindelattacken heimgesucht, und er war damals immer heil froh gewesen, wieder festen Boden unter den Füßen zu spüren. Al sah, wie sich der Pfad weiter oben fortsetze. Er musste einen Weg finden, am Felsen vorbeizukommen. Zum Auto zurückzulaufen, um einen anderen Weg nach oben zu finden, wäre bis zum Anbruch der Dunkelheit kaum noch möglich gewesen.

Er holte tief Luft und drückte sich an den Felsen. Seine rechte Hand ergriff einen Vorsprung, der ihm genügend Halt verschaffte, um langsam sein rechtes Bein am Felsen entlang nach vorne zu schieben. Er traute sich nicht, nach unten zu schauen. An den Zehenspitzen seines rechten Fußes spürte er einen ersten Widerhalt. Vorsichtig versuchte er Druck auf die Zehen seines rechten Fußes auszuüben. Einigermaßen sicher, festen Halt zu spüren, zog er mit zitternden Knien das linke Bein hinterher. Zum Glück hatten seine beiden Hände einen sicheren Halt in diesen Rundlöchern gefunden, die den Indios einst zur Verankerung ihrer Holzkonstruktion gedient hatte. Für einen Moment hielt er inne und atmete tief durch. Jetzt gab es kein Zurück mehr. Wie ein Gecko klebte er an den Felsen über dem Abgrund. Nicht nach unten schauen, dachte er angestrengt. Panik, Hyperventilation, Krampf, das war's. Er löste die rechte Hand aus dem Rundloch und tastete sich behutsam weiter. Wieder bekam er etwas zu fassen. Diesmal war es aus Holz, wie ein Griff, vermutlich eine alte Wurzel. Er umklammerte die Wurzel und ruckelte ein paar Mal daran. Sie schien stabil, sodass er sich mit dem rechten Fuß weiter nach vorne tastete. Sein Herz begann zu rasen, als er nichts spürte, keinen Vorsprung, nichts, was seinem Fuß hätte Halt geben können. Ein erst leises, dann lauter werdendes, knirschendes Geräusch war direkt über ihm zu vernehmen. Er blickte nach oben, konnte aber nichts erkennen, da ihm mehr und mehr Sand entgegen rieselten. Seine Augen brannten und er kniff die Augenlider verzweifelt zusammen. Er hing in der Luft, an einer Wurzel, die sich jeden Moment aus ihrer Verankerung lösen konnte. Er musste zurück. Seine linke Hand, mit der er inzwischen ebenfalls die Wurzel umklammert hatte, tastete sich zurück, suchte das rettende Rundloch. Jeden Moment konnte es zu spät sein. Er hatte den Gedanken noch nicht zu Ende gedacht, als sich die Wurzel krachend aus ihrer Verankerung löste. Verzweifelt versuchte Al, mit seinem rechten Fuß Halt zu finden. Es war zwecklos. Staub und Steine schossen auf ihn herab, als die Wurzel, an die er sich wieder mit beiden Händen klammerte, endgültig nachgab. Ruckartig, aber immer schneller rutschte er an der groben Felswand entlang in die Tiefe. Hektisch versuchten seine Füße, noch Halt zu bekommen, aber es war unmöglich. Er schloss die Augen in Erwartung des tödlichen Aufschlags am Grund der Schlucht, als die Wurzel mit einem Ruck plötzlich hängen blieb. Hilflos baumelte er über dem Abgrund. Dann wurde es still. Der Staub und die letzten Steine rieselten an ihm vorbei, bevor sie mit einem widerhallenden, leisen Knall auf dem Grund der Schlucht aufschlugen. Als Al die Augen öffnete, dachte er daran, die Hände zu öffnen, um sich aus dieser verzweifelten Lage in den sicheren Tod zu erlösen. Aber der Wille zum Überleben war größer, auch wenn ihn mehr und mehr die Angst vor dem gähnenden Abgrund packte. Zumindest schien die Wurzel, an die er sich krampfhaft klammerte, einigermaßen stabil seinen weiteren Absturz vorerst zu verhindern. Er spürte, wie die Kräfte in seinen Händen langsam aber sicher nachließen. Irgendetwas musste geschehen und zwar schnell, bevor sich seine Finger willenlos öffneten. Mit aller Kraft versuchte er sich an der Wurzel emporzuziehen, sank dann aber wieder wie ein nasser Sack nach unten. Weitere Klimmzüge machten keinen Sinn, zumal er mit den Füßen keinen Halt fand. Hilflos blickte er nach beiden Seiten und sah, wie sich der Pfad hinter dem Felsen weiter nach oben zog. Dort musste er hinkommen, das war seine einzige Chance. Es war ein wahnsinniger Gedanke, aber vielleicht auch der letzte in seinem Leben, wenn er versuchte, an der Wurzel hängend mit ein paar Schwüngen zu Seite den Pfad zu erreichen. Vielleicht löste das auch endgültig die Wurzel aus ihrer Verankerung. Er wusste, dass er keine andere Wahl hatte. Sein Herz hämmerte gegen die Brustwand, als wollte es seine letzten Schläge ankündigen. Erst vorsichtig, dann immer beherzter nutzte er seine frei baumelnden Beine, um Schwung zu holen. Die Wurzel knarzte bei jedem Schwung bedenklich. Plötzlich kam ihm die Kirchenglocke in den Sinn. Er musste daran denken, wie er an diesem Morgen an ihrem Seil gehangen hatte, wie er sich mit ihr verbündet hatte. Er versuchte sich vorzustellen, selbst die Glocke zu sein, die nun von einer anderen befreundeten Kraft angetrieben wurde. Mit jedem Schwung klang die Glocke in seinen Ohren und spornte ihn an, nicht aufzugeben, höher und höher zu schwingen, um den rettenden Pfad zu erreichen. Immer energischer pendelte er von einer Seite zur anderen über dem dunklen Abgrund. Plötzlich durchzuckte ihn ein grässlicher Ruck, die Wurzel gab endgültig nach und Al flog in die Tiefe. Er schrie auf, vermutlich war es sein letzter Schrei, als ein Schlag seinen Oberkörper traf. Ein Schlag, der ihm fast die Luft zum Atmen raubte. Es war jedoch nicht der Todesstoß, den er erwartet hatte. Unter seinen Fingern spürte er Staub und Steine und griff nach allem, was ihm irgendwie Halt versprach. Dann wurde es wieder still. Krampfhaft versuchte er, seine von Staub und Dreck verklebten Augen zu öffnen. Offenbar hatte sich die Wurzel genau im richtigen Moment aus ihrer Verankerung gelöst, sodass Al mit dem Oberkörper auf der Kante des rettenden Pfads gelandet war. Verbissen zog er sich nach oben, um mit letzter Kraft auf dem rettenden Pfad zu landen. Erschöpft blieb er liegen.

Eisige Kälte und lähmende Angst krochen ihm durch Mark und Bein. Mühsam setzte er sich auf und lehnte sich an die Felswand. „Mein Gott, wie dumm das doch war. Oder war es mutig?“, brummte er vor sich hin. Doch nur das Resultat brachte die Entscheidung. Dummheit wäre es dann gewesen, wenn er am Grunde der Schlucht den Tod gefunden hätte. Mutig war es jetzt einzig dadurch, dass er dem Sturz entgangen war. Wie nah doch beides, Mut und Dummheit, beieinander lagen. Leichtsinnig war beides, dachte er, dankbar, noch am Leben zu sein.

Nach einer Weile richtete er sich mühsam auf. Der schmale Pfad schlängelte sich am Abgrund entlang steil nach oben. Zum Glück traf er auf keinen weiteren Felsen mehr, der ihm den Weg versperrte. Immer weiter schlängelte sich der Pfad nach oben, bis er sich unvermittelt zu einem breiten Geröllfeld hin öffnete. Vor ihm zog sich der Bergrücken gleichmäßig bis zum Kraterrand empor. Er nahm ein paar Schlucke aus seiner Wasserflasche und setzte seinen Aufstieg mit nach wie vor zittrigen Knien fort. Es war noch eine weite Strecke, aber lange nicht mehr so gefährlich, wie das Stück, das hinter ihm lag. Ein Weg war nicht auszumachen, keine Spuren von Tieren oder Menschen, nur ein grobes Geröllfeld, über das sich Al weiter bergauf schleppte.
Plötzlich kam ihm das Dröhnen der Lastwagenkolonne von gestern Abend in den Sinn, und er fragte sich, ob er nicht eher vorsichtiger weitergehen sollte, eher versuchen sollte, Deckung zu suchen. Sonst könnte man ihn von Weitem erkennen, und dann würde es schwierig werden, sich weiter unerkannt heranzuschleichen. Wasser und Wind hatten einen tiefen, zum Kraterrand aufsteigenden, v-förmigen Graben hinterlassen, in dessen Schutz Al weiter emporkletterte. Die Sonne stand gleißend am Himmel. Die Temperatur lag jedoch deutlich unter dem Gefrierpunkt und der Wind blies beißend über den Berghang. Al war froh, dass er neben den zwei großen Flaschen Wasser und einer kleinen Gürtelflasche mit Tee und Traubenzucker auch eine winddichte Jacke mitgenommen hatte, die er sich jetzt mit zittrigen Händen überzog. Er hatte den Anstieg zum Kraterrand unterschätzt. Durch die glasklare Luft erschien alles viel näher. Auch hatte er nicht bedacht, dass sich der Berg an seiner Spitze über 5000 Meter über dem Meeresspiegel befand und er bei jedem Schritt mit der zunehmend geringeren Sauerstoffsättigung zu kämpfen hatte. Höhenangst, Höhenkrankheit und Lungenödem kannte er aus dem Studium. Die Angst davor versuchte er möglichst zu

ignorieren. Noch ging es ihm gut, stellte er zu seiner Beruhigung fest. Oder hatte er bereits jeden realen Bezugspunkt verloren? Erneut kam ihm die Kirchenglocke in den Sinn und er stellte sich vor, sich bei jedem mühsamen Schritt kräftig am Seil nach oben zu ziehen. Der vorstellbare Klang der Glocke gab ihm neue Kraft, einen gleichmäßigen Rhythmus, der den weiteren Anstieg etwas leichter erscheinen ließ. Trotzdem erreichte er erst am späten Nachmittag den Kraterrand.

Oben angekommen und einen atemberaubenden Blick vor den Augen, zuckte er unwillkürlich zurück. In der Mitte des Kraters, da, wo sein eigentliches Ziel lag, hatten sich einige schwere Lastwagen zu einem großen Kreis um eine sanfte Erhebung aneinandergereiht. Fast glich das Bild einem Siedlertreck, wie man ihn aus alten amerikanischen Western kennt. Erschöpft sank er zu Boden. Warum war er eigentlich mit seinem Käfer nicht den Lastwagenspuren gefolgt? Er hätte sich einige Gefahren erspart. Erneut blickte er vorsichtig über den Kraterrand. Die gegenüberliegende Zufahrt zum Krater erstreckte sich flach über einige Kilometer hinweg. Vermutlich hätte er sich mit seinem Käfer rasch verraten und dann wäre alles zu spät gewesen. Außerdem war er Jules Spuren gefolgt. Damals im Krankenhaus hatte sie ihm alles so haargenau geschildert, dass er zwischenzeitlich das Gefühl hatte, schon mal hier gewesen zu sein. Allein das war ein gutes Gefühl.

Durch sein Fernglas konnte er erkennen, dass ein Bagger damit beschäftigt war, das Erdreich vom Rand einer Erhebung her aufzureißen. Es war unmöglich, weiter an sein Ziel heranzukommen, ohne bereits von Weitem erkannt zu werden, und Al beschloss, die Dämmerung abzuwarten. Die Tage waren um diese Jahreszeit so kurz, dass bereits gegen sechs Uhr die Sonne den Horizont berührte und Al sich zum Abstieg fertigmachte. Er war froh, sich wieder zu bewegen, da die eisige Kälte unaufhaltsam

seine Beine emporkroch. Er fing an, am ganzen Körper zu zittern. Es war nicht nur die Kälte, es war auch die Angst, die sich seines Körpers bemächtigte.
Die Dämmerung setzte ein und die ersten Scheinwerfer beleuchteten die Baustelle. Möglichst lautlos kroch er an der Kraterinnenseite hinab. Deckung fand er keine. Er musste sich so schnell wie möglich an die LKW herantasten, um hinter den riesigen Reifen außer Sichtweite zu kommen. Auf freiem Feld würden sie nicht zögern, ihn wie einen räudigen Hund abzuknallen. Dasselbe galt natürlich auch für den Rückweg. Einmal entdeckt, gäbe es kein Entkommen. Er spürte seinen Mut schwinden, als er sich an Pater Lorenzos letzte Worte erinnerte: „Geh, Al, du wirst sie finden. Jule und deine Schwester, ich weiß es, du wirst sie finden, du musst sie finden!" Er atmete tief ein und aus und spürte wieder etwas Mut in seinen steif gefrorenen Gliedern. Vorsichtig pirschte er sich weiter an sein Ziel heran. Im Schutz eines weiter außenstehenden Lastwagens kauerte sich Al hinter einen der Reifen. Offenbar hatten sie keine Wachen aufgestellt, vermutlich dachten sie gar nicht, dass sie in dieser Einöde jemand beobachten oder ihnen gefährlich werden könnte.
Erneut griff er zum Fernglas und gewann einen schmalen Einblick zwischen den Lastwagen hindurch. Ein von einem Bagger aufgerissenes großes Loch klaffte wie eine tiefe Wunde in dem kleinen Hügel. Das Flutlicht erleuchtete den gesamten Hohlraum des sich dahinter auftuenden Gewölbes. Es war genau so, wie Jule es beschrieben hatte: Eine große Kuppel überspannte ein Gewölbe, dessen Boden angefüllt war mit kleinen, blau-glänzenden Kugeln, die in allen Schattierungen schimmerten. Ein zweiter Bagger schaufelte die Kugeln in einen Container. Al suchte das Innere der Höhle weiter mit dem Fernglas ab. Am Rande des Gewölbes sah er die von Jule beschriebenen Mumien. Vier einsame, sitzende Gestalten, die dem unsäglichen Geschehen stumm

zuschauten. Trauer, Entsetzen, vermutlich auch Wut würde sie erfassen, wenn sie noch lebten. Offenbar hatte man sich nicht getraut, die Mumien zu berühren, da der Schaufelbagger umständlich um deren etwas erhabenen Standort herumkurvte.
Plötzlich packte ihn wie aus dem Nichts ein grausamer Gedanke. Selbstzweifel ließen sein Herz gegen die Brustwand hämmern. Wie konnte er so sicher sein, Karin ausgerechnet hier zu finden? Lediglich das Fax hatte ihn hierher gelockt, ein Stück Papier, ein paar Zahlen, deren Entschlüsselung ihn vor wenigen Tagen so übermütig stimmte. Und jetzt, was sollte er jetzt tun? Einfach in die Höhle des Löwen marschieren, sich einen der Arbeiter vorknöpfen und fragen: „Hey, Kumpel, wo finde ich meine Schwester?" Und dann würden sie sie beide fröhlich laufen lassen. Al drehte sich verzweifelt auf den Rücken und blickte in den inzwischen pechschwarzen Himmel mit seinen Tausenden funkelnder Sterne. Die Lufttemperatur schien weiter im freien Fall zu sein. Für wie viele Erfrierende musste das Funkeln der Sterne wohl der letzte Trost gewesen sein. War es wieder einer dieser leichtsinnigen Entscheidungen, hierher zu kommen? Würde das Pendel zwischen Mut und Dummheit jetzt zur falschen Seite ausschlagen? Und doch, dachte er trotzig, war es richtig, hierherzukommen. Wo sonst sollte er Karin suchen? Das Fax war eindeutig und er würde sich ewig Vorwürfe machen, Karin in dieser Einöde zurückgelassen zu haben – wenn sie denn hier war. Irgendwie spürte er ihre Nähe, sie musste einfach hier sein! Er legte seine inzwischen eiskalten Hände über sein ebenso eiskaltes Gesicht und blies langsam die warme Luft in den schmalen Spalt dazwischen. Gepackt von neuem Mut drehte er sich auf den Bauch, griff zu seinem Fernglas und begann erneut das Umfeld, die dunklen LKW und das Innere der Höhle abzusuchen. Al zählte flüsternd vor sich hin: Eins, zwei, drei. Und da war noch eine vierte Mumie zu erkennen. Dann schoss es ihm durch den Kopf: Jule hatte

nur von drei Mumien gesprochen! Sollte Karin die vierte Mumie sein? Erneut musterte er die Gestalten, die reglos am Rand der Höhle verharrten. Wenn die vierte Gestalt Karin war, dann war sie tot, erschossen oder einfach nur erfroren. Dick gekleidet erschienen alle Vier nicht. Was für ein makaberer Scherz, auf den vielleicht spätere Suchtrupps reinfallen würden. Sie würden Karin als zeitgenössisches Opfer übersehen, auch wenn sie direkt vor ihr stünden.
Der Gedanke, dass dort tatsächlich Karin tot neben ihren einige hundert Jahre älteren Kameraden sitzen würde, versetzte Al einen Stoß in die Magengrube, der ihn augenblicklich mit Übelkeit, aber auch genügend Wut erfüllte, sie vielleicht doch noch retten zu können.
Gerade wollte er aufstehen, um ebenso wutentbrannt wie kopflos zu der Mumiengruppe hinüberzugehen, als ein ohrenbetäubender Sirenenton die Luft durchschnitt. Al zuckte zusammen. Hatte man ihn entdeckt? Er schloss die Augen und betete. Das war das Einzige, was ihm jetzt noch hilfreich und tröstlich erschien. Doch im nächsten Moment wurde die Flutlichtanlage ausgeschaltet und nur noch wenige Lampen beleuchteten den Weg der Arbeiter zu einem nahe gelegenen Zelt. Al fasste wieder Mut und mahnte sich mit geballter Faust und zugekniffenen Augen zur Besonnenheit. Wenn er Karin retten wollte, wenn es überhaupt Karin war, die dort saß, und wenn sie noch lebte, musste er jetzt handeln.
Er presste sich flach auf den Boden und kroch wie eine Schlange durch die Dunkelheit in Richtung der Mumien. Möglicherweise waren die Arbeiter noch geblendet von der Flutlichtanlage, noch nicht adaptiert an die Dunkelheit, was ihm vielleicht Deckung verschaffte. Er atmete flach, versuchte jedes Geräusch, bis auf das leise aber gleichmäßige Schlürfen seines Körpers über den Kraterboden, zu vermeiden. Unbehelligt von den Arbeitern erreichte er den Rand der Kuppel und versuchte, mit diesem, wie ein zu-

sammengeschobener Haufen Dreck, zu verschmelzen. Die Stille war fast greifbar, umso mehr wusste er, dass jede ungeschickte Bewegung, jedes unvorhersehbare und noch so leise Geräusch, ihn verraten würde. Vorsichtig hob er seinen Kopf und blinzelte zu den Mumien hinüber, die sich knapp zehn Meter entfernt, starr und düster als Schatten gegen die entfernten Lichter der LKW abhoben. Kein Geräusch kam von dort, keine noch so kleine Bewegung. Wenn eine davon Karin sein sollte, schoss es ihm durch den Kopf, schien es immer wahrscheinlicher, dass sie tot war. Al zitterte am ganzen Körper. Sollte das in kurzen Abständen der zweite Tod eines geliebten Menschen sein? Er spürte, wie Tränen warm über seine Wangen rollten, versuchte sein immer stärker werdendes Schluchzen so gut wie möglich zu unterdrücken.
„Karin, mein Gott, Karin, was hab ich dir angetan ...", flüsterte er verzweifelt. Wenn es einen Moment gab, sterben zu wollen, dann jetzt und hier. Er war bereit, den eisigen Vorhang zwischen Leben und Tod zu durchbrechen, Karin um Vergebung zu bitten – in einer besseren Welt, wo es keinen Schmerz mehr geben sollte.
In der Ferne ertönte ausgelassenes Singen und Johlen, wie von einem betrunkenen Männerchor, was es wohl auch war. Was die Männer sangen, konnte Al nicht verstehen, auch nicht deren Sprache. Wie es schien, war er allein, allein mit drei Mumien und seiner toten Schwester. Wie in Trance erhob er sich aus seiner Starre und schlich nahezu lautlos auf die vier Gestalten zu. Behutsam hob er den tief sitzenden Schleier bei einer der Gestalten und zuckte zusammen. Tief sitzende, eingetrocknete Augen blickten ihn bösartig an. Der verstümmelte Rest einer Nase, darunter das Grinsen einiger schief stehender Zähne, ließen Al vor Schreck zurückstolpern. Erschrocken blickte er sich um, als habe er ein Stöhnen, einen trockenen Laut gehört. Selbst fast zu Tode erschrocken zuckte er zusammen, als die Mumie am anderen Ende der Gruppe langsam ihren Kopf hob.

„Karin ...“, stammelte Al, „Karin, bist du das?“ Al stürzte auf die Knie, schob den Schleier zur Seite und erschrak. Zwei unsäglich müde Augen blickten ihm entgegen, darunter rissig-trockene, halb geöffnete Lippen.
„Karin ...“, flüsterte Al, „Karin, ich bin es, Al.“ Karin rührte sich nicht. Al legte seine Hände auf ihre trocken-kalten Wangen und hob vorsichtig ihren Kopf. „Karin, ich bin es, Al. Hörst du. Wach auf, Karin, ich hol dich hier raus, verstehst du?“
Karin schluckte. Es klang wie das leise Rascheln von vertrocknetem Laub. Al versuchte, sie zu umarmen, ihr Wärme zu spenden, sie vor dem Erfrieren zu retten. Mit schmerzverzerrtem Gesicht bäumte sie sich auf, stöhnte erbärmlich aus der Tiefe ihrer Brust. Erst jetzt bemerkte Al, dass ihre Hände auf dem Rücken mit Kabelbindern zusammengebunden waren. Auch ihre Füße waren verschnürt, sodass sie vor Schmerz und Kälte zuckend vor ihm kniete. Langsam beruhigte sie sich und ließ ihren Kopf behutsam auf Als Schulter sinken.
„Al ... mein Gott ... Al ...“, ertönte ein raschelnder Flüsterton, weiter kam sie nicht.
In der Ferne dröhnte weiter der Männerchor, nichts ahnend von dem, was sich in der Höhle gerade ereignete. Zum Glück hatte Al noch eine kleine Flasche Tee mit gelöstem Traubenzucker am Gürtel befestigt. Vorsichtig drehte er den Deckel, um nichts von dem kostbaren Gut zu verschütten. Tropfen für Tropfen ließ er in ihre ausgetrocknete Mundhöhle gleiten, während ihre ebenso trockene Zunge neugierig wie ein frisch geschlüpftes Küken wiederholt noch vorne blickte. Bereits nach wenigen Tropfen fing Karin an, gierig an der Flasche zu saugen. Ein hoffnungsvoller, feuchter Schimmer glänzte auf ihrer Unterlippe. Erleichtert stellte Al fest, dass ihre Lebenskräfte zurückzukommen schienen. Krampfhaft versuchte sie, die noch trockenen Augenlider zu heben, vermutlich um sich zu vergewissern, dass dies kein

Traum war, dass sie noch nicht tot war. Gierig saugte sie den Rest des Tees in sich hinein.

„Al, mein Gott, Al", stammelte Karin.

„Pst, Karin, wenn die uns hier entdecken, dann ist alles aus, verstehst du?" Karin nickte schwach.

„Wie ...?"

„Erzähl ich dir später." Er blickte sich ängstlich um. Der Männerchor war verstummt. Wenn das ein Zeichen zum Aufbruch der Grabräuber war, musste er sich jetzt beeilen. Die überall herumliegenden Schaufeln werden sie sicher nicht zurücklassen, dachte Al nervös. Rasch kramte er seinen Leatherman aus der Tasche. Bisher hatte er das teure Teil nur zum Einbruch in Krastchows Labor und allenfalls noch als Flaschenöffner benutzt. Vorsichtig schob er das Messer zwischen Karins Hände hindurch. Sie stöhnte. Der Kabelbinder hatte sich tief in ihre Handgelenke gegraben. „Diese verdammten Schweine", flüsterte Al wütend. Mit einem leisen Klicken sprang der Kabelbinder auf und Karin atmete erleichtert durch. Kurze Zeit später hatte er auch die Kabelbinder an ihren Füßen durchgeschnitten. Al legte seine Arme um Karin und rieb heftig ihren Rücken. „Kalt, so verdammt kalt ...", stammelte sie, dankbar, ihre Glieder wieder zu spüren.

Plötzlich sprang mit einem lauten Zischen und Brummen die Flutlichtanlage an. Eine Gruppe von Männern marschierte in den zum größten Teil zerstörten Kuppelraum. Wie erwartet, sammelten sie die herumliegenden Schaufeln und Besen ein. Nichts ahnend kamen sie Karin und Al immer näher. Gleich ist alles verloren, schoss es Al durch den Kopf. Geistesgegenwärtig setzte er sich mit verschränkten Armen, im Schneidersitz und gesenkten Kopf zwischen die ersten beiden Mumien und bedeutete Karin, dasselbe zu tun. Von der ersten Mumie hatte er noch schnell den Umhang weggezogen und diese, so gut es ging, über seinen eigenen Kopf gestülpt. Mit rasendem Herz hörte er die Schritte der Männer näherkommen. Er traute sich kaum, zu atmen. Die Männer redeten miteinander in irgendeiner slawischen Sprache, am ehesten russisch, dachte Al. Sie hatten ihn offenbar nicht bemerkt. Der Trick hatte funktioniert. Die Flutlichtanlage wurde wieder abgestellt. Karin und Al trauten sich trotzdem kaum zu atmen, waren jedoch erleichtert, zu hören, wie die Lichtanlage abgebaut und in einem Laster verstaut wurde. Gleich würden sie allein sein. Al atmete auf und flüsterte: „Karin, alles klar?“ Er wollte gerade den Umhang abziehen und sich nach Karin umsehen, als ihn ein schwerer Schlag von hinten traf. Augenblicklich verlor er das Bewusstsein.

Als er mit dröhnendem Schädel die Augen öffnete, war er gefesselt und saß Rücken an Rücken mit Karin auf dem Podest neben den Mumien. Er blinzelte in den grellen Schein einer starken Taschenlampe. „Herr Steinhoff, so sieht man sich wieder.“ Al erkannte sofort Dr. Alighieris Stimme. „Aber, Sie enttäuschen mich, Steinhoff. Wissen Sie, in Frankfurt haben wir Sie am Leben gelassen, weil Sie uns versprochen hatten ... wie soll ich sagen ... sich nicht mehr einzumischen. Aber jetzt ... schade eigentlich ... Sie sind ein heller Kopf, dachte ich zumindest.“

Al versuchte, sich zu konzentrieren. Sein Kopf dröhnte wie ein in unmittelbarer Nähe startender Helikopter. Mit zusammengekniffenen Lippen brummte er im Gleichtakt zu seinem Schädeldröhnen. „Alighieri, Sie Schwein, das werden Sie noch bereuen!“ Obwohl Al zu Boden blickte, konnte er Alighieris hämisch grinsendes Gesicht lebhaft erahnen.

„Nicht doch, nicht doch, Steinhoff. Freuen Sie sich auf ein langes Leben mit Ihren vier standhaften Nachbarn in dieser wunderschönen Landschaft. Was könnte man sich Schöneres vorstellen? Ach ja, und Ihre reizende Schwester wird Ihnen beim Übertritt in das ewige Leben Gesellschaft leisten. Und stellen Sie sich vor, ich habe noch eine gute Nachricht. Sie beide sehen Ihren drei Nach-

barn so täuschend ähnlich. Jeder Suchtrupp wird Sie erst einmal glatt übersehen, wird Sie für ebenso alt halten wie Ihre drei reizenden Nachbarn. Also, ich finde das wirklich rührend, meinen Sie nicht auch?“ Wieder hallte Alighieris hässliches Lachen durch den kläglichen Rest des ehemaligen Gewölbes. „Und übrigens, Steinhoff, vielen Dank für den Leatherman, wollte ich schon immer mal haben, so ein Ding.“ Alighieri und zwei weitere Männer drehten sich lachend um und gingen Richtung Ausgang der Höhle, als Al ihnen mit letzter Kraft hinterher rief.
„Alighieri, warten Sie. Jetzt wo ich hier sterbe, können Sie mir vielleicht noch eines verraten.“
Alighieri lachte erneut höhnisch, sodass es durch den ganzen Krater bedrohlich hallte. „Steinhoff, Sie meinen doch nicht Ihr kleines Flittchen? Wie hieß sie doch gleich? Juliette Camus oder einfach nur Jule. Also gut, ich werde es Ihnen verraten. War nicht so einfach, sie zu bearbeiten, einen Abdruck anzufertigen, damit wir sie mit Wachs, Fett und Farbe imitieren konnten. Sie zickte herum und hielt nicht still. Aber mit ein paar Tröpfchen hat es dann doch geklappt. Sah ganz gut aus, nicht wahr Steinhoff?“ Alighieri grunzte genüsslich. „Wissen Sie, Steinhoff, ein Schönheitschirurg bedarf so mancher Kreativität. Da gilt es, so manch totes Gesicht, so manche leblose Brüste zu neuem Leben zu erwecken. Aber ... das ist mit der Zeit immer wieder dasselbe. Und dann das Gezeter dieser alten Schrullen, dieses verdammte Gemecker. Haben immer etwas auszusetzen an meiner genialen Kunst. Da macht es doch viel mehr Freude, ein so hübsches Gesicht wie das von Jule zu imitieren, eine ähnliche aber totenblasse Visage zu zaubern. Gerade so, dass man sie als Jule, als tote Jule erkennen könnte. Dass mir das gut gelungen ist, Steinhoff, das wissen Sie am besten, nicht wahr? Es hätte mir fast das Herz zerrissen, als Sie an ihrer Wachsfigur in Tränen fast selbst gestorben wären. Genial, nicht wahr?“

„Stimmt, Sie Dreckschwein, nur dass ich Ihnen den Trick nicht abgekauft habe, Alighieri, sonst säße ich ja wohl jetzt nicht hier, oder? Nur Krastchow hat den Trick geglaubt." Wieder lachte Alighieri so laut, dass man befürchten musste, der Rest der Kuppeldecke würde auch gleich noch einstürzen.
„Krastchow, dass ich nicht lache. Der alte Lustmolch, der hat sich Ihr Flittchen doch gleich unter den Nagel gerissen." Al schluckte verbittert. Er ahnte ja bereits, dass Krastchow Dreck am Stecken hatte. Aber bei dem, was Alighieri von sich gab, schossen Al noch weit schlimmere Gedanken durch den Kopf. Der Lustmolch hat sie sich unter den Nagel gerissen, das klang bitter, und Al musste unwillkürlich an Auftragsprostitution und Drogen denken.
„So, jetzt reicht's mit der Fragestunde. Schließlich will ich euch nicht euren verdienten Lebensabend vermiesen." Höhnisch lachend bestiegen Alighieri und seine Männer die Lastwagen und verschwanden in der Nacht. Das Grollen der Motoren war noch lange zu hören. Dann trat eine beängstigende Stille ein.
Al fing an zu ruckeln und versuchte, sich aus der Knebelung zu befreien. Es war zwecklos. Bei jedem Versuch stöhnte Karin auf. Die Kabelbinder bohrten sich unbarmherzig in die blutenden Furchen ihrer Handgelenke. Al spürte, an ihren Rücken gelehnt, wie sie langsam in sich zusammensank, wie ihre Kräfte verflogen.
„Mensch, Al ... dass du ... dass du hierhergekommen bist ... Wahnsinn", flüsterte sie mit letzter Kraft.
„Wahnsinn? Ach, Karin, Wahnsinn ist eigentlich nur, dass ich dich in diese Scheißsituation gebracht habe, das kannst du mir glauben."
„Glauben ..." Karin stöhnte und schüttelte kaum merkbar den Kopf. „Mein Kopf ... ist so ... so verdammt leer ... und trotzdem ... vielleicht ist das das Einzige. Das Einzige, was uns noch helfen kann, verstehst du? Ich habe gebetet ... ich habe gebetet, dass du

kommst, Al. Und als du dann wirklich da warst ... das war wie ein helles, warmes Licht ... und jetzt ..." Karin schluchzte, erst leise, dann immer heftiger, bis ihr ganzer Brustkorb bebte.
„Karin, beruhig dich, schau mal, Jule lebt und ..."
„Hör mir auf mit Jule!", krächzte Karin verzweifelt. „Die hat uns das alles doch eingebrockt, deine Jule!" Karin atmete tief durch, offenbar hatte ihr der Wutausbruch etwas Kraft und Luft verschafft. „Sorry, Al ... war nicht so gemeint. War ja auch meine Entscheidung, Jule irgendwie da rauszuholen. Und jetzt ... mein Gott sie lebt wirklich. Und wir, Al, wir werden sterben ... wir werden gemeinsam sterben." Wieder fing Karin an, heftig zu schluchzen. Nach einer Weile trat bedrückende Stille ein. Karin atmete kaum noch. Der Tee hatte ihr ein wenig Kraft gegeben, die jetzt wieder dahinschwand, wie feiner Sand, der einem unaufhaltsam durch die Finger rinnt.
„Karin, wach auf. Komm sag was. Nicht einschlafen, hörst du ... Karin!" Al drückte ängstlich gegen Karins Rücken.
Karin flüsterte zurück: „Ist gut, Al, ist schon gut. Frierst du noch?"
Al stöhnte erleichtert, von Karin wenigstens ein Lebenszeichen zu hören. „Na ja, ist auch verdammt kalt."
„Weißt du, Al, ich kenne das bereits. Irgendwann spürst du die Kälte nicht mehr und dann auch keinen Schmerz mehr. Fühlt sich ganz gut an. Es wird alles leichter, ist gar nicht so schlimm."
„Mensch, Karin, hör auf damit. Wir kommen hier raus, verstehst du, wir schaffen das."
Al hörte nur ein leises Lächeln.
„Karin, wach auf, wir müssen hier raus, verstehst du." Al rüttelte mit aller Kraft gegen Karin. Wenn sie wieder Schmerzen verspürt, dachte Al verzweifelt, spürte sie vielleicht, dass sie noch am Leben ist, dass sie weiter kämpfen kann, dass sie weiter kämpfen muss. Al hatte recht. Karin stöhnte laut auf und atmete ein paar Mal tief durch.

„Verdammt, das tut so verdammt weh, ich kann nicht mehr ..."
Wieder trat eine bedrückende Stille ein. Karins Atem wurde immer flacher. Seine Gedanken fingen an zu rasen. Er wusste, dass Karin nur noch wenig Zeit blieb. Irgendwann, und zwar sehr bald, würde sie einfach aufhören zu atmen.
„Karin, hör mir jetzt gut zu. Wir schaffen das, hörst du? Wir müssen nur wollen."
„Al, ich liebe dich ..." Karin stöhnte auf, dann sank sie kraftlos an seinem Rücken zusammen.
„Karin, wach auf! Ich habe eine Idee ..." Als Stimme überschlug sich, da er in diesem Moment genau wusste, eben keine Idee zu haben, wie sie sich aus dieser vertrackten Lage befreien könnten. Er versuchte, sich zu konzentrieren, seine Gedanken zu sammeln, gerade jetzt nicht in Panik zu geraten. Er dachte an Jule, die vermutlich genauso verzweifelt in diesem Loch gesessen hatte. Damals hatte sie sich den Knöchel gebrochen, hatte vermutlich wahnsinnige Schmerzen, und nur mit der Hilfe dieser Mumien war es ihr gelungen, den Knöchel zu bandagieren und aus dieser hoffnungslosen Klemme zu entkommen. Dann schoss es Al durch den Kopf: Die Mumien, das ist es, das muss klappen! Erneut stieß er gegen Karins Rücken, ruckelte an den Kabelbindern, bis Karin vor Schmerz aufschrie.
„Verdammt, Al, willst du mich umbringen?", zischte ihre krächzende Stimme gespenstisch durch die Nacht.
„Wow, Karin, klappt doch noch. Und jetzt hör mir mal gut zu."
„Mann, Al, du gibst wohl nie auf. Mein Gott, was sollte ich ohne dich nur machen."
„Pass auf, Karin, ich erklär dir gleich, was du machen kannst. Ich brauche nämlich deine verdammte Hilfe, hörst Du? Deine Hilfe und die von unseren Nachbarn hier."
Karin gluckste. „Unsere Nachbarn? Die sind tot, hast du vergessen? Tot, so tot wie wir."

„Wir sind nicht tot, Karin, hast du verstanden? Und unsere Nachbarin hier, die hat ein Messer um den Hals hängen. Hat mir Jule erzählt, das Amulett um ihren Hals ... das muss verdammt scharf sein. Damit können wir uns befreien. Hörst du Karin?"
Zu seiner Überraschung versuchte Karin, ihren Kopf in Richtung der Mumie zu drehen. Offenbar hatte die Idee mit dem Messer etwas in ihrem Kopf in Gang gesetzt.
Karin flüsterte: „Bist du sicher Al? Bist du sicher, dass das eine Frau ist? Mein Gott, so ein armes Mädchen."
„Mensch, Karin, red keinen Quatsch. Wir müssen irgendwie gemeinsam zu ihr rüber hopsen, verstehst du? Dann schnappen wir uns das Amulett, schneiden die Kabelbinder auf und verschwinden von hier."
„Wow, Al, kling richtig gut."
Al überlegte und fühlte zum ersten Mal etwas Zuversicht in seiner Brust aufkommen. Er hatte einen Plan, und jetzt müssten beide die letzte noch verbliebene Kraft aufbringen, um zu der Mumie zu gelangen. „Weißt du noch, Karin, wie wir als Kinder Turnübungen im Wohnzimmer gemacht haben. Wir haben uns Rücken an Rücken gesetzt und sind dann, ohne die Hände zur Hilfe zu nehmen, gegeneinanderdrückend aufgestanden."
„Und dann sind wir zur Seite umgefallen und haben uns totgelacht." Karins zweideutige Antwort klang verbittert. Aber irgendwie schwang zum ersten Mal auch etwas Zuversicht mit, etwas Lebensmut, wenn auch gepaart mit einer ordentlichen Portion Sarkasmus.
„Wir müssen es probieren Karin. Ich glaube, das ist unsere einzige Chance. Also, pass auf, ich zähle eins, zwei, drei, und dann drücken wir mit aller Kraft, so wie damals als Kinder." Karin sagte nichts, und Al war sich nicht sicher, ob sie mitmachen würde oder langsam wieder bewusstlos wurde. „Also, Karin, eins, zwei, drei ..." Mit langsam zunehmender Kraft stützte sich Al gegen den

Rücken seiner Schwester und stellte beruhigend fest, dass sie zaghaft mitmachte. Tatsächlich kamen beide ein Stück vom Boden weg, sanken dann jedoch wieder erschöpft zusammen.
„Verdammt, Al, ich schaff das nicht." Karin klang verzweifelt, ihre Stimme war jedoch fester, als wollte sie es tatsächlich noch mal versuchen.
„Wir müssen es schaffen, Karin. Denk mal zurück. Mein Gott, wie haben wir das damals so leicht hingekriegt, zig Mal hintereinander. Wir müssen nur einmal, ein einziges Mal hochkommen, und dann hüpfen wir gemeinsam zur Seite, bis unsere Dame genau zwischen uns sitzt. Komm, Karin, wir müssen es ganz einfach noch mal probieren. Hörst du?"
Karin fing wieder an, zu schluchzen. Sie wusste, dass sie die Kraft dazu nicht mehr hatte.
„Kopf hoch, Karin! Weißt du noch, wie wir uns in der Aquariumsgruppe über scheinbar aussichtslose Situationen unterhalten haben, in denen uns Gott ungeahnte Kräfte geben kann?"
Karin flüsterte matt und erschöpft. „Aquarium, oh Gott ...", Karin murmelte noch ein paar Worte, die Al nicht verstand. Der Rest ihrer Stimme klang so verzweifelt und doch so bittend. Sie begann wieder zu schluchzen. Al versuchte Karin erneut einzufangen, sie aufzuwecken. Stattdessen sank er für einen Moment zusammen, begleitete Karin still weinend in ihrer Verzweiflung. Dann besann er sich aufs Neue, aufgeschreckt, wie aus einem Traum, holte tief Luft und presste sich erneut mit der noch verbliebenen Kraft an Karins Rücken. Er musste ihr ein letztes Mal unmissverständlich klar machen, dass er noch nicht aufgegeben hatte.
„Du, Karin, ich hab da jemanden kennengelernt, Pater Lorenzo, der hat zwar nicht viel gesagt, aber vielleicht war es gerade das, was mich zum Nachdenken gebracht hat." Al lachte kurz. „Stell dir vor, Karin, ich habe in einer Klosterzelle übernachtet und

dann am nächsten Morgen um fünf die Glocken geläutet. Bing, bong, bing, bong. Die habe ich so laut geläutet, dass es die ganze Welt hören sollte. Das war ein Gefühl, sag ich dir, unbeschreiblich. Bing, bong, bing, bong."

Karin flüsterte plötzlich, ebenso wie aus einem Traum erwacht. „Ach, du warst das? Ich glaub, ich hab dich gehört, Al. Bing, bong, bing, bong."

„Genau so war's, bing, bong, bing, bong."

Wie zum Klang der Glocke, fingen beide im plötzlichen Einklang an zu murmeln „Bing, bong, bing, bong", immer lauter und kräftiger kamen die Töne aus ihren trockenen Kehlen empor, „Bing, bong, bing, bong." Dabei wippten beide wie in Trance vor und zurück, immer wieder, immer stärker.

„Bing, bong, bing, bong." Plötzlich schrie Al aus Leibes Kräften. „Jetzt, Karin!" Mit letzter Kraft stemmten sich beide gegeneinander, spürten, wie sie immer höher kamen und dann im Rhythmus der Glocke immer weiter rückwärts aufeinander zu hopsten, wie damals als Kinder, bis sie schließlich Rücken an Rücken standen. Beide waren überrascht, wussten nicht, wie ihnen geschah, wie sie im letzten Moment doch noch die Kraft aufbrachten, sich aufzurichten. Verwirrt stammelte Al vor sich hin. „Karin bist du noch da? Mensch, Karin, das war gut, das war richtig gut." Beide atmeten tief durch. Karin konnte es kaum fassen, dass sie standen. Allerdings taumelte sie in alle Richtungen, sodass Al Mühe hatte, sie zu stabilisieren.

„Jetzt müssen wir gemeinsam zur Seite hüpfen, bis wir über ... na ja, über unserer Indiodame stehen."

„Und du bist sicher, dass es eine Frau ist?" Karins Stimme klang zerbrechlich und trotzdem deutlich stärker und kräftiger.

„Keine Ahnung, ich glaube, Jule hat sie auch schon so genannt. Ist ja auch egal, Hauptsache, wir kommen an ihr Amulett."

„Na dann ..."

„Also, Karin, ich zähle noch mal eins, zwei, und bei drei hüpfen wir ein kleines Stück auf sie zu, okay?"
„Alles klar."
„Also, eins, zwei, drei und hopp." Bei hopp sprangen beide tatsächlich etwa zehn Zentimeter in Richtung der Mumie. Die Kabelbinder rissen erbärmlich an ihren Knöcheln und Handgelenken. Al verkniff sich angestrengt den beißenden Schmerz, um Karin nicht zu entmutigen. Karin schien keine Schmerzen mehr zu spüren.
„Mensch, super, Karin. Also noch mal, ein, zwei, drei und hopp." Nach etwa fünf gemeinsamen Sprüngen waren sie bei den Füßen der Mumie angekommen.
Inzwischen war der Mond aufgegangen. Das kalte Licht des Vollmonds leuchtete in die vom Bagger zuvor aufgerissene Öffnung des Gewölbes und versetzte den Innenraum in eine gespenstisch wirkende Atmosphäre. Al überlegte, wie er jetzt an das Amulett kommen könnte, das sich nun fast genau unter ihren zusammengebundenen Händen befand.
„Jetzt müssen wir langsam in die Hocke gehen, und ich versuche, das Amulett dann zu greifen. Alles klar, Karin, kannst du noch?"
Al merkte, wie Karin anfing zu zittern.
„Al, mir ... mir wird so komisch ... so komisch im Kopf ... oh Gott ... ich ..." Im nächsten Moment sackte Karin in sich zusammen, und beide fielen direkt auf die Mumie, was dazu führte, dass sich der Kopf der Mumie vom Rumpf löste und wie eine Kokosnuss zur Seite kullerte. Al und Karin hatten den Rest der Mumie unter sich begraben. Die Rippen der Mumie waren dabei wie morsches Holz leise krachend gebrochen und in sich zusammengefallen. Dann trat Stille ein. Karin atmete tief ein, drehte vorsichtig den Kopf und stammelte. „Was ist passiert?" Dann schrie sie entsetzt auf. „Oh, mein Gott!" Al hörte, wie Karin würgte, aber zum Glück nichts erbrechen konnte.

„Karin, was ist passiert? Sag doch was!", schrie Al verzweifelt. Der Kopf der Mumie war etwa einen Meter vor Karin zum Liegen gekommen. Das Kopftuch war zur Seite gerutscht, sodass das eingefallene Gesicht der Mumie Karin grinsend anglotzte. Als Karin ihre Augen geöffnet hatte, blickte sie direkt in die eingefallenen Augen des Schädels. Die brüchigen weißen Zähne leuchteten dabei fahl-weiß im Mondschein.
„Scheiße, Al, hab mich nur fürchterlich erschreckt, nichts weiter, geht schon wieder. Und jetzt ... hab alles vermasselt, verdammt."
„Gar nicht, Karin, als der Kopf zur Seite rollte und wir langsam aber sicher auf die Mumie zu sanken, habe ich das Amulett in die Finger bekommen. Stell dir vor, ich hab's in der Hand."
Karin stöhnte erleichtert „Mein Gott, Al, das glaubt uns doch keiner. Mumie geköpft, Mumie geplättet und dann noch das Amulett geklaut." Erst jetzt wurde Karin klar, dass sie auf den Resten der Mumie lagen und Al hörte erneut ihr Würgen. Al war erleichtert, dass Karin wohl zum ersten Mal das Gefühl hatte, ihre Geschichte später jemandem zu erzählen, das Gefühl, doch noch gerettet zu werden.
„Komm, Karin, jetzt müssen wir nur noch das Ding zwischen unsere Handgelenke bekommen und mit bisschen hin und her Ruckeln diese verdammten Kabelbinder durchschneiden."
Vorsichtig versuchte Al, das Amulett am Handgelenk vorbei zu schieben, was erstaunlich gut klappte. Er ruckelte wie geplant hin und her und hörte mit Erleichterung, wie die scharfe Klinge tatsächlich am Kabelbinder rieb. Jedes Ruckeln führte jedoch zu schrecklichen Schmerzen bei Al, inzwischen auch wieder bei Karin, da durch jede noch so kleine Bewegung der schmale Kabelbinder in ihr Fleisch schnitt. Al spürte, wie eine warme Flüssigkeit an seinen Fingern hinab lief und in den Sand tropfte. Er war sich nicht sicher, ob es Karins oder sein eigenes Blut war.

„Al, kleinen Moment bitte ... tut so verdammt weh." In dem Moment rutschte Al das Amulett aus den blutverschmierten Fingern. Er bäumte sich auf. „Nein, verdammte Scheiße, nicht das jetzt, das darf nicht wahr sein!" Er brüllte so laut, dass fast zu befürchten war, der Rest des Kuppeldaches könnte einstürzen. Danach war es wieder still, totenstill. Karin hatte mitbekommen, dass ihm das Messer aus der Hand gefallen war, und fing leise an zu schluchzen.

„Verbluten soll wenigstens schneller gehen als Erfrieren", flüsterte Karin kraftlos, als sie fast erleichtert merkte, wie das Blut ungehemmt aus ihrem noch immer geknebelten Handgelenk rann. Al bäumte sich verzweifelt auf und brüllte erneut in den Raum. Karin stöhnte kraftlos vor Schmerzen, als im nächsten Moment ein leises, knallendes Geräusch zu hören war. Beide fühlten sofort ein befreiendes Gefühl an ihren Handgelenken. Offenbar hatte Al den Kabelbinder fast durchgeschnitten, sodass dieser durch sein verzweifeltes Aufbäumen komplett durchgerissen war. Vorsichtig versuchte Al, seine Hände zu bewegen, und konnte es kaum glauben, als er sie vor sein Gesicht hielt.

„Wir haben es geschafft, Karin, wir haben es geschafft!", rief er begeistert. Karin antwortete nicht, sie war bewusstlos geworden, vielleicht vor endgültiger Schwäche, vor Kälte oder vielleicht auch durch den Schmerz bei seinem letzten Aufbäumen.

Vorsichtig tastete Al nach dem Amulett unter sich. Der trockene Sand hatte sich zu einem lehmigen Klumpen aus Dreck und Blut verwandelt. Als er das Amulett zu packen bekam, machte er sich sofort daran, die übrigen Kabelbinder zu zerschneiden. Karin rollte bewusstlos zur Seite. Ihre Handgelenke bluteten heftig. Zum Glück war es keine arterielle Blutung, genug jedoch, um Karin die letzte Lebenskraft zu rauben. Ähnlich wie Jule damals schnitt Al einige Tücher der Mumien zu Streifen und verband damit Karins und seine eigenen Wunden. Sie brauchte rasch Hilfe, das war ihm klar, und so machte er sich daran, sie aus der Höhle ins Freie zu tragen. Doch nach wenigen Metern außerhalb der Höhle sank er kraftlos in sich zusammen. Allein könnte er es vielleicht schaffen, aber Karin bis zu seinem Käfer tragen, das würde kaum möglich sein. Hier zurücklassen würde er sie jedoch auf keinen Fall. Erneut versuchte er, sie über seine Schulter zu legen, und stemmte sich mit aller Kraft nach oben, um sich ein paar weitere Meter zu schleppen. Wie oft hatte ihm der Klang der Glocke bereits geholfen, und so meinte er jetzt erneut, deren Klang in der Ferne zu hören. „Bing, bong, bing, bong." Mit jedem Ton der Glocke versuchte er, einen Schritt nach vorne zu kommen. Wie in Trance schleppte er sich mit Karin auf der Schulter den zum Glück flachen Anstieg zum Kraterrand empor. „Bing, bong, bing, bong." Al brachte nur noch ein Röcheln hervor. „Bing, bong, bing, bong." Dann verlor er das Bewusstsein.

Frankfurt, Juli 2009

Als Al am nächsten Morgen in die Klinik kam, musste er sofort zum OP. Während er sich umzog, die Hände und Finger bürstete, inzwischen routiniert die Abdeckungsprozedur begleitete, und sich schließlich an seinen Haken festhielt, dachte er die ganze Zeit an Jule, wie sie im Moment von ihren Eltern abgeholt würde und sie Richtung Straßburg davon fuhren. Sie würden sich wiedersehen, das war seine Hoffnung. Nur, wann? Die Zeit verflog manchmal so schnell und jetzt, beim Gedanken daran, Jule lange nicht sehen zu·können, konnte die Zeit so lang erscheinen, so träge, so klebrig. Doch dann gab es einen kleinen Hoffnungsschimmer. Sie würden sich zwischenzeitlich Briefe schreiben, wenn nötig, jeden Tag. Al schoss durch den Kopf, dass er wieder einmal keine Adresse von Jule hatte. Doch diesmal kannte er die

Telefonnummer der Eltern und spätestens über die müsste er ja ihre Adresse in Argentinien erfahren können. Sicher würde sie ihm jedoch bereits vorher schreiben.
Die nächsten Tage im Krankenhaus vergingen wie im Nebel, dumpf und orientierungslos. Kein Lichtblick, kein Sonnenstrahl, auf den er sich freute, der den Nachmittag mit Licht und Wärme erfüllte. Das Zusammensein mit Jule hatte ihn so ausgefüllt, war zu einem festen Orientierungspunkt in seinem Leben geworden, dass er bei dem Gedanken, sich am späten Nachmittag wieder in seine einsame Wohnung zu verkriechen, eine schreckliche Leere empfand. Da kam es ihm ganz recht, dass er am kommenden Montag wieder zu Vorlesungen und Praktika antreten musste. Ablenkung war das Einzige, was half. Täglich ging er nachmittags herzklopfend zum Briefkasten, um nachzusehen, ob ein Brief von Jule angekommen wäre. Aber es kam nichts, kein Brief, kein Telefonat, keine SMS. Zum Glück waren die Tage angefüllt mit viel Arbeit, Vorlesungen und Praktika und dazwischen Lernstress, das Pensum bis zur nächsten Klausur schaffen zu können. Al hatte eigentlich keine Zeit, lange Trauerphasen einzulegen, obwohl ihm oft danach war.
Es vergingen Wochen ohne ein Lebenszeichen von Jule, bis Al es nicht mehr aushielt. Eines Nachmittags rief er auf seiner früheren Station an und fragte nach Schwester Hiltrud. „Doktorle, na, das ist ja eine Überraschung. Was gibt's Neues, werde ich zur Verlobung eingeladen?" Offenbar ahnte Schwester Hiltrud bereits, warum er anrief. So langsam fragte er sich, ob spezielle Personen in seinem Umfeld, wie Karin, Schwester Hiltrud, vielleicht auch Jule, die Gabe hatten, seine Gedanken zu lesen, oder ob es vielleicht er selbst war, der seine Gedanken offen mit sich herumtrug, wie so eine Art fortlaufender Untertitel auf seiner Stirn. Die Stimme von Schwester Hiltrud erfüllte ihn mit dem, wonach er sich in den letzten Tagen so sehnte: mit Hoffnung, Kontakt zu

Jule zu finden. „Schwester Hiltrud, gut, dass ich Sie am Telefon habe. Wieso Verlobung? Ach ja, schön wär's, aber ..." Al hatte sich keine Gedanken gemacht, wie er Schwester Hiltrud die Adresse von Jules Eltern entlocken könnte.

„Doktorle, sagen sie bloß, Sie haben keine Adresse von der kleinen Camus und jetzt soll ich Ihnen helfen." Al räusperte sich, wusste aber nichts zu antworten. „Sie wissen ja, dass ich das eigentlich nicht darf, aber in diesem Fall."

Al atmete tief ein. „Ach Gott, Schwester Hiltrud, wie blöd kann man nur sein, aber ..."

„Ja, ich weiß, nur Augen für das Mädel, da kann man schon mal was vergessen."

„Also, Sie würden mir einen riesigen Gefallen tun und ..."

„Und Sie laden mich zur Verlobung ein, als Patentante wäre ich auch nicht schlecht." Schwester Hiltruds unbeschwertes Lachen drang durch den Hörer, ein Lachen, das sie sich trotz schwieriger Jahre als Stationsschwester nie abgewöhnt hatte und auf Station immer wieder für Heiterkeit sorgte.

„Mensch, Hiltrud!", platzte Al heraus, „... das werde ich Ihnen nie vergessen und zur Taufe, da sind Sie bereits fest eingeplant, versprochen, aber ..."

„Genau, aber jetzt müssen Sie die kleine Jule erst einmal ausfindig machen." Al hörte, wie Schwester Hiltrud am Computer die Tasten klappern ließ, dann gab sie ihm langsam buchstabierend die Adresse und Telefonnummer von Jules Eltern durch. Al wiederholte die Adresse und atmete tief durch, als habe er gerade die erste Nachricht von Jule erhalten. „Also, Schwester Hiltrud, das bleibt unter uns, keine Sorge."

„Doktorle, machen Sie sich da bloß keinen Stress. Erstens ist das mein letztes Jahr hier in diesem Hühnerstall und zweitens ...", Schwester Hiltrud suchte nach den richtigen Worten „Na ja, das zweite haben Sie mir ja schon versprochen. Und jetzt muss ich hier mal weiter schaffen. Lassen Sie bei Gelegenheit von sich hören, und Al ...", nach einer kleinen Pause fügte Schwester Hiltrud fast flüsternd hinzu: „Bleiben Sie dran, Al, die kleine Camus, das ist ein tolles Mädchen, genau die Richtige für Sie, glauben Sie mir. Also dann, halten Sie die Ohren steif, und bis bald." Ohne eine Antwort abzuwarten, legte Schwester Hiltrud den Telefonhörer auf die Gabel.

Al war wie betäubt, erst jetzt wurde ihm klar, dass Schwester Hiltrud ihn zum ersten Mal nicht Doktorle, sondern mit Al ansprach. Sie meinte es ernst, das war klar zu verstehen.

An Jules Eltern konnte sich Al nur vage erinnern, nur dass sie deutlich älter waren als seine eigenen Eltern und, dass sie mit Jule ein enges, vertrauensvolles Verhältnis hatten. Die wenigen Momente, in denen sie sich auf Station getroffen hatten, waren ausgesprochen freundlich, mehr aber auch nicht. Es war ihm etwas mulmig zumute, sie anzurufen, um nach Jules Adresse zu fragen. Dann fiel ihm auch ein, dass sie wahrscheinlich erst mal Französisch reden würden und da konnte er trotz seines damaligen Sprachaufenthaltes in Nizza kaum mithalten. Er musste also von Anfang an klarstellen, was er wollte, und zwar auf Deutsch.

„Camus", war die kurze Antwort einer rauen nüchternen Stimme am anderen Ende der Leitung.

„Hallo, mein Name ist Al, ich meine natürlich Albert Steinhoff. Ich bin ein Freund von Jule und würde sie gerne mal sprechen, wäre das möglich?" Vielleicht war es klug, erst mal nichts davon verlauten zu lassen, dass er von Jules Argentinien Aufenthalt wusste.

„Das tut mir leid, Juliette ist gerade nicht zu sprechen, sie ist verreist." War die kurze, fast barsch wirkende Antwort.

„Verreist, ich verstehe. Vielleicht haben Sie ja ihre Adresse und ich könnte ..."

„Hören Sie …“, unterbrach ihn die raue Stimme am anderen Ende, „ich sagte doch schon, sie ist verreist und ich kann Ihnen auch nicht genau sagen, wann sie wieder da ist.“
„Ja, das hatte ich bereits verstanden, aber ich muss sie ganz dringend sprechen und vielleicht könnten Sie mir doch ihre Adresse …“, wieder wurde Al unterbrochen.
„Das geht im Moment nicht, vielleicht könnten Sie später noch mal anrufen, so in einigen Wochen, dann ist sie vielleicht wieder da.“ Ohne dass Al noch ein Wort sagen konnte, wurde am anderen Ende das Telefonat beendet. Offenbar war ihr Vater in der Leitung. Schade, dachte Al, mit der Mutter hatte er gleich einen Draht gehabt. Der Vater war eher reserviert. Vielleicht ahnte er ja bereits eine gewisse Konkurrenz. Und was Jule betraf … offenbar hatte sie erst mal alle Kontakte storniert, alle Zelte hinter sich abgebrochen, um ganz alleine ihrer Forschung über die blauen Kugeln nachzugehen. Al wusste nicht recht, was er davon halten sollte. Vielleicht hatte sie auch Angst, dass ihre Erkenntnisse zu früh an die Öffentlichkeit geraten würden. Wie dem auch sei, das Telefonat mit dem Vater brachte auch keine Hilfe und so hieß es weiterhin warten auf ein Lebenszeichen von Jule.
Plötzlich schoss es ihm heiß durch den Kopf. Und was ist, wenn sie in der Klemme steckte, ihre Forschungsergebnisse sie bereits in größte Schwierigkeiten gebracht hatten? Al versuchte sich damit zu trösten, dass ja möglicherweise nur er selbst von dem seltsamen und in letzter Instanz gefährlichen Fund wusste und Jule vermutlich auch deshalb ganz bewusst alle Kontakte erst mal abgebrochen hatte, sogar zu ihren Eltern.
Im nächsten Moment zuckte Al zusammen. Das Telefon klingelte und am anderen Ende war die vertraute Stimme von Karin zu vernehmen.
„Hi, Al, wollte man anklingeln, wie es dir geht?“
„Karin, schön, dass du anrufst … wie es mir geht? Tja, so lala.“

„Eigentlich wollte ich gar nicht stören, jetzt wo du Jule wieder gefunden hast. Seid ihr ..."
„Karin, du wirst es nicht glauben, sie ist schon wieder weg, einfach verschwunden. Dabei hat alles so prima angefangen."
„Wie bitte, schon wieder weg? Aber du hast doch sicher ihre Adresse, ihre Telefonnummer?"
„Ich wünschte, es wäre so, aber sie ist nach ...", Al schluckte, da er Jule versprochen hatte, niemandem gegenüber Argentinien zu erwähnen.
„Hallo, Al, bist du noch da?"
„Jaja, ich bin noch da, es ist nur ... weißt du, ich habe Jule versprochen, nichts von ihrem Vorhaben zu erzählen, aber wo sie genau steckt, weiß ich halt auch nicht, nur so ungefähr." Al kam eine Idee. Jule hatte ihm zwar erzählt, dass Professor Krastchow auch nichts von ihr erfahren habe, aber zumindest war sie mit ihm vermutlich schon mal in der Nähe gewesen und vielleicht könnte Karin einiges in Erfahrung bringen, zumal sie auf demselben Campus in Freiburg studierte. Noch ehe Al seinen spontanen Plan seiner Schwester mitteilen konnte, kam ihm Karin zuvor.
„Was hältst du davon, wenn ich mal bei ihrem Professor vorbeischaue? Vielleicht weiß der ja, wo sie steckt."
„Du meinst Professor Krastchow? Ich glaube, das könnte eine gute Idee sein. Allerdings ... möglicherweise hat sie sich kurz vor ihrer Abreise mit ihm überworfen. Zumindest hatte sie so ein paar Andeutungen gemacht."
„Na ja, manchmal gibt's so ein paar Meinungsverschiedenheiten, aber ich kann mich ja mal ganz blöd stellen, vielleicht kann er mir wenigstens ihre Adresse oder Telefonnummer geben."
„Ach, Karin, das wäre fantastisch, aber ich möchte dich da nicht mit reinziehen, verstehst du."
„Sag mal, Al, liebst du Jule?" Al schluckte nach dieser sehr direkten Frage.

„Es ist seltsam, Karin. Wir kannten uns damals von der Insel her kaum und trotzdem ging sie mir in den Jahren nie aus dem Kopf. Und jetzt sehen wir uns per Zufall wieder und reden miteinander, als würden wir uns seit Jahren kennen."
„Al, du liebst sie doch oder?"
Al atmete tief durch. „Karin, das klingt verrückt, aber ich kann mir nichts Schöneres vorstellen, als immer mit ihr zusammen zu sein, ihre Stimme zu hören, mit ihr zu reden, sie zu berühren ..."
„Al, du liebst sie, das ist ganz und gar nicht verrückt." Für einen Moment war es komplett still am Telefon, dann antwortete Al mit einer Erleichterung in der Stimme, endlich das auszusprechen, wovon er in Wirklichkeit schon längst im tiefsten Inneren überzeugt war. „Ja, Karin, du hast recht, ich liebe Jule, aber ..."
„Lass mich raten ... du hast ihr das so nicht gesagt, und jetzt ist sie nicht erreichbar."
„Sag mal, Karin, das wollte ich dich schon immer mal fragen. Wie kommt es eigentlich, dass du immer meine Gedanken lesen kannst? Ist das nur bei mir so, oder ist das bei dir so eine allgemeine Begabung?"
„Ach weißt du, Al, du bist einfach so ein lieber Kerl, so ... wie soll ich das sagen ... irgendwie so offen, so transparent. Da fällt es sicher niemandem schwer, deine Gedanken zu erraten." So etwas hatte Karin noch nie zu ihm gesagt. Überhaupt klang ihre Stimme etwas anders als sonst, nicht so hart, eher weich, vielleicht auch eher etwas zerbrechlich und unsicher.
„Sag mal, Karin, wir reden immer nur von mir. Wie geht es bei dir? Alles in Ordnung?"
„Jaja, Al, alles in Ordnung, könnte nicht besser sein." Al wusste gleich, dass dies nicht stimmte.
„Karin, wir sollten uns mal wieder sehen. Das Gespräch mit dir auf Vaters Geburtstag hat mir richtig gut getan."

„Al, stell dir vor, wir haben hier in Freiburg wieder eine Aquariumsgruppe. Kannst du dich noch an Nadjeschda erinnern, die in Münster mit uns zusammen war? Sie kam damals später dazu und war erst etwas unscheinbar. Sie studiert auch hier in Freiburg, irgendetwas mit Politik und Wirtschaft. Sie will später mal in der russischen Botschaft in Frankfurt arbeiten. Wir haben uns getroffen, war richtig nett. Dann haben wir noch ein paar andere angesprochen und jetzt sind wir bereits zu fünft. Ist doch super, oder? Also, wir treffen uns jeden zweiten Samstag und es ist so wie damals. Wir reden über Gott, wir lesen aus der Bibel und ... na ja, es ist genauso umwerfend wie damals in Münster, als du noch dabei warst."

Al erinnerte sich sofort an die vielen Treffen und wie ihm das, obwohl er erst gar nichts davon wollte, nachher so wichtig wurde, ihn immer wieder aufgebaut und immer wieder irgendeine tiefe Kraft gegeben hatte. Fast hätte er das vergessen, dabei könnte er solche Treffen, solche Gespräche, solche Gebete im Moment so gut gebrauchen. Wahrscheinlich würde er sein ganzes Herz ausschütten. Schon jetzt spürte er etwas Aufbauendes, etwas Befreiendes, allein, weil er mit Karin darüber redete.

„Al, vielleicht hast du Lust und Laune noch mal dazuzukommen. In zehn Tagen treffen wir uns hier bei mir, und es wäre super, wenn du kommen könntest."

„In zehn Tagen, das passt eigentlich ganz gut, da ich nächste Woche noch eine schwere Klausur habe und dann erst mal für eine ganze Weile nichts. Also gut, Karin ich komme am Samstagmorgen, und vielleicht kann ich bei dir ja noch mal übernachten ... oder stör ich?"

„Nein, Al, du störst auf keinen Fall, ich bin ..." Karin verstummte für einen Moment, seufzte und fuhr mit trockener Stimme fort. „Weißt du, Al, ich lebe im Moment allein und etwas Gesellschaft täte mir vielleicht ganz gut."

Also das war es, warum Karin so anders klang. Al wollte das Thema jedoch nicht am Telefon aufgreifen und bestätigte nur, dass er am Samstag in zehn Tagen bei ihr auf der Matte stehen würde.
Dank der schweren Prüfung und des bis dahin großen Lernpensums vergingen die Tage wie im Fluge und Al spürte seit Langem wieder so etwas wie Vorfreude, sich in seinen alten Klappergolf zu setzen, um nach Freiburg zu seiner Schwester zu fahren. Eine Nachricht von Jule traf jedoch nach wie vor nicht ein.
Als Al bei Karin klingelte, überfiel ihn eine seltsame Vorahnung. Karin sah sehr blass aus. Sie fiel ihm um den Hals. Sie hielten sich eine Weile schweigend in den Armen. Dann blickte sie ihn mit einem verhaltenen Lächeln an. „Komm rein, Al, schön, dass du da bist", waren ihre etwas trockenen Begrüßungsworte. Sie setzten sich an den kleinen Küchentisch. Karin hatte einen Kaffee gemacht, der jetzt in zwei großen Tassen dampfte. „Milch, Zucker?"
„Wir immer nur etwas Milch. Hast du das vergessen?"
„Ach ja, stimmt, entschuldige, habe ich tatsächlich vergessen. Aber jetzt erzähl mal, Al, hast du von Jule gehört?"
Al schaute Karin in die Augen, die gleichsam seinen Blicken auswich. „Hör mal, Karin, alles in Ordnung bei dir? Irgendetwas stimmt doch nicht, oder?"
„Du hast recht, Al, ich habe vor einiger Zeit Schluss gemacht, aber ..." Karin schluckte, als wollte sie etwas Wichtiges für sich behalten. „Aber jetzt geht es schon besser. Genau genommen fühl ich mich irgendwie befreit, viel leichter, verstehst du? Und dann gibt es ja noch unsere Aquariumsgruppe, lauter nette Leute, du wirst sehen. Aber jetzt erzähl schon von dir. Gibt's Neuigkeiten von deiner Jule?"
Al seufzte. „Leider nein, und ihre Eltern haben mir auch keine Auskunft gegeben. Vielleicht sollte ich meine Sachen packen und einfach mal dorthin fliegen. Zumindest weiß ich so etwa, wo sie ist."
„Tja, Al, leider konnte mir Professor Krastchow ..."

„Du warst bei Krastchow?“, fuhr Al erschrocken hoch.
„Ja, hatte ich doch gesagt, und viel verraten konnte ich ja schließlich nicht, da du mir ja keine Details mitgeteilt hattest.“ Al schaute Karin erstaunt an. „Und stellt dir vor, dieser Professor Krastchow war richtig freundlich. Ich habe ihm gesagt, ich wäre eine Freundin von Jule und wollte ihn um eine Auskunft bitten. Dann hat er mich gleich in sein Zimmer gebeten, mir Kaffee angeboten und fing an, mir tausend Fragen zu stellen, die ich alle nicht beantworten konnte. Nach einer Weile hat er sich dann kurzerhand verabschiedet, etwas seltsam, vielleicht sogar etwas unfreundlich, vielleicht weil ich ihm nichts sagen konnte, und dabei wollte ich ja von ihm eine Auskunft, nicht umgekehrt.“ Al schaute Karin tief in die Augen.
„Karin, ich habe das dumpfe Gefühl, da braut sich etwas zusammen, und ich weiß nicht genau, welche Seite dieser Professor Krastchow vertritt. Also, halte dich lieber fern von ihm und seinem Institut. Und was Jule betrifft, na ja, ich hoffe, dass sie sich bald mal meldet. Bislang gab es kein Lebenszeichen von ihr.“
Karin zog die Augenbrauen hoch und machte ein besorgtes Gesicht, was ihre blasse und müde wirkende Erscheinung so verstärkte, dass Al erschrak.
„Vielleicht sollten wir heute Nachmittag mal dafür gemeinsam beten, was meinst du Al?“
„Du hast recht, Karin, das sollten wir. Obgleich ... es fällt mit immer leichter, für andere etwas zu erbitten. Wenn ich für mich um etwas bitte, dann kommt mir das oft wie ein falscher Handel vor. So nach dem Motto, wenn du willst, lieber Gott, dass ich weiter an dich glaube, dann muss ich jetzt mal langsam ein Zeichen von Jule hören.“
Karin lachte zum ersten Mal an diesem Tag. „Weißt du, Al, ich glaube, es ist nicht so schlimm, auch mal um etwas für sich selbst zu bitten. Außerdem sind wir ja auch noch da. Ich denke, wir sind

alles nur Menschen mit unseren Schwächen und ..." Karin hielt plötzlich inne, atmete tief durch und schaute dabei nachdenklich zur Seite. Plötzlich sprang sie auf und sagte, ohne Al anzuschauen: „Noch zwei Stunden, dann kommen alle, und ich hatte versprochen, etwas zu essen vorzubereiten. Also, Al, mach es dir bequem, ich bin in knapp einer Stunde wieder da."
Karin schnappte sich ihre Jacke und rauschte aus der Wohnung, ohne dass Al noch ein Wort sagen konnte. Nachher ärgerte er sich, Karin nicht beim Einkaufen geholfen zu haben. Sicher hatte sie Einiges zu schleppen. Und doch hatte er das ungute Gefühl, sie wollte sich im Moment nicht weiter mit ihm unterhalten, wollte allein sein. Auch als sie später wiederkam und eine Lasagne vorbereitete, war sie ungewohnt still und abweisend, sodass es Al vorzog, die Zeitung durchzublättern, die Karin mitgebracht hatte. Gegen fünf Uhr klingelte es an der Tür und es standen vier Leute im Alter von Karin und Al vor der Tür. Gut gelaunt traten sie ein und Karin stellte allen ihren Bruder vor.
„An Nadjeschda kannst du dich sicher noch erinnern." Karin strahlte zum ersten Mal gelöst und locker, als sie Nadjeschda ihrem Bruder vorstellte.
„Klar, Nadjeschda, wie könnte ich dich vergessen, alles so weit in Ordnung?" Nadjeschda hatte immer noch ihren russischen Akzent. Al fiel sofort auf, dass aus der unscheinbaren, grauen Erscheinung von damals eine attraktive und selbstbewusste junge Frau geworden war.
„Al, schön dich zu sehen. Karin hat von dir erzählt und dass du vielleicht heute dazu kommst. Was mich betrifft, ich werde mein Studium Ende des Jahres beenden und habe ganz gute Chancen, in der russischen Botschaft eine Stelle zu bekommen."
„Klingt gut, und wahrscheinlich gibt es nur wenige, die so gut Deutsch und Russisch sprechen wie du. Da hast du bestimmt sehr gute Chancen."

Karin breitete die Arme aus und verkündete mit einem breiten Lächeln, als ob sie es kaum erwarten könnte: „Kommt, wir fangen an, und nachher gibt es eine leckere Lasagne." Wie damals in Münster setzten sich alle im Kreis und es trat erst mal eine lange Stille ein. Jeder sollte für sich den Tag, die Woche gedanklich abschließen. Anschließend konnte jeder in einem Gebet mitteilen, was ihm wichtig erschien. Die Stille zwischendurch war fast greifbar, so, als ob die vorgebrachten Sorgen und Probleme wie durch einen Schlot in der Decke abziehen würden. Al atmete tief durch, es war natürlich Jule, an die er dachte, aber sich nicht so recht traute, dies als Bitte jetzt und hier vorzutragen. Karin ergriff plötzlich das Wort, betete um eine Nachricht von Jule. Al spürte sein Herz klopfen. Im Stillen betete er für Karin, für ihre Probleme, die sie ihm nicht anvertrauen wollte. So ging es reihum. Jeder brachte das hervor, was ihm wichtig war. Wie damals spürte Al eine große Last von seinen Schultern weichen. Er fühlte sich befreit, berührt von einem lebensnahen Glauben, der alle in diesem Moment miteinander verband. Es war ein friedliches, ruhiges Miteinander. Er wusste, dass sich nicht alle Probleme damit lösten, aber es war ein gutes Gefühl, sie gemeinsam einer höheren Macht anzuvertrauen. Gemeinsam lasen sie aus der Bibel Abschnitte, die irgendeinem als neu und überraschend aufgefallen waren. Er saugte die Worte auf wie eine ausgetrocknete Pflanze, die gerade gegossen wurde. Er spürte neues Leben in seinen verwelkten Blättern keimen. Es war ein Moment, in dem alles einem höheren, einem guten Sinn folgte.
Nach einer knappen Stunde stiller Gespräche und Meditation war es die Aufgabe des Gastgebers, ein Schlussgebet zu sprechen. Al schloss die Augen und saugte jedes Wort von Karin auf. Es waren Worte wie helle, wärmende Sonnenstrahlen nach einem langen trüben Tagen. Zum ersten Mal seit Wochen fühlte er sich nicht mehr getrieben und rastlos, spürte stattdessen so etwas

wie Glück und Ruhe und vor allem eine starke Zuversicht, dass sich alles, insbesondere im Zusammenhang mit Jule, zum Guten wenden würde.

Die Stimmung beim Essen war fröhlich und heiter. Es hätte für Al stundenlang so weitergehen können. Als dann schließlich alle aufbrachen, spürte er eine Leere, gleichzeitig aber auch das gute Gefühl, von jedem etwas erhalten zu haben, von dem er noch lange zehren konnte.

„Mensch, Karin, wie damals in Münster. Das tut richtig gut."

Karin lächelte und erwiderte kurz: „Stimmt, wie damals und jedes Mal doch wieder neu." Sie hatte ein gelöstes Lächeln im Gesicht, das aber auch signalisierte, mit diesem Gefühl den Abend beenden zu wollen. „Also dann, Al, im Bad habe ich dir noch ein Handtuch hingelegt, und Bettlaken und Bezug für das Sofa. Gute Nacht, schlaf gut." Damit drehte sie sich um und verschwand in ihrem Schlaf-Arbeitszimmer.

Als am nächsten Morgen die Sonne durch das Fenster schien und Al sich blinzelnd in dem kleinen Wohnzimmer umherblickte, war es auffallend still. Meist war ja Karin vor ihm wach, zumindest war das früher immer so gewesen. Diesmal hörte er nichts. Er stand auf, und auf dem kleinen Wohnzimmertisch lag eine mit großen Buchstaben geschriebene Notiz. Er erkannte sofort Karins Schrift.

„Lieber Al, hatte vergessen, dir mitzuteilen, dass ich neuerdings als Altenpflegerin etwas Geld verdiene und leider heute Dienst habe. Kaffee und Brötchen sind in der Küche. Würde mich freuen, wenn du immer mal wieder vorbeikommst, insbesondere zur Aquariumsgruppe. Also dann, bis bald, deine dich liebende Schwester Karin"

Al setzte sich auf das Sofa zurück. Gerne hätte er sich noch mit Karin unterhalten, noch mal hinterfragt, was ihr auf der Seele brannte, wollte ihr helfen. Aber offensichtlich wollte sie sich

nicht helfen lassen, noch nicht, dachte Al. Er aß ein Brötchen, trank rasch eine Tasse Kaffee, der bereits fast kalt war, und machte sich auf den Weg nach Frankfurt. Er war froh, nach Freiburg gekommen zu sein, aufzutanken unter Gleichgesinnten. Nur um Karin machte er sich Sorgen und nahm sich vor, sie öfter als bisher anzurufen.
Gedankenversunken betrat er das Haus, öffnete seinen Briefkasten und blieb wie angewurzelt stehen. Mit zitternden Händen und fast schmerzhaftem Herzklopfen öffnete er einen Brief von Jule.

Puna Salteña, Juni 2010

Bing, bong, bing, bong. Das gleichmäßige Läuten der Kirchenglocke von Santa Rosa de los Pastos drang an Als Ohren. Die Sonne stach durch das Fenster seines Klosterzimmers. Sein Kopf dröhnte wie nach einem wirren Albtraum. Langsam verstummte die Kirchglocke und Al schaute sich in seinem kleinen kargen Zimmer verwirrt um. Hatte er das alles nur geträumt? Ein konfuser Albtraum nach einem langen Flug und der unheilvollen Vorahnung, die ihn beim Hinflug schon ständig gequält hatte? Er hob die Hand, um sich vor den Sonnenstrahlen, die direkt auf seinen Kopf leuchteten, zu schützen. Da bemerkte er die Verbände an Hand- und Fußgelenken, die zerschlissenen Klamotten am Körper und es zuckte ihm durch den Kopf. „Karin!", rief er, doch er war allein in dem kleinen Zimmer. Er sprang auf, sank dann jedoch rasch wieder auf sein Bett zurück. Schmerzen am ganzen Körper deuteten darauf hin, dass er nicht geträumt hatte. Langsam schleppte er sich aus dem Zimmer in Richtung der kleinen Kirche. Die Haustür zu Pater Lorenzos Klause stand offen. Kaum hatte er seinen Kopf durch die Tür gesteckt, hörte er Pater Lorenzo freudig rufen: „Al, dem gütigen Himmel sei Dank." Dabei bekreuzigte er sich andachtsvoll. „Ich dachte, du würdest gar nicht mehr wach werden. Deine Schwester und ich haben uns bereits prima unterhalten." Karin saß müde lächelnd neben Pater Lorenzo. Sie war sehr blass, hatte aber offenbar wieder Kraft schöpfen können. Erleichtert setzte sich Al dazu und war wahrscheinlich noch nie so glücklich gewesen, seine Schwester zu sehen, wie in diesem Moment.

„Karin, Gott sei Dank, aber wie ..."

Pater Lorenzo unterbrach ihn. „Al, mir war gleich nicht wohl bei dem Gedanken, dass du da oben in den Bergen alleine rumspringst, und als ich mich erinnerte, wie in der Nacht zuvor die Laster durchrauschten, habe ich ein paar Freunde im Dorf zusammen getrommelt. Das sind alles Indios, und für die ist der Ort, wo du gestern warst, sehr heilig. Leider traut sich bei Vollmond dort keiner hin und es hat einiges an Überzeugung bedurft, doch ein paar Mutige zu finden. Es war übrigens schlau, dein Auto in der Schlucht unterzustellen. Ich bin dort früher schon mal herumgeklettert bis zu den Wandmalereien am Ende der Schlucht. Allerdings geht es ab dort nicht mehr weiter, sodass ich annahm, dass du wieder zurück bist und den Weg über den Bergrücken genommen hattest." Al zuckte mit den Schultern, behielt seine waghalsige Klettertour am Ende der Schlucht aber für sich. Ob es mutig war oder dumm, das war ihm immer noch nicht ganz klar. „Wir haben uns dann aufgeteilt und sind Richtung Kraterrand gestiegen. Auf halber Strecke bist du uns dann mit deiner Schwester geradezu in die Arme gepurzelt – nahezu bewusstlos, wie vom Himmel gefallen." Pater Lorenzo lachte herzhaft. „Na ja, jetzt setzt dich erst mal, heute gibt's sogar frische Eier zum Frühstück."

„Lorenzo, wie kann ich das je wieder gut machen?"

„Al, hast du doch schon. Kannst du dich an unser Gespräch vorgestern Abend erinnern? Da habe ich dich gebeten, deine Schwester und Jule zu suchen. Nun, eine hast du ja schon gefunden."

Pater Lorenzo drehte sich zu Karin um. „Und ich bin dankbar, dass ich euch beide kennenlernen durfte. Weißt du, Al, ein größeres Geschenk konnte mir der Herr auf meine alten Tage hin nicht machen. Wenn ich euch beide betrachte, dann habe ich wieder Hoffnung für die Welt." Karin und Al schauten sich vielsagend an, wo sie doch beide wussten, dass sie gerade in dieser Beziehung eigentlich kläglich versagt hatten. Was würde Pater Lorenzo denken, wenn sie ihm erzählten, dass sie gerade nicht die tapferen und glaubensstarken Christen abgegeben hatten, sich vielmehr gegenseitig Vorwürfe gemacht hatten, weit weg von dem, was sie sich in Zeiten der Anfechtung, wie es so schön in der Bibel hieß, vorgenommen hatten.

„Lass dir's gut schmecken, Al, du wirst deine Kraft noch brauchen." Pater Lorenzo lächelte väterlich und reichte beiden jeweils Tee, trockenes Brot, einen Pfirsich und das versprochene Ei. Nicht gerade ein Gourmetfrühstück aber doch konnte sich Al nicht erinnern, jemals so gut gefrühstückt zu haben.

Später erzählten Karin und Al ausführlich ihre Erlebnisse und Pater Lorenzo hörte zu, wortlos wie zuvor, mal lächelnd, mal die Augenbrauen hochziehend. Als beide ihren Bericht beendet hatten, faltete Pater Lorenzo die Hände, verschloss die Augen und murmelte ein kaum hörbares „Danke". Dann öffnete er langsam die Augen, legt beide Arme um Als und Karins Schultern, die rechts und links von ihm saßen, und sagte: „Danke, dem Herr sei Dank, dass ihr lebt!" Nach einer andächtigen Stille atmete Pater Lorenzo tief durch und sagte mit ernstem Gesicht.

„Man kann zwar keinem Verbrecher glauben, aber wenn dieser Alighieri recht hat, dann ist Jule noch am Leben, nicht wahr?" Karin und Al nickten. „Nur, wo ist sie?", fuhr Pater Lorenzo fort und zog die Stirn in Falten.

„Vermutlich in Russland ...", platzte Karin heraus.

„Du meinst wegen der Sprache und Krastchow? Kann schon

sein, aber Russland ist groß", ergänzte Al mit deutlichem Unbehagen in der Stimme. Karin blickte ihn funkelnd an.

„Al, du hast doch das Fax bekommen, sonst hättest du mir doch nicht bis hierher folgen können. Nun, als Alighieri und seine Männer mich verschleppt haben, bin ich über einen Hintereingang in die russische Botschaft gebracht worden, und stell dir vor, dort begegnete mir auf dem Gang Nadjeschda."

„Nadjeschda, welche Nadjeschda?" Als Gesicht erhellte sich. „Du meinst doch nicht etwa die Nadjeschda, die mit dir zusammen in Freiburg die neue Aquariumsgruppe gegründet hat?"

„Doch genau die Nadjeschda! Und sie hat sofort gemerkt, dass etwas nicht stimmte. Unter einem Vorwand konnte sie in meinen verschlossenen Raum in der Botschaft vordringen und hat mir gleich berichtet, wo es hinging und was sie mit mir vorhätten. Sie wusste auch von Jules Aufzeichnungen. Ich habe sie gebeten, die betreffende Seite an dich zu faxen, gab ihr deine Faxnummer und dann ist sie wortlos verschwunden." Karin blickte mit sehnsüchtigem Blick zum Fenster, ihre Augen wirkten hell und glasig und sie ergänzte murmelnd. „Mein Gott, Nadjeschda, sie hat es wirklich getan ..."

„Nur leider ist sie dabei wohl erwischt worden", unterbrach Al Karins Bericht. „Es kam nur eine halbe Seite und dann ein Totenkopf hinterher. Zum Glück waren genug Informationen auf der ersten Seite, sodass ich ahnte, wo ich dich finden könnte."

Karin fuhr erschrocken zusammen. „Oh Gott, Nadjeschda, hoffentlich steckt sie jetzt nicht in denselben Schwierigkeiten." Karin machte ein besorgtes Gesicht, da der Kreis der Mitwisser immer größer wurde und damit auch der Kreis derer, die sie damit in Schwierigkeiten brachten.

„Vermutlich kann euch diese Nadjeschda auch sagen, wo Jule zu finden ist", platzte Pater Lorenzo sichtlich angespannt über die Berichte dazwischen.

„Tja, dazu müssen wir Nadjeschda ausfindig machen und mit ihr reden. Und wenn sie noch nicht in Schwierigkeiten steckt, dann spätestens ab jetzt."
Pater Lorenzo seufzte. „Sagt mal, was ist eigentlich die Aquariumsgruppe? Jule hatte bei ihrem letzten Besuch auch schon davon gesprochen."
Al schaute Pater Lorenzo überrascht an. „Jule hat von der Aquariumsgruppe gesprochen?"
„Ja, genau, und dass sie eigentlich gerne dazugehören würde, aber nicht wüsste, wie sie das anstellen sollte. Sie versprach mir, bei einem nächsten Besuch mehr davon zu erzählen, nur leider kam es dazu nicht mehr." Dann erzählte Karin Pater Lorenzo von der Aquariumsgruppe. Dabei leuchteten ihre Augen.
„Aquarium", murmelte Pater Lorenzo, „wie wahr das doch ist. Wir sind alle nur kleine Fische in einem Aquarium ... und Jesus, der hat sich als Fischer bezeichnet, als Menschenfischer, und doch war er auch ein Fisch unter uns. Er war Fischer und Fisch in einer Person." Pater Lorenzo nickte und betrachtet Karin und Al mit einem Gesichtsausdruck eines stolzen Vaters. „Mensch, Kinder", platzte Pater Lorenzo heraus „das ist der Schlüssel! Nicht ihr geht zu Nadjeschda, sondern Nadjeschda zu euch, zur Aquariumsgruppe. Sie wird das verstehen, eine Anzeige in der Zeitung, eine Mail oder wie auch immer, ihr kennt euch da doch aus. Nur einfach ‚Aquariumsgruppe', und natürlich wann und wo. Ihr werdet sehen, Nadjeschda wird kommen. Wenn ihr wollt, rufe ich meinen Ordensbruder Pater Thomas in Frankfurt an. Dort ist doch die russische Botschaft, nicht wahr? Der kann euch einen sicheren Treffpunkt nennen."
„Aquarium, na klar", murmelten Karin und Al gemeinsam. „Aber, Lorenzo, das mit Pater Thomas lass mal lieber. Wir wollen nicht noch mehr Menschen da hineinziehen, versprochen?"

Pater Lorenzo runzelte die Stirn. „Na ja, mal sehen, versprechen kann ich das nicht. Wenn es schwierig wird, dann sollten wir alle Register ziehen, und ich glaube, das mit den blauen Kugeln zieht schon größere Kreise, als wir ahnen." Alle drei schauten sich besorgt an. Pater Lorenzo zog die Augenbrauen hoch, als habe er noch einen zweiten genialen Einfall. „Ach übrigens, Pietro wird euch beide nach Salta bringen. Das Auto überlasst ihr mir. Ich bringe es selbst zurück. Zum einen wollte ich schon immer mal wieder Käfer fahren, und ich kenne die Familie, die dieses wunderschöne Auto verliehen hat, sehr gut."

„Unsinn, Lorenzo, das können wir doch selbst zurückbringen."

„Damit ihr gleich wieder geschnappt werdet? Diese Halunken haben doch sicher den Käfer hier oben, vielleicht sogar in der Schlucht, gesehen, und so viele fahren davon nicht mehr rum."

„Und wenn sie dich schnappen?", platzte Karin besorgt hervor.

Pater Lorenzo lachte. „Vielleicht denken sie dann, du, Karin, wärst als alter Mönch wieder auf die Erde zurückgekehrt, um deinen Tod zu rächen." Dabei verzog er das Gesicht zu einer gruseligen Grimasse, musste dann bei dem Gedanken, dass die Kerle panisch fliehen würden, jedoch herzhaft lachen. „Genau, sollen sie mich doch stellen. Ich werde ihnen einen gehörigen Schrecken einflößen, als säße mir der Leibhaftige selbst im Nacken." Pater Lorenzo blickte zur Decke und murmelte: „Herr vergib mir, ich gelobe, mich zu bessern."

Später kam Pietro, und bevor sie zu ihm einstiegen, umarmte Pater Lorenzo Karin und Al, als wollte er sie nicht mehr loslassen. „Also, ihr beiden, ich möchte bald von euch hören." Sie blickten sich tief in die Augen „Und vielleicht könnt ihr mich noch mal besuchen hier oben, vielleicht mit ..." Pater Lorenzo stockte, er konnte die Tränen nicht mehr zurückhalten.

„Natürlich zusammen mit Jule, das ist versprochen", ergänzte Al und klopfte Lorenzo mitfühlend auf die Schulter.

Frankfurt, Juli 2009

Al öffnete mit zittrigen Händen Jules Brief, ihre erste Nachricht aus Argentinien.

Hallo Al,
sei mir nicht böse, dass ich so lange nichts von mir habe hören lassen. Meinen Eltern geht es bestimmt ähnlich. Ich habe ihnen heute auch geschrieben. Aber jetzt bin ich wieder da. Al, ich hatte mich nicht getäuscht. Das mit den blauen Kugeln ist einfach fantastisch. Nachdem ich mir noch ein paar ausgeliehen hatte – diesmal war ich vorsichtig und habe mir nichts gebrochen – habe ich mich gleich an die Arbeit gemacht. Stell dir vor, ich habe einen alten Mönch getroffen. Er heißt Pater Lorenzo und er sah erst mal ziemlich alt aus mit seinem langen Bart. In Wirklichkeit ist jedoch viel jünger und ziemlich hell im Kopf. Er hat alles besorgen können, was ich für meine Experimente benötigte. Also, genau genommen kannte er andere, die wieder andere kannten … die Leute hier sind unglaublich hilfsbereit. Alles klappte wie am Schnürchen und die Ergebnisse sind einfach unglaublich.
Dann habe ich alles zusammengeschrieben und eine Publikation für den internationalen Geologenkongress in Rom angemeldet. Der ist in vier Wochen und stell dir vor, die haben meine Arbeit dort als Vortrag angenommen. Ist das nicht ein Wahnsinn? Ich könnte platzen vor Freude. Ich habe schon einen Flug nach Rom gebucht, und anschließend komme ich dann nach Deutschland. Ich kann es gar nicht abwarten, dich zu sehen und dir alles zu erzählen. Ich lasse noch mal von mir hören, wann ich genau in Deutschland bin.
Liebe Grüße deine Jule

Al las den Brief noch im Stehen im Hausflur. Sein Herz klopfte wild, als er die ersten Zeilen las. Endlich eine Nachricht von Jule,

dachte er innerlich jubilierend, und doch waren die Zeilen ein bisschen ernüchternd. Nachdenklich ging er zu seiner Wohnung. Aus Ollis Wohnung gegenüber drang laute Musik. Olli war ein netter Kerl, aber Al wollte im Moment nicht mit ihm zusammentreffen. Er schmiss sich auf sein Sofa, nahm den Brief und las ihn noch mal Wort für Wort, Zeile für Zeile. Vielleicht hatte er etwas überlesen, versuchte zwischen den Zeilen zu lesen, irgendeine versteckte Botschaft zu finden. Jule hatte sich offenbar ganz in ihre Arbeit vergraben und hatte Erfolg. Was hatte er erwartet? Einen schmachtenden Liebesbrief, in dem sie ihm von traurigen Tagen und Nächten ohne ihn erzählte? Wie sie ins Kopfkissen heulte und es nicht abwarten konnte, in seine Arme zurückzukehren? War es das, was er erwartet hatte? Und nun kam ein eher nüchterner Brief, in dem sie auch noch beschrieb, wie wichtig diese blauen Kugeln für sie waren. Al las den Brief ein drittes Mal und legte ihn dann beiseite. Er seufzte und ertappte sich bei dem Gedanken, auf diese verdammten blauen Kugeln irgendwie eifersüchtig zu sein. Dabei sollte er doch froh sein, überhaupt von ihr zu hören, Glück darüber empfinden, dass sie gesund war und dazu noch erfolgreich für einen Vortrag angenommen wurde. Seine eigenen Kongressbeiträge gingen in der Vergangenheit nie über eine Posterpräsentation hinaus. War er jetzt auch noch eifersüchtig auf Jule selbst, auf ihren Erfolg? Egal, er wollte ihr sofort schreiben, wie glücklich er war, von ihr zu hören. Aber außer der Information, dass sie bei einem gewissen Pater Lorenzo Zuflucht gefunden hatte, stand auf dem Brief kein Absender. Zumindest hatte sie versprochen, sich zu melden, sobald sie wieder in Deutschland wäre. Es hieß also wieder warten.
Die Tage vergingen zäh. Wieder und wieder stand Al jeden Abend aufgewühlt am Briefkasten. Dann hatte er eine Idee: Warum sollte er Jule nicht in Rom überraschen, ihr direkt vor Ort zu ihrem Erfolg gratulieren? Vielleicht würden sie sich dann näherkom-

men. Al spürte, dass er nicht mehr abwarten konnte, ihr endlich mitzuteilen, dass er mehr für sie empfand als nur Freundschaft. Er musste es ihr sagen, und zwar unmittelbar und bald, Auge in Auge.
Al fuhr seinen PC hoch und brauchte nicht lange zu suchen, bis er den Internationalen Geologenkongress in Rom gefunden hatte. Nähere Informationen zum Kongress, insbesondere das genaue Programm der Vortragenden, gab es erst nach Anmeldung und das kostete schlappe 600 Euro. Egal, er hatte sich nun mal in den Kopf gesetzt, Jule in Rom zu treffen, koste es, was es wolle. Da er nicht wusste, in welchem Hotel sie wohnte, musste er sie auf dem Kongress suchen, ihren Vortrag anhören. Etwas mulmig war ihm jetzt schon, sie einfach so zu überraschen. Vielleicht war ihr das gar nicht recht, hatte inzwischen einen Freund oder fühlte sich von ihm sogar bedrängt. Wie nannte man das doch gleich? Stalker. Noch bevor ihn seine Zweifel weiter quälen konnten, kam bereits die Bestätigung seiner Anmeldung und der Abbuchungshinweis seiner Kreditkarte. Der Kongress lag zu Semesterbeginn, also verpasste er nicht viel, und bis zum Staatsexamen Anfang nächsten Jahres hatte er noch genügend Zeit zum Lernen. Da er noch von dem Geld der Eltern lebte, suchte er ein preiswertes Hotelzimmer, sodass die Kosten für das kurze Abenteuer ihm nicht über den Kopf wachsen sollten. Fünf Tage vor der Abfahrt nach Rom lag einer zweiter Brief von Jule im Briefkasten.

Lieber Al,
je näher meine Rückkehr rückt, desto mehr wird mir klar, wie sehr ich dich vermisst habe. Du glaubst gar nicht, wie froh ich bin, dich zu sehen und ich freue mich sehr, unsere Gespräche von damals im Krankenhaus fortzusetzen. Ich habe Pater Lorenzo von dir erzählt und habe ihm auch von deinen Erfahrungen mit der Aquariumsgruppe berichtet. Er fand das sehr interessant, und vielleicht habe

ich auch etwas von ihm lernen können. Er will dich auf jeden Fall kennenlernen und vielleicht können wir ja mal gemeinsam hierher fahren. Bin gespannt, was du von der Idee hältst. Der Kongress in Rom ist schon nächste Woche und ich nehme dann anschließend direkt den Zug nach Frankfurt. Ich kann es nicht abwarten, dich zu sehen.
In Liebe, deine Jule

Seine Beine wurden weich. Er setzte sich vor den Briefkasten, lehnte den Kopf an die Wand und war einfach nur glücklich. Wieder nahm er den Brief.
„Lieber Al ... dich vermisst habe ... kann es nicht abwarten, dich zu sehen ... In Liebe, deine Jule".
Wie konnte er nur eifersüchtig gewesen sein, eifersüchtig auf die blauen Kugeln, auf Jules Erfolg. Er wusste vor Glück gar nicht, wohin, wusste nicht, was er jetzt tun sollte, jede Bewegung könnte zu einer Ohnmacht führen. So blieb er einfach nur vor dem Briefkasten sitzen und träumte von Jule.
Im nächsten Moment sprang die Haustür auf. „Ach du meine Güte, Al, was ist mit dir los, hast du mich aber jetzt erschreckt!" Olli stand direkt vor ihm. Al fühlte sich wie im siebten Himmel, sprang auf und umarmte Olli übermütig. „Olli, ich bin der glücklichste Mensch der Welt, kannst du das nicht sehen?" Olli taumelte nach hinten, als ihn Al wieder losließ und vor dem Briefkasten leichtfüßig auf und ab tanzte.
„Aber nicht doch so stürmisch, mein Bester."
Al lachte. „Armer Olli, du gibst es wohl nie auf, was? Hier, schau mal, ein Brief von Jule, von Jule, von Jule ...", dabei drehte er sich mit den Armen wedelnd im Kreis und hielt den Brief wie ein Segel zwischen den Händen. Dabei sang er unentwegt in allen erdenklichen Höhen und Tiefen. „Ein Brief von Jule, von Jule, von Jule ..."

„Vielleicht sollten wir darauf anstoßen, Al“, rief Olli ihm hinterher. Als Al die Tür seiner kleinen Wohnung hinter sich geschlossen hatte, dachte er nach. Warum auch nicht? Ja, lass uns anstoßen! Er hatte eine Flasche Sekt im Kühlschrank, die ihm damals Schwester Hiltrud mitgegeben hatte. „Für einen romantischen Abend mit Jule ...“, so hatte sie ihm die Flasche ans Herz gelegt. Natürlich wollte er jetzt keinen romantischen Abend mit Olli verbringen, aber mit irgendjemandem auf sein Glück anstoßen, das musste jetzt sein. Außerdem tat ihm Olli leid, dessen Gesichtsausdruck nicht gerade den besten Tag für ihn verriet. Bis spät in die Nacht quatschten sie in Ollis Wohnung über alles, was ihnen auf dem Herzen lag. Es war ein offenes, ein ehrliches Gespräch. Olli erzählte, wann er zum ersten Mal bemerkt hatte, schwul zu sein, über die schwierigen Gespräche damals mit seinen Eltern, und wie ihm seine neuen Freunde darüber weggeholfen hatten.
Die Flasche Sekt war schnell geleert, doch Olli hatte Nachschub. Gegen zwei Uhr torkelte Al ziemlich betrunken in seine Wohnung, und Olli ließ es sich nicht nehmen, Al vorher noch einen dicken Kuss auf die Wange zu geben.
„Nichts geht gegen eine echte Männerfreundschaft, nicht wahr?“, lallte Al, meinte damit aber sicher etwas anderes als Olli, der ihm verwirrt hinterher schaute.
Einige Tage später packte Al ein paar Sachen, setzte sich morgens um fünf in seinen alten Golf und knatterte gemütlich in Richtung Süden. Zwei kurze Kaffeepausen, und er erreichte am späten Nachmittag den Vorort von Rom, wo er sein Hotel gebucht hatte. Eine billige Absteige, aber die Leute an der Rezeption waren sehr nett. Sein Zimmer im zweiten Stock des Hotels war überraschend geschmackvoll und sauber eingerichtet. Abends luden sie ihn zu hausgemachter Pasta ein. Der einfache Landwein schmeckte köstlich. Für einen tiefen Schlaf war das

ideal, da ihm die Nervosität vor dem morgigen Tag sonst vermutlich die ganze Nacht über wach gehalten hätte.
Er hatte sich das Programm des Kongresses bereits heruntergeladen, sodass er wusste, dass Jule gleich morgens um acht Uhr dran war. Wie gewohnt wurde er gegen sechs Uhr kurz vor dem Klingeln seines Weckers wach. Duschen, anziehen und in der Lobby noch schnell ein Espresso mit einem Dolce. Warum der Espresso in Italien immer besser schmeckte als in Deutschland, wusste er nicht. Hier war es genauso, oder vielleicht war es auch nur die Vorfreude, Jule zu sehen. Al strahlte wie durch eine rosarote Brille, durch die er jetzt alles um sich herum so wunderbar fand.
Das Kongressareal war nicht weit von seinem Hotel entfernt, sodass er beschloss, zu laufen. Je näher er kam, und erst recht in der Lobby des Kongresszentrums, blickte er sich nervös um, ob er Jule irgendwo erblicken würde. Er war sich jedoch nicht sicher, ob es eine gute Idee war, sie noch vor ihrem großen Auftritt anzusprechen. Bestimmt war sie nervös, und schließlich würde sie ihn ja auch nicht erwarten. Er beschloss, sich zwanzig Minuten vor Beginn des Symposiums in den noch dunklen Saal zu verkriechen, möglichst weit hinten. Dann gingen die Lichter an. Vorne in der ersten Reihe sah er Jule, offenbar vertieft in das, was kommen würde. Ihre rotbraunen Haare glänzten im Licht der Scheinwerfer. Es fiel ihm verdammt schwer, nicht der Versuchung zu unterliegen, sich jetzt einfach neben sie zu setzen. Langsam füllte sich der Saal, und er spürte sein Herz klopfen, als würde er gleich selbst aufgerufen werden, um vor den nun knapp 200 Zuhörern zu sprechen. Jule war als zweite Rednerin dran. Sie rührte sich nicht. Keiner setzte sich zu ihr. Sie schien ganz allein zu sein, mit sich und ihrer Botschaft, dem Schlüssel zu einer besseren Welt. Vielleicht sollte er sich doch zu ihr setzen, ihr Glück wünschen, ihr Mut machen. Zu spät, der Vorsitzende kündigte ihren Vortrag an. Als sie hinter dem Rednerpult stand, blickte sie schüchtern

und verlegen ins Publikum. Es war genau der Blick, den Al an ihr so liebte. Hier in der Scheinwelt derer, die berühmt waren oder es werden wollten, passte dies jedoch nicht ins Konzept. Al zuckte es durch die Brust, als Jule sich erst mal räuspern musste, bevor sie einen Ton zustande brachte. Doch dann legte sie los, präsentierte das, was sie ihm bereits vor Wochen berichtet hatte, nur gespickt mit Zahlen und Tabellen. Ihr Englisch war holprig und doch gut zu verstehen. Al spürte, wie stolz er in diesem Moment auf Jule war. Wieder dachte er an seinen Anflug von Eifersucht auf diese Kugeln und ihren Erfolg. Wie töricht das doch war. Jetzt konnte Al gar nicht genug von ihr hören. Er verstand nichts, aber es klang alles so überzeugend, als müssten alle gleich aufspringen und ihr stehend gratulieren. Aber es kam anders.

Nach dem Vortrag richtete der Vorsitzende das Wort an das Publikum. Sein Blick war düster, seine Stimme gelangweilt. „Gibt es Fragen an Frau Camus?“ Da das nicht der Fall war, drehte er sich zu Jule um und begann mit den Worten: „Ein interessanter Vortrag, aber wollen Sie uns allen Ernstes weismachen ...“ Mehr verstand Al nicht. Wie ein Donnerschlag hallte der vernichtende Kommentar des Vorsitzenden über die Köpfe des Publikums hinweg. Das zeigte Wirkung. Weitere Personen standen auf, schüttelnden möglichst auffällig den Kopf und pflichteten dem Vorsitzenden bei. Al wollte aufspringen und Jule unterstützen, ihr vor versammeltem Publikum zurufen, was für hervorragende Ergebnisse sie präsentiert hatte. Er wusste jedoch, dass ihr das kaum helfen würde. Bei jeder Rückfrage müsste er passen, würde die Situation damit nur noch verschlimmern. Wie hatte sie ihm doch mit feurigen Augen von ihrer Entdeckung berichtet, keinen Zweifel daran gelassen, dass sie die Menschheit komplett umkrempeln könnte. Es wäre der Beginn einer neuen Ära aus Frieden und Wohlstand. Und jetzt dieser Hohn.

Al war verwirrt. Im Augenwinkel sah er, wie Jule erst langsam mit gesenktem Haupt von der Bühne schlich, dann aber geduckt zum Seitenausgang eilte. Er sprang auf, wollte ihr hinterher, sie einholen. Doch Jule war zu schnell. Sie rannte in Richtung Eingangshalle und verschwand in der Menge. Rufen war zwecklos. Die Brandung menschlicher Stimmen übertönte alles, jeden Versuch, sich als Individuum bemerkbar machen zu können. Er rannte, so schnell er konnte, zum Ausgang. Kaum hatte er die großen Türen hinter sich gelassen, sah er Jule mit einem Motorroller die mit Bussen und Taxen gefüllte Straße hinunter rasen. Zu Fuß konnte er sie nicht mehr einholen, das war klar. Er überlegte nicht lange, stieß einen jungen Mann zur Seite, der neben seinem Moped stand, schwang sich darauf und ließ den Zweitakter aufheulen. Al hatte noch nie auf einem Moped gesessen. Seine Eltern hatten ihm damals den Golf geschenkt im Gegenzug dafür, dass er von vornherein keinen Motorradführerschein machen würde. Der Besitzer des Mopeds erstarrte, lief ihm dann jedoch wutschnaubend hinterher. Al begriff schnell, wie er die röhrende Maschine beschleunigen konnte, wie er von einem Gang zum nächsten kam. Dabei hatte er nur eines im Sinn: Jule nicht aus den Augen zu verlieren. Zum Glück fuhr sie bisher nur geradeaus, sodass er ihr mit Vollgas näherkommen konnte. Kurze Zeit später riss sie ihren Roller in einer scharfen Rechtskurve herum und verschwand zwischen zwei engen Häuserfronten. Als Al an der Ecke angekommen war, stellte er mit Schrecken fest, dass die kleine Straße in ein endloses Labyrinth weiterer kleiner Straßen und Gassen mündete. Wiederholt musste er sich entscheiden, ob er nach rechts oder links abbiegen sollte. Jede Entscheidung konnte falsch sein und Jules Fährte unwiederbringlich im Dickicht der Großstadt versanden lassen. Die Wahrscheinlichkeit, Jule noch zu erwischen, sank von Ecke zu Ecke, von Häuserblock zu Häuserblock. Nach einigen Minuten ziellosen Umherirrens, vermutlich war er bereits mehrfach im Kreis gefahren, öffnete sich die Häuserfront zu einem kleinen ruhigen Park. Angezogen von dieser plötzlichen Stille inmitten der hektischen Millionenstadt hielt er sein Moped an. Er blickte sich verloren um und beschloss, wieder zum Kongresszentrum zurückzufahren, um dem Besitzer des Mopeds sein Eigentum wieder zu geben. Gerade wollte er den Gashebel umlegen, als er sie in der Mitte des Platzes an einem Brunnen sitzen sah. Jule hatte ihr Gesicht in beide Hände versenkt, beide Ellbogen auf die Knie gestützt. Er lehnte sein Moped an einen Zaun und näherte sich ihr behutsam. Schweigend setzte er sich zu ihr auf die Bank. Ihre Schultern zuckten im Einklang mit ihrem Schluchzen.

„Jule, ich bin es, Al." Erschrocken blickte sie auf, als habe das friedliche Plätschern des Brunnens ihrer Verzweiflung, ihrem Wunsch, Al könnte jetzt bei ihr sein, einen Streich gespielt. Ungläubig blinzelte sie Al an. „Al? Wie kommst du hierher?" Offenbar konnte sie es nicht glauben und rieb sich die Augen.

„Ich konnte es nicht abwarten, dich erst in Frankfurt zu sehen und habe mir gedacht, vielleicht kann ich dir schon vorher gratulieren."

„Gratulieren? Da gibt's nichts zu gratulieren. Das war einfach eine Katastrophe."

„Ich weiß, das war ..."

„Wie, du weißt?" Jule sprang auf. „Du warst da? Im Hörsaal und hast das alles mit angesehen, wie diese hirnverbrannten Idioten mich in der Luft zerrissen haben? Nichts haben die verstanden, aber auch gar nichts, so eine verdammte Scheiße und dazu willst du mir noch gratulieren?" Jules Stimme überschlug sich, während sie wieder anfing zu schluchzen. Al sprang auf und wollte sie umarmen. „Jule, jetzt beruhig dich doch erst mal."

Jule wehrte sich, ließ sich nicht umarmen und regte sich nur noch mehr auf. „Ich kann mich nicht beruhigen! Das war eine

riesengroße Blamage, die haben mich einfach fertiggemacht ... die hatten das geplant, das war eine abgekartete Sache, verstehst du, Al! Beruhigen? Ich bin am Ende, verstehst du? Am Ende! Fertig! Das war's!", Jule sank auf die Bank und heulte bitterlich. Al setzte sich neben sie und legte vorsichtig seinen Arm um ihre Schulter. Jule bebte und ihr ganzer Körper zuckte. Zärtlich zog er sie an sich, strich mit seiner Hand über ihre schweißnasse Stirn. Langsam beruhigte sie sich. Zitternd nahm sie seine Hand in ihre und flüsterte. „Gut, dass du da bist, Al. Gut, dass du da bist!" Schweigend saßen sie Arm in Arm nebeneinander. Zögernd legte sie ihren Kopf an seine Schulter und atmete tief durch. Er spürte ihre Verzweiflung, ihren Schmerz, der sich in kleinen Zuckungen zu entladen suchte. Wie konnte er sie beruhigen, ihr Mut zusprechen? Worte waren jetzt wenig hilfreich, und er versuchte, sich einen beruhigenden Strom vorzustellen, der zwischen ihm und Jule dahin floss. Allein das Zusammensein tat ihr gut, tat beiden gut. Noch nie spürten sie sich so nah beieinander, füreinander.
Nach einer Weile richtete sich Jule immer noch schweigend auf und blickte nachdenklich zum Brunnen, der friedlich in der Sonne plätscherte. Al hatte plötzlich eine Idee, wie er sie auf andere Gedanken bringen könnte: „Was hältst du von einer kleinen Stadtbesichtigung, Jule. Ich könnte mir nichts Schöneres vorstellen, als mit dir zusammen die Stadt zu erobern." Jule stutzte, drehte sich zu Al um. Ein erstes vorsichtiges Lächeln huschte über ihr Gesicht.
„Du hast recht, Al. Warum eigentlich nicht? Diese blöden Idioten, die können mich alle mal." Ein Fünkchen Zuversicht blitzte aus ihren Augen.
„Na dann, aber erst muss ich das Moped zurückbringen, und vielleicht können wir auch noch eine Flasche Wein auftreiben. Der Typ ist bestimmt sauer, dass ich mir seine Maschine ausgeliehen habe."

„Wie, du hast das Moped geklaut?"
„Na ja, irgendwie musste ich dich ja einholen, und fürs erste Mal war's ganz schön spannend."
„Du bist noch nie Moped gefahren?" Jule riss die Augen auf, und Al zuckte mit den Schultern. „Al, du bist verrückt, und wenn dich die Polizei erwischt?" „Na, dann musst du mich halt im Gefängnis besuchen." Sie schaute ihm tief in die Augen. „Mensch, Al, was mach ich nur ohne dich?"
„Tja, weißt du, Jule, genau genommen frage ich mich das auch immer wieder." Jule küsste Al sanft auf die Wange, erhob sich langsam und atmete tief durch, als ob gerade eine große Last von ihr abgefallen wäre. Sie streckte Al, der immer noch auf der Parkbank saß, die Hand hin.
„Also dann, geht's los?" Al nahm ihre Hand, stand auf und zog Jule dicht an sich heran. Beide umarmten sich so fest, dass sie kaum noch Luft bekamen.
„Wir sollten den armen Mopedbesitzer nicht zu lange warten lassen", sagte Al zögerlich – er wollte sich nur ungern aus Jules fester Umklammerung lösen.
Sie schwangen sich auf ihre Zweiräder, und Jule rauschte auf ihrer Vespa vorne weg. Al hatte große Mühe, ihr zu folgen. Offenbar kannte sie sich in dieser Ecke von Rom gut aus, da sie nach ein paar Kurven durch enge Gassen rasch das Kongresszentrum erreichten. Kaum angekommen, sahen sie eine Ansammlung von Menschen, die wild durcheinanderredeten und dabei heftig mit Händen und Armen gestikulierten. Mittendrin standen zwei Polizeibeamte, die offenbar Mühe hatten, das Stimmengewirr zu sortieren. Als sie Al samt Moped erblickten, rissen sie die Augen auf und schossen mit grimmiger Miene auf ihn zu. Einer der Polizisten wollte Al Handschellen anlegen, als Jule energisch dazwischen sprang. Al war wieder einmal verblüfft, als Jule mit fließendem Italienisch die Situation zu erklären versuchte. Al verstand

nichts, aber die Stimmung wurde immer gelöster. In jedem zweiten Satz hörte er das Wort Amore heraus und konnte nur ahnen, was Jule ihnen auftischte. Schließlich drehte sich der Mann, dem er das Moped entwendet hatte, zu Al um und schaute ihn mit großen, geröteten Augen an. Dann legte er Al beide Hände auf die Schultern, gerade so, als wollte er ihm und Jule alles Gute zur Hochzeit und viele Kinder wünschen. Die Weinflasche, die sie unterwegs noch besorgt hatten, wollte er nicht annehmen. Auch die Polizei verschwand schließlich gut gelaunt in der Menge, die sich ebenfalls auflöste, als seien sie gerade Zeuge einer großen Romanze geworden.

Al schaute Jule verblüfft an. „Sag mal, Jule, was hast du denen alles erzählt?"

„Ach weißt du, Al, sei mir nicht böse, wenn ich dir das später erzähle." Dabei lächelte sie ihn vielsagend an.

Al seufzte und sagte: „Und jetzt haben wir nur noch deine Vespa, Jule."

„Na ja, du hast mir doch vorhin erzählt, dass du keinen Motorradführerschein hast. Dann musst du halt hinter mir Platz nehmen."

„Wie, zu zweit auf der Vespa, und du fährst?" Al riss die Augenbrauen hoch.

„Hast du eine bessere Idee?" Widerrede war zwecklos und Al kletterte hinter Jule, die sich bereits auf den Fahrersitz geschwungen hatte. Al hielt sich krampfhaft an einer hinter ihm verlaufenden Querstange fest, als sich Jule noch mal zu ihm umdrehte. „Also, besser ist, wenn du deine Arme um mich legst." Sie griff nach hinten und legte seine Arme um ihre schmalen Hüften. „Alles klar?" Dann gab sie energisch Gas.

Gemeinsam fuhren sie durch die Straßen von Rom, und obwohl der Verkehr laut und hektisch war und Jule einen rasanten Fahrstil hatte, fühlte sich Al sicher wie in Abrahams Schoß. Vermutlich war es aber auch nur das verdammt gute Gefühl, dicht

bei Jule zu sitzen, sie nicht mehr loszulassen, komme, was wolle. So könnte ich auch mit ihr durch die Hölle fahren, dachte er gut gelaunt wie selten zuvor. An manchen Sehenswürdigkeiten blieben sie stehen, hatten aber dann doch mehr Augen füreinander, saßen zusammen, alles herum vergessend und redeten unentwegt, teils ausgelassen, teils ernsthaft. Al wusste nicht, was ihm lieber war: mit Jule zu reden, er hatte ihr so viel zu erzählen und sie ihm, oder wieder hinter Jule Platz zu nehmen, ihre Hüften zu umfassen, dabei ihren warmen energischen Körper und gelegentlich ihre duftend-weichen Haare im Gesicht zu spüren.
Als es dämmerte, suchten sie ein kleines Restaurant in der Nähe des Trevi-Brunnen. „Pizzeria Da Pasquale", nichts Besonderes, aber das spielte im Moment keine Rolle. Nachdem sie bestellt hatten, blickte Jule in Richtung Ausgang.
„Al, ich muss noch mal nach Argentinien."
„Das können wir doch gemeinsam tun. Wie hieß er doch gleich, Pater Lorenzo ..."
„Nein, Al, ich muss dort hin wegen meiner Wissenschaft, verstehst du? Das heute war schlimm genug und ich muss noch einiges nacharbeiten, damit diese Idioten das verstehen."
Al seufzte, während Jule nachdenklich zur Seite blickte. „Jule, schau mich mal an. Vielleicht wäre es gut, wenn du erst mal eine kleine Pause einlegst, das Ganze überdenkst und dann mit neuen Ideen noch mal aufrollst. Ich habe den Eindruck, die alten Knacker von heute Morgen sind noch nicht reif für deine bahnbrechende Erkenntnis. Und eines darfst du natürlich nicht vergessen: Da machte sich vielleicht auch eine Menge Neid breit, dass sie selbst so etwas nicht gefunden haben. Du weißt doch, wer ein Ding zum ersten Mal beschreibt, ist der König, und du als Newcomerin ..."
„Genau, Al, genau deshalb muss ich möglichst bald nach Argentinien. Ich lass mir meine Entdeckung von diesen alten Säcken nicht vom Brot nehmen, verstehst du?"

„Das kann ich sogar sehr gut verstehen!“
Jule strahlte und griff nach seinen Händen „Al, du bist einfach ein prima Mensch!“
Al schluckte. „Ein prima Mensch? Könntest du ...“ Al suchte nach den richtigen Worten. „Könntest du dir vorstellen, dass ich für dich nicht nur ein prima Mensch, sondern vielleicht auch ...“
Jule unterbrach ihn. „Al, bitte gib mir noch etwas Zeit. Ich bin da nicht so schnell ...“ Jule schaute ihn an. „Aber eines solltest du wissen, du bedeutest mir sehr viel. Du bedeutest mir mehr als alle anderen.“ Sie blickten sich in die Augen, und für Al sagte dieser Blick mehr, als mit Worten ausgedrückt werden konnte. In diesem Moment kam der Ober mit zwei großen Pizzen, und Jule und Al mussten lachen. Warum sie gerade jetzt lachten, war ihnen nicht klar. Von dem, was sich gerade von diesem Ort, von diesem Tisch aus noch ereignen würde, ahnten sie nichts, und das war auch gut so.
„Jule, erzähl mir von Argentinien, von den Bergen, wie ist das da oben?“ Und Jule begann in allen Farben zu erzählen, so lebhaft und anschaulich, dass Al die Stille dort oben hören konnte. Er konnte die reine Luft atmen, und fühlte den Boden unter seinen Füßen. Noch einen Espresso, dann gingen sie hinaus in die noch immer feuchtwarme Luft rund um den Trevi-Brunnen, in den zahlreiche Touristen wie besessen Münzen rückwärts hineinwarfen.
„Al, kann ich heute Nacht bei dir bleiben?“ Al hatte auch schon darüber nachgedacht, ob sie sich heute Nacht überhaupt verabschieden könnten, und sah sich mit Jule eher Arm in Arm auf einer Parkbank nächtigen.
„Mein Hotel ist gleich um die Ecke und ich ...“ Jule atmete tief ein und aus. „Und ich möchte heute Nacht einfach nur bei dir sein.“
Er streichelte ihr zart über die Wange. „Mit dir zusammen, was könnte es Schöneres geben, aber ...“, lachte er verschmitzt, „ich

könnte mir allerdings auch vorstellen, hinter dir auf der Vespa die ganze Nacht durch Rom zu sausen." Beide lachten. Jule griff nach seiner Hand und führte ihn schweigend um zwei Ecken bis zu einem kleinen Hotel. Nach einem kurzen Plausch mit der Dame am Empfang gingen sie die Stufen hoch in den zweiten Stock. Das kleine Zimmer war fast ganz ausgefüllt von dem breiten Bett. Al setzte sich unsicher auf die Bettkante, während Jule im Bad verschwand. Kurz, nachdem das Wasser aufhörte zu plätschern, kam Jule nur mit Slip und T-Shirt bekleidet aus dem Bad. „Du kannst meine Zahnbürste benutzen, wenn du magst."

Wortlos ging er ins Bad. Nie hatte er daran gedacht, die Zahnbürste von jemand anderem zu benutzen. Diesmal war es anders. Er schloss die Augen, während er ihre Zahnbürste benutzte und dabei das Gefühl hatte, als würden sie sich zum ersten Mal küssen. War das vielleicht auch Jules Gedanke? Al war sich nicht sicher, wie er sich verhalten sollte, was nun passieren würde. Auch er behielt seine Boxershorts und sein T-Shirt an. Hastig, damit sie seine aufkommende Erregung nicht sah, kroch er zu ihr unter die Decke. Sie drückte sich an seine Seite, legte ihren Kopf auf seine Schulter und flüsterte: „Gut, dass du da bist, Al." Er spürte ihre Wärme, wie von ihrem Körper eine unglaubliche Ruhe ausging, wie sie gemeinsam ein- und ausatmeten, immer langsamer, immer tiefer, immer ruhiger. Jeder Nerv, jeder noch so kleine Muskel in seinem Körper entspannte sich. Er spürte, wie sein ganzer Körper schwer wurde, von einer angenehmen Wärme durchflossen wurde, von Jules Wärme, die gleichmäßig durch seinen Körper strömte. Mit jedem Atemzug saugte er Jules Duft ein, den ihrer Haare, ihres Körpers, ihres Atems, als würden sie jetzt im Moment miteinander verschmelzen, er fühlte sich eins mit ihr, mit Jule, seiner Jule.

Am nächsten Morgen drang lautes Geknatter von der Straße nach oben, das bekannte hektische Treiben der tausend Mopeds auf Italiens Straßen. Al schreckte hoch, als er merkte, dass Jule weg war. Er sprang aus dem Bett und lief ins Bad. Dann riss er die Tür zum Hotelgang auf. Eine Hausdame zuckte zusammen, als er Jules Namen durch den Flur rief. Es blieb still. Frustriert schloss er die Tür seines Zimmers, schlich zurück zum Bett, das noch warm war, warm von ihren verschmolzenen Körpern. Erst jetzt bemerkte er den Zettel, der vor ihm auf dem Boden lag. Es war eine Nachricht von Jule.

Salta, Juni 2010

Pietro war, milde gesagt, ein temperamentvoller Autofahrer. Waghalsig wäre wahrscheinlich noch untertrieben, sodass Al und Karin froh waren, als Pietro nach abenteuerlichen Überholmanövern auf eine breite, übersichtliche Autobahn nicht weit von Salta einbog. An Schlaf war somit nicht zu denken, obwohl beide nach den zurückliegenden Strapazen immer noch sehr müde waren. Bei jedem nach Militär aussehenden Lastwagen, den sie überholten, duckten sie sich unwillkürlich ins Innere des Autos. Sie wollten nicht erneut unliebsame Bekanntschaft mit denen machen, die vermutlich jetzt davon ausgingen, dass sie inzwischen totenstarr in Gesellschaft ritueller Mumien die nächsten Jahrhunderte überdauern würden. Als sie am Flughafen vorbeikamen, schallte ein ohrenbetäubender Lärm über die Ebene. Eine Militärmaschine vom Typ Antonov erhob sich träge von der Startbahn in Richtung der hochstehenden, gleißenden Sonne.
„Das Geräusch ... hörst du das? Das kommt mir sehr bekannt vor", rief Karin erschreckt, nachdem sie mehr als drei Stunden schweigend ihren Gedanken nachgehangen hatten. „In Frankfurt hatten sie mir die Augen mit einer dichten Kapuze verdeckt, und als sie mich davon wieder befreiten, saß ich in einem Raum ohne Fens-

ter und angeschnallt in einer Art Schalensitz. Erst als es anfing, fürchterlich zu wackeln und genau dieses heulende Geräusch ertönte, wusste ich, dass ich in einem Transportflugzeug saß."

„Du bist ganz sicher, Karin, dass du genau dieses Geräusch gehört hast?"

„Na ja, fast sicher. Ich nehme mal an, dass es sich von drinnen etwas anders anhört als von draußen, aber diese Mischung aus Heulen und Röhren, das war ganz genauso, da bin ich mir sicher. Mein Gott, Al, wenn ich daran denke, was in der Zwischenzeit alles passiert ist, dann läuft es mir jetzt noch kalt den Rücken runter."

„Wahnsinn ... und wann haben sie dich da rausgelassen?"

„Also, genau genommen erst hier in Salta. Da haben sie mich in einen dieser Lastwagen gesperrt und wir sind damit direkt in die Berge gefahren, immer steiler bergauf, immer holpriger. Ganz schön geländegängig, diese riesigen Lastwagen. Na ja, den Rest kennst du ja."

„Dann sind wir vermutlich pausenlos nebeneinander hergefahren und geflogen. Die Maschine habe ich schon in Buenos Aires gesehen. Ich bin mir fast sicher, es ist dieselbe. Und jetzt fliegen sie weiß der Kuckuck wohin, um sich an den dämlichen blauen Kugeln zu erfreuen, die sie den Indios gestohlen haben."

„Tja, vielleicht kann uns Nadjeschda mehr dazu sagen. Ich hoffe, sie liest und versteht unsere Mitteilung und beißt noch mal an ... als Fisch im Aquarium." Karin lachte über diese Wortverbindung und schaute sorgenvoll aus dem Fenster. Allmählich näherten sie sich den Vororten von Salta. Al gab Pietro Anweisungen, wie sie das Hotel finden könnten, in dem er schon Tage zuvor abgestiegen war. Dort angekommen, nahm Al sein Portemonnaie, das Pater Lorenzo ebenso wie seine Klamotten noch im Auto gefunden hatte. Zum Glück waren noch einige Pesos, seine Ausweise und Kreditkarten darin. Pietro war inzwischen um sein Auto herum-

gesprungen und hielt ihnen lächelnd die Tür auf. Al stieg noch mit leicht schwammigen Knien aus und hielt Pietro ein Bündel Pesos entgegen. Erschrocken riss dieser die Augen auf und winkte vehement ab. Er wollte partout kein Geld annehmen, als ginge es gegen seine Ehre. Kommentarlos sprang er wieder hinter sein Lenkrad und rauschte mit seinem alten, klapprigen Auto davon.
Die Dame an der Rezeption erkannte Al sofort und machte ein besorgtes Gesicht. Offenbar hatte der kurze Ausflug seine Spuren hinterlassen, ganz abgesehen von den Verbänden an den Handgelenken. Karin stellte er als Señora Steinhoff vor und es bestand für die Dame an der Rezeption kein Zweifel daran, dass es sich um Als Ehefrau handelte. Angetan von dem netten Paar lächelte sie und überreichte die Schlüssel für das Hochzeitszimmer. Der Preis sei derselbe, sagte sie mit süffisantem Lächeln.
„Jetzt sind wir ein Hochzeitspaar, Al, hast du gesehen? So schnell geht das."
Al lachte. „Na, ich könnte mir weiß Gott eine schlimmere Ehefrau vorstellen."
„Hey, du Ekel, wir müssen so tun, als seien wir verliebt." Karin schlang ihre Arme um Al und küsste ihn sanft auf den Mund.
„Hm, nicht schlecht für den Anfang", entgegnete Al mit einem Lächeln, das mindestens genauso süffisant wirkte wie das der Dame an der Rezeption. „Wir müssen jetzt allerdings erst mal rausfinden, wann Flüge nach Buenos Aires und dann nach Frankfurt gehen. Im Frühstücksraum steht ein Computer mit Internetzugang. Vielleicht kannst du mir helfen, die richtigen Seiten zu finden." Karin gähnte und setzte sich zu Al aufs Sofa, während er angestrengt versuchte, die Flüge zu buchen. Er atmete tief durch und stellte nach etwa einer Stunde fest, dass sie bereits am nächsten Abend aus Salta wegkämen.
„Ha, geschafft, gebucht und bestätigt. Also, morgen Abend Richtung Buenos Aires und fünf Stunden später weiter nach Frank-

furt." Karin war inzwischen mit ihrem Kopf auf seiner Schulter eingeschlafen. Als Al freudig seinen Buchungserfolg ausrief, kommentierte sie dies verschlafen. „Na prima, und nun in die Federn, du willst doch nicht deine Hochzeitsnacht ohne mich verbringen, oder?" Karin erhob sich träge und verschwand, die Tasche ihres Bruders hinter sich herziehend, im Zimmer gegenüber der Rezeption. Amüsiert über ihre süffisante Anspielung schaute Al ihr hinterher. Als er wenig später ins Zimmer kam, lag sie mit allen Klamotten am Leib bereits schlafend auf dem Bett. Die Größe des Bettes, die verspielten Accessoires auf der Kommode und nicht zuletzt die großen Spiegel an allen vier Wänden, ließen keinen Zweifel an der Aussage der Rezeptionsdame, dass es sich um das Hochzeitszimmer handelte. Al war ebenfalls todmüde, ging jedoch noch unter die Dusche, um den klebrigen Dreck und vielleicht auch ein paar unschöne Erinnerungen vom Vortag abzuwaschen. Nachts kühlte es kaum ab, sodass er nur mit frischen Boxershorts bekleidet neben Karin ins Bett schlüpfte und augenblicklich in einen tiefen und traumlosen Schlaf fiel.

Am nächsten Morgen wurde Al später als üblich wach. Die Sonne fiel bereits gleißend durch das Fenster. Vom Bad her hörte er die Dusche laufen und Karin, die offenbar in guter Stimmung war, ein paar unverständliche Lieder trällern. Al verschränkte die Arme hinter dem Kopf. Die frische Luft, die leise säuselnd durch das gekippte Fenster strömte, kühlte angenehm seinen nackten Oberkörper. Das tat insofern besonders gut, da seine Brust und sein Rücken von den vergangenen Aktionen einige schlimme Kratzer abbekommen hatten. Das Geplätscher der Dusche verstummte und kurze Zeit später kam Karin ins Zimmer. Sie war nackt und balancierte die gelbe Flasche mit Hautcreme auf der flachen Hand. Al zuckte überrascht zusammen und war sich erst nicht sicher, ob er die Decke bis zum Kinn hochziehen sollte. So

ein Quatsch, dachte er dann, was soll schon sein ... als Geschwister ist das doch normal. Aber im Hause Steinhoff war es nicht üblich, nackt durchs Zimmer zu laufen. So blieb er erst mal reglos im Bett liegen und tat so, als würde er seine Schwester nicht zur Kenntnis nehmen. Karin stand mit dem Rücken zu ihm vor dem großen Spiegel am Fußende des Bettes. Ihr perfekter, rundlicher und schneeweißer Po kontrastierte ihre braun gebrannten schlanken Beine, einen ebenso braun gebrannten Rücken und die pechschwarzen Haare, die locker, in der Sonne feucht glänzend, auf ihre schmalen Schultern fielen. Im Spiegel sah er ihren nackten Oberkörper, ihre wohlgeformten und festen Brüste, mit genau in der Mitte sitzenden kleinen, dunklen Brustwarzen, die frech und zierlich nach oben standen. Erschrocken über seine Gedanken musste er sich eingestehen, dass er seine Schwester noch nie so gesehen hatte, nämlich als eine ausgesprochen attraktive junge Frau. Irgendwie fesselte ihn der ungewohnte Anblick, und Karin schien das zu merken. Sie cremte sich das Gesicht ein und atmete dabei mehrfach genüsslich tief durch. Ein sanftes, zufriedenes Lächeln stand auf ihrem Gesicht, doch es war noch etwas darin zu lesen, was Al nicht einordnen konnte. War es nur das wohltuende Eincremen, das ihr Genuss bereitete, oder vielleicht die Tatsache, dass Al seinen Blick nicht von ihr ließ, sie von oben bis unten genau anschaute?
„Sag mal, Al, was siehst du?", fragte Karin mit leiser Stimme. Al schoss durch den Kopf, dass Karin ja offenbar seine Gedanken lesen konnte. Instinktiv blickte er zum Fenster, atmete tief durch, um jeglichen Gedanken an seine attraktive Schwester, an ihre erotische Ausstrahlung, der er sich kaum entziehen konnte, zu verdrängen. Mit betont gelangweilter Stimme sagte er: „Ich sehe die Sonne, das Bild an der Wand ..."
„Nein, ich meine ..." Karin zögerte. „Ich meine, was siehst du in mir? Genau jetzt im Moment."

Al überlegte, räusperte sich, bekam jedoch erst keinen Ton heraus. „Ich sehe dich nackt vor dem Spiegel stehen, und wenn ich mich recht erinnere, habe ich dich das letzte Mal nackt in der Badewanne gesehen, als ich in den Kindergarten kam und du noch Windeln brauchtest."
Karin zog die eine Augenbraue etwas hoch. „Du siehst also nur deine kleine Schwester ..." Sie überlegte kurz. „Ein kleines, dummes, naives Mädchen, auf das du noch aufpassen musst, wie damals im Kindergarten?" Karin nahm sich erneut Creme aus der Tube „Oder siehst du ..." Sie zögerte, atmete tief durch und sagte dann: „Oder siehst du eine begehrenswerte Frau?" Al zuckte zusammen und überlegte, was er am besten antworten könnte, um seine Gedanken und aufkommenden Gefühle über Karins schönen Körper nicht zu verraten. Das darf einfach nicht sein, schoss es ihm durch den Kopf, und doch war er Karin eine ehrliche Antwort schuldig.
„Was hättest du denn gerne, das ich jetzt sehe, Karin?"
„Ich weiß nicht so recht", antwortete Karin. Dabei drückte sie erneut Hautcreme in die Hand und begann, diese erst über ihren Schultern zu verteilen, dann in kreisenden Bewegungen über ihren beiden Brüsten, die erst schneeweiß und dann zunehmend mit leicht rötlichem Schimmer in der schräg einfallenden Sonne glänzten. Ihre Brustwarzen schienen sich kräftig den kreisend-massierenden Bewegungen entgegen zu stellen. Al überlegte, wie er die Situation sprichwörtlich entschärfen könnte. Trotzdem war etwas Neues in Karins Stimme zu erkennen, in der Art, wie sie sich bewegte, wie sie wahrgenommen werden wollte. Das betraf nicht ihn persönlich, aber er sollte ihr antworten, er musste ihr antworten, er wollte ihre Gefühle nicht vor den Kopf stoßen. Er sagte nichts, war in verwirrende Gedanken verstrickt.
„Vielleicht ...", Karin überlegte erneut und murmelte mit sanfter Stimme: „Vielleicht siehst du doch eine attraktive Frau?" Langsam

drehte sie sich zu ihrem Bruder um. Al atmete tief ein und aus, was er sah, war atemberaubend, und doch musste etwas passieren. Noch bevor er sich mit den Worten „Ich geh mal ins Bad ...", umdrehen konnte, sprang Karin mit einem plötzlichen Satz auf seinen Schoß. Aufrecht kniend, ihre Beine beidseits an seine Hüften geklammert, schaute sie ihm ängstlich und doch seltsam erwartungsvoll in die Augen. Auf ihren Wangen und zwischen ihren glänzenden Brüsten bildete sich eine zunehmend fleckige Rötung, die ihre Erregung verriet.

„Du bist eine wunderschöne Frau, Karin, aber ..." Al war verwirrt, als sich Karin nach vorne beugte und mit beiden Händen auf seine Unterarme stützte. Langsam streckte sie ihre Beine zum Fußende des Bettes und zur Seite und schob ihre Hüften vorsichtig suchend nach unten. Ihre noch feuchten Haare, die nach Apfel Shampoo dufteten, fielen Al kühl auf seine heiße Stirn und Wangen. Wie in Trance schloss sie die Augen, als wollte sie alle Gefühle und Sinne ihrer offensichtlichen Erregung tief einsaugen. Den Mund halb geöffnet, kreiste ihre Zunge leicht zitternd um ihre feuchten Lippen. Sie atmete schwer, dann immer tiefer und schneller. Langsam öffnete sie ihre leicht rot unterlaufenen Augen, senkte ihren Mund zu Als Mund langsam näher und näher. Al traute sich kaum, zu atmen. Schweißperlen traten ihm auf die Stirn. Er blickte Karin verwirrt in die Augen, spannte seine Arme an, um sie möglichst behutsam aber auch möglichst bald wieder in die Welt, in die Realität zurückzuführen. Obwohl sich ihre Augen trafen, sah sie ihn nicht wirklich. Sie schien geradewegs durch ihn hindurch zu blicken. Sie war bereits in einer anderen Welt angekommen, eine Welt der Gefühle, fernab jeglicher Realität. Es war eine Welt, die für sie lange Zeit ausgeblendet war, die sie lange herbeigesehnt hatte und der sie sich willentlich nicht nähern konnte, deren Verborgenheit sie aufzufressen drohte, und die sich nun umso wunderbarer öffnete, wie eine Erlösung,

wie die Tür zum Paradies. Wie konnte Al sie wieder aufwecken, wie konnte er ihr behutsam klar machen, dass dies nicht der richtige Moment, nicht die richtige Person war, die ihr dabei helfen könnte? Wie könnte er sie aufwecken, ohne sie erneut in die Tiefe ihrer Frustration, in ihre einsame kalte Welt zu stürzen?
Aus tiefer Kehle flüstere er heiser: „Karin, du bist ... aber ... wir sollten jetzt ...“, dann schloss er die Augen. Alles verschwamm um ihn herum. Er spürte ihre heftig kreisenden Hüftbewegungen, hörte nur noch ein fernes Stöhnen wie in einem unwirklichen Rauschzustand.

Dann war plötzlich alles vorbei. Karin sprang wie vom Blitz getroffen von ihm herunter und ließ sich platt neben ihn fallen. Al schreckte auf, wie aus einem verstörenden Traum. Stumm lagen beide nebeneinander. Keiner traute sich, ein Wort zu sagen. Mit beiden Händen versuchte Karin, ihr Gesicht zu verdecken. Eine flüsternde Stimme drang zwischen ihren zitternden Fingern hervor: „Was ... was mach ich hier eigentlich? Verdammt, Al, du bist mein Bruder ... wie konnte ich das einfach so vergessen?“ Karin atmete schwer, als wollte sie die Erinnerung der letzten Minuten löschen, aus ihrem Gedächtnis hinausatmen, die Zeit zurückdrehen. „Verdammt, Al, tut mir leid, das war ganz schön Scheiße von mir.“ Al beugte sich zu Karin, nahm ihre rechte Hand vom Gesicht und küsste sie sanft auf die Stirn.
„Das muss dir nicht leidtun, Karin, das war ...“ Al überlegte, er musste Karin eine ehrliche Antwort geben. „Das war ganz schön aufregend.“
Karin bedeckte wieder ihr Gesicht und es brach aus ihr heraus: „Aufregend? Bist du verrückt? Weißt du, was ich hier gerade getan habe? Wir sind Geschwister, hast du das vergessen? Geschwister, kein Liebespaar, denk doch mal nach! Schön, schön, schön ... schön aufregend“ Karins Stimme schien zu ersticken und sie

schluchzte heftig. „Schön ... schön ... ja verdammt noch mal, du hast recht, Al, es war wirklich schön. Mein Gott, es war verdammt schön ...“ Ihre Stimme erstickte in einem Weinkrampf. Al nahm erneut ihre Hände von ihrem Gesicht und lächelte ihr zu.
„Weißt du, Karin, ich glaub, das bleibt unser ganz spezielles Geheimnis. Unser ganz spezielles, schönes Geheimnis, nicht mehr und nicht weniger. Einverstanden?“
„Mein Gott, Al, ich weiß gar nicht was ich sagen soll? Ich schäme mich so, ich fasse das einfach nicht.“
„Weißt du, Karin, du brauchst dich nicht zu schämen. Wenn du nicht im letzten Moment die Kurve gekratzt hättest, dann ...“ Al überlegte, denn auch jetzt wollte er bei der Wahrheit bleiben. „Du bist wunderhübsch und ... ich glaub, ich hatte mich nicht mehr unter Kontrolle, weißt du. Tja, und so war es einfach nur schön. Nichts Schlimmes, du musst dich nicht schämen. Es bleibt einfach unser Geheimnis.“
Karin beruhigte sich langsam und beide blieben schweigend eine Weile nebeneinanderliegen.
„Al, ich möchte dir etwas erzählen, was ich noch nie jemanden erzählt habe. Aber ich glaube, du bist der Einzige, dem ich das anvertrauen kann. Aber bitte, Al, das bleibt genauso unser kleines Geheimnis wie dieser Morgen.“ Karin atmete tief ein. „Wie dieser verwirrende Morgen ... wie dieser unglaublich schöne Morgen.“
„Karin, du musst mir hier jetzt nichts beichten, aber ich höre dir gerne zu und ich verspreche dir, das bleibt auf jeden Fall unser Geheimnis.“
„Also dann, Al, kannst du dir vorstellen, dass ich noch Jungfrau bin. Ja, genau, du hast richtig verstanden, ich bin 23 Jahre und noch Jungfrau, und alle meine Freundinnen haben schon zwischen 16 und 18 ihre Erfahrungen gemacht, und ich, ich bin Jungfrau oder besser gesagt ... ich fühle mich wie eine Jungfrau.“ Karin redete so, als wollte sie jetzt auf keinen Fall eine Zwischenmel-

dung von Al und auch keinen Kommentar hören. Al hielt sich an die stillschweigende Abmachung und Karin begann zu erzählen. „Bis etwa zu meinem 18. Geburtstag konnte ich mich für keinen Mann begeistern, fand viele einfach nur doof oder eingebildet, und dann lernte ich Christian kennen. Mein Gott, Al, ich war so verliebt wie noch nie zuvor. Christian war nicht nur schlau, sondern sah auch noch verdammt gut aus. Wir knutschten, was das Zeug hielt, und wir streichelten uns so lange, bis ich jedes Mal vor Verlangen nach ihm, nach seinem Körper fast geplatzt wäre. Kannst du dir das vorstellen, es war einfach perfekt. Und wir wollten beide mehr, wir wollten es so richtig tun, ich wollte ihn in mir drin spüren, mit allem, was dazugehört, kannst du das verstehen?“ Karin zögerte einen Moment, unsicher, ob sie fortfahren sollte.

„Und dann, Karin, was passierte dann?“

„Al, ich weiß gar nicht, wie ich das sagen soll. Also, wir waren allein bei ihm zu Hause und es war eigentlich wie sonst auch. Wir redeten viel, wir küssten uns, wir streichelten uns überall, und dann schaute er mich plötzlich so seltsam an, wie ein wildes Tier, riss mir die Klamotten vom Leib, zwängte sich zwischen meine Beine und ...“ Karin atmete schwer und schüttelte ihren Kopf wild von einer Seite zu anderen, als wollte sie die Erinnerung endgültig aus ihrem Gedächtnis löschen. Mit fast erstickter Stimme sagte sie: „Al, es war einfach nur schmerzhaft, es war ... es war einfach nur schrecklich.“ Nach einem Moment des Schweigens holte Karin tief Luft. „Wir sind dann auseinander gegangen und ... ja, genau, später kam Christian auf mich zu und hat sich entschuldigt, aber von da an fühlte ich mich einfach wie tot. Alles war tot, kein Gefühl mehr, kein Verlangen mehr, alles war wie weggeblasen, wie ausgelöscht, kannst du das verstehen?“ Al sagte nichts, er spürte, dass er einfach nur zuhören sollte, Karin wollte das alles nur loswerden, kein Kommentar und sicher kein Ratschlag hören, keine Antwort auf etwas, für das es sowieso keine Antwort gab. „Dann habe ich mich in meine Arbeit gestürzt, in meinen Glauben, verstehst du? Plötzlich war das alles auch nicht mehr so wichtig. Sexualität war zweitrangig, hatte keine Bedeutung mehr, war nicht mehr notwendig. Ich konnte wieder aufatmen, fühlte mich auf einmal befreit, frei wie nie zuvor. Und trotzdem ..." Karin überlegte einen Moment „Und trotzdem kam nach einiger Zeit die Welt wieder zurück. Ich öffnete die Augen, wie in einem unbeschwerten fliegenden Traum, sah meine Freundinnen, wie sie mit hochrotem Kopf von ihren Abenteuern erzählten, wie geil das alles war. Wir trafen uns bei ihnen, bei mir oder in der Kneipe und sie erzählten die tollsten Geschichten und ich ...du wirst jetzt vielleicht lachen ... ja, ich fing an, Geschichten zu erfinden von Liebesabenteuern im Urlaub und wie scharf alle auf mich waren. Irgendwann fing ich an, das selbst zu glauben und ... ja, und dann stand Christian vor der Tür und fragte, ob wir nicht noch mal von vorne beginnen könnten. Er war so rücksichtsvoll, so zärtlich und verständnisvoll. Es hätte alles so schön sein können, aber ich ... ich spürte nichts. Wir schliefen miteinander, zweimal, dreimal ... irgendwie ließ ich das alles über mich ergehen, wollte Christian glücklich machen, weil er so rücksichtsvoll war, und ... ja, ich täuschte sogar immer wieder einen Orgasmus vor, so, wie ich mir das halt vorstellte. Nach ein paar Wochen ging es nicht mehr weiter. Christian muss auch irgendwie gespürt haben, dass ich alles nur vortäuschte, in Wirklichkeit keine Lust hatte, keine Erregung spürte. Es war alles so leer und tot, ich kam mir so kalt vor. Wir haben uns getrennt, freundlich aber unsagbar kühl, als wär nie etwas zwischen uns gewesen. Ich habe lange danach noch geheult, nicht weil wir uns getrennt haben, nein, weil ich irgendwie erleichtert war, dass wir uns getrennt hatten. Ich traute mich auch nicht, mit jemandem darüber zu reden, hab mich einfach nur verkrochen, wie in eine einsame, kalte Höhle." Karin schluckte. „Und dann änderte sich plötzlich mein Leben. Ich wurde entführt, rausgerissen aus meinem Leben, in ein fernes Land verschleppt und war kurz davor, umgebracht zu werden. Da oben in den Bergen, ich dachte, das ist jetzt alles richtig so. Einfach ausscheiden aus diesem verdammten, gefühllosen und kalten Leben. Und dann ..." Karin atmete tief durch, schüttelte den Kopf, als habe sie immer noch nicht ganz verstanden, was mit ihr geschah. „Dann wurde ich im letzten Moment auf seltsame Weise wieder zurückgerissen. Ich sollte weiterleben, sollte offenbar gerettet werden. Weiß der Kuckuck, warum. Plötzlich saßest du da hinter mir und ..." Karin schluckte. „Das war alles plötzlich so unwirklich, so neu, so aufwühlend, kannst du das verstehen? Ich war fast tot, und auf einmal spürte ich wieder Leben in mir. Irgendwie drang wieder Luft an mich heran, ich konnte wieder atmen, fühlte mich wie befreit ... und dann das hier mit dir, Al ... plötzlich spürte ich meinen Körper pulsieren, spürte ..." Karin atmete erneut tief durch, „spürte ein Verlangen, eine Erregung in mir, wie ich sie seit Langem nicht mehr kannte. Ich habe mich unter der Dusche zwischen den Beinen gestreichelt und spürte ein unglaubliches Verlangen, spürte Lust auf mehr. Ich fühlte mich auf einmal wie neu geboren, wie ein neuer Mensch, mit großer Sehnsucht nach Liebe und Verlangen nach ..." Karin atmete tief ein und aus. „Na ja, Al, den Rest kennst du bereits." Schweigend lagen beide nebeneinander. Al ergriff Karins Hand. Sie zitterte noch leicht, war aber warm und voller Leben. Er erinnerte sich an das Gespräch in Freiburg, als er zur Aquariumsgruppe kam, und irgendetwas in Karin steckte, was sie nicht preisgeben wollte, was sie quälte. Jetzt war offenbar der Knoten geplatzt.

„Danke, Karin ... danke, dass du mir das so erzählt hast. Ich glaube ..." Al suchte wie so oft nach den richtigen Worten. „Ich glaube, Karin, du bist wieder da." Karin beugte sich zu Al und schaute ihm in die Augen. Erst jetzt sah er, dass Tränen ihre Wangen hinunterge-

laufen waren. Ein sanftes entspanntes Lächeln huschte über ihr Gesicht. „Al, ich glaube, du hast mich wieder zurückgeholt zurück ins Leben. Danke!"
Al lächelte verlegen. „Schön, dass du wieder da bist, Karin, und jetzt ..."
Noch bevor Al weiterreden konnte, sprang Karin auf, hüllte das Bettlaken um ihren Körper und rief voller Tatendrang, sodass es das ganze Hotel hören musste „Und jetzt? Das fragst du noch, Al? Blöde Frage, jetzt müssen wir Jule finden. Hast du das etwa vergessen?"

Rom, August 2009

Al hob mit zitternden Fingern den kleinen Zettel auf, den Jule kurz vor ihrer überstürzten Abreise nach ihrer ersten gemeinsamen Nacht hinterlassen hatte.

Lieber Al,
sei mir nicht böse, wenn ich einfach auf und davon bin. Mein Flieger nach Argentinien ging sehr früh und ich wollte dich nicht beunruhigen. Sobald ich wieder in Argentinien bin, lasse ich von mir hören. Das verspreche ich.
Deine Jule

Al ließ sich zurück auf das Bett fallen. Hin und her gerissen, mal glücklich über die vergangene Nacht mit Jule an seiner Seite, aber auch frustriert, dass sie einfach wieder weg war, auf und davon, wie sie sich knapp ausdrückte. Ein Wirrwarr von Gefühlen schoss durch seinen Kopf. Er nahm den kurzen Brief, las ihn einmal, zweimal, dann drehte er sich um, vergrub sein Gesicht im Bettlaken und versuchte, noch den Rest von Jules Duft aufzusaugen.

Dieser süßliche Geruch ihres Parfüms, vor allem aber das, was man sonst vielleicht als unangenehm bezeichnen würde, ihren Körpergeruch, ihren Schweißgeruch. Er atmete tief ein, als wollte er jedes Molekül, das Jule zurückgelassen hatte, tief in sich aufnehmen. Ein dunkles, leicht rötlich schimmerndes Haar lag auf dem Kissen. Vorsichtig nahm er das Haar, Jules Haar, und steckte es vorsichtig in sein Portemonnaie, wie eine heilige Reliquie kam es ihm vor. Als er jedoch darüber nachdachte, dass es sich bei Reliquien meist um vermeintliche Überreste bereits verstorbener Heiliger handelte, nahm er das Haar wieder heraus und legte es auf das Kissen, auf den kurz zuvor Jule noch ihren wunderbar duftenden Kopf gelegt hatte.

Er setzte sich auf die Bettkante und überlegte, was er tun könnte. Erst mal zurück nach Deutschland und dann ... ja, dann hieß es wieder warten. Warten auf eine Nachricht von Jule. Doch diesmal war alles anders, dachte Al erleichtert. Diesmal wollte sie sich früher melden und hoffentlich auch eine Adresse preisgeben. Vielleicht brauchte sie jetzt die Zeit allein in Argentinien. Allein, um noch mal alles aufzuarbeiten, ihre Wissenschaft, ihre Erkenntnisse, aber auch die niederschmetternden Ereignisse auf dem Kongress. So, wie er Jule inzwischen kannte, wollte sie jetzt ausholen. Sie wollte ausholen zu einem großen Wurf, zu ihrem großen Wurf, und sich nicht noch mal unterkriegen lassen. Vermutlich würde er da nur stören, sie ablenken. Wahrscheinlich würde er sogar versuchen, sie zu überreden, die Zelte abzubrechen und wieder zu ihm nach Deutschland zu kommen. Nein, dachte Al, die Zeit musste er ihr geben. Seine eigenen Gefühle musste er zurückstellen.

Traurig, dass Jule wieder fort war, aber auch irgendwie gelassen packte er seine Sachen, frühstückte noch kurz im Hotel, checkte aus und machte sich dann auf den Weg zurück nach Deutschland. Es wurde ihm auch klar, dass er mit Abschluss seiner Famulatur jetzt nur noch ein Semester bis zum Examen hatte. Da hieß es lernen, lernen, lernen. Der Gedanke daran, dass Jule nun wieder in Argentinien war, ebenfalls um zu forschen, zu forschen, zu forschen, war irgendwie beruhigend. Er fühlte sich solidarisch mit Jule und sah es als Ansporn, das Examen gleich beim ersten Mal zu bestehen, was laut Statistik nicht ganz einfach war. Und doch war der Gedanke daran nur eine Krücke, eine sehr wackelige Krücke. Wie viel lieber wäre er in der kommenden Zeit in Jules Nähe. Wie viel lieber hätte er mit ihr nächtelang geredet, hätte sie berührt, wäre mit ihr zärtlich gewesen, hätte ihr seine Liebe gezeigt, ihr zu verstehen gegeben, dass er sich nichts Schöneres vorstellen könnte, als ein Leben lang mit ihr zusammenzubleiben. Al versuchte, seinen in der Brust auflodernden Schmerz hinunterzuschlucken, versuchte, sich auf die Straße vor ihm, auf das drohende Examen, die vielen Bücher zu konzentriere. Aber so sehr er sich bemühte, vor ihm schwebte nur ein Bild: das Bild von Jule, wie sie friedlich und warm in seinen Armen schlief.

Die nächsten Tage vergingen mit Vorlesungen, Praktika und der wachsenden Spannung vor dem letzten Examen, an dem sich alle seiner Kommilitonen mit ständiger Schwarzmalerei zu überbieten schienen. Jedes Mal, wenn Al allein in seinem Zimmer saß und über den dicken Büchern brütete, entweder getrieben von der Angst, das Examen doch zu verpatzen, oder wenn ihm einfach am Ende des Tages die Augen zufielen und er sich dann ärgerte, das geplante Pensum nicht geschafft zu haben, blickte er aus dem Fenster und sagte laut vor sich hin: „Für Jule, für Jule ..." Damit spürte er einen enormen Ansporn, konsequent weiterzumachen.

Nach zwei Wochen passierte dann das, was Al die ganzen Tage hinweg mit wachsender Ungeduld erhofft hatte. Feierlich nahm er einen Brief von Jule aus dem Postkasten. Das Erste, was ihm auffiel, war die Adresse auf der Rückseite. Puma Salteña, Argentinien. Noch bevor Al den Brief öffnete, das wollte er feierlich in seinem Zimmer bei einem Glas heißem Tee zelebrieren, schaute er unter Google Maps, wo Puma Salteña lag. Er musste die Karte stark vergrößern, um den Ort endlich zu identifizieren. In the middle of nowhere, dachte Al mit gemischten Gefühlen, setzte sich an seinen Schreibtisch und öffnete den Brief. Den Tee hatte er vor lauter Anspannung bereits wieder vergessen.

Lieber Al,
sicher denkst du, dass ich wieder lange nichts von mir hören lasse, aber die Ankunft hier war schrecklich. Ich hatte mir in Puma ein kleines Labor eingerichtet, nur mit dem Allernötigsten, aber ausreichend, um dem Geheimnis der blauen Kugeln auf den Grund zu gehen. Und nun, es ist grausam ... alles zerstört, kurz und klein gehauen. Es gibt kein bisschen Glas, kein Reagenzröhrchen mehr, das noch ganz wäre, alles kaputt. Zum Glück haben diese Vandalen meine Aufzeichnungen nicht gefunden, die ich in meiner grünen Metallschatulle unter dem Fußboden versteckt hatte, als hätte ich damals geahnt, was passieren wird. Wer sollte das getan haben? Ich war so verzweifelt, das kannst du dir nicht vorstellen, und ich war nah dran, alles hinzuschmeißen und nach Deutschland zurück zu kommen.
Al legte den Brief zur Seite und ertappte sich bei dem Gedanken, dass er es schade fand, dass die Zerstörung nicht tatsächlich dazu geführt hatte, Jule zur Rückkehr zu bewegen. Er schüttelte den Kopf über sich selbst, über seine im Grunde selbstsüchtigen Gedanken, und andererseits war es doch vielleicht nur menschlich, nur der sehnsüchtige Wunsch, Jule so schnell wie möglich wieder in seiner Nähe zu haben. Erneut las er Jules erste Zeilen. Wie verzweifelt sie doch gewesen sein musste beim Anblick ihres zerstörten kleinen Reichs. Al dachte für einen Moment selbst daran, alles hinzuschmeißen, nach Argentinien zu fliegen, um Jule mit Rat und Tat zu unterstützen. Dann nahm er den Brief und las weiter.

Ich kann mir nicht vorstellen, wer das getan haben könnte. Im Grunde weiß ja nur Professor Krastchow, was ich hier mache, und der wollte mich sowieso später besuchen kommen, und vor allem, er hätte sicher das geringste Interesse, hier alles kurz und klein zu hauen. Und die Menschen hier, die würden so etwas auch nie tun. Im Gegenteil, die sind so nett und versorgen mich mit allem, was nötig ist. Ich brauch noch nicht mal mein Essen einzukaufen. Sie kommen fast jeden Tag und bringen mir Obst, Brot und Eier. Dabei haben sie selbst nicht sehr viel zu essen und wissen oft nicht, wie sie ihre vielen Kinder satt bekommen sollen. Ach übrigens, Al, die vielen Kinder. Oft kommen sie und schauen mich mit ihren großen dunklen Augen an, berühren mich am Bein und laufen dann lachend und kichernd wieder davon. Ich wusste gar nicht, wie sehr mir Kinder ans Herz wachsen würden. Vielleicht will es ja das Schicksal, dass ich mal eigene Kinder habe. Früher konnte ich mir das beim besten Willen nicht vorstellen. Aber wenn ich die hier alle so sehe …

Wieder legte Al den Brief zu Seite. Wenn sie doch geschrieben hätte, „dass wir beide mal eigene Kinder haben würden". Er war versucht, das „ich" durchzustreichen, ein „wir" darüber zu schreiben und ihr eine Kopie der Seite zurückzuschicken. Er ließ es dann aber sein. Wer weiß, wie Jule das verstehen würde, und für Kinder war es sowieso zu früh. Allerdings, das wohlige Gefühl im Bauch, zusammen mit Jule einmal Kinder zu haben, wollte er nicht gleich vertreiben und lehnte sich gedankenverloren in seinem Stuhl zurück. Gelassen und glücklich träumte er von gemeinsamen Kindern, die freudig johlend um ihn und Jule herum springen würden. Es war ein schöner Tagtraum, aus dem er sich nicht gleich lösen wollte. Erneut nahm er Jules Brief und las die letzten Zeilen.

Und stell dir vor, wie ich hier so stehe und die ganze Zerstörung betrachte und – ja, Al, ich habe geheult, ich habe selten so geheult im meinem Leben, wie in diesem Moment – da kamen die Kinder und setzten sich zu mir und blickten mich mit ihren großen Kulleraugen an. Nichts weiter ist passiert, sie saßen nur da und lächelten mich an. Weißt du, Al, da habe ich mir gedacht, vielleicht ist das hier alles auch Mal für diese Kinder, für deren Zukunft. Eine Zukunft ohne globale Erwärmung, ohne Kriege ums Öl oder Gas, ohne Angst vor Radioaktivität und vieles mehr. Und da bin ich aufgestanden und habe angefangen, alles wieder aufzuräumen. Es hat gut zwei Wochen gedauert, bis ich einigermaßen wieder dort loslegen konnte, wo ich damals aufgehört hatte, und in der Zeit bin ich – vielleicht wirst du jetzt lachen – aber ich bin wirklich in die Kirche gegangen. Hier um die Ecke ist eine kleine Kirche, Santa Rosa de los Pasto. Du hast mir doch von deiner Aquariumsgruppe erzählt, und wie dich das damals berührt hat. Irgendwie hattest du recht, da ist irgendetwas, das ich nicht erklären kann und das ich – vielleicht lachst du jetzt wieder – das ich vor allem wissenschaftlich oder auch logisch nicht erklären kann und – wirklich seltsam – das ich auch nicht erklären will. Ich weiß nicht, wie ich das sagen soll. Aber ich denke oft an dich, wie du mir das alles erzählt hast, und ich versuche zu beten. Ich weiß zwar nicht genau, wie das geht, aber irgendwie tut es gut. Es macht mich ganz ruhig und ich kann dann später gut schlafen, kann den nächsten Tag wieder richtig gut beginnen, habe wieder Ideen. Ach, Al, manchmal wünschte ich mir, du wärst hier, damit ich dir das alles erzählen kann. Ich vermisse dich.

Deine Jule

Al merkte, wie er bei den letzten Sätzen nicht mehr so einfach durchatmen konnte, wie ihm der Blick verschwamm, wie er feuchte Augen bekam, die er sich jedoch gleich mit dem Handrücken abwischte. Er nahm Papier und Füller zur Hand und schrieb.

Liebe Jule …

Weiter kam er nicht. Er dachte nach und ihm wurde klar, dass er mit Worten schon immer Probleme hatte. Bisher war er jedoch der Meinung, das betraf nur das spontane Reden und musste nun verzweifelt feststellen, dass ihm das Schreiben genauso schwerfiel. Er war wohl weder zum Redner noch zum Schriftsteller geboren und trotzdem saß da etwas tief in seiner Brust, das er unbedingt loswerden wollte. Vielleicht war es auch nur der Moment, der ihn am Ende so ergriffen hatte und dazu führte, dass seine Gedanken im Kopf wie wild kreisten und, dass er erst mal zur Ruhe kommen müsste. Er zerknüllte den angefangenen Brief mit den zwei Worten und machte sich den zuvor am Briefkasten geplanten Tee. Es war bereits neun Uhr abends, aber er wusste, dass der Abend noch lang sein würde. Ein Abend mit sich und seinen Gedanken an Jule.

Buenos Aires, Juli 2010

Die Maschine nach Frankfurt rollte plangemäß ihrem Abflug entgegen. Auf dem Weg vom Hotel zum Flughafen und später beim Check-in und der Sicherheitskontrolle waren Karin und Al extrem angespannt und redeten wenig. Die letzten Tage steckten noch zu tief in ihren Knochen, sodass sie kaum glauben konnten, dass diesmal alles reibungslos verlaufen sollte. Selbst den Ersatzreisepass für Karin erhielten sie prompt, nachdem sie dem Zoll eine abenteuerliche Geschichte von armen ausgeraubten Rucksacktouristen aufgetischt hatten, die nun Hals über Kopf wieder abreisen mussten. Erst als sie sich auf ihren Sitzen in einer der letzten Reihen des Jumbos niedergelassen hatten, Al hatte diesmal peinlichst darauf geachtet, nicht in der letzten Reihe zu sitzen, atmeten beide auf und spürten eine große Last von den Schultern genommen. Normalerweise konnte Al im Flieger auch bei sehr langen Flügen kaum schlafen. Diesmal war es anders und er wachte erst auf, als es wie-

der taghell war und die Flugbegleiterin mit heißen Waschlappen durch die Reihen ging.
Karin grinste Al an. „Ich wusste gar nicht, dass du so laut schnarchen kannst. Leider musste ich dir deswegen immer mal wieder einen kleinen Stoß in die Rippen versetzen."
„Ach ja? Habe nichts gemerkt. Im Gegenteil, nichts geträumt, einfach nur tief geschlafen. Hätte ich nicht gedacht, nach all den Ereignissen."
Das Frühstück wurde gebracht, als Karin plötzlich fragte. „Sag mal, Al, wie machst du das eigentlich mit deinem Job? Hast du dir Urlaub genommen?"
Al überlegte eine Weile und antworte dann fast gleichgültig. „Urlaub? Ja, ich glaube schon, bis letzte Woche, und jetzt bin ich vermutlich gefeuert wegen unentschuldigten Fernbleibens von der Arbeit. Und weißt du was, Karin?" Karin blickte sorgenvoll zu Al. „Das ist mir scheißegal. Hätte ich früher nie gedacht, dass mir das mal so passieren könnte. Und jetzt ... einfach nur scheißegal. Und weiß du auch, warum?"
„Ich kann es mir denken, Al. Und was mich betrifft, mir geht es ähnlich. Ich bin zwar noch im Studium und im Zweifel kräht eh niemand nach mir." Al wusste, dass mit dem Wörtchen „niemand" nicht nur ihr Studium gemeint war.
„Du wirst sehen, Karin, da gibt es jemanden, der auf dich wartet, ganz bestimmt. Da bin ich mir ganz sicher."
Karin seufzte. „Danke für die Blumen, Al, aber jetzt müssen wir erst mal Nadjeschda finden. Mein Gott, hoffentlich hat sie durch die Faxaktion nicht zu viel Ärger bekommen. Was meinst du, soll ich ihr eine Mail schicken mit einem Treffpunkt?"
„Also, das mit der neuen Aquariumsgruppe als Treffpunkt in Frankfurt ist eigentlich eine gute Idee. Du solltest aber auf keinen Fall deinen Namen einfügen. Vielleicht kann uns ja jemand helfen, die Mail mit seinem Absender wegzuschicken." Al überlegte an-

gestrengt. „Olli, vielleicht kann Olli eine Mail an Nadjeschda schicken. Das ist bestimmt unverfänglich und als Treffpunkt vielleicht irgendeine Kneipe mit viel Rummel und Touristen, natürlich mit Stichwort ‚Aquariumsgruppe Frankfurt'."
„Vielleicht so eine Apfelweinkneipe. Moment, wie hieß die doch gleich ..."
„Wagner. Genau Apfelwein Wagner, da hocken mehr Ausländer und verziehen das Gesicht beim ersten Schluck Apfelwein, als Frankfurter, das ist mal klar." Karin und Al lachten bei dem Gedanken an zahlreiche Touristen, die tatsächlich eine seltsame Grimasse beim ersten Schluck Apfelwein zogen.
„Okay, also Olli schickt eine Mail an Nadjeschda betreffend ‚Aquarium' und im Text einfach nur ‚Treffpunkt Wagner'. Das müsste klappen. Nur, Al, irgendwie habe ich doch ein schlechtes Gefühl, Nadjeschda noch mehr in unsere Sache hineinzuziehen."
„Geht mir genauso, Karin, aber was wollen wir sonst tun? Einfach in die Botschaft rein laufen, den Chef verlangen und ihn fragen, wo er Jule versteckt hält?"
„Na ja, vielleicht könntest du Jule damit schneller Gesellschaft leisten, als dir lieb ist."
Al zog die Augenbrauen hoch „Oder ich werde abgeknallt, bevor ich Jule auch nur aus der Ferne sehe. Nach der bisherigen Erfahrung haben die Verbrecher keinen Sinn für Romantik, und irgendwie wertvoll bin ich für die sowieso nicht."
„Al, das war doch nicht ernst gemeint, also probieren wir es mit Nadjeschda. Aber wenn es brenzlig für sie wird, tauchen wir ab, versprochen?"
„Versprochen. Ach übrigens, du kannst gerne bei mir übernachten, sofern ..." Al grinste verschmitzt.
„Du meinst, solange ich nicht wieder über dich herfalle." Die Sitznachbarin räusperte sich hörbar und drehte sich etwas weiter von ihnen weg. Offensichtlich hatte sie von ihrer leisen Unterhaltung

einiges mitbekommen. Karin und Al kicherten und fühlten sich fast wie zwei Teenager in ihren Sturm- und Drangzeiten.

Die Maschine landete pünktlich in Frankfurt. Die Passkontrolle erfolgte zügig und wenig später fanden sie Als kleine Reisetasche schon ungeduldig auf dem Laufband zirkulieren. Viel Geld hatte Al nicht mehr, aber für ein Taxi sollte es noch reichen. Es war später Vormittag, kühl und regnerisch, als sie in seiner Niederräder Wohnung ankamen. Al steckte den Schlüssel ins Schloss, öffnete die Tür und wollte gerade eintreten, als die Tür der Nachbarwohnung aufsprang und Olli im Rahmen stand. Die linke Hand in der leicht abgeknickten Hüfte hob er den rechten Zeigefinger mahnend empor.

„Aha, Herr Nachbar, ich habe mir schon Sorgen gemacht ..." Er blickte zu Karin und sein zuerst ernster Gesichtsausdruck erhellte sich schlagartig. „Oh, Entschuldigung, ich wusste nicht ..." Olli streckte Karin seinen weit ausgestreckten Arm hin. „Olli, alle nennen mich nur Olli, sehr angenehm, und Sie sind?"

„Karin, alle nenne mich nur Karin. Ebenfalls sehr angenehm."

Olli drehte sich zu Al. „Karin? Karin? Heißt so nicht auch deine Schwester, Al?"

„Olli, das ist meine Schwester. Darf ich vorstellen, meine Schwester Karin. Und das ist Olli, mein treusorgender Nachbar." Olli winkte mit seiner rechten Hand und blickte dabei mit einem zweideutigen Blick zur Seite. Bevor jedoch weitere, zu möglichen Missverständnissen führende Fragen, gestellt werden konnten, ergriff Olli wieder das Wort.

„Also, das ist Karin, habe schon viel von Ihnen ... vielleicht darf ich auch du sagen ..."

„Ja natürlich, Du, kein Problem", erwiderte Karin etwas verunsichert.

Mit näselndem Klang in der Stimme fuhr Olli fort „Also, Karin, es freut mich sehr, dich kennenzulernen. Und was deinen Bruder anbelangt, solltest du etwas besser auf ihn aufpassen, das wäre mein ganz persönlicher Rat."

Karin lächelte. „Genau, Olli, du hast recht und deswegen bin ich auch gerade hier."

Al fuhr dazwischen. „Olli ist immer sehr neugierig, aber das hat mir oft schon ganz gut geholfen, nur ... das wollen wir nicht weiter ausführen. Nicht wahr Olli?" Al schaute Olli ernst in die Augen und der brauchte eine Weile, um zu verstehen, was Al meinte.

„Oh mein Gott, nein, nicht weiter ausführen, was gibt es da auch schon weiter auszuführen. Und überhaupt bin ich verschwiegen wie ein Grab, wenn es um solche Sachen geht, wie ..." Al trat näher auf Olli zu und grunzte mit zusammengekniffenem Mund „Olli!"

Karin lächelte Olli an. „Das kannst du mir ja später mal erzählen, Olli. Einverstanden?"

Al atmete tief ein und sagte dann mit einem geradezu beiläufigen Tonfall. „Apropos später, Olli, könnten wir später mal eine kleine Mail von dir losschicken, wäre sehr wichtig."

Olli zog die Augenbrauen hoch. „Oh, sehr konspirativ, geht es wieder um die schwarzen Männer?"

„Was für schwarze Männer?", fuhr Karin dazwischen.

„Also gut, Karin, wenn Olli schon alles im Treppenhaus ausplaudern muss ..."

Olli hob beschwingt den Zeigefinger und zeigte abwechselnd auf Al und Karin „Stopp, ihr beiden, kommt doch vielleicht so in einer Stunde zu mir, da gibt es einen schönen warmen Tee und ihr könnt in aller Seelenruhe eure geheimnisvolle Mail verschicken. Einverstanden?" Olli drehte sich mit leicht schwingenden Hüften um, ließ keine Widerrede zu und verschwand in seiner Wohnung.

Als Karin und ihr Bruder in seiner Wohnung standen, blickte sie ihn streng an. „Also, Al, was war mit dir und Olli und den schwarzen Männern."

Al blickte Karin streng aber auch ein wenig amüsiert zurück. „Karin, du meinst doch nicht etwa, dass ich und Olli ...", Al lachte und fuhr fort. „Also, wenn es nicht so ernst gewesen wäre ... es liegt schon ein paar Tage zurück, da stand ich morgens unter der Dusche und es klingelte an der Tür." Al erzählte Karin die ganze Geschichte und wie peinlich es ihm damals war, von Olli splitternackt vorgefunden zu werden. „Aber eins stimmt natürlich", beendete Al seine Geschichte, „wenn Olli nicht gewesen wäre, dann wäre ich vielleicht jetzt nicht hier. Weißt du, bisher hatte ich so meine Probleme mit Schwulen, aber auf Olli lass ich nichts kommen, verstehst du? Das ist jemand, auf den kannst du dich verlassen. Er ist ..." Al überlegte, wie er das jetzt unverfänglich, aber doch sehr ernst gemeint ausdrücken könnte. „Wenn man es genau nimmt, ist er eigentlich einer meiner besten Freunde. Auch wenn das vielleicht etwas komisch klingt."

Karin zog die Augenbrauen hoch. „Komisch finde ich das gar nicht. Komisch finde ich immer nur, wie ihr Männer euch so seltsam ziert, wenn es um Schwule geht. Ich finde ihn sehr sympathisch, und ob du mit ihm oder nicht mit ihm oder wie auch immer ... na ja, genau genommen ist das ganz allein deine Sache." Karin blickte Al süffisant von der Seite her an. „Jetzt nehme ich erst mal eine heiße Dusche und später werden wir Olli einen Besuch abstatten." Karin klang resolut, drehte sich um und verschwand im Bad.

„Meinst du, eine Jeans von mir könnte dir passen?", rief Al durch die geschlossene Badezimmertür. Später kam Karin mit einem großen Handtuch umwickelt aus dem Bad und durchsuchte Als Kleiderschrank nach etwas Passendem. Die besagte Jeans am unteren Ende zweimal umgeschlagen und ein weißes Hemd drüber gezogen – Karin sah fast aus wie ein Model aus einer dieser etwas abgefahrenen Modezeitschriften. „Wow, steht dir richtig gut!" Karin tänzelte in dem kleinen Wohnzimmer auf und ab und genoss es, sich von ihrem Bruder bewundern zu lassen. Als Al dann später

auch in frischen Klamotten am Tisch saß, überlegten beide angestrengt, wie es nun weitergehen könnte.
„Also, eine kurze Mail an Nadjeschda und dann hoffen wir mal, dass sie kommen wird.“ Etwas nervös klopften sie an Ollis Tür, der nicht gleich aufmachte. Sie klopften erneut, eine dunkle Ahnung beschlich sie, da sie gerade im Begriff waren, Olli in die Ereignisse zu verwickeln. Schließlich öffnete sich die Tür einen Spalt und Olli blickte mit verheulten Augen hindurch.
„Olli, alles klar mit dir? Sollen wir lieber später kommen?“
Olli seufzte. „Ist okay, mir geht's tatsächlich gerade nicht so gut, aber vielleicht später ... ach quatsch, kommt rein, das wird schon wieder.“ Betreten folgten sie ihm in sein sehr geschmackvoll eingerichtetes Wohnzimmer. Al hatte sich schon immer gefragt, wie es bei ihm aussehen würde. Bunt, schrill, oder sonst irgendwie abgefahren, und jetzt stand er mit schlechtem Gewissen wegen seiner Vorurteile in einem Wohnzimmer, in dem jedes Detail stimmte.
„Chic, chic, Olli“, sagte Karin, die auch aus dem Staunen kaum herauskam. Olli seufzte. „Jaja, chic. Chic, das mag sein, aber auch nicht mehr ... wisst ihr ... alles nur Fassade, alles nur Theater.“ Olli sank auf das Sofa und schluchzte. Al war sich nicht sicher, was er tun sollte, setzte sich dann jedoch zu ihm und legte ihm den Arm um die Schulter.
„Komm, Olli, Kopf hoch, so kennt man dich ja gar nicht.“
„Genau, Al, so kennt man mich eben nicht. Bin immer nur der Clown, weißt du, der schwule Clown, über den alle lachen, den alle ... den alle, wie sie gerade Lust haben ... na ja, du weißt schon. Und dann ... dann ist nichts mehr ... gar nichts mehr. Alles nur dunkel ... nur einsam.“ Olli saß nach vorne gekrümmt und schluchzte, und Al versuchte, ihn ein wenig zu beruhigen, drückte ihn an der Schulter und suchte nach Worten. „Weißt du, Al“, stammelte Olli mit unterdrückter Stimme, „Du hast deine Familie und deine Schwester ... und als ihr vorhin gemeinsam vor meiner Tür stan-

det, da ...“ Al blickte betreten zu Karin, als Olli weiter stammelte. „Weißt du, da wurde mir klar, wie wichtig es ist, eine Familie zu haben, eine richtige Familie, verstehst du? Sicher, Freunde ... ich habe viele Freunde, aber ... aber eine Familie. Weißt du, ich hatte nie eine Familie, wurde adoptiert als Findelkind und dann ... später haben sie mich im Heim abgegeben. Weißt du, was das heißt, im Heim abgegeben zu werden?“ Olli fing bitterlich an weinen. „Du bist einfach nicht erwünscht, verstehst du? Einfach überflüssig, sinnlos ...“
Al wusste nichts zu sagen. Ratlos blickte er zu seiner Schwester. Karin setzte sich auf die andere Seite von Olli und nahm seine von Tränen feuchte Hand in ihre Hände. So saßen sie eine Weile zusammen und schwiegen. Olli beruhigte sich langsam, atmete tief durch und brummelte: „Okay, okay, reiß dich zusammen Olli, es wird schon gehen ... bisher ging es immer.“ Abrupt stand er auf und versuchte, ein erzwungenes Grinsen auf sein Gesicht zu zaubern. „Scheiße, scheiße, scheiße ... okay, alles wieder gut ... sorry, wollte euch nicht ...“
Al lächelte zurück. „Olli, kein Problem, manchmal ... da muss man sich eben etwas Luft verschaffen und vielleicht können wir ...“ Al blickte unsicher zu Karin rüber. „Vielleicht können Karin und ich für dich so eine Art ...“
Olli schüttelte frustriert den Kopf. „Al, ich weiß das zu schätzen, glaub mir, aber eine Familie ... tja, ich weiß auch nicht ... ich hatte ja nie eine Familie und ... lass mal gut sein. Manchmal, da bricht alles zusammen und ... ich komm da schon drüber weg, und wenn ich euch beide sehe, da geht's mir schon viel besser, wirklich.“ Olli drehte sich hastig um und verschwand in der kleinen Küche. „Tee oder Kaffee?“, rief er.
„Sagtest du nicht vorhin etwas von einem speziellen Tee, Olli?“
„Okey dokey“, klang es aus der Küche in einem Tonfall, als sei nie etwas gewesen, und trotzdem wussten Karin und Al, dass dies alles Olli viel näher ging, als er je zuvor zu verstehen gegeben hatte.

Nachdem sie die Mail an Nadjeschda abgeschickt hatten, bestand Olli darauf, noch ein paar Kleinigkeiten aufzutischen, und natürlich Rotwein. Nicht irgendeinen Rotwein, sondern der teuerste, der in der kleinen Weinhandlung nebenan zu erstehen war. Olli strahlte genussvoll, als er das riesige Bordeaux-Glas in der Hand hin und her schwang. „Wisst ihr was, ich trinke nicht viel, aber wenn ich mal etwas trinke, dann muss es das Beste vom Besten sein." Olli sog einen Schluck des zuvor noch feierlich dekantierten Weins durch Lippen und Zähne, schloss dabei die Augen und genoss, wie jeder Quadratzentimeter seiner Zunge, seines Gaumens, jedes Ende seines Riechnervs von der Blume des edlen Tropfens sanft umschmeichelt wurde. Einige weiße Kerzen in großen blanken Glasvasen flackerten und hüllten den Raum in eine geheimnisvolle Atmosphäre, als plötzlich ein lauter Piepston die Ruhe rücksichtslos durchschoss. Olli riss die Augen auf. „Das ist sie."

„Das ist wer?", fragte Al verdattert.

„Na, eure Antwort, das ist sie." Alle drei schossen zum Laptop, der sofort aufleuchtete, als Olli die daneben liegende Maus berührte. „Na also, ich wusste es, eine Antwort per Mail. Moment ... aha hier, eine Antwort von N-a-d-je-sch-da." Als Olli den Namen langsam über seine Lippen rollte, zuckte es Karin und Al durch Mark und Bein. Gebannt schauten sie auf den Bildschirm, als Olli feierlich die Mail öffnete. „Morgen 20:00 Uhr Wagner. Gruß N – Aquarium"

„Aquarium? Ihr wollt doch nicht etwa Fische ..." Olli schaute ernst und fragend.

„Nein, Olli, das ist ..." Al überlegte, dass er Olli nicht zu viel erzählen wollte, um ihn im Zweifel nicht zu belasten. „Das ist nur ein Pseudonym, wie ‚Parole Emil' zum Beispiel." Wieder kam ihm das Buch seiner Jugend „Emil und die Detektive" in den Kopf.

„Ah", Ollis Blick erhellte sich. „Erich Kästner ... Gott, was habe ich das Buch geliebt und am Schluss musste ich so heulen." Er schüttelte gedankenversunken den Kopf.
Es war bereits nach Mitternacht, als sich Karin und Al schlaftrunken aus ihren Sesseln schälten. „Olli, vielen Dank für alles, das super Essen, den fantastischen Wein, und dass wir die Mail senden konnten."
„Ach, Al, nicht der Rede wert. Wenn ihr vorhin nicht gekommen wärt ..." Olli zuckte vielsagend die Schulter.
„Olli", Al blickte ihm ernst in die Augen, „Olli, du bist mein bester Freund, verstehst du und ..." Al wusste plötzlich nicht weiter.
„Al, ich glaube ich habe verstanden. Na ja, vielleicht kann ich euch beiden ja noch mal irgendwie behilflich sein. Klingt ja alles sehr geheimnisvoll mit eurer Nadjeschda."
„Also, dann bis morgen, Olli?"
„Tja, leider nicht, Al, ich muss früh raus und bin dann zwei Tage unterwegs. Aber dann müsst ihr mir erzählen, wie es weiter ging, einverstanden?"
Karin lächelte und kam Al zuvor. „Einverstanden, Olli, und noch mal vielen Dank."
Der nächste Tag schleppte sich zäh dahin. Beide waren gespannt, wie und ob ihnen Nadjeschda weiter helfen könnte. Endlich war später Nachmittag und obgleich es bis zur Schweizer Straße, wo sich der Treffpunkt befand, einige Kilometer waren, beschlossen beide, am Main entlang zu laufen. Gegen halb acht ließen sie sich in dem bereits fast ganz gefüllten Lokal nieder, froh, in der hinteren Ecke noch einen Platz bekommen zu haben. Punkt acht sahen sie Nadjeschda kommen, die jedoch geradezu beiläufig an ihrem Tisch in Richtung Damentoilette vorbeiging. Al wollte schon aufspringen und sie ansprechen, als Karin ihn unsanft zurückzog und unsicher im Lokal umherblickte. Nach einer Weile folgte sie Nadjeschda auf die Damentoilette. Als

sie sich sahen, umarmten sie sich herzlich, als hätten sie schon lange und sehnsüchtig auf diesen Moment gewartet. Eine ältere Frau am Waschbecken rümpfte kopfschüttelnd die Nase.

„Karin, es könnte sein, dass ich beobachtet werde. Weißt du, nachdem ich damals dieses Fax geschickt hatte, gab es großen Ärger. Und nur weil mein Vater ein hohes Tier in der Politik ist, konnte man einen Strich darunter ziehen. Und jetzt ..." Jemand kam zur Tür hinein, und Nadjeschda zog Karin in eine Toilette und hielt dabei ihren Zeigefinger vor den Mund. Als es wieder still war, flüsterte sie. „Pass auf Karin. Ich verlasse jetzt das Restaurant und ihr folgt mir etwa zehn Minuten später. Ich habe einen Haustürschlüssel zu einem Treppenhaus ein paar Häuser weiter in Richtung Main. Ich habe auch einen Zettel, der wie ein Fisch aussieht. Den klebe ich an die Tür, und ihr klopft dort drei Mal hintereinander, dann mache ich auf. Wir können dort oben im Dach ungestört reden." Nadjeschda blickte Karin in die Augen, umarmte sie und verschwand dann in der dröhnenden Menge des Restaurants. Karin bezahlte, während Al sie fragend anschaute.

„Später, Al, später", flüsterte Karin und trat dann ängstlich umherblickend auf die Schweizer Straße. Bisher kam ihr nichts verdächtig vor, aber Nadjeschda hatte recht und vielleicht würde sie doch jemand beobachten in der anonymen Masse der Apfelweinwirtschaft, in der nahezu jeder bester Stimmung zu sein schien. Langsam schritten sie einen Hauseingang nach dem anderen ab, bis Karin plötzlich den Fisch erblickte. Hatten sich nicht auch die Christen im damaligen Rom so verabredet? Hoffentlich endete ihre Verschwörung nicht auf dieselbe Weise, schoss es Karin unheilvoll durch den Kopf. Sie klopfte drei Mal. Erst tat sich nichts, und sie befürchtete, sie hätte die geheimnisvolle Nachricht von Nadjeschda falsch verstanden. Schon wollte sie weiter gehen, als sich die Tür vorsichtig einen Spalt öffnete.

Frankfurt, November 2009

Al hatte sich an seinen Schreibtisch gesetzt und lange an seinem heißen Tee genippt, bis er einigermaßen wusste, wie er den Brief an Jule beginnen sollte.

Liebe Jule,
ich vermisse dich auch. Als du vor knapp zwei Wochen morgens so plötzlich verschwunden warst, dachte ich, die Welt bricht zusammen. Aber du hast natürlich recht, ich hätte alles daran gesetzt, dich von deinem Vorhaben, erneut nach Argentinien zu gehen, abzubringen, und der Abschied wäre dann sicher noch viel schlimmer gewesen, insbesondere, da ich inzwischen weiß, dass du dich nicht so leicht umstimmen lässt, wenn du mal einen Plan hast.

Sollte er schreiben, dass er sich im Hotel in Rom erst mal lange in die Bettdecke verkrochen hatte, um ihren Körpergeruch einzusaugen, ihre Wärme, die gerade noch darin steckte, zu spüren. Vermutlich erzählte er ihr das besser später mal, wenn sie wieder zusammen waren und vielleicht darüber lachen konnten. Er las noch mal kritisch seinen letzten Satz. Zu lang, zu verschachtelt, dachte er missmutig. Er hatte auch gleich die Mahnung seiner Mutter im Ohr, wenn er ihr in der Schulzeit ein Referat zum Lesen gab, bevor er es am nächsten Tag abgab. „Schreib doch lieber einfache Sätze, das hier versteht doch kein Mensch!", hatte sie immer gesagt. Aber so bin ich nun mal, dachte er ein wenig amüsiert, oft vielleicht etwas zu kompliziert. Obwohl dann der Lehrer einen ähnlichen Kommentar unter das Referat schrieb und seine Mutter immer triumphierend den Finger hob, entschloss sich Al, bei seinem vielleicht etwas zu komplizierten Satzbau zu bleiben. Nicht, dass er sich anmaßte, sich mit weltbekannten Literaten vergleichen zu wollen, aber wenn die so lange Sätze schrieben, dann war das schick und schlau, und nur der Leser war dann der Dumme, wenn er nichts verstand.

Ich finde es gut, dass du den Mut gefasst hast, alles gleich wieder aufzubauen, obwohl, wenn ich ganz ehrlich bin, hätte ich es natürlich super gefunden, wenn du gleich wieder zurückgekommen wärst. Dass dich die Kinder, zumindest deine Stimmung betreffend, dabei unterstützt haben, finde ich fantastisch und irgendwie rührend. Wie viel mehr können oft einfache Kinderblicke bewirken, als noch so gut gemeinte Ratschläge. Dass du neuerdings in die Kirche gehst, um dort Ruhe und Rat zu finden, das ist schön zu hören, und glaub mir, wie gerne würde ich das jetzt mit dir teilen. Leider gibt es hier in Frankfurt keine Aquariumsgruppe, wie damals in Münster. Ich habe gehört, dass meine Schwester wieder etwas Ähnliches in Freiburg macht. Vielleicht willst du da ja mal mit ihr Kontakt aufnehmen.

Al biss sich auf die Unterlippe. Sollte er das wirklich so stehen lassen, was bedeutet, dass Jule wieder in Freiburg und er in Frankfurt blieben. Eigentlich plante er, nach seinem Examen in die Nähe von Jule zu ziehen. Vielleicht wären sie bis dahin ja so weit zusammen, dass das auch Jule wollte. Al ergänzte schnell:

Also genau genommen könnte ich mir gut vorstellen, dass wir, du und ich, zusammen so etwas wie eine Aquariumsgruppe einmal anstoßen könnten. Was deine Arbeit betrifft, hoffe ich, dass du gut vorankommst. Ich habe hier noch ein paar Lernwochen und dann wird es ernst – Examen. Ach, übrigens, ich habe dir noch nicht erzählt, dass ich dabei bin, eine Doktorarbeit zu schreiben. Oder zumindest das, was wir als Mediziner als Doktorarbeit verstehen. Ich weiß schon, dass man vonseiten der Naturwissenschaft dies hin und wieder belächelt. Aber das Gute ist, Jule, dass mir mein Dok-

torvater angeboten hat, dass ich gleich nach dem Examen bei ihm meine Facharztzeit beginnen könnte. Eigentlich dachte ich, nach dem Examen erst mal eine Pause zu machen. Aber so eine Chance bekommt man vielleicht nicht so oft. Also, Jule, vermutlich qualmt uns im Moment beiden der Kopf, dir wegen deiner blauen Kugeln und mir im Hinblick auf das Examen.
Liebe Jule, du weißt, dass ich kein großer Poet bin, sonst hätte ich dir jetzt sicher ein Gedicht geschrieben, das alles zum Ausdruck bringt, was in mir los ist, wenn ich an dich denke. Ich hoffe, bald von dir zu hören.
Dein Al

Diesmal dauerte es vier endlose Monate, bis Al einen Brief von Jule im Briefkasten hatte. Zu seinem Entsetzen waren die Postbeamten in Argentinien in Streik getreten. Andererseits war Al nun in der heißen Phase der letzten Wochen vor dem Examen. Auch hatte ihn sein Doktorvater ständig gemahnt, die Arbeiten rasch weiter fortzusetzen, da er für den nächsten Kongress eine Präsentation vorbereiten wollte. Jedes Mal schwang natürlich sein Versprechen auf den Job mit, nach dem Motto, dass Al den Job nur bekäme, wenn die Doktorarbeit entsprechende Fortschritte machte. Ausgesprochen hatte er die Bedingung nie, aber manchmal waren die unausgesprochenen Worte drohender als die ausgesprochenen. Insofern hatte Al alle Hände voll zu tun und arbeitete oft bis spät in die Nacht.
Ende Februar 2011 war es wieder so weit, ein Brief von Jule lag im Briefkasten. Mit Herzklopfen drückte er ihn an seine Brust, ging in seine Wohnung und setzte sich feierlich auf sein kleines Sofa. Wie immer steckte er seine Nase in den kleinen Schlitz, den er mit dem Brieföffner hineingestoßen hatte, um vielleicht noch etwas von Jule zu riechen, bevor er den Brief ganz öffnete, um die wertvollen Moleküle, die von Jule stammten, in die Umwelt zu entlassen.

Lieber Al,
die Post streikt, und ich weiß nicht, wann dieser Brief dich erreichen wird. Vielleicht ist das aber auch ganz gut so, weil du ja kurz vor deinem schweren Examen stehst. Ich denke auf jeden Fall fest an dich. Du wirst das bestimmt schaffen, weil ich weiß, dass du ein guter Arzt sein wirst. Davon konnte ich mich ja bereits überzeugen. Ach, übrigens, es geht meinem Knöchel richtig gut. Bis auf die nicht so schöne Narbe ist alles gut verheilt und ich konnte mit Lorenzo bereits meine erste Exkursion in die Berge zu den blauen Kugeln unternehmen.

Der letzte Satz zuckte durch Als Magengrube. Nicht, dass sie bereits wieder am Bergsteigen waren, sondern: Wer war Lorenzo? Dann fiel es ihm wieder ein, es war der einsame Pater Lorenzo. Al schüttelte gedankenversunken den Kopf. Kaum verliebt, wurde er von Eifersuchtsgedanken geplagt. Total albern, dachte er und nahm den Brief wieder zu Hand.

Lorenzo, oder besser Pater Lorenzo, ist ein klasse Typ. Ich hatte ja schon von ihm erzählt – mit seinem langen Bart. Er ist hier in der Kirche der Pfarrer (nennt man das so?). Er hat mich offenbar beobachtet, als ich gedankenverloren in der hinteren Ecke seiner Kirche saß. Und, stell dir das mal vor, er kommt eigentlich aus Deutschland, aus Oberbayern, und hat auch immer noch seinen bayerischen Akzent. Wir haben uns gleich gut verstanden und gestern Abend hat er mich auf ein Glas Wein eingeladen und wir haben fast die ganze Nacht geredet. Ich habe ihm natürlich von der Aquariumsgruppe berichtet, und es kam mir fast so vor, als sei ich da bereits ein festes Mitglied, dabei hast du ja nur davon erzählt, damals im Krankenhaus. Aber ich kann mich noch so gut erinnern, was du mir alles erzählt hast. Also, er hat sich das alles angehört und dann ... dann hat er mir seine ganze irgend-

wie traurige Lebensgeschichte erzählt. Warum gerade mir, wo wir uns doch erst seit kurzer Zeit kennen? Manchmal springt da so ein Funke über, das kann man nicht erklären, wie bei uns beiden, Al.

Ein Funke, dachte Al, vielleicht sollte er ihr doch im nächsten Brief schreiben, dass dieser Funke bei ihm bereits einen wahren Feuersturm ausgelöst hatte. Vielleicht, dachte Al hoffnungsvoll, vielleicht brennt ja bei ihr auch mehr, als sie immer so von sich gab, auf jeden Fall mehr, als nur so ein Funke.

Pater Lorenzo ist ein ganz lieber Mensch und hat vielleicht gerade deswegen oft Schlimmes erlebt. Er sagte mir, dass ihn Gott irgendwann ganz persönlich angesprochen habe und er sich von einem Tag auf den anderen dazu entschlossen habe, Priester (oder Pfarrer?) zu werden. Genau genommen konnte ich damit erst mal nichts anfangen. Und weißt du, was das für ihn bedeutete, Al? Studieren ohne Ende, nicht mehr viel Privatleben, keine Frauen, keine Kinder ... und trotzdem war ihm das so wichtig. Das kann man nicht so einfach erklären, Al, aber wenn du seine Augen dabei gesehen hättest. Er hat fast geweint, als er das alles erzählte. Und dann wurde er wieder so traurig, erzählte mir davon, was er so alles in der Kirche erlebt hat. Die in der Kirche seien auch nur Menschen, hat er oft gesagt, mit all ihren Schwächen. Und ihn selbst betreffe das genauso. Wie stolz er doch gewesen sei, die Priesterwürde empfangen zu haben und wie viel Respekt die Leute vor ihm gehabt hätten. Und dann sagte er etwas, das er nicht verkraftet habe. Der Respekt der Menschen um ihn herum galt meistens nur seinem Amt aber nicht ihm als Mensch. Er habe sich immer weiter entfernt von dem, was ihm wichtig war: der Liebe zu den Menschen, das unmittelbare Miteinander. Auch habe er gemerkt, dass dies sehr vielen seiner Kollegen ebenfalls

so ging, die dann nur noch als eine Art Würdenträger, weitab von den Sorgen der Menschen, dahinschwebten. Genau so hat er das gesagt, stellt dir das mal vor. Dann habe er versucht, das in der Kirche laut auszusprechen, hat für mehr Menschlichkeit gesprochen, für mehr Offenheit, dafür, dass Frauen auch Priester werden sollten, dass es Priester auch möglich sein sollte, zu heiraten und vieles mehr. Das habe natürlich niemandem gepasst und man habe ihm vorgeschlagen, einfach zu gehen. Er sei sich damals nicht sicher gewesen, ob er die Kirche ganz verlassen sollte, hat sich ab dann für die Einsamkeit hier entschlossen. Erst wäre das auch richtig gut gewesen, die Menschen hätten ihn herzlich aufgenommen. Aber dann schaute er mich wieder so unglücklich an. Auch hier, sagte er enttäuscht, sei er nur so ein Würdenträger, käme sich vor wie eine Monstranz, die man an Feiertagen vor sich hertrage. Er spüre eine tiefe Kluft zwischen ihm und den Menschen um ihn herum. Al, er blickte so unsagbar traurig, so einsam, da konnte ich nicht anders, habe meine Arme um ihn gelegt und ihn einfach festgehalten, einfach so, nur festgehalten, und er hat geweint. Weißt du, Al, ich glaube, ich habe seither einiges verstanden. Ich weiß noch nicht genau, was, aber irgendwie hat es etwas damit zu tun, was du damals erzählt hast, dass da noch etwas anderes ist außerhalb unseres Aquariums. Auf jeden Fall weiß ich, dass es Pater Lorenzo richtig ernst meint mit seinem Glauben. Das ist nicht einfach nur so ein Blabla. Ich kann es gar nicht abwarten, dir das alles noch mal zu erzählen. Ich meine so richtig zu erzählen, wir beide zusammen. (Ich glaube, mein Knöchel benötigt auch noch mal eine kleine Massage.) Wenn ich nicht wüsste, dass du gerade dick im Examen steckst … mit dir hier zusammen, Al, das wäre einfach unglaublich schön.
Deine Jule

Frankfurt, Juli 2010

Im nächsten Moment öffnete sich die Tür ein kleines Stück weiter und Nadjeschda gab ein klares Handzeichen, ihr in den dunklen Hauseingang zu folgen. Vorsichtig stiegen sie die Treppen hoch. Die Dielen knarrten und es fiel ein fahles Licht von den Straßenlaternen in das muffig riechende Treppenhaus. Im obersten Stock angekommen, öffnete Nadjeschda eine kleine Tür, von der die Farbe schollig abblätterte. „So, hier können wir reden", sagte sie mit sichtlich erleichtertem Gesichtsausdruck, nachdem sie die Tür hinter sich verschlossen hatte.

„Mensch, Nadjeschda", begann Karin, „es tut mir so leid, dass du durch uns so einen Ärger bekommen hast ..."

„Karin, glaubst du wirklich, ich würde euch hängen lassen?" Nadjeschda schüttelte den Kopf. „Das würde ich jederzeit wieder für dich tun, für dich und Al, und ich bin verdammt froh, euch jetzt hier zu sehen. Nur", Nadjeschda hob die Augenbrauen, „ihr wisst ja, dass ihr auf der schwarzen Liste steht. Allerdings heißt es, Karin, du wärst ...", Nadjeschda schluckte, „also, es hieß, du wärst tot." Nadjeschda schluchzte still in sich hinein. Karin nahm sie in den Arm und küsste sie auf die Wange. Nadjeschda schaute Karin mit einem fürsorglichen Blick in die Augen. „Mein Gott, war ich froh, von dir zu hören, Karin." Al stand betreten daneben, während sich Karin und Nadjeschda in den Armen hielten. Dann atmete Nadjeschda tief durch, löste sich von Karin und sagte bestimmt. „Also, ihr beiden, was kann ich für euch tun?" Sie setzten sich auf den Boden, während Karin anfing, ihre Geschichte zu erzählen. Als sie zu der Stelle kam, in der Al sie aus der Höhle befreite, musste sie öfters innehalten und blickte dankbar zu ihrem Bruder hinüber, der schweigend zuhörte. Ihre zärtliche Begegnung im Hotel behielten beide wie vereinbart stillschweigend für sich. Nur ein flüchtiges, vielsagendes Lächeln huschte über Karins Gesicht.

„Diese Container, in denen die Kugeln abtransportiert wurden, die hatten alle eine Aufschrift. Da stand so etwas wie ‚Institut Juri Gagarin', und den Rest, na ja ... du hattest mir ja damals die kyrillischen Buchstaben beigebracht, aber damit kann man ja nicht gleich russisch." Al hob die Augenbrauen. Das mit dem Institut hatte Karin ihm nicht gesagt, und dass sie kyrillische Buchstaben lesen konnte, auch nicht.

Nadjeschda schaute nachdenklich in die kleine Runde. „Das Institut war früher mal bekannt und berühmt. Heute ist es allerdings in Vergessenheit geraten und genau genommen wusste ich gar nicht, dass es noch existiert. Bist du sicher, Karin, dass auf den Containern ‚Institut Juri Gagarin' stand?" Karin hob erst die Schultern und nickte dann zustimmend. Nadjeschda lächelte und blickte zu einem kleinen Dachfester schräg über ihr. „Ich kann mich noch gut daran erinnern, dass mein Vater immer vom ‚Institut Juri Gagarin' erzählte und was dort für hochkarätige Wissenschaft betrieben würde. ‚Damit werden sie den Westen bald übertreffen', sagte er damals immer voller Stolz. Und was ist passiert? Nach dem Fall des Warschauer Pakts hatte keiner mehr Geld für Forschung, und das ganze Institut geriet in Vergessenheit. Soweit ich weiß, hat das dann ein stinkreicher Oligarch aufgekauft. Und was dann damit geschah, weiß ich nicht."

„Ja, aber vielleicht sind da unsere blauen Kugeln hingekommen." Karin zuckte zusammen, als sie Nadjeschda ungewollt in ihr Geheimnis einweihte und sie damit vielleicht mehr belastete, als sie eigentlich wollte.

„Na gut", platzte Al dazwischen. „Jetzt ist es raus. Also, Jule erforschte damals diese geheimnisvollen blauen Kugeln, die sie bei einer ihrer Exkursionen in Argentinien fand. Sie fand heraus, dass es sich möglicherweise um Reste eines Meteoriteneinschlags handelte."

„Ja, aber was ist daran so interessant, dass man deswegen Menschenleben aufs Spiel setzt?", fiel Nadjeschda dazwischen.
„Das kann ich dir vielleicht erklären", sagte Al und machte ein bedeutungsvolles Gesicht. „Möglicherweise sind diese Kugeln immer und immer wieder in der Lage, Wasser in seine Bestandteile, Wasserstoff und Sauerstoff zu trennen, sodass man damit recht einfach und vor allem nahezu unerschöpflich Energie gewinnen kann. Als Abfall fällt nur Sauerstoff an, kein Dreck, keine Umweltzerstörung, so einfach ist das."
„Ach so, ich verstehe. Und man würde damit vielleicht das ganze Öl- und Gasgeschäft ruinieren. Ist es das?" Nadjeschdas Augen blitzten.
Karin fuhr fort: „Genauso ist es, und nun haben sich diese Halunken alle blauen Kugeln unter den Nagel gerissen, haben sie dann vielleicht in das Institut Juri Gagarin verschleppt und ... und vielleicht ..."
Al fiel ihr aufgeregt dazwischen: „Und vielleicht ist ja auch Jule dort gefangen, jedenfalls wäre das eine Möglichkeit."
„Jule, wer war noch mal Jule? Kenne ich sie aus der Aquariumsgruppe?" Nadjeschdas fragende Augen trafen Al wie ein Blitz. Jetzt wusste sie alles und stand damit wohl unweigerlich ebenfalls auf der schwarzen Liste, wie sie es anfangs ausgedrückt hatte.
„Jule, ja, wer ist Jule? Nein, nicht aus der Aquariumsgruppe aber ... wie soll ich das erklären? Also, Jule hat diese blauen Kugeln entdeckt."
Nadjeschda bohrte weiter. „Und ihr beide, Al, du und Jule, ihr seid befreundet ... oder vielleicht auch etwas mehr?"
Al schluckte. „Ja, das könnte man so sagen."
Nadjeschda atmete tief durch. „Okay, dann dürfen wir keine Zeit verlieren. Also, ich versuche alles herauszufinden über das Institut, und möge Gott uns gnädig sein, dass wir Jule dort finden."

Jetzt hielt es Al nicht länger aus, beugte sich zu Nadjeschda vor und umarmte sie, ohne etwas zu sagen. Nadjeschda blickte, überrascht über Als Umarmung, zu Karin, die nur sanft lächelte. „Al, noch haben wir sie nicht gefunden, aber ich verspreche dir, alles mir Mögliche zu tun, damit wir sie finden, das ist doch klar. So, und jetzt muss ich gehen, sonst fällt auf, dass ich zu lange weg war. Offiziell stehe ich ja noch unter Hausarrest." Nadjeschda lachte verächtlich, als könne ihr nichts und niemand etwas anhaben. Sie ahnte nicht, wie sehr sie mit dem, was sie in den letzten paar Minuten gehört hatte, noch in Schwierigkeiten kommen würde. „Also, ihr beiden, ich versuche erst mal, alles herauszufinden, aber das dauert. Ich komme nicht so einfach an die Akten heran. Vielleicht mal zum Kopieren, so ganz beiläufig, das geht schon. Aber wenn die in der Botschaft Verdacht schöpfen, dann haben wir ein Problem."

„Nadjeschda, bist du dir ganz sicher, uns helfen zu wollen? Wie ich das sehe, könntest du dich um Kopf und Kragen bringen."

„Ach quatsch, Al, ich sagte doch, mein Vater sitzt an oberster Stelle, und der holt mich da schon wieder raus, wenn was schief geht. Die können sich das gar nicht erlauben."

„Weißt du denn wirklich, Nadjeschda, wer ‚die' eigentlich sind. Du sagtest doch eben etwas von einem Oligarchen. Vielleicht gibt es da noch Hintermänner, von denen du bisher nichts ahnen konntest?"

„Tja, Al, das weiß man bei uns in Russland nie so genau. Im Grunde hat sich in der Beziehung, im Vergleich zu den Zeiten des Warschauer Pakts, nichts geändert. Nur die Namen sind anders, die Vorbilder, die Statuen. Im Grunde ist alles beim Alten. Aber ich pass auf, versprochen. Also noch mal … ich brauch ein paar Tage, und wir sollten uns kommenden Montag noch mal gegen sieben Uhr abends hier treffen, dann weiß ich bestimmt mehr. Ach ja, noch eins, ich habe einen zweiten Schlüssel für diese Kammer hier, davon weiß niemand. Sobald die erfahren, dass du doch nicht tot bist, Karin, geht die Verfolgung wieder los. Die lassen niemals locker. Das habe ich schon öfters mitbekommen. Und dann seid ihr hier bestimmt sicherer als in deiner Wohnung, Al."

Wie sehr Nadjeschda recht behalten sollte! Noch am selben Abend rief Olli auf dem Handy an und teilte ihnen mit, dass ein paar dunkle Gestalten mit russischem Akzent nach ihm gefragt hätten. Olli hatte gleich angeboten, dass Karin und Al bei ihm übernachten könnten, aber das war ihnen jetzt doch zu nah, und außerdem wollten sie Olli nicht noch mehr in Gefahr bringen. So blieben sie erst mal in der kleinen staubigen Dachkammer in der Schweizer Straße. Olli konnte es organisieren, dass ein paar Freunde Klamotten und eine große Matratze besorgten. Außerdem stellten sie eine Art Wachdienst zusammen, der rund um die Uhr den Eingang beobachtete, sodass Karin und Al im Ernstfall über das Dach flüchten konnten. Aber es blieb ruhig, lähmend ruhig. Die Tage verstrichen, an denen sie nichts tun konnten, nichts, außer auf Nadjeschdas Nachricht zu warten.

An besagtem Montag kam Nadjeschda wie vereinbart. Wortlos setzte sie sich mit besorgtem Gesicht auf die Matratze und blickte ernst in die Runde. „Und, Nadjeschda, was hast du herausgefunden?" Karin und Al warteten ungeduldig auf ihre Antwort, die, wenn man ihrem Gesichtsausdruck Glauben schenken durfte, nichts Erfreuliches versprach.

„Nichts!" Nadjeschda zuckte mit den Schultern.

„Wie, nichts? Überhaupt gar nichts?" Die Enttäuschung war Karins und Als Gesichtern abzulesen.

„Also gut, etwas schon. Nur vorab, von Jule gibt es keine Spur, keine Nachricht, kein Lebenszeichen, aber das will nichts heißen. Es war schon früher üblich, dass verschleppte Personen andere Namen bekamen und dann offiziell nie wieder auftauchten. Ach übrigens, was Namen anbelangt, da tauchen immer wieder zwei

auf, ein gewisser Krastchow, vielleicht auch Professor Krastchow und ein seltsamer, italienisch klingender Name ..."
„Alighieri?", fiel Al ungeduldig dazwischen.
„Ja, genau, Alighieri. Kennst du den vielleicht, Al?"
„Oh ja, den kenne ich ganz gut. Steckt mit Krastchow unter einer Decke. Vermutlich Mafia."
Nadjeschda zog die Augenbrauen hoch. „Also, ich fürchte, ihr seid da so richtig in die Scheiße getreten. Vermutlich italienische und russische Mafia und das zusammen mit russischen Beamten auf höchster Ebene." Sie schüttelte nachdenklich den Kopf. „Wäre ein guter Stoff für einen Kriminalroman, aber in echt würde ich mich mit den Typen eher nicht anlegen." Sie seufzte tief. „Ich fürchte, das könnt ihr vergessen."
Karin legte ihren Arm auf Als Schulter, der vollkommen frustriert zu Boden blickte. Karin schaute stattdessen entschlossen zu Nadjeschda. „Ach, weiß du, Nadjeschda, wir stecken schon so tief drin in der Scheiße. Al hat mich da rausgeholt, aus dem Loch in Argentinien, und jetzt holen wir Jule da raus. Viel schlimmer kann's kaum noch werden."
Al schüttelte den Kopf. „Karin, das ist lieb von dir, aber ich hab dich da schon viel zu tief mit reingezogen. Das hier, das muss ich jetzt alleine durchziehen."
„Al, kommt gar nicht infrage, wir werden da beide ..."
Al fiel ihr ins Wort „Karin, ich fahre da alleine hin und du bleibst hier! Verstanden? Wenn ich deine Hilfe brauche, dann kannst du das von hier aus viel besser organisieren, als wenn wir zusammen in irgendeinem Verlies landen. Ich weiß nicht, ob wir da noch mal zusammen rauskommen." Al blickte Karin in die Augen, die immer noch kopfschüttelnd vor ihm saß. Al insistierte: „Bitte, Karin, tu mir den Gefallen."
Nadjeschda legte Karin die Hand auf die Schulter und sagte mit leiser Stimme. „Ich glaube, dein Bruder hat recht. Wenn es dort

Probleme gibt, sitzt ihr beide in der Falle, und das nützt sicher niemandem etwas."

Karin nickte. „Na gut, Al, du gehst alleine. Aber wir bleiben in Kontakt, versprochen? Standleitung Handy, wie damals, weißt du noch ... als wir bei Krastchow eingebrochen sind."

Al schmunzelte. „Mensch, Karin, das vergesse ich dir nie, du bist einfach eine klasse Schwester." Beide umarmten sich lange.

Al räusperte sich und wandte sich an Nadjeschda. „Also, Nadjeschda, wie komme ich da hinein in dieses, wie war das doch gleich der Name, ach ja, in dieses ‚Institut Juri Gagarin'? Mein Gott, wenn der alte Juri Gagarin wüsste, wofür sein Name herhalten muss. Der würde sich im Grab herumdrehen."

Nadjeschda blickte Al besorgt an. „Tja, Al, genau das ist das größte Problem. Außer hochrangigen Politikern und vielleicht noch ein paar Mafiatypen kommt da keiner rein oder raus. Vor allem raus kommt sonst keiner, und wenn doch, dann nur mit den Füßen zuerst."

Al murmelte vor sich hin: „Da muss es doch einen Weg geben ... und wenn ich mich als Journalist ausgebe ..."

Karin lachte. „Und du an die Bildzeitung eine Story lieferst? Al, Journalisten wären die Letzten, die da Zutritt bekämen, aber mir fällt gerade ein, dass unsere Eltern ..."

„Unsere Eltern? Karin, bist du verrückt? Die wissen von dem hier bisher noch nichts, und ich habe auch kein Interesse, sie in Angst und Schrecken zu versetzen. Nein, Karin, das geht gar nicht, auf keinen Fall."

„Moment, Moment, Al, hör doch erst mal zu. Ich weiß, dass unsere Eltern damals, und heute vermutlich immer noch, spezielle Medikamente nach Russland geliefert haben. Da kam immer so ein geheimnisvoller Brief, weiß der Kuckuck woher, übersät mit kyrillischen Schriftzeichen, so eine Art Anforderungsschreiben. Und dann, ich kann mich noch gut erinnern, kam ein spezieller

Transportdienst, der das Medikament nach Russland liefern sollte. Ich weiß noch, dass Vater immer gesagt hat, man könne das nicht mit der Post schicken, dann käme es nämlich nicht an."
„Da ist was dran. Und du meinst, wir sollten jetzt Al mit so einem Schreiben und irgendeinem Medikament zum Institut schicken?" Nadjeschda blickte Al an, mit der Frage, ob er als neutraler Bote vielleicht Einlass bekommen könnte, und überlegte laut weiter. „Vielleicht sollte auf dem Anforderungsschreiben auch stehen, dass ein spezieller Arzt aus Deutschland das Medikament verabreichen müsste, so direkt in den Kopf oder so etwas Verrücktes, was vielleicht nicht jeder kann."
Al strahlte. „Genau, das ist es! Mensch, Nadjeschda, Karin, ihr seid genial!"
Karin blickte Al prüfend an „Tja, fragt sich nur, was passiert, wenn du erst mal drin bist und der ganze Schwindel auffliegt, geschweige denn, wie du Jule dann rausbekommen willst, sollte sie noch ..." Karin biss sich auf die Lippe.
„Karin, ich weiß das Jule lebt, und ich hole sie da raus. Verstehst du, koste es, was es wolle." Betretene Stille trat ein, bis Nadjeschda unvermittelt aufstand.
„Gut, dann werde ich mich mal ans Werk machen. Ein Anforderungsschreiben mit dem Briefkopf vom ‚Institut Juri Gagarin', irgendein Medikament als Lieferung und Herr Dr. Steinhoff als derjenige, der die Spritze geben muss."
Al zog die Augenbrauen hoch. „Also, nicht gleich Herr Dr. Steinhoff, lass dir einen anderen Namen einfallen und dann ... ja, dann geht's los. Ich ruf gleich mal Olli an, ob er mir ein Flugticket nach Moskau besorgen kann. ... Ach, Nadjeschda, wo finde ich überhaupt dieses Institut?"
„Am besten, du mietest dir ein Auto, öffentliche Verkehrsmittel gibt es dahin nicht ..." Nadjeschda überlegte. „Ja, natürlich, du fährst nach Dedovsk. Ich gebe dir eine Adresse von einem

Freund, bei dem kannst du dich melden und der besorgt dir auch ein Hotel. Evgenij Kasparow ..."
„Ah, dieser Schachspieler", fiel Al überrascht dazwischen.
Nadjeschda grinste. „Tja, nicht gerade Schachspieler, aber Spieler trifft ganz gut. Er ist auch nicht mein Freund, aber er wohnt in der Nähe des Instituts und kennt sicher Hinz und Kunz. Er hat letztes Jahr ein Praktikum in der russischen Botschaft gemacht, daher kenn ich ihn. Hat mich pausenlos angebaggert und ich war ehrlich gesagt froh, als er wieder weg war. Damals hatte er so ein Ding vermasselt, also genau genommen hat er gekifft. Wenn das rausgekommen wäre, hätte es seinen sicheren Rückflug nach Russland bedeutet, vielleicht sogar nach Sibirien. Na ja, ich habe ihn gedeckt und insofern habe ich noch etwas gut bei ihm. Sag ihm schöne Grüße von mir, und er soll sich um dich kümmern. Ansonsten ..." Nadjeschda blickte Al besorgt an, „ansonsten halte dich lieber von ihm fern. Er kann nämlich ein ganz schönes Arschloch sein."
Karin blickte Al bekümmert an. „Mensch, Al, das geht mir hier alles viel zu schnell, und dieser Plan ... ich weiß nicht. Na ja, so, wie ich dich kenne, gibst du niemals auf, Jule zu finden, stimmt's?"
„Und du, Karin, würdest du das anders machen?"
Karin schmunzelte. „Nein, Al, ich glaube, ich würde es genauso machen, aber ich habe Angst um dich, verdammt große Angst, verstehst du? Eines solltest du wissen, Al, wenn du irgendwie verschwinden solltest, dann werde ich dich genauso suchen, wie du jetzt Jule suchst, darauf kannst du dich verlassen."
Al schüttelte den Kopf. „Karin, du bist verrückt."
„Nein, Al, ich bin nicht verrückt! Du bist mein Bruder und ich liebe dich, das ist alles." Nadjeschda blickte beide verlegen an, ging zur Tür und sagte leise: „Also, dann bis morgen. Mal sehen, ob ich dann schon das Ticket und das Anforderungsschreiben habe."
Wie versprochen, kam Nadjeschda am späten Nachmittag des

folgenden Tages. „Olli hat das Ticket nach Moskau in Auftrag gegeben, hat aber noch keine Zusage, und was das Anforderungsschreiben anbelangt ... nun, das ist nicht so einfach, aber wird schon klappen." Al musste sich eingestehen, dass ihm die lange Wartezeit auf die Nerven drückte, und dass er deshalb seit einigen Stunden mit seiner Schwester kein Wort mehr gewechselt hatte. Aufgrund von Kopfschmerzen massierte er angespannt seine Schläfen.

„Ich muss hier mal raus, ein Apfelwein oder auch zwei ..."

„Bist du verrückt, Al, die erwischen dich und dann ist alles aus", fuhr Karin heftig dazwischen. Nadjeschda stellte sich beschwichtigend zwischen beide. „Sollte kein Problem sein, Karin. Die Apfelweinkneipen sind abends so brechend voll, da kann sich Al ganz gut verstecken." Sie drehte sich zu Al um. „Wenn es dunkel ist, kannst du dich im Wagner unter die Menge mischen. Das fällt keinem auf. Ich bleib hier solange bei Karin, okay?"

„Danke, Nadjeschda, danke für alles!"

Später machte sich Al auf den Weg und setzte sich entsprechend Nadjeschdas Empfehlung an einen Tisch, an dem sich eine Gruppe von Engländern lautstark unterhielt. Es dauerte nicht lange, bis Al angesprochen und bezüglich der Gepflogenheiten in hiesigen Apfelweinlokalen ausgiebig gelöchert wurde. Er genoss die plötzliche Belanglosigkeit, die anscheinend so selbstverständliche Normalität, und es blieb auch nicht bei einem Apfelwein. Einige Stunden und vier Gläser Apfelwein später torkelte er wieder in Richtung seines Verstecks. Auf leisen Sohlen schlich er sich die Stufen bis zur Dachkammer empor. Es war so totenstill, dass er für einen Moment Sorge hatte, das Versteck sei aufgeflogen und Karin und Nadjeschda entführt worden. Es bot sich jedoch ein ganz anderes Bild.

Leise verschloss er die Tür hinter sich, setzte sich auf den Boden und lehnte sich nachdenklich an die Wand. Karin und Nadjeschda lagen Arm in Arm auf der Matratze. Es war ein friedliches, ein zärtliches Bild. Karins Bluse war bis zum Nabel aufgeknöpft. Nadjeschdas Hand lag auf ihrer halb entblößten Brust. Sie schliefen tief und entspannt. Karins Gesichtsausdruck war so glücklich, wie es Al schon lange nicht mehr bei ihr gesehen hatte. Nie hatte er gedacht, dass sich Karin einmal zu einer Frau hingezogen fühlte. Aber jetzt schien alles gut – für Karin und Nadjeschda. Für einen Moment konnte Al alle Katastrophen vergessen. Das Damoklesschwert dessen, was ihm bevorstand, schien auf einmal verschwunden zu sein. Er schloss die Augen, versetzte sich selbst in Karin und Nadjeschda, in Jule. Ein warmes Glücksgefühl durchströmte seinen Körper, bevor er in einen tiefen Schlaf fiel.

Am nächsten Morgen war Nadjeschda bereits verschwunden. Karin blickte aus dem Dachfenster in Richtung der Skyline von Frankfurt. Sie drehte sich nicht um, als Al langsam von hinten auf sie zukam.

„Al, ich kann das alles erklären. Es nicht so, wie du denkst. Nadjeschda und ich, wir ..."

Al legte vorsichtig seine Hände auf ihre Schultern. „Karin, ihr beide gestern Abend, Arm in Arm ... ihr habt so glücklich ausgesehen ... du magst Nadjeschda sehr, ist es so?"

„Al, bisher wusste ich nicht, wie sehr ich sie mag. Aber sie ist eine Frau und ich wollte das so nicht, verstehst du mich? Ich bin doch nicht ..." Karin biss sich auf die Unterlippe, dann fuhr sie leise fort. „Aber mit Nadjeschda ist das anders. Ich kann das nicht erklären." Karin blickte starr aus dem Fenster, sie traute sich nicht, ihrem Bruder in die Augen zu schauen. Al spürte ihre Anspannung.

„Karin, du musst mir gar nichts erklären, aber vielleicht wird es einfacher, wenn ich dich einfach mal frage ... du liebst Nadjeschda und sie liebt dich, ist es so?"

Karin nickte stumm, dann drehte sie sich um und umarmte ihren Bruder. Beide standen eine Weile schweigend am offenen Dachfenster und betrachteten die in der Morgensonne glänzenden Bankentürme.
Es vergingen weitere drei Tage. Drei quälend lange Tage, an denen sie nichts von Nadjeschda hörten, und an denen sich beide zunehmend Sorgen machten, ob Nadjeschda etwas zugestoßen wäre. Zum Glück meldete sich Olli immer wieder, einmal auch mit der Nachricht, dass er einen Flug nach Moskau gebucht habe, in zwei Tagen bereits. Hoffentlich würde Nadjeschda das Schreiben bis dahin fertig haben. Die Zeit wurde knapp.
„Wenn Nadjeschda nicht auftaucht, fliege ich ohne das Schreiben", sagte Al trotzig und ging wie die Tage zuvor unruhig in der kleinen Dachkammer auf und ab. Sie hatten sich bis dahin nicht mehr auf die Straße getraut. Zum Glück versorgten sie Olli und seine Freunde mit Essen und Tageszeitungen.
Der Tag der Abreise war da, und Karin versuchte verzweifelt, Al davon abzuhalten, Hals über Kopf zum Flughafen aufzubrechen. Die Chancen, ohne das Schreiben in das Institut zu gelangen, wären gleich null, hämmerte Karin immer wieder auf Al ein. Die Nerven lagen bei beiden blank. Aber Al ließ sich nicht abhalten. Schließlich lenkte Karin verzweifelt ein. „Al, hier nimm noch meinen Reisepass. Solltest du Jule irgendwie da rausbekommen, dann kann der vielleicht behilflich sein. So auf die Entfernung sehe ich Jule etwas ähnlich, meinst du nicht auch? Und außerdem hat der Trick mit dem Reisepass schon mal geklappt."
„Karin, was sollte ich ohne dich machen. Pass auf dich auf, solange ich weg bin, und auch auf Nadjeschda. Sie hat sich ganz schön aus dem Fenster gelehnt." Im nächsten Moment sprang die Tür auf. Mit dem Ausdruck von blankem Entsetzen im Gesicht kam Nadjeschda hereingestürmt.

Frankfurt, März 2010

Al überlegte wieder eine Weile, wie er Jule antworten könnte. Es fiel ihm jetzt allerdings bedeutend leichter, als beim ersten Brief.

Liebe Jule,
wie gerne würde ich deinen Vorschlag aufgreifen, einfach meine Sachen zu packen und zu dir nach Argentinien zu fahren. Vielleicht kann ich dir ja sogar bei deiner Wissenschaft etwas helfen? Und dann würde ich natürlich auch gerne Pater Lorenzo kennenlernen. Aber leider ist das nicht so einfach, so kurz vor dem Examen alles hinzuschmeißen und außerdem wäre es auch nicht fair gegenüber meinen Eltern. Die bezahlen nämlich Wohnung, Unterhalt, Auto ... trotzdem würde ich im Moment nichts lieber tun, als zu kommen, das kannst du mir glauben. Über dein Gespräch mit Pater Lorenzo habe ich lange nachgedacht und vermutlich hat er schon lange keine so menschliche Reaktion mehr erfahren, wie in dem Moment, als du ihn einfach so umarmt hast. Im Grunde spricht Pater Lorenzo genau das aus, womit ich auch so meine Schwierigkeiten habe. Ich halte die Kirche für sicher notwendig mit ihrem riesigen sozialen Engagement, z. B. in Entwicklungsländern, aber auch bei uns, angefangen von Kindergärten bis zur Altenpflege. Ich glaube auch, dass es sehr wichtig ist, dass die Menschen einen Ort finden, wo sie sich mit ihrem Glauben und natürlich auch mit ihren Sorgen austauschen können. Vielleicht war das auch der Grund, dass du ausgerechnet in Pater Lorenzos Kirche nach Ruhe, aber auch nach Antworten gesucht hast. Und trotzdem bin ich bei der Kirche als Institution hin und her gerissen. Auf Raten von Karin bin ich mal in so eine Kirche gegangen, die nannte sich freie Gemeinde oder so ähnlich. Die Leute waren erst super nett, aber dann im Gottesdienst sind alle irgendwie ausgetickt. Haben da herum gejubelt und rumgetanzt wie beim Fußballspiel. Als das Theater nach zwei

Stunden immer noch nicht zu Ende war, habe ich mich aus dem Staub gemacht. Dann bin ich mal in so eine traditionelle katholische Kirche gegangen. Da schaute mich die Nachbarin auf der langen Bank misstrauisch an, als säße ich auf dem falschen Platz. Dann kam der Pfarrer mit seinem Gefolge, murmelte irgendwelche Sprüche, zu denen die paar Leute auf den harten Bänken auch gleich eine genauso unverständliche Antwort hatten. Alles lief so in festen Bahnen, ganz routiniert. So, wie Pater Lorenzo es beschrieben hatte. Der Pfarrer und seine Robenträger schwebten so vergeistigt dahin, ohne wirklichen Kontakt zu denen zu haben, die vor ihnen saßen. Als nachher das Abendmahl ausgeteilt wurde, fragte mich sogar jemand, ob ich denn überhaupt katholisch wäre. Ich weiß nicht, ob Jesus das seine Jünger beim Abendmahl gefragt hatte. Na ja, und schließlich war ich dann noch in einer evangelischen Kirche und kam mir da eher vor wie bei einer Gewerkschaftskundgebung. Weiß du, Jule, ich will nicht alles böse kritisieren, zumal mein Beitrag zur Kirche auch gleich null ist. Aber schon allein dieses Gezanke zwischen den einzelnen Konfessionen ist schon kaum zum Aushalten. Deswegen habe ich mich bei der Aquariumsgruppe so wohl gefühlt. Da geht es still zu und keiner fragt, welcher Konfession man angehört. Man will einfach nur wissen, worauf es im Leben wirklich ankommt. Ich denke noch oft an unser Gespräch im Krankenhaus. Da hast du genau die richtigen Fragen gestellt und ich kam ganz schön ins Stottern. Genau genommen fällt es mir auch nicht leicht, über Gott oder Jesus zu reden. Ich weiß nicht, warum, aber man hat das Gefühl, gleich in irgendeine seltsame Schublade gesteckt zu werden. Alle reden von Weihnachten, Ostern, christlichen Parteien und kirchlichen Andachten, wenn irgendetwas Schreckliches passiert ist. Aber man hat nicht den Eindruck, dass die Leute wirklich wissen wollen, was tatsächlich dahinter steckt. Alles Fassade, Gewissensberuhigung.

Was uns beide interessiert, ist, hinter die Kulissen zu schauen. Du von der naturwissenschaftlichen, ich von der spirituellen Seite. Es ist, als stünden wir kopfüber auf einer Kugel, schauten und gingen in entgegengesetzte Richtungen. Irgendwann treffen wir uns. Und dann schauen wir uns an und wissen, dass alles einen großen Sinn macht. Ich kann nicht abwarten, dich zu sehen, mit dir zu reden. Weißt du übrigens, dass du in deinem letzten Brief nichts über deine Forschung berichtet hast? Ich bin ganz neugierig, davon zu hören.
So, das tat richtig gut, diese Zeilen an dich zu schreiben, und jetzt noch drei Wochen, dann ist es so weit und ich kann die vielen Bücher erst mal in die Ecke schmeißen. Hoffentlich streikt nicht wieder die Post in Argentinien, und ich höre bald von dir.
Alles Liebe, dein Al

Lieber Al,
wieder Streik und wieder hat es schrecklich lange gedauert, von dir zu hören. Wenn ich das Datum abgleiche, dann sitzt du jetzt im Moment in der Prüfung und ich werde heute mal eine Pause einlegen, um dir fest die Daumen zu drücken. Du fragst nach meiner Forschung, na ja, geht ganz gut voran, und diese blauen Kugeln, die sind einfach fantastisch. Aber selbst, wenn der ganze Berg hier aus blauen Kugeln bestünde, wäre das nicht die Lösung für die ganze Welt, dann würden wieder nur ein paar Privilegierte davon profitieren. Al, ich will einfach wissen, wie das funktioniert, wie die das machen, diese verdammten blauen Kugeln. Manchmal denke ich, die Lösung zu haben und dann, na ja, dann funktioniert es wieder nicht. Ich komme mir vor wie die früheren Alchimisten, die auf Biegen und Brechen versucht haben, aus wertlosen Materialien Gold herzustellen. Und dass das nicht geht, wissen wir heute allzu gut. Vielleicht geht es mir irgendwann genauso und ich werde alt und grau und vor allem verzweifelt, die Lösung nie gefunden zu haben. Und dann kommt Pater Lorenzo und muntert mich wieder auf.

Ach, übrigens, sei mir nicht böse, weil ich ihm von deinem Brief berichtet habe. Du hattest mir mal gesagt, es würde dir nicht leicht fallen, im richtigen Moment die richtigen Worte zu finden. Also, was deinen letzten Brief anbelangt, da werde ich sicher noch öfters nachlesen, so sehr hat mich das zum Nachdenken gebracht. Wie du das so schreibst mit der Kirche. Als ich das Pater Lorenzo erzählt habe, hat er sich darüber köstlich amüsiert. Nicht, dass er das irgendwie lächerlich fand, nein, ganz im Gegenteil, er fand das so erfrischend ehrlich und überzeugend (genau so hat er das gesagt!). Ich glaube, er kennt dich schon ganz gut.
Was dein Bild mit der Kugel anbelangt … irgendwie glaube ich, dass wir uns bereits sehr nahe gegenüberstehen. Ich spüre zwischen uns so viel Vertrauen (das war ja bereits ganz zu Anfang so) und ich kann es nicht abwarten, wieder bei dir zu sein. Al, ich möchte deine Stimme hören, ich möchte dich berühren …
Deine Jule

Al legte den Brief zur Seite. Der letzte Examenstag war gestern und es lief auch ganz gut. Nun könnte er wirklich seine Sachen packen, um nach Argentinien zu fliegen. Das wäre sicher eine große Überraschung für beide, besonders nach den letzten Worten aus Jules Brief zu urteilen. Al spürte, wie sein Herz klopfte, schnell vor Begeisterung, aber auch schwermütig, jetzt eine Entscheidung fällen zu müssen. Heute Morgen hatte ihn sein Doktorvater angerufen. Er wusste vom Examenstermin. Die Doktorarbeit lag in den letzten Zügen, Deadline für den Kongress war in zwei Wochen. Wieder schwang dieses „wenn sie den Job haben wollen dann …" durch den Telefonhörer. Sklaventreiber, dachte Al. Wie hätte sich Jule wohl entschieden? Auf die zwei Wochen kam es jetzt auch nicht mehr an. Also die Doktorarbeit beenden und dann ab nach Argentinien. Der Job musste noch etwas warten, das wäre seinem Doktorvater sicher klar zu machen. Sollte er dann Jule überraschen, gar nicht ankündigen, dass er käme? Was wäre, wenn Jule kurzerhand ihre Arbeit beendete, nach Deutschland käme, während Al auf dem Weg nach Argentinien wäre? Er entschloss sich zu einem kurzen Brief.

Liebe Jule,
geschafft, Examen klappte ganz gut, Bücher in der Ecke! Und jetzt? Eigentlich wollte ich Dich überraschen, einfach nach Argentinien kommen. Aber da du ja immer kurz entschlossen bist, könnte es ja sein, dass du im selben Moment nach Deutschland aufbrichst. Also lieber keine Überraschung. Noch zwei Wochen Doktorarbeit und dann bin ich bei Dir, du hier, wir woanders, egal wie, auf jeden Fall zusammen. Ich kann es nicht abwarten, Jule, ich möchte immer mit dir zusammen sein!
Dein Al

Eigentlich wollte er den Brief einfach nur mit „ich liebe dich" unterschreiben, und doch hatte er das Gefühl, dass es passender wäre, diesen kleinen aber gewichtigen Satz Jule lieber von Angesicht zu Angesicht zu sagen. Er spürte, dass es Jule vielleicht ähnlich ging. Nachdem er den Brief im Briefkasten versenkt hatte, schienen die Stunden und Tage noch träger zu vergehen als je zuvor. Zum Glück hatte er keine Langeweile und musste die Doktorarbeit und die Anmeldung zum Kongress fertigstellen, was ihn oft bis spät abends im Labor festhielt. Sein Doktorvater quälte ihn mit immer neuen Korrekturen des Manuskripts. Soll er ihn doch selber schreiben, wenn er den Vortrag halten will, dachte Al verärgert. Pünktlich zur Deadline war jedoch alles fertig und das Manuskript konnte an das Kongressbüro geschickt werden. Zwei Wochen waren vergangen, seit er den Brief an Jule geschickt hatte, und immer noch kein Brief von ihr. Sollte er jetzt doch einfach nach Argentinien fliegen? Nur, was wäre, wenn Jule gerade jetzt oder in wenigen Tagen im Flieger nach Deutschland säße? Sollte er vielleicht ihre Eltern anrufen, vielleicht wüssten die mehr? So war es dann auch keine Überraschung, dass ihn sein Doktorvater unmittelbar nach bestandenem Examen und Beendigung des Kongressmanuskripts auf seiner Station einteilte. Den Arbeitsvertrag bekam er praktisch am ersten Arbeitstag vor die Nase gehalten. Jetzt saß er erst mal in der Uniklinik fest, Station Innere Medizin, und kein Lebenszeichen von Jule. Erst zwei Wochen später fand er einen Brief von ihr im Briefkasten.

Lieber Al,
die letzten Tage waren verrückt. Ganz überraschend kam Professor Krastchow zu Besuch und wollte alles genau wissen. Jetzt auf einmal, nachdem ich mir hier alles alleine wieder aufgebaut hatte. Die letzten Ergebnisse meiner Experimente verliefen richtig gut und Krastchow wollte sofort die Ergebnisse sehen, fast so, als sei es ihm ganz schrecklich eilig. Seltsam, erst war er richtig nett und klopfte mir öfters geradezu väterlich auf die Schulter. Ich habe ihm jedoch mehrfach gesagt, dass ich noch nicht fertig sei. Genau genommen wollte ich nach der Pleite damals in Rom nicht gleich alles preisgeben, auch nicht an Professor Krastchow. Weißt du, Al, ich wollte mir meiner Sache diesmal hundertprozentig sicher sein. Und plötzlich drehte sich seine Stimmung um 180 Grad. Er hat mich sogar angebrüllt, so nach dem Motto, ohne ihn wäre ich eine Null und hätte sowieso alles nur ihm zu verdanken. Dabei hat er mich damals in Rom nicht eine Sekunde unterstützt, geschweige denn in den letzten Monaten hier in Puma. Ich konnte das erst nicht verstehen, Al, aber dann wurde ich richtig misstrauisch und habe ihm erst recht nichts gesagt. Als ich ihm erzählte, dass nach meiner Ankunft aus Rom hier alles zerstört war und ich mir keinen Reim darauf machen konnte, wer das getan hat, wurde er ganz besonders böse, als hätte ich ihn persönlich beschuldigt. Mit was er mich dann alles

beschimpft hatte, das wiederhole ich hier lieber nicht. Wutschnaubend reiste er wieder ab. Das hat mich ganz schön mitgenommen und ich fürchte, wenn ich noch mal irgendwo einen Vortrag halte, dann ... er hat nämlich dummerweise ganz schön Einfluss in der Geologischen Gesellschaft. Na ja, zum Glück hat mich dann Lorenzo wieder aufgemuntert, und siehe da, nur wenige Tage später kam ein seltsamer Brief von einem Typen in Italien, Dr. Alighieri. Er habe meinen Vortrag in Rom gehört und seither vergeblich versucht, Kontakt mit mir aufzunehmen. Meine Adresse habe er nur mit Mühe von Professor Krastchow bekommen. Er schrieb in seinem Brief, dass er Krastchow aus der Gesellschaft seit Jahren bereits kenne. Allerdings habe er den Eindruck, dass weder Krastchow noch seine Kollegen in der Gesellschaft bislang erkannt hätten, welch bahnbrechende Entdeckung ich gemacht hätte. Stell dir das vor, so hat er wortwörtlich geschrieben. Er hat mich nach Rom eingeladen, da er gute Kontakte zu einem anerkannten Institut habe, das mich in Zukunft mit allem, was ich für meine Forschung benötige, unterstützen würde. Klingt fast zu schön, um wahr zu sein. Genau genommen benötige ich tatsächlich auch noch den Zugang zu teuren Analysegeräten, um den endgültigen Beweis für meine Ergebnisse durchzuführen. Ein bisschen mulmig ist mir schon, da ich diesen Alighieri gar nicht kenne. Aber was bleibt mir anderes übrig? Krastchow ist sauer, und ohne Hightech komme ich im Moment nicht weiter. Alighieri hat mir sogar ein Business-Ticket nach Rom geschickt, der Flug geht in zwei Wochen. Ein paar meiner Sachen habe ich übrigens schon zu meinen Eltern geschickt, insbesondere auch die grüne Metallkassette mit meinen Notizen. Wollte noch mal mit Vater darüber sprechen. Und was diesen Alighieri betrifft, den kann ich mir ja mal anschauen, und wenn es ein Flop ist, dann könnten wir uns doch vielleicht in Rom treffen!!! Ich weiß noch, Al, wie wir gemeinsam mit dem Roller durch Rom gebraust sind, wie wir in der Pizzeria gegessen haben und dann später ... diesmal, Al, verschwinde ich nicht einfach

so, diesmal möchte ich bei dir bleiben. Ich möchte ganz dicht bei dir bleiben ...
Deine Jule

P.S.: Treffpunkt Hotel Via Accademia, 25. Mai 2011. Falls ich nicht da bin, wenn du kommst, hinterlasse ich eine Nachricht im Zimmer. Sag nur deinen Namen an der Rezeption und du bekommst den Zimmerschlüssel ... eine Überraschung!

Rom, 25. Mai 2011

Al saß in der hintersten Ecke der Pizzeria Da Pasquale, an einem Tisch für zwei Personen, in unmittelbarer Nähe eines für die kleine Gaststätte überdimensionierten Kühlschranks. In regelmäßigen Abständen sprang der Kompressor an und gab ein sonores, nagelndes Geräusch von sich, das zusammen mit dem klirrenden Vibrieren der sich darin befindlichen Getränkedosen die monotone Hintergrundmusik italienischer Popmusik der 70iger Jahre nahezu übertönte ...

Frankfurt, Juli 2010

Nadjeschda war außer Atem, Schweißperlen standen auf ihrem Gesicht. Die Augen ängstlich aufgerissen und hauchte sie mit letzter Kraft: „Karin, Al, schnell, sie haben uns entdeckt. Hier ist das Schreiben, und nun los ihr beiden – übers Dach." Karin und Al schnappten sich ihre Taschen, die sie an diesem Morgen gepackt hatten und flüchteten durch die Dachluke. Bevor sie über das Dach verschwanden, drehte sich Karin noch mal um. „Nadjeschda, und du? Komm mit, rasch."

„Nein, Karin, das geht nicht, sie kommen schon die Stufen hoch, beeilt euch. Ich lasse mir hier schon etwas einfallen." Mit blassem Gesicht dreht sich Nadjeschda um, rannte zur Tür und versperrte sie, so gut sie konnte. Karin hörte noch ein lautes Poltern, bevor sie mit Al zum nächsten Dachgarten eilte. Von dort gelangten sie durch eine offene Dachluke und über die Treppe des Nachbarhauses auf die Straße. Kaum hatten sie die Schweizer Straße erreicht, blickte sich Al gehetzt nach einem Taxi um. Zum Glück stand eines etwas weiter die Straße entlang. Wortlos umarmte er seine Schwester. Vielleicht war es das letzte Mal in ihrem Leben, das war beiden in diesem Moment erschreckend klar. „Beeil dich, Karin, geh zu Olli, dort bist du erst mal sicher!", rief er seiner Schwester hinterher, sprang dann in das Taxi und bedeutete dem Fahrer hektisch gestikulierend, ihn zum Flughafen zu fahren.
Karin wollte in Richtung U-Bahn davonlaufen, als zwei kräftige Hände sie unsanft von hinten an den Schultern packten und in Richtung eines in der Nähe geparkten Autos drängten. Die Tür wurde aufgerissen und Karin grob auf den Rücksitz geschleudert, ohne dass sie erkennen konnte, wer sie da gepackt hatte. „Kopf runter!" Karin presste sich auf den Boden des Autos zwischen Rückbank und Fahrersitz, kniff von Angst geschüttelt die Augen zusammen und hielt sich mit aller Kraft beide Hände vor die Ohren. Nichts sehen, nichts hören, was könnte sie jetzt auch anderes tun. Mit quietschenden Reifen raste das Auto davon. Karin traute sich nicht aufzublicken und kauerte auf dem Boden des Wagens hinter dem Fahrersitz. Verzweifelt fing sie an zu schluchzen. Wie sinnlos ist doch das ganze Projekt, schoss es ihr durch den Kopf. Nadjeschda hatte recht. Gegen die Mafia und russische Regierungskreise anzukommen, wie konnten sie nur entfernt an so etwas gedacht haben, wie lachhaft, wie naiv von ihnen. Wer konnte ihr jetzt noch helfen? Wieder schluchzte sie vor sich hin, wurde dann jedoch von einem eigenwilligen Plan gepackt. Verzweifelt

fing sie an zu beten, erst leise, dann immer lauter: „Vater unser im Himmel ... " Plötzlich hielt der Wagen an. Karin blickte auf. Ein bekanntes Gesicht lächelte ihr entgegen.

„Mannomann, Karin, das war ganz schön knapp." Olli reichte ihr die Hand, sodass sie sich aus ihrer Versenkung heraus mühsam aufsetzen konnte.

„Mensch, Olli, dich schickt der Himmel."

„Kein Wunder, hast ja auch ganz schön laut danach gerufen, oder nicht?" Beide lachten erleichtert.

Erst jetzt blickte sich Karin um. „Wo sind wir hier?"

„Also, das ist sicher nicht gerade die Adresse, wo du dich sonst herumtreibst, aber hier sind wir erst mal sicher." Sie parkten in der Tiefgarage eines ihm gut bekannten Schwulenklubs.

„Also, Karin, du musst ja nicht gleich mit in die Sauna gehen. Das sehen die Jungs hier nicht so gerne. Aber sonst tun die dir nichts und heute ist sowieso Ruhetag." Karins Herzschlag war immer noch am Hämmern. „Nadjeschda, verdammt, Olli, ich muss noch mal zurück."

Olli machte ein besorgtes Gesicht. „Karin, es tut mir leid, das zu sagen, aber für Nadjeschda können wir im Moment nichts tun. Sie hatte offenbar in der Dachkammer die Tür so lange zugehalten, bis ihr entkommen konntet. Schließlich sind diese Kerle dann doch gewaltsam reingekommen. Ich habe nur noch gesehen, wie sie Nadjeschda an den Haaren davon geschleift haben, quer über die Schweizer Straße. Die Leute drum herum haben nur blöd geglotzt, wie immer. Keiner hat auch nur einen Finger gerührt, nur den Kopf geschüttelt. Dann hab ich dich und Al am Taxistand gesehen. Fast wärt ihr den Typen in die Arme gelaufen. Al ist mit dem Taxi auf und davon und dich ... na ja, den Rest kennst du ja."

Karin fing an zu schluchzen. „Oh Gott, Nadjeschda ... oh nein, nicht Nadjeschda ... sie kann doch nichts dafür. Olli, wir müssen sie da rausholen."

„Langsam, Karin, nicht gleich. Lass uns erst mal einen Plan machen. So einfach ist das nicht. Fürs Erste kannst du hier im Klub schlafen. Ich kenne den Chef, der hat nichts dagegen. Er hat nur einen Brass auf Russen, die haben ihm mal die Bude zusammenschlagen und das passt diesmal ja ganz gut."

Karin schluchzte zusammengesunken auf der Rückbank des Fahrzeugs und murmelte wiederholt Nadjeschdas Namen. Olli setzte sich neben sie und legte seinen Arm auf ihre Schulter. „Kopf hoch, Karin, wir holen sie da raus, das verspreche ich dir. Übrigens, Nadjeschda ... ein schöner Name, Russisch, weißt du, was das bedeutet, Nadjeschda?" Karin schüttelte den Kopf. „Nadjeschda heißt übersetzt Hoffnung." Karin fing erneut an zu schluchzen, drehte sich zu Olli um und hielt sich zitternd an ihm fest. Beruhigend streichelte er ihr über den Kopf. Er ahnte, wie viel Nadjeschda ihr bedeutete.

Karin bekam ein kleines Zimmer zugewiesen. Ein Zimmer in einem Schwulenbordell, dachte sie, und doch fühlte sie sich gerade hier sicher. Wer hätte das gedacht, dass sie ausgerechnet mal in so einem Laden Zuflucht suchen würde und doch fühlte sie sich hier wie in Abrahams Schoß.

Al blickte sich mehrfach um. Kein verdächtiges Auto folgte ihm und doch war er nah dran, den Taxifahrer aufzufordern, wieder umzudrehen. Wie konnte er nur Karin und Nadjeschda zurücklassen. Er machte sich schwere Vorwürfe. Karin hatte gesagt, sie sollten telefonisch in Kontakt bleiben, wann und wie auch immer. Zum Glück hatte er noch morgens sein Handy aufgeladen und wählte Karins Nummer. Es dauerte einige quälende Sekunden, als er plötzlich Karins Stimme hörte. „Al?"

Er atmete auf. „Karin, bin ich froh, deine Stimme zu hören, wie geht's dir, wo steckst du, bist du in Sicherheit?"

„Mach dir keine Sorgen, ich bin in Sicherheit, aber Nadjeschda ..."

Al hörte, wie Karins Stimme stockte. „Al, sie haben sie erwischt, oh Gott, Nadjeschda ..."

Al fühlte sich wie gelähmt, als er Karins Schluchzen am anderen Ende der Leitung hörte. „Karin, hör mir zu. Du weißt doch, was Nadjeschda gesagt hat, ihr Vater …"
„Al, sie haben sie an den Haaren gezerrt, und kein Mensch hat reagiert! Oh Gott, Nadjeschda, das ist alles unsere Schuld."
„Karin, beruhig dich, bitte beruhig dich." Karin hörte seine Worte nicht. „Ich hol sie da raus, Al, ich hol sie da raus, ich trete denen so in die Eier …" Al spürte, wie sich Karins Verzweiflung in blanke Wut drehte.
„Karin, bitte, versuch dich doch mal zu beruhigen. Ich bin sicher, es wird einen Weg geben!"
Er hörte, wie Karin tief durchatmete. „Al, du hast recht. Fahr du nach Russland und die Angelegenheit hier, überlass die mir, einverstanden?" Karin legte auf, was die Situation für ihn nicht gerade beruhigender machte. Zurück zu Karin und Nadjeschda oder Abflug nach Russland? Eines war so fatal wie das andere. Vielleicht war es gerade das, was seine Entscheidung erträglicher machte. Das Taxi hielt vor der Abflughalle. Wie betäubt checkte er ein und ging durch die Pass- und Sicherheitskontrollen zum Gate. Der Flug war schon aufgerufen. Die letzten Passagiere gingen gerade durch die Absperrung, als er sich hinter ihnen einreihte. Eine seltsame Gelassenheit packte ihn. Vielleicht war es Zuversicht, vielleicht aber auch eine Form von Resignation. Allerdings gab es jetzt keinen Weg mehr zurück, das wurde Al plötzlich erschreckend klar. Früher wäre er nie so spät am Flughafen gewesen. Vor Panik hätten ihm die Schweißperlen auf der Stirn gestanden. Und jetzt, wie kam es, dass er so ruhig, so gelassen war? Vielleicht war es die einigermaßen begründete Hoffnung, dass Karin bei Olli in Sicherheit war, sofern sie nicht kopflos versuchte, Nadjeschda zu befreien. Und Nadjeschda, was hatten sie ihr da eingebrockt? Hoffentlich behielt sie recht, dass ihr einflussreicher Vater sie in Sicherheit bringen könnte. Er schloss die Au-

gen, versuchte zu beten, aber er fand keine Worte. Statt Licht am Horizont zu sehen, nahmen die Katastrophen kein Ende. Immer weitere Kreise zog das Inferno, immer mehr geliebte Menschen wurden hineingezogen, wurden von ihm hineingezogen.

Moskau, Juli 2010

Der Flug nach Moskau dauerte vier Stunden und der Flieger landete einigermaßen pünktlich. Die Panik hatte sich gelegt, war einer dumpfen Hilflosigkeit gewichen. Er war zur Marionette seines eigenen Schicksals geworden. Und doch fühlte er sich von etwas getrieben. War dies am Ende nur noch der Ausdruck von Gleichgültigkeit darüber, vermutlich zu scheitern in einem Vorhaben, das mit unendlich vielen Unwägbarkeiten verbunden war? War es, dass die schmerzhaft quälende Hoffnung nun der erlösenden Sicherheit des Untergangs gewichen war? Damit konnte, damit wollte er sich nicht abfinden. Tief im Inneren spürte er noch ein kleines Fünkchen Zuversicht, eine glimmende Hoffnung, dass am Ende doch das Gute siegen würde.

Wie von Nadjeschda empfohlen, mietete er am Flughafen ein Auto. Doch zuvor suchte er einen Geldautomaten. Zum Glück spuckte dieser noch das angeforderte Geld heraus, sodass sein Bankkonto wohl weniger verschuldet war, als er befürchtet hatte. Erleichtert nahm er zur Kenntnis, dass auch die Autovermietung seine Kreditkarte akzeptierte. Hier in Moskau ohne Geld, ohne funktionierende Kreditkarte zu stranden, wäre der absolute Albtraum gewesen. Also waren zumindest die segensreichen Früchte des Kapitalismus auf seiner Seite, und das in einem Land, das einst den Kommunismus propagierte und nun seit ein paar Jahren genau in das andere Extrem zu verfallen schien.

Es war schon dämmrig, als er in Dedovsk ankam. Heute Abend würde er diesen Evgenij Kasparow nicht aufsuchen. Es wäre ein gutes Gefühl, in der Anonymität eines drittklassigen Hotels unterzukommen, unsichtbar für jeden, auch für diesen, nach Nadjeschdas Angaben hilfreichen aber auch zweifelhaften Kasparow. Wenigstens heute Nacht wollte er noch mal ruhig schlafen können, Kraft tanken, vielleicht ein letztes Mal, bevor das Unheil erneut zuschlagen konnte. Bisher hatte er seinen und Karins Kopf noch aus der Schlinge ziehen können. Diesmal würde es ihm genauso gelingen, versuchte er sich trotzig einzureden. Er wusste jedoch, dass es diesmal viel schwieriger, wenn nicht gar unmöglich werden würde.
Er fand ein kleines, halbwegs vertrauenerweckendes Hotel nicht weit entfernt vom Stadtzentrum. Eine ältere Dame am Empfang lächelte ihm entgegen. Al verstand kein Wort, von dem was sie sagte. Aber mit Händen und Füßen gelang es ihm, einen Zimmerschlüssel zu bekommen. Nachdem er seine Sachen im Zimmer abgelegt hatte, ging er auf die Straße. Es war inzwischen dunkel geworden und es fing an zu regnen. Er krempelte seinen Kragen nach oben, um sich vor der nassen Kälte zu schützen. Es war ungewöhnlich kühl für diese Jahreszeit. Die Straßen spiegelten kalt die mit weißem Licht herannahenden und sich mit rotem Licht entfernenden Fahrzeuge wider, die wie ein nicht endender Strom die breite Allee besetzt hielten. Ein kleines Restaurant an der Ecke kam ihm wie gerufen. Er setzte sich in die hinterste Ecke, als ein alter Kühlschrank dröhnend ansprang. Wie ähnlich, dachte Al, damals in Rom, nur dass diesmal keine Jule durch die Tür kommen und ihn mit ihrem bezaubernden, schüchtern-verlegenen Lächeln anblicken würde.
„Cola“ war auch diesmal sein Wunsch und der Ober verschwand sofort nach diesem wohl weltweit verständlichen Wort. Später deutete er auf ein Gericht auf der Speisekarte und bekam einen

undefinierbaren, aber durchaus schmackhaften Eintopf vorgesetzt. Nach einer weiteren Cola bezahlte er mit seiner Kreditkarte und schlich in Richtung Hotel. Morgen war also der Moment, an dem er versuchen sollte, in das Institut hineinzukommen, und dann würde er Jule wieder sehen. Das war der einzige Gedanke, der ihn an diesem bedrückenden Abend am Leben hielt.

Er schlief sehr unruhig. Das lag zum einen an der lauten Straße, das Zimmer lag direkt an der die ganze Nacht hindurch stark befahrenen Allee, zum andern aber quälten ihn die Gedanken an Karin, an Nadjeschda und natürlich an Jule. War sie überhaupt hier, wie ging es ihr, würde er sie noch wiedererkennen, so wie sich zum letzten Mal gesehen hatten? Würden sie sich in die Arme fallen, oder was würde passieren? Immer wieder traten ihm Schweißperlen auf die Stirn, raste sein Herz, schien sich seine Brust zusammenzuziehen, bis er schließlich in den frühen Morgenstunden einschlief.

Die Sonne stach gleißend durch das Fenster. Wenigstens hatte sich das bedrückende Regenwetter verzogen. Nach einem kleinen Frühstück in der Hotellobby legte er seine Sachen zurecht. Einen kleinen Karton, der das Medikament enthalten sollte, das Anforderungsschreiben, seinen Arztausweis. Der Plan war gut, und dass er der von Alighieri, Krastchow und deren Hintermännern gesuchte Albert Steinhoff war, würde man hoffentlich am Empfang des Instituts nicht gleich wissen, sodass er unbemerkt auf das Gelände gelangen könnte. Nadjeschda hatte ihm noch eine Wegbeschreibung mitgegeben. Ab dem Ortsausgang wurden die Häuser immer spärlicher. Hinweisschilder mit der Aufschrift „Institut Juri Gagarin“ habe es keine. Die breite und von Schlaglöchern zermarterte Straße, verfallene Baracken und hoch aufragende Schornsteine ließen darauf schließen, dass hier einmal deutlich mehr Industrie und Wohlstand geherrscht hatten als jetzt. Auch der Autoverkehr wurde immer weniger, als würde

ihn die Straße ins Niemandsland führen, in eine Sackgasse ohne Wendemöglichkeit, aus der es kein Zurück gäbe.
Nach einer weiteren Dreiviertelstunde sah er das erste Schild, das auf das Institut hindeutete. Verrostet und schräg am Straßenrand stehend zeigte es in Richtung einer Nebenstraße, weg von der Hauptverkehrsader, mitten durch einen undurchdringlich erscheinenden Wald. Abseits dieser Straße wird es kaum jemand schaffen, wieder in die Zivilisation zurückzufinden, dachte er besorgt. Im nächsten Moment jedoch öffnete sich der Wald zu einer riesigen Lichtung. In der Entfernung waren Häuser und Baracken zu sehen. Die Straße führte direkt darauf zu und endete an einem mit Stacheldraht bewehrten, mindestens fünf Meter hohen Zaun. Die Einfahrt war durch ein schweres Tor verschlossen. Neben der Schranke stand eine graue Baracke, in der zwei Wachsoldaten in grauer Uniform saßen. Als sie Al kommen sahen, sprang einer der beiden aus dem Häuschen. Er hatte ein Maschinengewehr, das er nun auf Al richtete. Mit grimmiger Miene näherte er sich Als Fahrzeug. Al leierte das Fenster hinunter und versuchte möglichst gelassen zu wirken, obgleich sein Herz heftig gegen die Brustwand hämmerte. „Medikamente", versuchte er den Wachmann zu beschwichtigen. Mürrisch nahm der Wachmann das Anforderungsschreiben entgegen, das Al sich zuvor auf dem Beifahrersitz zurechtgelegt hatte. „Medikamente", versuchte er es noch mal, als der Wachmann das Schreiben musterte. „Ich Arzt, Patient da drin." Al versuchte mit eindeutiger Geste, dem Wachmann sein Anliegen klar zu machen. Dass der seine gestammelten Worte nicht verstand, war ihm klar. „Arzt, Patient da drin, eilig, eilig, eilig, eilig." Dabei fuchtelte er mit den Händen in Richtung Tor. Plötzlich erhellte sich das Gesicht des Wachmanns. Er gab Al mit Handzeichen Anweisung, aus dem Auto auszusteigen. Anschließend untersuchte er das Innere des Autos akribisch, als wollten sie ihn doch passieren lassen, sofern das Auto

den Regeln des Instituts entsprach. Der andere Wachmann war inzwischen hinzugetreten und beobachtete Al misstrauisch. Sein Maschinengewehr hielt er drohend in beiden Händen. Triumphierend nahm der erste Wachmann das Paket aus dem Auto und forderte Al mit ebenso klaren Handzeichen auf, wieder einzusteigen. Dabei schwenkte er sein Maschinengewehr, um Al unmissverständlich klarzumachen, dass er seinen Auftrag erfüllt habe und nun wieder umdrehen könne. Al ließ nicht locker, zeigte mit beiden Händen auf sich, dann auf das Tor und wieder auf sich. Mit hektischen Gesten versuchte er klar zu machen, dass er eine Spritze geben müsste, und tat so, als sei dies sehr eilig, als sei der betreffende Patient ohne seine Hilfe in Lebensgefahr. Der Wachmann ließ sich jedoch nicht beirren, sein Kollege nickte grimmig. Die Stimmen wurden lauter und ärgerlicher, da Al keine Anstalten machte, sein Auto zu wenden. Schließlich hielten sie ihm ihre Waffen dicht vor die Nase. Der Wachmann zuckte nervös mit der Oberlippe und nickte in Richtung Wald. Al wurde plötzlich unmissverständlich klar, dass es sich nicht um hohle Drohung handelte, dass beide im Zweifel sogar Schießbefehl hatten. Willst du sterben, zuckte es ihm aus der Erinnerung an seinen Überfall in Frankfurt durch den Kopf. Resigniert wendete er sein Auto und rollte langsam wieder in Richtung Wald. Verzweifelt blickte er sich noch mal um. Ein riesiger Zaun zog sich wie ein Käfig, wie eine tödliche Falle, um das Gelände des Instituts. Wachtürme ragten bedrohlich in die Höhe. Hier ist kein Rein- und auch kein Rauskommen, schoss es ihm frustriert durch den Kopf. So nah bei Jule, dachte er und doch so unendlich weit weg. „Scheiße, so eine verdammte Scheiße aber auch!", brüllte er laut vor sich hin, als er auf den dichten Wald zusteuerte. Selbst wenn er sich hier nachts anschleichen würde, es wäre kein Eindringen möglich. Das Institut war abgeriegelt wie Fort Knox. Das war's dann wohl. Resigniert fuhr er zurück zu seinem Hotel.

Eine vage Hoffnung hatte er jedoch noch: Evgenij Kasparow, der Spieler, der alles wusste, den jeder kannte, zumindest nachdem, was Nadjeschda über in verlauten ließ. Vielleicht konnte er ihn hineinschmuggeln in dieses verdammte Institut. Aber hier waren vermutlich auch die Befugnisse eines Evgenij Kasparow am Ende. Egal, dachte Al mit letzter Hoffnung, ich muss es versuchen. Nadjeschda hatte ihm die Adresse gegeben. Al entschied sich, einfach dort vorbei zu fahren.
Es dauerte nicht lange, bis er seinen Skoda, der besser lief, als er zunächst befürchtet hatte, in eine Art Nobelvorort von Dedovsk lenkte. Die gepflegten Gärten und vornehmen Häuser wollten nicht so recht zum eher tristen Anblick der sonstigen Stadt passen. Es kam ihm vor, wie in einer anderen Welt. In regelmäßigen Abständen standen Polizeiwagen an den Ecken, die wohl die Reichen und Schönen hier bewachen sollten. Hoffentlich hatten die Wachsoldaten vor dem Institut keine Meldung abgegeben, sodass er von dessen Kollegen im nächsten Moment nicht als suspekte Person kontrolliert würde. Offensichtlich nahmen die Polizisten keine weitere Notiz von ihm, sodass er unbehelligt das Haus der Familie Kasparow fand.
Es war inzwischen später Nachmittag geworden. Wieder hatte sich eine graue Wolkendecke über die Stadt gelegt, die perfekt zu seiner düsteren Stimmung passte. Was sollte ihm dieser neureiche Schnösel schon sagen? Hier hast du einen Passierschein für das Institut und noch einen zweiten für Jule für die Rückfahrt. Al kam sich reichlich dämlich vor. Er stellte seinen Skoda vor der Tür einer kitschig-verschnörkelten Villa ab. Seine Augen fielen auf poliertes Schild am Eingang der Villa mit der Aufschrift „Gasparow". Er blickte irritiert auf die einzige Klingel neben der prunkvollen Tür mit der Aufschrift „Kasparow". Wenn Kasparow der Familienname war, dann war Gasparow möglicherweise der Firmenname. Ein vielsagender Firmen-

name, dachte er kopfschüttelnd, der möglicherweise verriet, wie Evgenijs Familie zu so viel Reichtum gekommen war. Noch ehe er den Schellenknopf drücken konnte, öffnete ein älterer Herr quietschend die mächtige Tür. Offenbar hatte er ihn bereits kommen sehen. Al blickte ihn an, wollte etwas sagen, verstummte dann jedoch erschrocken. Der abfällige Gesichtsausdruck und die finsteren Augen des älteren Herrn ließen ihm fast das Blut in den Adern erstarren. Dann stotterte er unsicher: „Evgenij ... Evgenij Kasparow, finde ich hier Herrn Evgenij Kasparow?“ Der ältere Mann blickte daraufhin noch finsterer drein und schloss wortlos die Tür vor seiner Nase. Na prima, dachte Al, das wird ja immer schöner, als im nächsten Moment ein clownhaftes Gesicht durch den Türspalt blickte. Eine eher schmächtige Person mit struppigen, leuchtend roten Haaren. „Ich bin Evgenij, und wer bist du?“ Offenbar hatte ihm der ältere Herr, der wohl der Butler war, bereits mitgeteilt, dass eine Deutsch sprechende Person vor der Tür stand und nach ihm fragte.

„Ich heiße Albert Steinhoff und würde gerne mit Ihnen sprechen. Auf Empfehlung von Nadjeschda ...“ Al schoss es durch den Kopf, dass er gar nicht Nadjeschdas Nachnamen kannte. Aber Evgenij kam ihm zuvor.

„Ah, Nadjeschda ...“ Dabei ließ er seine spitze Zunge über seine Oberlippe gleiten. „Und du heißt Albert. Typisch deutscher Name ... so, wie Albert Einstein oder ... na ja, was kann ich für dich tun, Albert?“

„Können wir einen Moment drinnen ...“

„Oh, das geht im Moment gerade nicht, tut mir leid“, platzte Evgenij unhöflich dazwischen. „Aber wir können uns gerne heute Abend im Klub sprechen.“

„Klub?“

„Ja, frag nach dem Klub Kasparow, nicht weit vom Zentrum entfernt, und wenn man dich nicht hineinlässt, sag einfach, du bist ein Freund von Evgenij. Ach ja, sag das natürlich auf Englisch, alles klar? Deutsch versteht hier keiner, außer mir natürlich."

„Natürlich", entgegnete Al trocken.

„Also dann, mal hören, was es Neues gibt in Deutschland. Und natürlich von Nadjeschda ..." Evgenij schnalzte erneut mit der Zunge und verschwand hinter der Tür. Was für ein Kotzbrocken, dachte Al, und der soll mir den Weg ins Institut öffnen? Niemals. Frustriert drehte er sich um, setzte sich hinter sein Lenkrad und steuerte den Wagen in Richtung Hotel, wo er sich erst mal niedergeschlagen auf sein knarzendes Bett fallen ließ. Er wollte sich an einem Johnnie Walker aus der Minibar vergreifen, aber irgendetwas hielt ihn davon ab. Im tiefsten Inneren war er sich im Klaren, dass er hier niemals ohne Jule abreisen könnte. Es musste einen Weg geben, in das Institut hineinzukommen. Al blickte verzweifelt zur Decke. Er verspürte große Lust, seine Hoffnungslosigkeit nach oben zu schleudern, mehr anklagend, als nach Hilfe bittend, wo es kaum noch Hilfe gab. Plötzlich dachte er an Pater Lorenzo. Sein kurzes „Danke", nach einer der schlimmsten Hiobsbotschaften, die Pater Lorenzo je empfangen hatte, klang noch in seinen Ohren. Wie viel aussichtsloser, hilfloser war sein böses Erwachen gewesen, einen Menschen wie Jule verloren zu haben, der ihm kurz zuvor noch neuen Lebensmut geschenkt hatte. Bei dem Gedanken an Pater Lorenzo fand Al tatsächlich etwas Ruhe, etwas Trost, etwas Hoffnung, dass der Himmel ihm jemanden zu Hilfe schicken würde. Er fühlte sich einsam und vor allem hilflos, und er wusste, dass er allein kaum gegen unüberwindbaren Stacheldraht und die Männer, die dort dem Bösen zu Diensten standen, ankommen könnte. „Danke, Pater Lorenzo, danke", murmelte er wie in Trance wiederholt vor sich hin, bis ihn ein warmer Schlaf einhüllte.

Etwa zwei Stunden später schreckte er auf. Sein Herz raste wie nach einem Hundertmeterlauf. Irgendetwas trieb ihn an, ließ ihn wie von der Tarantel gestochen aus dem Bett springen. Der Gedanke an den Klub und Evgenij erfüllte ihn zwar mit plötzlicher Übelkeit, und doch musste er genau dort hin, in die Höhle des Löwen. Er suchte ein paar frische Klamotten zusammen, die zwar nicht zu einem vornehmen Klub passen würden, aber mit dem Hinweis auf Evgenij würde seine Etikette vielleicht doch reichen, um Eintritt zu erhalten.

Als er später einem mürrischen Türsteher gegenüberstand, hinter dessen breitem Kreuz er sich bestimmt zweimal hätte verstecken können, wurde er anstandslos hineingelassen. Er hatte nur Evgenij und seinen eigenen Namen genannt und sofort trat der Furcht einflößende Türsteher geheimnisvoll lächelnd zur Seite. Offenbar wurde Al erwartet. Ob das nun ein gutes oder schlechtes Zeichen war, wusste er in diesem Moment noch nicht. Trotzdem kam es ihm so vor, als habe er gerade eben am Tor zur Hölle angeklopft. Eine unheilvolle Vorahnung machte sich breit, als wäre dies soeben der Einlass zu seinen schlimmsten Albträumen. Er sollte recht behalten.

Bunte Lichter erhellten einen großen Raum, an dessen Stirnseite auf einem Podest ein Discjockey wie ein Balletttänzer seinen seltsamen Job verrichtete, nämlich ohrenbetäubenden Krach durch den Raum zu jagen, bei dem sich wirklich keiner mehr unterhalten konnte. Wahrscheinlich wollte sich hier auch keiner unterhalten, sich stattdessen lieber mit gleichgültiger Mine unter ständigem Zucken durch den scheinbar schwebenden Raum gleiten zu lassen, wie leblose Marionetten an den Fäden des Discjockeys. Es war ein seltsam widersprüchlicher Ort, an dem massenhaft Menschen zusammenkamen, die scheinbar etwas Gemeinsames suchten und doch nur Einsamkeit fanden. Al ließ seinen Blick durch das Gewimmel zappelnder Leiber gleiten, die sich plötzlich zu einer Gasse öffnete und wie in einer Art Prozession, angeführt von Evgenij Kasparov, ihm den Weg in eine anscheinend verheißungsvolle Richtung leitete.

„Albert, wie schön, dass du hier bist“, heuchelte ihm Evgenij bei dem Krach kaum hörbar entgegen. Er legte seinen Arm um seine Schulter und leitete ihn in einen zweiten Raum, in dem es zwar noch dunkler, dafür aber deutlich leiser war, sodass man sich einigermaßen unterhalten konnte. „Albert, erzähl mir von Nadjeschda. Dieses Luder hat mich wiederholt abblitzen lassen. Weißt du, Albert, das trauen sich nur wenige von diesen Ziegen hier. Die wollen nämlich nur zwei Dinge, dein Geld und deinen Schwanz.“ Evgenij lachte höhnisch, und Al versuchte angewidert, krampfhaft mit zu lachen, um sich nicht gleich die Sympathie seines Gastgebers zu verscherzen.
„Evgenij, ich bin eigentlich nicht hier, um dir von Nadjeschda zu erzählen.“
„So, das ist aber schade“, unterbrach ihn Evgenij, die Augenbrauen grotesk hochziehend.
„Ich bin hier, um dich zu fragen, ob du mir helfen kannst, in das Institut Juri Gagarin zu kommen.“ Evgenij lachte dreckig, und Al biss sich auf die Lippe. Bereits in dem Moment, als er es ausgesprochen hatte, ärgerte er sich, dass er gegenüber Evgenij dieses offenbar unmögliche Anliegen vorgetragen und sich ihm damit hilflos ausgeliefert hatte. Evgenij verzog das Gesicht zu einer arroganten Fratze.
„Albert, wenn es weiter nichts ist. Du weißt doch, ich kann alles. Und dieses dämliche Institut Juri Gagarin, genannt nach dem Helden der Sowjetunion, das ist eine Kleinigkeit. Komm, wir trinken erst einmal einen Schluck Champagner. Oh, keine Sorge, heute bist du mein Gast, einverstanden?“ Al ging widerwillig mit. Die Aussicht, von Evgenij in das Institut eingeschleust zu werden, ließ ihn seine Übelkeit etwas vergessen. „Also, mein Freund, du willst also in das Institut. Nun, wie du weißt, ist das Hinein nicht so schwierig wie das Hinaus.“ Evgenij verzog das Gesicht zu einem dämonischen Grinsen. „Also, da man nur als

Hackfleisch hinauskommt, könntest du ja bereits als Hackfleisch hinein. Das wäre doch passend, nicht wahr?" Evgenij schaute ihn mit zugespitztem Mund von unten her provozierend an. „Mach dir keine Sorgen, Albert. Meine Jungs erledigen das schon. Du wärst nicht der erste, aus dem sie Hackfleisch machen. Albert der Hamburger, fein gewürzt hinein und vielleicht gut verdaut wieder hinaus. Vielleicht sind die da drin ganz froh, mal etwas Abwechslung auf der Speisekarte zu haben." Evgenij drehte sich um, lachte quer durch den Raum und rief „Hey Leute, hört euch das an, hier will jemand in das Institut. Ist doch süß oder?" Das „süß" traf Al an einer empfindlichen Stelle. Wenn er nicht bisher schon wütend war auf diesen grotesken Typen Evgenij Kasparov, dann jetzt. Zum Glück, dachte Al immer noch mehr oder weniger gelassen, verstand keiner, was Evgenij da gerade auf Deutsch durch den Raum geplärrt hatte. Und doch drehten sich einige der Kumpane um, in der Hoffnung auf Abwechslung, perfide Abwechslung, sonst nichts. Al schwieg und versuchte, in Richtung Ausgang zu schleichen, als ihn Evgenij unsanft am Ärmel zerrte. „Albert, mein Freund, ich glaube, du brauchst erst mal etwas Abwechslung. Schau dir diese ganzen Weiber hier an. Du brauchst nur mit den Fingern zu schnipsen und die machen mit dir, was du willst. Ist doch besser, als in dieses verstaubte Institut hineinzukommen, meinst du nicht auch?" Resigniert wurde Al jetzt klar, dass ihn Evgenij Kasparow auch nicht ins Institut schleusen konnte. Was er von ihm wollte, war ihm jedoch nicht klar. Einfach nur seinen dreckigen Spaß, oder war es mehr? Eine Wiedergutmachung, vielleicht ein Rachefeldzug. Dumpf und angewidert zugleich ließ sich Al von Evgenij durch den Saal führen, der es sich nicht nehmen ließ, ihn von Minute zu Minute lächerlicher zu machen. Wiederholt zeigte er mit den Fingern auf Al und hustete etwas durch die Menge, die sich immer interessierter zeigte und damit Evgenij mehr und mehr ermunterte, sein übles Spiel mit Al zu treiben. Zunehmend dreckiges Gelächter und vulgäres Gejohle umgaben ihn, diesmal auf Russisch, von dem Al nichts verstand, von dem er aber ahnen konnte, dass es keine Komplimente an einen ausländischen Freund waren. Fast beiläufig stellte Evgenij ihm ein Bein, sodass Al nach vorne stolperte und sich gerade noch auf den Beinen halten konnte, um nicht der Länge nach über den Boden zu schliddern. Die umliegenden Gestalten stimmten lautes Gejubel an und feuerten Evgenij an. Dabei zeigten sie mit der Faust und gestrecktem Mittelfinger siegessicher auf Al. Evgenij stieß Al in Richtung der johlenden Menge, die ihn gleichsam wieder in die Mitte des Raumes zurückschubste. „Die stolze Nation Deutschland, die großen Deutschen, seht her!", höhnte Evgenij hasserfüllt der Menge entgegen, die sich immer dichter im Kreis um Evgenij und Al drängte. Es klang tatsächlich wie Evgenijs ganz persönlicher Rachefeldzug, möglicherweise wegen einer glanzlosen Zeit in Deutschland, die ihn wieder zurückgeworfen hatte an diesen gottverlassenen Ort. Al versuchte, ein möglichst gleichgültiges Gesicht aufzulegen und das Theater über sich ergehen zu lassen. Doch es kam schlimmer. Er stolperte von einer Ecke zur anderen und hoffte, dass das üble Spiel bald zu Ende wäre. An Flucht war nicht zu denken. Die johlende Masse umschloss ihn wie ein Käfig. Mit jedem Aufwallen hässlicher Fratzen, die ihn grässlich lachend angafften, ihn belachten, schwand für Al das letzte Fünkchen Hoffnung in einem Sumpf aus Ekel und Dekadenz. Wie viel schlimmer konnte es noch kommen? Er war in der Hölle angekommen. Hilflos und zunehmend gleichgültig sich seinem Schicksal ergebend, taumelte er von einer Seite zur anderen, stolperte, kroch auf allen Vieren, um sich mühsam wieder aufzuraffen. Plötzlich packte ihn Evgenij mit beiden Händen am Kragen, riss ihn hoch und starrte ihn triumphierend an „Weißt du, was meine Freunde wollen? Weißt du, was sie rufen, du arrogantes deutsches Schwein?" Als Kiefer zuckte.

Seine anfängliche Gleichgültigkeit wich zunehmend blanker Angst. Es war die Angst, nicht nur zur Schau gestellt zu werden, sondern Angst um sein nacktes Leben. Wer weiß, wozu dieser Mob noch in der Lage ist, zuckte es Al durch den Kopf. Evgenij spürte seine Angst, ergötzte sich an seiner Hilflosigkeit, an seiner Niederlage, genoss seinen zweifelhaften Triumph, den johlenden Applaus seiner primitiven Kumpanen. „Albert, mein Freund, sie wollen wissen, was die Deutschen so in der Hose haben. Verstehst du? Sie wollen deine Eier sehen, sie wollen deinen Schwanz sehen, sofern du überhaupt einen hast!" Evgenij ließ Al abrupt los, sodass er in sich zusammensackte. Verzweifelt kroch er auf allen Vieren umher, in der Hoffnung, eine Lücke zwischen den zappelnden und tretenden Beinen und Füßen zu finden, vielleicht doch noch aus diesem mörderischen Käfig entkommen zu können. Zwecklos, Evgenij ergriff ihn am linken Bein und zerrte ihn wie ein geschundenes Tier in die Mitte des Raumes, was die Umstehenden zu johlenden Höhlenflügen antrieb. Plötzlich rissen ihn kräftige Arme nach oben und Evgenij griff zielsicher nach Als Gürtel. Brutal zerrte er an seinem Gürtel und Hosenbund, der im gleichen Moment einriss, sodass seine Hose ein Stück nach unten glitt. Johlend über seinen Erfolg, Al endgültig bloßzustellen, ihn zu demütigen, ihn stellvertretend für die ihm verhassten Deutschen dem gierigen Mob preiszugeben, ging Evgenij zwei Schritte zurück. Triumphierend riss er die Arme hoch und drehte sich wie ein römischer Imperator im Kreis. Al konnte nicht verhindern, dass seine Hose endgültig entlang seiner schlotternden Beine langsam aber sicher zu Boden rutschte. Die gierig keifende Menge tobte, während Evgenij Anstalten machte, zum grausamen Finale auszuholen.

Im nächsten Moment trat eine unerwartete plötzliche Stille ein. Jemand hatte sich zwischen Al und Evgenij gestellt.

„Jetzt reicht's, du Arschloch. Du hattest deinen Spaß. Lass ihn in Ruhe!" Al versuchte, durch einen Schleier aus Tränen und Schmach nach oben zu blicken. Eine Frau mit langen roten Haaren, etwa so groß wie er selbst und damit einen halben Kopf größer als Evgenij, stand zwischen ihnen. Evgenij machte erst ein amüsiertes Gesicht. Dann kniff er die Augen wütend, vielleicht auch etwas verunsichert zusammen. Seine Unterlippe begann zu zittern.

„Oh, die kühle Jelena, du machst mir ja Angst." Jelena und Evgenij blickten sich starr in die Augen. Evgenijs linke Gesichtshälfte fing an zu zucken. Der Mob war endgültig verstummt. Nur vom Nebenraum schwappte noch dröhnend das Discogestampfe herüber. Evgenij würgte aus der Tiefe seines Rachens Speichel hervor, bereit, es gegen jeden auszuspeien, der sich ihm in den Weg stellte. Hasserfüllt raunzte er Jelena entgegen. „Du fehlst mir noch auf meiner Liste, du Schlampe. Warte, bis ich dir meinen ..." Im nächsten Moment krümmte sich Evgenij zu Boden. Jelena hatte ihm brutal das Knie zwischen die Beine gerammt. Evgenij keuchte mit schmerzverzerrtem Gesicht. „Das wirst du mir büßen, du ..." Jelena griff in die Tasche und zückte ein blitzendes Messer hervor. Sie ging einen Schritt auf Evgenij zu, der ängstlich zurückwich.

„Das nächste Mal, du Arschloch, ramm ich dir nicht mein Knie, sondern das hier in deine dreckigen Eier." Evgenij schnaubte vor Wut. Der zuvor gesammelte Speichel lief ihm aus dem Mundwinkel. Er zuckte am ganzen Körper, als wollte er sich im nächsten Moment auf Jelena stürzen. „Wir können das auch gleich hier und jetzt erledigen, du jämmerliches Stück Scheiße." Jelena ließ die blitzende Klinge über Evgenijs Hose kreisen. Evgenij zuckte zurück, seine Hosenbeine schlotterten.

„Was glotzt ihr alle so blöd!", kreischte er verzweifelt in die Menge, die sich langsam auflöste und zu den Bartischen zurückzog. Die

Show war vorbei. Aus der Tiefe seiner erstickten Kehle murmelte Evgenij mit zusammengekniffenen Zähnen: „Das nächste Mal, Jelena, da wirst du vor mir winseln."
Al hatte sich inzwischen aufgerappelt und seine Hose wieder notdürftig befestigt. Evgenij immer noch fest im Blick, griff Jelena nach Als Arm und zog ihn wortlos zu sich. Die noch verbliebenen Gaffer bildeten eine Gasse, durch die Jelena Al stützend langsam zur Bar schritt. Eine kleine Gruppe von Männern gesellte sich seitlich und hinter die beiden. Es war wie eine spontane Leibgarde, die Jelenas Mut stillschweigend Anerkennung zollte.
Evgenij war verschwunden. Die anderen im Saal taten so, als wäre nichts gewesen. Al blickte stumm auf die Theke. Dann keuchte er heiser: „Danke, danke Jelena."
„Mann, du bist aber auch ein Idiot. Lässt dich von diesem Arsch hier vorführen. Das hätte ganz schön ins Auge gehen können. Wärst nicht das erste Opfer auf seiner Liste." Jelena und Al saßen an der Theke, während sie ihm ihren Drink rüber schob. „Trink erst mal einen und dann sieh zu, dass du hier verschwindest, klar?" Al stürzte das Glas, es war ein verdünnter Wodka, nach unten und winkte dem Ober, noch mal zwei von derselben Sorte zu bringen. Immer noch verwirrt darüber, was geschehen war, drehte er sich langsam zu Jelena um.
„Al, du kannst mich Al nennen."
„Al? Seltsamer Name. Na gut, dann halt Al. Und was treibst du hier, Al? Ach ja, stimmt ja, du wolltest ins Institut, hatte ich fast vergessen."
„Und du, Jelena, was machst du hier?"
Jelena lachte verholen. „Willst du mich verarschen, Al, siehst du doch, oder? Ich bin hier, damit Arschlöscher wie Evgenij ihren Spaß haben."
„Du sprichst gut Deutsch, Jelena, warst du mal in Deutschland?"
„Soll ich dir jetzt meine Lebensgeschichte erzählen?"

„Na ja, warum eigentlich nicht, oder hast du ..."
„Ob ich noch Kundschaft habe, willst du wissen?" Jelena lachte, was sarkastisch und doch ein Stück weit traurig klang.
„Nicht mit den Säcken hier. Wenn du es genau wissen willst, dann habe ich nur meine Spezialkundschaft. Du gehörst nicht dazu, alles klar?" Al sagte nichts, stürzte seinen verdünnten Wodka herunter und bestellte gleich noch zwei. Jelena blickte Al von der Seite musternd an und brummte vor sich hin: „Na ja, bei dir würde ich vielleicht mal eine Ausnahme machen. Aber so, wie du hier in den Seilen hängst, wird das mit uns beiden heute nichts." Al seufzte tief. „Okay, war nicht so gemeint. Haben wohl beide einen schlechten Tag. Na ja, dann haben wir ja wenigstens etwas gemeinsam." Jelena seufzte auch und kippte ihren Wodka hinunter. „Also, meine Lebensgeschichte, kurz und traurig, wie bei vielen meiner Artgenossinnen hier. Bin von zu Hause weggelaufen, wollte die große Welt sehen. Dann bin ich nach Deutschland und leider haben mich da so ein paar Drecksäcke aufgegabelt. Das große Geld haben sie mir versprochen. Das lief auch erst ganz gut, so bisschen bedienen, bisschen singen, einfach nur Unterhaltung, nichts weiter. Und dann kamen diese Bosse aus dem Fernseh- und Vorstandsetagen, sogar ein Priester war dabei." Jelena schüttelte den Kopf und zog die Augenbrauen hoch. „Die wollten es dann genau wissen, diese Schweine, richtig eklig. Na ja, und dann bin ich wieder abgehauen. Ich wollte mir das nicht gefallen lassen von diesen perversen Schweinen. Aber es hat nicht lange gedauert, da haben sie mich wieder eingesackt und hierher an diesen gottverlassenen Ort verschleppt. „Service für die armen Schweine im Institut" nannten sie das. Na, wenigstens habe ich meine Ruhe. Ab und zu geht's da rein und abends wieder raus. Mir haben sie so eine arme Sau zugeordnet, kam vor Jahren aus Deutschland, wahrscheinlich unfreiwillig, und du weißt ja, raus kommt da keiner mehr. Der ist schon betrunken, wenn er zur Tür

rein kommt. Früher sollte ich ihn immer mal etwas befummeln, aber bei ihm tut sich schon lange nichts mehr, meist schläft er dabei ein. Dann lese ich noch etwas deutsche Zeitung, die bringt er mir immer mit, und abends geht's dann wieder zurück. Ja, und so geht das schon ein paar Jahre." Al schwieg und hörte sich Jelenas traurige Geschichte aufmerksam an.

„Sag mal, Jelena, willst du nicht wieder nach Deutschland?"

Jelena lachte resigniert. „Die haben mir den Pass abgenommen und damit, Al, damit bist du nichts mehr Wert, gar nichts mehr, bist nur noch Abschaum, verstehst du? Kannst dich nur noch für ein paar Mäuse von diesen Drecksäcken begrapschen lassen und säufst dir dann deinen Kummer weg. Das war's, so einfach ist das. Da hab ich es noch vergleichsweise gut mit meinem Experten im Institut." Jelena grinste amüsiert und doch war es erneut ein trauriges Grinsen. „Muss nur immer im bayerischen Dirndl dort auftauchen, stell dir das vor, so was Lächerliches. Alle nennen ihn dort Pitti. Wie er wirklich heißt, weiß ich gar nicht, ist geheim. Und manchmal, da heult er mir die Ohren voll, von seiner Familie, seiner Heimat ... mein Gott, was für ein armes Schwein." Beide schwiegen eine Weile, dann drehte sich Jelena zu Al um „Und du, Al, was willst du unbedingt in diesem verdammten Institut?"

„Ach weißt du, Jelena ..." Al seufzte, „das ist eine lange Geschich te. Und ich weiß im Moment gar nicht, wo ich anfangen soll." Al stockte der Atem, er fing etwas an zu schluchzen.

„Oh mein Gott, jetzt fang nicht gleich an zu heulen, klingst ja fast wie mein Pitti. Also, pass auf, Al, ich mach dir einen Vorschlag, wir gehen zu mir und dann kannst du mir deine ganze Geschichte erzählen, okay?" Al dachte nach. Sicher würde alles besser sein, als hier in diesem stumpfsinnigen Laden herumzuhängen.

„Einverstanden." Al zog sein Portemonnaie aus der Tasche.

„Lass mal, Al, lass mal stecken. Man hat nicht immer Kundschaft aus Deutschland." Kundschaft schoss es Al durch den Kopf. Für Jelena war er also Kundschaft, und statt einen Weg zu finden, wie er Jule rausholen konnte, war er jetzt also Kunde bei einer Prostituierten. Andererseits hatte sie ihm natürlich aus der peinlichen und ohne Zweifel auch gefährlichen Klemme geholfen, und irgendwie mochte er sie. Jelena bezahlte und gemeinsam gingen sie zum Hinterausgang.
„Da muss man nicht durch das Gedröhne durch und außerdem will ich nicht noch mal diesem Evgenij und seinen dämlichen Jungs in die Arme laufen. Die könnten heute Abend noch sehr unangenehm werden."
„Oh ja, das habe ich gemerkt", murmelte Al. Gemeinsam schlenderten sie durch die dunklen Straßen in Richtung Jelenas Wohnung. Al blickte sich misstrauisch an jeder Ecke um, ob ihnen nicht Evgenij und seine Schergen auflauern würden, aber es blieb zum Glück still.
Jelenas Wohnung war klein, aber erstaunlich geschmackvoll eingerichtet. Kein Kitsch, kein Plüsch, wie er das von einer Prostituierten erwartet hätte. Statt dessen ein Bild von ihren Eltern im Regal.
„Deine Eltern, Jelena?"
Jelena drehte sich um und seufzte tief. „Ja, wollen aber nichts von mir wissen. Ich hab noch ein paar Geschwister, da ist man halt nicht mehr so wichtig, schwarzes Schaf, Ausschussware, oder so ähnlich." Jelena zuckte gleichgültig mit den Schultern. Die Tatsache, dass das Bild in Augenhöhe in ihrer Wohnung stand, bewies jedoch eindeutig, dass ihr das Ausgestoßensein von zu Hause doch nicht so einerlei war. Al wollte jedoch nicht weiter darauf eingehen und setze sich auf ein Sofa, während Jelena leise Musik anstellte. „Russische Folklore ... so schön traurig, findest du nicht auch?" Jelena blickte nachdenklich

in Richtung des Bildes ihrer Eltern. Al spürte, dass ihr im selben Moment vermutlich glücklichere Kindheitstage durch den Kopf gingen. Sie stellte Al ein Glas mit einer klaren Flüssigkeit und darin einer Zitronenscheibe auf den Beistelltisch. „Wodka mit Zitrone?“

„Wodka mit Zitrone, ja, warum eigentlich nicht.“ Jelena setze sich zu Al auf das Sofa und schaute ihn neugierig an.

„Du warst noch nicht mit so vielen Mädchen zusammen, nicht wahr?“ Wenn Al ihr jetzt erzählte, dass es bis auf ein paar Schmusereien noch nichts dergleichen in seinem Leben gab, er also quasi noch Jungfrau war, dann wäre sie bestimmt vor Lachen vom Sofa gefallen. Jelena schmunzelte. „Noch Jungfrau, hm?“ Al nickte verlegen. „Mach dir nichts draus, besser als diese Säcke da im Klub. Bumsen rum, haben aber keine Ahnung, worauf es wirklich ankommt.“ Al nahm ein Schluck von seinem Wodka mit Zitrone, der Hauptanteil war Wodka. Eigentlich hatte er genug Alkohol im Blut, aber das war ihm jetzt auch egal.

„Sag mal, Jelena, da im Institut ... hast du da mal eine junge zierliche Frau gesehen, mit kastanienbraunen Haaren, manchmal runde Brille?“

Jelena seufzte. „Ah, jetzt versteh ich. Zierlich, kastanienbraune Haare. Klingt gut, aber ich fürchte, ich muss dich enttäuschen. Als Frau vom Service kommst du nur ins Freudenhaus. Da bekommst du dann nur deinen Kunden zugewiesen. Hatte ich ja schon erzählt, meinen Pitti. Und abends geht's in Kolonne wieder zurück.“ Jelena runzelt die Stirn. „Also, eine junge zierliche Dame hat sich bei mir noch nicht vorgestellt. Und soweit ich weiß, gibt es vom Service auch keine Lesben oder irgendwelche Stricher ... “ Al schaute zu Boden. „Sorry, Al, ich hab‘s nicht so gemeint.“

„Schon gut, Jelena.“ Beide lauschten eine Weile der Musik, russische Folklore in neuerem Stil, wirklich ziemlich melancholisch.

Jelena räusperte sich, als traue sie sich nicht, die Frage zu wiederholen.
„Sag mal", Jelena biss sich auf die Unterlippe, "du bist wirklich immer noch Jungfrau? Also, du hast noch nie ... mein Gott, du weißt schon ... Herrje, warum fällt mir das so schwer, bei dir anzusprechen?"
Al lächelte verlegen. „Und du, Jelena, bist du noch Jungfrau?"
Jelena schaute ihn nachdenklich lächelnd an. „Genau genommen bin ich auch noch Jungfrau. Also, ich meine, es gab eigentlich noch niemanden in meinem Leben, der ... na ja, für den ich ... ach Gott, wie soll ich das sagen? Bisher haben mich alle nur so benutzt, verstehst du? Und ob ich noch Jungfrau bin? Ich glaub, du bist der Erste, der mich das fragt." Nachdem sie eine Weile zusammengesessen hatten, fragte Al plötzlich. „Diese roten Haare, das ist doch eine Perücke, oder?"
„Stimmt, das ist eine Perücke. Mein Kunde im Institut, Pitti, der steht nicht nur auf Dirndl, es müssen auch rote Haare sein. Seine Frau hatte angeblich auch rote Haare. Übrigens habe sie sich vor Kummer das Leben genommen, hat er mir mal erzählt und sich dabei vor Heulen kaum wieder eingekriegt. Na ja, und zur Erinnerung habe ich mir halt diese Perücke zugelegt. Irgendwie tut er mir leid." Jelena hob die Schultern.
„Würde es dir etwas ausmachen, wenn du die Perücke abnimmst. Ich würde dich gerne mal ohne Perücke sehen."
Jelena lächelte. „Du würdest mich gerne mal ohne sehen?"
„Also nur, wenn es dir nichts ausmacht."
„Nein, ganz und gar nicht. Ich würde das jedoch lieber im Bad erledigen ... dauert einen Moment." Nach ein paar Minuten kam Jelena zurück. Ihre langen braunen Haare fielen ihr locker über die Schultern.
„Du siehst hübsch aus, Jelena, weißt du das, viel hübscher als mit der Perücke." Jelena lächelte. Es war zum ersten Mal ein

lockeres, fast glückliches Lächeln. Sie setzte sich wieder zu Al, blickte ihm lange in die Augen und fing dann langsam an, sich die Bluse aufzuknöpfen.

„Du wolltest mich doch ohne sehen, oder nicht?" Zögerlich streifte sie sich die Bluse über die Schultern und fing an, Als Hemd aufzuknöpfen. Al sagte nichts, als Jelena ihre Hände auf ihren Rücken führte, ihren BH aufknöpfte und diesen zur Seite legte. Dabei blickte sie Al tief in die Augen. Ein rötlicher Schimmer bedeckte ihre sonst blassen Wangen. Sie streifte Als Hemd von den Schultern und streichelte ihm sanft über die Brust. Al schluckte. Er spürte mit seltsamer Sicherheit, dass Jelena zum ersten Mal in ihrem Leben in diesem Moment so etwas wie Zärtlichkeit verspürte. Gleichzeitig dachte er an Jule. War das jetzt richtig, was er hier geschehen ließ? Er wusste, wenn das so weiterginge, würde er Jule betrügen, bevor es überhaupt mit ihnen beiden begonnen hatte. Er blickte Jelena in die Augen, die leicht gerötet waren. Sie blickte voller Rührung und Zuneigung, aber auch voller Verlangen nach mehr. Langsam erhob sie sich, knöpfte ihre Jeans auf, streifte sich Jeans und Slip gleichzeitig von den Hüften und legte beides wie zuvor die Bluse zur Seite. Dabei blickte sie Al tief in die Augen, versuchte seine Gedanken zu lesen, seine Zuneigung, seine Erregung zu gewinnen. Vollkommen entkleidet setzte sie sich wieder an seine Seite und küsste ihn sanft auf die Wange. Vorsichtig nahm sie seine rechte Hand und führte sie zärtlich kreisend über ihre rechte Brust. Jelena schloss die Augen und atmete tief ein und aus, als würde jemand zum ersten Mal ihre vollen, straffen Brüste berühren. Vorsichtig zog Al seine Hand zurück, legte beide Hände auf Jelenas Wangen und küsste sie sanft auf den Mund. Jelena öffnete die Augen und flüsterte. „So hat mich noch nie jemand geküsst." Al legte sich hinter Jelena der Länge nach auf das Sofa und zog sie dicht zu sich heran. Er streichelte ihr sanft über die Haare, über ihren glatten, weichen Rücken.

So lagen sie eine ganze Weile zusammen, bis Jelena sich aufstützte und Al in die Augen blickte. „Ich habe mich noch nie so glücklich gefühlt. Das hier mit dir ist so anders, so zart. Ich glaube, Al, ich habe noch nie einen Menschen geliebt. Von mir wollten bisher alle nur ...“ Al legte seinen Zeigefinger auf Jelenas Lippen. Dann zog er sie langsam zu sich heran, legte ihren Kopf auf seine nackte Brust. Er spürte, wie Jelenas Tränen warm über seine Brust liefen, während sie leise vor sich hin schluchzte. Die starke Jelena, dachte Al auf einmal, wie schwach und zerbrechlich ist sie doch tief im Inneren. Nach und nach beruhigte sie sich, ihr Atem wurde gleichmäßig und friedlich, bis sie schließlich in einen tiefen Schlaf fiel.

Am nächsten Morgen fand sich Al immer noch auf dem Sofa liegend wieder, auf dem er am Abend mit Jelena im Arm eingeschlafen war. Jelena war weg, aber irgendwie spürte er noch ihren warmen Körper, roch den süßlichen Geruch ihrer Haare, mit dem er eingeschlafen war. Jetzt mischte sich dieser mit dem Duft von Kaffee, der aus der kleinen Küche kommend zunehmend alles andere verdrängte. Teller und Tassen klapperten und eine helle Stimme klang herüber. „Kaffee, Eier, Brötchen?“ Al zog sich sein Hemd über und ging in die Küche. Am Fenster stand eine ganz andere Jelena als die, die er gestern Abend in dieser Hölle kennengelernt hatte. Lange braune Haare umschmeichelten ein hübsches Gesicht mit kantigen Kieferknochen. Ihre leicht mandelförmigen Augen und ihre schmale Figur gaben ihr etwas Asiatisches, obwohl sie mit etwa 178 cm dafür zu groß war, ihre Nase etwas zu spitz, ihre Brüste etwas zu üppig. Ganz anders als gestern Abend im Klub strahlte sie, als sie Al erblickte. Ihre Augen leuchteten, gaben ein Gefühl preis, das man nur mit Glück, vielleicht sogar mit Liebe beschreiben konnte.

„Kaffee und Eier mit Brötchen? Fantastisch, ich habe einen Bärenhunger.“ Jelena kam langsam auf Al zu und umarmte ihn.

„Danke, Al, das war wunderschön gestern Abend." Dann blickte sie ihm lächelnd in die Augen. „Ich glaube, jetzt bin ich keine Jungfrau mehr." Al zuckte zusammen und Jelena lächelte verschmitzt. „Keine Sorge, Al, was dich betrifft ... dich und dein Mädchen mit den kastanienbraunen Haaren ... da gibt es sicher nichts zu erzählen, nichts zu beichten, sicher nichts, was ... Na ja, du weißt schon." Jelena lächelte Al zärtlich an.
Beide setzten sich an dem kleinen Tisch gegenüber und Al nahm Jelenas Hände und schaute sie nachdenklich an. „Jelena, du bist eine wunderbare Frau. Und ich ... na ja, ich glaube, ich brauche deine Hilfe." Jelena riss die Augen auf.
„Meine Hilfe, also, ich weiß nicht genau, wie du das jetzt meinst." Al blickte Jelena fragend in ihre erstaunt geweiteten Augen.
„Glaubst du, Jelena, deine Sachen passen mir?"
„Meine Sachen, welche Sachen?", fragte Jelena erstaunt zurück.
„Na ja, ich meine deine Bluse, deine Schuhe und deine Perücke."
Jelena schaute Al erschrocken an und setzte sich plötzlich auf ihrem Stuhl zurück.
„Hör mal, du bist doch nicht so ein kleiner Perverser, der keinen hochbekommt und jetzt ..."
„Unsinn, Jelena, du musst mir jetzt gut zuhören." Jelena schluckte und blickte verunsichert, als ob sich ihr neues Weltbild gerade zu verabschieden drohte.
„Also, ich ziehe deine Klamotten an, deine Perücke, deine Schuhe, du schminkst mich und dann ... dann gehe ich als Jelena ins Institut." Jelena seufzte erleichtert und doch reichlich erschrocken.
„Al, bist du verrückt, wenn das auffliegt, dann erschießen die dich auf der Stelle."
„Jelena, ich glaube, das ist meine einzige Chance, Jule wiederzusehen."
„Jule?"

„Jule, das Mädchen mit den kastanienbraunen Haaren. Sie heißt eigentlich Juliette Camus und ..."
„Und du riskierst dein Leben, um sie noch einmal zu sehen?" Jelena blickte entsetzt zur Decke.
„Jelena, ich will sie nicht nur sehen, ich will sie da rausholen, verstehst du?"
Jelena blickte ihn durchdringend an. „Du liebst sie, nicht wahr?"
Al nickte stumm.
„Herr im Himmel, wenn mir das doch auch einmal passieren würde." Jelena seufzte.
„Jelena, wenn das hier alles vorbei ist, dann ... du musst mit nach Deutschland kommen, verstehst du?"
Jelena lachte. „Wenn das hier alles vorbei ist? Al, wie stellst du dir das hier vor? Du gehst als Prostituierte ins Institut, packst deine Jule ins Handtäschchen und nachher fahren wir zusammen gemütlich nach Deutschland? Dort treffe ich meinen Märchenprinz und wir leben glücklich bis ans Ende unserer Tage?"
„Na ja, so ähnlich dachte ich mir das. Einen zusätzlichen Pass habe ich jedenfalls dabei. Meine Schwester hat mir ihren geliehen. Hat schon mal geklappt."
Jelena lachte. „Al, du bist unglaublich, das ist ..." Jelena schüttelte den Kopf und suchte nach den richtigen Worten.
„Und, Jelena, hilfst du mir? Da ist nur eines ... genau genommen weiß ich noch nicht einmal, ob Jule wirklich im Institut ist und ob sie überhaupt noch ..."
„Ob sie überhaupt noch lebt, wolltest du das sagen?"
Al nickte.
„Mein Gott, Al, ich glaub du bist verrückt, total verrückt. Aber weißt du, was das Verrückteste an der ganzen Geschichte ist ..." Jelena sprang auf und lief aufgeregt hin und her, dabei verzog sie die Lippen trotzig zu einer Schnute und nickte aufgeregt, als müsse sie sich noch selbst überzeugen. „Das Verrückte ist ... ich

helf dir. Genau, Al, ich werde dir helfen, dir und deiner Jule." Al blickte Jelena dankbar an. „Du hast übrigens Glück, heute Nachmittag kann's losgehen."
„Wie, heute Nachmittag?" Al blickte entgeistert.
„Na ja, Al, heute Nachmittag kannst du als Jelena ins Institut. Und verlass dich drauf ..." Jelena blickte Al ernst in die Augen, „bis dahin mache ich dich zur hübschesten Nutte von ganz Russland, da kannst du deinen süßen Arsch drauf verwetten. Und wenn du deine Jule wieder siehst, werde ich alles dransetzen, dass ihr da rauskommt, das verspreche ich dir."
Al brachte kein Ton heraus. Endlich sah er eine Chance, eine gute Chance, Jule wieder zu sehen. Dankbar platzte er heraus. „Jelena, du bist einfach klasse."
„Ach übrigens, Al, das mit meiner Anmache gestern Abend. Vergiss es! Weißt du, es sind nur wenige Menschen so nett zu mir, und was die Männer sonst betrifft, die wollen immer nur das eine. Die wollen halt immer nur mehr von mir, verstehst du?" Jelena schaute verlegen zur Seite. Im Augenwinkel stand eine Träne, bereit, hinabzurollen. Al nahm Jelena erst in die Arme, dann legte er seine Hände auf ihre feuchten Wangen, drehte langsam ihren Kopf zu sich und blickte ihr sanft lächelnd in die Augen.
„Jelena, im Grunde wollen die nicht mehr, sondern weniger von dir. Und was den Abend mit dir anbelangt ... also, den möchte ich auf keinen Fall vergessen." Sanft küsste er ihr auf die Wange.

Dedovsk, 16. Juli 2010

„Wir sollten uns beeilen, Al, die Kolonne fährt in einer Stunde ab, und wer zu spät kommt, na ja ..." Jelena drehte sich noch mal zu Al um „Wir Frauen brauchen ja etwas länger zum Anziehen und Schminken, du weißt ja." Al schluckte, in einer Stunde, Kolonne,

schminken, verkleiden, erst jetzt dämmerte es ihm unbarmherzig, was für einen wahnwitzigen Plan sie ausgeheckt hatten, und ihm wurde spontan ganz flau in der Magengegend. Wortlos trank er seinen Kaffee und knabberte an einem vertrockneten Brötchen, als Jelena aufsprang, die Arme in die Hüften stemmte und herausplatzte. „Na, jetzt wollen wir mal sehen, wie wir dich zu einer geilen Tunte verwandeln."
Geile Tunte, dachte Al, diese seltsamen Travestie-Künste waren ihm immer suspekt und peinlich gewesen und er konnte das Gegacker der Zuschauer bei irgendwelchen anzüglichen Witzen nie nachvollziehen. Und nun sollte er von null auf hundert selbst in so eine Rolle schlüpfen. Mühsam würgte er den letzten Brocken seines trockenen Brötchens hinunter und folgte Jelena ins Schlafzimmer.
Jelena grinste und schüttelte den Kopf. Dann drehte sie sich zum Kleiderschrank um und zerrte triumphierend ein paar schrill-bunte Klamotten heraus „Hier, das ist es, das musst du anziehen!" Süffisant lächelnd hielt sie Al ein bayerisches Dirndl entgegen. Zögerlich schlüpfte er aus seinem Hemd, das er noch kurz vor dem Frühstück übergezogen hatte.
„Wie, das soll ich anziehen?" Al schaute entsetzt.
„Genau, Pitti steht auf so etwas."
„Pitti? Wer bitte ist Pitti?"
„Na, dein Kunde heute Mittag. Hatte ich dir doch gestern Abend erzählt, Pitti aus dem Institut."
„Mein Kunde?" Al schaute entsetzt und wurde sich schlagartig klar, dass dies sein erster Job als Prostituierte war.
„Eigentlich ist Pitti eine ganz arme Sau. Nicht nur, dass sich seine Frau vor Kummer das Leben genommen hat. Genau, jetzt fällt es mir wieder ein. Im richtigen Leben hieß er nämlich Peter Schmidt, hat er mir mal verraten, und sei ein bekannter Wissenschaftler gewesen. Und dann haben sie ihn hier eingebuchtet,

warum und wieso, weiß er offenbar selber nicht und sein richtiger Name, Peter Schmidt, der zählt hier nicht mehr. Pitti haben sie erlaubt, und so heißt er halt Pitti. Warum sie ihn nicht wieder nach Deutschland lassen, keine Ahnung. Im Grunde lassen sie niemanden mehr weg, weißt du, einmal im Institut, immer im Institut." Jelena merkte, dass sie mit diesem Kommentar Al ins Innere getroffen hatte, und versuchte, den Fauxpas einfach zu übergehen. „Na ja, Pitti kam vor Jahren ins Institut. Anfangs hatte er sich bei mir nur ausgeheult, dann hatte er sich wohl mit seinem Schicksal abgefunden und ist seither praktisch dauerhaft alkoholisiert. Im Institut gibt es nämlich mehr Wodka als Wasser, musst du wissen. Zum Glück ist er seitdem mein einziger Kunde, will nur ab und zu, dass ich ein bisschen an ihm rumfummle, schläft dann aber meistens dabei ein, sodass ich ihn später wecken muss. Soll mir ja recht sein."

Al schaute Jelena entsetzt an. „Na gut, aber ich glaube, ich werde nicht bei Pitti rumfummeln, verstehst du, ich glaube, ich habe anderes zu erledigen. Ach ja, Jelena, hast du Kabelbinder und Klebeband?"

„Kabelbinder, Klebeband? Ich fürchte, das brauchst du bei Pitti nicht, der kapiert sowieso nichts mehr."

„Will nur auf Nummer sicher gehen, das ist alles."

Nach einer knappen halben Stunde war Al in ein zünftiges Oktoberfestmadl mit grellroter Perücke verwandelt. Da Jelena und er etwa gleich groß waren, passte alles wie angegossen. Sichtlich amüsiert aber auch kritisch musterte sie ihn. „Bevor wir zum Schminken kommen, müssen wir erst gründlich deinen Dreitagebart entfernen. Diese dämlichen Wachmänner vor dem Institut meinen nämlich manchmal, an einem herumlutschen zu müssen."

„Herumlutschen?", entgegnete Al erschrocken und angewidert zu gleich.

„Na ja, wenn das Tor nicht gleich aufgeht, dann ... ach vergiss es, Al. Aber du musst ja nicht gleich wie eine abgetakelte Tunte aussehen, oder?" Nach der Rasur machte sich Jelena einen Spaß daraus, Al möglichst grell zu schminken und seinen BH mit Taschentüchern vollzustopfen. Dann wollte sie noch, dass er seine karierte Boxershorts gegen einen ihrer Slips eintauschte. Das lehnte Al jedoch strikt ab und Jelena ließ sich quasi aus Platzgründen zwischen den Beinen überzeugen „Jetzt erkennt dich keiner, zumindest solange du vor lauter Erregung keinen ..." Jelena deutete schmunzelnd zwischen seine Beine.
„Oh, keine Sorge, ich glaube nicht, das Pitti einen so unwiderstehlichen Eindruck auf mich ausüben wird." Beide lachten herzhaft, wurden aber gleich wieder still und ernst bei dem Gedanken, dass es jetzt gleich losgehen sollte. „So und nun zur Kolonne. Die Kabelbinder und das Klebeband habe ich in deine Tasche gesteckt, und wenn dich jemand danach fragt, dann zwinkerst du ihm nur zu, verstanden?" Jelena versuchte ihm dies klarzumachen, indem sie ihre Arme hinter ihrem Rücken verschränkte und ihm lasziv zuzwinkerte, bis er ahnte, was mit den Kabelbindern noch so alles angestellt werden könnte. „Ach ja, dazu noch Schminke und Lippenstift. Schließlich willst du ja nicht deiner Jule wie eine Puffmutter unter die Augen treten und nachher brauchst du vielleicht wieder etwas Schminke." Fürsorglich wie eine Mutter beim ersten Schultag richtete sie ihm eine bunt glänzende Handtasche. „Und noch was, Al, eines wollte ich dir noch sagen, und hör mir jetzt gut zu, das ist extrem wichtig." Jelena machte ein sehr ernstes Gesicht. „Wenn alles schief geht und sie dich schnappen, dann hast du nur eine Chance."
Al schluckte angestrengt „Und die wäre?"
„Sag nichts, halt einfach die Klappe, verstehst du? Nichts zugeben, niemanden verpfeifen, einfach nur die Klappe halten, hast du verstanden? Die spielen einen gegen den anderen aus und am

Schluss, wenn du quatschst, haben sie dich am Wickel. Diese Verhöre, da wird viel geblufft, nur heiße Luft, vergiss das nie." Stumm und ernst blickten sich beide in die Augen, Jelena so, als wollte sie das gerade Gesprochene in sein Hirn einhämmern. „Und noch was, Al, wenn's brenzlig wird, dann halte dich an Olga."

„Olga?"

„Genau, Olga, eine kleine, etwas Pummelige mit blonden geflochtenen Zöpfen. Olga spricht ganz gut Deutsch, und wenn dich so ein Wachmann was fragt, vielleicht kann dir dann Olga weiterhelfen."

„Du meinst, ich kann mich Olga anvertrauen?"

„Kein Problem, weißt du, mit Olga habe ich so manche Nummer gedreht, das erzähle ich dir später mal, wenn du wieder hier bist."

Al seufzte, wie sagte doch Jelena zuvor? Einmal im Institut, immer im Institut. Jelena bemerkte sein sorgenvolles Gesicht. „Hier, Al, ich habe noch etwas für dich." Jelena hatte eine kleine goldene Kette um den Hals mit einem zierlichen Kreuz als Anhänger. Sie öffnete den Verschluss und legte die Kette fürsorglich um seinen Hals. „Das hat mir schon öfters geholfen. Ich glaube, Al, das brauchst du jetzt mehr als ich." Al umarmte Jelena, er fand wieder mal keine Worte, die waren aber auch jetzt nicht notwendig.

Zügig verließen sie Jelenas Wohnung und eilten zur Bushaltestelle, zur Kolonne, wie sich Jelena zuvor ausgedrückt hatte. Die Bushaltestelle war nicht weit weg und es waren zum Glück nur wenige Leute auf der Straße, die sich beim Anblick von Al manchmal schmunzelnd, manchmal auch angewidert zur Seite drehten. Das erlebt Jelena fast jeden Tag, dachte er traurig, diesen Spießrutenlauf unter Menschen, die nicht entfernt eine Ahnung davon haben, was Jelena für ein wertvoller Mensch ist.

Etwas abseits von der Bushaltestelle blieb Jelena stehen. „So, Al, jetzt muss ich dich alleine lassen. Du schaffst das schon." Jelena schaute Al ernst in die Augen und sagte mit leiser, tiefer Stimme:

„Und nicht vergessen, falls sie dich schnappen ... du darfst in einem Verhör nie etwas zugeben, verstehst du? Nie und nimmer." Jelena gab Al einen flüchtigen Kuss auf seinen dick geschminkten Mund und flüsterte. „Und, Al ... versprich mir, Jule zu grüßen. Sie hat ein verdammtes Glück mit dir. Ich hoffe, sie weiß das." Al sah, dass eine Träne über Jelenas Wange rollte. Eilig rieb sie die Träne mit ihrem Handrücken weg, drehte sich wortlos um und eilte mit raschen Schritten davon. Al blieb noch einen Moment stehen, holte tief Luft, bevor er sich zu den anderen, mindestens genauso grell geschminkten Frauen gesellte. Zumindest bin ich hier unter Meinesgleichen ,dachte Al mit einer Mischung aus Ironie und Beklommenheit.

Olga war wirklich leicht zu erkennen, und Al stellte sich gleich an ihre Seite. „Olga?", flüsterte er ihr zu, die sich gerade noch schnatternd mit einer anderen Frau, die in einen eng sitzenden roten Kimono gekleidet war, unterhielt. Olga riss die Augen auf, während Al seinen Zeigefinger auf seinen Mund legte.

„Jelena?"

Al blickte sich besorgt um. „Jelena, genau ich bin Jelena, allerdings nur heute, okay?"

Olga kicherte. „Wow, das war doch sicher Jelenas Idee, na, das wird ja lustig. Weiß Pitti schon Bescheid?"

„Pitti? Ach ja, Pitti, der wird's früh genug erfahren. Nur, Olga, kein Wort, versprochen?" „Klar ... Jelena." Wieder kichert sie. Ob das mal gut geht mit Olga, dachte Al zunehmend nervös, aber jetzt gibt es kein Weg zurück. Im nächsten Moment brauste ein Militärtransporter mit einem ohrenbetäubenden Dröhnen heran und bremste laut quietschend vor der bizarren Frauengruppe. Ein Wachmann sprang von der Ladebühne herab und raunzte etwas auf Russisch, das wohl bedeutete, eilig einzusteigen. Alle Frauen kletterten sich gegenseitig hochziehend auf die Laderampe. Sie setzen sich nebeneinander und gegenüber auf einen schmalen, kalten Absatz. Wie ein Viehtransporter, dachte Al angewidert. Rasch setzte er sich neben Olga. Eine Plane, die über das Dach gespannt war, wurde an beiden Seiten und nach hinten verzurrt, sodass man nur durch ein paar Ritzen nach draußen blicken konnte. Trotzdem zog der kalte Wind erbärmlich zwischen den nackten Beinen der Frauen hindurch. Normalerweise war es um diese Jahreszeit brüllend heiß. Ein Zwischentief ließ die Temperatur jedoch seit Tagen unter 15 Grad fallen und Al fing an zu zittern vor Kälte, oder vor zunehmender Angst, vermutlich aus beiden Gründen. Die Frauen kicherten und schnatterten. Wahrscheinlich war das ihre Art sich abzulenken, oder es war bereits Gewohnheit, abgestumpft gegenüber dem, was in den nächsten Stunden auf sie zukam. Als der Transporter anfuhr, verstummten alle schlagartig, nicht zuletzt, weil ein dröhnender Motorenlärm jede Unterhaltung unmöglich machte. Das war aber nicht der einzige Grund, so schien es Al. Die Frauen starrten plötzlich teilnahmslos vor sich hin, irgendwie ins Leere. Sie ließen einen Teil von sich zurück. Es waren nur noch leblose Hüllen, die sich ihrem Schicksal, ihrem erniedrigenden Dienst hingaben, um sich später wieder einigermaßen unbeschadet mit ihrem eigentlichen Leben, ihren unbelasteten Seelen vereinen zu können.

Die Fahrt dauerte etwa eine Stunde und Al spähte angestrengt durch die Ritzen der Plane. Erleichtert und doch irgendwie besorgt erkannte er, dass der Transporter genau die Strecke zum Institut nahm, die er gestern auch mit seinem Auto gefahren war. Je näher er dem Institut kam, desto mulmiger wurde ihm. Wenn Olga nicht gewesen wäre, die ihm gelegentlich aufmunternd zuzwinkerte, wäre er am liebsten von der Pritsche gesprungen und in den Wald geflüchtet. Sein Herz hämmerte gegen die Brustwand, als sie am Eingang zum Institut angelangten. Ein Wachmann herrschte sie an, von der Pritsche zu klettern. Es war derselbe Wachmann von gestern. Wieder brüllte er die schillernde

Kolonne an, da ihm das Entladen des menschlichen Viehs offenbar nicht schnell genug ging. Hoffentlich erkennt er mich nicht, schoss es Al durch den Kopf, dann wäre alles vorbei noch ehe ich einen Schritt in das verdammte Institut gesetzt habe. Doch bei dem Outfit, bei der Schminke, die ihm Jelena heute Morgen ins Gesicht gekleistert hatte, sollte das fast unmöglich sein. Er erinnerte sich zur Beruhigung an Jelenas Ausruf. „Geil, jetzt siehst du aus wie meine Zwillingsschwester!"

Als alle von der Pritsche herabgesprungen waren – dabei halfen sie sich erneut gegenseitig, mussten sie sich der Reihe nach aufstellen. Ein anderer Wachmann, offenbar der Vorgesetzte des ersten, schritt prüfend die Reihe ab. Krampfhaft versuchte Al, wie die anderen Frauen auch, gute Miene zum bösen Spiel zu machen. Al stockte der Atem, als der Wachmann direkt vor ihm stehen blieb und ihn mit der Zunge schnalzend und schleimig-grinsend anstarrte. Im nächsten Moment brummte ihm der Wachmann etwas zu, das Al natürlich nicht verstand, aber sich wie irgendeine Aufforderung anhörte. Dummerweise stand Olga am anderen Ende der Schlange und blickte besorgt zu ihm herüber, konnte ihm aber nicht helfen. Al starrte an dem Wachmann vorbei, versuchte, keinen seiner Blicke zu erwidern, tat so, als habe er ihn akustisch nicht gehört. Wieder röchelte der Wachmann ihm etwas zu, dabei sah Al im Augenwinkel, wie ihm der Speichel aus dem Mundwinkel lief, den er sogleich mit dem Unterarm wegwischte. Der Ton des Wachmanns wurde lauter, und obwohl er immer lauter brüllte, kam er Als Gesicht immer näher. Al spürte seinen Magen verkrampfen, sein Herz jagte und ein Gefühl der Panik breitete sich in seiner Brust aus. Neben der Angst machte sich jedoch noch etwas breit, etwas, das ihn in dem Moment erstarren ließ und die Angst ein Stück weit verdrängte. Es war Hass und Wut auf diese Männer, auf dieses System, diese Erniedrigung. Nur noch wenige Zentimeter trennten das verpickelte Ge-

sicht des immer noch laut brüllenden Wachmanns von Als stark geschminkter Wange. Schmerzhaft dröhnten dessen russische Fluchtiraden durch seine Ohren. Al ließ es über sich ergehen, eisern und doch kurz davor zu explodieren, dem Wachmann so in die Eier treten zu wollen, dass dieser nie wieder den Wunsch verspüren sollte, sich einer Frau zu nähern. Plötzlich verstummte der Wachmann. Ein ekliger Gestank aus Knoblauch und Nikotin raubte Al jeden Atem, als der Wachmann seine triefende Zunge herausstreckte und Al stöhnend über die Wange leckte. Fast hätte er sich übergeben, wenn nicht plötzlich eine laute Sirene eingesetzt und dem ekligen Spiel ein Ende bereitet hätte. War es das, was Jelena mit „Herumlutschen“ gemeint hatte? Die Sirene kündigte das Öffnen des schweren Eisentors an. Der Wachmann zuckte zusammen und raunzte Al noch etwas entgegen, bevor er einen Schritt zurücktrat und den Befehl zum Abmarsch gab. Im nächsten Moment öffnete sich auch die Schranke und die bizarr-bunte Kolonne schritt im Gleichschritt durch das schwere sich weiter bedächtig öffnende Tor. Im Augenwinkel sah er noch Olga, die ihm sichtlich erleichtert aber auch blass vor Schreck zuwinkte.
Vor ihm lagen einzelne Gebäude, verteilt auf ein riesiges, unübersichtliches Gelände. Nur zwei verwaiste Tennisplätze verliehen dem ganzen Anblick entfernt etwas Menschliches, ansonsten herrschte eine triste und bedrückende Atmosphäre. Die Frauen wurden in ein Gebäude geleitet, das sich äußerlich von den anderen Baracken nicht wesentlich unterschied. Nur der Schimmer roten Lichts aus dem einen oder anderen Fenster verriet, welchem Zweck dieses Gebäude diente.
„Wo finde ich Pitti?“, flüsterte Al Olga zu.
„Zimmer 205“, konnte Olga gerade noch sagen, als ein Wachmann sie harsch anbrüllte. Offenbar durfte hier unter freiem Himmel nicht geredet werden. Im Gebäude verteilten sich die

Frauen gleich zielstrebig auf ihre Zimmer. Al dachte, dass es sich bei Zimmer 205 sicher um den zweiten Stock handeln musste. Er hatte recht. Wie in einem ganz gewöhnlichen Hotel, zweiter Stock Zimmer 205. Offenbar war die Systematik der Zimmernummerierung in einem Stundenhotel auch nicht anders. Zum Glück waren im Gebäude keine Wachmänner zu sehen. Auch das Gelände selbst schien eher leer. Offenbar, dachte Al etwas erleichtert, verlässt man sich auf den hohen Zaun und den dahinterliegenden, undurchdringlichen Wald, sodass man sich im Gelände möglicherweise einigermaßen frei bewegen kann.
Al betrat das Zimmer 205. Ein rundes Bett in der Mitte des Raums, ein Sofa an der Wand, Spiegel rundherum. So hatte er sich das vorgestellt und so entsprach dieses Zimmer jedem Klischee, das man von einem Bordell haben kann. Es dauert nicht lange, bis Pitti ins Zimmer gestolpert kam. Er war tatsächlich mehr als angetrunken und fiel erst mal flach auf das runde Bett. Dann erhob er sich und blickte sich mit weit aufgerissenen Augen im Zimmer um. Als er Al erblickte, riss er den Mund auf und sog tief die Luft ein. Wie ein Kind an Heiligabend vor dem Weihnachtsbaum starrte er Al an.
„Jelena, mein Engel!" Pitti rülpste laut und feucht. Bevor Pitti den Raum betrat, war Al noch der Überzeugung gewesen, er könne Pitti in seinen Plan einweihen, die Klamotten tauschen und einigermaßen unbehelligt als Pitti verkleidet auf die Suche nach Jule gehen. Beim Anblick von Pitti stürzte dieser Plan jäh in sich zusammen, insbesondere als der die Arme ausbreitete und aus voller Kehle zu singen begann. „Dein ist mein ganzes Herz, wo du nicht bist, kann ich nicht sein." Dabei kam er auf Al zugestürzt, griff nach seinen Ellbogen und versuchte, mit ihm im Kreis zu tanzen. „So, wie die Blumen blühn ..."
„Pitti ... pst... sei still ...", versuchte Al so laut zu flüstern, wie er konnte. Doch Pitti ließ sich nicht beeindrucken und trällerte wei-

ter den bekannten Operettenschlager. Offenbar war dies die Musik, die er in seinem Gefängnis zu hören bekam, an einem Ort, an dem für ihn die Welt vor Jahren zum Stillstand gekommen war, und wo er nur noch aus der Erinnerung zu leben schien.

„Wenn sie nicht küsst der Sonnenschein …"

„Pitti, sei doch endlich mal ruhig. Pitti, ich bin nicht Jelena, verstehst du … ich bin nicht …", wieder unterbrach ihn Pitti, der nun gänzlich im siebten Himmel zu schweben schien.

„Dein ist mein schönstes Lied, weil es allein aus der Liebe erblüht …" Aus lauter Verzweiflung holt Al zu einer moderaten Backpfeife aus und traf Pitti stärker als geplant. Wie angewurzelt blieb Pitti stehen und starrte Al ins Gesicht. Um keinen Zweifel aufkommen zu lassen, riss sich Al die Perücke vom Kopf und flüsterte ihm erneut energisch entgegen.

„Mann, Pitti, kapier doch endlich mal, ich bin nicht Jelena, ich bin …", weiter kam Al nicht, da Pitti plötzlich tief Luft holte und den Mund so weit aufriss, wie er nur konnte. Noch ehe der erwartete Schrei die Luft zerriss, schwang Al geistesgegenwärtig seine geballte rechte Faust gegen Pittis Kinn. Sein Kopf schnappte abrupt zur Seite und kugelte langsam wieder in die Ausgangslage, während sich seine Augen unabhängig voneinander nach allen Richtungen hin und her drehten. Im nächsten Moment fiel Pitti wie ein Walross rückwärts auf das runde Bett und tat keinen Mucks mehr. „Sorry, Pitti, eigentlich wollte ich das nicht tun, aber …" Al rieb sich die Knöchel seiner linken Hand. Im Western sieht das immer so elegant aus, ein Kinnhaken nach dem anderen, dachte er erschrocken über den plötzlichen Schmerz im Handgelenk. Er rieb sich erneut die Fingerknöchel und der pulsierende Schmerz ließ langsam nach. Er war trotz allem froh, dass der erste Schlag offenbar seine Wirkung erzielt hatte. Es fragte sich nur, wie lange Pitti ohnmächtig bleiben würde. Er konnte kein Risiko eingehen und beeilte sich, Pitti mit den Kabelbindern zu knebeln und das brei-

te Klebeband über seinen Mund rund um den Kopf zu schnüren. Wie effektiv das jemanden außer Gefecht setzen konnte, hatte er ja schon zweimal leidvoll erleben dürfen. Pittis Nasenlöcher, aus denen jetzt Rotzfahnen bei jedem Atemzug heraus pendelten, ließ er frei. Vorher zog er ihm noch den alten grauen Anzug, das fleckige Hemd und die zerschlissenen Schuhe aus. Der Gedanke, sich als Pitti verkleidet das beißend nach Schweiß stinkende Hemd, die zerbeulte Hose, an deren Schrittinnenseite gelbe Flecken ihren penetrant süßlich Gestank von sich gaben, überzuziehen, war ekelerregend. Wiederholt löste die Umkleideaktion bei Al einen kaum zu unterdrückenden Würgereiz aus, bis sein Geruchszentrum einigermaßen betäubt jeden Widerstand endlich aufgab.
In der Ecke des Raumes hing ein kleines, vergilbtes Waschbecken an der Wand und daneben an einem Haken ein graues fleckiges Handtuch, das er nun benutzte, seine grelle Schminke so gut wie möglich abzuwischen. Wer mit dem Lumpen zuvor was auch immer abgewischt hatte, wollte er sich im Moment lieber nicht vorstellen. Ein letzter Blick zurück auf Pitti war einigermaßen beruhigend. Immer noch bewusstlos schnaufte Pitti geräuschvoll durch den aus der Nase quillenden Rotz. Dann schlich Al sich aus dem Zimmer und blickte nervös in beide Richtungen des Gangs. Es war kein Mensch zu sehen, sodass er so leise wie möglich zum Treppenhaus eilte. Auf der Treppe kam ihm ein Mann entgegen, der den gleichen grauen Anzug trug wie Pitti. Offenbar handelte es sich um so eine Art Lageruniform. Damit war Pittis stinkender Anzug im Moment wohl die beste Tarnung, versuchte er sich zu beruhigen. Zum Glück nahm der Mann keine Kenntnis von ihm, was möglicherweise auch an der starken Alkoholfahne lag, die er hinter sich herzog. Al schlich weiter in Richtung Ausgang. Die schwere Tür zum Freudenhaus war nur angelehnt und er blinzelte nervös durch einen kleinen Türspalt. Nur wenige Menschen schlichen wie in Trance zwischen den Baracken ent-

lang und verschwanden schweigend in den Gebäuden. Wie sollte ich hier Jule finden, schoss es Al durch den Kopf. Er konnte ja unmöglich hier und da anklingeln und nach Jule fragen. Vor ihm lagen triste Baracken, alle gleich aussehend, aufgereiht wie in einem Konzentrationslager der Nazis. Er schlich sich an der Häuserfront entlang und beobachtete das spärliche Rein und Raus von Leuten, die alle gleich gekleidet waren. Und doch unterschieden sie sich in einem wesentlichen Merkmal: Pittis Anzug war grau, die der anderen waren blassgrün, blau oder blassrot. Das kann ein Erkennungsmerkmal für eine bestimmte Gruppe von Gefangenen sein, dachte Al, und da Pitti aus Deutschland kommt, könnte der graue Anzug vielleicht ein Erkennungsmerkmal der deutschen Gruppe sein, wenn es überhaupt eine solche gibt. Es blieb ihm nichts anders übrig, als weiter zu beobachten, in welchem Haus diejenigen mit grauem Anzug verschwanden. Zum Glück war auch kein Wachpersonal zu sehen, sodass Al bedächtig mit gesenktem Kopf möglichst unauffällig die Häuserfronten ablief. Dabei versuchte er, genauso gleichgültig und gebeugt zu wirken wie die anderen Gefangenen, die wortlos an ihm vorbei schlichen.

Er war gerade auf der Höhe eines der größeren Gebäude, als eine Tür aufsprang und eine etwa sechzigjährige Frau in grauem Anzug heraussprang und fast mit Al zusammenstieß. „Pass doch auf, du Trottel", raunzte sie auf Deutsch, blieb dann stehen und schaute Al misstrauisch an. „Bist wohl neu hier?" Sie schüttelte mürrisch den Kopf. Dabei fiel Al auf, dass ihr voller Haarschopf keine grauen Haare enthielt, die Augen zwar tief umrandet waren, die Gesichtshaut bei näherer Betrachtung jedoch deutlich jünger erschien und er sich mit der Annahme einer sechzigjährigen Frau wohl weit verschätzt hatte. „Na dann, willkommen im Knast." Kopfschüttelnd verzog sie die Augen und wollte weiter gehen, als Al ihr noch mal nachrief.

„Jule, wissen Sie, wo ich Jule finde?“ Die Frau blieb wie angewurzelt stehen. Al zuckte es durch Mark und Knochen. Wie konnte er so dumm sein, sich so einfach zu verraten. Schon wollte er davon laufen, als ihn die Frau beherzt am Ärmel festhielt und ihn in den Eingang zurückzog. Sie blickte sich noch mal nervös um und drückte ihn unsanft in eine Nische unmittelbar hinter der Eingangstür. Eine Tür öffnete sich leise knarzend zu einer Art Besenkammer. Al ließ sich steif vor Schreck mitschleifen. Und trotzdem hatte er das plötzliche Gefühl, jemandem gegenüberzustehen, dem er vertrauen konnte. Im fahlen Licht der kleinen Kammer blickten sich beide in die Augen. Al zuckte zusammen. Noch nie hatte er in solche Augen gesehen, die ihn so frustriert und verzweifelt, so kalt und todesgleich anstarrten.

„Sie sind Al, nicht wahr?“ Al zuckte zusammen und nickte kaum wahrnehmbar. Woher kannte diese fremde Frau seinen Namen? Die Frau schüttelte ungläubig ihren Kopf. „Mein Gott, wie kann das sein ... das kann doch nicht wahr sein.“

Al räusperte sich und flüsterte zögerlich: „Was kann nicht wahr sein?“

Die Frau starrte ihn ungläubig an, dabei huschte etwas über ihr Gesicht, das sich Al nicht gleich erklären konnte, ihm aber wie ein Dolch in die Brust stach. „Al ... Sie sind Al?“

„Ja, das sagte ich doch bereits, und vor allem, woher kennen Sie meinen Namen?“ Die Frau schüttelte erneut den Kopf, drehte sich um und wollte schweigend den Raum verlassen. Al hielt sie am Arm fest. „Hey, wer immer Sie sind, woher kennen Sie meinen Namen und wo finde ich Jule?“

Die Frau drehte sich um. Sie war kreidebleich. „Jule? Vielleicht hieß sie früher mal Jule. Hier hat sie keinen Namen. Und ich habe auch keinen Namen. Hier hat niemand einen Namen.“ Verzweiflung, das war es, was ihr über das Gesicht huschte, ein Gesicht, das vor noch nicht allzu langer Zeit gestrahlt und geleuchtet

haben musste. Die Frau seufzte und löste sich aus Als Umklammerung und wandte sich erneut zum Gehen um. Al überlegte scharf, plötzlich fiel ihm die Akte damals in Krastchows Büro ein, der Obduktionsbericht. „Susanne ... Susanne Schulz.“ Die Frau blieb wie angewurzelt stehen. Es dauerte eine Weile, dann drehte sie sich bedächtig um. Ihre rot unterlaufenen Augen hatten sich mit Tränen gefüllt.
„Im zweiten Stock, Al, im zweiten Stock, in der Bibliothek.“ Die Frau, offenbar handelte es sich tatsächlich um Susanne Schulz, die auch auf Alighieris Obduktionsliste stand, streichelte Al sanft über die Wange, als müsste sie sich davon überzeugen, dass es sich nicht um eine Wahnvorstellung handelte. „Seitdem sie hier ist, redet sie nur von Al.“ Al spürte, wie ihre Hände zitterten. Etwas Bittendes lag in ihren Augen, aber sie blieb stumm, drehte sich um und schlurfte davon. Al schaute ihr nach, als sie sich noch mal umdrehte und ihm ein flehendes Lächeln zuwarf. Dann verschwand sie im Treppenhaus. Al zögerte nicht lange, ging hinauf in den zweiten Stock und stand unvermittelt vor einer fensterlosen Tür, auf der das Wort „Bibliothek“ stand. Herzklopfend öffnete er vorsichtig die Tür und spähte in einen langen Raum, angefüllt mit leeren, kahlen Tischen, die ihn an den Anblick einer Mensa außerhalb der Essenszeiten erinnerte. Der Saal war fast menschenleer. Nur am Ende saß mit dem Rücken zum ihm eine zierliche Person mit kastanienbraunen Haaren.

Institut Juri Gagarin, Juli 2010

Al blickte sich noch mal um, verschloss hinter sich die Tür zur Bibliothek und ging langsamen Schrittes auf die Person am Ende des Saals zu. Sollte das der Moment sein, den er so verzweifelt herbeigesehnt hatte. Oder war dies am Ende des Saals gar nicht

Jule? War es vielleicht nur eine der besagten namenlosen Personen, die nur so ähnlich wie Jule aussahen, ähnliche Haare hatten, ähnlich zierlich gebaut waren? Je näher er der Person kam, desto mehr verschwamm sein Blick hinter einem feuchten Schleier von Tränen. Seine Knie wurden weich, ihm wurde schwindelig, der Raum begann, mehr und mehr zu schwanken. Mit letzter Kraft schleppte er sich an den Tisch am Endes des Saals und setzte sich der Person, die von hinten gesehen Jule zum Verwechseln ähnlich war, schräg gegenüber. Er traute sich nicht die Augen zu öffnen, im nächsten Moment zu realisieren, dass es doch nicht Jule war, dass sich die Person vor ihm möglicherweise in Luft aufgelöst hatte. Verzweiflung machte sich in seiner Brust breit. Er war bereit, zu sterben, hier und jetzt, wenn sich das letzte Fünkchen Hoffnung im nächsten Moment in Luft auflösen sollte.
Mit all seiner Kraft rieb er sich die Augen, hob seinen tonnenschweren Kopf und blickte in zwei Augen, in ein Gesicht, über das im nächsten Moment ein schüchtern-verlegenes Lächeln huschte. Al spürte sein Herz gegen die Brustwand schlagen, als wollte es sich verzweifelt Luft verschaffen, hinaus aus der Enge, in der es seit Monaten gefangen gehalten wurde. Sein Kopf drohte zu zerplatzen, als müsste sich sein Mund öffnen, so weit wie möglich, um all den Schmerz, den er in den letzten Wochen empfunden hatte, hinauszuschreien. Immer und immer wieder rieb er sich die Augen, suchte nach einem Beweis, dass dies kein Traum war, dass ihm jetzt und hier tatsächlich Jule gegenüber saß. Langsam beruhigten sich seine wild rotierenden Gedanken. Er öffnete den Mund, um etwas zu sagen, als Jule langsam ihre Hand hob und den Zeigefinger vor ihren Mund legte. Sie stand auf mit einem flüchtigen Handzeichen, ihr zu folgen.
Gemeinsam verließen sie die Bibliothek, Jule langsam vorne weg. Al folgte ihr schweigend. Über ein Treppenhaus gelangten sie in den Keller. Am Ende des Gangs öffnete Jule eine Tür, auf der ein

großes gelbes Schild prangte. Gemeinsam betraten sie das Radioaktivlabor. Eine weitere Tür öffnete sich erst, nachdem Jule einen Nummerncode eingegeben hatte und sich die Tür nach einem langen Brummen von alleine einen kleinen Spalt öffnete. Der nachfolgende Raum maß etwa fünfzehn Quadratmeter und hatte keine Fenster, dafür rund herum Regale auf denen unterschiedlich große Gefäße mit dem Hinweis auf einen radioaktiven Inhalt aufgereiht waren. Jule schloss die Tür von innen, dann drehte sie sich zu Al um und schaute ihn schweigend an. Sie blickte ihn an mit einem traurigen und misstrauischen Blick, als ob sie nicht glauben könnte, dass Al vor ihr stünde, als wäre es ein weiterer Täuschungsversuch des Instituts, ihr damit die letzten Geheimnisse ihrer Forschungsergebnisse entlocken zu wollen. Vorsichtig tastete sie nach seiner Wange, streichelte ihm über die Stirn, ließ ihre Hand sanft durch seine Haare streichen. Dann huschte das erste Lächeln über ihr Gesicht. Schweigend fielen sie sich in die Arme. Al spürte ihren Körper leicht zucken, ein leises Schluchzen war unter der surrenden Neonröhre gerade noch zu hören. So standen sie eine ganze Weile eng umschlungen und schweigend zusammen. Dann löste sich Al vorsichtig aus der Umarmung und blickte in Jules tränenunterlaufene Augen. Er flüsterte kaum hörbar. „Mein Gott, Jule, du lebst ... du lebst." Wieder drückten sich beide aneinander, fester als vorher, als wollten sie sich nie wieder voneinander losen. Langsam sanken sie zu Boden und hielten sich dabei fest an den Händen.

„Und du, Al ... ich dachte, du wärst tot", flüsterte Jule. Dabei zitterte ihre Unterlippe. „Sie haben mir erzählt, dass du mit dem Auto verunglückt bist. Sie haben mir Bilder gezeigt von deinem verkohlten Auto", Jule schluchzte, „und einer verkohlten Leiche." Al streichelte Jule über die feuchte Wange. „Aber ich habe gewusst, dass du kommst", Jule biss sich auf die Unterlippe, „ich habe gebetet, dass du kommst."

„Du hast dafür gebetet?“
Jule nickte. „Du hattest recht, Al. Weißt du noch, unsere Gespräche damals im Krankenhaus? Du hattest recht ... du hattest so recht.“
Al schoss durch den Kopf, dass es ihm damals ganz anders ergangen war, dass er angesichts der Leiche von Jule alles verflucht hatte, was ihm heilig war. Er behielt es für sich und doch erfüllte ihn plötzlich eine ungeahnte Wärme, dass Jule etwas hatte, an dem sie sich festhalten konnte, und jetzt würde er am liebsten genau dies von ihr lernen. Aber dafür war jetzt keine Zeit.
„Und jetzt, Al, jetzt stecken wir hier gemeinsam fest, gefangen in diesem gottverdammten Institut.“ Jule blickte verzweifelt zu Boden.
Al hob vorsichtig ihr Kinn und flüsterte. „Jule, wir sitzen hier in diesem Raum, weil man hier reden kann, weil man hier nicht abgehört wird, nicht wahr?“ Jule nickte. „Also, Jule, ich bin hier, damit ich dich hier raushole, verstehst du?“ Jule verzog die Lippen zu einem angedeuteten Grinsen. Es war fast ein sarkastisches, aber auch unendlich trauriges Grinsen.
„Mich hier rausholen, Al. Weißt du, wo wir hier sind? Hier ist noch nie jemand rausgekommen. Weißt du nicht, einmal Institut, immer Institut.“ Al durchzuckte es, als er die ihm bereits von Jelena bekannte Formel hörte. Vermutlich würden alle Insassen erst einmal mürbegemacht, demoralisiert mit diesem Sprichwort. Aber Al ließ nicht locker.
„Jule, hör mir jetzt gut zu. Ich habe einen Plan.“ Jule seufzte ungläubig. „Ich bin hier als ...“, Al räusperte sich bei dem Gedanken. „... also, ich bin hier als Prostituierte.“ Jule blinzelte ihn ungläubig an.
„Deswegen die Reste von Lippenstift und der ... na ja, etwas aufdringliche Geruch.“
„Ging nicht anders, erzähl ich dir später. Jule, es bleibt nicht mehr viel Zeit, also hör mir jetzt wirklich gut zu. Du wirst jetzt gleich

zum Freudenhaus rübergehen, du weißt ja sicher, wo das ist. Dort gehst du möglichst unauffällig in den zweiten Stock, Zimmer 205. Du findest dort Pitti, ich glaube, es handelt sich um einen Kollegen von dir."

Jule blickte Al mit großen Augen an. „Pitti?"

„Ja, Pitti, ich musste ihn leider fesseln und ein Klebeband auf seinen Mund kleben. Auf dem Bett liegen ein Dirndl, hochhackige Schuhe und eine rote Perücke. Das wirst du dir anziehen. Lippenstift und Lidschatten sind in der Handtasche, und du wirst dich möglichst grell schminken, verstehst du. So grell, dass dich keiner erkennt. Ab dem Moment heißt du nicht mehr Jule, sondern Jelena. Jelena, du heißt Jelena, du musst dir den Namen gut merken, hörst du." Jule schaute Al mit aufgerissenen Augen an. „Pitti lässt du erst mal gefesselt. Bis der auffliegt, bist du längst über alle Berge. Vor dem Freudenhaus sammeln sich dann die anderen Mädchen. Davon heißt eine Olga, sie ist etwas kleiner, etwas pummelig und hat zwei auffallende geflochtene hellblonde Zöpfe, kannst du nicht verwechseln." Jule schüttelte den Kopf und wollte etwas sagen, aber Al kam ihr zuvor. „Später kommt dann ein Lastwagen, der alle Mädchen in die Stadt fährt, und Olga wird dir zeigen, wo Jelena, also die richtige Jelena wohnt. Dort findest du meine Tasche mit ein paar Klamotten, Geld und Karins Reisepass. Du musst dich dort gleich aus dem Staub machen, Richtung Deutschland, verstehst du Jule? Das muss ganz schnell gehen, du darfst keine Zeit verlieren, hast du verstanden?"

Jule schüttelte immer heftige den Kopf. „Mensch, Al, du bist verrückt."

Al drückte Jule mit beiden Armen an sich. „Jule, du musst hier raus! Du wirst sehen, es wird klappen. Versprich mir, dass das klappt, Jule. Alles wird gut werden."

Jule schob ihn sanft von sich und schaute ihm ernst in die Augen. „Al, ich kann nicht."

Al stöhnte. „Jule, du kannst das, du musst ..."
Jule fiel ihm ins Wort. „Und du, Al, was passiert mit dir?"
„Ach, mach dir keine Sorgen um mich, Jule, wenn die merken, wen sie vor sich haben, lassen sie mich bestimmt frei. Mit mir können die doch nichts anfangen."
„Genau das ist das Problem, Al. Sie werden dich nämlich nicht laufen lassen, sie werden dich ..." Jule blickte ihm ernst in die Augen „Al, die knallen dich einfach ab, verstehst du. Peng, das war's. Weißt du, es kommt immer mal vor, dass einer meint, er könnte fliehen. Aber die machen einfach kurzen Prozess." Al merkte, wie ein Gefühl der Verzweiflung in ihm hoch kroch, wie das Wasser bei Flut, immer weiter, immer höher, ohne dass jemand dagegen etwas tun könnte, und er spürte, dass er nicht schwimmen konnte.
„Jule, hör mir zu, das ist unsere letzte Chance, glaub mir." Jule schüttelte erneut den Kopf. „Jule, mein Gott, Jule, was habe ich darum gebetet, dass du noch lebst, dass ich dich irgendwann finde und jetzt ..." Al schluckte, seine Stimme zitterte. „Bitte, Jule, bitte!"
Jule streichelte Al über die inzwischen feuchten Wangen. „Al, ich ..." Jule seufzte, als habe sie etwas Wichtiges zu sagen, es aber nicht aussprechen wollte.
Al flüsterte mit erstickter Stimme: „Jule, ich kann ohne dich nicht leben, verstehst du, ohne dich, das geht einfach nicht." Jule nahm ein Taschentuch aus der Hosentasche, wischte seine Tränen ab und blickte ihn wie mit neuem Leben beseelt an.
„Al, hör mir zu. Jetzt musst du mir zuhören, okay? Ich habe gebetet, verstehst du? Ich habe gebetet, so, wie du mir das früher erzählt hast. Früher habe ich darüber gelächelt, aber hier an diesem Ort, Al, wo alles nur kalt und trist ist, habe ich mich daran erinnert, was du mir alles erzählt hast. Ich habe an die Aquariumsgruppe gedacht und habe mir nichts Schöneres vorstel-

len können, als mit dir zusammen zu beten, verstehst du. Und ich weiß nicht wie, aber der Gedanke daran hat mich beruhigt und mir Kraft gegeben. Al, diese Kraft, die brauchst du jetzt, das ist ganz wichtig. Du musst da rausgehen und allen Menschen erzählen, was hier los ist, und ich, Al, ich werde dafür beten, dass das klappt und ich weiß, dass das klappt, hörst du?"
Al atmete tief durch. „Oh Gott, Jule, wie soll ich dich hier zurücklassen? Ich kann das nicht!"
„Al, du lässt mich nicht zurück. Du weißt jetzt, dass ich lebe und dass ich auf dich warte und ..." Jule drehte sich um. „Ich habe etwas sehr Wichtiges für dich, das musst du mitnehmen, sonst glaubt dir das hier kein Mensch da draußen." Jule erhob sich und nahm zielsicher eines der blauen Metallgefäße mit dem gelben Radioaktivzeichen aus dem Regal. Vorsichtig öffnete sie den Deckel. „Weißt du, Al, dies ist der einzige Raum im Institut, der nicht videoüberwacht ist. Hier trauen sich diese Idioten nicht rein." Jule entnahm dem Gefäß ein weiteres kleineres Metallgefäß und schraubte auch davon den Deckel ab. „Keine Sorge, Al, das ist das einzige Gefäß in diesem Raum, das kein radioaktives Material enthält, sondern einen Speicherchip." Jule entnahm dem Gefäß einen länglichen USB-Stick und hielt ihn triumphierend in die Höhe. „Ich konnte den Typen hier weismachen, dass ich eine kleine Kamera benötige und diesen USB-Stick für meine Forschung. Weißt du, wenn es um Forschung geht, bekommst du hier nämlich alles. Nur habe ich damit keine Forschung betrieben, sondern alles fotografiert und abgespeichert, wirklich alles, Al. Das Gelände, die Zäune, Wachpersonen, Akten, wirklich alles, und genug, um diesen ganzen Scheißladen auffliegen zu lassen. Wenn ich nur wüsste, wie ich den hier rausschmuggeln könnte, raus an die Presse in Deutschland, an Interpol, an jeden, der nicht glauben kann oder will, was hier läuft. Ich habe die vielen armseligen

Gestalten fotografiert, die hier herumlaufen, die zu Hause offiziell für tot erklärt wurden, brillante Wissenschaftler, alle tot und hier degradiert zu lebenden Toten, und diese Idioten glauben wirklich, dass sie hier ernsthaft weiter forschen würden." Jules Gesicht veränderte sich zu einem angewiderten schmerzverzerrten Ausdruck. „Für Geld und Macht und all diesen abgrundtiefen, ekligen Sumpf." Jule packte Al an beiden Schultern und zog ihn dicht an sich heran. „Al, nimm diesen Stick und fahr damit zurück nach Deutschland und dann sieh zu, dass alle erfahren, was hier los ist, wirklich alle, die ganze Welt, verstehst du?"

Al blickte Jule in ihre blitzenden Augen. „Und du, Jule, was passiert mit dir, wenn hier wirklich alles auffliegt?"

„Ha, Al, du glaubst gar nicht, wie ich mich darauf freuen werde, und mach dir keine Sorgen. Ich bin darauf vorbereitet, glaub mir. Und jetzt geh, Al, bitte geh jetzt, ich werde dafür beten, dass wir eine zweite Chance bekommen, wir beide, du und ich ... verstehst du? Ich werde darum beten." Weiter kam Jule nicht. Schluchzend umarmte sie Al. Vielleicht war es das letzte Mal, dass sie sich in den Armen lagen, das war beiden in diesem Moment unbarmherzig klar. Jule stand plötzlich auf, drehte sich um und schloss die Tür auf. Vorsichtig blickte sie nach rechts und links den Gang entlang. Kein Mensch war zu sehen.

„Wir sehen uns wieder, Jule, das versprech ich dir", konnte Al gerade noch sagen, als Jule ihn auf den Gang schob und hinter sich die Tür verschloss. Wie betäubt schlich Al den dunklen Korridor zurück, die kleine Treppe hoch zur Bibliothek und durchquerte den langen Saal, so, wie er gekommen war. Am Ende des folgenden Ganges saß Susanne Schulz und blickte Al starr an. Dann nickte sie ihm zu, als wolle sie ihm zurufen: „Mach sie fertig, diese Schweine hier." Er eilte die große Treppe hinab und verließ hastig das Gebäude, Jules tristes Gefängnis.

Es war schon dämmrig geworden und sicher längst Zeit zum Aufbruch. Die Mädchen haben ihre armselige Pflicht erfüllt, dachte Al traurig. Was Jule anbelangt, hatte sie vermutlich mit ihrer nüchternen Einschätzung recht. Möglicherweise hätte sie die Flucht als Jelena schaffen können. Für ihn hätte es hier drin nur wenige Chancen zum Überleben gegeben.
Inzwischen kamen schon einige der Mädchen aus dem Freudenhaus und gingen Richtung Ausgang. Al eilte die Treppen hoch. Auf dem Gang kam ihm Olga entgegen. Sie riss die Augen auf, als sie Al erkannte. „Jelena, beeil dich!"
„Pscht, Olga, ich komme gleich", flüsterte er ihr zu. Er öffnete vorsichtig Zimmer 205 und erblickte Pitti, der mit aufgerissenen Augen auf dem Boden lag und armselig wimmerte. Armer Pitti, dachte Al, und half ihm, sich aufzusetzen. Was sollte er nur tun? Wenn er ihn verpfiff, war alles vorbei. „Tut mir leid, Pitti, muss sein, ist auch für dich." Er gab ihm erneut einen kräftigen Schlag mit der Faust seitlich auf das Kinn und Pitti sank wieder ohnmächtig zu Boden. Rasch zog Al die grauen Klamotten aus, zog sich das Dirndl an, zupfte die Perücke zurecht und schlüpfte in die Stöckelschuhe. Kurz vor dem Rausgehen schaute er noch mal in den Spiegel und erschrak. Die Schminke war vollkommen verschmiert, er sah erbärmlich aus. War das das letzte Bild, was Jule von ihm hatte? Rasch zog er mit dem Lippenstift die Lippenkonturen nach, tupfte sich großzügig Lidschatten auf die Augenlider und verließ diesen armseligen Raum in Richtung Ausgang. Im Hof waren alle Mädchen bereits in Reih und Glied angetreten. Al quetschte sich hinter Olga, aber es war zu spät. Der Wachmann kam hämisch-grinsend auf ihn zugeschossen. Al stand wie versteinert, als er den kalten Lauf des Maschinengewehrs an seiner Schläfe spürte. Sein Herz jagte, als ihm der Wachposten etwas dicht an seinem Ohr entgegen flüsterte. Wieder raubte ihm der ekelhafte Gestank aus altem Knoblauch und Wodka, zusammen

mit dem säuerlichen Schweißgeruch der fleckigen Uniform, den Atem. Trotzdem rührte Al sich nicht und blieb wie versteinert stehen, in der Hoffnung, dass wieder ein Signal zum Aufbruch die widerliche Zudringlichkeit des Wachmanns beenden würde. Al zuckte zusammen, als ihm im nächsten Moment der Wachmann etwas ins Ohr brüllte. Al verstand nichts und doch war er sicher, dass es eine Aufforderung, ein Befehl, zu gehorchen war, an dessen Inhalt er lieber nicht denken wollte. Verzweifelt bückte Al sich nach vorne, wollte irgendwie dem Zugriff des Wachmanns entgehen, und doch war ihm plötzlich so unbarmherzig klar, dass jetzt alles auffliegen würde. Schon versuchte der Wachmann nach seinem künstlich ausgestopften BH zu greifen, seinen Po hatte er bereits fest im Griff, als eine helle schrille Stimme irgendwo zwischen ihm und dem Wachmann beide erstarren ließ. Olga hatte sich, klein, wie sie war, von unten zwischen sie geschoben, und brüllte den Wachmann mit zorniger Stimme an. Der Wachmann stolperte zurück, besann sich einen Moment und fing an zu lachen. Er lachte so niederträchtig, so vulgär, wie es Al selten zuvor gehört hatte. Er besann sich einen Moment, dann packte er Olga an beiden Zöpfen und zerrte sie in Richtung des Wachhäuschens. Speichel triefte aus seinen Mundwinkeln. Seine Augen waren gierig auf Olga geheftet, die ihn mutig weiter angiftete und sich mit aller Kraft gegen ihn stemmte. Die anderen Mädchen drückten sich betreten zusammen, als der Wachmann Olga brutal ins Gesicht schlug und sie anschließend in das Wachhäuschen zerrte. Das dreckige Lachen des Wachmanns war noch eine Weile zu hören und wurde wenig später von schmerzverzerrten Schreien abgelöst. Es waren Olgas Schreie, die alle erzittern ließen. Al krümmte sich nach vorne, während eine andere zitternde Hand ihm vertrauensvoll auf die Schulter drückte. Die Schreie verstummten, nur noch ein wiederholtes animalisches Grunzen war in der schrecklichen Stille auszumachen. Dann zerrte der Wachmann eine vollkommen zerzauste und wimmernde Gestalt aus dem Wachhäuschen und stieß sie unsanft zu der Gruppe der immer noch starr zusammenkauernden Mädchen. Aus dem Augenwinkel sah Al noch, wie sich der Wachmann die halb heruntergezogene Hose zurecht zog. Dabei machte er keine Anstalten, seine Blöße zu bedecken. Im Gegenteil, grinsend präsentierte er seinen noch halbsteifen Schwanz wie eine Waffe, mit der er soeben einen zweifelhaften Sieg errungen hatte. Der andere Wachmann sah dem Treiben seines Kollegen zu und grinste amüsiert. Seinem Gesicht war abzulesen, dass er sich gierig vorstellte, das nächste Mal selbst am Zuge zu sein.

Der Transporter kaum brüllend vorgefahren und die Mädchen kletterten eilig auf die Pritsche. Al gab Olga die Hand und zog sie, immer noch zitternd und wimmernd, hinter sich nach oben. Sie hatte ein blau geschwollenes Augenlid. Blut tropfte ihr aus der Nase. Das Kleid und die Bluse waren zerrissen. Al stammelte. „Olga es tut mir leid, es tut mir so leid. Was hast du dem Dreckskerl gesagt?"

Olga lächelte verbissen. „Ich habe dem Schwein gesagt, du hättest deine Tage und deshalb sei er zu spät, und er soll die Finger von dir lassen, wenn er nicht einen blutigen Schwanz habe will. Und dieser Drecksack hat das sogar geglaubt." Bei allem Schmerz hatte Olgas Stimme sogar etwas Triumphierendes, als sei sie die Siegerin in diesem ungleichen Kampf gewesen. Al nahm ihre zitternde Hand. Langsam beruhigte sich Olga, als der Lastwagen wieder Richtung Stadt holperte.

Eisiger Wind zog durch die Ritzen der Plane, und trotzdem atmete Al ein Stück weit erleichtert auf. Er umklammerte den USB-Stick, den ihm Jule mitgegeben hatte, und der nun der Schlüssel dazu sein könnte, dem grausigen Treiben im ehemals stolzen Institut Juri Gagarin ein Ende zu setzen. Das Portrait von Juri Gagarin war auf dem USB-Stick eingraviert und lächelte Al irgendwie zuversichtlich entgegen. Er dachte an Jule, die tapfere Jule, die trotz aller Verzweiflung nicht aufgegeben hatte. Nein, sie hatte alles fotografiert, alles dokumentiert. Ohne Zweifel, Jule hatte eine Vision und einen Glauben, der am Schluss Sieger sein würde. Al atmete tief durch. Jetzt war es an ihm, alles zu Ende zu bringen, das war er nicht nur Jule schuldig.

Der Lastwagen holperte weiter röhrend in Richtung Stadt. Die Mädchen hatten sich stillschweigend aneinander gedrückt. Sie hatten einen Gesichtsausdruck, der viel Leid und Verzweiflung widerspiegelte, aber auch ein Zusammengehörigkeitsgefühl mit ihresgleichen und Al war irgendwie stolz, zumindest für einen Tag dazugehört zu haben.

Kaum hielt der Lastwagen an, sprangen alle von der Laderampe und schlichen in die Richtungen, aus denen sie an diesem Morgen gekommen waren.

„Olga!" Al rief Olga noch mal hinterher, nachdem der Lastwagen wieder davon geknattert war. „Olga, ich werde dir das nie vergessen ... und wir sehen uns wieder, das versprech ich dir." Olga lächelte kurz, ein bitteres Lächeln, und doch meinte Al, ein Fünkchen Hoffnung in ihren Augen zu sehen. Rasch machte er sich auf den Weg zu Jelena, die bereits ungeduldig auf ihn wartete. Als sie ängstlich die Tür öffnete, blickte sie nach rechts und links den Gang hinunter. Hastig zog sie ihn in ihre Wohnung. „Und, Al, hast du sie gesehen?" Al schluckte, als er an das kurze Wiedersehen mit Jule dachte.

„Ja, ich hab sie gesehen, Gott sei Dank, sie lebt und das ist das Wichtigste. Aber ..." Al runzelte besorgt die Stirn.

„Aber was? Stimmt etwas nicht, lief etwas schief?"

„Weiß du, Jelena, eigentlich wollte ich, dass Jule als Jelena verkleidet aus dieser Hölle flieht, und stattdessen gab sie mir diesen USB-Stick."

„Schlaues Mädchen“, unterbracht ihn Jelena, „die hätten mit dir kurzen Prozess gemacht. Du glaubst doch nicht, dass du nur einen Tag dort überlebt hättest. Und dann … meinst du, Jule wäre damit glücklich geworden?“
„Du hast recht, Jelena.“ Al schaute nachdenklich auf das Wappen des USB-Sticks. „Und vielleicht kann ich damit alles auffliegen lassen. Ich hoffe nur, dass Jule …“
Jelena klopfte Al auf die Schulter. „Al, glaub mir, Jule ist ein schlaues Mädchen, und wenn du es schlau anstellst“, Jelena seufzte nachdenklich. „dann habt nicht nur ihr beide euch wieder, sondern wer weiß wie viele arme Schweine bekommen die Freiheit wieder.“
„Sofern sie nicht vorher mit allen kurzen Prozess machen, wie du das so schön genannt hast.“
Jelena zog die Augenbrauen hoch. „Sag mal, Al, wie bist du eigentlich vom Freudenhaus zu ihr gelangt, ich meine, wie hast du Pitti …“
„Pitti, der arme Pitti, der war ganz von Sinnen, trällerte irgend so einen Operettenscheiß, und als er erkannte, dass ich nicht Jelena war, da wollte er alle zusammenschreien. Na ja, dann habe ich ihm eins vors Kinn gegeben und musste ihn am Schluss geknebelt zurücklassen.“
„Das Problem ist nur, sobald sie Pitti so entdecken, gibt's Ärger. Vermutlich sind sie schon auf dem Weg hierher. Sie wissen ja, wer immer zu ihm kommt. Komm, Al, zieh rasch die Klamotten aus und mach dich aus dem Staub, so schnell du kannst.“ Jelena riss Al den Reißverschluss des Dirndls auf und stieß ihn unsanft in das kleine Bad. „Hier, deine alten Kleider, habe mir erlaubt, sie kurz durchzuwaschen, und jetzt beeil dich.“ Er sprang kurz unter die Dusche, um die Schminke und den penetranten Geruch von Pittis Kleidern herunterzuwaschen, den er glaubte, noch an sich zu riechen. Den USB-Stick hatte er vorsichtshalber in die In-

nentasche seines kleinen Reisekoffers gesteckt. Keine Minute später sprang er aus der kleinen Dusche, trocknete sich ab und zog sich hastig seine Kleider über, als er einen lauten Schlag und tiefe Männerstimmen vernahm. Das Bad hatte kein Fenster, er saß in der Falle. Die Badezimmertür wurde aufgerissen und zwei Soldaten in grauer russischer Uniform und mit angeschlagenem Maschinengewehr standen in der Tür. Sie brüllten Al unverständliche Befehle entgegen. Als sie erkannten, dass er unbewaffnet war, rissen sie ihn aus dem Bad und drückten ihn mit brachialer Gewalt zu Boden. Sie rissen ihm die Hände auf den Rücken und legten ihm Handschellen an. Wieder brüllten die Männer, rissen Stühle und Tisch um, öffneten alle Schränke. Teller und Tassen zerschellten auf dem gekachelten Küchenboden, Kleider und Bücher wurden herausgerissen, das Bild von Jelenas Eltern landete vor Als Augen, die Scheibe zerbarst in tausend Teile. Al blickte vorsichtig zur Seite, Jelena war nirgends zu sehen. Einer der Männer kramte in Als Reisetasche und zog sein Portemonnaie mit Reisepass hervor. Dann hielt er triumphierend den USB-Stick in die Höhe. Ein siegreiches Lachen ertönte und Al wurde plötzlich eiskalt. Er wusste, dass er verloren hatte, dass alle Pläne, das Institut zu entlarven, in einer Sekunde in sich zusammengebrochen waren. Im nächsten Moment rissen ihn zwei mächtige Arme nach oben und schleiften ihn in Richtung Tür. Verzweifelt und resigniert leistete er keinerlei Widerstand.

Noch bevor sie das Haus verließen, stülpten sie ihm eine Kapuze über das Gesicht. Al wurde in ein Auto gestoßen, die Türen flogen zu und das Auto schoss mit hoher Geschwindigkeit durch die Straßen von Dedovsk. Die Männer unterhielten sich auf Russisch, Al verstand kein Wort. Er dachte an Jelena. Wieder eine Person mehr, die er in die schreckliche Geschichte mit hineingezogen hatte, und die jetzt vermutlich um ihr Leben

bangen musste. Zum Glück war sie beim Überfall der Soldaten offenbar schon geflohen. Fragte sich nur, wie lange es dauern würde, bis man sie erwischte, und dann gnade ihr Gott. Verzweifelt krümmte sich Al auf dem Rücksitz des schwankenden Militärfahrzeugs zusammen.
Nach etwa einer halben Stunde Fahrt hielt das Fahrzeug an. Unsanft zerrten sie ihn heraus und Al stolperte blind, teilweise gezogen, teilweise auch gestoßen, über einen kalten Betonboden. Er hörte das Rollen eines schweren Tors, Geklapper von Schlüsseln, eine Metalltür wurde aufgeschlossen und hinter ihnen wieder verschlossen. Dies wiederholte sich noch mindestens drei Mal, bis Al endlich die Handschellen abgenommen und die Kapuze vom Kopf gerissen wurde. Ein grelles Licht von der Decke verhinderte, dass er gleich wusste, wo er war, er konnte es jedoch ahnen. Alles klang wie damals in Rom, im Gefängnis. Al hatte sich nicht getäuscht. Noch bevor er weitere Details erkennen konnte, flog eine schwere Eisentür vor seiner Nase zu. Er war gefangen in einer kleinen kahlen Zelle. Eine Pritsche mit einer dünnen fleckigen Matratze, ein kleines Waschbecken mit nur einem Hahn, und in der Ecke eine nackte Kloschüssel, daneben eine Klopapierrolle, das war's. Sein Kopf dröhnte dumpf. Er fing an, am ganzen Körper zu zittern. War es die am Betonboden entlang kriechende Kälte, oder war es seine Verzweiflung, die langsam aber sicher in lähmende Resignation überging? Bisher hatte er diesen Schlag auf Schlag hereinbrechenden Katastrophen mit knapper Not entkommen können, meistens dank mutiger Menschen, die ihn in letzter Minute aus der Scheiße gezogen hatten. Irgendwann würde das nicht mehr funktionieren, das wusste er. Irgendwann würde die Falle endgültig zuschnappen. Vermutlich war jetzt dieser Moment, jetzt, wo er allein war und niemand mehr sich für ihn einsetzen konnte, er für sich selbst erst recht nicht.

Irgendwo in einem russischen Gefängnis, Juli 2010

Die grelle Neonlampe flackerte und brummte ohrenbetäubend, sodass Al nicht wusste, ob eher dies, oder die undurchdringliche Dunkelheit ohne dieses hässliche Flimmern die bessere Wahl waren. Die Entscheidung wurde ihm abgenommen. Mit einem letzten Aufblitzen erlosch das Flackern der Neonröhre, die noch für eine Weile ein fahles Fluoreszieren verströmte, bis sich auch dies in der undurchdringlichen Dunkelheit auflöste. Nur das Klappern von Stiefelabsätzen auf hartem Beton eines endlosen tristen Korridors und das gelegentliche Scheppern von Eisentüren, begleitet vom Klirren großer Schlüsselbunde, waren gelegentlich zu vernehmen. Hin und wieder meinte Al, Schreie zu hören. Schreie von gefolterten Gefangenen, schoss es ihm durch den Kopf. Vielleicht war es auch nur seine Fantasie, seine zunehmende Angst, dass hier an diesem grausamen und kalten Ort sein Leben früher oder später ein schmerzvoll erbärmliches Ende nehmen würde.

Vorsichtig tastete er sich an der Wand entlang, versuchte, sich in der undurchdringlichen Dunkelheit zu erinnern, wo die Pritsche gestanden hatte. Sein Schienbein stieß als Erstes dagegen und langsam ließ er sich auf der Pritsche nieder, deren Matratze kaum weicher zu sein schien als das darunter liegende, nackte Holz. Er stützte die Ellbogen auf die Knie und vergrub sein Gesicht in den Händen. „Ganz ruhig, Al, ganz ruhig, nur keine Panik", flüsterte er, in dem verzweifelten Versuch, sich ein wenig Mut zu suggerieren. Mit trockener krächzender Stimme brummte er vor sich hin. „Jule lebt, ja, sie lebt, das ist das Wichtigste, und irgendwann ..." Al atmete tief durch, „irgendwann, ja, irgendwann ..." Er wusste, dass sich seine Hoffnungen im freien Fall befanden. „Wir werden uns wiedersehen, Jule, das versprech ich dir, und dann ... ja, dann wird alles gut werden." Al schüttelte den Kopf. Er wusste, dass dies alles jetzt sehr unwahrscheinlich geworden war. Vermutlich würden sie auch den USB-Stick, den sie in seiner Tasche gefunden hatten, genauestens analysieren, und dann wäre sowieso alles vorbei. An die weiteren Konsequenzen wollte er nicht denken, aber sie drängten sich in sein Bewusstsein, wie ein übler Gestank, dem man nicht entfliehen kann. Russisches Gefangenenlager, jahrelange Zwangsarbeit irgendwo in Sibirien, oder schlimmer. Er war nicht der Erste, dem so etwas widerfuhr, nicht der Erste, der daran zerbrechen, der dort sterben würde. Falls er doch überlebte, nach Jahren vielleicht freigekauft würde, falls er und Jule sich überhaupt nach vielen Jahren wiedersehen würden, dann wären sie alte, gebrochene Menschen, während diejenigen, die ihnen das angetan hatten, in Saus und Braus lebten und vermutlich nie zur Rechenschaft gezogen würden. Mein Gott, wie ungerecht kann die Welt doch sein, dachte Al. Und doch murmelte er wieder vor sich hin: „Jule lebt und damit gibt es Hoffnung. Genau, Al, es gibt noch Hoffnung ..."

Es war nach wie vor stockdunkel. Kein Schimmer drang durch die fensterlosen Wände oder die Ritzen der Eisentür. Er saß in einem finsteren Loch. Wer weiß, vielleicht würden sie ihn sogar einfach verdursten und verhungern lassen. Bliebe nur zu hoffen, dass sich das Bewusstsein früh eintrüben würde und er die damit verbundenen Qualen gnädig verschlafen könnte, um in den erlösenden Tod hinüber zu dämmern.

Al legte sich zusammengekrümmt auf die Seite. Immer wieder wurde er von aufkommender Panik geschüttelt. Die Dunkelheit vermischte sich mit einer gähnenden Leere, einem Abgrund, in den er zu fallen drohte. Wie ein dämonischer Sog zog es ihn nach unten. Er fühlte, wie sich seine Kehle zusammenschnürte, er keine Luft mehr bekam. Verzweifelt griff er sich an den Hals und ertastete etwas, was ihm plötzlich innehalten ließ. Als hätte ihm jemand zugerufen, ihn berührt, ihm mitfühlend durch das Haar gestrichen, setzte er sich auf den Rand der Pritsche und ließ die zierliche Kette, die Jelena ihm beim Abschied gegeben hatte, durch seine kalten, zitternden Finger gleiten. Er ertastete den ringförmigen Verschluss, die zierlichen Kettenglieder, die aufgereiht, eines nach dem anderen perfekt ineinandergriffen, und schließlich das kleine zierliche Kreuz. Es war die Aufgabe eines jeden einzelnen Kettengliedes, genau dieses Kreuz zu halten, koste es, was wolle, unbeugsam, Hand in Hand. Es konnte nur funktionieren, wenn alle zusammenhielten, jedes einzelne Kettenglied, und er wusste, dass er auch Teil einer Kette war, nur ein kleines, aber wichtiges Kettenglied. Und wenn er jetzt verzweifelte, wenn er jetzt losließ, dann beträfe das alle, dann wäre alles sinnlos.

Obwohl die Dunkelheit noch undurchdringlich war, sah Al plötzlich ein Licht vor seinen Augen, das wie Gold glänzte, und je mehr er die Augen zusammenkniff, je mehr er das Kreuz zwischen seinen Fingern spürte, desto heller, desto wärmer wurde es um ihn herum. Es schien ihm plötzlich, dass nicht er es war, der das Kreuz hielt, es war das Kreuz, das ihn hielt. Auf eine seltsame Art spürte er wieder den Boden unter den Füßen, spürte wieder Kraft in den Armen und Beinen, spürte seine Angst, seine Verzweiflung dahinschwinden wie Schnee in der Sonne, und darunter kam neues Leben zum Vorschein. Er hatte plötzlich Verlangen, zu beten, aber es fiel ihm nur ein Wort ein. „Danke, danke, danke …“, flüsterte er vor sich hin. Wie damals Pater Lorenzo, als er ihm seine traurige Geschichte erzählt hatte. Einfach nur „Danke, danke, danke …“ Und mit jedem Danke schien etwas zurückzukommen, das er damals in Rom so verflucht hatte, etwas, womit Karin ihm helfen wollte, und offenbar auch genau das, was auch Jule über die schwere Zeit im Institut hinweggeholfen hatte. Es war der Glaube an das Gute, an eine Macht, die höher war als jeder Verstand, und die auch in der Lage war, ihn hier herauszuholen, sein sehnlichstes Ziel zu erreichen, mit Jule wieder zusammen zu sein. Jelenas Worte kamen ihm in den Sinn, als sie ihm die Kette mit dem Kreuz um den Hals gelegt hatte. „Du wirst es bestimmt eher brauchen als ich", hatte Jelena gesagt. Ob sie geahnt hatte, dass er hier landen würde? Er dachte an die beschwörenden Worte, im Falle eines Verhörs nichts zu sagen, niemanden zu verpfeifen, nichts zuzugeben. Offenbar hatte sie schon leidvolle Erfahrung mit diesem brutalen System gemacht, und doch hatten alle, Jelena, Olga und die anderen Mädchen, ihre Hoffnung, ihren Mut und ihre Menschenwürde nie verloren. War es das Kreuz, das sie am Leben hielt? Wie gerne würde er sie jetzt fragen, mit ihnen reden, ihren Lebensmut teilen. Nein, dachte Al mit einem tiefen Atemzug, ich darf mich nicht hängen lassen, schon allein wegen all dieser wunderbaren Menschen, denen die Hoffnung im Gesicht stand, als ich mich waghalsig in die Höhle des Löwen begab. Und dann dachte er an Jule, die in dieser Hölle Wochen und Monate ausgeharrt hatte, ohne auch nur ein Fünkchen davon zu wissen, dass er verzweifelt nach ihr suchte und nicht in dem verkohlten Golf zu Tode gekommen war. Vielleicht gab es doch so etwas wie Gedanken und Hoffnungen, die durch alles hindurch kamen, die sich von keiner Mauer, keinem Zaun, keiner noch so großen Distanz aufhalten ließen. Al dachte an Jules Mutter, die so voller Überzeugung war, dass Jule noch lebte. Sie wusste es, dachte Al, und schließlich war es genau dieser Moment, diese Begegnung, die Al dazu brachte, nach Jule zu suchen, obwohl die Indizien ihres Todes erdrückend waren. Er erinnerte sich, wie er damals fast gut gelaunt am Friedhof vorbeigefahren war, nahezu sicher, dass in dem speziellen Grab auf keinen Fall Jule beerdigt war.

Er versuchte, sich auf Jule zu konzentrieren. Er versuchte, ihre Gedanken zu spüren und seine Gedanken zu ihr zu schicken. Langsam spürte er eine wohlige Ruhe in ihm aufsteigen. Sein rasender Puls verlangsamte sich, und obwohl es bitterkalt in seiner Zelle war, empfand er eine angenehme Wärme seinen ganzen Körper

umgeben. Er flüsterte wieder vor sich hin: „Jule, hörst du mich? Wir werden das gemeinsam durchstehen, verstehst du? Wir beide sind wie die Glieder der kleinen Goldkette um meinen Hals, die das Kreuz festhalten. Wir gemeinsam, du und ich!“
Al legte sich auf die Seite und ein seltsam wohliger Schlaf erfasste ihn. Als er wieder aufwachte, setzte er sich irgendwie gestärkt auf den Rand der Pritsche und faltete die Hände vor seinem Gesicht. Stunden vergingen, Stunden in denen Al nichts anderes tat als zu beten, als zu versuchen, gedanklich mit Jule zu kommunizieren, bis er irgendwann wieder einschlief.
Erst ein brummendes, dann scharf zischendes Geräusch beendete einen wirren aber seltsam hellen und warmen Traum. Die Dunkelheit hatte sich wieder in die grelle Helligkeit der Neonröhre verwandelt. Die Tür klackte und es wurde ein Teller mit einem kaum definierbaren Brei, einer Art Eintopf, durch den Schlitz geschoben, dazu eine Plastikflasche mit Wasser und ein Plastik-Esslöffel. Seine Kehle war staubtrocken, sodass er das Wasser erst einmal zügig leerte. Der Inhalt des Eintopfes bestand aus passiertem Gemüse und passiertem Fleisch, keine Gewürze, etwas Salz, das war‘s. Er spürte kaum Hunger, dachte jedoch, dass es besser wäre, etwas zu essen. Für einen Moment schoss es ihm, wie damals im Gefängnis in Rom, durch den Kopf, dass das Essen vielleicht vergiftet wäre. Verhungern war jedoch auch keine Alternative und so schlang er den Brei hastig runter. Den leeren Teller und die leere Flasche stellte er auf die kleine Ablage vor den Türschlitz und wenig später wurde alles wieder nach draußen gezogen. Es dauerte nur wenige Minuten, dann wurde das Licht wieder gelöscht, wieder war es stockdunkel. Auch nach längerer Zeit konnte er die Hände vor seinen Augen nicht erkennen. Aber er hatte etwas, an das er sich klammerte, Jelenas Kreuz, das ihm Trost verschaffte, mehr Trost, als er es vorher für möglich gehalten hatte, vorher, in guten Zeiten. Die kurzen Episoden mit grellem Licht und den immer gleichen

Mahlzeiten wiederholten sich mehrfach. Nach einiger Zeit hörte er auf zu zählen. Er begann, sich wieder zu bewegen, einige Liegestützen, ein paar Kniebeugen zu machen. Er musste bei Kräften bleiben, das war wichtig. Wie lange das so gehen würde und wie lange er diese Eigendisziplin aufrecht halten könnte, wusste er nicht, aber irgendwann würden sie ihn hier rausholen, ihn befragen, ihn vielleicht auch foltern, um ihn dann wieder einzukerkern. Wie lange könnte ein Mensch das aushalten? Und dann dachte er wieder an Jule und die anderen im Institut, dachte an Jelena, Olga und die anderen Mädchen, denen er etwas versprochen hatte. Sein Kopf dröhnte, er hatte einen furchtbaren Traum gehabt, der sich zum Glück rasch in einen undefinierbaren Nebel auflöste, als plötzlich die Tür krachend und von einem großen Schlüsselbund klirrend aufgeschlossen wurde.

„Steinhoff, kommen Sie!" Eine schroffe Stimme mit slawischem Akzent durchschnitt die sonst so erdrückende Stille. Er wurde durch einen langen, düsteren Gang geführt. An den Wänden lagen kahle Rohre und zahlreiche Kabel unterschiedlicher Dicke. In regelmäßigen Abständen hingen halb verrostete Metallschilder mit kyrillischen Schriftzeichen, die oft auf etwas hinwiesen, auf etwas Gefährliches, so schien es, etwas, das man nicht berühren sollte. Er wurde in einen dunklen, fensterlosen Raum gestoßen. Ein finster wirkender Mann saß auf einem einfachen Stuhl hinter einem massiven Tisch und wies Al an, sich auf dem davor stehenden Stuhl niederzulassen. Aus der hintersten Ecke des kahlen Raums schälte sich eine weitere Person aus der Dunkelheit, deren Gesichtszüge er nur erahnen konnte. „Sind Sie Albert Steinhoff?" Der Mann blätterte mit mürrischem Gesichtsausdruck in Als Reisepass. Auf dem Tisch lag Jules USB-Stick wie ein erdrückendes Beweisstück, das ihm jetzt zum Verhängnis werden sollte. Bislang war Al gelassen. Jetzt

spürte er wieder Angst aufkommen. Möglichst unauffällig ertastete er das kleine Kreuz und drückte es sanft auf seine Brust.
„Ja", flüsterte Al mit trockener Kehle.
„Lauter, ich kann Sie nicht verstehen! Und antworten Sie mit ganzen Sätzen, verstanden?", brüllte der Mann. Dabei löste sich ein Tropfen Speichel von seiner Lippe und landete genau zwischen ihnen, was den Mann jedoch kaum beeindruckte. Mit einem lauten Krachen ließ er seine fleischige Hand auf dem schaumigen Tropfen landen und verteilte ihn gleichmäßig rührend auf dem Tisch, sodass am Ende nur noch eine trockene Schliere übrig blieb.
„Ja, mein Name ist Steinhoff, Albert Steinhoff."
Der Mann lehnte sich mit süffisantem Lächeln zurück, als habe er soeben im Duell des Verhörs seinen ersten Sieg errungen.
„Na also, geht doch. Und nun ich gehe davon aus, dass wir, ich meine, dass Sie kooperieren werden, nicht wahr?" Al blickte ihn versteinert an und versuchte, keine Regung zu zeigen. „Sie wissen ja sicher, was auf dem Spiel steht, Steinhoff. Wenn Sie lügen oder etwas verschweigen ..." Er rieb sich mit der rechten Hand über das schlecht rasierte Kinn und überließ es Al, sich die schlimmsten Konsequenzen auszudenken. „Also, Steinhoff, waren Sie im Institut?" Al zuckte zusammen. Für einen kurzen Moment dachte er daran, die Wahrheit zu sagen. Dann kamen ihm Jelenas warnende Worte in den Sinn und er antwortete leise. Dabei versuchte er, möglichst gelassen zu wirken. „Institut? Ich weiß nicht, wovon Sie reden."
Der Mann sprang auf, knallte erneut seine flache Hand auf den Tisch und brüllte dicht vor Als bleichem Gesicht. „Lügen Sie nicht, Steinhoff, wir haben Zeugen." Wieder löste sich ein Speicheltropfen von seinen Lippen. Diesmal landete dieser jedoch auf Als rechter Wange. Der Mann setzte sich wieder auf seinen Stuhl und schaute Al triumphierend an. „Wir haben Beweise, Steinhoff, dass Sie im Institut waren."

Al versuchte kein Wort zu sagen, sein Augenlid zuckte vor Nervosität. „Noch mal, waren Sie im Institut, Steinhoff?"
Al blickte ihn versteinert an und antwortete leise. „Ich weiß nicht, wovon Sie reden." Der Mann seufzte und spitzte dabei seine Lippen, als habe Al soeben seine letzte Chance vertan, und als wollte er nun jeden Moment sein Folterinstrumentarium auspacken. Dabei nickte er dem Mann in der Ecke zu. Al spannte alle seine Muskeln in der Erwartung an, im nächsten Moment einen schmerzhaften Schlag irgendwo an einer empfindlichen Stelle seines ohnehin schon geschwächten Körpers zu spüren. Stattdessen ging der Mann aus der Ecke an ihm vorbei zur Tür, öffnete sie mit einem großen Schlüssel und verschwand dahinter.
„Gut, Steinhoff, wenn Sie nicht kooperieren wollen, dann werden wir Ihnen mal jemanden vorstellen, den Sie gut kennen. Vielleicht können Sie sich dann erinnern? Aber vergessen Sie nicht, Steinhoff, mit jeder Lüge, die Sie uns hier auftischen, wird die Strafe nachher umso länger. Wir Russen können da sehr kreativ sein, haben Sie verstanden?"
Im nächsten Moment wurde eine weitere Person in den Raum gestoßen, die jämmerlich stöhnte und sich gerade noch mit beiden Händen auf den Tisch abstützen konnte. Al erschrak, als er in Pittis gequältes Gesicht blickte. Ein blaues Auge und dunkler Schorf an der rechten Augenbraue zeugten von einem heftigen Schlag. Al schoss es durch Mark und Bein, dass Pitti nun die beste Chance hatte, sich für die beiden Schläge, die er ihm im Freudenhaus versetzt hatte, zu revanchieren. „Also, Steinhoff, haben Sie diesen Mann schon einmal gesehen?" Al überlegte fieberhaft. Vermutlich stand jetzt Aussage gegen Aussage, aber Jelenas Warnungen klangen ihm nach wie vor in den Ohren.
Al holte tief Luft, räusperte sich und sagte mit bestimmter Stimme. „Nein, ich kenne diesen Mann nicht. Ich habe ihn noch nie gesehen." Al wusste, dass er nicht gerade zimperlich mit Pitti um-

gegangen war. Pitti hatte also allen Grund, ihn zu verpfeifen. Der Mann hinter dem Tisch spitzte genüsslich den Mund, als erwarte er jetzt seinen zweiten erfolgreichen Treffer.

„Gut, Steinhoff, dann fragen wir mal unseren Zeugen." Der Mann drehte sich zu Pitti um, der inzwischen auf einem weiteren aus der dunklen Ecke herbeigezogenen Stuhl Platz genommen hatte. „Also, Pitti, Sie haben zu Protokoll gegeben, dass an jenem Morgen anstatt einer Prostituierten ein verkleideter Mann zu Ihnen gekommen ist, in diesem ... na ja, Sie wissen ja ... in diesem Bordell." Der Mann blickte Pitti ernst in die Augen. Pitti öffnete langsam den Mund und schielte unsicher zu Al hinüber. Sein Gesicht war unterhalb der Nase gerötet, was noch von dem Klebeband herrühren musste, das ihm Al zweimal um den Kopf gewickelt hatte. An seinen Handgelenken waren rote Striemen zu erkennen. Die Kabelbinder hatten ihre Spuren hinterlassen. „War das so, wie Sie uns zu Protokoll gegeben haben?" Die Stimme des Mannes wurde lauter, dann brüllte er Pitti ungeduldig ins Gesicht „Reden Sie schon, Pitti. Statt dieser Jelena stand ein fremder Mann vor Ihnen, das war doch so, oder etwa nicht?"

Pitti zuckte eingeschüchtert zusammen. Er rieb sich die Handgelenke, die offenbar noch schmerzten. Wieder blickte er zu Al und flüsterte dann mit zitternder Stimme: „Ja, das stimmt. So war es."

„Wie war das? Bitte lauter, ich kann Sie nicht verstehen!", brüllte der Mann Pitti weiter an. Pitti räusperte sich und sagte dann lauter: „Ja, das stimmt, es kam ein Mann."

Der Wachmann lächelte triumphierend. „Also, geht doch, Pitti, es war also ein Mann, der da kam." Der Wachmann klopfte Pitti scheinbar freundschaftlich auf die Schulter und sagte mit betont normaler Stimme. „Und dieser Mann, wie sah er aus? Sah er zufällig so aus wie dieser Mann hier?" Der Wachmann deutete auf Al. „Überlegen Sie in aller Ruhe, wir sind nicht in Eile." Als Herz hämmerte gegen seine Brustwand, vermutlich würde er gleich sein Todesurteil hören. Mit zitternder Hand tastete er nach dem kleinen Kreuz. Pitti drehte sich zu dem Wachmann und öffnete den Mund. Er wollte etwas sagen, doch der Wachmann kam ihm zuvor, lächelte ihn wohlwollend an. „Nur die Ruhe, Pitti. Lassen Sie sich Zeit. Das ist der Mann, nicht wahr?“ Pittis starrer Blick traf Als Augen, dann drehte er sich zu dem Wachmann um und sagte mit bestimmter Stimme: „Nein, der Mann an jenem Morgen ... der sah ganz anders aus.“

Der Wachmann blickte wie vom Blitz getroffen auf. Wie von einer offenbar unerwarteten Antwort überrascht, riss er die Augen auf und lehnte sich zu Pitti und blickte ihm ganz dicht in die Augen. „So, der sah also ganz anders aus. Vorhin hatten Sie ihn aber noch genauso beschrieben wie diesen Mann hier, nicht wahr?“

Pitti runzelte die Stirn. „Das mag sein, aber bin mir ganz sicher, dies ist auf keinen Fall der Mann, der an jenem Morgen bei mir war.“

Wieder ließ der Mann seine Hand auf den Tisch knallen und brüllte: „Pitti, Sie lügen, sagen Sie, dass dies der Mann war, der bei Ihnen war!“ Pitti zuckte zusammen. Der Mann blickte ihn streng an. „Pitti, du weißt, wenn du hier lügst, dann ...“ Der Mann schnalzte mit der Zunge. Dann geht es dir schlecht, so richtig schlecht ... du weißt, was ich meine.“ Der Wachmann rückte seinen Stuhl dicht vor Pitti. Ihre Nasen berührten sich fast. Doch Pitti wirkte plötzlich irgendwie gelassen und sagte mit ruhiger Stimme: „Mein Name ist nicht Pitti, ich heiße Peter Schmidt.“

Der Wachmann blickte Pitti noch einen Moment wie versteinert an, dann drehte er sich um.

Als sich Pitti erhob, sprang der Wachmann von seinem Stuhl und schubste Pitti in Richtung Ausgang. Der Wachmann, der ihn zuvor hereingeholt hatte, schob Pitti aus der Tür, wo er offenbar wieder von anderen Wachmännern in Empfang genommen und abgeführt wurde. Dann wurde die Tür wieder lautstark geschlossen. Der Wachmann setzte sich sichtlich erregt mit hochrotem Kopf Al gegenüber. Eins zu eins, dachte Al und flüsterte leise: „Danke!"

Nach einer Weile erdrückender Stille atmete der Wachmann tief durch, als wollte er erst jetzt in die eigentliche Kampfrunde gehen. „Na gut, Steinhoff, dieser Pitti hat wohl im Suff sein Gedächtnis verloren, soll vorkommen. Aber es gibt Dinge, die ihr Gedächtnis nie verlieren, die immer die Wahrheit sagen." Wieder grinste er siegesgewiss Al entgegen. Diesmal hing kein Speicheltropfen an seiner Lippe und seine Stimme klang trocken und krächzend. „Also, Steinhoff, dann kommen wir doch mal hierzu, dieses Teil ..." Lächelnd nahm er den USB-Stick, auf dem schemenhaft das Gesicht von Juri Gagarin zu erkennen war. Während das Abbild des sowjetischen Helden anfangs, als Jule ihm den USB-Stick in die Hand gedrückt hatte, scheinbar freundlich lächelte, schien es ihm jetzt diabolisch entgegen zu grinsen. Der Wachmann schnalzte siegessicher mit der Zunge und drehte den USB-Stick triumphierend in seinen Fingern. „Dieses Teil, Steinhoff, hat uns einiges verraten. Also, gehen wir mal davon aus, dass Sie doch im Institut waren, auch wenn Sie das Gegenteil behaupten. Irgendjemand hat Ihnen dies hier überreicht, stimmt's?" Al schwieg, er wusste, dass auf dem Stick genügend Informationen waren, ihn der schweren Spionage zu beschuldigen und zu überführen. „Wir haben diesen Speicherstick in Ihrer Reisetasche gefunden. Können Sie mir irgendwie erklären, wie der da hineinkam?" Al schaute prüfend den USB-Stick an, der eindeutig von Jule stammte, und den ihm nun der Wachmann dicht vor das Gesicht hielt. Al holte tief Luft und stammelte: „Das ... das kann ich ihnen auch nicht sagen, ich sehe das Ding ..." wieder knallte die Hand des Manns auf den Tisch, bevor Al seinen Satz zu Ende sprechen konnte.

„Sie lügen schon wieder, Steinhoff, Sie lügen! Wissen Sie eigentlich, was auf schwere Spionage steht, insbesondere, wenn man sie nicht zugibt ... wenn man nicht einsichtig ist, so wie Sie, ... Steinhoff?“ Al zuckte mit den Schultern. „Steinhoff, das ist jetzt Ihre letzte Chance. Wer hat Ihnen dieses Ding gegeben? Vielleicht können wir dann ...“
Diesmal unterbrach ihn Al kaltschnäuzig: „Ich sagte Ihnen doch schon, ich habe dieses Ding noch nie zuvor gesehen.“ Der Wachmann riss die Augen auf, als wollte er in der nächsten Minute explodieren, drehte sich dann um, ging zur Tür und rief einen anderen Wachmann herbei. Al spürte den hasserfüllten Blick auf seinem Gesicht, blickte jedoch nicht auf.
„Das wird schlimme Konsequenzen für Sie haben und besonders auch für denjenigen, der Ihnen das Ding hier gegeben hat. Darauf können Sie sich verlassen, Steinhoff!“ Der Wachmann packte Al am Kragen und zerrte ihn dicht vor sein Gesicht. „Sie kommen jetzt zurück in Ihre Zelle und dort haben Sie Zeit, viel Zeit, noch mal nachzudenken. Und, Steinhoff, wenn Sie weiter lügen, dann ... in Sibirien ist es sehr kalt, verstehen Sie? Sehr, sehr kalt.“ Er stieß ihn von sich und Al stolperte rückwärts gegen seinen Stuhl, konnte sich aber gerade noch auf den Beinen halten. Dann zog ihn der andere Wachmann am Ärmel hoch und zerrte ihn wieder zurück zu seiner Zelle. Wiederholt stieß er dabei Al mit seinem Gewehrlauf in die Flanke. Sein Stöhnen bereitete dem Wachmann offenbar eine innere Genugtuung, auch als kleinstes Rad in dieser grausamen Maschinerie Macht ausüben zu können. Al stolperte in seine Zelle. Wenige Minuten später erlosch das Licht und er tastete sich zurück auf seine Pritsche.
Fragend und doch zuversichtlich schüttelte er den Kopf. Pitti hatte ihn nicht verraten, und das, obwohl er ihm ganz schön zugesetzt hatte. Warum tat Pitti das und riskierte dabei sogar noch schlimmere Haftbedingungen? Vielleicht ahnte er, dass mehr

auf dem Spiel stand, vielleicht seine Freiheit. Zumindest hatte er seine Selbstachtung nicht verloren.
Nachdenklich und immer noch beeindruckt erinnerte Al sich plötzlich an das versteinerte Gesicht des Wachmanns, als Pitti entgegnete, dass sein Name nicht Pitti, sondern Peter Schmidt sei. Das Fünkchen Hoffnung, das ihn zuvor noch erfasst hatte, als er Jelenas kleines Kreuz umklammerte, es loderte weiter, es wärmte ihn in den nächsten Stunden und Tagen, die nur in mehr oder weniger regelmäßigen Abständen von den kurzen Mahlzeiten im grellen Neonlicht unterbrochen wurden. Das Gefühl für Zeit hatte er längst verloren, nicht aber seine Hoffnung.

Irgendwo in einem russischen Gefängnis, August 2010

Das hohle Klappern großer Schlüssel verriet, dass diesmal nicht die kleine Klappe für die Mahlzeiten, sondern die Eisentür aufgeschlossen wurde. Al hatte neun Mahlzeiten gezählt. Vorausgesetzt, dass ihm etwa alle acht Stunden eine Schüssel durch den engen Schlitz geschoben wurde, hatte er also ganze drei Tage in seiner engen Zelle verbracht. Wie zuvor hatte er mit regelmäßigen Liegestützen und Kniebeugen versucht, den Schmerz zu vertreiben, den sein Körper nach einer unruhigen Schlafphase auf der steinharten Matratze quälte. Ein Wachmann gab ihm einen Befehl auf Russisch, aber Al wusste gleich, dass er aus der Zelle heraustreten und den Gang hinuntergehen sollte. Wieder erwartete er den Gewehrlauf in der Flanke, aber es passierte nichts. Ob es derselbe Wachmann war, der ihn auch beim letzten Mal den Gang hinunter schob, wusste er nicht. Irgendwie sahen sie alle gleich aus in ihren Uniformen, namenlos, gesichtslos, beliebig austauschbar. Nur den Wachmann im Verhörzimmer erkannte er sofort wieder.

Seinen hämisch grinsenden Gesichtsausdruck hatte er diesmal gegen eine blasse, gleichgültig wirkende Fassade eingetauscht. Wortlos bedeutete er Al, sich ihm gegenüber auf dem Stuhl niederzulassen.

Al blickte ihn forschend an und versuchte krampfhaft, bereits im Vorfeld des Verhörs zu erkennen, wie diesmal seine Chancen standen. Auf dem Tisch stand seine Tasche, daneben lag Jules USB-Stick. Der Mann atmete tief ein und aus, während er in Als Reisepass blätterte. Mit verkniffenen Augen blickte er Al an und sagte dann mit trockener Stimme: „Steinhoff, sind Sie Albert Steinhoff?“ Al brachte nur ein heiseres tonloses „Ja“ heraus, korrigierte sich dann jedoch rasch in Erinnerung an das letzte Verhör. „Ja, mein Name ist Albert Steinhoff.“ Sein Herz fing an zu hämmern. So fühlte es sich also an vor der Urteilsverkündung, vor dem endgültigen Urteil. Das Gesicht des Mannes verriet nichts Gutes. Wenn er Glück hatte, dachte Al fast betäubt, dann waren es nur wenige Jahre Arbeitslager. Das könnte er überstehen, aber mehr? Was war überhaupt mehr oder weniger in Sibirien? Wieder blätterte der Mann in Als Reisepass. Dann warf er das Dokument mit einem Ausdruck von Gleichgültigkeit vor Al auf den Tisch.

„Sie können gehen, Steinhoff.“ Al versuchte sich nichts anmerken zu lassen, als sein Herz anfing zu rasen. War das ein Trick, eine Falle, ihn doch zum Reden zu bringen, vor lauter Dankbarkeit doch andere und am Ende sich selbst zu verraten? Der Mann beobachtete scharf seine Reaktion, stand dann auf und öffnete Als Tasche. Er entleerte den Inhalt auf dem Tisch. Prüfend nahm er ein Teil nach dem anderen in die Hand, fragte Al, ob das ihm gehöre, und steckte diese wieder zurück in die Tasche. Al kommentierte dies jedes Mal mit einem heißeren „Ja, das gehört mir.“ Die Armbanduhr überreichte er Al widerwillig, vermutlich hätte er sie am liebsten selbst eingesteckt.

Sie zeigte Viertel nach neun, ob morgens oder abends, wusste Al nicht. Seit er hier im Gefängnis saß, hatte er kein Tageslicht mehr gesehen. Erst jetzt wurde ihm bewusst, wie sehr er sich nach der Sonne, nach frischer freier Luft sehnte. Zuletzt hielt ihm der Wachmann sein Portemonnaie entgegen.
„Kein Geld, Herr Steinhoff ... sind Sie ohne Geld gekommen, oder hat Ihnen das diese Schlampe auch geklaut, bevor sie ..." Der Wachmann zögerte einen Moment, ob er das ausplaudern sollte, entschied sich dann jedoch, weiter zu reden. „Bevor sie sich aus dem Staub gemacht hat?"
Al räusperte sich. „Ich kann mich nicht genau erinnern. Viel war nicht drin."
Der Mann lachte verhohlen. „Viel war nicht drin? Wenn ich Sie wäre, Steinhoff, dann würde ich diese verdammte Schlampe nicht decken." Verkniffen schaute er Al in die Augen. Offenbar hatten sie Jelena bisher nicht erwischt. Allerdings wusste Al nicht, was er davon halten sollte, dass sein Geld und Karins Pass weg waren. Hatte sich Jelena tatsächlich einfach aus dem Staub gemacht und Al seinem Schicksal überlassen? Noch bevor er sich einen Reim darauf machen konnte, stützte sich der Mann auf seine Hände und beugte sich weit nach vorn.
„Das wäre für Sie beinahe ins Auge gegangen, Steinhoff." Er schüttelte den Kopf und setzte sich dann langsam wieder hin. Dann stützte er seine Ellbogen auf die Lehnen und faltete die Hände vor seinem Gesicht. Dabei massierte er mit beiden Daumen sein unrasiertes Kinn, was erneut dieses seltsam reibende Geräusch verursachte. Starr und fragend blickte er Al in die Augen. „Und Pitti, den hätte es auch fast erwischt. Arme Sau, dieser Pitti. Man hatte ihn gefesselt und geknebelt. Na ja, vielleicht wollte er das ja so. Kleine perverse Spielchen ... Sie verstehen." Dabei ließ er seine Zunge an der Wangeninnenseite entlang gleiten, als ob ihn der Gedanke an so manche eigene

kleine perverse Spielchen gerade stimulierten. „Diese Jelena ...“, der Mann schüttelte den Kopf, offenbar hatte er schon Bekanntschaft mit ihr gemacht. „Sie hat Pitti eingeredet, er solle sagen, dass ihm dies ein Mann aus Deutschland, so eins achtzig groß mit schwarzen Haaren angetan hätte. Vermutlich, um Zeit zu gewinnen ... verdammt gerissenes Luder.“ Der Mann schüttelte erneut den Kopf, als habe er sogar Hochachtung vor Jelenas Stolz und Klugheit. Al versuchte, keine Miene zu verziehen. „Und dann, Steinhoff, dann hat sie nicht nur Ihnen das Geld geklaut, sondern auch noch dieses Ding hier zugesteckt.“ Der Mann griff nach dem USB-Stick. „Das sah dann alles so aus, als seien Sie im Institut Juri Gagarin gewesen ... verdammt gerissen ... und hat Sie, Steinhoff, mit Spionage belastet. Und wir wären fast drauf reingefallen.“ Al schwieg weiter und blickte ausdruckslos zur Tür. Der Mann räusperte sich und blickte Al erneut mit verkniffenen Augen an. „Und, Steinhoff, wollen Sie diese Schlampe immer noch decken? Wenn Sie wissen, wo sie ist, dann ... na ja, Steinhoff, man könnte sich ja erkenntlich zeigen, nach all den Strapazen hier. Sie verstehen, was ich meine?“ Al räusperte sich, während der Mann mit einer Hand leise aber ungeduldig auf den Tisch klopfte. Al blickte ihn an und versuchte erneut, keine Miene zu verziehen. Im Gegensatz zu Karin war der Mann vor ihm offenbar nicht in der Lage, seine Gedanken zu lesen, was Al schon beim ersten Verhör beruhigt hatte.

„Ich ... ich glaube, ich kann Ihnen da nicht weiter helfen.“ Erneut ließ der Mann seine Hand krachend auf die Tischplatte donnern, sodass Al zusammenzuckte. Sollte es doch ein Trick, ein neues Verhör gewesen sein? Zum Glück habe ich nichts verraten, dachte Al, und schaute dabei sein Gegenüber starr und nichtssagend in die Augen.

„Können oder wollen Sie uns nicht helfen, Steinhoff?“

Al räusperte sich und ergänzte ohne weitere Regung. „Wie gesagt, ich fürchte, ich kann Ihnen nicht helfen ... das ist alles."
„Na gut, Steinhoff, wir werden sie ohnehin finden, diese verdammte Schlampe. Mit ein paar Mäusen und ohne Pass kommt sie sowieso nicht weit und dann ...", wieder schnalzte der Wachmann süffisant mit der Zunge. Dabei hing ihm erneut ein Tropfen Speichel im Mundwinkel. „Ich denke, es wird kaum jemanden geben, der ihr nachtrauern wird." Al zuckte es durch die Knochen. Wie wenig ist doch hier ein Menschenleben wert, dachte er entsetzt über das makabre Schauspiel des Wachmannes vor ihm. „Hier, nehmen Sie Ihre Tasche, Steinhoff. Sie bekommen noch mal eine Haube übergezogen und werden zum Flughafen gefahren. Dort setzt man Sie in eine Maschine nach Deutschland, und versuchen Sie nicht, es sich anders zu überlegen. Noch mal, Steinhoff, noch mal kommen Sie nicht davon."
Der Mann stand auf und ging zur Tür, drehte sich aber noch mal um. Er nahm Jules USB-Stick und warf ihn Al zu. „Hier, Steinhoff, schenk ich Ihnen." Er schüttelte den Kopf. „Russische Folklore, als kleine Erinnerung." Dann verließ er kopfschüttelnd den Raum. Al atmete auf, nahm den USB-Stick und steckte ihn in die Hosentasche. Dann stand er auf, nahm seine Tasche, und folgte dem Wachmann, der ihn aus der Zelle geholt hatte, aus der Tür. Wieder wurde ihm eine dunkle Mütze über den Kopf gezogen und er anschließend über einen langen Gang geschoben. Wieder öffneten sich, begleitet von dem klirrenden Geräusch eines großen Schlüsselbunds, zahlreiche Türen, bis Al endlich kühle Luft einatmete. Ein dünner Schimmer hellen Sonnenlichts zwängte sich durch die engmaschigen Poren der Mütze und ließ ihn aufatmen. Es ist offenbar Vormittag, und wenn alles gut geht, bin ich noch heute Abend wieder in Deutschland, dachte er erleichtert.

Kurz vor dem Flughafen nahm man ihm die Kapuze ab, und Al sah dankbar die vielen Menschen, die sich teils langsam schlendernd, teils hektisch und eilig durch die großen gläsernen Eingangstüren des Terminals schoben. Die beiden Männer, die ihn begleiteten, waren in Zivil. Offenbar wollte man nicht auffallen. Sie zeigten an einigen Türen ihre Ausweise und wurden dann anstandslos bis zum Gate der Lufthansa-Maschine nach Frankfurt am Main vorgelassen. Sie behielten Al im Auge, bis er nach dem ersten Aufruf hinter der letzten Kontrolle auf dem Übergang zur Maschine verschwand.

„Herzlich willkommen!", strahlte ihm eine freundlich lächelnde Flugbegleiterin entgegen. Kurz zuvor hatten ihm die Männer noch einen Boardingpass ausgehändigt, auf dem „Reihe 25 Platz A am Fenster" zu lesen war. Er verstaute seine Tasche im Gepäckfach, kauerte sich auf seinen Sitz und starrte aus dem Fenster. Erst jetzt traute er sich, nachzudenken, zu überlegen, wie alles gekommen war. Jelena hatte recht behalten. Nur nichts zugeben, einfach die Klappe halten und wenn man Glück hatte ... Al hatte Glück, oder war es mehr als einfach nur Glück? Wieder taste er nach dem kleinen Kreuz an seiner Brust, das ihn durch einen der dunkelsten Momente in seinem Leben begleitet hatte.

Trotzdem dachte er besorgt an all die Menschen, die er jetzt zurücklassen würde. Menschen, die ihr Leben für ihn riskiert, Schmerz und Schande für ihn erduldet hatten. Und jetzt? Nichts hatte er erreicht. Jule saß immer noch fest, Jelena war auf der Flucht, und das vermeintliche Beweisstück, der USB-Stick, war vollkommen wertlos. Al kramte ihn aus der Tasche. Warum nur hatte Jule ihm einen Stick mit russischer Folklore ausgehändigt? Ahnte sie bereits, dass er es nicht schaffen konnte? War das nur ein Trick, ihn davon zu überzeugen, wieder nach Deutschland zurückzukehren und nicht die Rollen

zu tauschen, wie es Al vorhatte? Zumindest lebte Jule, das war ein großer Trost, und vermutlich hatte man nichts von seinem Eindringen ins Institut bemerkt, zumindest so lange nicht, bis vielleicht einer reden würde. Nur, wer sollte jetzt noch reden? Jule ganz bestimmt nicht. Vielleicht Pitti? Nein, Pitti sicher auch nicht, nachdem er ihn bereits beim Verhör nicht verraten hatte. Vielleicht hätte er ihn einweihen sollen, gleich von Anfang an. Aber wie hätte man sich sicher sein können, dass Pitti nicht in Panik geraten wäre. Wenn er Al im alkoholisierten Zustand gleich verpfiffen hätte, dann hätte er sich als Häftling in einem gottverlassenen, russischem Lager nie davon überzeugen können, dass Jule wirklich noch lebte. Auch Jule hätte nie erfahren, dass er nicht in dem Autowrack verbrannt war.
Wer könnte ihn noch verraten? Die Frau am Eingang, Susanne Schulz, die ihn anschaute, als wäre er der leibhaftige Messias? Die hätte ihn schon viel früher verpfeifen können, und vor allem sah sie ja in Al vielleicht die baldige Rettung. Und dann Olga, mein Gott Olga, dachte Al traurig. Sie hatte sich dem perversen Wachmann mutig entgegengestellt, hatte ihm, Al, damit das Leben gerettet, ohne ihn überhaupt zu kennen. Olga wäre die Letzte, die ihn verpfeifen würde. Und schließlich noch Jelena? Wo war Jelena? In letzter Minute war sie aus ihrem Apartment geflohen, hatte noch sein Geld mitgehen lassen und Karins Pass. Wer weiß, wo die jetzt steckt, dachte Al traurig. Ohne ihre Hilfe und ohne ihre Goldkette säße er vermutlich jetzt nicht im Flugzeug nach Deutschland, und vor allem wüsste er nicht, dass Jule noch lebte.
Im nächsten Moment quetschte sich ein stark übergewichtiger Mann in den Platz B, sodass die ganze Sitzreihe wackelte. Seine speckigen Arme quollen über die Armlehne zu Al hinüber, der bei dem weichfederndem Anrempeln aus seinen Gedanken gerissen wurde. „Oh Entschuldigung ... geht's so?" Ein breites und

freundlich lächelndes Gesicht blickte zu Al hinüber. Wie ärgerlich, dachte Al im ersten Moment, ob der nicht woanders sitzen kann? Der Mann blinzelte verlegen. „Es tut mir sehr leid, dass Sie ... na ja, dass Sie neben mir sitzen müssen. Ich versuch, mich so gut es geht ..."
Al ärgerte sich über seine erste Reaktion, da der Mann ihm jetzt mehr als freundlich entgegen lächelte. Er versuchte, die Situation zu entspannen. „Geht schon, hab noch Platz zum Fenster hin." Erneut zog ein breites Lächeln über das Gesicht des übergewichtigen Mannes, der seufzend versuchte, sich in der Mitte seines für ihn viel zu engen Sitzes zurechtzufinden. Erst jetzt wurde Al klar, dass er sich seit sicher über einer Woche nicht mehr gewaschen hatte, und dass es wohl eher er selbst wäre, der sich aufgrund seines strengen Körpergeruchs entschuldigen müsste. „Sehr angenehm, Siegental." Der Mann hielt ihm seine Hand hin.
Al lächelte verlegen. „Ganz meinerseits, Steinhoff." Damit war die Konversation erst mal beendet. Er quetschte sich wie versprochen weiter zum Fenster hin und versuchte, seinen Gedankenfaden wieder aufzugreifen. Er kratzte sich am Hals und blickte auf seine schwarz geränderten Fingernägel, die er so gut wie möglich vor seinem Nachbar verbarg, der immer mal wieder lächelnd zu ihm hinüber blickte, offenbar dankbar, einen für seine Körperfülle unproblematischen Sitznachbarn gefunden zu haben. Al griff in seine Hosentasche und fischte erneut den USB-Stick hervor. Russische Folklore, dachte er nachdenklich. War das nicht auch Jelenas Lieblingsmusik? Das machte alles keinen Sinn. Trotzdem, wenn sich die von Jule beschriebenen Informationen darauf befunden hätten, dann säße er jetzt nicht im Flieger nach Deutschland, sondern nach Sibirien. Als der dicke Mann sich plötzlich zu ihm umdrehte, ließ er rasch den USB-Stick in seiner Tasche verschwinden.

„Urlaub?"
„Nicht ganz", erwiderte Al, „eher geschäftlich."
„Ah, geschäftlich, interessant, darf man fragen, in welcher Angelegenheit."
Al wollte nicht unhöflich sein, dem Unbekannten aber auch keine Details verraten, und platzte spontan heraus: „Steine, seltene Stein."
„Ah, deswegen Steinhoff, Nomen est Omen." Der Mann lachte amüsiert und dabei wackelte die ganze Sitzreihe. Er merkte, dass Al ihn dabei eher schief anschaute. „Oh tut mir leid, ich wollte Sie nicht kränken, aber das passte gerade so schön, Steine und Steinhoff. Nichts für ungut. Wissen Sie, ich bin Schriftsteller und da denkt man halt viel über solche Wortspiele nach."
Der Mann zuckte mit den Schultern und vertiefte sich in die aktuelle Lufthansa-Broschüre. Al schüttelte nachdenklich den Kopf. Steine, dachte er, wie kam er nur auf diese seltsame Ausrede? Vermutlich lag es an den verdammten blauen Kugeln, die sprichwörtlich alles in Rollen gebracht hatten. Al grinste, vielleicht sollte er es auch mal als Schriftsteller probieren. Genug Stoff zum Schreiben hatte er ja.
Den Rest des Fluges verbrachte er schweigend zusammengekauert und dicht an das Fenster gequetscht. An Schlaf war nicht zu denken, da sein Nachbar immer wieder laut und feucht rasselnd aufschnarchte und erst wieder wach wurde, als das Flugzeug holprig in Frankfurt aufsetzte. Auf dem Weg nach draußen wünschte der übergewichtige Mann Al noch lächelnd viel Glück. „Alles Gute mit den blauen Kugeln", rief er Al noch zu und verschwand in der anonymen Menge des Flughafenterminals.
Das Geld in seinem Portemonnaie sollte gerade noch für ein Taxi zu seiner Wohnung in Frankfurt-Niederrad reichen und so entschied Al kurzer Hand, sich tatsächlich ein Taxi zu nehmen.

Er dachte noch mal über den übergewichtigen Mann nach. „Alles Gute mit den blauen Kugeln" hatte er ihm beim Weggehen gewünscht. Woher wusste er von den blauen Kugeln, oder hatte er sich nur verhört? Wahrscheinlich bin ich übernächtigt und fange an, zu halluzinieren, dachte Al und überlegte, wie er ohne Schlüssel in seine Wohnung kommen sollte. War es überhaupt klug, zu seiner Wohnung zu fahren? Der letzte Überfall lag nicht lange zurück. Inzwischen waren jedoch mehr als drei Wochen seit seiner Flucht nach Russland vergangen. Offenbar hatte er doch länger in der russischen Zelle gesessen, als er durch das Zählen der Mahlzeiten erahnen konnte.
Jetzt fiel es ihm brandheiß wieder ein. Wo würden Karin und Nadjeschda sein, vielleicht immer noch in Italien? Al beschloss, allen Warnrufen zum Trotz erst einmal in seine Wohnung zu gehen und von dort aus vielleicht später oder am nächsten Tag zu seinen Eltern zu fahren. Sicher war es auch wichtig, möglichst bald Jules Eltern aufzusuchen, um ihnen von Jule zu berichten. Was die deutschen Behörden anbelangte, würde ihm Jules USB-Stick jetzt kaum behilflich sein, und seine abenteuerliche Geschichte im ehemals ehrwürdigen Institut Juri Gagarin, das jetzt als Gefangenenlager für verschleppte Wissenschaftler diente, würde ihm sowieso keiner abnehmen. Resigniert blickte er aus dem Fenster des Taxis in einen regnerischen Augusthimmel, in dem immer wieder Flugzeuge wie aus dem Nichts in den Wolken auftauchten und über ihn hinweg donnerten.
Das Taxi näherte sich seiner Wohnung. Es sah alles aus wie früher, Kinder sprangen über die Straße, ausgelassen zurück aus der Schule und aus dem Kindergarten kommend. Ältere Leute unterhielten sich an der Ecke. Männer in dunkelgrauen Anzügen eilten mit dem Handy in der Hand bei Rot über die Fußgängerampel. Keine Auffälligkeiten, zumindest keine, die

an Alighieri, Krastchow oder seine Schergen denken ließen. Inzwischen, dachte Al fast erleichtert, ist Gras über alles gewachsen, und vielleicht sitzen Karin und Nadjeschda mit Olli zusammen bei einem seiner überteuerten Weine und erwarten meine Rückkehr. Die Tür zur Straße war nur angelehnt, was die Hausgemeinschaft immer ärgerte, aber jetzt sein Glück war, um nicht bereits hier unten die Nachbarn anklingeln zu müssen. Langsam schlich er die Treppen zum dritten Stock hoch. Noch immer spürte er die Schmerzen in seinen Gliedern. Die dreiwöchige Kerkerhaft steckte ihm noch in den Knochen und sicher nicht nur in den Knochen. Daran würde er noch eine Weile zu knabbern haben.

Da er wusste, dass kein Haustürschlüssel in der Tasche war, offenbar hatte den Jelena ebenfalls mitgenommen, klingelte Al bei Olli. Verdammt, dachte er, keiner öffnet und bis Olli von einer seiner Touren zurückkommt, kann es einige Tage dauern. Er überlegte, den Schlüsseldienst zu bestellen, als er merkte, dass seine Wohnungstür nur angelehnt war. Sofort beschlich ihn ein ungutes Gefühl. Er spürte sein Herz rasen. Sollte er zur Polizei gehen? Doch was könnte er dort sagen? Dass seine Tür angelehnt war und vielleicht ein Dieb gerade dabei war, seine Bude auszuräumen? Es war totenstill und Al beschloss mit hämmerndem Herzen, seine Wohnung zu betreten. Im Flur blieb er stehen. Nichts rührte sich, kein Licht, kein auffälliger Geruch, kein Geräusch, nichts, was darauf hinweisen könnte, dass noch jemand in der Wohnung wäre. Al verschloss die Tür und bemerkte, dass das Schloss von innen ausgebrochen war. Also doch ein Einbruch, aber der Dieb musste bereits über alle Berge sein. Vorsichtig betrat er das Wohnzimmer, stellte seine Tasche auf den Küchentisch, als hinter ihm eine bekannte Stimme die Stille durchschnitt. „Willkommen in der Heimat, Steinhoff."

Frankfurt am Main, August 2010

Al blieb wie versteinert stehen. Er traute sich nicht umzublicken, er wusste ja bereits, wen er dort sehen würde. „Alighieri, Sie ..."

„Setzen Sie sich, Steinhoff!", unterbrach ihn Alighieri schroff, „oder darf ich Al sagen. Alle Freunde dürfen doch Al sagen, nicht wahr?" Al sagte nichts, drehte sich langsam um und sah Alighieri mit überkreuzten Beinen auf seinem Sofa sitzen. Ein Pistolenlauf zeigte bedrohlich in seine Richtung.

„Nehmen Sie Platz, Al, ist ja schließlich Ihre Wohnung." Alighieri grinste überheblich.

Als Knie zitterten und er war froh, dass er sich auf einem der beiden Küchenstühle niederlassen konnte. „Das mit der Selbstbefreiung in Argentinien, das war ... nun ja, alle Achtung, Al. Aber jetzt ist endgültig Schluss." Al blickte nervös in den Lauf der Pistole. Es war ja nicht das erste Mal, dass eine Pistole von Alighieri oder seinen Männern auf ihn gerichtet war. Jetzt gab es jedoch keine Möglichkeit zur Flucht. Selbst wenn er aufsprang und zur Tür hechtete, würde ihn Alighieris Schuss zielsicher in den Rücken treffen. Er musste also auf Zeit spielen. Vielleicht ergab sich eine noch ungeahnte Chance.

„Alighieri, bevor Sie mich abknallen ... warum wollen Sie das überhaupt tun? Was haben Sie davon?"

„Ganz einfach, Al, Sie wissen zu viel. Das könnte für uns gefährlich werden. Sie haben Ihre Nase zu weit hineingesteckt und dann ... Bumm."

Al zuckte zusammen, als Alighieri eine Handbewegung machte, als wollte er abdrücken. Al versuchte, gefasst zu wirken. Im Inneren merkte er jedoch das bekannte Panikgefühl aufsteigen. Er versuchte erneut, Alighieri in ein Gespräch zu verwickeln. „Es geht um die blauen Kugeln, nicht wahr?"

„Schlaues Kerlchen und das ... genau das ist ihr Tod. Ein schöner Tod, glauben Sie mir. Man merkt nicht viel ... einfach nur Bumm." Wieder machte Alighieri eine Handbewegung, als wollte er abdrücken. „Sie sind ein zäher Bursche Al. Erst sollten meine Männer Sie abknallen, damals in Italien, als Sie meine Klinik aufsuchten, tja und dann habe ich Ihnen einen romantischen Tod zusammen mit Ihrer Schwester gönnen wollen, oben in den Anden. Sie können ganz schön undankbar sein, genauso wie dieses kleine Flittchen, diese Jule."

Bei dem Namen Jule zuckte es Al durch Mark und Bein. Wusste Alighieri von Jules Versuch, Informationen nach draußen zu schmuggeln, auch wenn es sich im Nachhinein nur um russische Folklore handelte?

„Warum Jule, was hat sie Ihnen getan, Alighieri?"

„Was sie getan hat, Al? Nun ganz einfach, sie hat sich nicht an die Vereinbarungen gehalten. Leider hat sie eine große Entdeckung gemacht, eine sehr große, wissen Sie. Als Krastchow mir davon erzählte, gab es nur zwei Möglichkeiten."

„Krastchow?" Al wusste längst, dass Krastchow mit unter der Decke steckte, machte jedoch ein Gesicht, als sei ihm das komplett unbekannt.

„Wissen Sie, Al, die italienische und die russische Mafia sind sich normalerweise nicht so wohlgesonnen, um das mal vorsichtig auszudrücken. Aber hier ..." Alighieri schnalzte mit der Zunge, „geht es nicht nur um Geld, nicht nur um viel Geld, hier geht es um Macht. Nicht irgendeine Macht, hier geht es um die Weltmacht. Diese Juliette Camus hat wirklich eine bemerkenswerte Entdeckung gemacht, sie hat eine Lösung gefunden, wie das ganze Energieproblem der Erde ganz einfach gelöst werden könnte. Kein Öl, kein Gas, keine Atomkraft, keine dämlichen Propeller oder Solarplatten, die die Umwelt verschandeln, nein, einfach nur ein paar blaue Kugeln, die dies alles überflüssig machen."

„Und dann haben Sie sich Jule und die blauen Kugeln unter den Nagel gerissen und wollen damit die Welt beherrschen?“

„Ja, genau, und dann kommt Batmann Steinhoff und macht alles zunichte, wollten Sie das nicht sagen? Nein, so nicht, Al, das wäre doch viel zu einfach. Und außerdem verdienen wir im Moment ganz gut am Gas und am Öl. Stellen Sie sich mal vor, diese ganze Industrie bräche zusammen. Wenn die Aktien vieler Millionen Kleinanleger plötzlich wertlos wären, wenn Millionen von Menschen, die in der Gas- und Ölindustrie arbeiten, plötzlich arbeitslos wären, kein Geld mehr verdienen, nicht mehr wüssten, wie sie ihre Familie ernähren sollen. Das gäbe eine Revolution, das gäbe Krieg, Millionen von Toten. Nein, Al, das wollen Sie doch nicht wirklich, oder?“

Al schüttelte angewidert den Kopf.

„Aber sehen Sie, Al, es wird der Tag kommen, und den werden Sie leider nicht mehr erleben, aber ich werde ihn erleben. Ich meine den Tag, an dem es kein Öl und kein Gas mehr geben wird, verstehen Sie, einfach Puff, einfach weg ... ja, und dann? Dann haben wir ein wunderbares Institut ins Leben gerufen, benannt nach dem legendären Juri Gagarin. Schon der Name steht für höchste Moral, finden Sie nicht auch? Dort haben wir die besten Wissenschaftler der Welt zusammengesammelt. Leider mussten wir uns für ihr Ausscheiden aus dem richtigen Leben etwas einfallen lassen. Aber Sie wissen ja, Al, wir können da sehr kreativ sein.“ Alighieri lächelte vor sich hin, Al würgte seine aufkommende Übelkeit krampfhaft hinunter. „Ja, und wenn wirklich alle Ressourcen erschöpft sind, dann kommen wir und retten die Menschheit, sorgen für warme Wohnzimmer und funktionierende Krankenhäuser. Wir, und nur wir, werden dafür sorgen, dass die Traktoren wieder rollen, verstehen Sie? Ohne uns, Al, als verantwortungsvolle Hüter der Energieressourcen, ging alles drunter und drüber, gäbe es nur Mord und

Totschlag. Das will niemand, nicht wahr? Wir sind es, die für Wohlstand und Frieden sorgen, und Sie, Al, Sie können uns verdammt dankbar dafür sein. Und ... tja, da können wir es einfach nicht zulassen, dass Leute wie Sie den Weltfrieden aufs Spiel setzen. Sie, Al, sind eine Gefahr für die Menschheit, eine große Gefahr. Aber für uns, Steinhoff, das tut mir sehr leid zu sagen, für uns sind Sie wertlos. Da wäre es für alle das Beste, wenn wir ganz einfach ... Bumm." Wieder zuckte Al in Erwartung des finalen Todesschusses zusammen. Alighieri lachte, sichtlich amüsiert über sein Spielchen mit dem Tod. „Aber diese Jule ...", wieder schnalzte Alighieri mit der Zunge, „ein verdammt schlaues Köpfchen. Sie braucht halt nur, wie soll ich das sagen, das richtige Umfeld, die richtige Förderung, alle Mittel, um diesen hübschen kleinen Kugeln ihr Geheimnis zu entlocken. Ich dachte, das sind wir ihr schuldig, meinen Sie nicht auch? Wir sind ihre Familie, Al, und ... und da kommen Leute wie Sie, die Jule auf falsche Gedanken bringen könnten, wirklich ganz ungelegen. Und deshalb, Al, deshalb war das hier Ihr letzter Auftritt." Al blickte versteinert in den Lauf der Pistole, die Alighieri jetzt anhob und damit auf seine Stirn zielte. Al wollte noch etwas sagen, einen letzten Versuch starten, Alighieris tödlichen Plan aufzuhalten, als ein ohrenbetäubender Knall den kurzen Moment der Stille zerriss. Al spürte gerade noch, wie er vom Stuhl fiel und im Begriff war, das Bewusstsein zu verlieren.

Ein heftiger Schlag hatte ihn an der Schläfe getroffen. Schmerz verspürte er keinen, nur das seltsame Gefühl, die Welt, wie er sie bisher kannte, hiermit unwiderruflich zu verlassen. Obwohl er die Augen geschlossen hielt, sah er ein helles Licht in der Ferne aufsteigen. Er sah wie durch einen Tunnel, hörte ein helles liebliches Geräusch. Seine Gedanken rasten durch die Zeit, sahen alle Menschen, die ihm in den Jahren so viel bedeutet hatten. Allen voran Jule, dann Karin, die mit Nadjeschda an der Hand durch die Wolken flog. Er sah Pater Lorenzo, Olli, Jelena und Olga, die im Ringelreihen um ihn tanzten und melancholische russische Volkslieder sangen. Er sah seine Eltern, die ihm dampfendes Kartoffel-Karottengemüse vor die Nase stellten, Betty, die ihm unentwegt Kusshände zuwarf und dabei „süß, süß, süß“ rief.

Dann wurde es dunkel. Alle Lichtgestalten, die er eben noch klar und deutlich vor Augen hatte, verschwanden, waren wie weggesaugt. Al fühlte sich plötzlich allein und verlassen. Sein Kopf fing an zu hämmern. Alles, was er in den letzten Tagen an Trauer und Verzweiflung durchgemacht hatte, schien in diesem Moment noch mal unbarmherzig auf ihn einzustürzen. Er sehnte sich nach einem Ausweg und meinte plötzlich, eine tiefe Stimme zu hören. Eine Stimme aus dem Jenseits, Gott, das Jüngste Gericht? Mit zitternden Händen griff er nach dem kleinen Kreuz um seinen Hals. Es war noch da. Erneut hörte er die Stimme, die seinen Namen rief. „Steinhoff, hören Sie mich? Steinhoff!“ Krampfhaft versuchte Al, die Augen zu öffnen. „Steinhoff, schauen Sie mich an! Steinhoff ...“ Die Stimme klang tief, irgendwie bekannt, mit italienischem Akzent. Plötzlich schoss es ihm durch den Kopf: Alighieri! Al kämpfte gegen die Angst, versuchte, die Augen aufzureißen. Alighieri war noch nicht fertig mit ihm und doch erblickte er plötzlich ein Gesicht, das nicht zu Alighieri passte. „Na endlich, Steinhoff ... hören Sie? Es ist vorbei!“ Belucci beugte sich über ihn und klopfte ihm wiederholt auf die Wange.

„Belucci, wie kommen Sie ...?“

„Setzen Sie sich erst einmal. Dann erzähle ich Ihnen alles.“ Al rappelte sich auf und setzte sich mühsam auf denselben Stuhl, auf dem er bis eben noch Alighieris perfidem Weltbild gelauscht hatte. Im Augenwinkel sah er gerade noch, wie Alighieri in Handschellen von zwei Polizeibeamten abgeführt wurde. Al rieb sich über den Kopf, um sich zu vergewissern, dass er keinen Kopfschuss abbekommen hatte, und tastete stattdessen nur eine dicke Beule an der rechten Schläfe. „Belucci, was ist passiert?“

„Also, Steinhoff, wir beobachten Sie, seit Sie in Russland entlassen wurden. Leider war unser Mitarbeiter im Flugzeug etwas korpulent, aber so schnell kommt keiner an ihm vorbei.“

„Wie, Sie meinen ... dieser ... Moment, wie hieß er doch gleich ... Siegenheimer?“

Belucci nickte. „Siegental. Herr Siegental. Es ist nur sein Pseudonym. Beim nächsten Mal würden Sie ihn nicht wiedererkennen. Er ist unser bester Mann und wir konnten kein Risiko eingehen, nur ...“, Belucci machte ein ernstes Gesicht, „wir brauchten ein Geständnis von Alighieri, verstehen Sie? Der Mistkerl hat sich schon so oft aus der Affäre gezogen. Als Mitglied der Mafia wird er von höchster Stelle gedeckt. Und was meinen Sie, wer in seiner verdammten Klinik in Rom alles ein und ausgeht. Da gib es nicht nur Schönheitsoperationen. Mal abgesehen von der Wachsfigur, mit der man uns beiden die tote Juliette Camus vorgespielt hat, laufen da so einige krumme Dinge. Feste, Orgien, das können Sie sich gar nicht vorstellen. Gerade im Moment läuft eine Razzia in Alighieris Klinik.“

Belucci machte ein nachdenkliches, gewissermaßen aber auch zufriedenes Gesicht. „Und da werden noch einige Politiker und Wirtschaftsbosse auffliegen, das können Sie mir glauben. Dank Ihnen, Herr Steinhoff, ist uns ein großer Schlag gegen die Mafia geglückt.“

Al zog die Augenbrauen hoch und fasste sich an die geschwollene Schläfe „Dank mir? Belucci, was habe ich schon zu Ihrem Erfolg beitragen können? Mal abgesehen von Alighieris Geständnis, das ich eben fast mit dem Leben bezahlt hätte, lief

doch alles schief, aber auch alles." Al schüttelte traurig den Kopf und dachte an die vielen Menschen, die er mit seinen Nachforschungen in Schwierigkeiten gebracht hatte.
Belucci schmunzelte. „Das mit dem Geständnis konnten wir natürlich nur riskieren, nachdem sich eine unserer besten Mitarbeiterinnen an Alighieri ranmachen und die Patronen in seiner Pistole austauschen konnte. Tja, Alighieri und Frauen, das ist ein eigenes Kapitel. Ich bin ihm schon lange auf den Fersen."
Als Gedanken schweiften ab. Vor sich sah er den damaligen raubeinigen Belucci bei seinem ersten Verhör. „Sagen Sie, Belucci, damals in Rom, beim ersten Verhör ..."
Belucci kam ihm zuvor. „Wissen Sie, Steinhoff, als ich Sie damals in Rom verhörte, dachte ich zuerst, Sie stehen auf der kriminellen Seite. Ich dachte, Sie wären so eine Art deutscher Kollege von Alighieri, deutsche Mafia, wenn es die überhaupt gibt. Es wurde mir dann Anweisung gegeben, dass Sie verschwinden sollten, möglichst noch im Gefängnis. Alighieri hat wohl an oberster Stelle interveniert, dass man Sie dringend verschwinden lassen sollte, wenn Sie wissen, was ich damit meine. Aber ich bin halt kein Auftragskiller, verstehen Sie? Ein Fehler von mir war jedoch, Sie einfach so freizulassen. Das hätte wirklich fast Ihren Kopf gekostet. Ich wollte Sie beschatten lassen, vielleicht zusammen mit den deutschen Kollegen. Erst recht, als ich hörte, dass Sie wieder nach Italien zurückgekehrt sind und ausgerechnet Alighieri aufsuchen wollten. Aber diese Schweine schrecken vor nichts zurück, haben mir in die Beine geschossen. Von da an war ich erst einmal für eine Weile außer Gefecht. Als Sie dann auch noch nach Argentinien aufbrachen, um Ihre Schwester da rauszuholen ..." Belucci schüttelte den Kopf. „Mein Gott, kaum zu glauben, dass Sie dort Alighieri und seinen Schergen erneut entkommen konnten. Bei Gelegenheit müssen Sie mir das mal im Detail erzählen, Steinhoff, Wort

für Wort. Da kursieren die wildesten Geschichten über Sie. Wir sind erst wieder auf Sie aufmerksam geworden, als Sie von den russischen Behörden in den Flieger von Moskau nach Frankfurt gesetzt wurden. Und dann ging alles wahnsinnig schnell." Belucci überlegte, wo er den roten Faden wieder aufgreifen könnte. „Ihre Schwester Karin kroch übrigens bei Ihrem Nachbarn Olli unter. Genau genommen war es nicht so einfach, Olli und seinen ... wie soll ich sagen ... seinen Kumpels klar zu machen, dass ich auf Ihrer Seite stehe. Die haben Karin in ihrem ... na ja, Sie wissen schon ... in ihrem Etablissement versteckt. Dort war kein Drankommen, Fort Knox ist nichts dagegen, das kann ich Ihnen sagen. Ja, und Nadjeschda, die Ärmste, wurde von ihren eigenen Landsleuten erwischt und aufs Übelste zugerichtet. Wir konnten jedoch nicht eingreifen. Sie verstehen? Russische Botschaft, ‚Eingriff in die inneren Angelegenheiten' nennt man so etwas, eine Schande. Aber irgendwie haben es Ihre Schwester und Olli erreicht, sie da rauszuholen. Zum Glück sind Sie nach Italien geflohen und wir konnten Sie da ständig beschatten."
„Belucci, woher wussten Sie, dass ich heute hier und ..."
„Na ja, wir haben mit der russischen Botschaft verhandelt, nachdem wir diesen Krastchow festnehmen konnten. Ein übler Bursche, direkter Draht zur Russenmafia. Zusammen mit den deutschen Kollegen konnten wir einen Durchsuchungsbefehl für sein Forschungsinstitut bewirken. In seinem Zimmer haben wir dann Unterlagen von diesem Institut Juri Gagarin gefunden. Makabere Geschichte, sag ich Ihnen. Obduktionsberichte von einigen verschollenen Wissenschaftlern, die vor nicht so langer Zeit auf mysteriöse Weise zu Tode gekommen waren. Der Bezug zur italienischen und russischen Mafia war mehr als offensichtlich. Wir konnten jedoch nicht zuschlagen, hatten keine Beweise, kein Geständnis, ja und dann ... Sie werden es nicht glauben, dann kam wieder dieser Olli und hatte diese Jelena im Schlepptau."

„Jelena, Sie kennen Jelena?“ Al riss die Augen auf.
„Oh ja, Jelena, ich kann Ihnen sagen ... Olli und Jelena, das ist ein Gespann wie Pech und Schwefel, gnadenlos.“
„Gnadenlos? Olli und Jelena? Wie meinen Sie das, Belucci?“
Belucci schmunzelte. „Sie sagten, dass sie Beweise hätten. Bilder, Filme, geheime Dokumente, alles, um dieses Institut Juri Gagarin auffliegen zu lassen. Dort würden die vermeintlich toten Wissenschaftler gefangen gehalten. Eine tolle Story, die erst keiner von uns glauben wollte. Aber dann sagten sie erneut, sie hätten Beweise.“
„Beweise, was für Beweise?“
„Tja, die Beweise wollten sie erst nicht rausrücken, sie wollten erst Sicherheiten.“
„Was für Sicherheiten?“, fragte Al entgeistert.
„Sie wollten Sicherheiten, dass mit der Übergabe der Beweise dieses verdammte Institut in Russland zusammen mit Alighieris Puffbude auffliegen sollte, ansonsten würden sie an die Presse gehen. Wir mussten unsere besten Leute zusammenziehen, um die beiden vor Alighieris Schergen zu schützen. Das war aber kaum nötig, da sie sich wieder in Ollis Etablissement verschanzt hatten. Und genau dort, stellen Sie sich das vor, genau dort zwischen Plüsch und eindeutigen Postern kam es zu Verhandlungen mit der russischen Botschaft. Sie wissen doch, was die Russen von Schwulen und Lesben halten. Angeblich wollen sie in Russland sogar ein Gesetz auf den Weg bringen, das Homosexualität verbietet. Nun ja, ich bin ja selbst auch kein Fan von Schwulenbars, aber die Gesichter der russischen Delegation hätten Sie sehen sollen.“ Belucci schmunzelte und schüttelte verständnislos über Russlands Vorstellungen von Moral und Gesetz den Kopf. Dann räusperte er sich kurz und fuhr fort: „Angeblich wusste der russische Botschafter nichts von den wahren Hintergründen des Instituts, und auch ein hochrangi-

ger Politiker aus Italien wusste angeblich nichts von Alighieris Klinik. Zusammen mit den Unterlagen aus Krastchows Labor, sowie Ollis und Jelenas Beweisen, sind die betreffenden Politiker allerdings schnell eingeknickt. Wie immer, wenn es darum geht, den eigenen Kopf zu retten, dann lässt man schon mal ein gutes Geschäft sausen. Und deswegen, Steinhoff, wird die Mafia auch nie aussterben. Wie Unkraut, verstehen Sie? Man zieht dran und holt, wenn's gut läuft, ein paar Wurzeln aus der Erde. Dann wächst erst einmal gar nichts, um im nächsten Jahr schlimmer zu wuchern als je zuvor. Jeder Gärtner kennt das Problem."

„Sagen Sie, Belucci, diese Beweise von Olli und Jelena ... was waren das für Beweise?"

Belucci griff in die Tasche und zog einen USB-Stick mit dem Emblem vom Institut Juri Gagarin aus der Tasche. Nachdenklich drehte er den USB-Stick in seiner rechten Hand. „Hier drauf, Steinhoff ... hier drauf finden Sie das ganze Institut, nahezu alle Insassen, alle Wissenschaftler, die in den letzten Jahren auf mysteriöse Weise verschwunden sind, einschließlich ... ja, einschließlich Juliette Camus. Die Beweise waren so erdrückend, dass die Russen sofort zustimmten, das Institut zu schließen. Allerdings gab es dort leider ein schlimmes Gemetzel, bei dem einige der Insassen ihr Leben verloren haben." Al schoss ein Schmerz durch die Brust, ein Schmerz, den er bereits kannte. Belucci schaute ihn an und lächelte. „Keine Sorge, Steinhoff, Juliette Camus lebt, wir haben sie nach Deutschland ausfliegen lassen. Doch sie wollte nicht hier bleiben, wollte erst einmal untertauchen."

„Gott sei Dank, Belucci, sie lebt. Und wo ...", weiter konnte Al nicht reden. Seine Kehle war wie zugeschnürt vor Erleichterung und Glück.

„Sie sagte zu mir, dass Sie, Steinhoff, wüssten, wo Sie sie finden könnten." Belucci zuckte lächelnd mit den Schultern. „Uns hat

sie es nicht verraten. Ich glaube, sie wartet auf Sie. Sie sollten sich beeilen." Belucci klopfte väterlich auf Als Schulter. „Und, Steinhoff, was dieses Geständnis anbelangt ... wir haben natürlich auch Alighieri beschattet. Wie ich bereits sagte, bevor er hier vor Ihnen sein Geständnis abgab, haben wir natürlich seine Munition vertauscht. War nicht ganz einfach, das können Sie mir glauben. Sonst hätten wir das hier mit Ihnen sicher nicht durchgezogen. Tja, und das mit der Beule an Ihrem Kopf ..." Belucci schmunzelte und schüttelte den Kopf. „Ich glaube, als wir Ihre Wohnung stürmten, sind Sie einfach vor Schreck vom Stuhl gefallen, nichts weiter." Belucci zuckte mit den Schultern. „Wissen Sie, Steinhoff, manchmal frage ich mich, was Sie bei all Ihren halsbrecherischen Abenteuern eigentlich so angetrieben hat, wenn Sie hier selbst bei einem kleinen Knall schon ohnmächtig vom Stuhl fallen. Das war alles sehr leichtsinnig von Ihnen. Mit Vernunft hat das nichts mehr zu tun."
Al blickte Belucci in die Augen und lächelte. „Wissen Sie, Belucci, erklären kann ich das nicht, aber ich glaube, es gibt es etwas Wichtigeres als Vernunft, oder besser gesagt, ich hoffe, es gibt etwas Wichtigeres als Vernunft." Al überlegte eine Weile und sagte dann mit einem Lächeln im Gesicht. „Die eigentliche Erklärung ist jedoch viel einfacher." Belucci zog die Augenbrauen hoch und schaute Al erwartungsvoll an. „Ich liebe Jule."

Österreich, August 2010

Der See glitzerte tiefblau in der Morgensonne. Die Berge schienen sich, gekrönt von Resten ewigen Schnees, höher und majestätischer denn je unter einer stahlblauen Himmelskuppel dem gleißenden Sonnenlicht entgegen zu strecken. So, als wollten sie es den Gräsern und Blumen gleichtun, die prächtiger als jeder orientalische Teppich die Almwiesen schmückten und die grauen schroffen Felsen säumten. Obwohl noch früh am Morgen, war es bereits ungewöhnlich warm und schwül, sicher über 25 Grad. Vom Westen her schob sich eine kleine Gruppe haufenförmiger Wölkchen wie eine Herde ängstlicher und ungeschorener Schafe einem verheißungsvollen Morgen entgegen.

Al hatte sich eigentlich vorgenommen, erst auszuschlafen, um dann ausgeruht gen Süden zu fahren. Karin hatte ihm ihr Auto geliehen. Sie bräuchte es die nächsten Wochen nicht, hatte sie ihm per Telefon mitgeteilt. Offenbar ein Wink mit dem Zaunpfahl, dass sie nicht allzu bald wieder in Frankfurt auftauchen würde, dachte Al mit einem seltsamen Gefühl im Bauch. Allerdings klang Karin am Telefon ungewöhnlich heiter und aufgeräumt. Und sie solle ihn herzlich von Nadjeschda grüßen. Wo genau sich die beiden befanden, hatte sie ihm jedoch nicht mitgeteilt und Al fragte auch nicht weiter nach. Hauptsache, sie waren in Sicherheit. Außerdem hatte ihm Belucci, der offenbar wusste, wo sie sich versteckt hielten, versprochen, beide im Auge zu behalten. Das klang beruhigend.

Um vier Uhr morgens hatte es Al nicht mehr länger im Bett ausgehalten, kramte ein paar frische Klamotten zusammen und schwang sich noch bei Dunkelheit in Karins Auto. Trotz der langen Strecke bis nach Kärnten in Österreich war er kein bisschen müde. Im Auto ging ihm alles noch mal durch den Kopf, wie er Jule kennenlernte, damals auf der Insel, die Jahre des Wartens auf eine Nachricht, die kurze Romanze mit Betty und dann das unglaubliche Wiedersehen mit Jule im Krankenhaus. Noch immer spürte er den vernichtenden Schmerz in der Brust, als er von Jules Tod erfuhr, die Trostlosigkeit und Verzweiflung, die ihm jede Zuversicht, jeden Glauben an das, was ihm kurz zuvor noch heilig erschien, so unbarmherzig geraubt hatte.

Er dachte an Jules Mutter, die so fest davon überzeugt war, dass Jule noch am Leben war und ihn letztlich dazu brachte, die Suche nach Jule entgegen jeglicher Vernunft aufzunehmen. Er dachte an die vielen Situationen, in denen er nur knapp dem Tod entkommen war, in Alighieris Klinik, verfolgt von schießwütigen Männern, während der halsbrecherischen Flucht mit dem Lieferwagen, und dann der Autounfall kurze Zeit später. Fast wäre er bewusstlos in dem kleinen Bach ertrunken, wenn ihn nicht ein seltsamer Lebenswille, der Gedanke an Jule, gerettet hätte. Er dachte an Argentinien, wie er sich zusammen mit Karin nur knapp aus der Grabkammer retten konnte. Er dachte an die Ereignisse im Institut, die zermürbenden Verhöre im russischen Gefängnis, und schließlich an die Konfrontation mit Alighieri. Wie oft hatte er seinen Kopf aus der Schlinge ziehen können, wie oft konnte er dem sicheren Tod gerade noch so entkommen? Und doch gab es auch immer wieder seltsame, unerwartete Lichtblicke: vor allem die neu gewonnenen Freunde in Italien und später die Gespräche mit Pater Lorenzo. Alles Zufall, alles nur Glück im Unglück? Und nach all dem Zweifel an seiner inneren Überzeugung war es ausgerechnet Jule, die früher so naturwissenschaftlich überzeugte Jule, die ihm die Augen wieder öffnete, dass es da noch mehr geben musste, als das, was wir mit unseren fünf Sinnen begreifen können: eine unerschütterliche Hoffnung entgegen jeglicher Vernunft, die jeder rationalen Erklärung trotzt und die in letzter Konsequenz eigentlich nur der Kraft der Liebe entspringen kann.

Und dann war da noch Jelena. Es fiel ihm verdammt schwer, zu glauben, dass sie einfach nur zufällig in der Nähe war, als vielmehr, dass sie gerade zum richtigen Zeitpunkt geschickt wurde. Ausgerechnet eine Prostituierte, die ihm half, Evgenijs Rachefeldzug zu entkommen. Ohne sie hätte er das wahnsinnige Vorhaben, in das Institut hinein und wieder hinauszukommen, nie geschafft. Ohne das kleine Kreuz, das sie ihm kurz zuvor noch um den Hals gelegt hatte, wäre er sicher verzweifelt, wäre in der Haft während des Verhörs jämmerlich eingebrochen. Ihm fiel die Geschichte mit Maria Magdalena ein. War sie nicht auch eine Prostituierte? Wer weiß, welche Rolle sie damals noch spielte. Nein, das alles konnte kein Zufall sein. Da musste es noch mehr geben. Mit Zufall allein war das alles nicht mehr zu erklären.

Al atmete tief durch. Genau da wollte er noch mal ansetzen. Das alles noch mal in der Aquariumsgruppe besprechen, am liebsten zusammen mit Jule. Plötzlich packte ihn eine brennende Ungeduld, Jule endlich wiederzusehen, sie fest zu umarmen und nie wieder loszulassen.

Die Autobahn war fast leer, was trotz der frühen Morgenstunden an ein Wunder grenzte, da fast alle Bundesländer in Deutschland Sommerferien hatten. Offenbar machten sich die weiter rasant steigenden Benzinpreise nun doch langsam bemerkbar, auch wenn der eigene Urlaub das Letzte war, an dem die Deutschen normalerweise sparten. In Gedanken versunken war er überrascht, das Flachland so plötzlich hinter sich und die strahlenden majestätischen Berge vor sich zu sehen. Es kam ihm seltsam vor, dass er so absolut sicher war, Jule hier in Österreich auf der Insel zu finden, endlich mit ihr zusammen zu sein, neu zu beginnen, dort, wo vor Jahren alles seinen Anfang genommen hatte. Was ist, wenn er sich täuschte und der geheimnisvolle Treffpunkt, von dem nach Beluccis Worten anscheinend nur er und Jule wissen konnten, an einem gänzlich anderen Ort wäre? Und doch schien es ihm logisch und ganz unzweifelhaft, dass er hier richtig war.

Das Ziel, der See, war gut ausgeschildert. Nach der Abfahrt von der Autobahn war es noch eine knappe halbe Stunde Landstraße. Er konnte sich noch genau erinnern, wie er und Karin damals im Sommerurlaub von ihren Eltern auf die Folter gespannt wurden, wie sie die Minuten zählten, nahezu platzten vor Ungeduld, endlich das Ziel, das glitzernde Wasser, vor Augen zu haben. „Wer sieht zuerst den See?“, hieß das Spiel, und jetzt, so viele Jahre später, konnte er sich erneut diesem spannenden Moment nicht entziehen.

Der Parkplatz am Hafen war fast leer, kaum Touristen weit und breit, und selbst der kleine sonst so geschäftige Hafen strahlte eine ungewohnte Ruhe aus. Es war allerdings noch früh am Morgen, und vermutlich schlief der kleine Ort noch seine allabendlichen Sommerfeste aus. Jetzt stand er also hier und schaute versonnen auf den See, der in der morgendlichen Sonne strahlte. Kein Schild, kein sonstiger Hinweis deutete darauf hin, dass es auf der Insel, die etwa zwei Kilometer entfernt im Gegenlicht nur unscharf zu erkennen war, einst einen Hotelbetrieb gegeben hatte. Nichts deutete darauf hin, dass man überhaupt dorthin übersetzen könnte. Er erinnerte sich an die Gespräche mit seinen Eltern, die ihm von Erbstreitigkeiten berichtet hatten, von der traurigen Historie, die letztlich dazu führte, dass sich das herrschaftliche Inselhotel in einen Dornröschenschlaf verwandelt hatte. Und jetzt kam er sich fast vor wie der junge Prinz, der das Schloss und seine junge Prinzessin wieder zu neuem Leben erwecken sollte.

Al schüttelte in Gedanken den Kopf über den, wie er fand, albernen Vergleich mit dem Märchen seiner Jugend. Die seltsame Ruhe und die spiegelglatte Wasseroberfläche hatten etwas Lähmendes an sich, und trotzdem hatte er keinen Zweifel, dass Jule hier war. Irgendwie spürte er ihre Nähe, oder war es doch nur die Erinnerungen, die sich in seinen Hirnwindungen so lebhaft Platz verschafft hatten?

„Wollen Sie die Dame noch länger warten lassen?“

Al schreckte herum. „Georg?“ Georg strahlte ihm herzhaft entgegen. Wie früher hatte er seine Kapitänsmütze auf dem Kopf und streckte seinen rechten Arm einladend zur Seite. „Herr Steinhoff, Sie werden erwartet." Georg grinste vielsagend. Wortlos folgte er Georg zur anderen Seite des Stegs, an dem er das Hotelboot festgemacht hatte. Während er mit seinem kleinen Koffer das Boot bestieg, machte sich Georg daran, die Leinen zu lösen. „Leider dauert die Überfahrt etwas länger als sonst, der alte Motor ist defekt und ich konnte nur so einen kleinen Flauteschieber auftreiben. Insofern müssen sich die Herrschaften noch etwas gedulden." Al blickte Georg von der Seite an, der trotz der sehr langsamen Fahrt streng nach vorn schaute, als müsste er ganz genau innerhalb einer engen Fahrrinne Kurs halten.

„Dame? Von welcher Dame reden Sie, Georg?", fragte Al leise und hoffte, dass es sich um Jule handelte.

„Nun, Herr Steinhoff, zum einen ist dies streng geheim, ich habe das der gnädigen Frau versprechen müssen, und zum anderen, so sagte die gnädige Frau, wüssten Sie Bescheid." Al spürte sein Herz klopfen, versuchte aber, sich zu beruhigen und suchte nach einem Thema, um sich bis zur Ankunft auf der Insel abzulenken.

„Ist das Wetter schon lange so herrlich, Georg?"

Georg runzelte die Stirn und machte ein ernstes Gesicht. „Seit Anfang des Jahres reiht sich eine Hitzewelle an die andere. Ich kann mich nicht erinnern, dass das früher auch so war. Liegt bestimmt an dieser, Sie verzeihen meine Ausdrucksweise, verdammten Klimaerwärmung. Wenn sich die hohen Herren nicht bald einig sind, dann ..." Georg seufzte.

Al überlegte, wie er Georg wieder aufheitern könnte. „Aber dann muss das Wasser des Sees ja wunderbar warm zum Schwimmen sein, oder nicht?"

„Ja, oberflächlich schon, vielleicht die ersten zehn, zwanzig Zentimeter, aber dann ... brr." Georg schüttelte sich demonstra-

tiv. „Bereits knapp unter der Wasseroberfläche wird es eiskalt. Ich habe gehört, das liegt daran, dass durch die Hitze auch die Gletscher verstärkt abschmelzen und dann fließt das eiskalte Gletscherwasser direkt in den See. Also, Herr Steinhoff, wenn Sie baden wollen, viel Spaß, für mich wäre das zu kalt. Am Festland hat es schon ein paar Unfälle gegeben. Wadenkrampf, Panik, Atemstillstand ... und weg."
Für einen Moment schwiegen beide nachdenklich. Langsam kamen die Konturen der Insel in Sicht.
„Georg, sagen Sie, ... ach übrigens, nennen Sie mich doch bitte Al ... was ist aus der Insel geworden? Und wie kommt es, dass Sie ... soweit ich gehört habe, wurde der Hotelbetrieb vor einiger Zeit eingestellt, oder nicht?"
„Sie fragen sich mit recht, warum ich Sie, Herr ... ich meine, warum ich Sie, Al, wie gewohnt auf die Insel übersetze? Nun, genau genommen wird das Inselhotel tatsächlich nicht mehr bewirtschaftet. Es gibt aber einen neuen Besitzer, der, so sagt man zumindest, mit den ursprünglichen Besitzern vor dem Krieg verwandt ist. Er kaufte die Insel und erklärte sie sozusagen zum Naturschutzgebiet. Ich habe den neuen Eigentümer noch nie persönlich zu Gesicht bekommen, aber es erreichte mich vor etwa einem Jahr eine Anfrage, ob ich mich um die Insel, insbesondere um das Hotel kümmern könnte. Ich habe natürlich sofort zugesagt. Aber leider ist es doch sehr einsam dort, und wer will schon mit einem seltsamen Kauz wie mir dort leben. Ich habe dann bei dem unbekannten Besitzer, zumindest habe ich seine Adresse, nachgefragt, ob ich nicht wenigstens ein paar Gäste beherbergen könnte. Daraufhin schickte er mir sogar zusätzliches Geld, um entsprechend ausgewählte Gäste einzuladen. Wer das sei, überließ er mir. Ende des Jahres wollte er dann wissen, wie es läuft. Sehr seltsam, nicht wahr? Vor ein paar Tagen tauchte dann die gnädige Frau auf, die mir noch

von früher bekannt war. Sie fragte mich, ob sie vielleicht auf der Insel auf jemanden warten könnte. Sie kam also wie gerufen für meine ersten Versuche als Hotelier, und Sie, Al, Sie sind nun mein zweiter Gast. Ist das nicht fantastisch?“

„Georg, Sie sind bestimmt ein hervorragender Hotelier, davon bin ich überzeugt.“ Al lächelte.

„Machen Sie sich bitte nicht lustig über mich. Aber ich werde versuchen, Ihnen den besten Service zu bieten, den Sie sich vorstellen können. Schließlich habe ich dies über Jahre genau beobachtet, und das herrschaftliche Zimmer ist schon bereitet.“

„Das herrschaftliche Zimmer, wie meinen Sie das, Georg?“

„Na, die Hochzeitssuite kennen Sie doch, oder nicht?“ Al zuckte es durch die Magengrube bei der Erinnerung, dass für ihn und Jule schon mal die Hochzeitssuite bereitet wurde und dann alles ganz anders gekommen war.

„Vielen Dank, Georg, ich fühle mich geehrt ... und dann gleich in der Hochzeitssuite. War das Ihre Idee, Georg? Oder vielleicht ...“

Georg antwortete nicht, streckte seinen dünnen Arm in Richtung Insel und dem nun in Sichtweite kommenden Anlegesteg und dem Hausstrand des Hotels.

„Sehen Sie, Al, dort am Strand auf der Mauer zwischen Wiese und Strand, die gnädige Frau, Sie werden erwartet. Um das Gepäck kümmere ich mich, und sobald die Sonne am Horizont verschwindet, erwarte ich Sie beide zum Dinner. Einverstanden?“ Al blickte nervös zum Strand und sah eine zierliche Person auf der besagten Mauer sitzen – mit kastanienbraunen Haaren, die selbst auf die Entfernung hin die Sonnenstrahlen warm reflektierten.

„Jaja, gerne, wir kommen, einverstanden, sobald die Sonne am Horizont ...“, stammelte Al mit trockener Kehle. Er spürte, wie sein Herz einen Satz machte, wie sich seine Nervosität vor dem

Wiedersehen mit Jule wie eine Flutwelle in ihm ausbreitete. Würden sie aufeinander zugerannt kommen, sich stürmisch umarmen? Würden die Freudentränen aus ihnen hinausplatzen, sich ewige Treue und Liebe schwörend, oder käme alles vielleicht ganz anders? Hatten sie sich inzwischen entfremdet, müssten realisieren, dass die große Liebe nur ein Scheinbild war, eine liebliche Fantasie, sie sich nun im Licht der Realität auflöste wie Nebel an einem sonnigen Morgen? War alles nur wie die Sommerhitze, die im Herbst unausweichlich dem eisigen Winter weichen muss? Obgleich er wusste, genau diesen Tag so sehnlichst herbeigewünscht zu haben, so war es ihm gerade zumute, weglaufen zu müssen, um weiterhin in der süßen Erinnerung zu verweilen.
Je näher sich das Boot dem Anlegesteg näherte, umso mehr stimmte das Bild, seine Erinnerung an Jule mit der Person überein, die dort immer noch reglos saß und gedankenversunken dem ankommenden Boot entgegen blickte. Nein, der stürmische Empfang, das Klischeebild zahlreicher alter kitschiger Spielfilme blieb aus. Irgendetwas stimmte nicht.

Jule, August 2010

Kaum hatte Georg angelegt, sprang Al ans Ufer. Langsam näherte er sich Jule, die nach wie vor gedankenversunken auf die glatte reglose Wasseroberfläche des Sees blickte. Ein seltsames Gefühl durchzuckte ihn. Hatte er wirklich erwartet, dass sie freudestrahlend und jubelnd aufspringen und sich ihm in die Arme werfen würde, dass sie weinen würde, unendlich bewegt darüber, nun endlich mit ihm zusammen zu sein? Al setzte sich verunsichert zu ihr auf die Mauer. Beide schauten schweigend auf den am Spätvormittag gleißend-hellen See.

Eine kaum spürbare Brise ließ die Blätter der Pappeln erzittern und die Oberfläche des Sees leicht kräuseln, sodass die Sonnenstrahlen millionenfach glitzernd reflektiert wurden.
Nach einer Weile atmete Jule tief durch, blickte aber weiterhin auf den See. „Bist du enttäuscht, Al?“ Al zuckte zusammen, als er zum ersten Mal wieder die Stimme hörte, von der er so sehnsüchtig geträumt hatte und die sich zu seiner Erleichterung kein bisschen verändert hatte. Er räusperte sich, da er nicht wusste, ob er einen klaren Ton herausbekommen würde.
„Enttäuscht?“, kam es heiser aus seiner Kehle.
„Na ja, vielleicht hast du erwartet, dass ich freudestrahlend auf dich zu eile und so wie im Film halt. So anders als jetzt ...“ Al spürte, dass es ihr schwerfiel, weiter zu reden. Er nahm ihre Hand und drückte sie sanft. Dankbar erwiderte Jule seinen Händedruck. Er spürte ihre leicht zitternde kühle Hand, als ob sie etwas suche und gerade jetzt Halt bräuchte.
„Al, wie soll ich das sagen ... in meinem Kopf dreht sich alles. Ich bin zwar hier und doch noch nicht richtig hier. Das klingt albern, aber ...“ Wieder verstummte Jule und drückte seine Hand so fest, als wolle sie diese nie wieder loslassen. „Ich habe das Gefühl, als müsste ich da noch mal durch. Wie durch eine Tür, die zwar offen steht und trotzdem ...“
„Und trotzdem traust du dich nicht, hindurchzugehen, ist es das?“ Beide schwiegen und schauten auf den See. Abwechselnd drückten sie sich die Hand, streichelten mit dem Daumen über den Handrücken, als wollten sie mehr sagen, viel mehr, und doch wussten sie nicht, wo sie anfangen sollten. Al seufzte tief und versuchte, ein Gespräch zu beginnen, obwohl er wusste, dass er in solchen Momenten oft nicht die richtigen Worte fand. Er spürte, dass sie beide an einem gemeinsamen und wichtigen Punkt in ihrem Leben angelangt waren. In Gedanken betete er, suchte nach den richtigen Worten. Er wusste, dass er Jule nicht noch mal

verlieren wollte. Mit trockener Kehle flüsterte er: „Vielleicht sollten wir noch mal anfangen, ... zusammen da durch ... du und ich ... diesmal gemeinsam."
„Al, ich fürchte, ich muss da alleine durch. Weißt du, ich habe dich in so viele Schwierigkeiten gebracht. Diese scheiß Kugeln, ich war so borniert, so versessen in meine dämliche Wissenschaft, und am Ende habe ich uns beide und so viele andere wertvolle Menschen nur in Lebensgefahr gebracht. Mein Gott, was alles hätte passieren können, und das ist alles meine Schuld." Jule schluchzte leise.
Al rückte näher an Jule heran und legte sanft seinen Arm um ihre Schulter. „Jule, glaube mir, ich würde das alles genau so wieder machen. Schließlich war es meine Entscheidung, und glaubst du vielleicht, dass ich hierhergekommen bin, um dich ausgerechnet jetzt alleine zu lassen?"
Jule atmete tief durch, als ob sie einen leichten Hoffnungsschimmer am Horizont erblicken würde, zumindest hoffte Al das inständig. „Weiß du, Jule, hier, genau hier, wo wir jetzt sitzen, hat alles angefangen mit dir und mir, und vielleicht sollten wir genau hier neu beginnen?" Jule blickte weiter auf den See und sagte dann mit zitternder Stimme „Ach, Al, wie soll das gehen? Irgendwie muss ich da jetzt alleine durch und trotzdem ... und trotzdem habe ich das Gefühl, dass ich es alleine nicht schaffe. Wie soll ich das sagen, als ..."
Al drehte sich zu Jule um, legte seine Hand auf ihre feuchte Wange und drehte ihren Kopf sanft in seine Richtung. „Als müsstest du noch mal neu zur Welt kommen, fühlt es sich so an, Jule?"
Jule nickte, als hätte sie genau auf dieses Wort gewartet. „Noch mal neu zur Welt kommen? Ja, du hast recht, Al, so irgendwie fühlt sich das an."
Al sprang auf, ergriff Jules Hände und schaute sie mit einem ermunternden Lächeln an. „Hast du das schon mal erlebt, dass

ein Mensch allein zur Welt gekommen ist, Jule?" Jule lächelte zurück. Es war wieder ihr schüchtern-verlegenes Lächeln, mit dem sie sich zum ersten Mal genau an diesem Ort in die Augen geschaut hatten, und das in Al etwas ausgelöst hatte, etwas, das er nicht beschreiben konnte und ihn doch mit all seinen Sinnen ergriffen hatte und nie wieder loslassen würde. „Glaubst du, Jule, dass es noch steht, dass wir es noch finden?"
„Bestimmt." Jule atmete tief durch. Ihre feuchten Augen strahlten in der klaren Sonne, reflektieren leuchtend blau den inzwischen wolkenlosen Himmel.
„Kommst du mit?"
„Klar." Ihre Hand fühlte sich plötzlich wärmer an, ihr Händedruck war fest und bestimmt, als habe sie schon immer darauf gewartet, Al die Hand zu geben und mit ihm zu gehen, wohin auch immer, Hauptsache zusammen.
Der Pfad war kaum noch zu erkennen. Mit der linken Hand pflügte Al die Büsche beiseite. Trotzdem ließ er Jule nicht los, zog sie zielstrebig durch das zum Teil dornige Gebüsch. Und dann standen sie plötzlich davor.
Das Bootshaus war von allen Seiten eingewachsen. Die Tür am Seiteneingang war nur für den, der schon mal hier war, noch zu erkennen. Mit einem kräftigen Ruck zog er am Griff der Tür, die sich knarrend so weit öffnete, dass man gerade so hineinschlüpfen konnte. Jule zog er hinter sich ins Innere des Bootshauses. Drinnen war es deutlich heller, als er es in Erinnerung hatte. Das lag sicher daran, dass das eine Tor zum See weit offen stand und die einfallende Sonne den hölzernen Steg, der zwischen den beiden Bootsanlegeplätzen in Richtung See führte, beleuchtete. Der Steg reflektierte die warmen Sonnenstrahlen und erschien beiden wie ein verwunschener Weg in eine helle, unbekannte Welt, in eine neue schöne Welt, die sie magisch anzog. Das an Land gezogene Boot stand wie früher im

Schein der unzähligen Sonnenstrahlen, die durch das löchrige Dach hineinbrachen und aufgrund des Staubs, den sie beim Öffnen der Tür aufgewirbelt hatten, wie zum Greifen das Innere des Bootshauses durchstachen. Für eine Weile blieben beide stehen, berauscht von der verwunschenen Atmosphäre und den vielen aufkommenden Erinnerungen, die ihre Gedanken durchwühlten. Al setzte sich auf den Bootsrand, während Jule langsam bis zum Ende des Stegs schlenderte, dort stehen blieb und versonnen auf den See blickte. Nach einer Weile drehte sie sich um, im Gegenlicht war nur ihre Silhouette erkennbar. Erst als sie langsam aus der Sonne heraus in den Schatten des Bootshauses zurückkam und etwa einen Meter vor ihm stehen blieb, sah Al, dass sie ihn nachdenklich anblickte.

„Eigentlich hat hier alles angefangen." Sie blickte ihm in die Augen, während sie langsam ihre Bluse aufknöpfte. Al saß regungslos auf dem Bootsrand, während sie sich vor ihm stehend langsam entkleidete, erst die Bluse, dann die Turnschuhe, die Jeans und schließlich ihren Slip zu Seite legte und Al dabei weiterhin tief in die Augen blickte. Es machte ihr offenbar nichts aus, dass Al sie von oben bis unten anschaute, eher im Gegenteil, es war wie damals, als sie nackt im Boot lag, wissend, dass Al sie beobachtete und doch irgendwie unschuldig schien, da er ihr ja heimlich und aus eigenen Stücken gefolgt war. Wie damals, dachte Al, sie hat sich kaum verändert, vielleicht wirkt sie etwas reifer. Waren es ihre zarten Füße, ihre schmalen Beine und Hüften, von denen er nun wusste, welche Strapazen sie ertragen konnten. Oder die schwarze, lockige Schambehaarung, die sie damals mit der kreisenden Bewegung ihrer Hand bedeckt hatte und sich nun wie der Uferbewuchs eines wilden Baches schmal nach oben zog. Oder war es der kleine Bauchnabel, der ihn frech anzublicken schien, oder ihre kleinen aber perfekt geformten Brüste, auf deren Mitte zartrosa

ihre kleinen Brustwarzen nach vorne schauten. Rosa und provozierend leuchtend, wie damals, dachte Al, wie zwei frisch angelutschte Himbeerbonbons vom Weihnachtsmarkt. Oder war es ihr schlanker Hals, ihre etwas nach vorne gedrückten und für ihre zarte Figur eher muskulös wirkenden Schultern, auf die wie zufällig und doch so zärtlich wirkend ihre rotbraunen, glänzenden Haare fielen. Al merkte, wie seine Kehle trocken wurde, sein Herz raste. „Jule, du bist ... so wunderschön", stammelte er und hatte ein seltsames Gefühl im Bauch, eine ungute Vorahnung.
Jule blickte ihm nachdenklich in die Augen und hauchte: „Und dann, Al, weißt du noch, was dann geschah? Dann sprang ich ins kalte Wasser." Daraufhin drehte sie sich um und rannte wie ein junges Reh den Steg hinab in Richtung See. Al erschrak, sprang auf und rief Jule hinterher: „Jule, nein, nicht ins Wasser, der See ist zu kalt! Nicht ins Wasser, Jule, halt!" Zu spät, mit einem weiten flachen Sprung, als wollte sie gar nicht erst auf dem Wasser aufkommen, sondern wie ein Schwan über die Wasseroberfläche fliegen, sprang sie vom Ende des Stegs ab. Mit einem kaum hörbaren und noch weniger sichtbaren Spritzen des Wassers tauchte sie ein in die gleißend hellen Fluten des Sees. Al rief ihr noch mal entsetzt hinterher. Es war zu spät. „Jule, das ist zu kalt, verdammter Mist, Jule!" Ohne weiter nachzudenken, riss sich Al die Kleider vom Leib. Dabei stolperte er in Richtung See, geradewegs den Steg entlang, bis er am Ende wie ein nasser Sack nackt ins Wasser platschte. „Oh Gott, ist das kalt, Jule, komm zurück!", schrie er verzweifelt nach Luft schnappend Jule hinterher. Im nächsten Moment sah er entsetzt, wie Jule noch ein paar kräftige Kraulzüge machte und dann wie ein Delfin, der kurz nach Luft geschnappt hatte, unter der Wasseroberfläche verschwand. Al kraulte ihr hinterher und spürte, wie sich sein Brustkorb bei jedem Atemzug mehr

und mehr zusammenkrampfte. Er wusste nicht, ob es die Kälte war, die plötzliche Anstrengung oder vielmehr die Angst, Jule könnte vor seinen Augen ertrinken, nie mehr auftauchen aus den eisigen dunkelblauen Fluten des kalten Sees. Wie panisch kraulte er zu dem Ort, an dem Jule mutmaßlich weggetaucht war, dreht sich mehrmals im Kreis und schrie verzweifelt: „Jule, Jule, wo bist du! Verdammt noch mal, Jule, tauch endlich auf!“ Nichts passierte, die Wasseroberfläche blieb glatt, grausam glatt, wie ein Leichentuch, das sich über den See gelegt hatte. „Oh Gott, mach, dass das nicht wahr ist, Jule, wo bist du?“ Verzweifelt holte er tief Luft, tauchte seinen Oberkörper, seinen Kopf in das eisige Wasser und stieß sich mit kräftigen Schwimmbewegungen in die Tiefe des eisigen Sees, der mit jedem Zentimeter in Richtung Grund noch kälter, noch dunkler wurde. Al riss unter Wasser die Augen auf. In der zweifelhaften Hoffnung, Jule zu erblicken, strampelte und ruderte er trotz der Kälte weiter nach unten. Er spürte einen zunehmend unerträglichen Schmerz im Brustkorb, die Luft wurde merklich knapper und doch fühlte er eine ungeahnte Kraft, einen Willen, Jule zu finden, sie wieder ans Licht zu bringen. Er wusste, dass er ohne Jule nicht auftauchen würde, nicht auftauchen wollte. Schon fing es vor seinen Augen an zu blitzen. Er wusste, dass es nicht mehr lange dauern würde, bis er das todbringende eisige Wasser tief in seine Lunge einsaugen würde, als er unter sich einen weißlich schimmernden Umriss erblickte. Wie von Sinnen griff er danach, versuchte verzweifelt, etwas zu fassen. Mit letzter Kraft packte er Jule, riss sie zu sich heran und drückte sie nach oben in Richtung Sonne, die ihm mit ihren hellen Strahlen den Weg zur Wasseroberfläche zeigte. Mit einigen kräftigen Schwimmzügen erreichte er die Oberfläche des Sees und saugte tief die warme Luft ein. Dann griff er Jule unter beide Arme und riss ihren Kopf und ihre Schultern mit unbändiger Kraft aus dem Wasser. „Jule, Jule!", schrie er verzweifelt, als sie schlaff und reglos in seine Arme zurück sank. „Jule, Jule, verlass mich nicht, bitte!" Geistesgegenwärtig umklammerte Al von hinten Jules Brustkorb und drückte ihn fest zusammen. Im nächsten Moment riss Jule ihre Augen weit auf und presste mit aller Kraft einen Schwall Wasser aus ihrem Mund. Dann hielt sie den Atem an und starrte mit weit aufgerissenen Augen in Richtung Himmel. Ihre Augen fingen an, zu suchen, blickten ängstlich umher. Als sie Al erblickte, der sie nach wie vor umklammert über der Wasseroberfläche festhielt, zog sie wie erleichtert kräftig den Atem ein, saugte die Luft tief in ihre Lungen, als sei es ihr erster Atemzug, ihr erster Atemzug überhaupt im Leben. Dann sank sie schlaff zurück in seine Arme. Erschöpft und vor Kälte zitternd klammerte sie sich wie ein Hilfe suchendes Kind an ihn. „Jule, mein Gott, Jule, du bist wieder da. Du bist wieder da ...", stammelte Al, hielt ihren schmalen Köper fest in seinem rechten Arm und ruderte mit all seiner verbliebenen Kraft in Richtung Steg. Er spürte erleichtert, wie langsam wieder Kraft in Jules Körper zurückkam, wie sie versuchte, mit ihm zu schwimmen, endlich aus dem eisigen Wasser heraus zu kommen. Es dauerte eine unendlich lange Zeit, bis sie am Steg ankamen, aber Al spürte die Kälte nicht mehr. Er hatte Jule im Arm und das war das Wichtigste. Am Steg angekommen, kletterte er rasch nach oben und zog sie an beiden Handgelenken vorsichtig über die Stegkante. Mit dem Bauch nach unten legte er sie behutsam auf die von der Sonne gewärmten Stegplanken, in der Hoffnung, dass ihr unterkühlter Körper sich so am besten aufwärmen würde. Erschöpft setzte er sich auf die Stegkante neben sie. Erleichtert und glücklich zugleich streichelte er sanft über ihren Rücken, der kühl und blass in der Sonne glänzte.

Minuten vergingen, in denen nichts passierte und ihr flacher Atem kaum zu vernehmen war. Es war still, die Ruhe nach dem

Sturm dachte Al seufzend. Nur das leise Plätschern des Wassers klang unter dem Steg, so leise, so lieblich, so scheinheilig jede Ahnung von der todbringenden Kraft des kalten Wassers schlicht verleugnend. Plötzlich atmete Jule tief durch. Er spürte, wie sich unter seiner flachen Hand ihr Brustkorb aufblähte, wieder Wärme und Kraft in ihren Körper strömte. Sie drehte sich auf die Seite, setzte sich dann langsam auf und lehnt sich an ihn. Es war ein schönes Gefühl, ihren warmen Rücken an seinem Rücken zu spüren. Jede kleinste Berührung mit Jule war für ihn von einem unbeschreiblich starken Gefühl begleitet, sie jetzt nicht mehr loslassen zu müssen, mit ihr zusammenzubleiben. Nach einer Weile drehte sich Jule um und setzte sich neben ihn auf die Stegkante.
„Al ..." Er antwortete nicht gleich. „Al, ich wollte wissen, wie tief der See ist, kannst du das verstehen?"
„Ich kann dich verstehen, Jule ... und jetzt ... weißt du jetzt, wie tief der See ist?" Er drehte seinen Kopf zu Jule, die nach wie vor zum See hinausblickte.
„Zu tief, Al, viel zu tief, und eines ist mir jetzt klar. Es war alles viel zu tief, zu einsam ... alles viel zu kalt." Al suchte Jules Hand, ertastete sie zögerlich und streichelte erst vorsichtig über ihren Handrücken. Dann nahm er ihre Hand und drückte sie kräftig. Jule erwiderte seinen Händedruck noch immer leicht zitternd.
„Al, weißt du noch, was du vorhin zu mir gesagt hast? Du hast gesagt, wir könnten noch mal neu beginnen. Und ich ... ich war so verwirrt, es war alles so dunkel ... ich hatte das Gefühl, nicht richtig hier zu sein ... als müsste ich ... " Jule schluckte und atmete dann tief durch.
Bevor sie weiter sprechen konnte, ergänzte Al: „Als müsstest du noch mal zur Welt kommen, ist es das?" Sie drehte sich zu ihm und beide blickten sich tief in die Augen. Der nachdenkliche Gesichtsausdruck von ihr war weg. Sie blickte ihn gelöst

und sanft an, als sei eine große Last von ihren Schultern genommen, als sei sie wieder da, aufgetaucht aus einem finsteren Strudel, der sie erst nicht loslassen wollte. Sie schaute ihn ruhig in die Augen, als habe sie die Tür durchschritten, hinaus aus der Dunkelheit, als sei sie endlich angekommen im Licht. Sie wirkte wie neu geboren. „Danke, Al, danke für alles. Danke, dass du mich da rausgeholt hast." Sie blickten sich in die Augen, als wollten sie ihre Gedanken lesen, ihre Gedanken miteinander verschmelzen.

„Jule, ich muss dir etwas sagen." Er wusste, dass er Jule jetzt genau das sagen musste, was er ihr schon immer sagen wollte. „Weißt du, Jule, du und ich ... wir beide ... also, bisher hatte ich immer das Gefühl, dass wir zusammengehören, dass wir beide vielleicht ... also, ich meine, nicht nur so einfach befreundet oder so wie Geschwister, sondern ..." Jule lächelte sanft, legte ihre Hand zärtlich auf seine Brust und drückte seinen Oberkörper vorsichtig zurück auf die warmen Planken des Stegs. Dabei blickten sie sich weiter tief in die Augen „Al, ich kann mir nichts Schöneres vorstellen, als mit dir zusammen zu sein. Ich liebe dich Al." Langsam senkte sie ihren Kopf zu ihm und küsste ihn sanft auf seine leicht geöffneten Lippen. Als sie sich wieder aufrichten wollte, umfasste er ihre geröteten Wangen mit beiden Händen und zog sie sanft zu sich heran. „Also, was ich dir schon immer sagen wollte, Jule ... ich liebe dich, Jule", konnte er nur noch flüstern. Er spürte ihren feucht-warmen Mund auf seinem, wie ihre und seine Zungen sich erst vorsichtig und dann immer neugieriger ertasteten. Sie küssten sich so, als ob sie die schon immer da gewesene Liebe zueinander und den Drang nach Zärtlichkeit jetzt unbedingt nachholen wollten.

Plötzlich sprang ein Fisch aus dem Wasser und platschte im selben Moment wieder zurück. Beide zuckten zusammen, mussten aber gleich lachen, lachen über ihre Schreckhaftigkeit, und

doch wussten sie im selben Moment, dass der Schrecken der vergangenen Monate immer noch wie ein giftiger Stachel in ihren Gliedern steckte.
„Nicht mehr ins kalte Wasser, Jule?"
„Nein, Al, nicht mehr ins kalte Wasser, sicher nicht." Jule lächelte Al geheimnisvoll an. „Aber vielleicht mit dir im gleichen Boot?" Langsam erhob sie sich und streckte ihm die ausgestreckte Hand entgegen. „Kommst du mit ins Boot?"
„Klar." Al erhob sich. Hand in Hand gingen sie langsam zum Boot, zu ihrem Boot, wo sie sich vor Jahren zum ersten Mal heimlich beobachtet hatten.

Jule und Al, Österreich August 2010

Jahre waren vergangen, Jahre des Wartens, des Hoffens und der ständigen Angst, einander zu verlieren. Und jetzt empfanden beide eine unendliche Ruhe und die Gewissheit einer gemeinsamen Zeit, die jetzt vor ihnen lag. Nur sie beide, Jule und Al. Vielleicht war es das, was beide dazu bewegte, einfach nur dazuliegen, sich aneinander zu schmiegen, sich zu spüren, Haut auf Haut, Atem an Atem, und nichts weiter. Er dachte daran, wie er sie beobachtet hatte, genau an dieser Stelle im Bootshaus, spürte die damalige Erregung aufkommen, Jule nicht nur nackt zu sehen, sondern das Verlangen, sie zu berühren, zärtlich mit ihr zu sein. Vermutlich ging es ihr in diesem Moment genauso und doch war es ein Moment des Friedens, des überschwänglichen Glücks, jetzt zusammen zu sein, in dem sich beide einfach nur festhielten, als wollten sie sich nie wieder loslassen.
Die Sonne stand nur noch knapp über dem Horizont. Sie hatte die Augen geschlossen, ihr sanfter und gelöster Gesichtsaus-

druck war ruhig und glücklich. Er küsste sie zärtlich auf den Mund und flüsterte. „Dinner?“ Wie aus einem glücklichen Traum aufgewacht, öffnete Jule langsam die Augen und nickte leicht. Sie sammelten hastig ihre verstreuten Kleider auf, zogen sich an und gingen zusammen hinüber zum Haupthaus, wo Georg bereits mit einem festlich gedeckten Tisch auf sie wartete.

„Leider habe ich keine passende Abendgarderobe dabei, Georg.“

„Oh, das macht gar nichts. Da es ohnehin mein erstes offizielles Dinner ist, werde ich heute Abend sicher auch hier und da improvisieren müssen. Daher bitte eher ich um Nachsicht.“ Jule und Al mussten schmunzeln, da sie Georg noch nie so gestelzt reden gehört hatten. Offenbar ging er ganz und gar in seiner neuen Rolle auf.

„Die Herrschaften wünschen einen Aperitif?“

„Sehr gerne, vielleicht einen ...“

„Ein Glas Champagner? Das wäre dem Anlass entsprechend“, fiel Georg dazwischen. Vermutlich hatte er den Champagner bereits kaltgestellt, sodass die Frage nach dem Aperitif nur eine Formsache war. Jule lächelte Georg an.

„Georg, es wäre schön, wenn Sie ein Glas mit uns trinken würden. Das wäre eher dem Anlass entsprechend, finden Sie nicht auch?“ Georg errötete leicht, kam dann jedoch mit drei Gläsern zurück.

„Auf das neue Hotel, Georg!“, prostete Al Georg zu.

„Nicht doch, Herr Steinhoff. Verzeihung, ich meine natürlich, Al. Viel lieber möchte ich auf Sie beide trinken. Auf Jule und Al!“

Im Laufe des Abends überschlug sich Georg mit Köstlichkeiten, angefangen mit einer leckeren Leberpastete, über Coq au Vin zur Hauptspeise, bis hin zu selbst gemachter Crème Caramel und dazwischen Sorbet aus Limonen und frischer Pfeffermin-

ze. Die französische Note durfte natürlich nicht fehlen. Nicht zuletzt beim Rotwein aus dem Burgund fragte sich Al, wer der geheimnisvolle Mäzen dieses Abends war. Dies wollte er aber zu einem anderen Zeitpunkt klären. Im Moment gab es andere, wichtigere Themen. Jule war begierig zu hören, wie es ihm nach dem letzten Treffen in Rom ergangen war und natürlich wollte auch Al wissen, was man mit ihr angestellt hatte. Es war klar, dass die Zeit des Abendessens dafür nicht ausreichte und so redeten sie bis spät in die Nacht. Auch als Georg noch einen letzten Gutenachtgruß mit der Information verband, dass die Hochzeitssuite bereitet sei, ließen sie keinen Moment verstreichen, sich weiter zu erzählen, was in den letzten Monaten passiert war. Gebannt hörte jeder dem andern zu und es lösten sich viele Fragen und Rätsel für Al über Jules Schicksal – und umgekehrt. Den Salon tauschten sie später mit ihrer Hochzeitssuite, ließen jedoch keine Zeit damit verstreichen, weiter zu reden, zu reden und zu reden. Zwischendurch küssten sie sich lange und intensiv, dankbar, die schwierige Zeit hinter sich zu haben und sich jetzt alles von der Seele erzählen zu können.
So ging es fast zwei Tage und Nächte, an denen man den Eindruck haben könnte, sie wollten eher ein gemeinsames Buch schreiben, als ein gemeinsames Leben zu beginnen, geschweige denn sich zu lieben, zärtlich miteinander zu sein. Aber sie hatten sich vorgenommen, alles langsam anzugehen, sich Stück für Stück neu kennenzulernen, erst im Kopf und Geist, um dann über Tage hinweg ausgiebig ihre Körper, ihre Lust und ihre Begierde zu erkunden, von der sie beide eine gewisse Vorahnung hatten. Al dachte an Karin, wie ihr Freund damals alles zerstört hatte, sie offenbar eher vergewaltigt hatte, als sich gemeinsam zu lieben. Nein, sie hatten sehr viel Zeit, und der Moment, würde kommen, an dem sie sich erobern, sich küssen und an allen Stellen ihres Körpers streicheln würden,

bis zum Höhepunkt gemeinsamer sexueller Erfüllung. Das spürten beide mit vertrauter Gelassenheit, die doch mehr und mehr und unausweichlich einer wachsenden Begierde zu weichen schien, wie ein aufkommendes Gewitter, das sich irgendwann entladen musste.

Am dritten Nachmittag nach Als Ankunft auf der Insel waren beide eher schweigsam und nachdenklich, als müsste jeden Moment etwas Unerwartetes passieren. Sie hatten sich vorgenommen, das andere Ende der Insel zu erkunden. Der Weg, oder was davon noch erkennbar war, ging am Bootshaus vorbei bis zu einer Klippe, von der sie als Kinder immer Kopfsprung ins Wasser geübt hatten. Der Pfad war kaum noch zu erkennen, bis sie plötzlich an dem besagten Felsen ankamen. Es war ein schwülheißer Tag und fast waren sie sich einig, wieder mal Kopfsprung zu üben.

„Zu kalt?" Jule blickte ihm fragend in die Augen. Die Antwort kannte sie bereits.

„Zu kalt. Definitiv zu kalt!", antwortete Al erwartungsgemäß. Sie zogen sich ihre Schuhe aus, setzten sich auf einen umgestürzten Baumstamm, der wie ein Anlegesteg parallel zum Ufer lag, und beließen es dabei, schweigend die Füße im kalten Wasser zu baden. Sollte das Leben zwischen ihnen so weiter gehen, dachte Al nachdenklich, gemeinsam und doch so unnahbar? Vielleicht hatte Jule dieselben Gedanken, als sich ihre Füße im Wasser fast zufällig berührten. Wie zwei kleine Fische, die suchend aufeinandertrafen und sich gegenseitig beschnupperten. Neugierig verspielt ließen sie ihre Füße umeinander schwimmen, ließen sie manchmal eher flüchtig berühren, um im nächsten Moment die Zehen sinnlich über den Fußrücken des anderen gleiten zu lassen. Beide beobachteten verträumt das Spiel ihrer nackten Füße durch das schimmernd klare Wasser hindurch, sahen sich darin selbst in

einem ständigen Fluss des sich Berührens, des wieder Auseinanderschwimmens und des heißen Verlangens, wieder zusammenzukommen, des Verlangens, sich zärtlich zu streicheln, die Zehen ineinander zu verschränken, sich ganz zu umschlingen, eins zu werden.
Al drehte sich zu Jule um, ließ seine rechte Hand sanft durch ihre weichen Haare gleiten, drehte langsam ihren Kopf in seine Richtung und küsste sie auf den Mund. Die Berührung ihre Lippen war weich und zart, fast unschuldig und doch so intensiv. Zögerlich löste sie sich aus dem Kuss, blickte ihm tief in die Augen und öffnete, ohne ihren durchdringend verlangenden Blick abzuwenden, die ersten zwei Knöpfe ihrer Bluse, die sich wie eine erblühende Rose an einem sonnigen Morgen öffnete, um ihre volle Schönheit preiszugeben. Sinnlich suchend schob Al seine linke Hand in ihre geöffnete Bluse und legte seine Hand zart über ihre linke Brust, wie über ein kostbares Kunstwerk, dass man nicht sehen, sondern nur ertasten konnte. Jule schloss die Augen, atmete tief ein und biss sich auf die Unterlippe, während Al über die zarte Haut ihrer Brüste streichelte. So weich und doch so fest, gekrönt von einer zarten und doch so unerwartet festen Brustwarze. Er dachte daran, wie er ihre zarten weißen Brüste zum ersten Mal im Bootshaus sah und an die vielen Male, in der er sich vorzustellen versuchte, wie sie sich anfühlen würden.
Im nächsten Moment zuckten beide zusammen, als ein krachender Donner die bis dahin stehende und vor Spannung geladene Luft zerfetzte. Schneller als erwartet hatte sich von Osten her eine Gewitterfront herangeschlichen. Ein greller Blitz zuckte durch den Himmel und ließ die Bergsilhouette gespenstig aufleuchten. Etwa drei Sekunden später krachte ein weiterer Donner durch die heranrollenden dunklen Wolkenberge, erst messerscharf, wie der kräftige Hieb einer Axt,

gefolgt von einem schier endlosen Grollen. Al hatte es sich bereits in der Kindheit zur Angewohnheit gemacht, zwischen Blitz und Donner die Sekunden zu zählen. „Etwa ein Kilometer entfernt, wir sollten zusehen, zurück zum Hotel zu kommen, Jule.“ Sie zogen sich rasch die Schuhe an, als im nächsten Moment ein weiterer Donner die Luft zerschnitt und ein plötzlicher Platzregen unbarmherzig herunterprasselte. Al zog sein Hemd aus, um es schützend über sich und Jule zu halten, was allerdings zwecklos war, da beide bereits nach einer Minute vollkommen durchnässt waren. Sie eilten so schnell es ging durch das Unterholz. Der Pfad war durch die durch die Nässe sich nach unten biegenden Äste kaum noch zu erkennen, als ein Blitz nicht weit entfernt einschlug, begleitet von einem ohrenbetäubenden Krachen. Der Regen war inzwischen so dicht, dass sie kaum noch den Weg erkennen konnten.

Plötzlich standen sie vor dem Bootshaus. Al riss an der Tür und zog Jule hinter sich ins Innere. Sie mussten sich erst eine Weile an die Dunkelheit gewöhnen und tasteten sich unsicher vor bis zum Boot. Wieder schlug ein Blitz in der Nähe ein, der das Innere des Bootshauses für einen Moment gespenstig aufhellen ließ. Der Regen prasselte wild auf die Schindeln und spritzte durch die eine oder andere Lücke im Dach ins Innere des Bootshauses. Sie standen sich dicht gegenüber, Al mit nacktem und leicht fröstelndem Oberkörper. Beide schauten sich mit gebanntem Blick tief in die Augen, fast wie zwei Gladiatoren, die sich im nächsten Moment aufeinander stürzen wollten. Jules Bluse klebte an ihrem Oberkörper und ließen ihre Brüste, ihre erigierten Brustwarzen durchscheinen, als würde sie nackt vor ihm stehen, als wollte sie nackt vor ihm stehen. Sein Herz raste beim Anblick ihrer feucht glänzenden Brüste, er spürte eine heftige Erregung in sich auflodern, von der er befürchtete, sie kaum noch bremsen zu können.

Al stotterte: „Jule, du ... du siehst so wunderschön ..." Jules Augen blitzten vor Begierde, als Al anfing, mit leicht zitternden Fingern ihre Bluse aufzuknöpfen. „Jule, ich möchte dir etwas sagen ... du bist so wunderbar, so ..."
„Jetzt nicht, Al ... jetzt nicht" Ihr Mund war halb geöffnet, ihre Zunge kreiste um ihre feuchten Lippen. In nächsten Moment riss sie sich mit beiden Händen die Bluse auf. Die noch nicht geöffneten Knöpfe sprangen zur Seite weg und rollten wie Murmeln über die nassen Planken. Den Rest der zerfetzten Bluse warf sie achtlos zur Seite. Dann griff sie nach seinem Gürtel, öffnete ihn mit einem festen Ruck und fiel vor ihm auf die Knie. Dabei riss sie seine Hose samt Boxershorts bis zu seinen Knöchel nach unten und betrachtete einen Moment lustvoll seine Erektion. Dann stellte sie sich langsam wieder auf und öffnete den Gürtel ihrer Jeans. Sie blickten sich tief in die Augen, als Jule ihre Jeans aufknöpfte, sie bis zum Knöchel hinab gleiten ließ, um sie dann endgültig mit dem linken Fuß zur Seite wegzuschleudern. Sie standen sich nackt gegenüber, als erneut ein krachender Blitz ganz in der Nähe einschlug und sein fahles Licht durch das Bootshaus zucken ließ. Offenbar hatte Jule an diesem Morgen weder einen BH noch einen Slip angezogen. Wusste sie bereits warum, schoss es Al durch den Kopf. Sie lächelte, diesmal jedoch weniger schüchtern-verlegen als vielmehr lustvoll und gierig nach mehr. Mehr nach Al. Noch ehe er einen weiteren Gedanken fassen konnte, sprang sie wie ein besessenes Tier auf ihn, umklammerte ihn fest mit beiden Beinen und Armen und küsste ihn begierig auf Mund und Hals. Mit beiden Händen wühlte sie wild durch seine triefend nassen Haare. Ihre Zunge drang verlangend in seinen Mund ein und ließ keinen Zweifel aufkommen, dass sie mehr wollte. Langsam sank er auf die Knie, mit Jule immer noch fest an sich geklammert und ihrem Mund heftig an seinem Hals saugend.

Er sank zu Boden und spürte, wie ihr gieriger Körper ihn hart gegen die nassen Planken des Stegs drückte. Ihre nassen Leiber glitten umeinander, wie zwei Hände beim Einseifen, heftig und fordernd. Wieder schlug ein Blitz in der Nähe ein und ließ Jules Gesichtsausdruck gespenstig wild erscheinen. Mit kreisenden Hüften fing sie zielsicher seine Erektion zwischen ihren Oberschenkeln ein, ließ ihn tief eindringen und drückte sich mit aller Kraft dagegen. Wie in Ekstase bäumte sie sich auf, als sei sie selbst vom Blitz getroffen, als habe sie im Moment einen vernichtenden Schmerz verspürt, der allerdings ihre Lust auf mehr, ihre Erregung nur noch weiter anfeuerte. Ihr schmaler Brustkorb dehnte sich bei jedem Atemzug getrieben von wildem Verlangen auseinander, saugte die regennasse Luft gierig ein, um sie unterstützt von ihren heftig zuckenden Bauchmuskeln und kreisenden Hüftbewegungen gleich wieder auszustoßen. Al streckte seine Arme, sein Hände ihrem Oberkörper entgegen, der im fahlen Licht der Gewitterstimmung blass-rötlich glänzte. Er umfasste und massierte ihre vom Regen nassen und glitschigen Brüste, was sie mit einem animalischen Stöhnen erwiderte. So, wie er von ihren Hüften gegen die feuchten Blanken gedrückt wurde, bäumte er sich wiederholt auf, ihrem bebenden und zuckenden Unterleib entgegen, als wollte er immer tiefer und tiefer in sie eindringen. Wie damals, als er sich genau an diesem Ort seinen Fantasien hemmungslos hingab, fühlte sich Al in einem Strudel aus wilden Gefühlen und Verlangen. Diesmal waren es jedoch nicht seine Fantasien, diesmal war es die wirkliche Vereinigung zweier Körper, zweier Seelen zu einer bebenden Einheit, zu einem durch und durch verwobenem Eins aus Jule und Al. Ein unbändiges Kribbeln erfasste ihn tief im Inneren wie ein brennendes Feuer, angefacht von Jules heißem auf und abgleitenden Körper. Ein tobendes Verlangen, das jetzt nicht mehr zu bremsen war, sich, wie ein gebrochener Staudamm selbstständig machte, seinen ganzen Körper erfasste, während Jule weiter auf ihm zu reiten schien, wie auf einem wilden Pferd. Ihr schmaler Körper zuckte und bebte, während sie den Kopf im Nacken mit weit aufgerissenem Mund einen plötzlichen Schrei ausstieß, der dem wiederholten Donnern und Blitzen des tobenden Gewitters an Intensität kaum nachstand. Ein lustvoll gieriges Krampfen erfasste beide Körper, breitete sich wellenförmig von einem zum andern aus, wie eine Explosion in Zeitlupe, ließ beide zusammenzucken und beben, bis sie schließlich erschöpft aufeinander liegen blieben.

Für einen Moment verfiel Al in eine Art Dämmerzustand. Als er wieder zu sich kam, lag Jule noch immer auf ihm und atmete tief ein und aus, wie außer Atem nach einem Hundertmeterlauf. Langsam beruhigte sich ihr Atem. Nach einer Weile stützte sie sich mit ihrem Ellbogen auf seine Schulter und blickte ihn mit einem Ausdruck geheimnisvoller Zärtlichkeit an. „Wow", hauchte Al. „Wow", hauchte Jule zurück und legte sich erschöpft auf seine noch leicht bebende Brust. Der Regen hatte aufgehört. Nur in der Ferne hörte man noch das Grollen des Donners.

Es war inzwischen dunkel geworden. Jule zitterte leicht, vermutlich wegen der aufkommenden Kälte. Sie drückte sich so eng wie möglich an seinen Körper, während er ihr sanft über Schulter und Rücken streichelte.

„Geht's dir gut?", flüsterte Al. Jule atmete tief durch, drückte sich zärtlich an ihn, eine Antwort war nicht nötig. Wie miteinander verschmolzen, lagen sie zusammen, die herauf kriechende Kälte wollten sie ignorieren. Zusammen, ganz zusammen, das war ein unbeschreibliches Gefühl, das alle Kälte vergessen ließ.

Nach einer Weile flüsterte Al: „Jule, was hältst du von einer heißen Dusche?"

Jule überlegte und erwiderte mit einem süffisanten Lächeln: „Gute Idee, und ... und ist da auch Platz für zwei?"
„Also dann ..." Er tat so, als wollte er sich von ihr lösen, was jedoch dazu führte, dass sie ihn nur noch fester umklammert hielt.
Jule kicherte leise. „Also noch mal: eins, zwei ..." Im nächsten Moment sprang sie auf, sammelte ihre zum Teil zerrissenen, nassen Klamotten zusammen und rannte splitternackt aus dem Bootshaus. Al sprang ihr hinterher, eilte zur Tür und trat prompt mit dem kleinen Zeh gegen eine scharfe Kante. „Ah, Scheiße!", brüllte er vor Schmerzen. Jule steckte ihren Kopf zurück durch die Tür und lächelte ihm schelmisch entgegen.
„Das kommt davon, wenn man den Frauen hinterher rennt." Al stöhnte und versuchte den Schmerz so gut wie möglich zu ignorieren.
„Warte, ich krieg dich." Wie damals als Kinder rannten sie durch die Büsche in Richtung Hotel. Jule war so flink, dass Al sie gerade noch so erblicken konnte, wie sie durch den nächsten Busch huschte. Als sie am Strand angekommen waren, blieben sie plötzlich wie festgewurzelt stehen. Die Wolken hatten sich verzogen. Es war fast Vollmond. Im fahlen Licht leuchtete der weiße Strand. Ein schmaler, glitzernder Streifen Mondlicht zog sich über den See und in der Ferne thronten majestätisch die Berge. Die tagsüber kaum sichtbaren Flecken ewigen Schnees unterhalb mancher Bergspitzen reflektieren das Mondlicht. Jule stand still wie ein Rehkitz, wie eine geheimnisvolle Elfe im Sand. Al umarmte sie zärtlich von hinten. „Jule, ich liebe dich. Habe ich dir das eigentlich heute schon gesagt? Ich weiß noch, als du mir das zum ersten Mal gesagt hast, weißt du noch damals in Rom, bevor du mit der Vespa ..."
Sie unterbrach ihn, indem sie ihre flache Hand auf seinen Mund legte. Dabei drehte sie sich langsam um, ohne sich aus

seiner Umarmung zu lösen. „Al, das darf nie wieder passieren. Ich möchte mit dir zusammenbleiben. Ich kann mir nichts Schöneres vorstellen."

Jetzt war es Al, der Jule mit einem langen zärtlichen Kuss unterbrach. „Wie war das mit der Dusche zu zweit?" Jule atmete tief durch und kniff ihm schelmisch in den Po. Dann rannte sie erneut wie vom Blitz getroffen in Richtung Hotel. Al schoss es noch kurz amüsiert durch den Kopf, was wohl die anderen Gäste gedacht hätten, wenn sie beide damals nackt durch die Lobby und die breite Treppe hinauf gerannt wären. Was hatte er sich doch damals für einen drohenden Skandal ausgedacht, in Anbetracht dessen, was geschehen war, und von dem nur Jule und er wussten. Jetzt fand er den Gedanken eher reizvoll. Sollten doch alle denken, was sie wollten.

Georg war nirgends zu sehen. Vermutlich war er in der Küche beschäftigt, deckte den Tisch, was er jeden Abend festlich und mit viel Fantasie zelebrierte.

„Oh Gott, Georg, der wartet bestimmt mit dem Dinner auf uns", brummte Al vor sich hin, aber Jule war bereits zielstrebig in Richtung Dusche verschwunden. Al nahm das Haustelefon und rief in der Küche an, um Georg mitzuteilen, dass sie etwas später kämen. Es sei etwas dazwischen gekommen, sagte Al, leise kichernd aufgrund der etwas zweideutigen Erklärung. Georg versicherte, möglicherweise ebenso zweideutig, dass dies kein Problem sei, sie könnten sich ruhig Zeit lassen. Inzwischen fröstelnd und leicht zitternd schlüpfte er zu Jule ins Bad. Der Wasserdampf hatte das für moderne Verhältnisse große Badzimmer bereits in dichten Nebel gehüllte, wie in einer finnischen Sauna. Jule stand unter der Dusche, die Hände hinter dem Kopf verschränkt, um möglichst viel von dem aus einer breiten Deckendusche herabströmenden, heißen Wasser gleichzeitig über ihren ausgekühlten Körper fließen zu lassen.

„Kommst du nicht mit unter die Dusche, Al?"
„Genau genommen ... also, ich finde es sehr reizvoll, dich so zu betrachten, so nackt unter der Dusche." Jule hielt, wohl eher symbolisch, ihre rechte Hand vor ihre Brüste, die linke zwischen ihre Beine.
„Hey, du Schlimmer, das kennst du doch schon." Im nächsten Moment sprang er zu Jule unter die Dusche. Noch mehr als der kühle Regen des Gewitters war es nun das heiße Wasser, das zusammen mit der Seife ihre Körper in ein einziges, berauschendes Sinnesorgan verwandelte. Und doch war da noch viel mehr als nur Haut auf Haut. Es war die Haut, die Berührung eines Menschen, nach dem man sich unendlich gesehnt hatte, den man nun festhielt, streichelte, zärtlich massierte, nicht mehr loslassen wollte, den man liebte. Vielleicht war es gerade das, was jedes kleinste Sinnesorgan auf der Haut in den höchstmöglichen Erregungszustand versetzte, an jeder Stelle des Körpers, den sie gegenseitig neugierig ertasteten und spürten. Anschließend rieben sich mit einem großen weichen Frotteetuch trocken und blickten sich dankbar und glücklich in die Augen. Jule zog plötzlich fragend die Augenbrauen hoch. „Georg?"
„Kein Problem, er sagte, wir können uns Zeit lassen." Jule lächelte, auch diesmal weniger schüchtern-verlegen als umso mehr provozierend, und küsste ihn gierig-wild auf seine noch feuchten Lippen.
„Na dann?" Die Blicke wie eingefangen, zog sie Al ins Zimmer auf die riesige Matratze der Hochzeitssuite. Das Bett knarrte bedenklich, sodass Georg spätestens jetzt den Grund der Verspätung erfahren sollte.
Später beim Abendessen saßen sich beide schweigend gegenüber. Georg hatte wie gewohnt festlich eingedeckt. Und doch erschien es beiden diesmal noch festlicher, noch persönlicher

als sonst, als ob Georg wusste, dass der Knoten zwischen beiden geplatzt war, als gäbe es etwas ganz Besonderes zu feiern, aber auch, als gäbe es über etwas ganz Besonderes nachzudenken.

„Sag mal, Al, hast du eigentlich etwas von Karin und Nadjeschda gehört?"

Das war es, was sich so plötzlich und unerwartet Luft zu verschaffen schien. Es war der unerwartete und doch so unausweichliche Gedanke an die Zukunft. Sicher war, dass sie, Jule und Al, nun zusammen waren und alles anstellen würden, um für immer zusammenzubleiben. Ihre großen Widersacher, Alighieri und Krastchow saßen hinter Schloss und Riegel. Aber waren damit alle Probleme beseitigt?

„Karin hat mich kurz angerufen. Sie ist mit Nadjeschda irgendwo abgetaucht, wo, weiß ich allerdings nicht, aber sie klang irgendwie heiter und gelöst. Ja, sie klang irgendwie glücklich, sie klang vor allem glücklich, mit Nadjeschda zusammen zu sein."

„Mein Gott, was bin ich froh, dass die beiden sicher aus der Schusslinie sind."

Al blickte nachdenklich in sein halb leeres Weinglas, das er in der Hand schwenkte, als könnten sich daraus Antworten ergeben, wie aus einer magischen Kristallkugel.

„Jule, ich habe dir doch von Jelena und Olli erzahlt. Die haben ihr Leben für uns riskiert und jetzt ..."

„Hast du nicht erzählt, dass sie die Beweise an Belucci geliefert haben, die zur Verhaftung führten?"

„Gerade deswegen!", unterbrach er Jule ungeduldig. „Wie nanntest du das eben noch? Aus der Schusslinie ... Ich wüsste zumindest gern, wo die beiden stecken. Tja, und dann noch Lorenzo. Wie es dem wohl geht? Irgendwie würde ich die alle gerne wiedersehen."

„Geht mir genauso, Al. Wir sollten alle gemeinsam zusammenziehen, wie eine große Familie, meinst du nicht auch?"

„Tja, das wär's, aber dazu müssen wir erst einmal alle wiederfinden." Nachdenklich griff Al nach Jules Hand, die sie instinktiv zurückzog und dabei wie von einem Schmerz getroffen die Stirn runzelte.
„Was hast du, Jule, geht es dir nicht gut?"
Jule seufzte tief. „Ach, Al, mir ist gerade noch mal klar geworden, dass das alles meine Schuld ist. Sicher, Krastchow und Alighieri, diese verdammten Verbrecher sitzen im Gefängnis, aber du kannst davon ausgehen, dass die beiden nur die Spitze des Eisberges sind, vielleicht auch nur dumme Marionetten, Bauernopfer einer riesigen kriminellen Maschinerie. Und der Kopf der ganzen Bande, der läuft unbehelligt herum und ..."
Al griff beherzt nach Jules Hand und fühlte ihre plötzliche Angst. Getrieben von den schrecklichen Erinnerungen, schienen sie diese gerade wieder unbarmherzig einzuholen. „Jule, wir beide, wir könnten ..."
„Al, überleg mal, wir beide, wir haben verdammt Glück gehabt, verstehst du? Und wenn unsere Familie und unsere Freunde heute noch leben, dann haben die auch verdammtes Glück gehabt und ich ... ich habe die da alle hineingezogen, verstehst du mich?"
Al blickte in Jules plötzlich so traurige Augen und wusste nicht, wie er sie beruhigen konnte. „Jule, schau mal, Alighieri und Krastchow sind doch eingesperrt, und so schnell kommen die nicht auf freien Fuß."
Jule schüttelte den Kopf. „Al, es geht nicht um Krastchow und Alighieri, es geht um die blauen Kugeln. Ist dir heute Abend schon mal meine Kette aufgefallen." Nachdenklich nahm Jule die Perlenkette von ihrem Hals. Es waren dunkelblau schimmernde Perlen, eine so schön wie die andere. Mit leicht zitternder Hand versenkte Jule einige Perlen der Kette in der Wasserkaraffe. Mit einem leisen Zischen färbten sich die Perlen

Orange, um sich nach einigen Minuten mit einem ebenso leisen Zischen wieder in ihr geheimnisvolles Blau zu verwandeln. Al blickte verdutzt auf die Kette in Jules leicht zitternder Hand. „Ich dachte, die wundersamen Perlen sind verschwunden ...“

„Al, ich weiß, wie die das machen. Verstehst du, was ich meine? Ich kenne ihr Geheimnis. Zusammen mit Pitti sind wir dem Ganzen auf die Spur gekommen, war gar nicht so schwierig ... einfach nur genial.“

Al blickte nachdenklich in Jules Augen, die sich langsam mit Tränen füllten.

„Mein Gott, Al, ich wünschte, das wäre nie so gekommen. Mit den blauen Kugeln sind wir alle nur knapp davon gekommen und jetzt ... wenn die rausfinden, dass ich das Geheimnis der Kugeln kenne ... und vermutlich denken sie, dass alle anderen, Karin, Nadjeschda, Jelena, Olli, Lorenzo und ... und du, Al, dass alle auch Bescheid wissen, dann ...“ Jule schluchzte und klammerte sich dabei Halt suchend an Als Hände.

„Weißt du, Jule ...“, versuchte Al den Faden weiter zu spinnen, „... das mit den Kugeln ... und jetzt, wo du weißt, wie alles funktioniert, ist ja zunächst mal nichts Schlechtes. Damit könnte viel Gutes angestellt werden.“

„Haben das nicht alle Forscher mal gedacht?“, unterbrach sie ihn. „Fanden das nicht alle zunächst ach so segensreich, als sie das Schießpulver, die Radioaktivität und was sonst noch alles erfanden? Waren das nicht sogar deine Worte damals?“ Jule schüttelte verzweifelt den Kopf.

„Weißt du, Jule, vielleicht sollte das so sein. Und jetzt müssen wir da durch, und es liegt verdammt noch mal uns, was wir daraus machen. Es liegt jetzt ganz allein an uns, ob wir das Wunder der blauen Kugeln zum Segen der Menschheit weiterentwickeln, oder ob wir uns zurückziehen und die anderen es machen lassen, ob wir es die anderen missbrauchen lassen. Wir sind jetzt an der Reihe, verstehst du? Und das sollte so sein und es liegt in unserer Verantwortung, das Richtige, das Gute daraus zu machen. Da gibt es kein Weg mehr zurück, das Kind ist geboren und wir werden ihm die besten Eltern sein, einverstanden? Ich bin fest davon überzeugt, Jule, das ist unser Schicksal, unsere Bestimmung, unsere Vorsehung. Wir schaffen das gemeinsam, alles klar?“ Al wischte die Tränen aus Jules Augen und streichelte über ihre feuchten Wangen. Ein schüchtern-verlegenes Lächeln huschte über Jules gerötetes Gesicht.

„Wow.“

„Ich glaube, das hast du heute schon mal gesagt, Jule.“

Ein erstes, zögerliches Lächeln zog sanft über Jules heiße Wangen. „Okay, Al, vielleicht hast du ja recht ... also, wir beide. Ich weiß ja, wozu du fähig bist, damals im Institut, das war ganz schön mutig von dir.“ Jule lächelte und blickte Al mit einem zaghaften aber neu erwachenden, glücklichen Gefühl in die Augen. „Weißt du noch, Al, wie ich dir damals gesagt habe, dass ich gebetet habe, dass wir uns wiedersehen, und wirklich, Al, irgendwie habe ich gespürt, dass dies das Einzige war, was mir noch helfen konnte oder zumindest, was mich noch einigermaßen beruhigen konnte. Irgendwie habe ich gespürt, dass ich mit all meiner Naturwissenschaft am Ende war und, dass damit allein nur noch eine große sinnlose Leere übrig bleibt. Und trotzdem, Al, wer oder was da außerhalb unserer Nachweismethoden, unserer Vorstellungskraft uns umgibt, uns vielleicht beeinflusst im Denken, im Leben, im Lieben ... das kann ich mir nicht so richtig vorstellen. Das ist so fern und doch so erschreckend nah. Was ich sicher weiß, ist, dass seither mein früher anscheinend so klares Bild von der Welt nicht mehr so klar, nicht mehr so einfach, nicht mehr so logisch ist. Irgendwie, Al, irgendwie steht seitdem alles, die ganze Welt auf dem Kopf. Aber das Verrückte ist, obwohl alles auf dem Kopf steht, fühlt es sich gerade deshalb so verdammt gut an.“

„Jule, glaube mir, nicht die Welt steht Kopf, sondern nur die Vorstellung, die wir uns von der Welt machen, steht Kopf. Ich glaube, man muss manchmal selbst **Kopfstände** machen, um die Welt wieder so zu sehen, wie sie eigentlich ist."

Frankfurt, Dezember 2011

Menschenmassen drängen sich dicht an dicht durch den Frankfurter Weihnachtsmarkt. Es regnet in Strömen. Zusammen mit ehemaligen Schulkameraden stehe ich um einen vom Glühwein klebrigen Tisch. „Ich kümmere mich um den Glühwein", verkünde ich gut gelaunt, aber auch etwas leichtfertig, wie sich gleich herausstellt. Die nächsten fünf Minuten stehe ich im Regen und warte geduldig auf die mit Glühwein gefüllten Becher. „Das macht siebenundzwanzig Euro mit Pfand", ertönt es von einem sichtlich gestressten jungen Mann hinter dem Tresen, der offenbar gerade dabei ist, seine Studentenkasse aufzubessern. Ich gebe ihm dreißig Euro.
„Stimmt so", sage ich.
Ein kurzes „Danke" erwidert dieser, ohne mich anzuschauen, so, als habe er das Trinkgeld bereits erwartet. Sechs Steingut-Becher mit Motiven des Frankfurter Weihnachtsmarkts stellt er auf den Tresen und reicht mir die Plastik-Chips für die Pfandrückgabe. Erst verstaue ich die Chips in meinem Portemonnaie, dann nehme ich die dampfenden Becher, drei links, drei rechts. Die Becher klappern gegeneinander, einer rutscht mir fast aus der Hand. „Mein Gott, Sie zittern ja. Sind Sie krank?" Ein älterer Herr glotzt mich fragend, vielleicht auch etwas provozierend an. Eigentlich würde ihm das Zittern mit seinen geschätzten achtzig Jahren eher zustehen als mir mit knapp fünfzig.

„Liegt wohl an der Kälte“, erwidere ich und ärgere mich auch gleich über die Notlüge. Intentionstremor, aber wer versteht das schon. Ich versuche, den Zwischenfall zu ignorieren. Ganz gelingt mir das jedoch nicht. Meine Stimmung ist erst mal schlagartig auf dem Tiefpunkt. Und was das Wetter anbelangt, zehn Grad plus wären nicht unbedingt ein Grund zum Kältezittern. Das weiß auch der alte Mann am Tresen und schaut mir mitleidig hinterher. Seine Gedanken kann ich irgendwie lesen.

Die Freunde haben davon zum Glück nichts mitbekommen und unterhalten sich lautstark. Sie unterhalten sich über damals, über die Schulzeit, die Pauker und das scheiß Wetter. Klimaerwärmung, behauptet einer, die anderen nicken zustimmend, und alles nur, weil wir Öl und Gas in die Atmosphäre verheizen. Wird Zeit, dass die Energiewende greift, aber nur mit Propellern und Solaranlagen klappt es wohl nicht. Meine Gedanken schweifen ab. Die weitere Diskussion kenne ich bereits, Lösungen gibt es keine, zumindest keine bekannten.

Hinter mir stehen ein Mann und eine Frau mit dem Rücken zu mir. In seinem feuchten und schwarz glänzenden Haar ist kein graues zu sehen. Ihre Haare schimmern im Glanz der Weihnachtsbeleuchtung rotbraun, wie eine frisch aufgesprungene Kastanie. Ein junges Paar, vielleicht Mitte zwanzig, vielleicht frisch verliebt. Meine Haare dagegen sind in der Mehrzahl grau, zumindest, was von ihnen noch übrig geblieben ist. Plötzlich fühle ich mich alt, alt und zittrig. Am liebsten würde ich davonlaufen. Dann stößt mich einer meiner Freunde übermütig mit dem Ellbogen in die Seite.

„Hey, was ist los Alter?“ Das war freundlich gemeint, trifft aber gerade einen empfindlichen Nerv. Ich klammere mich wortlos an meinen Glühwein und drehe mich zu dem jungen Paar um. Warum ich das tue, weiß ich nicht. Die junge Frau schaut zu mir herüber und lächelt. Sie lächelt mich an – schüchtern und verlegen. Ein Lächeln, das mir irgendwie bekannt vorkommt. Auf einmal fühle ich ein sonderbares Gefühl in mir aufsteigen, ein Gefühl, das ungewöhnlich schnell Besitz von mir ergreift, und das ich nicht mit Worten beschreiben kann. Aber es ist ein gutes Gefühl. Ich drehe mich wieder zu meinen Freunden um. „Mensch, Leute, habt ihr schon mal was von der Aquariumsgruppe gehört?", platze ich mitten in die Diskussion. Alle schauen mich an, fragend, vielleicht auch etwas peinlich berührt. Diesmal macht mir das nichts aus. Dankbar drehe ich mich noch mal um. Das junge Paar ist verschwunden. Aber das gute Gefühl bleibt. Ich weiß jetzt, dass es weitergeht. Ich weiß jetzt, wie es weitergeht.